Mikhaïl Boulgakov

Tous les lecteurs, à l'instar des biographes, de ce grand auteur russe (Kiev 1891 - Moscou 1940) s'accordent sur le fait que sa vie fut un condensé de l'horreur qu'a pu représenter pour tout créateur le régime soviétique. Sans doute parce que, avec ses livres les plus connus, *Le Maître et Marguerite* et *La Garde blanche*, Boulgakov est apparu comme l'un des deux ou trois génies littéraires qui ont surgi durant le régime stalinien. Et l'un de ceux qui, avec un Babel ou un Mandelstam, ont eu le plus à en souffrir. Sachant s'exprimer dans divers registres (et notam-ment au théâtre), il a pu faire preuve chaque fois d'un extra-ordinaire sens de la satire et parfois de la farce (voir la nouvelle « Cœur de chien ») que les conditions de son existence, pourtant terriblement pré-caires, rendent d'autant plus méritoires !

Le Maître et Marguerite

Mikhaïl
Boulgakov

Le Maître et Marguerite

roman

Texte intégral précédé d'une introduction
de Sergueï Ermolinski
traduit du russe par Claude Ligny

PAVILLONS POCHE

Robert Laffont

ISBN 978-2-221-18996-2

Introduction

Le sort a voulu que tous les papiers, les lettres, les manuscrits ainsi que mes notes sur Mikhaïl Athanassiévitch Boulgakov aient disparu. De ces notes, allait naître un livre.

Je comptais préfacer ce livre à l'aide de renseignements biographiques recueillis au cours des derniers mois de sa vie alors qu'il était déjà condamné par la maladie. Nous prenions ces notes tout en plaisantant mais elles contenaient des faits se rapportant à la période la moins connue de sa vie.

« Quand j'étais jeune, j'étais très timide, racontait-il, et je crois que jusqu'à la fin de ma vie, je n'ai jamais pu me débarrasser de ce défaut, mais je faisais semblant. Au début des années vingt, je rencontrai à Moscou un écrivain originaire de Kiev avec qui j'avais fait mes études au lycée. Nous n'étions pas vraiment amis, mais notre rencontre fut chaleureuse, comme il sied à des gens de Kiev qui aiment avec passion leur ville natale. Il s'écria : "Oh, je me souviens de vous, Boulgakov, vous étiez toujours un meneur. Je suis votre aîné, mais aujourd'hui encore, je crois entendre vos propos féroces. Si, si… Soubotch, le professeur de latin, vous vous souvenez, avait peur de vous. Vous faisiez trembler tout le lycée ! Et maintenant ce sont *Les Journées des Tourbine* !… En ce temps-là déjà, vous étiez célèbre…" »

En racontant cela, Boulgakov haussait comiquement les épaules.

« À mon avis, je ne faisais trembler personne, je défendais mon indépendance, tout simplement. Mais ce qui est vrai c'est que la direction du lycée n'était pas bienveillante à mon égard. Je ne sais pas pourquoi, mais ils me soupçonnaient toujours, moi si tranquille, de manigancer Dieu sait quoi. Dans l'ensemble, je n'ai jamais de ma vie eu de chance avec mes supérieurs (Il soupira.), moi qui aurais tellement voulu être un garçon exemplaire… »

En 1916, il termina ses études de médecine à l'Université de Kiev et partit pour le village de Nikolskoïe, dans la province de Smolensk. Il travailla là-bas à titre de médecin du *zemstvo* (administration locale), mais seulement pendant un an et demi environ. La série de récits *Notes d'un jeune médecin* est basée sur les impressions de cette période-là.

Il prenait sa profession très au sérieux ; il garda toute sa vie le respect de la médecine et des médecins. Mais comme il était jeune à cette époque et qu'il avait envie de vagabonder et de voir des choses, il ne tenait pas en place et il partit. Ou, pour être exact, il envoya tout promener. Ou peut-être était-ce l'époque qui brisait toutes les normes de la vie ? Il n'était plus un jeune homme, il avait une trentaine d'années environ, il avait déjà une petite expérience de médecin, petite mais réelle et, bien ou mal, il était installé dans la vie. Alors que chercha-t-il ? Quand cette fantasque décision de devenir écrivain mûrit-elle en lui ? Quoi qu'il en soit, elle était mûre, de toute évidence. Et il voyagea, changeant sans cesse d'endroit. En 1920, il se trouva au Caucase.

En racontant cette période de sa vie, il évoquait avec amusement ses premières expériences de dramaturge. Quelques-unes de ses pièces à tendance politique furent jouées au Théâtre de Vladicaucase.

« Cela a suffi pour que je sois pris à jamais dans l'engrenage et que je ne puisse plus m'en sortir. »

Il n'avait plus ces pièces, il ne les avait pas gardées et il en parlait presque avec aigreur comme si cela risquait de lui enlever pour toujours le goût de la création.

À Tiflis il fit la connaissance d'Ossip Mandelstam qui vivait alors dans la pauvreté, dans l'indépendance et avec une sorte d'insouciance poétique. C'est surtout de ce dernier trait que Boulgakov se souvenait et qui suscitait son respect. Jusqu'alors, il ne connaissait pas de poèmes de Mandelstam, ni « La Pierre » ni « Tristin », et la première fois qu'il les entendit, il fut très frappé.

Mais la manière quelque peu emphatique et appuyée dont le poète lisait ses propres vers n'était pas du goût de Boulgakov. Cela lui donnait toujours envie de rire et il en était un peu gêné.

À Vladicaucase et à Batoum, il collabora à plusieurs journaux locaux, mais sans parvenir à y prendre racine. En 1920, il arriva à Moscou. Son travail au *Goudok* le rapprocha du groupe de jeunes écrivains Valentin Kataiev, Ilph et Petrov et Iouri Olecha. Pour ma part, je n'ai rencontré Mikhaïl Athanassiévitch que beaucoup plus tard (à la fin des années vingt) et je ne connais tout ce qui s'est passé avant que d'après le récit que lui-même m'en a fait.

Je crains de ne pas être exact. Si fidèle que soit ma mémoire, je ne peux rétablir mes notes et les intonations (ce qui serait particulièrement intéressant) que d'une façon très générale. Précisons tout de suite d'ailleurs : je n'écris pas une biographie de Boulgakov et encore moins un essai sur son œuvre : ce ne sont que des réflexions sur sa vie et, par conséquent, sur notre littérature soviétique et sur des moments tragiques et beaux de son étonnante histoire.

Dans son œuvre, Boulgakov était guidé seulement par ce que la vie même lui soufflait. Il ne la regardait pas d'un œil indifférent mais avec passion et s'y mêlait activement. La sincérité de sa position d'écrivain a été constante et d'autant plus farouche qu'il se heurtait à l'absence de principes, à la servilité, à la malhonnêteté et à une façon éhontée de tourner sa veste.

C'était un joyeux mystificateur, non seulement dans ses œuvres, mais dans sa vie, dans ses rapports avec autrui. Il avait le don d'inventer et de raconter des histoires, mais dans chacune de ses plaisanteries on sentait une volonté de s'exprimer plus directement et plus justement. Il aurait pu reprendre à son compte les paroles de Herzen : « À bas les déguisements, à bas les métaphores, nous sommes des gens libres et non des esclaves de Xante ; nous n'avons pas besoin d'habiller la vérité en mythe ! »

Ses paroles ne contenaient que des intentions pures mais on le soupçonnait du contraire. Il parlait de la révolution, ressentant ses maux et ses misères et, en écrivain satirique, il dépeignait l'aspect monstrueux de la vie ébranlée, son côté comique et horrible. Il parlait de la guerre civile et de l'intelligentsia russe, s'efforçant de comprendre, comme son propre fils, ses divergences tragiques et la fin sans gloire de ceux qui se retrouvèrent hors de leur patrie et continuant à croire en sa force morale, en son avenir… mais on disait qu'il défendait les émigrés, qu'il les magnifiait. Il parlait du destin du créateur qui combattait l'hypocrisie et le mal qui sont toujours propres aux serviteurs de la couronne, lesquels, d'après le même Herzen, sont prêts à « vaincre l'adversaire à tout prix sinon par la critique active du moins par la délation… » mais on disait qu'il calomniait la littérature soviétique. Les fonctionnaires bien pensants de la littérature non seulement s'écartèrent de Boulgakov, mais créèrent autour de lui une atmosphère peu respirable.

En fin de compte, ce fut le théâtre qui le sauva. Pendant toute sa vie, il s'efforça de ne jamais perdre contact avec lui et même lorsque ses pièces ne se jouèrent plus, il aida à revoir celles d'autres auteurs ou participa à leur création en tant que conseiller littéraire, assistant metteur en scène et même acteur (dans le spectacle du Théâtre d'Art de Moscou, *Le Club de Mr Pickwick*, d'après Dickens, il jouait le rôle d'un juge).

Mais il rêvait aussi de salles de rédaction animées, de la composition d'un numéro auquel lui-même participerait, de mise en page, d'épreuves et de l'odeur d'encre d'imprimerie… mais en vain. Il avait eu tout cela brièvement dans sa jeunesse, au moment où il collaborait au *Goudok* et puis un peu aux Éditions Niedra. Et malgré tout l'amour qu'il avait pour le théâtre – la salle obscure pendant la répétition, le fait de regarder des coulisses, cette émotion qu'on ressent à participer à la création commune du spectacle, à son invisible et secrète gestation et enfin la naissance devant le public de son propre dialogue qui, tout à coup, retentit avec une force insoutenable – toutes ces choses magnifiques ne pouvaient tout de même pas remplacer pour lui la littérature, ses tourments, sa vie…

Ses débuts furent orageux. Sa prose satirique (*Les Œufs fatidiques, Diavoliada*) fit dresser l'oreille. Sa pièce *Les Journées des Tourbine* montée par le Théâtre d'Art de Moscou provoqua des discussions acharnées. Je ne connaissais pas encore Boulgakov alors.

Je le vis pour la première fois en 1926 au cours d'un débat public sur deux pièces *Lioubov Yarovaia* et *Les Journées des Tourbine*. On opposait souvent alors ces deux pièces. La discussion avait lieu au Théâtre de Meyerhold. L'un des participants était le critique O. qui attaqua Boulgakov avec un acharnement tout particulier. Après son intervention, on vit apparaître sur la scène un homme aux cheveux clairs, nerveux et ému. Tendant le bras dans la direction du critique, il s'écria :

— Je suis content de vous voir enfin. Enfin, je vous vois ! Pourquoi dois-je entendre dire sur mon compte n'importe quel mensonge ? Tout cela est répété par des milliers de gens et moi je dois me taire et je ne peux pas me défendre ! Ce n'est même pas un procès ! On ne me donne pas la parole ! Alors qu'est-ce ? J'ai mes spectateurs et ce sont eux qui sont mes juges, eux et pas vous ! Mais vous jugez ! On vous lit dans le pays tout entier mais le spectacle, on ne le voit qu'à Moscou, et dans un seul théâtre. Ceux qui n'ont pas vu ma pièce, en pensent ce que vous écrivez et vous, vous écrivez des mensonges ! Vous défigurez mes pensées ! Vous défigurez le sens de ce que j'ai écrit. Mais je vous ai enfin vu, j'ai vu pour une fois de quoi vous avez l'air. Et de cela au moins je vous remercie ! Je vous salue bien bas ! Merci !

Il fit un geste de la main et, toujours aussi ému et énervé, les joues en feu, il disparut. Le silence régnait dans la salle. Pas un seul applaudissement. Pas une seule exclamation. Personne n'osait rompre cet étrange silence…

Il m'était apparu ce jour-là comme un homme grand, aux membres longs, voûté comme le sont parfois les adolescents.

Ce fut seulement quelques années après ce débat que je fis sa connaissance.

Il habitait alors rue Bolchaia Pirogovska dans un appartement loué. Il y entrait peu de lumière, les fenêtres étaient basses et donnaient sur le trottoir et, dans la petite salle à manger carrée, trois marches menaient au cabinet de travail avec ses étagères en bois blanc chargées de livres et de revues sans couvertures. Le chien roux, Bouton, se promenait dans l'appartement, saluant les arrivants de sa queue duveteuse. Une foule de gens de toute sorte venaient discuter ici. J'y rencontrais souvent une charmante jeune fille de Tbilissi (c'est à cause d'elle que j'étais venu pour la première fois dans cette maison). Il y avait pas mal de désordre, mais une certaine atmosphère d'intimité, un peu bohème et parfois fatigante.

Boulgakov dans ces cas-là se retirait dans son cabinet de travail, mettait sa robe de chambre et commençait à fouiller dans ses livres et à écrire. Derrière les épais rideaux, on entendait le fracas des tramways qui passaient tout près. On entendait aussi les voix qui venaient de la salle à manger… À cette époque il avait déjà commencé à travailler à son *Molière*, le roman et la pièce. Il avait déjà écrit aussi les premiers chapitres du *Conseiller aux sabots*, roman qui fut intitulé par la suite *Le Maître et Marguerite*.

Tout ce qui se passait autour de lui cessait tout à coup de le concerner, lui devenait totalement étranger. Le fait que les gens qui étaient chez lui n'étaient pas vraiment ses amis, qu'ils étaient là par hasard, n'avait rien de tellement extraordinaire, car sa vie littéraire de cette époque était très mouvementée. Il était à la mode. Les attaques de la presse lui faisaient de la publicité et réchauffaient et aiguisaient l'intérêt qu'on lui portait. Il était plein de projets.

Les Journées des Tourbine connaissaient un succès croissant. Cette pièce touchait les spectateurs par sa sincérité, l'humanité des personnages et la profondeur des sentiments. Elle était, à cet égard, très différente des pièces ampoulées qu'on voyait couramment à l'époque. Mais il n'y avait pas que cela. Comme avant la Révolution, l'intelligentsia moscovite considérait le Théâtre d'Art comme son propre théâtre. Aussi y avait-il, parmi les spectateurs des *Journées des Tourbine* des gens pour qui le destin des héros de la pièce était presque leur propre destin. Le spectacle troublait, évoquait des souvenirs et attirait d'autant plus le public : on parlait de la pièce, on voulait la voir et on la voyait plusieurs fois. Les plus grandes réussites du Théâtre d'Art l'étaient toujours dans la mesure où les pièces étaient actuelles et faisaient écho au nerf, au pouls et à l'état d'âme des spectateurs. La tradition du théâtre voulait que les acteurs soient profondément conscients de l'actualité. (Le Théâtre d'Art disparaîtra lorsqu'il perdra cette qualité.) C'est pourquoi ce n'est pas par hasard que *Les Journées des Tourbine*, qui suivaient de très près des événements encore brûlants dans les mémoires, ont donné naissance à une nouvelle génération d'acteurs (dite « intermédiaire ») et que les noms de Chmelev, Dobronravov, Sokolova, Tarassova, Iachine, Proudkine, Koudriavtsev et Stanitsine conquirent tout de suite les spectateurs. Les personnages qu'ils ont interprétés (Alexeï Tourbine, Elena, Nikolka, Lariocik, Michlaievski et d'autres) sont restés à jamais liés à leur gloire d'acteurs, comme s'ils étaient nés ensemble et qu'ils étaient désormais inséparables.

La nouvelle qu'après *Les Journées des Tourbine* le Théâtre d'Art avait l'intention de monter, *La Course*, provoqua dans la presse de nouvelles attaques acharnées. « Dans un de nos prochains numéros, nous publierons un article montrant le chemin suivi par cet écrivain typiquement petit-bourgeois et réactionnaire qu'est Boulgakov. Hélas ! nous sommes obligés de nous intéresser de nouveau au fameux auteur des *Journées des Tourbine*. Nous avions salué la rupture du Théâtre d'Art avec son passé et voilà que Boulgakov y revient. *La Course* ? Non, il n'en est pas question », pouvait-on lire dans un journal de l'époque.

Ces attaques eurent lieu en dépit des déclarations de Gorki qui prédisait à la pièce « un succès d'anathème ». Au cours d'une discussion à propos de *La Course* qui eut lieu au Théâtre d'Art le 9 octobre 1928, il déclara qu'il n'y voyait aucune tendance à montrer les généraux blancs « sous de belles couleurs ». « C'est une excellente comédie, dit-il, je l'ai lue trois fois. » Au début la pièce fut autorisée pour le Théâtre d'Art (et pour le Théâtre d'Art seulement comme ce fut le cas pour *Les Journées des Tourbine*). Mais, peu après, en septembre 1928, elle fut définitivement interdite.

Elle fut montée pour la première fois dix-sept ans après la mort de l'auteur (en 1957) au Théâtre Gorki à Volgograd.

La Course est une pièce très originale. Ses huit songes forment une sorte de suite des *Journées des Tourbine*. Mais ce n'est pas un drame psychologique, c'est une tragi-comédie sur ceux qui se sont trouvés de l'autre côté de la barrière, dans l'émigration. Les officiers blancs qui revoient, comme dans un rêve, les crimes sanglants commis contre le peuple, tombent dans le déshonneur, la misère et une totale déchéance. L'auteur les juge « selon leurs actes ». Il se montre impitoyable à leur égard et, de nos jours, toute autre interprétation des songes nous paraît invraisemblable.

Mais l'auteur ne fut pas témoin de la réhabilitation de sa pièce et de ses intentions. Il pensait qu'elle était enterrée pour toujours.

En 1927, le Théâtre Vartangov donna *L'Appartement de Zoïka* ; c'était une satire sur Moscou au temps de la NEP et de nouveau Boulgakov fut l'objet des attaques de la critique qui, sans prendre en considération le caractère satirique de l'œuvre, l'accusa de faire un tableau partial et monstrueux de la réalité.

L'Île Pourpre, jouée par le Théâtre Karmeny, en 1928, marqua la fin de la tumultueuse carrière de Boulgakov sur scène. Cette pièce était une parodie de spectacle pseudo-révolutionnaire. Boulgakov utilisait souvent la satire pour peindre la réalité mais ce n'était pas seulement un jeu d'esprit, c'était aussi une prise de position de l'auteur en tant que citoyen.

L'Appartement de Zoïka et *L'Île Pourpre* furent retirées du répertoire. Le même sort échut aux *Journées des Tourbine* mais, trois ans après, la pièce réapparut subitement.

Dans une lettre à P. S. Popov, Boulgakov écrivit : « Dans la seconde partie de janvier 1932, pour des raisons que j'ignore et que je n'ai pas l'intention d'approfondir, le gouvernement de l'URSS a ordonné au Théâtre d'Art de reprendre *Les Journées des Tourbine.* Pour l'auteur de la pièce cela signifie qu'une partie de sa vie lui a été rendue. C'est tout ce que je peux dire. »

Par la suite, nous apprîmes (voir volume II des Œuvres de Staline, éditées en 1949) que Staline considérait *Les Journées des Tourbine* comme « une pièce pas si terrible que ça car, en fin de compte, elle est plus utile que nuisible. Si même des gens comme Tourbine – disait Staline – sont contraints de déposer les armes, après avoir reconnu que leur cause était définitivement perdue, cela signifie que les Bolcheviks sont invincibles, qu'on ne peut rien contre eux. *Les Journées des Tourbine*, c'est une démonstration de la force infaillible du bolchevisme ». Il ajoutait cependant : « Bien sûr, l'auteur n'est en rien responsable de cette démonstration, mais quelle importance ? »

Ainsi *Les Tourbine* furent sauvés. Mais *Les Tourbine* seulement.

En 1929, Boulgakov se plonge tout entier dans sa pièce *La Cabale des dévots* (*Molière*). En 1932, il la remet au Théâtre d'Art et jusqu'en 1934 rien ne se passe. On en discute et on communique à l'auteur diverses suggestions sur la manière de la mettre au point. En 1934 enfin, les répétitions commencent. Dans son livre *Les Leçons de mise en scène de Stanislavski* N. M. Gortchakov, qui fut chargé de la mise en scène, n'a pas voulu le moins du monde présenter les rapports entre l'auteur et le théâtre sous un mauvais jour ; bien au contraire il montre l'extrême exigence dont faisait preuve le théâtre, et particulièrement Stanislavski, à l'égard de la mise en scène et des acteurs pour tout ce qui concernait l'interprétation de la pensée de l'auteur. Et c'est probablement malgré lui que Gortchakov nous révèle la position dramatique de Boulgakov qui ne voulait pas accepter l'interprétation de la pièce qu'on lui imposait. On s'adresse à lui avec beaucoup de ménagement et d'égards, et de son côté il essaie de ne pas envenimer les choses mais, de toute manière, ils ne parlent pas la même langue. Au fond le désaccord venait de ce que l'auteur avait écrit une pièce sur les rapports entre un créateur et le pouvoir ; la biographie de Molière n'était pour lui qu'un canevas sur lequel il développait ses idées. Le théâtre, lui, voulait montrer un Molière grand dramaturge et génie créateur. « Nous aimerions voir, dans *Molière*, des scènes où brillerait son génie, dit Stanislavski. Dans votre pièce, il agit surtout physiquement, pardonnez-moi cette expression brutale, il se bagarre un peu trop. À côté de ces scènes, il en faudrait d'autres où on le voie créer. Une pièce, un rôle, un pamphlet, ce que vous voudrez… »

« Il me semble qu'il n'a jamais écrit de pamphlet, fit remarquer Boulgakov timidement. Il me semble que ce sont les acteurs qui doivent faire sentir le génie de Molière par leur jeu même, eux qui sont liés intimement avec lui par le sujet et l'action de la pièce. »

Pour mettre un point final à toutes ces discussions où chacun exprimait son avis et comparait cette pièce à une foule d'autres, Boulgakov, avouant son impuissance, déclara : « Les corrections durent depuis cinq ans déjà, je n'en peux plus. »

Et il se décida à écrire une lettre à Gortchakov dans laquelle il disait : « Je refuse catégoriquement de remanier mon *Molière* car je n'y vois qu'un désir de détruire totalement mon idée de départ et de me faire écrire une tout autre pièce. »

Dans la situation où il se trouvait alors, il fallait du courage pour faire cette déclaration catégorique.

Molière fut accepté par le Comité du Répertoire bien avant le début des répétitions et, outre le Théâtre d'Art, le Grand Théâtre de Leningrad signa un contrat avec Boulgakov pour monter la pièce. À Leningrad, on avait déjà commencé à répéter quand brusquement le théâtre informa Boulgakov qu'il avait changé d'avis et refusait la pièce.

Ce fut le premier coup porté à *Molière*. Officiellement, il n'y avait aucune raison à ce refus ; bien au contraire : le visa du Comité du Répertoire équivalait à une permission de monter la pièce partout, le théâtre avait signé un contrat et payé une avance. Aucune pression ne s'était exercée « d'en haut » et aucun écho défavorable n'avait paru dans la presse. Il est difficile de dire ce qui entraîna la décision de Leningrad mais il est indiscutable qu'autour de la pièce, bien avant sa réalisation, une atmosphère de malveillance et de soupçons s'était créée peu à peu. Le temps que mettait le Théâtre d'Art à monter la pièce donnait lieu à des commentaires contradictoires. C'est dans cette atmosphère qu'avaient lieu les répétitions et les discussions avec Gortchakov dont j'ai parlé plus haut. Stanislavski prenait part épisodiquement à la mise en scène (c'est Gortchakov qui le rapporte). Lorsque Stanislavski exposait son point de vue il s'obstinait à ce qu'on s'en tienne à son interprétation et ne comprenait pas, semble-t-il, la position difficile dans laquelle se trouvait Boulgakov. Ce dernier lui en voulut et en éprouva du dépit et de l'amertume à son égard.

Le 15 février 1936, la première eut enfin lieu.

La pièce ne fut jouée que sept fois. Le 9 mars 1936, un article intitulé « Éclat extérieur et faux contenu » parut dans la *Pravda* et la pièce fut retirée de l'affiche malgré son succès auprès du public. J'ai encore des critiques meurtrières d'autres journaux. Mais j'ai aussi celle de Gorki dans laquelle il souligne le talent du dramaturge : « Il (Boulgakov) a fait un excellent portrait de Molière au déclin de sa vie, de Molière fatigué de ses difficultés d'ordre personnel et du poids de la gloire. »

Jusqu'à ce jour la pièce n'a pas été reprise. Et c'est seulement vingt-deux ans après la mort de l'auteur que le lecteur a pu faire sa connaissance dans un recueil des pièces de Boulgakov – *Les Journées des Tourbine, La Course, Les Derniers Jours, Don Quichotte* (Iskoustvo, 1962) –, et sous son ancien titre *La Cabale des dévots*.

Le 9 mars fut un jour de deuil pour Boulgakov. Il vint me voir ; il était calme et me demanda des conseils au sujet de ses difficultés d'argent. Le fait que *Molière* avait été retiré de l'affiche compliquait aussi sa vie matérielle. Il avait des dettes et il comptait beaucoup sur *Molière*. Mais il n'y avait plus de *Molière*.

Pendant toute cette difficile période de la création de la pièce et pendant sa si brève carrière, Boulgakov écrivit également un roman sur Molière pour les Éditions Jourgaz. Cette maison publiait alors une collection intitulée « Vies d'Hommes remarquables ». Le roman fut refusé parce qu'il ne correspondait pas à la « ligne » de la collection. Le lecteur de la maison d'édition avait relevé certains passages et avait conseillé à l'auteur de se débarrasser de son narrateur car, à son avis, c'était un vilain jeune homme qui avait des penchants royalistes, aimait les histoires d'alcôves et utilisait des sources douteuses. À sa place, disait le lecteur, il faudrait mettre « un historien soviétique sérieux ». Boulgakov fit remarquer qu'il n'était pas historien et refusa de refaire son livre.

Ce livre de Boulgakov, tout comme la pièce, ne vit le jour qu'en 1962. Il parut dans cette même collection « Vies d'Hommes remarquables » qui était passée entre-temps aux mains des « Éditions de la Jeune Garde ». Cette collection avait repris de l'importance depuis quelques années : on y voyait paraître un tas de livres très intéressants, très différents dans la manière d'utiliser la documentation biographique. Le livre de Boulgakov correspondait maintenant à la « ligne » de la collection. Mais l'auteur ne le vit pas imprimé.

Vers le milieu des années trente, le silence s'installa autour de lui. Un silence tel qu'il donnait envie de crier.

Si on citait encore son nom, c'était uniquement dans le programme des *Journées des Tourbine*. On ne le voyait jamais dans les articles consacrés au Théâtre d'Art, ni dans les prospectus, ni dans les brochures, ni dans les interviews. C'était une véritable conspiration du silence.

Comme s'il était mort. Comme s'il n'avait jamais existé.

Il fut oublié, rayé.

Sa maison se vida, les gens y venaient de moins en moins. La plupart de ceux qu'on pouvait considérer comme ses amis et qui se disaient des admirateurs de son talent cessèrent de fréquenter sa maison. Le téléphone ne sonnait presque plus.

Pour Boulgakov ce fut la période où il eut le plus le sentiment de sa solitude. Il se débattait. Sa catastrophe professionnelle coïncida avec une crise dans sa vie privée.

Il venait me voir, désemparé. Il commençait à me parler sur un ton très agité, les joues en feu, mais très vite s'interrompait et en venait à des sujets sans importance… Nous ne parvenions pas à avoir une vraie conversation. Nous ne pouvions rien dire de valable.

Sans que personne s'en doute, quelqu'un venait déjà d'entrer dans sa vie. Cette personne lui était particulièrement chère et proche, mais elle ne pouvait pas être à côté de lui. Trop de destins étaient en jeu. Même les rencontres fugitives étaient exclues. Et puis tout sombra. Pour toujours, semblait-il, le monde s'obscurcit. Mais il devait se taire. Il ne pouvait même pas en parler à son ami.

Je ne me sens pas le droit de raconter tout cela. Tout cela est trop personnel.

Mais c'est là que cet homme plein de doutes, de désespoir et d'angoisse, fit la preuve de l'intégrité d'un caractère qui ne supportait aucun compromis. Il le prouva en tant qu'écrivain et en tant qu'homme. M. Prichvine a dit un jour : « Le talent d'un écrivain ne serait-il pas tout entier dans son caractère ? On pourrait faire un livre sur ce sujet. »

Le 21 janvier 1932, Boulgakov écrivit à P. S. Popov : « Eh bien, mon cher ami, que se mettre sous la dent, demandez-vous ? Du jambon. Mais cela ne suffit pas. Il faut le faire au crépuscule, sur un vieux canapé, au milieu d'objets vieux et fidèles. Le chien doit être assis par terre près de la chaise et on ne doit pas entendre de tramways. Pour le moment, il n'est que six heures du matin et je les entends déjà sortir avec fracas du hangar. Toute ma maudite masure en tremble. »

Le plus dur c'était la solitude.

Mais il fallait aussi résoudre ses problèmes d'écrivain. Boulgakov se trouvait dans la situation d'un littérateur au chômage dont le travail était refusé par principe. Il prit alors une mesure extrême : il écrivit une lettre au gouvernement. C'était une lettre franche et honnête. Il y parlait de son droit d'écrivain de réfléchir et de voir les choses à sa manière : sans cela, son travail devenait absurde. Staline lui téléphona et, après cela, son téléphone se mit à sonner sans cesse. On l'appela du théâtre. Il fut engagé au Théâtre d'Art comme assistant metteur en scène et comme conseiller littéraire.

Ses problèmes personnels furent résolus aussi.

Sa vie privée, je ne peux en parler qu'en empruntant les mots de Boulgakov lui-même. Il ne faut pas considérer ce passage du roman *Le Maître et Marguerite* comme un aveu autobiographique. Il me semble pourtant que dans cet extrait on entrevoit ce que Boulgakov a réellement vécu.

« ... L'amour surgit devant nous comme surgit de terre l'assassin au coin d'une ruelle obscure et nous frappa tous deux d'un coup. Ainsi frappe la foudre, ainsi frappe le poignard ! Elle affirma d'ailleurs par la suite que les choses ne s'étaient pas passées ainsi puisque nous nous aimions, évidemment, depuis très longtemps, depuis toujours, sans nous connaître, sans nous être jamais vus et qu'elle-même vivait avec un autre homme...

Oui, l'amour nous frappa comme l'éclair. Je le sus le jour même, une heure plus tard, quand nous nous retrouvâmes, sans avoir vu aucune des rues où nous étions passés, sur les quais, au pied des murailles du Kremlin.

Nous causions, comme si nous nous étions quittés la veille, comme si nous nous connaissions depuis de nombreuses années... Le soleil de mai nous inondait de lumière. Et bientôt, très bientôt, cette femme devint secrètement mon épouse.

Personne ne connaissait notre liaison. Je m'en porte garant, bien que ce soit là, généralement, chose impossible. Son mari l'ignorait, ainsi que leurs amis...

— Qui est-elle donc ? demanda Ivan, intéressé au plus haut point par cette histoire d'amour.

Le visiteur fit un geste qui signifiait qu'il ne le dirait jamais, à personne… »

Lorsque tout devint clair, il emménagea dans un nouvel appartement, passage Fourmanov. De l'intérieur comme de l'extérieur, sa vie changea brusquement. Rien ne fut plus pareil.

Quand j'arrivai pour la première fois dans sa nouvelle maison, j'étais sur mes gardes. Je me trouvai dans la salle à manger où tout était joli et même un peu guindé. À droite, une porte donnait sur la chambre à coucher et le cabinet de travail, à gauche une autre menait à la chambre du petit Serioja. Les livres avaient été relégués dans le couloir (ce qui me parut vexant pour eux). Tout étincelait de propreté, c'était un appartement tout juste installé mais pas encore vraiment habité. La bonne sortit de la cuisine et reçut aussitôt un ordre ferme de sa maîtresse. Cette dernière se tourna ensuite vers moi et son visage grave prit aussitôt une expression amicale et accueillante. Elle s'adressa à moi comme si j'étais depuis longtemps habitué de la maison.

« Nous allons dîner tout à l'heure. Micha est dans la salle de bains », dit-elle.

Elle voulait paraître détendue, mais je voyais qu'elle était autant sur ses gardes que moi. Elle cherchait très sincèrement à bien disposer à son égard le peu d'amis qui restaient à Boulgakov de sa « vie d'avant ». La plupart de ces « bons amis » ne l'acceptaient pas ou, tout au moins, le faisaient avec beaucoup de réserves.

Elle était habillée avec une simplicité étudiée. Et tout, autour d'elle, était étudié. Sur la table, il y avait des assiettes bleues avec des poissons dorés et des petits et des grands verres de la même couleur. Un plat étroit chargé de hors-d'œuvre et des toasts complétaient le tableau. « Mon

Boulgakov impertinent est mort, il s'est embourgeoisé », me dis-je tristement.

Et voici qu'il apparut. Il avait sur la tête un vieux bonnet tricoté que je lui connaissais depuis longtemps. Par ailleurs, il était vêtu de son peignoir de bain mauve sale sous lequel on voyait passer ses jambes nues. Se dirigeant vers la chambre à coucher, il me fit un petit salut de la main et disparut derrière la porte. Mais il réapparut une seconde plus tard et, en clignant de l'œil, me demanda : « Alors, tu t'acclimates ? Je reviens dans un instant. »

Il était exactement tel que je l'avais toujours connu mais, en même temps, il était devenu autre. La nervosité que j'avais constatée en lui ces derniers mois et qui m'inquiétait avait disparu. Comme si tout avait pris une autre tournure brusquement, que les dangers et les menaces s'étaient évanouis et que les choses étaient rentrées dans l'ordre.

En réalité, il n'en était rien. Ce qu'il y avait de nouveau, ainsi que je le compris plus tard, c'était qu'il avait maintenant une raison nouvelle et très importante de vivre : il avait désormais une maison, et cette maison respirait et vivait de ses inquiétudes et de ses espoirs. C'était une maison où tous les jours, à toutes les heures, il sentait qu'il n'était pas un raté mais un écrivain qui faisait quelque chose de très important, qui n'avait pas le droit de douter de sa vocation ni de la place qui était la sienne sur cette terre et qui ne dépendait d'aucun pouvoir. Une place dans son pays, dans sa littérature, la place qui lui revenait de droit.

Je me demandai souvent comment c'était arrivé. Ce n'était pas seulement la force de l'amour, mais aussi celle de la vie, la soif de joie, celle de s'affirmer qui avaient fait naître cette étonnante capacité de créer le bonheur. Même en dépit des circonstances les plus difficiles.

Dans les jours de crise, quand il est facile de perdre confiance en soi, de dégringoler, il n'y a rien de pis que de s'abandonner à la mélancolie, de croire qu'on est une victime et de parler de tout tragiquement.

Leur maison, comme un défi à toutes les puissances hostiles, éclatait de bonheur. Alors qu'en réalité il n'avait que des dettes et un avenir assez vague. La maîtresse de maison était énergique et délicieusement inconsciente. Et la vie cessa d'être terrifiante. Il put alors réfléchir un peu sur lui-même, vivre, garder dans son âme cette espièglerie sans laquelle il n'y a pas de création possible. Le bonheur commence parfois par de petits riens… Et quand on a retrouvé l'assurance d'être un écrivain (et une sensation de bonheur personnel) la vie continue.

Il vivait, il travaillait, en dépit de tout. L'énergie créatrice ne l'abandonnait pas.

Pendant dix ans, il travailla sans relâche à un grand roman intitulé *Le Maître et Marguerite* qui représente finalement cinq cents pages dactylographiées. Jusqu'au dernier jour de sa vie, il continua à revoir et à corriger ce roman sans jamais cependant nourrir le plus faible espoir de le voir publié un jour. Il travaillait en même temps à la première partie du *Roman théâtral* (dont le titre initial fut *Les Notes d'un défunt*), un livre gai et sarcastique, plein d'observations et de personnages drôles. Ce n'est que de nos jours qu'on a commencé à publier sa prose et *Le Roman théâtral* a paru dans le n° 8 de *Novy Mir*, en 1965.

En même temps, il continuait à travailler pour le théâtre. Il écrivit une comédie *Adam et Ève* en 1931, *Jourdain fou* en 1932 (c'était une variation sur un sujet de Molière), *Béatitude* en 1934, *Ivan Vassiliévitch* en 1935 (cette dernière pièce fut publiée en 1965 dans *Michaïl Boulgakov, Drames et Comédies*).

Lorsqu'il s'agissait de mettre en scène ses pièces, de son vivant, les directeurs de théâtre, comme il arrive souvent chez nous, passaient d'un extrême à l'autre ; ils s'émerveillaient, le poursuivaient et puis disparaissaient subitement. Et l'auteur se retrouvait seul, avec son manuscrit sur les bras. Ce fut le cas pour toutes ces pièces. À la fin de 1935, Boulgakov acheva *Les Derniers Jours*, une pièce sur la vie de Pouchkine et, en 1938, *Don Quichotte*. Ces pièces semblaient avoir des chances d'être jouées. *Pouchkine*, si je ne me trompe, fut tout d'abord proposé au Théâtre Vartangov. La pièce y resta quelque temps (Williams avait commencé à faire des esquisses pour les décors, comme il devait le faire pour ceux de *Don Quichotte*) puis on apprit qu'elle avait été transférée au Théâtre d'Art. C'était assez bon signe mais le Théâtre d'Art ne semblait pas pressé de monter la pièce. Elle fut mise en scène par V. Stanitsine et V. Toparkos et fut jouée à peu près trois ans après la mort de l'auteur (en avril 1943) et huit ans après avoir été écrite. Les choses allèrent plus vite pour *Don Quichotte*. Le Théâtre Pouchkine de Leningrad monta la pièce en mars 1941 (la mise en scène était de Kojitch) et le Théâtre Vartangov de Moscou au mois d'avril de la même année (mise en scène de I. Rappoport), c'est-à-dire un an après la mort de l'auteur. De sorte que ce dernier ne vit ni l'une ni l'autre.

Il allait bientôt avoir cinquante ans mais il ne travaillait toujours pas sur un terrain solide. Tout vacillait sous ses pieds. Chacune de ses nouvelles entreprises rencontrait de plus en plus d'obstacles et les chances de voir ses œuvres publiées n'avaient pas augmenté mais diminué. Mais il le supportait mieux maintenant et même avec une sorte de fierté intérieure.

« Le créateur ne doit pas avoir d'autre ambition que créer », disait Hemingway. Cette ambition ne faisait pas défaut à Boulgakov.

Cet écrivain autour de qui avait été créée une véritable conspiration du silence, dont on ne connaissait qu'une seule et unique pièce, toujours ces mêmes *Journées des Tourbine*, et dont on n'avait pas publié une seule ligne depuis 1920, cet écrivain ne tenait pas compte de cette interruption apparente de sa carrière et continuait à vivre comme un créateur dans le monde de ses idées et de ses exigences à l'égard de lui-même. Et aujourd'hui, ce même écrivain, qui avait pratiquement cessé d'exister, connaît une gloire et une autorité de plus en plus grandes dans le monde du théâtre et de la littérature.

Non, il ne céda pas !

Son monde se limita définitivement à ses quatre murs, les manuscrits tombèrent l'un après l'autre dans les tiroirs de sa table de travail. Mais il continuait à lutter pour son droit d'écrire, d'écrire ce qui vivait réellement dans son cœur et avec quoi son esprit se refusait à compromettre. Et c'est pour défendre tout cela qu'il cultivait ses relations, décrochait des contrats comme par miracle pour des scénarios, des traductions, la mise au point des pièces écrites par d'autres. Quand ses calculs et ses projets s'écroulaient, il en faisait d'autres…

« C'était un débrouillard, en somme ? » Ce fut le poète N. A. Zabolotsky qui me posa cette question. Nous étions voisins à Sagouramo, près de Tbilissi, où il y avait une petite maison de repos pour les écrivains de Géorgie. C'était après la guerre, en 1946. Nous étions tous les deux dans une situation matérielle difficile et nous avions été obligés de rester au Caucase un peu plus longtemps que nous ne l'aurions voulu. Une fois par semaine, quand nous avions fait le nombre de pages qui nous étaient fixé (heureusement, nous ne manquions pas de travail grâce à nos amis géorgiens) nous allions dans une auberge qui se trouvait sur la Route Militaire de Géorgie près de Mtzchet où nous buvions du vin rosé d'un goût un peu âpre et qui sentait le tonneau. Nous évoquions tristement des souvenirs de nos rivières natales, de nos bouleaux, de nos amis perdus. Puis, au clair de lune, nous remontions dans notre montagne comme des artisans en goguette qui avaient bu un peu trop.

« C'était un débrouillard en somme ? demanda Zabolotsky avec curiosité.

— À mon avis, oui.

— C'est toujours comme ça, soupira Zabolotsky, soulagé. La nature trouve toujours un moyen de défense pour chaque être vivant et en particulier pour l'homme, même s'il essaie de s'élever au-dessus d'elle. Notre personnalité est formée dès l'âge de cinq ans, j'en suis persuadé, et la cuirasse vient après, par-dessus. Il suffit qu'on ait quelque chose à défendre pour que surgissent la faculté d'adaptation et l'instinct obstiné de conservation (cela ne se passe pas de la même manière pour tout le monde, mais pour nous autres c'est indispensable).

— Et vous trouvez que c'est bien ?

— C'est merveilleux », s'écria-t-il avec joie, comme s'il définissait la situation de ses propres problèmes, comme s'il l'avait enfin trouvée.

Boulgakov travaillait par accès, par élans et ensuite tombait dans une sorte de prostration. Il se retrouvait alors en tête à tête avec son adversaire, comme l'était Molière avec son « Borgne » et sa rapière meurtrière. Il rêvait d'être un chevalier de la littérature. Sa pensée s'excitait de nouveau. Non, elle ne se calmait jamais longtemps, elle fonçait littéralement de l'avant.

… Mais il voulait être un garçon exemplaire. Sa mémoire gardait toujours très présentes les sensations de son enfance : les poêles qu'on allumait le matin et le gardien faisant traîner ses bottes de feutre sur le sol, les invités de papa et de maman dans le salon, la lumière blanche des lampes à alcool qu'on n'allumait que les jours de fête et qui pénétrait dans la chambre des enfants, et maman qui s'habillait pour aller au théâtre… et bien d'autres souvenirs qui lui ont laissé le sentiment de quelque chose de solide, de confortable et d'un peu accablant à la fois. Dans la maison de son père, professeur à Kiev, tout était sévère et modeste ; c'était un intérieur typique de membre de l'intelligentsia russe d'avant la révolution qui méprisait à la fois le luxe bourgeois et les opinions extrêmes… Il voulait être un garçon exemplaire…

Mais tout, chez lui, tournait toujours mal, en dépit de ses efforts pour retrouver l'atmosphère perdue de son enfance : jouer au wint comme papa, faire des visites… Il y parvint, mais pour peu de temps, au début de sa vie, à l'époque où il connut le succès et une certaine aisance matérielle.

« Il avait l'esprit d'un moine affligé et la plume d'Aristophane… » Ces mots de P. Viazemsky parlant de Gogol pouvaient s'appliquer à Boulgakov.

La nature particulière de Boulgakov en tant qu'écrivain favorisait la médisance. Son extraordinaire don d'observation dépassait très souvent les limites de la prose réaliste. Sa fantaisie tournoyait comme un diable autour de son sujet et sa pensée prenait les formes les plus inattendues. Subitement tout en lui devenait hyperbole, tous les détails de la vie quotidienne se transformaient en fantasmagorie. Il était en cela comme Gogol, qu'il aimait. La tradition de Gogol est double, c'est d'une part celle du *Manteau* et de l'autre celle du *Nez*. V. Kavérine a dit que, chez Boulgakov, on s'attendait d'un moment à l'autre à voir pousser le Nez de Gogol… « Comme ce qui se passe en ce monde est parfois absurde ! On peut, bien sûr, admettre ceci, cela, autre chose encore, et peut-être même… Après tout, où est-ce qu'il n'y a pas d'absurdité ? Quoi qu'on dise, ce genre d'aventure arrive, rarement, mais il arrive… »

En lisant *Le Maître et Marguerite*, surtout la partie du roman où le diable se promène tranquillement à travers Moscou, on pense à cette postface du *Nez*.

Vers cette époque Boulgakov mûrit pleinement et lui faire abandonner les positions qu'il avait adoptées était devenu impossible. Autour de sa maison, c'était toujours la tempête mais, comme par défi, sa maison elle-même était pleine de gaieté.

C'était une maison gaie. De nos jours, ce serait aussi une maison ouverte, où une foule de gens viendraient pour discuter et pour écouter.

Quand on se réunissait autour de la table, dans la maison de Boulgakov, pour boire du thé, on ne discutait pas de questions d'ordre général, mais le maître de maison improvisait une pièce, dont ses invités et lui-même tenaient tous les rôles et qui était la vie même. Quel dommage que Boulgakov ait eu un si petit auditoire ! *Le Roman théâtral* a dû naître de ce talent d'animer des personnages.

Ce qui ne pouvait, bien sûr, qu'être pénible pour lui c'était ce silence qui s'était installé autour de ce qu'il écrivait avec tant d'ardeur créatrice. Il aurait voulu qu'on parle sérieusement de son travail d'écrivain et non pour faire sensation. Mais le genre de critiques qu'il aurait aimé n'existait pas.

Je me souviens qu'une fois il vint chez moi et me déclara triomphalement :

« Il y a quelque chose, enfin, regardez, il y a quelque chose… »

Il me montra un numéro de revue dans lequel il y avait un article dont plusieurs passages avaient été soulignés par lui au crayon rouge et bleu.

« Un large public le lisait mais la critique observait sur lui un silence arrogant… On lui donnait toute sorte d'épithètes qui devinrent connues de tous : spirite, visionnaire et enfin fou tout simplement. Mais il possédait un esprit extraordinairement clair et pratique et il prévoyait ce que ses futurs critiques pourraient dire de lui… Au premier abord, sa méthode semblait extrêmement contradictoire, ses images hésitaient entre le grotesque monstrueux et la généralisation réaliste. Il faisait se promener le diable dans les rues de Berlin… »

Boulgakov tendit les bras, ravi. « Ça, c'est un critique. C'est comme s'il avait lu le roman que je n'ai pas encore publié, tu ne trouves pas ? » Il reprit : « Il transforme l'art en une sorte de tour de combat d'où il tue par la satire tout ce qui est monstrueux dans la réalité. »

Ce que Boulgakov lisait ainsi en ne changeant que très peu le texte (je cite les passages qu'il a lui-même soulignés dans la revue *Les Études littéraires*, n° 5, 1938), c'était un article de P. Mirimsky, *Le Fantastique social de Hoffmann*, qui n'avait aucun rapport avec lui. Il avait vu dans ces observations quelque chose qui le concernait. Et il fit cette plaisanterie que je ne trouvai pas tellement drôle.

Il ne vivait pas de ses propres œuvres dont il était fier mais en écrivant des textes sur commande. Pourtant, il n'acceptait jamais de sujets qui allaient à l'encontre de ses pensées et de ses goûts. Cette obligation de faire de la littérature alimentaire ne l'affligeait pas exagérément et il s'en acquittait avec plus de patience qu'on aurait pu s'y attendre. Dans ce travail aussi, il était très exigeant à l'égard de lui-même comme le peintre Favorski quand il faisait des étiquettes pour les bobines de fil.

Quand il faisait des livrets pour des opéras, il se passionnait tellement pour ce travail qu'il s'imaginait être le compositeur, le chanteur et le chef d'orchestre. Il chantait des airs en s'accompagnant lui-même au piano ou il imaginait l'orchestre jouant l'ouverture de son prochain opéra et se mettait à le diriger d'un air inspiré. Tout cela l'amusait beaucoup.

Il a très bien décrit lui-même cette passion pour le théâtre dans *Le Roman théâtral* au moment où il parle des silhouettes qui se mettent à bouger et à parler dans une boîte d'allumettes.

Son théâtre commençait à vivre sur sa table de travail.

Il écrivait aussi pour le cinéma. Il fit l'adaptation des *Âmes mortes* pour Mosfilm et du *Revizor* pour Ukrainfilm. En adaptant *Les Âmes mortes*, il essaya de s'appuyer sur les idées qu'il avait pour la réalisation de la pièce au Théâtre d'Art (j'en dirai quelques mots plus loin), mais la chose se révéla impossible. Il fallait obéir au goût de celui qui lui avait commandé ce travail. Et tout ce qu'il pouvait faire, c'était d'essayer de ne pas trop trahir Gogol.

Et comme il arrive souvent, lorsqu'on travaille pour le cinéma, il reçut chez lui les metteurs en scène qui vinrent discuter. Tous deux, celui de Kiev et celui de Moscou, avaient soif de collaboration active et Boulgakov avait du mal à se faire à ces méthodes bruyantes de travail : il avait l'habitude du silence.

Il aimait fermer les rideaux et même allumer des bougies pour pouvoir se concentrer pleinement… Il écrivait dans de gros cahiers, à grands caractères et sans appuyer… et jusqu'au moment où il le décidait lui-même, il ne supportait pas qu'on le dérange, qu'on regarde par-dessus son épaule. Il était habitué à travailler ainsi, ce qui est d'ailleurs le cas de presque tous ceux qui écrivent.

Et voilà qu'à peine une idée prenait-elle naissance, à peine l'imagination se mettait-elle à travailler, on venait s'en mêler, le gêner… Seul son éternel humour le sauvait. Ce travail se révélait très fatigant mais, malgré cela, Boulgakov entretenait de très bons rapports avec ces deux metteurs en scène et les deux adaptations auraient été terminées sans « les instances » qui, comme c'était déjà arrivé auparavant, changèrent d'avis quant au « plan de la production ».

À part cette « littérature alimentaire » Boulgakov avait encore son « service ». Il était employé au Théâtre d'Art comme assistant metteur en scène et, en cette qualité, il fit la mise en scène de quelques pièces. En 1936, il passe au Bolchoï en qualité de conseiller littéraire. Je ne connais pas les circonstances de ce changement. Sa situation au Théâtre d'Art ne devait pas être facile. En tant qu'auteur, il y avait connu des déboires. Ses rapports avec le Théâtre d'Art passaient par des phases diverses. Il y avait certes beaucoup de frottements sur le plan artistique et humain, mais, indépendamment de cela, le Théâtre d'Art restait son théâtre, celui avec lequel il était lié par le sang, si l'on peut dire. Jusqu'à la fin de ses jours, il garda de la reconnaissance à l'égard de beaucoup de gens de ce théâtre. Et de leur côté, eux le considérèrent toujours envers et contre tout comme leur auteur, comme l'un des leurs.

Il ne quitta absolument pas le théâtre (il continua à collaborer avec lui par la suite) mais il n'avait probablement pas pu se faire à son état d'« employé ». Un auteur, à son avis, devait être absolument indépendant. Un auteur « employé » était toujours un peu tenu en laisse.

Il commença à travailler à l'adaptation des *Âmes mortes* sur la proposition du Théâtre d'Art lui-même en 1932, c'est-à-dire au moment où il y était encore « employé ». « *Les Âmes mortes*. Maintenant, dans neuf jours, j'aurai quarante et un ans. C'est monstrueux, écrivait Boulgakov à P. S. Popov. Et voilà qu'arrivé à la fin de ma vie d'écrivain on me fait gribouiller des adaptations. Je regarde les étagères de ma bibliothèque, terrifié. Qui aurai-je encore à adapter demain : Tourgueniev, Leskov, Brogauz-Efron ? »

Il se mit au travail, sans y croire : « C'est impossible d'adapter *Les Âmes mortes*. Acceptez-le d'un homme qui connaît bien cette œuvre. » Il considérait qu'on lui avait joué un mauvais tour, qu'on lui avait donné un rôle dans une pièce qui n'existait pas. Mais comme il avait été engagé par le théâtre récemment il ne pouvait pas refuser.

Au début, Boulgakov décida de faire une adaptation très libre. En réalité, il voulait faire une pièce qui aurait eu un sens par elle-même. L'action devait se passer à Rome. Mais cette idée n'était pas du goût du théâtre. Le point de vue du théâtre était très académique. Peut-être avait-il raison : on ne pouvait accepter pareille liberté de la part de Boulgakov pour *Les Âmes mortes*. Finalement il fit une pièce très proche du livre de Gogol ; ce fut un bon spectacle, bien joué, qu'on continue encore à donner de nos jours.

Cependant, malgré ce succès et malgré son amour pour Gogol, Boulgakov ne pouvait être satisfait de son travail. Mais il disait avec une certaine fierté :

« Il est difficile de passer artisan. Imaginez tout ce qu'il faut repousser de sentiments simples et sincères et qu'il faut même parfois vaincre ces sentiments tout à fait… »

Au Théâtre Bolchoï, il était un invité, un homme de lettres professionnel, indépendant, apportant son travail pour améliorer la qualité littéraire des livrets. Comme il aimait la musique et l'opéra, son séjour au Bolchoï ne lui était pas désagréable.

Il était content de faire partie, d'une manière tout à fait inattendue, de cette colossale institution dont les galeries dorées reflétaient à la fois l'art théâtral contemporain et celui de jadis.

Vêtu d'un complet noir et avec un nœud papillon il aimait à s'y rendre pour écouter *Aïda* par exemple, dans la mise en scène d'avant la Révolution. Il y allait généralement seul et il aimait ce spectacle vieillot exécuté par des musiciens qui s'ennuyaient et des acteurs de seconde zone qui n'émouvaient pas. Il s'amusait souvent, dans une conversation, à avoir l'air « conservateur » en matière d'art. « J'aime les rideaux qui se lèvent laborieusement, ornés de cupidons qui voltigent, disait-il. De nos jours, on joue sans rideau du tout. » Il était effrayé du projet de Meyerhold de faire construire un théâtre sans coulisses, ni décors, ni rideau, bien entendu, avec un plateau de forme parabolique qui s'avancerait jusque dans la salle de sorte que les spectateurs se confondraient avec les acteurs et la scène qu'ils encadreraient de trois côtés.

« Navrant, disait Boulgakov, tout le mystère du théâtre disparaît... Je rêve d'introduire au théâtre un orchestre pour jouer aux entractes, comme c'était l'usage autrefois en province... »

Mais l'homme qui parlait ainsi avait des idées étonnamment larges et c'était, dans le fond, un novateur. S'il avait pu travailler davantage pour le théâtre, il aurait créé une quantité de pièces de genre et de forme inattendus. Relisez ses pièces et vous en serez convaincus. Et son roman…

Le roman *Le Maître et Marguerite* est construit paradoxalement, il est écrit sur deux plans totalement opposés l'un à l'autre.

Dans la partie historique, c'est l'aventure de Ponce Pilate venu à Jérusalem pour juger Jésus. Ces événements, la montée au Golgotha et l'exécution de Jésus, sont dépeints dans une prose précise et réaliste. Dans la seconde partie surgit devant nous le Moscou des années vingt (en réalité certains signes indiquent qu'il y a des choses qui se passent plus tard). Tout cela, commencé facilement, presque comme une nouvelle de genre, tourne à la fantasmagorie, devient presque un rêve, un cauchemar d'où toute logique est absente. Le lecteur est dans l'« irrationnel » où tout est permis à l'auteur.

Évoluant sur ces deux plans, l'auteur change radicalement de langage et de rythme de l'un à l'autre. On dirait qu'il jongle avec la contradiction des deux styles et ce qui est lointain et imaginaire devient accessible et authentique alors que ce qui est coutumier et réel se transforme en une farce tragique et fabuleuse…

Boulgakov ici joue « sans rideau », découvrant carrément sa technique.

Il détestait les clichés, la banalité, les généralisations. Un jour, il me confia à l'oreille, comme un conspirateur :

« Sergueï, il faut supprimer la prose.

— Quoi ?

— Je viens de lire une description de la campagne. Ah, j'en ai assez de l'odeur de miel des prés, des vastes espaces du bord de la Volga, des fameux bourgeons qui éclatent sur les arbres, des steppes… Tout cela n'est plus de la littérature, depuis longtemps déjà, mais de la contrefaçon. »

Sa prose avait un caractère concret, énergique, réaliste, il était un véritable prosateur moderne.

Dans sa bibliothèque, la littérature russe du XIXe siècle était bien représentée, il y avait peu de livres d'auteurs étrangers, mais une quantité d'écrivains russes de second ordre, à moitié oubliés, reflétant, comme il arrive souvent, le goût littéraire et les mœurs de leur temps.

Il aimait et connaissait bien Gogol, Saltykov-Chtchédrine, Soukhovo-Kobyline. Tchekhov le laissait indifférent. Les tentatives de trouver la source de son inspiration dramatique chez Tchekhov sont erronées. On a fait des rapprochements sans trop y réfléchir… à cause du Théâtre d'Art, de l'« atmosphère » des *Journées des Tourbine*, etc.

Je pense au contraire que, dans l'art dramatique russe, il occupera une place tout à fait à part.

Par les jours d'hiver secs, surtout quand il y avait du soleil, Mikhaïl Athanassiévitch venait chez moi. J'habitais non loin de chez lui, passage Mansourov, dans une petite maison de bois. De ma maison, quand on avait traversé la rue Ostojinka (aujourd'hui Metrostroievskaia), on pouvait descendre directement jusqu'à la Moskova. Les skis de Boulgakov restaient toujours chez moi et nos promenades commençaient là. Il gardait son long manteau gris-vert en ours américain et son chapeau de même fourrure enfoncé jusqu'aux oreilles et il mettait en dessous son célèbre bonnet tricoté. Nous chaussions nos skis dans la cour de la maison et nous partions. La rue Ostojinka était pleine de tranchées car on commençait à y construire une ligne de métro. À plusieurs endroits on avait mis des ponts en bois en travers de la rue ; nous traversions ces ponts, givrés et glissants, puis nous continuions notre route par des ruelles enfouies sous les congères et bientôt nous retrouvions la rivière. En ce temps-là, on pouvait traverser la Moskova à skis : les courants chauds sous la rivière n'empêchaient pas une plaque solide de glace de se former et sur la piste tracée à peine recouverte par la neige tombée dans la nuit on pouvait arriver très vite jusqu'aux Monts Vorobiev. Nous nous promenions là ou dans le jardin Neskoutchni. Nous y allions surtout les jours de semaine quand il y avait peu de monde et surtout des enfants. De temps en temps, un sportif passait si vite qu'on ne voyait que son pull-over rouge.

« Je ne peux pas m'y habituer, mais il serait peut-être temps de le faire, disait Boulgakov en poussant doucement sur ses bâtons. Chaque manifestation de méfiance à mon égard me fait peur et j'ai peur aussi des soupçons et des chicaneries que soulève chaque mot que j'écris, mais, après tout, peut-être est-ce un malheur qui ne m'est pas particulier. »

Sans cesse il revenait à ce problème de notre littérature qui avait de plus en plus de mal à respirer.

Banni de la vie littéraire officielle (il ne participa pas au Congrès des Écrivains de 1934 fût-ce à titre de simple invité), il ne vivait que par la littérature. Il ne cessait de penser que la pression d'une seule volonté, d'un seul goût, étouffait toute manifestation de vie et brisait l'activité de beaucoup d'écrivains qui récemment encore avaient apporté quelque chose de nouveau à la littérature. Les uns s'étaient tus définitivement, les autres ne faisaient que prononcer des discours quand les circonstances ou les jubilés s'y prêtaient.

Je sentais que c'était un sujet qui le tourmentait. Il suivait avec attention les succès de Kataiev, Oliécha, Ilf et Petrov. Ils avaient le même âge que lui, c'était avec eux qu'il était entré dans la littérature, ils avaient travaillé ensemble au journal *Goudok* et ç'avait été une joyeuse collaboration, pleine d'espoir. Il en était très fier et s'indignait chaque fois qu'à son avis l'un d'eux faisait une fausse note.

« Vous avez énormément de chance, lui disait-on. Vous êtes pur, vous n'êtes pas agité par des conflits intérieurs, et, surtout, vous êtes en bonne santé, c'est enviable.

— J'ai une excellente santé, affirmait volontiers Boulgakov. Rien ne me fait rien, vous avez raison. »

Il parlait ainsi mais, bien avant l'apparition des premiers symptômes de sa maladie, lui qui était médecin la vit venir. Il savait déjà qu'il était malade, mais nous nous l'ignorions encore. J'avais tendance à le considérer comme un malade imaginaire. Il adorait les pharmacies. Il y en avait une, rue Kropotkinskaia, où il allait tout le temps. Il montait au premier étage, ouvrait une porte qui grinçait comme en province, entrait et était accueilli comme une vieille connaissance. Il achetait des médicaments posément, en prenant son temps. Il aimait vraiment cela.

J'avais chez moi un chien, un basset. Ils étaient très amis. Le chien voltigeait autour de lui et lui faisait des avances. Boulgakov lui passait la main derrière les oreilles, le caressait et, aussitôt après, courait se laver les mains. La scène se répétait et, de nouveau, il allait se laver les mains.

Je le taquinais un peu et il me regardait avec condescendance, disant : « Tout homme doit être un peu médecin en ce sens qu'il doit désarmer les ennemis invisibles qui menacent sa vie. Si j'étais le chef de la milice, j'abolirais les passeports, je les remplacerais par l'analyse d'urine obligatoire. »

Il prenait un véritable plaisir à venir chez moi quand j'étais malade. Il arrivait avec sa trousse de médecin, prenait ma température, m'auscultait, me tâtait le pouls, me faisait tirer la langue et dire « ah ». Puis il sortait de sa trousse des ventouses, de l'éther et un réchaud à alcool. Ces ventouses, il ne les posait pas très adroitement, il lui arrivait même de me brûler : « Allons, allons, disait-il pour me calmer. Excuse-moi, mais tu vois comme elles prennent bien ! »

Quand il me regardait d'un air mystérieux tout en tenant des propos absolument insignifiants, je savais qu'il avait commencé à écrire quelque chose de nouveau. Il ne le disait pas tout de suite et le lui demander avant que ce ne soit le moment était inutile.

Il venait parfois me voir le soir, vêtu d'un vieux costume de ski, comme chez lui, ce costume dont je me souviens si bien. Il fermait la porte derrière lui, me demandait des nouvelles ou se mettait à parler, tout en me demandant sans arrêt : « Il n'y a personne à côté ? » Si quelqu'un venait chez moi à l'improviste, il se taisait aussitôt, ou ne participait à la conversation que par monosyllabes, en accrochant sur ses lèvres « le sourire numéro neuf » (c'est ainsi que j'avais appelé l'expression qu'il arborait quand il voulait être poli et mondain). Quand il me quittait, il me disait d'un ton offensé : « Merci, ça a été une surprise. Qu'est-ce que c'est encore que ce type-là ? »

À un moment donné, il commença à avoir peur de se promener seul dans la rue. Désormais c'était Lena qui s'occupait de tout, des questions financières comme de celles qui avaient rapport au théâtre. Elle tapait aussi ses manuscrits à la machine et toutes ces pages du *Maître et Marguerite* qu'il refaisait tout le temps.

Il se mit à porter des lunettes noires et à sortir le moins possible de chez lui. Il était déjà malade mais personne ne l'avait deviné. On voyait seulement que son moral n'était pas très bon, qu'il avait des difficultés. Il se repliait totalement sur lui-même.

Il avait toujours eu cette puissance de concentration, mais pas à ce point, pas comme maintenant. Il avait du mal à respirer à force de rester seul avec lui-même. Quand il s'occupait de lui-même avant, c'était une sorte de jeu, qui faisait partie de sa vie. Il collait soigneusement dans un cahier toutes les critiques, tout ce qu'on avait écrit sur lui. Cela faisait tout un volume et quel volume ! Il n'était composé que d'injures, d'outrages. Pas une seule bonne parole, pas un encouragement ! Il collectionnait tout cela, très soigneusement, et il le montrait. Il ne tenait pas de journal, ni de cahier de notes. Mais s'il écrivait des lettres à l'historien littéraire P. S. Popov, ce n'était pas seulement par amitié pour lui mais aussi pour lui-même : il rapportait dans ces lettres les événements de sa vie littéraire. « Comme je vous l'avais promis, cher Pavel Sergueiévitch, je vous communique des faits supplémentaires, etc., etc. » Malheureusement on a retrouvé beaucoup moins de renseignements dans les archives de P. S. Popov que je ne le supposais.

Boulgakov prenait très au sérieux tout ce qui concernait son nom d'écrivain et ce trait de son caractère ne me surprenait pas : c'était une chose qui ne l'abaissait pas. C'est une attitude assez naturelle pour un écrivain mais, contrairement à ce qui se passe en général, lui ne s'en cachait aucunement. Il écoutait un peu trop ce qu'on disait de lui et il était même, si vous voulez, un peu trop susceptible sur ce plan. Ses ennemis, il se les rappelait toute sa vie. Tout ce qui faisait partie de sa carrière littéraire le préoccupait intensément.

Avant je le taquinais un peu là-dessus. Mais maintenant tout était devenu sombre. Invisible pour les autres, la maladie l'avait frappé.

À l'automne 1939, il partit avec Lena pour Leningrad. Ils avaient envie de changer un peu d'atmosphère, de vivre à l'hôtel et de se sentir des touristes oisifs.

C'est à Leningrad que Boulgakov eut sa première crise. Il avait tous les symptômes d'une hypertension nerveuse qui progressait rapidement et menaçait de se transformer en urémie. Les médecins de Leningrad lui conseillèrent de rentrer immédiatement à Moscou.

À Moscou, il se coucha et il ne se releva plus.

Je vins le voir le premier jour de leur retour. Contrairement à mon attente, il était calme. Il me parla en détail de ce qui allait lui arriver dans les six mois à venir et me dit comment sa maladie allait évoluer. Je ne le crus pas. Mais tout se passa exactement comme il l'avait prédit. Je venais le voir presque tous les jours, et voulant situer avec précision les événements de sa vie je lui proposai de jouer au journaliste indiscret qui vient importuner un écrivain célèbre de ses questions.

« Tu me fais marcher », dit-il, mais il accepta le jeu.

Plus tard, ce jeu l'amusa et je notai quelques-unes de ces conversations qui se composaient de questions et de réponses. J'ai déjà dit que ces notes s'étaient perdues mais il se trouve que j'en ai gardé un feuillet. Le voici :

LUI : Je ne comprends quand même pas, cher camarade, pourquoi vous m'ennuyez avec vos questions.

MOI : L'humanité entière s'intéresse à tous les détails de votre vie.

LUI : Je le sais bien, mais la noblesse de mon caractère me contraint à vous prévenir que je ne suis pas des vôtres.

MOI : C'est peut-être pour cela justement que vous présentez un intérêt particulier.

LUI : C'est odieux, ce que vous dites là, mon cher ami. Je suis « des vôtres », je plaisantais.

MOI : Pardon ? Je ne comprends pas.

LUI : Hier, vous m'avez interrogé sur mes débuts littéraires.

MOI : C'est tout à fait exact. Je suis tout ouïe.

LUI : C'est à ce moment-là que je me suis joué mon premier tour de cochon.

MOI : Comment cela ?

LUI : Ô jeunesse, jeunesse ! Je suis allé déposer ma première œuvre dans une salle de rédaction assez respectable dans une tenue complètement démodée. J'avais déniché un complet, ce qui était déjà assez rare à l'époque, et j'avais mis une cravate assez amusante et, lorsque je me suis trouvé devant le rédacteur en chef, j'ai lancé mon monocle en l'air et je l'ai adroitement rattrapé avec mon œil. Je crois même qu'il existe quelque part une photo de moi avec mon monocle et mes cheveux gominés coiffés en arrière. Je crois que le rédacteur en chef fut impressionné par mon aspect. Mais je ne m'en tins pas là. De la poche de mon gilet je sortis avec précaution l'oignon de mon grand-père, j'appuyai sur un bouton et ma montre familiale se mit à jouer un air qui ressemblait à « Chantons la gloire de notre Seigneur à Sion »... « Et alors ? ai-je demandé en regardant le rédacteur en chef dont le seul aspect me faisait trembler et que j'adorais. — Et alors ? fit-il. Reprenez votre manuscrit et occupez-vous de n'importe quoi sauf de littérature, jeune homme. » Sur quoi, il se dressa de toute sa taille et me fit comprendre que l'entrevue était terminée. En partant, je l'entendis clairement dire à son secrétaire qui avait l'air très agité : « Il n'est pas des nôtres. » Je suis certain que cela s'appliquait à moi.

MOI : Et vous pensez que cet incident a joué un rôle fatal dans tous vos rapports ultérieurs avec des rédactions ?

LUI : Mon cher ami, je vous conseille de donner à cet incident un sens plus général. Il s'agit de mon caractère.

L'oignon et le monocle n'étaient que des armes maladroites pour combattre ma timidité et trouver le moyen d'exprimer mon indépendance.

MOI : Allons plus loin. Qu'est-ce qui vous a amené au théâtre ?

LUI : La soif d'argent et de gloire. Le rêve secret que je berce depuis mon enfance, c'est d'être appelé sur scène par le public. J'ai vu en dormant ma longue silhouette chancelante couronnée de cheveux ébouriffés au milieu de la scène, et le metteur en scène reconnaissant se jetant à mon cou et m'embrassant sous les clameurs enthousiastes d'un public déchaîné.

MOI : Sauf le respect que je vous dois, à la reprise des *Journées des Tourbine*, on a relevé le rideau seize fois et le public a crié « l'auteur » et vous, vous n'avez pas montré le bout du nez.

LUI : Les Français disent qu'on vous offre un pantalon quand vous n'avez plus de fesses. Pardonnez-moi cette expression brutale. (Et, prenant tout à coup un air soupçonneux.) Vous n'êtes pas envoyé par un journal français, par hasard ?

MOI : Non.

LUI (d'un ton insinuant) : Ou par un autre journal étranger ?

MOI : Non, non. Par un journal russe.

LUI : Pas le journal des émigrés blancs de Riga ? (Ses mains s'étaient mises à trembler.)

MOI : Que Dieu m'en garde ! (Je fis un geste d'horreur.) Je suis de *Moscou-Soir*, de ce merveilleux et incomparable journal qu'est *Moscou-Soir*.

LUI : Bravo. Lena ! Mets la vodka sur la table. Que ce freluquet s'en mette plein la lampe. Il n'y a aucun risque qu'il publie même une ligne de moi dans son journal.

Sur sa table de chevet apparaissaient de plus en plus de médicaments. De plus en plus souvent, des médecins venaient. Ils venaient parfois à plusieurs, et on les entendait chuchoter dans le couloir et dans la cuisine. Ils quittaient Boulgakov désemparés. Mais il avait fait lui-même son diagnostic et on ne pouvait rien lui cacher. Les traits de son visage s'affinèrent. Il rajeunit. Ses yeux devinrent encore plus bleus, plus purs et ses cheveux à peine ébouriffés le faisaient ressembler à un adolescent. Il continuait à regarder le monde avec étonnement. Ses amis Boris Erdman, Dmitriev et Williams venaient souvent le voir. On mettait la table à côté du lit et nous buvions et mangions et lui trinquait avec nous, un verre d'eau à la main. Il insistait toujours pour que nous buvions comme avant, et pour nous être agréable, il faisait semblant de s'enivrer aussi. Mais bientôt ces réunions cessèrent. Elles étaient devenues pénibles pour lui. Je venais le voir quand il m'appelait.

Un jour, il leva ses yeux sur moi et, plissant le front tant il avait la migraine, il me dit :

« Rappelle-toi que si tu ne réussis pas ta vie tu réussiras ta mort… C'est Nietzsche, je crois, qui a dit cela dans *Zarathoustra*. Quelle prétention absurde ! Il me semble parfois que la mort est la suite de la vie. Seulement nous ne pouvons pas imaginer comment cela se passe, mais cela se passe… Je ne parle pas de l'au-delà au sens religieux, que Dieu m'en garde, mais je me demande tout de même ce que nous devenons après la mort si notre vie n'a pas été réussie. C'est un imbécile, ce Nietzsche… » Il soupira. « Oh vraiment, il faut que j'aille mal pour parler de ces choses-là. Moi… »

Mais il avait tort. Sa vie, il l'avait réussie. Je l'ai toujours pensé, même dans les moments les plus durs. Mais il était toujours très mécontent lorsque je le lui disais, c'était vraiment ce qui l'offensait le plus… Oui, il avait réussi sa vie.

Malgré tout, il avait écrit et il l'avait fait librement. Et sa voix d'écrivain, d'artiste, de citoyen n'avait pas été déformée.

Mais cela lui avait coûté cher.

Au mois de février, je fus tout le temps chez eux. Le petit Serge n'habitait plus là et j'occupais sa chambre. L'aide que j'apportais n'était peut-être pas très grande mais ma présence permettait à Lena de dormir un peu et je pouvais rester à côté du malade pour voir s'il n'avait besoin de rien. J'avais tout de même l'impression d'être utile à Lena. Elle restait toujours la même. Elle entrait chez lui souriante, bien coiffée, calme. Sans oublier de se regarder de temps en temps dans la glace, elle dirigeait la vie de toute la maison. Elle ne manifestait aucune panique, aucun désespoir, elle ne se plaignait pas. Le matin, nous prenions notre café dans la cuisine et tout, autour de nous, était joli, confortable, bien à sa place. Les derniers jours seulement, elle s'asseyait à la table de la cuisine et pleurait doucement. Et moi je ne la dérangeais pas, je ne lui parlais pas.

J'étais couché sur le divan de Serioja et devant moi je voyais la bibliothèque ; sur le rayon du bas il y avait la collection complète du *Messager de l'Histoire*. C'était dans cette revue que Boulgakov avait trouvé cette citation de Leskov qu'il aimait beaucoup où celui-ci parlait du faux contentement de soi que chaque écrivain devait chasser de lui-même pour que son âme n'en soit pas vidée et salie. Dans la maison, c'était le silence.

Il est seul et nous ne le gênons pas.

La vie glisse autour de lui mais ne le touche plus, il n'a qu'une pensée dans la tête : il ne dort ni la nuit ni le jour. Les mots surgissent, tangibles, il suffirait de se lever et de les noter tout de suite, mais se lever est impossible et tout se dissout, s'oublie et disparaît. Comme les belles sorcières de son roman passent au-dessus de Moscou. La vie réelle se transforme en vision, la pensée quitte la vie de tous les jours, la rejette avec la force de sa fantaisie et combat le mal triomphant.

C'est cela *Le Maître et Marguerite*. Jusqu'au dernier jour, il s'inquiéta de ce roman, exigea qu'on lui relise certaines pages.

Assise devant sa machine à écrire, Lena lisait :

« Du pilori le plus proche parvenaient les accents rauques d'une absurde chanson. L'homme qui y était pendu – Hestas – avait perdu la raison vers la fin de la troisième heure, à cause du soleil et des mouches ; maintenant il chantonnait doucement on ne sait quoi à propos de raisin. Toutefois, il secouait encore par moments sa tête coiffée d'un turban, alors les mouches s'envolaient paresseusement de son visage pour revenir s'y poser l'instant d'après.

Au second pilori, Dismas souffrait plus que les deux autres car l'obscurité n'avait pas envahi son esprit et il secouait la tête presque sans arrêt et en cadence – une fois à droite, une fois à gauche – jusqu'à toucher de l'oreille son épaule.

Yeshoua, lui, avait eu plus de chance. Dès la première heure, il était tombé plusieurs fois en syncope, et depuis, il avait sombré dans l'inconscience. Sa tête pendait sur sa poitrine et son turban s'était déroulé. Aussi était-il littéralement couvert de mouches et de taons au point que son visage avait disparu sous un masque noir et grouillant. Son aine, son ventre, ses aisselles étaient envahis de taons gros et gras qui suçaient son corps nu et jaune. »

Elle s'arrêta et le regarda. Il était dans ses pensées, immobile. Puis il tourna la tête vers elle et lui demanda :

« Lis-moi quatre ou cinq pages avant. Comment est-ce ? Le soleil se couche…

— Voilà. « Le soleil décline et la mort ne vient pas. »

— Et une ligne plus loin…

— « Mon Dieu, pourquoi ton courroux est-il sur lui ? Envoie-lui la mort. »

— C'est ça, dit-il. Je vais dormir un peu, Lena. Quelle heure est-il ? »

Ce furent des jours de souffrance muette, les mots mouraient lentement en lui…

Les doses habituelles de somnifère n'agissaient plus. On lui faisait de longues ordonnances et les pharmaciens refusaient de donner les médicaments : « À ces doses-là, c'est du poison », disaient-ils. Je fus obligé d'aller moi-même à la pharmacie expliquer de quoi il s'agissait. Je ne mettais plus le pied dehors depuis longtemps et l'air humide de mars me fit tourner la tête. Il faisait déjà sombre. Des lanternes éclairaient un terrain vague entouré de palissades où il y avait eu jadis une église et où l'on était en train de commencer à construire le Palais des Soviets (de nos jours il y a à cet endroit une grande piscine au-dessus de laquelle monte de la vapeur, surtout les jours où il fait très froid). À part la lumière projetée par les lanternes de ce chantier, tout était plongé dans l'obscurité.

La vie fait parfois de curieux rapprochements. Ce soir-là – je m'en souviens comme si c'était aujourd'hui – je rencontrai près du métro un écrivain de ma connaissance. Il rentrait chez lui épuisé, il avait froid dans cet air humide de mars. Il n'était pas rasé, son visage était terreux et il avait sa casquette enfoncée jusqu'aux oreilles et son col relevé. Il tenait à la main une énorme serviette.

« On ne vous voit plus, où êtes-vous passé ? chuchota-t-il. Vous savez, de nos jours, il faut sortir, voir des gens. Il y a pas mal de nuances nouvelles et ce n'est pas par les journaux que vous les apprendrez. Venez demain à l'Union des Écrivains. On jugera le cas de N. N. Quelle histoire ! »

Il paraissait inquiet et je fus frappé par l'inutilité monstrueuse des préoccupations de cet écrivain à côté de la mort tragique dont j'étais le témoin.

J'entrai dans la pharmacie et demandai le responsable. Il se rappelait bien Boulgakov, ce client minutieux et, me donnant les médicaments, hocha tristement la tête.

C'était le dégel. La neige était jaune sale. Sur le boulevard circulaire on entendait tinter les tramways. Tout me paraissait différent soudain.

Dix jours avant sa mort, Fadéiev vint le voir. Jusque-là il n'était jamais venu chez les Boulgakov. Peut-être voulait-il faire un geste à l'égard d'un membre de l'Union des Écrivains. Jusque-là, il ne connaissait Boulgakov que par ouï-dire. Je ne veux pas du tout juger Fadéiev : il faisait son devoir. Il passa presque toute la soirée là et il fut bouleversé.

Boulgakov écouta avec intérêt Fadéiev parler de l'Union et des écrivains. Fadéiev lui parlait avec confiance, comme à un ami…

« Écoutez, l'interrompit Boulgakov en l'entendant prononcer un nom qu'il connaissait, c'est un salaud ! » Puis il croisa les mains en un geste suppliant et dit : « Mais c'est peut-être un de vos amis. » Et, le menaçant du doigt, il ajouta : « Alors, je dois d'autant plus vous prévenir. Vous le rencontrez presque tous les jours et moi je ne l'ai jamais vu. Mais je le connais très bien. Et vous pas. C'est comme ça, ça arrive souvent aux hauts fonctionnaires… »

Il taquinait Fadéiev, il ironisait sur sa position de ministre de la Littérature. Fadéiev riait de son petit rire aigu en entendant Boulgakov faire un portrait imaginaire de ce que devrait être un haut fonctionnaire de la littérature.

« Mais c'est terrible ce que vous dites, fit Fadéiev, cessant de rire brusquement. C'est terrible parce que c'est vrai. On peut tout pardonner à un écrivain sauf de se trahir lui-même. Alors que faire ? » Il interrogea Boulgakov du regard.

« Tout dépend des épouses, Alexandre Alexandrovitch. Il n'y a qu'un cas où il faut les craindre, c'est quand elles sont sottes. Dans ce cas, tout est fichu.

— Tout ça, ce sont des légendes, dit Fadéiev. Et à part ça ? »

Mais Boulgakov ne dit plus rien. Il ferma les yeux. Il était fatigué et il ne pouvait plus le cacher. Fadéiev s'apprêta à partir.

Dans l'entrée, Fadéiev me demanda :

« Est-ce que les médecins pensent vraiment que son cas est désespéré ?

— Oui.

— C'est incroyable. Il est plein de vie.

— Et pourtant, c'est comme ça. Et lui-même le sait.

— C'est difficile à croire. » Fadéiev réfléchit une seconde et dit subitement : « Il y a eu un énorme malentendu, comprenez-vous, et on n'y peut plus rien !

— Quel malentendu ?

— Pour moi, le malentendu c'est que je ne le connaissais pas. Je n'avais pas le droit de ne pas le connaître… Non, je n'y crois pas. Je suis sûr que les médecins se trompent et lui aussi. Il s'en sortira et après tout se passera autrement.

— Oui, si sa vie dépendait des médecins et sa carrière littéraire du fait que vous l'ayez un peu mieux connu.

— Vous croyez ? » Il prit congé distraitement et partit.

Ensuite, il téléphona deux fois. Il demanda si Boulgakov n'avait pas besoin d'argent de l'Union ou d'autre chose.

« Je crois qu'il n'en a plus besoin.

— Plus besoin ? » chuchota-t-il. J'entendis encore un moment sa respiration dans le récepteur, puis il raccrocha.

Aucun prêt n'était plus nécessaire. Rien ne pouvait plus l'aider.

Tout son organisme était intoxiqué. À chacun de ses mouvements, tous ses muscles lui faisaient un mal intolérable. Il criait parce qu'il n'était plus en état de s'en empêcher. Ses cris résonnent encore à mes oreilles. Nous le retournions avec précaution dans son lit, cela lui faisait très mal mais il se retenait et même arrivait à nous dire doucement : « Vous le faites bien… bien… » Il ne voulait voir personne en dehors de nous près de son lit.

Il devint aveugle.

Lorsque je me penchais vers lui, il touchait mon visage avec ses doigts et me reconnaissait. À peine Lena apparaissait-elle dans la chambre qu'il la reconnaissait d'après son pas. Il était couché, nu, avec juste une serviette autour des hanches. Son corps était sec. Il avait énormément maigri.

Dmitriev et Boris Erdmann passèrent toutes les dernières nuits avec moi dans la chambre du petit Serioja. Dès le matin, le fils aîné de Lena, Genia, venait. Boulgakov lui touchait le visage et souriait. Il le faisait non seulement parce que lui-même aimait ce garçon aux cheveux sombres, très réservé, qui savait, comme un adulte, maîtriser ses mouvements intérieurs, mais aussi pour Lena. C'était peut-être la dernière possibilité qu'il avait d'exprimer son amour pour elle.

Il mourut le 10 mars à quatre heures de l'après-midi. Je ne sais pas pourquoi, mais j'ai toujours gardé l'impression qu'il était mort à l'aube.

Le lendemain matin – ou peut-être était-ce le même jour, le temps s'est mélangé dans ma mémoire mais il me semble tout de même que c'était le lendemain matin – le téléphone sonna. Je pris la communication. On appelait du Secrétariat de Staline.

« Est-il vrai que le camarade Boulgakov est mort ?

— Oui, c'est vrai. »

On raccrocha.

Dans la nuit, Nicolas Erdmann vint de Vichni Volotchok. Il était interdit de séjour à Moscou. Il resta deux heures sans dire un mot et partit.

L'appartement sentait le formol. Merkoulov faisait un masque mortuaire de Boulgakov. Lena m'a donné la copie de ce masque mais quand j'ai quitté Moscou on l'a jeté dans un hangar et il a disparu.

Beaucoup de gens vinrent dans l'appartement. Il y avait peu d'écrivains parmi eux. Quand on emmena le corps au crématorium on passa devant le Théâtre d'Art. Toute la troupe et tous les employés du théâtre attendaient près de l'entrée. Puis il passa devant le Bolchoï et là, près des colonnes, une foule était massée.

Il ne vit pas combien de gens étaient venus pour lui dire adieu.

Sergueï ERMOLINSKI

Première partie

— Qui es-tu donc, à la fin ?
— Je suis une partie de cette force qui, éternellement, veut le mal, et qui, éternellement, accomplit le bien.

GOETHE, *Faust*

Note de l'Éditeur

Le Maître et Marguerite, achevé en 1940 par Boulgakov (il y travailla douze années) fut publié pour la première fois en URSS en 1966, dans une version amputée, parfois, de longs passages. Dans la traduction que nous présentons ici, l'œuvre est restaurée dans un texte intégral telle que la voulait l'auteur. Les passages rétablis figurent entre crochets.

1. Ne parlez jamais à des inconnus

Au déclin d'une chaude journée de printemps, sur la promenade de l'Étang du Patriarche, apparurent deux citoyens. Le premier qui paraissait âgé d'une quarantaine d'années, était vêtu d'un léger complet d'été gris clair ; il avait la taille petite mais bien prise, voire replète, le cheveu brun quoique rare, et son visage soigneusement rasé s'ornait d'une paire de lunettes de dimensions prodigieuses, à monture d'écaille noire. Quant à son chapeau, de qualité fort convenable, il le tenait froissé dans sa main, comme un de ces beignets qu'on achète au coin des rues. Son compagnon, un jeune homme de forte carrure dont les cheveux roux s'échappaient en broussaille d'une casquette à carreaux négligemment rejetée sur la nuque, portait une chemise de cow-boy, un pantalon blanc fripé et des espadrilles noires.

Le premier n'était autre que Mikhaïl Alexandrovitch Berlioz, rédacteur en chef d'une épaisse revue littéraire et président de l'une des plus considérables associations littéraires de Moscou, appelée en abrégé MASSOLIT. Quant au jeune homme, c'était le poète Ivan Nikolaïevitch Ponyriev, plus connu sous le pseudonyme de Biezdomny.

Ayant gagné les ombrages de tilleuls à peine verdissants, les deux écrivains eurent pour premier soin de se précipiter vers une baraque peinturlurée dont le fronton portait l'inscription : « Bière, Eaux minérales ».

C'est ici qu'il convient de noter la première étrangeté de cette terrible soirée de mai. Non seulement autour de la baraque, mais tout au long de l'allée parallèle à la rue Malaïa Bronnaïa, il n'y avait absolument personne. À une heure où, semble-t-il, l'air des rues de Moscou surchauffées était devenu irrespirable, où, quelque part au-delà de la Ceinture Sadovaïa, le soleil s'enfonçait dans une brume de fournaise, personne ne se promenait sous les tilleuls, personne n'était venu s'asseoir sur les bancs. L'allée était déserte.

— Donnez-moi de l'eau de Narzan, demanda Berlioz à la tenancière du kiosque.

— Y en a pas, répondit-elle en prenant, on ne sait pourquoi, un air offensé.

— Vous avez de la bière ? s'informa Biezdomny d'une voix sifflante.

— On la livre ce soir, répondit la femme.

— Qu'est-ce que vous avez, alors ? demanda Berlioz.

— Du jus d'abricot, mais il est tiède, dit la femme.

— Bon, donnez, donnez, donnez !...

En coulant dans les verres, le jus d'abricot fournit une abondante mousse jaune, et l'air ambiant se mit à sentir le coiffeur. Dès qu'ils eurent bu, les deux hommes de lettres furent pris de hoquets. Ils payèrent et allèrent s'asseoir sur un banc, le dos tourné à la rue Bronnaïa.

C'est alors que survint la seconde étrangeté, concernant d'ailleurs le seul Berlioz. Son hoquet s'arrêta net. Son cœur cogna un grand coup dans sa poitrine, puis, semble-t-il, disparut soudain, envolé on ne sait où. Il revint presque aussitôt, mais Berlioz eut l'impression qu'une aiguille émoussée y était plantée. En même temps, il fut envahi d'une véritable terreur, absolument sans raison, mais si forte qu'il eut envie de fuir à l'instant même, à toutes jambes et sans regarder derrière lui.

Très peiné, Berlioz promena ses yeux alentour, ne comprenant pas ce qui avait pu l'effrayer ainsi. Il pâlit, s'épongea le front de son mouchoir et pensa : « Mais qu'ai-je donc ? C'est la première fois que pareille chose m'arrive. Ce doit être mon cœur qui me joue des tours… le surmenage… il faudrait peut-être que j'envoie tout au diable, et que j'aille faire une cure à Kislovodsk… »

À peine achevait-il ces mots que l'air brûlant se condensa devant lui, et prit rapidement la consistance d'un citoyen, transparent et d'un aspect tout à fait singulier. Sa petite tête était coiffée d'une casquette de jockey, et son corps aérien était engoncé dans une mauvaise jaquette à carreaux, aérienne elle aussi. Ledit citoyen était d'une taille gigantesque – près de sept pieds – mais étroit d'épaules et incroyablement maigre. Je vous prie de noter, en outre, que sa physionomie était nettement sarcastique.

La vie de Berlioz ne l'avait nullement préparé à des événements aussi extraordinaires. Il devint donc encore plus pâle, et, les yeux exorbités, il se dit avec effarement : « Ce n'est pas possible !… »

C'était possible, hélas, puisque cela était. Sans toucher terre, le long personnage, toujours transparent, se balançait devant lui de droite et de gauche.

Berlioz fut alors en proie à une telle épouvante qu'il ferma les yeux… Lorsqu'il les rouvrit, tout était fini : le fantôme s'était dissipé, la jaquette à carreaux avait disparu, et la pointe émoussée qui fouillait le cœur de Berlioz s'était, elle aussi, envolée.

— Pfff ! Ça, alors ! s'écria le rédacteur en chef. Figure-toi, Ivan, que j'ai cru mourir d'une insolation, là, à l'instant. J'ai eu une espèce d'hallucination, pfff !…

Il essaya de rire, mais des lueurs d'effroi traversaient encore ses yeux, et ses mains tremblaient. Peu à peu, cependant, il se calma. Il s'éventa avec son mouchoir, puis proféra d'un ton assez ferme : « Bon. Ainsi donc… », reprenant le fil de son discours que le jus d'abricot avait interrompu.

Ce discours, comme on le sut par la suite, portait sur Jésus-Christ. Pour tout dire, le rédacteur en chef avait commandé au poète, pour le prochain numéro de la revue, un grand poème antireligieux. Ivan Nikolaïévitch avait donc composé ce poème, en un temps remarquablement bref d'ailleurs, mais malheureusement, le rédacteur en chef s'était montré fort peu satisfait du résultat. Biezdomny avait peint son personnage principal – Jésus-Christ – avec les couleurs les plus sombres, et pourtant, selon l'opinion du rédacteur en chef, tout le poème était à refaire. Berlioz avait donc entrepris, au bénéfice du poète, une sorte de conférence sur Jésus, afin, disait-il, de lui faire toucher du doigt son erreur fondamentale.

Il est difficile de préciser si, en l'occurrence, Ivan Nikolaïévitch avait été victime de la puissance évocatrice de son talent, ou d'une complète ignorance de la question. Toujours est-il que son Jésus semblait, eh bien… parfaitement vivant. C'était un Jésus qui, incontestablement, avait existé, bien qu'il fût abondamment pourvu des traits les plus défavorables.

Berlioz voulait donc montrer au poète que l'essentiel n'était pas de savoir comment était Jésus – bon, ou mauvais –, mais de comprendre que Jésus, en tant que personne, n'avait jamais existé, et que tout ce qu'on racontait sur lui était pure invention – un mythe de l'espèce la plus ordinaire.

Il faut observer que le rédacteur en chef était un homme d'une rare érudition. Il fit remarquer par exemple, avec beaucoup d'habileté, que des historiens anciens tels que le célèbre Philon d'Alexandrie, ou le brillant Flavius Josèphe, n'avaient jamais fait la moindre allusion à l'existence de Jésus. Montrant la profondeur et la solidité de ses connaissances, Mikhaïl Alexandrovitch révéla même au poète, entre autres choses, que le fameux passage du chapitre 44, livre XV, des *Annales* de Tacite où il est question du supplice de Jésus n'était qu'un faux, ajouté beaucoup plus tard.

Le poète, pour qui tout cela était nouveau, fixait sur Mikhaïl Alexandrovitch le regard animé de ses yeux verts et l'écoutait attentivement. Il lâchait seulement, de temps à autre, un léger hoquet, en jurant tout bas contre le jus d'abricot.

— Il n'y a pratiquement pas une seule religion orientale, disait Berlioz, où l'on ne puisse trouver une vierge immaculée mettant un dieu au monde. Les chrétiens ont créé leur Jésus exactement de la même façon, sans rien inventer de nouveau. En fait, Jésus n'a jamais existé. C'est là-dessus, principalement, qu'il faut mettre l'accent…

La voix de ténor de Berlioz résonnait avec éclat dans l'allée déserte. Et, à mesure que Mikhaïl Alexandrovitch s'enfonçait dans un labyrinthe où seuls peuvent s'aventurer, sans risquer de se rompre le cou, des gens d'une instruction supérieure, le poète découvrait à chaque pas des choses curieuses et fort utiles sur le dieu égyptien Osiris, fils bienfaisant du Ciel et de la Terre, sur le dieu phénicien Tammouz, sur Mardouk, dieu de Babylone, et même sur le dieu terrible, quoique moins connu, Huitzli-Potchli, fort honoré jadis par les Aztèques du Mexique. C'est au moment précis où Mikhaïl Alexandrovitch racontait au poète comment les

Aztèques façonnaient à l'aide de pâte des figurines représentant Huitzli-Potchli – c'est à ce moment précis que, pour la première fois, quelqu'un apparut dans l'allée.

Par la suite – alors qu'à vrai dire, il était déjà trop tard –, différentes institutions décrivirent ce personnage dans les communiqués qu'elles publièrent. La comparaison de ceux-ci ne laisse pas d'être surprenante. Dans l'un, on dit que le nouveau venu était de petite taille, avait des dents en or et boitait de la jambe droite. Un autre affirme qu'il était énorme, que les couronnes de ses dents étaient en platine, et qu'il boitait de la jambe gauche. Un troisième déclare laconiquement que l'individu ne présentait aucun signe particulier. Il faut bien reconnaître que ces descriptions, toutes tant qu'elles sont, ne valent rien.

Avant tout, le nouveau venu ne boitait d'aucune jambe. Quant à sa taille, elle n'était ni petite ni énorme, mais simplement assez élevée. Ses dents portaient bien des couronnes, mais en platine à gauche et en or à droite. Il était vêtu d'un luxueux complet gris et chaussé de souliers de fabrication étrangère, gris comme son costume. Coiffé d'un béret gris hardiment tiré sur l'oreille, il portait sous le bras une canne de jonc, dont le pommeau noir était sculpté en tête de caniche. Il paraissait la quarantaine bien sonnée. Bouche légèrement tordue. Rasé de près. Brun. L'œil droit noir, le gauche – on se demande pourquoi – vert. Des sourcils noirs tous deux, mais l'un plus haut que l'autre. Bref : un étranger.

Passant devant le banc où le rédacteur en chef et le poète avaient pris place, l'étranger loucha vers eux, s'arrêta, et brusquement, s'assit sur le banc voisin, à quelques pas des deux amis.

« Un Allemand… », pensa Berlioz. « Un Anglais…, pensa Biezdomny, et qui porte des gants par cette chaleur ! »

Cependant, l'étranger enveloppait du regard les hautes maisons qui bordaient l'étang en carré. Il était visible qu'il se trouvait là pour la première fois, et que le spectacle l'intéressait. Ses yeux s'arrêtèrent sur les étages supérieurs, dont les vitres renvoyaient l'image aveuglante d'un soleil brisé qui, pour Mikhaïl Alexandrovitch, allait disparaître à jamais, puis descendirent vers les fenêtres que le soir assombrissait déjà. Il eut alors, sans qu'on pût en deviner la raison, un sourire légèrement ironique et condescendant, cligna de l'œil, posa les mains sur le pommeau de sa canne, et son menton sur ses mains.

— Vois-tu, Ivan, disait Berlioz, par exemple, ta description de la naissance de Jésus, fils de Dieu, est très bien, très satirique. Seulement – voilà le hic – c'est qu'avant Jésus, il est né toute une série de fils de dieux, comme, disons, le Phénicien Adonis, le Phrygien Attis, le Perse Mithra. Pour parler bref, aucun d'eux n'est né réellement, aucun n'a existé, et Jésus pas plus que les autres. Ce qu'il faut donc que tu fasses, au lieu de décrire sa naissance, ou, supposons, l'arrivée des rois mages, c'est de montrer l'absurdité des bruits qui ont couru là-dessus. Or, en lisant ton histoire, on finit par croire vraiment que Jésus est né !...

À ce moment, Biezdomny essaya de mettre fin au hoquet qui le tourmentait. Il retint son souffle, en conséquence de quoi il hoqueta plus fort et plus douloureusement. Au même instant, Berlioz interrompait son discours, parce que l'étranger s'était levé soudain et s'approchait d'eux. Les deux écrivains le regardèrent avec surprise.

— Excusez-moi, je vous prie, dit l'homme avec un accent étranger, mais sans écorcher les mots. Je vous suis inconnu, et je me permets de... mais le sujet de votre savante conversation m'intéresse tellement que...

En disant ces mots, il ôta poliment son béret, et les deux amis n'eurent d'autre ressource que de se lever et de saluer l'inconnu.

« Non, ce serait plutôt un Français… », pensa Berlioz.

« Un Polonais… », pensa Biezdomny.

Il est nécessaire d'ajouter que dès ses premières paroles, l'étranger fit sur le poète une impression défavorable, tandis que Berlioz le trouva plutôt plaisant, enfin… pas tellement plaisant, mais… comment dire ?… intéressant, voilà.

— Me permettez-vous de m'asseoir ? demanda poliment l'étranger. Non sans quelque mauvaise grâce, les amis s'écartèrent. Avec beaucoup d'aisance, l'homme s'assit entre eux, et se mit aussitôt de la conversation.

— Si je ne me suis point mépris, vous avez jugé bon d'affirmer, n'est-ce pas, que Jésus n'avait jamais existé ? demanda-t-il en fixant son œil vert sur Berlioz.

— Vous ne vous êtes nullement mépris, répondit courtoisement Berlioz. C'est précisément ce que j'ai dit.

— Ah, comme c'est intéressant ! s'écria l'étranger.

« En quoi diable est-ce que ça le regarde ! » songea Biezdomny en fronçant les sourcils.

— Et vous êtes d'accord avec votre interlocuteur ? demanda l'inconnu en tournant son œil droit vers Biezdomny.

— Cent fois pour une ! affirma celui-ci, qui aimait les formules ampoulées et le style allégorique.

— Étonnant ! s'écria à nouveau l'indiscret personnage. (Puis, sans qu'on sache pourquoi, il regarda autour de lui comme un voleur, et, étouffant sa voix de basse, il reprit :) Pardonnez-moi de vous importuner, mais si j'ai bien compris, et tout le reste mis à part, vous ne… croyez pas en Dieu ?

Il leur jeta un regard effrayé et ajouta vivement :

— Je ne le répéterai à personne, je vous le jure !

— Effectivement, nous ne croyons pas en Dieu, répondit Berlioz en se retenant de sourire de l'effroi du touriste, mais c'est une chose dont nous pouvons parler tout à fait librement.

L'étranger se renversa sur le dossier du banc et lança, d'une voix que la curiosité rendait presque glapissante :

— Vous êtes athées ?

— Mais oui, nous sommes athées, répondit Berlioz en souriant.

« Il s'incruste, ce pou d'importation ! » pensa Biezdomny avec colère.

— Mais cela est merveilleux ! s'exclama l'étranger stupéfait, et il se mit à tourner la tête en tous sens, pour regarder tour à tour les deux hommes de lettres.

— Dans notre pays, l'athéisme n'étonne personne, fit remarquer Berlioz avec une politesse toute diplomatique. Depuis longtemps et en toute conscience, la majorité de notre population a cessé de croire à ces fables.

Une drôle de chose dut alors passer par la tête de l'étranger, car il se leva, prit la main du rédacteur en chef ébahi et la serra en proférant ces paroles :

— Permettez-moi de vous remercier de toute mon âme !

— Et de quoi, s'il vous plaît, le remerciez-vous ? s'enquit Biezdomny en battant des paupières.

— Pour une nouvelle de la plus haute importance, excessivement intéressante pour le voyageur que je suis, expliqua l'original, en levant le doigt d'un air qui en disait long.

Il est de fait que visiblement, cette importante nouvelle avait produit sur le voyageur une forte impression, car il regarda les maisons d'un air effrayé, comme s'il craignait de voir surgir un athée à chaque fenêtre.

« Non, ce n'est pas un Anglais », pensa Berlioz, et Biezdomny pensa : « En tout cas, pour parler russe, il s'y entend. Curieux de savoir où il a pêché ça ! » Et il se renfrogna de nouveau.

— Mais permettez-moi, reprit le visiteur après un instant de méditation inquiète, permettez-moi de vous demander ce que vous faites, alors, des preuves de l'existence de Dieu, qui comme chacun sait, sont exactement au nombre de cinq ?

— Hélas ! répondit Berlioz avec compassion. Ces preuves ne valent rien du tout, et l'humanité les a depuis longtemps reléguées aux archives. Vous admettrez que sur le plan rationnel, aucune preuve de l'existence de Dieu n'est concevable.

— Bravo ! s'exclama l'étranger. Bravo ! Vous venez de répéter exactement l'argument de ce vieil agité d'Emmanuel. Il a détruit de fond en comble les cinq preuves, c'est certain, mais par la même occasion, et comme pour se moquer de lui-même, il a forgé de ses propres mains une sixième preuve. C'est amusant, non ?

— La preuve de Kant, répliqua l'érudit rédacteur en chef en souriant finement, n'est pas plus convaincante que les autres. Schiller n'a-t-il pas dit, à juste titre, que les raisonnements de Kant à ce sujet ne pouvaient satisfaire que des esclaves ? Quant à David Strauss, il n'a fait que rire de cette prétendue preuve.

Tout en parlant, Berlioz pensait : « Qui peut-il être, à la fin ? Et pourquoi parle-t-il aussi bien le russe ? »

— Votre Kant, avec ses preuves, je l'enverrais pour trois ans aux îles Solovki, moi ! lança soudain Ivan Nikolaïevitch, tout à fait hors de propos[1].

---

1. Îles Solovki, près d'Arkhangelsk. Il s'y trouve un monastère-forteresse, lieu de détention. *(N.d.T.)*

— Ivan ! chuchota Berlioz, rouge de confusion.

Mais l'idée d'envoyer Kant aux Solovki, loin de choquer l'étranger, le plongea au contraire dans le ravissement.

— Parfait, parfait ! s'écria-t-il, et son œil vert, toujours tourné vers Berlioz, étincela. C'est exactement ce qu'il lui faudrait ! Du reste, je lui ai dit un jour, en déjeunant avec lui : « Voyez-vous, Professeur – excusez-moi – mais vos idées sont un peu incohérentes. Très intelligentes, sans doute, mais terriblement incompréhensibles. On rira de vous. »

Berlioz ouvrit des yeux ronds : « En déjeunant… avec Kant ? Qu'est-ce qu'il me chante là ? » pensa-t-il.

— Malheureusement, continua l'exotique personnage en se tournant, nullement déconcerté par l'étonnement de Berlioz, vers le poète, il est impossible d'expédier Kant à Solovki, pour la simple raison que, depuis cent et quelques années, il séjourne dans un lieu sensiblement plus éloigné que Solovki, et dont on ne peut le tirer en aucune manière, je vous l'affirme.

— Je le regrette ! répliqua le bouillant poète.

— Je le regrette aussi, croyez-moi ! approuva l'inconnu.

Puis il reprit :

— Mais voici la question qui me préoccupe : si Dieu n'existe pas, qui donc gouverne la vie humaine, et en général, l'ordre des choses sur la terre ?

— C'est l'homme qui gouverne ! se hâta de répondre le poète courroucé, bien que la question, il faut l'avouer, ne fût pas très claire.

— Pardonnez-moi, dit doucement l'inconnu, mais pour gouverner, encore faut-il être capable de prévoir l'avenir avec plus ou moins de précision, et pour un délai tant soit peu acceptable. Or – permettez-moi de vous le demander –, comment l'homme peut-il gouverner quoi que ce soit, si non seulement il est incapable de la moindre prévision, ne fût-ce que pour un délai aussi ridiculement bref que, disons, un millier d'années, mais si en outre, il ne peut même pas se porter garant de son propre lendemain ?

— Tenez, imaginons ceci, reprit-il en se tournant vers Berlioz. Vous, par exemple. Vous vous mettez à gouverner, vous commencez à disposer des autres et de vous-même, bref, comme on dit, vous y prenez goût, et soudain… hé, hé… vous attrapez un sarcome au poumon… (En disant ces mots, l'étranger sourit avec gourmandise, comme si l'idée du sarcome lui paraissait des plus agréables.) Oui, un sarcome…, répéta-t-il en fermant les yeux et en ronronnant comme un chat – et c'est la fin de votre gouvernement !

« Dès lors, vous vous moquez éperdument du sort des autres. Seul le vôtre vous intéresse. Vos parents et vos amis commencent à vous mentir. Pressentant un malheur, vous courez voir les médecins les plus éminents, puis vous vous adressez à des charlatans, et vous finissez, évidemment, chez les voyantes. Tout cela, ai-je besoin de vous le dire, en pure perte. Et les choses se terminent tragiquement : celui qui, naguère encore, croyait gouverner, se retrouve allongé, raide, dans une boîte en bois, et son entourage, comprenant qu'on ne peut plus rien faire de lui, le réduit en cendres.

« Mais il peut y avoir pis encore : on se propose, par exemple – quoi de plus insignifiant ! – d'aller faire une cure à Kislovodsk (l'étranger lança un clin d'œil à Berlioz), et voilà, nul ne sait pourquoi, qu'on glisse et qu'on tombe sous un tramway ! Allez-vous me dire que celui à qui cela arrive l'a voulu ? N'est-il pas plus raisonnable de penser que celui qui a voulu cela est quelqu'un d'autre, de tout à fait autre ?

Et l'inconnu éclata d'un rire étrange.

Berlioz avait écouté avec une attention soutenue la désagréable histoire du sarcome et du tramway, et maintenant, une idée inquiétante le tourmentait : « Ce n'est pas un étranger… ce n'est pas un étranger…, pensait-il. C'est, sauf le respect, un type extrêmement bizarre… Mais qui cela peut-il être ?… »

— Vous désirez fumer, à ce que je vois ? dit tout à coup l'inconnu à Biezdomny. Quelle est votre marque préférée ?

Surpris, le poète, qui effectivement n'avait plus de cigarettes, répondit d'un air maussade :

— Pourquoi ? Vous en avez plusieurs ?

— Laquelle préférez-vous ? répéta l'inconnu.

— « Notre Marque » ! jeta Biezdomny d'un ton aigre.

Aussitôt, l'étrange individu tira de sa poche un étui à cigarettes et le tendit à Biezdomny.

— Voici des « Notre Marque »…

Le rédacteur en chef et le poète furent moins étonnés par le fait que l'étui contenait justement des cigarettes « Notre Marque », que par l'étui lui-même. C'était un étui en or de dimensions extraordinaires, dont le couvercle s'ornait d'un triangle de diamants qui brillaient de mille feux bleu et blanc.

Les pensées des deux hommes de lettres prirent alors un cours différent. Berlioz : « Si, c'est un étranger ! » et Biezdomny : « Qu'il aille au diable, à la fin !… »

Le poète et le propriétaire de l'étui prirent chacun une cigarette et l'allumèrent. Berlioz, qui ne fumait pas, refusa.

« Voilà ce qu'il faut lui objecter, pensa Berlioz, résolu à poursuivre la discussion. Certes, l'homme est mortel, personne ne songe à le nier. Mais l'essentiel, c'est que… »

Mais l'étranger ne lui laissa pas le temps d'ouvrir la bouche :

— Certes, l'homme est mortel, dit-il, mais il n'y aurait encore là que demi-mal. Le malheur, c'est que l'homme meurt parfois inopinément. Voilà le hic ! Et d'une manière générale, il est incapable de savoir ce qu'il fera le soir même.

« Quelle façon absurde de présenter les choses !... » pensa Berlioz, qui répondit :

— Là, vous exagérez. Pour moi, par exemple, je sais à peu près exactement ce que je vais faire ce soir. Évidemment, si dans la rue Bronnaïa, une tuile me tombe sur la tête...

— Où que ce soit, jamais une tuile ne tombera sur la tête de qui que ce soit, interrompit l'étranger avec un grand sérieux. Vous, en particulier, vous n'avez absolument rien à craindre de ce côté. Vous mourrez autrement.

— Vous savez sans doute exactement comment je mourrai ? s'enquit Berlioz avec une ironie parfaitement naturelle, acceptant de suivre son interlocuteur dans cette conversation décidément absurde. Et vous allez me le dire ?

— Bien volontiers, répondit l'inconnu.

Il jaugea Berlioz du regard, comme s'il voulait lui tailler un costume, marmotta entre ses dents quelque chose comme : « Un, deux... Mercure dans la deuxième maison... la lune est partie... six – un malheur... le soir – sept... », puis à haute voix, il annonça gaiement :

— On vous coupera la tête !

Stupéfait par cette impertinence, Biezdomny dévisagea l'étranger avec haine, cependant que Berlioz demandait, avec un sourire oblique :

— Ah bon ? Et qui cela ? L'ennemi ? Les interventionnistes ?

— Non, répondit l'autre. Une femme russe, membre de la Jeunesse communiste.

— Hmm..., grogna Berlioz, irrité par cette plaisanterie de mauvais goût, excusez-moi, mais c'est peu vraisemblable.

— Excusez-moi à votre tour, répondit l'étranger, mais c'est la vérité. Ah oui, je voulais vous demander ce que vous comptiez faire ce soir, si ce n'est pas un secret.

— Ce n'est pas un secret. Je vais d'abord rentrer chez moi, rue Sadovaïa, puis à dix heures, j'irai présider la réunion du MASSOLIT.

— C'est tout à fait impossible, répliqua l'étranger d'un ton ferme.

— Et pourquoi ?

Clignant des yeux, l'étranger regarda le ciel que des oiseaux noirs, pressentant la fraîcheur du soir, zébraient d'un vol rapide, et répondit :

— Parce qu'Annouchka a déjà acheté l'huile de tournesol. Et non seulement elle l'a achetée, mais elle l'a déjà renversée. De sorte que la réunion n'aura pas lieu.

Le silence se fit sous les tilleuls, comme si tout, désormais, était clair.

— Pardon, dit enfin Berlioz en dévisageant l'absurde bavard, mais... que vient faire ici l'huile de tournesol ?... Et de quelle Annouchka parlez-vous ?

— Je vais vous le dire, moi, ce qu'elle vient faire ici, l'huile de tournesol, proclama soudain Biezdomny, apparemment résolu à déclarer la guerre à l'importun. Dites-moi, citoyen, vous n'auriez pas séjourné, par hasard, dans une clinique pour malades mentaux ?

— Ivan !... protesta à voix basse Mikhaïl Alexandrovitch.

Mais l'étranger, bien loin de se montrer offensé, éclata d'un rire joyeux.

— Bien sûr, bien sûr, et plus d'une fois ! s'écria-t-il en riant, mais sans détacher du poète un œil qui, lui, ne riait pas du tout. Où n'ai-je pas séjourné, d'ailleurs ! Le seul dommage, c'est que je n'aie pas eu le loisir de demander au professeur ce qu'est la schizophrénie. C'est donc vous-même qui le lui demanderez, Ivan Nikolaïevitch !

— Comment savez-vous mon nom ?

— Voyons, Ivan Nikolaïevitch, qui ne vous connaît pas ?

L'étranger tira de sa poche le numéro de la veille de la *Gazette littéraire*, sur la première page duquel Ivan Nikolaïevitch put voir son propre portrait, accompagné de poèmes dont il était l'auteur. Mais cette preuve tangible de sa gloire et de sa popularité, qui l'avait tant réjoui hier, ne lui procura plus le moindre plaisir.

— Vous voulez m'excuser une minute ? dit-il, le visage assombri. Je voudrais dire deux mots à mon ami.

— Mais avec plaisir ! s'écria l'inconnu. On est tellement bien sous ces tilleuls. Et du reste, rien ne me presse.

— Écoute, Micha, chuchota le poète en attirant Berlioz à l'écart. Ce n'est pas du tout un touriste. C'est un espion. C'est un émigré qui s'est réintroduit chez nous. Demande-lui ses papiers, sinon il s'en ira, et…

— Tu crois ? murmura Berlioz avec inquiétude, tout en se disant : « Il a raison… »

Le poète se pencha et lui souffla dans l'oreille :

— Je t'assure, il fait l'imbécile, comme ça, pour nous tirer les vers du nez (Le poète loucha vers l'inconnu, craignant que celui-ci n'en profitât pour s'esquiver.) Viens, il faut qu'on le retienne, sinon il va filer…

Le poète prit Berlioz par le bras et l'attira vers le banc.

L'inconnu, qui ne s'était pas assis, tenait à la main une sorte de livret à couverture gris foncé, une épaisse enveloppe dont le papier paraissait d'excellente qualité, et une carte de visite.

— Excusez-moi, dit-il, mais dans le feu de la discussion, j'ai complètement oublié de me présenter. Voici ma carte, mon passeport, et une invitation me priant de venir à Moscou pour donner des consultations.

L'inconnu souligna ces paroles significatives d'un regard pénétrant, qui remplit de confusion les deux hommes de lettres.

« Diable, il a tout entendu... », pensa Berlioz, qui repoussa d'un geste poli les papiers que l'étranger lui tendait, cependant que le poète, jetant rapidement un coup d'œil sur la carte de visite, put reconnaître, imprimé en lettres latines, le mot « professeur », et l'initiale du nom, un W.

— Enchanté, enchanté, bredouilla le rédacteur en chef avec embarras, et l'étranger fit disparaître ses papiers dans sa poche.

Les relations ainsi renouées, les trois hommes prirent place sur le banc.

— Vous êtes donc invité en qualité de spécialiste, professeur ? demanda Berlioz.

— C'est cela.

— Heu... vous êtes allemand ? demanda Biezdomny.

— Qui, moi ? dit le professeur, qui parut hésiter. Enfin... oui, si vous voulez.

— Vous parlez très bien le russe, remarqua Biezdomny.

— Oh, vous savez, je suis polyglotte, je connais un très grand nombre de langues, répondit le professeur.

— Et quelle est votre spécialité ? s'enquit Berlioz.

— La magie noire.

« Manquait plus que ça ! » sursauta Berlioz.

— Et c'est… en tant que spécialiste de… de la magie noire que vous avez été invité ici ? bégaya-t-il.

— Parfaitement, dit le professeur. Voyez-vous, poursuivit-il, on a découvert tout récemment, dans votre Bibliothèque nationale, des manuscrits authentiques de Gerbert d'Aurillac, le célèbre nécromancien du Xe siècle, et je suis le seul spécialiste au monde capable de les déchiffrer.

— Ah, ah ! Vous êtes historien ? demanda respectueusement Berlioz, vivement soulagé par cette explication.

— Je suis historien, en effet, dit le savant, qui ajouta soudain, sans rime ni raison : « Et il se passera une histoire intéressante, ce soir, du côté de l'Étang du Patriarche ! »

De nouveau, le rédacteur en chef et le poète furent extrêmement surpris. Mais le professeur leur fit signe de se rapprocher, et quand ils furent tous deux penchés vers lui, il chuchota :

— Figurez-vous que Jésus a réellement existé.

Berlioz se redressa aussitôt et dit avec un sourire un peu forcé :

— Voyez-vous, professeur, nous respectons grandement vos vastes connaissances, mais sur ce sujet, vous nous permettrez de nous en tenir à un autre point de vue.

— Il n'est pas question de points de vue ici, répliqua l'étrange professeur. Jésus a existé, c'est tout.

— Mais encore faudrait-il avoir quelque preuve de… commença Berlioz.

— Toutes les preuves sont inutiles, coupa le professeur. (Et d'une voix douce, dont tout accent avait curieusement disparu, il commença :) Tout est simple. Le 14 du mois de Nisan, au petit jour, sous les colonnes du péristyle séparant les deux ailes du palais…

2. Ponce Pilate

Le 14 du mois de Nisan, au petit jour, sous les colonnes du péristyle séparant les deux ailes du palais d'Hérode le Grand, on vit paraître, de cette démarche traînante propre aux cavaliers, un homme enveloppé d'un grand manteau blanc à doublure écarlate : le procurateur de Judée Ponce Pilate.

Plus que tout au monde, le procurateur détestait le parfum de l'essence de roses. Or, depuis l'aube, cette odeur n'avait cessé de le poursuivre : présage certain d'une mauvaise journée.

Il semblait au procurateur que les palmiers et les cyprès du jardin exhalaient une odeur de rose, et qu'un léger parfum de rose se mêlait, tout à fait incongru, aux relents de cuir et de sueur qui émanaient des soldats de son escorte.

Des arrière-salles du palais, où logeait la première cohorte de la XIIe Légion *Foudre*, venue à Jérusalem avec le procurateur, montait une légère fumée qui gagnait le péristyle par la terrasse supérieure du jardin ; à cette fumée un peu âcre, qui témoignait que les cuistots de centurie commençaient à préparer le repas du matin, venait encore se mêler, sucré et entêtant, le parfum de la rose.

« Ô Dieux, Dieux, qu'ai-je fait pour que vous me punissiez ainsi ?... Car, il n'y a pas de doute, c'est encore lui, ce mal épouvantable, invincible... cette hémicranie, qui me torture la moitié de la tête... aucun remède contre cette douleur, nul moyen d'y échapper… bon, je vais essayer de ne pas remuer la tête… »

Sur le sol de mosaïque, près de la fontaine, on avait déjà avancé un fauteuil. Le procurateur s'y assit sans regarder personne, et tendit la main à la hauteur de son épaule. Un secrétaire glissa dans cette main, avec déférence, une feuille de parchemin. Sans pouvoir retenir une grimace de douleur, le procurateur parcourut rapidement le texte du coin de l'œil, puis rendit le parchemin au secrétaire et prononça avec difficulté :

— C'est le prévenu de Galilée ? L'affaire a-t-elle été soumise au tétrarque ?

— Oui, procurateur, répondit le secrétaire.

— Eh bien ?

— Le tétrarque n'a pas voulu conclure, et il soumet la sentence de mort du Sanhédrin à votre ratification, dit le secrétaire.

La joue du procurateur trembla un peu, et il ordonna d'une voix faible :

— Faites venir l'accusé.

L'instant d'après, deux légionnaires montaient du jardin et pénétraient sous les colonnes, poussant devant eux un homme d'environ vingt-sept ans, qu'ils amenèrent devant le fauteuil du procurateur. L'homme était vêtu d'une vieille tunique bleue, usée et déchirée, et coiffé d'un serre-tête blanc maintenu autour du front par un étroit bandeau. Ses mains étaient liées derrière son dos. Il avait l'œil gauche fortement poché, et le coin de la bouche fendu, où séchait un filet de sang. Il regardait le procurateur avec une curiosité anxieuse.

Après un moment de silence, celui-ci demanda doucement, en araméen :

— Ainsi, c'est toi qui incitais le peuple à détruire le Temple de Jérusalem ?

En prononçant ces mots, le procurateur demeura aussi immobile qu'une statue. Seules, ses lèvres remuèrent faiblement. Le procurateur demeura aussi immobile qu'une statue, parce qu'il craignait de chanceler sous la douleur infernale qui lui brûlait la tête.

L'homme aux mains liées fit un pas en avant et commença :

— Bon homme ! Crois-moi, je…

Mais le procurateur, toujours figé et élevant à peine la voix, l'interrompit aussitôt :

— C'est moi que tu appelles bon homme ? Tu te trompes. À Jérusalem, tout le monde murmure que je suis un monstre féroce, et c'est parfaitement exact.

Du même ton monotone, il ajouta :

— Qu'on amène le centurion Mort-aux-rats.

Une ombre parut s'étendre sur la terrasse quand le centurion Marcus, chef de la 1re centurie et surnommé Mort-aux-rats, se présenta devant le procurateur. Mort-aux-rats dépassait d'une tête le plus grand soldat de la Légion, et il était si large d'épaules que, littéralement, il cacha le soleil qui commençait à peine à s'élever au-dessus de l'horizon.

Le procurateur s'adressa au centurion en latin :

— Le coupable, dit-il, m'a appelé « bon homme ». Emmenez-le d'ici pendant quelques minutes, afin de lui expliquer comment il convient de me parler. Évitez, cependant, de l'estropier.

Et tous, hormis l'immobile procurateur, suivirent du regard Marcus Mort-aux-rats qui faisait signe au détenu de le suivre. En général, du reste, on suivait toujours Mort-aux-rats du regard, où qu'il se montrât, à cause de sa taille ; quant à ceux qui le voyaient pour la première fois, ils y ajoutaient cette raison supplémentaire que le visage du centurion n'avait plus figure humaine ; son nez avait été écrasé, jadis, par la massue d'un Germain.

Les lourds demi-brodequins de Marcus claquèrent sur la mosaïque, suivis sans bruit par l'homme attaché. Un profond silence s'établit sous le péristyle, troublé seulement par le roucoulement des pigeons dans le jardin et par la petite musique, compliquée mais agréable, du jet d'eau dans la fontaine.

Le procurateur avait envie de se lever, de mettre son front sous la pluie du jet d'eau et de rester ainsi, pour toujours. Mais même cela ne lui serait d'aucun secours, il le savait.

En descendant vers le jardin, Mort-aux-rats prit un fouet des mains d'un légionnaire qui montait la garde au pied d'une statue de bronze, et d'un geste négligent, en frappa légèrement le détenu aux épaules. Le geste du centurion avait été léger et nonchalant, mais l'homme aux mains liées s'écroula aussitôt sur le sol, comme si on lui avait fauché les jambes. La bouche ouverte, il aspira l'air comme un noyé, toute coloration disparut de son visage et ses yeux roulèrent dans leurs orbites avec un regard de dément.

De la main gauche, Marcus ramassa l'homme et le souleva aussi aisément qu'il l'eût fait d'un sac vide, le remit sur ses pieds et lui dit d'un ton nasillard, en articulant plutôt mal que bien les mots araméens :

— Appeler le procurateur romain hegemon. Pas dire d'autres mots. Et pas bouger. Toi compris, ou moi te battre ?

Le prisonnier chancela et faillit tomber, mais il se maîtrisa. Les couleurs lui revinrent, il reprit son souffle et répondit d'une voix rauque :

— J'ai compris. Ne me bats pas.

Un instant plus tard, il était de nouveau devant le procurateur.

Ce fut une voix faible et douloureuse qui demanda :

— Quel nom ?

— Le mien ? répondit hâtivement le détenu, dont toute l'attitude exprimait sa volonté de faire des réponses sensées, et de ne plus provoquer la colère de son interlocuteur.

Le procurateur dit à mi-voix :

— Pas le mien, je le connais. Ne te fais pas plus bête que tu ne l'es. Le tien, oui.

— Yeshoua, dit précipitamment le prisonnier.

— Tu as un surnom ?

— Ha-Nozri.

— D'où es-tu ?

— De la ville de Gamala, répondit le prisonnier et, tournant la tête à droite, il montra que là-bas, quelque part dans le nord, il existait une ville appelée Gamala.

— Qui sont tes parents ?

— Je ne sais pas exactement, répondit vivement le détenu. Je ne me souviens plus de mes parents. On m'a dit que mon père était syrien…

— Où est ton domicile habituel ?

— Je n'ai pas de domicile habituel, avoua timidement le prisonnier, je voyage de ville en ville.

— On peut dire cela plus brièvement. En un mot, tu es un vagabond. Tu as de la famille ?

— Personne. Je suis seul au monde.

— As-tu de l'instruction ?

— Oui.

— Connais-tu d'autres langues que l'araméen ?

— Oui. Le grec.

Une paupière enflée se souleva et un œil voilé par la souffrance se posa sur le prisonnier. L'autre œil resta fermé.

Pilate dit en grec :

— Ainsi, c'est toi qui as incité le peuple à détruire l'édifice du Temple de Jérusalem ?

À ces mots, le détenu parut s'animer, ses yeux cessèrent d'exprimer la peur, et il dit en grec :

— Mais, bon… (Une lueur d'effroi passa dans les yeux du prisonnier, à l'idée du faux pas qu'il avait failli commettre.) Mais, hegemon, jamais de ma vie je n'ai eu l'intention de détruire le Temple, et je n'ai incité personne à une action aussi insensée.

L'étonnement se peignit sur le visage du secrétaire qui, penché sur une table basse, inscrivait les déclarations du prévenu. Il leva la tête, mais la baissa aussitôt sur son parchemin.

— Des gens de toutes sortes affluent en grand nombre dans cette ville, pour les fêtes. Parmi eux, il y a des mages, des astrologues, des devins, et des assassins, dit le procurateur d'une voix monotone. Et il y a aussi des menteurs. Toi, par exemple, tu es un menteur. C'est écrit en toutes lettres : il a appelé la population à détruire le Temple. Tel est le témoignage des gens.

— Ces bonnes gens, dit le prisonnier, qui se hâta d'ajouter : hegemon…, n'ont aucune instruction, et ils ont compris tout de travers ce que je leur ai dit. Du reste, je commence à craindre que ce malentendu ne se prolonge très longtemps. Tout ça à cause de l'autre, qui n'écrit sur moi que des sottises.

Il y eut un silence. Cette fois, les deux yeux douloureux dévisagèrent pesamment le prisonnier.

— Je te le répète pour la dernière fois : cesse de faire l'idiot, brigand, prononça mollement Pilate. Il y a peu de choses d'écrites sur toi, mais suffisamment pour te pendre.

— Non, non, hegemon, dit le prisonnier, tendu par l'ardent désir de convaincre, il y en a un qui me suit, qui me suit tout le temps, et qui écrit continuellement, sur du parchemin de bouc. Un jour, j'ai jeté un coup d'œil dessus, et j'ai été épouvanté. De tout ce qui était écrit là, je n'ai rigoureusement pas dit un mot. Je l'ai supplié : brûle, je t'en prie, brûle ce parchemin ! Mais il me l'a arraché des mains et s'est enfui.

— Qui est-ce ? demanda Pilate d'un air dégoûté, en se touchant la tempe du bout des doigts.

— Matthieu Lévi, répondit de bonne grâce le prisonnier. Il était collecteur d'impôts. Je l'ai rencontré pour la première fois sur la route de Béthanie, là où elle tourne devant une plantation de figuiers, et je lui ai parlé. Au début, il s'est montré plutôt hostile à mon égard, et il m'a même injurié… c'est-à-dire qu'il a pensé m'injurier, en me traitant de chien. (Le détenu sourit.) Personnellement, je ne vois rien de mauvais dans cet animal, pour qu'on soit offensé par ce mot…

Le secrétaire cessa d'écrire et jeta à la dérobée un regard étonné, non pas sur le détenu, mais sur le procurateur.

— … Cependant, continua Yeshoua, en m'écoutant, il s'est peu à peu radouci, et finalement, il a jeté son argent sur le chemin et m'a dit que désormais, il voyagerait avec moi…

Un demi-sourire retroussa une joue de Pilate, découvrant ses dents jaunes. D'une rotation de tout le buste, il se tourna vers son secrétaire et proféra :

— Ô Jérusalem ! Que ne peut-on entendre dans tes murs ! Un collecteur d'impôts – entendez-vous cela ? – qui jette son argent sur les chemins !

Ne sachant que répondre, le secrétaire jugea bon, à tout hasard, de copier le sourire de Pilate.

— Il m'a déclaré, dit Yeshoua pour expliquer l'étrange conduite de Matthieu Lévi, que désormais, l'argent lui faisait horreur. Et depuis, ajouta-t-il, il est devenu mon compagnon.

Ricanant toujours silencieusement, le procurateur regarda le prisonnier, puis le soleil qui continuait à monter, inlassable, au-dessus des statues équestres de l'hippodrome, là-bas vers la droite, dans le fond de la vallée, et tout à coup, pris d'une sorte de nausée, il pensa que le plus simple serait d'expulser de la terrasse cet étrange brigand – il suffirait pour cela de deux mots : « Pendez-le » –, de renvoyer l'escorte par la même occasion, de rentrer dans le palais, de donner l'ordre de faire l'obscurité dans la chambre, de s'étendre sur le lit, de réclamer de l'eau fraîche, d'appeler son chien Banga d'une voix plaintive et de se faire consoler par lui de ces maux de tête insupportables. Et l'idée du poison passa, fugitive mais tentatrice, dans la tête malade du procurateur.

Ses yeux troubles revinrent au prisonnier, et il demeura un moment silencieux, essayant douloureusement de se rappeler pourquoi, sous l'impitoyable soleil matinal de Jérusalem, on lui avait amené ce prévenu au visage marqué de coups, et quelles questions – qui n'intéresseraient jamais personne d'ailleurs – il fallait encore lui poser.

— Matthieu Lévi ? demanda-t-il d'une voix rauque, et il ferma les yeux.

— Oui, Matthieu Lévi, répondit une voix aiguë qui lui fit mal.

— Enfin, qu'as-tu dit à la foule du marché, à propos du Temple ?

La voix qui lui parvint était si insupportable que Pilate eut l'impression que ses tempes allaient éclater.

— J'ai dit, hegemon, fit la voix, que le temple de la vieille foi s'écroulerait et que s'élèverait à sa place le nouveau temple de la vérité. Je me suis exprimé ainsi pour mieux me faire comprendre.

— Et qu'est-ce qui t'a pris, vagabond, d'aller au marché et de troubler le peuple en lui parlant de la vérité, c'est-à-dire de quelque chose dont tu n'as aucune notion ? Qu'est-ce que la vérité, hein ?

« Dieux ! pensa en même temps le procurateur. Je lui pose là des questions qui n'ont aucun intérêt juridique… mon intelligence me trahit, elle aussi… » Et de nouveau, l'image d'une coupe pleine d'un liquide noirâtre traversa son esprit. « Du poison. Donnez-moi du poison… »

Et de nouveau, il entendit la voix :

— La vérité, c'est d'abord que tu as mal à la tête. Et à tel point que lâchement, tu songes à la mort. Non seulement tu n'as pas la force de discuter avec moi, mais il t'est même pénible de me regarder. De sorte qu'en ce moment, sans le vouloir, je suis ton bourreau, ce qui me chagrine. Tu n'es même pas capable de penser à quoi que ce soit. Ton rêve est simplement d'avoir ton chien auprès de toi, le seul être, apparemment, auquel tu sois attaché. Mais tes tourments vont cesser à l'instant, ta tête ne te fera plus souffrir.

Le secrétaire resta la plume en l'air et regarda le prisonnier avec des yeux ronds.

Pilate leva vers le prisonnier des yeux de martyr et vit que le soleil était déjà haut au-dessus de l'hippodrome, qu'un de ses rayons s'était glissé sous le péristyle et rampait vers les sandales éculées de Yeshoua et que celui-ci s'en écartait pour rester à l'ombre.

Le procurateur se leva alors de son fauteuil, pressa sa tête dans ses mains, et une expression d'épouvante se peignit sur son visage glabre et jaunâtre. Mais il la réprima aussitôt par un effort de volonté, et se rassit.

Le détenu, cependant, poursuivait son discours, mais le secrétaire n'écrivait plus rien. Le cou tendu, comme une oie, il s'efforçait seulement de ne pas en perdre un mot.

— Et voilà, c'est fini, dit le prisonnier en regardant Pilate avec bienveillance, et j'en suis extrêmement heureux. Je te conseillerais bien, hegemon, de quitter ce palais pour un temps et d'aller te promener à pied dans les environs, ne serait-ce que dans les jardins du Mont des Oliviers. L'orage n'éclatera…, le détenu se retourna et regarda vers le soleil en clignant des yeux,… que plus tard, dans la soirée. Cette promenade te ferait grand bien, et je t'y accompagnerais avec plaisir. J'ai en tête quelques idées nouvelles qui pourraient, je crois, t'intéresser, et je t'en ferais part volontiers, d'autant plus que tu me fais l'effet d'un homme fort intelligent. (Le secrétaire pâlit mortellement et laissa choir son rouleau de parchemin.) Le malheur, continua l'homme aux mains liées, que décidément rien n'arrêtait, c'est que tu vis trop renfermé et que tu as définitivement perdu confiance en autrui. On ne peut tout de même pas, admets-le, reporter toute son affection sur un chien. Ta vie est pauvre, hegemon.

Sur quoi l'orateur se permit de sourire. Le secrétaire, maintenant, ne pensait plus qu'à une chose : allait-il, ou non, en croire ses oreilles. Mais il fallait bien les en croire. Il essaya alors d'imaginer quelle forme fantastique prendrait la fureur de l'irascible procurateur devant la témérité inouïe du prisonnier. Mais cela, le secrétaire ne pouvait l'imaginer, quoiqu'il connût fort bien le procurateur.

Et l'on entendit la voix brisée et rauque du procurateur qui disait en latin :

— Détachez-lui les mains.

Un légionnaire de l'escorte frappa le sol de sa lance, la passa à son voisin, s'approcha et défit les liens du prisonnier. Le secrétaire ramassa son rouleau, et décida, jusqu'à nouvel ordre, de ne rien écrire et de ne s'étonner de rien.

— Avoue-le, demanda doucement Pilate en grec, tu es un grand médecin ?

— Non, procurateur, je ne suis pas médecin, répondit le détenu en frottant avec délectation ses mains plissées, enflées et rougies.

Les sourcils froncés, Pilate fouilla du regard le prisonnier, mais la brume qui voilait ce regard avait disparu et on y retrouvait les étincelles bien connues.

— Au fait, dit Pilate, je ne t'ai pas demandé… Tu connais aussi le latin ?

— Oui, je le connais, répondit le détenu.

Les joues jaunes de Pilate se colorèrent, et il demanda en latin :

— Comment as-tu su que je désirais appeler mon chien ?

— Très simplement, répondit le prisonnier dans la même langue. Tu as passé la main en l'air, il répéta le geste de Pilate, comme si tu voulais donner une caresse, et tes lèvres…

— Oui, bon, dit Pilate.

Ils se turent. Puis Pilate demanda en grec :

— Ainsi, tu es médecin ?

— Non, non, répondit vivement le prisonnier. Crois-moi, je ne suis pas médecin.

— Bon, si tu veux garder le secret là-dessus, garde-le. Cela n'a pas de rapport direct avec ton affaire. Donc, tu affirmes que tu n'as pas appelé le peuple à démolir… ou à incendier, ou à détruire d'une façon ou d'une autre le Temple de Jérusalem ?

— Je le répète, hegemon, je n'ai jamais appelé personne à de tels actes. Est-ce que j'ai l'air d'un faible d'esprit ?

— Oh certes, tu n'as rien d'un faible d'esprit, répondit doucement le procurateur, avec un sourire inquiétant. Alors, jure que tout cela est faux.

— Sur quoi donc veux-tu que je jure ? demanda, avec une vive animation, l'homme aux mains déliées.

— Eh bien, sur ta vie, par exemple, répondit le procurateur. C'est le moment, d'ailleurs, car elle n'est pendue qu'à un fil, sache-le.

— T'imaginerais-tu par hasard que ce fil, c'est toi qui l'as pendu, hegemon ? demanda le prisonnier. En ce cas, tu te trompes lourdement.

Pilate sursauta et répondit entre ses dents :

— Mais ce fil, je peux le couper.

— Là aussi tu te trompes, répliqua le détenu avec un sourire lumineux, en mettant sa main devant ses yeux pour se protéger du soleil. Tu admettras bien, sans doute, que seul celui qui a pendu ce fil peut le couper ?

— Bien, bien, dit Pilate en souriant, je ne m'étonne plus maintenant que les badauds de Jérusalem te suivent à la trace. Je ne sais pas qui a pendu ta langue, mais pour être bien pendue, elle l'est. À propos, dis-moi, est-il vrai que tu es entré à Jérusalem par la porte des Brebis, monté sur un âne et accompagné de toute une populace qui t'accueillait avec des cris comme si tu étais on ne sait quel prophète ? demanda le procurateur en montrant le rouleau de parchemin.

Le détenu regarda Pilate avec perplexité.

— Je n'ai jamais eu d'âne, hegemon, dit-il. Je suis bien entré à Jérusalem par la porte des Brebis, mais à pied, et accompagné uniquement de Matthieu Lévi, et personne n'a rien crié, puisqu'à ce moment-là, personne à Jérusalem ne me connaissait.

— Et ne connais-tu pas, continua Pilate sans détacher ses yeux du prisonnier, un certain Dismas, un certain Hestas, et un troisième nommé Bar-Rabbas ?

— Je ne connais pas ces bonnes gens, répondit le prisonnier.

— C'est vrai ?

— C'est vrai.

— Et maintenant, dis-moi, pourquoi emploies-tu tout le temps ces mots : bonnes gens ? Appelles-tu donc tout le monde comme ça ?

— Tout le monde, oui, répondit le détenu. Il n'y a pas de mauvaises gens sur la terre.

— C'est la première fois que j'entends ça ! dit Pilate en riant. Mais peut-être que je connais mal la vie !... Inutile de noter tout cela, ajouta-t-il en se tournant vers le secrétaire, bien que celui-ci eût cessé de noter quoi que ce fût.

— Tu as lu cela dans un livre grec, sans doute ? reprit-il en s'adressant au détenu.

— Non, j'ai trouvé cela tout seul.

— Et c'est ce que tu prêches ?

— Oui.

— Mais le centurion Marcus, par exemple, qu'on a surnommé Mort-aux-rats ? Il est bon, lui aussi ?

— Oui, répondit le prisonnier. Il est vrai que c'est un homme malheureux. Depuis que de bonnes gens l'ont défiguré, il est devenu dur et cruel. Ce serait intéressant de savoir qui l'a mutilé ainsi.

— Je te l'apprendrai volontiers, dit Pilate, car j'en ai été témoin. De bonnes gens – des Germains – se sont jetés sur lui comme des chiens sur un ours. Ils se sont cramponnés à son cou, à ses bras, à ses jambes. La manipule d'infanterie dont il faisait partie était tombée en embuscade, et si la turme de cavalerie que je commandais n'avait pas réussi une percée de flanc, tu n'aurais pas l'occasion, philosophe, de parler à Mort-aux-rats. C'était à la bataille d'Idistavisus Campus, dans la Vallée des Vierges.

— Si j'avais l'occasion de lui parler, dit le détenu d'un air soudain rêveur, je suis certain qu'il changerait du tout au tout.

— Je présume, répondit Pilate, que le légat de la légion ne serait pas très heureux si tu t'avisais de parler à l'un de ses officiers ou de ses soldats. D'ailleurs, pour le bien de tous, cela ne se produira pas, et je serai le premier à y veiller.

À ce moment, entra en coup de vent sous le péristyle une hirondelle ; elle décrivit un cercle sous le plafond doré, descendit, frôla de son aile pointue le visage d'une statue d'airain dans sa niche et alla se cacher derrière le chapiteau d'une colonne. Elle avait sans doute l'intention d'y faire son nid.

Durant son évolution, dans la tête maintenant claire et légère du procurateur, une formule s'était composée. La voici : l'hegemon a examiné l'affaire du philosophe vagabond Yeshoua, surnommé Ha-Nozri, et n'y a trouvé aucun délit. En particulier, il n'a pas trouvé le plus petit lien entre les actes de Yeshoua et les désordres qui se sont produits récemment à Jérusalem. Le philosophe vagabond est apparu comme un malade mental, en conséquence de quoi le procurateur ne ratifie pas la sentence de mort prononcée par le Petit Sanhédrin contre Ha-Nozri. Mais, considérant que les discours utopiques et insensés de Ha-Nozri peuvent être des causes d'agitation à Jérusalem, le procurateur exile Yeshoua de cette ville et le condamne à être emprisonné à Césarée, sur la mer Méditerranée, c'est-à-dire au lieu même de résidence du procurateur.

Restait à dicter cela au secrétaire.

Un froissement d'ailes passa juste au-dessus de la tête de l'hegemon ; l'hirondelle se jeta vers la vasque de la fontaine, prit son essor et gagna le large. Le procurateur leva les yeux sur le détenu près duquel il vit s'élever une colonne de poussière lumineuse.

— C'est tout, pour lui ? demanda Pilate à son secrétaire.

— Non, malheureusement, fut la réponse inattendue de celui-ci, qui tendit à Pilate une autre feuille de parchemin.

— Qu'est-ce que c'est encore ? demanda Pilate en fronçant les sourcils.

Dès qu'il eut jeté les yeux sur le parchemin, le changement de son visage se fit plus frappant encore. Le sang noir avait-il soudain afflué à son cou et à sa figure, ou s'était-il produit quelque autre phénomène – toujours est-il que sa peau, de jaune qu'elle était, avait pris une teinte brun foncé, et que ses yeux semblèrent s'escamoter.

Ce fut sans doute encore la faute du sang qui montait à ses tempes et y battait, mais la vue du procurateur se brouilla étrangement. Ainsi, il crut voir la tête du détenu s'évanouir dans l'air, et une autre tête apparaître à sa place. Cette tête chauve portait une couronne d'or aux fleurons espacés. Son front était marqué d'une plaie circulaire, enduite d'onguent, qui lui rongeait la peau. La bouche était tombante et édentée et la lèvre inférieure pendait avec une moue capricieuse. Pilate eut l'impression que les colonnes roses du péristyle avaient disparu, comme au loin, surplombés par le palais, les toits de Jérusalem, et que tout alentour était noyé dans la verdure touffue des jardins de Caprée. Son oreille fut également le siège d'un étrange phénomène : il entendait au loin comme une sonnerie de trompettes, faible mais menaçante, dominée par une voix nasillarde qui martelait les syllabes avec arrogance : « La loi sur le crime de lèse-majesté… »

Pensées fugitives, bizarres, et sans lien entre elles. « Je suis perdu !… » Puis : « Ils sont perdus !… » Et, parmi elles, on ne sait quelle idée absurde d'immortalité, et cette idée d'immortalité provoqua chez Pilate, on ne sait pourquoi, une intolérable angoisse.

De toutes ses forces, le procurateur chassa cette vision et ramena son regard sur le péristyle, et de nouveau, ses yeux rencontrèrent les yeux du prisonnier.

— Écoute, Ha-Nozri, dit-il en posant sur Yeshoua un regard singulier, où la menace se mêlait à une sorte d'anxiété, écoute… as-tu dit, à un moment ou un autre, quelque chose à propos du grand César ? Réponds ! Qu'as-tu dit ? Ou bien… n'as-tu… rien dit ?

Pilate pesa sur le mot « rien » un peu plus qu'il n'était d'usage dans ce genre d'interrogatoire, et le regard qu'il lança à Yeshoua semblait suggérer à celui-ci on ne sait quelle idée.

— Dire la vérité, c'est facile et agréable, fit remarquer le détenu.

Pilate faillit s'étrangler de fureur :

— Je me moque de savoir s'il t'est agréable ou non de dire la vérité ! Il faudra bien que tu la dises, de toute façon. Mais pèse chacune de tes paroles, si tu ne veux pas connaître une mort non seulement inévitable, mais terriblement douloureuse.

Nul ne saura jamais ce qui était arrivé au procurateur de Judée : toujours est-il qu'il se permit de lever la main comme pour protéger ses yeux d'un rayon de soleil, et, derrière l'écran ainsi formé, d'adresser au prisonnier un regard significatif, allusif en quelque sorte.

— Ainsi, dit-il, réponds : connais-tu un certain Judas, de Carioth en Judée, et que lui as-tu dit, si tu lui as dit quelque chose, au sujet de César ?

— Voici ce qui s'est passé, commença de bonne grâce le détenu : avant-hier soir, près du Temple, j'ai fait la connaissance d'un jeune homme, originaire de la ville de Carioth, qui s'appelait Judas. Il m'a invité chez lui, dans la Ville Basse, et m'a offert à boire et à manger…

— Un homme bon ? demanda Pilate, tandis qu'une flamme diabolique s'allumait dans ses yeux.

— Un excellent homme, et curieux de tout, affirma le prisonnier. Il a montré le plus vif intérêt pour mes idées, et m'a reçu avec la plus grande cordialité…

— Il a allumé les flambeaux… dit Pilate entre ses dents, du même ton que le détenu, et ses yeux brillèrent.

— Oui, dit Yeshoua, quelque peu étonné de voir le procurateur si bien renseigné. Il m'a demandé, reprit-il, de lui donner mon point de vue sur le pouvoir d'État. Cette question l'intéressait prodigieusement.

— Et qu'as-tu dit ? demanda Pilate. Ou peut-être me répondras-tu que tu as oublié ce que tu lui as dit ? (Mais on sentait au son de sa voix, que Pilate n'avait plus d'espoir.)

— Entre autres choses, raconta le détenu, je lui ai dit que tout pouvoir est une violence exercée sur les gens, et que le temps viendra où il n'y aura plus de pouvoir, ni celui des Césars ni aucun autre. L'homme entrera dans le règne de la vérité et de la justice, où tout pouvoir sera devenu inutile.

— Ensuite !

— Ensuite ? C'est tout, dit le prisonnier. À ce moment-là, des gens sont accourus, ils m'ont attaché et conduit en prison.

Le secrétaire, s'efforçant de ne rien perdre, traçait rapidement les mots sur son parchemin.

— Il n'y a jamais eu, et il n'y aura jamais au monde de pouvoir plus grand, ni plus excellent pour le peuple, que le pouvoir de l'empereur Tibère ! proclama Pilate d'une voix qui s'enfla soudainement, douloureuse et emportée.

Et le procurateur regarda avec haine, on ne sait pourquoi, le secrétaire et les hommes d'escorte.

— Et ce n'est pas à toi, criminel insensé, de le juger ! continua-t-il, sur quoi il vociféra : L'escorte, hors d'ici ! (Et, se tournant vers le secrétaire, il ajouta :) Laissez-moi seul avec le criminel, il s'agit ici d'une affaire d'État !

Les soldats levèrent leurs lances et, frappant le sol en cadence de leurs *caliga* ferrées, ils descendirent dans le jardin, suivis par le secrétaire.

Pendant un moment, le silence ne fut plus troublé que par le murmure de l'eau dans la fontaine. Pilate voyait l'eau s'évaser au sortir du tuyau en une large coupe dont les bords se brisaient pour retomber en petite pluie.

Le détenu fut le premier à reprendre la parole :

— Je vois, dit-il, qu'il est arrivé quelque chose de fâcheux, à cause de ce que j'ai dit à ce jeune homme de Carioth. J'ai le pressentiment, hegemon, qu'il lui arrivera malheur, et je le plains beaucoup.

— Je pense, répondit le procurateur avec un sourire bizarre, qu'il y a quelqu'un, sur la terre, que tu devrais plaindre bien plus que Judas Iscariote, et à qui il arrivera des choses bien pires qu'à Judas !... Ainsi, d'après toi, Marcus Mort-aux-Rats, qui est un tortionnaire froid et déterminé, et les gens qui, à ce que je vois (le procurateur montra le visage défiguré de Yeshoua) t'ont battu à cause de tes sermons, et les brigands Dismas et Hestas, qui ont tué avec leurs complices quatre soldats, et enfin le sale traître Judas, tous sont de bonnes gens ?

— Oui, répondit le prisonnier.

— Et le règne de la vérité viendra ?

— Il viendra, hegemon, répondit Yeshoua avec conviction.

— Jamais ! Il ne viendra jamais ! cria soudain Pilate, d'une voix si terrible que Yeshoua eut un mouvement de recul. C'est de cette même voix que, bien des années plus tôt, dans la Vallée des Vierges, Pilate criait à ses cavaliers : « Sabrez-les ! Sabrez ! Ils ont pris le géant Mort-aux-Rats ! »

Il éleva encore sa voix cassée par les commandements et vociféra les mots afin qu'ils soient entendus dans le jardin :

— Criminel ! Criminel ! Criminel !

Là-dessus, baissant brusquement le ton, il demanda :

— Yeshoua Ha-Nozri, y a-t-il des dieux auxquels tu croies ?

— Il n'y a qu'un Dieu, répondit Yeshoua, et je crois en lui.

— Alors prie-le ! Prie-le aussi fort que tu le peux ! D'ailleurs (et la voix de Pilate retomba tout à fait) ça ne servira à rien. Tu n'es pas marié ? demanda-t-il soudain, sans savoir pourquoi, avec tristesse, et ne comprenant pas ce qui lui arrivait.

— Non, je suis seul.

— Ville détestable…, grommela, de façon tout à fait inattendue, le procurateur ; ses épaules frissonnèrent comme si, soudain, il avait froid, et il frotta ses mains l'une contre l'autre comme s'il les lavait. Si on t'avait égorgé avant que tu ne rencontres ce Judas de Carioth, vraiment, cela aurait mieux valu.

— Et si tu me laissais partir, hegemon ? demanda tout à coup le détenu, avec de l'anxiété dans la voix. Je vois qu'ils veulent me tuer.

Une crispation douloureuse altéra le visage de Pilate, et il leva sur Yeshoua des yeux enflammés, dont le blanc était strié de rouge :

— T'imagines-tu qu'un procurateur romain puisse laisser partir un homme qui a dit ce que tu as dit ? Ô dieux, dieux ! Ou bien, crois-tu que je sois prêt à prendre ta place ? Je ne partage pas du tout tes idées ! Et puis, écoute-moi : si, à partir de cette minute, tu prononces un seul mot, si tu échanges une seule parole avec qui que ce soit, prends garde ! Je te le répète : prends garde !

— Hegemon…

— Silence ! cria Pilate, et il suivit d'un regard furieux l'hirondelle qui s'engouffrait à nouveau sous les colonnes. Tout le monde ici ! appela-t-il.

Lorsque le secrétaire et les hommes d'escorte eurent repris leur place, Pilate annonça qu'il ratifiait la sentence de mort prononcée par le Petit Sanhédrin contre le criminel Yeshoua Ha-Nozri, et le secrétaire inscrivit les paroles de Pilate.

Une minute plus tard, Marcus Mort-aux-Rats se présentait devant le procurateur. Le procurateur lui ordonna de remettre le criminel entre les mains du chef du service secret et de transmettre à celui-ci, en même temps, l'ordre du procurateur de tenir Yeshoua Ha-Nozri à l'écart des autres condamnés, et aussi l'interdiction faite à l'équipe du service secret, sous peine des plus graves châtiments, d'échanger la moindre parole avec Yeshoua ou de répondre à aucune de ses questions.

Sur un signe de Marcus, l'escorte entoura Yeshoua et le conduisit hors de la terrasse.

Ensuite se présenta devant le procurateur un bel homme à barbe blonde. Des plumes d'aigle ornaient la crête de son casque, des têtes de lion d'or brillaient sur sa poitrine, le baudrier qui soutenait son glaive était également plaqué d'or. Il portait des souliers à triple semelle lacés jusqu'aux genoux, et un manteau de pourpre était rejeté sur son épaule gauche. C'était le légat commandant la légion.

Le procurateur lui demanda où se trouvait actuellement la cohorte sébastienne. Le légat l'informa que les soldats de la sébastienne montaient la garde sur la place devant l'hippodrome, où devait être annoncée au peuple la sentence rendue contre les criminels.

Le procurateur ordonna alors au légat de détacher deux centuries de la cohorte romaine. L'une d'elles, sous le commandement de Mort-aux-rats, devait escorter les criminels, les chariots portant les instruments du supplice et les bourreaux jusqu'au Mont Chauve[1], et là, former la garde haute. L'autre devait se rendre à l'instant même au Mont Chauve et y former immédiatement la garde basse. Dans le même dessein, c'est-à-dire pour protéger les abords de la colline, le procurateur demanda au légat d'y envoyer en renfort un régiment auxiliaire de cavalerie, l'aile syrienne.

Lorsque le légat eut quitté la terrasse, le procurateur ordonna à son secrétaire de faire venir au palais le président et deux membres du Sanhédrin, ainsi que le chef de la

1. Le Golgotha. *(N.d.T.)*

garde du Temple. Mais il le pria de s'arranger pour qu'avant cette réunion, il puisse avoir un entretien seul à seul avec le président.

Les ordres du procurateur furent exécutés ponctuellement et rapidement, et le soleil, qui en ces jours, embrasait avec une violence inhabituelle les rues de Jérusalem, n'était pas encore près d'atteindre son zénith, quand, sur la terrasse supérieure du jardin, près des deux lions de marbre blanc, gardiens de l'escalier, se rencontrèrent le procurateur et celui qui remplissait alors les fonctions de président du Sanhédrin, le grand-prêtre de Judée, Joseph Caïphe.

Le jardin était silencieux et paisible. Mais, parvenant à travers le péristyle jusqu'à la terrasse supérieure du jardin, avec ses palmiers aux troncs monstrueux comme des pattes d'éléphant, d'où s'étalait sous les yeux du procurateur toute cette ville de Jérusalem qu'il haïssait, avec ses ponts suspendus, ses forteresses, et surtout, cet indescriptible bloc de marbre surmonté, en fait de toit, d'une écaille dorée de dragon – le Temple de Jérusalem –, l'ouïe fine du procurateur percevait, loin en contrebas, là où une muraille de pierre séparait les terrasses inférieures du jardin des places de la ville, un sourd grondement, au-dessus duquel s'envolaient par instants, faibles et ténus, tantôt des gémissements, tantôt des clameurs.

Le procurateur comprit que la foule innombrable des habitants de Jérusalem, rendue houleuse par les derniers désordres dont la ville avait été le théâtre, était déjà rassemblée sur la place, où elle attendait impatiemment l'annonce de la sentence, parmi les cris importuns des vendeurs d'eau.

Le procurateur commença par inviter le grand-prêtre à venir jusqu'à la terrasse couverte, afin de s'y abriter de la chaleur impitoyable, mais Caïphe s'excusa poliment, en expliquant qu'il ne le pouvait pas, car on était à la veille des fêtes. Pilate ramena donc son capuchon sur son crâne légèrement dégarni, et commença l'entretien. La langue employée était le grec.

Pilate dit qu'il avait étudié l'affaire de Yeshoua Ha-Nozri, et qu'en conclusion, il ratifiait la sentence de mort.

De la sorte, la peine de mort – et l'exécution devait avoir lieu aujourd'hui – se trouvait prononcée contre trois brigands : Dismas, Hestas et Bar-Rabbas, et en outre, contre ce Yeshoua Ha-Nozri. Les deux premiers, qui avaient imaginé d'inciter le peuple à la rébellion contre César et avaient été pris les armes à la main par le pouvoir romain, appartenaient au procurateur, en conséquence de quoi il ne serait pas question d'eux ici. Les deux autres, par contre – Bar-Rabbas et Ha-Nozri – avaient été arrêtés par le pouvoir local et jugés par le Sanhédrin. Selon la Loi et selon la coutume, l'un de ces deux criminels devait être remis en liberté, en l'honneur de la grande fête de Pâque qui commençait aujourd'hui. Aussi le procurateur désirait-il savoir lequel de ces deux malfaiteurs le Sanhédrin avait l'intention de relâcher : Bar-Rabbas, ou Ha-Nozri ?

Caïphe inclina la tête pour montrer qu'il avait clairement compris la question, et répondit :

— Le Sanhédrin demande que l'on relâche Bar-Rabbas.

Le procurateur savait fort bien que telle serait précisément la réponse du grand-prêtre, mais son devoir était de montrer que cette réponse le plongeait dans l'étonnement.

Pilate s'y employa avec un grand art. Les sourcils qui ornaient son visage hautain se levèrent, et le procurateur regarda le grand-prêtre droit dans les yeux avec une expression de stupéfaction.

— J'avoue que cette réponse me frappe d'étonnement, dit doucement le procurateur. Je crains qu'il n'y ait là quelque malentendu.

Et Pilate s'expliqua. Le pouvoir romain s'est toujours gardé d'attenter, si peu que ce fût, aux droits du pouvoir spirituel local, et cela est parfaitement connu du grand-prêtre ; mais dans le cas donné, nous sommes en présence d'une erreur manifeste. Et la correction de cette erreur intéresse évidemment le pouvoir romain.

Or, c'est un fait : les crimes de Bar-Rabbas et de Ha-Nozri ne sont absolument pas comparables, quant à leur gravité. Si ce dernier – un homme manifestement fou – est coupable d'avoir prononcé des discours ineptes qui ont troublé le peuple à Jérusalem et en quelques autres lieux, les charges qui pèsent sur le premier sont autrement plus lourdes. Non seulement il s'est permis de lancer des appels directs à la sédition, mais qui plus est, il a tué un garde qui tentait de l'arrêter. Bar-Rabbas est incomparablement plus dangereux que Ha-Nozri.

Considérant tout ce qui vient d'être exposé, le procurateur demande au grand-prêtre de réviser sa décision et de remettre en liberté celui des deux condamnés qui est le moins nuisible, et c'est, sans aucun doute, Ha-Nozri que l'on doit considérer comme tel. Eh bien ?…

Caïphe répondit calmement, mais fermement, que le Sanhédrin avait pris connaissance de tous les éléments de l'affaire avec grand soin, et affirmait derechef que son intention était de relâcher Bar-Rabbas.

— Comment ? Même après mon intercession ? L'intercession de celui par la bouche de qui parle le pouvoir romain ? Grand-prêtre, répète une troisième fois.

— Pour la troisième fois j'affirme que nous libérerons Bar-Rabbas, dit Caïphe avec douceur.

Tout était terminé, et il n'y avait plus rien à dire. Ha-Nozri allait disparaître à jamais, et il n'y aurait plus personne pour guérir les terribles, les cruelles douleurs du procurateur, et il n'y aurait plus d'autre moyen de leur échapper que la mort. Mais ce n'était pas cette pensée qui, pour l'instant, bouleversait Pilate. La même angoisse incompréhensible qu'il avait éprouvée tout à l'heure sous les colonnes s'emparait de lui à nouveau, et tout son être en était transi. Il s'efforça tout de suite d'y trouver une explication, mais cette explication fut étrange : il sembla confusément au procurateur qu'il n'avait pas tout dit au cours de sa conversation avec le condamné, et que peut-être aussi, il n'avait pas tout entendu.

Pilate chassa cette pensée, et elle s'envola à l'instant même, aussi rapidement qu'elle était venue. Elle s'envola, et l'angoisse demeura, inexpliquée, car pouvait-on considérer comme une explication cette autre pensée, très brève, qui s'alluma et s'éteignit comme un éclair : « L'immortalité… l'immortalité est venue… » L'immortalité de qui donc ? Le procurateur ne le sut pas, mais l'idée de cette immortalité le fit frissonner de froid sous le grand soleil.

— Très bien, dit Pilate, qu'il en soit donc ainsi.

C'est alors que, jetant les yeux sur le monde qui l'entourait, il s'étonna du changement qui s'y était produit. Le buisson aux branches chargées de roses avait disparu, comme avaient disparu les cyprès qui bordaient la terrasse supérieure, et le grenadier, et la statue blanche dans sa niche de verdure, et la verdure elle-même. À la place de tout cela flottait une sorte d'épaisseur pourpre, où des algues ondulaient et nageaient on ne sait vers quelle destination, et parmi elles, nageait Pilate lui-même. Il se sentait maintenant emporté, étouffé, brûlé par la rage la plus terrible – la rage de l'impuissance.

— J'étouffe, proféra Pilate, j'étouffe !

D'une main moite et froide, il arracha l'agrafe qui fermait le col de son manteau, et celle-ci tomba dans le sable.

— Oui, il fait lourd aujourd'hui, il y a de l'orage dans l'air, répondit Caïphe, qui ne quittait pas des yeux le visage empourpré du procurateur et qui prévoyait tous les tourments qui l'attendaient encore. Oh quel affreux mois de Nisan, cette année !

— Non, dit Pilate, ce n'est pas parce qu'il fait lourd que j'étouffe. C'est à cause de toi, Caïphe.

Réduisant ses yeux à deux fentes étroites, Pilate sourit et ajouta :

— Prends garde à toi, grand-prêtre.

Les yeux noirs du grand-prêtre étincelèrent, et, avec un art non moins consommé que le procurateur, il donna à son visage une expression de profond étonnement.

— Qu'entends-je, procurateur ? dit Caïphe d'un ton posé et plein de fierté. Tu me menaces quand j'ai rendu une sentence – sentence que tu as toi-même ratifiée ? Cela peut-il être ? Nous étions accoutumés à voir le procurateur romain choisir ses mots, avant de dire quelque chose. Et si quelqu'un nous avait entendus, hegemon ?

Pilate posa un regard mort sur le grand-prêtre et, retroussant ses lèvres dans une imitation de sourire, il dit :

— Allons donc, grand-prêtre ! Qui veux-tu qui nous entende, ici ? [Est-ce que je ressemble à ce jeune vagabond à la tête fêlée qu'on va supplicier aujourd'hui ?][1]. Suis-je un gamin, Caïphe ? Je sais ce que je dis, et où je le dis. Le jardin est gardé, le palais est gardé, au point qu'une souris ne pourrait entrer. Et non seulement une souris, mais même ce… comment, déjà… de Carioth en Judée. Au fait, le connais-tu, grand-prêtre ? Oui… si un personnage de cet acabit pénétrait ici, il s'en repentirait amèrement, tu n'as

1. Les passages entre crochets ne figurent pas dans l'édition soviétique.

aucun doute là-dessus, n'est-ce pas ? Sache donc qu'à compter d'aujourd'hui, il n'y aura plus de paix pour toi, grand-prêtre ! Ni pour toi, ni pour ton peuple (et Pilate désigna, au loin, la hauteur où flamboyait le Temple), et c'est moi qui te le dis, moi Pontius Pilatus, moi, le chevalier Lance-d'Or !

— Je sais, je sais, répondit intrépidement Caïphe à la barbe noire, et ses yeux brillèrent, et il dressa le doigt vers le ciel et dit : Le peuple judaïque sait que tu le hais d'une haine féroce, et que tu lui causeras beaucoup de souffrances, mais jamais tu ne causeras sa perte ! Dieu le défend ! Il nous écoute, il nous écoute, le tout-puissant César, et il nous protège du bourreau Pilate !

— Oh non ! s'écria Pilate, et chaque mot qu'il prononça lui apporta un nouveau soulagement : plus besoin de simuler, plus besoin de choisir ses termes. Trop longtemps tu t'es plaint de moi à César, maintenant mon heure est venue, Caïphe ! Envoyé par moi, un courrier va partir à l'instant même, et pas pour se rendre chez le Légat d'Antioche ou à Rome, mais directement à Caprée, chez l'empereur en personne, pour lui apprendre comment vous soustrayez à la mort, ici à Jérusalem, des rebelles notoires. Et ce n'est pas avec l'eau de l'étang de Salomon, comme je voulais le faire pour votre bien, que j'abreuverai alors Jérusalem. Non, ce n'est pas avec de l'eau ! Rappelle-toi que j'ai dû, à cause de vous, faire enlever des murs les écussons au chiffre de l'empereur, déplacer des troupes, et venir moi-même ici, figure-toi, pour voir ce que vous fabriquiez ! Alors rappelle-toi ce que je vais te dire : ce n'est plus une cohorte, que tu verras à Jérusalem, grand-prêtre, oh non ! C'est toute la légion *Fulminatrix* qui viendra sous les murs de la ville, et la cavalerie arabe, et alors tu entendras des pleurs et des gémissements amers ! Alors tu te rappelleras avoir sauvé

Bar-Rabbas, et tu regretteras d'avoir envoyé à la mort ce philosophe, avec ses sermons pacifiques !

Le visage du grand-prêtre se couvrit de taches, ses yeux flamboyèrent. Comme le procurateur, il eut un rictus qui découvrit ses dents, et il répondit :

— Crois-tu toi-même, procurateur, à ce que tu dis en ce moment ? Non, tu n'y crois pas ! [Ce n'est pas la paix que nous apporte à Jérusalem ce séducteur du peuple, ce n'est pas la paix, et tu le sais très bien, chevalier !] Tu voulais le laisser partir pour qu'il jette le trouble dans le peuple, qu'il outrage la Foi et qu'il mène le peuple sous le glaive de Rome ! Mais moi, grand-prêtre de Judée, tant que je vivrai, je ne laisserai pas insulter la Foi et je défendrai le peuple ! Tu m'entends, Pilate ?

Caïphe leva un doigt menaçant :

— Écoute-moi bien, procurateur !

Caïphe se tut, et le procurateur perçut de nouveau comme le bruit d'une marée qui venait battre les murs mêmes des jardins d'Hérode le Grand. Ce bruit montait d'en bas, vers les pieds, puis jusqu'au visage du procurateur. Et dans son dos, là-bas, derrière les ailes du palais, on entendait des appels de trompette inquiets, le lourd crissement de centaines de pieds, le cliquetis du fer. Et le procurateur comprit que l'infanterie romaine sortait déjà, conformément à ses ordres, pour se rendre à cette parade de la mort, redoutable aux rebelles et aux brigands.

— Tu m'entends, procurateur ? répéta le grand-prêtre à mi-voix. [Vas-tu me dire (le grand-prêtre leva les deux bras, ce qui rejeta son capuchon en arrière), que tout cela a été provoqué par ce misérable petit brigand de Bar-Rabbas ?]

Du revers de la main, le procurateur essuya son front humide et froid, regarda à terre, puis, clignant des yeux vers le ciel, vit que le globe ardent était presque au-dessus de sa tête, et que l'ombre de Caïphe, toute rétrécie, atteignait à peine la queue du lion. Il dit alors, d'un ton paisible et indifférent :

— Il va être bientôt midi. Nous nous sommes laissés entraîner par la conversation, et cependant, il faut continuer.

Après s'être excusé, avec des expressions choisies, auprès du grand-prêtre, il lui offrit d'aller s'asseoir sur un banc, à l'ombre des magnolias, et d'attendre là qu'il ait mandé les autres personnes nécessaires pour une dernière et courte réunion, et qu'il ait donné encore un ordre concernant l'exécution de la sentence.

Caïphe, la main posée sur son cœur, s'inclina poliment, et resta dans le jardin tandis que Pilate regagnait la terrasse couverte. À son secrétaire qui l'y attendait, il ordonna d'aller chercher le légat de la légion, le tribun de la cohorte, et les deux membres du Sanhédrin qui, avec le chef de la garde du Temple, s'étaient installés, en attendant qu'on les appelât, sous un kiosque circulaire où coulait une fontaine, sur la terrasse inférieure du jardin, et de les conduire dans la partie du jardin où se trouvait Caïphe. Pilate ajouta qu'il irait lui-même dans le jardin tout à l'heure, et il pénétra dans l'intérieur du palais.

Pendant que le secrétaire rassemblait son monde, le procurateur, dans une salle protégée du soleil par des rideaux sombres, rencontrait un personnage dont la figure était à demi dissimulée par un capuchon, bien que dans ce lieu, aucun rayon de soleil ne pût l'incommoder. La rencontre fut très brève. Pilate chuchota à l'homme quelques mots, sur quoi celui-ci s'éloigna aussitôt. Et Pilate, traversant le péristyle, gagna le jardin.

Là, en présence de tous ceux qu'il désirait voir, le procurateur confirma sèchement et solennellement qu'il ratifiait la condamnation à mort de Yeshoua Ha-Nozri, et demanda officiellement aux membres du Sanhédrin lequel des malfaiteurs il convenait de laisser en vie. Il lui fut répondu que c'était Bar-Rabbas. Le procurateur dit alors :

— Très bien, et il ordonna à son secrétaire de noter cela immédiatement au procès-verbal. Puis, serrant dans sa main gauche l'agrafe que le secrétaire avait ramassée dans le sable, il dit solennellement :

— Il est temps !

Aussitôt, tous se mirent en marche et commencèrent à descendre le large escalier de marbre bordé de véritables murs de rosiers qui exhalaient un parfum capiteux. Ils descendaient, et chaque marche les rapprochait de l'enceinte du palais, des grandes portes qui ouvraient sur une immense place au pavé uni, à l'extrémité de laquelle on apercevait les colonnes et les statues de l'hippodrome de Jérusalem.

Dès que le groupe, parvenu sur la place, fut monté sur la vaste estrade de pierre qui dominait celle-ci, Pilate, regardant autour de lui à travers ses paupières mi-closes, examina rapidement la situation.

L'espace qu'il venait de franchir, c'est-à-dire celui qui séparait l'estrade pavée de l'enceinte du palais, était désert. Par contre, devant lui, Pilate ne voyait plus la place : elle était mangée par la foule. Celle-ci eût même submergé l'estrade et envahi l'espace vide qui se trouvait derrière, si elle n'avait été contenue, à la gauche de Pilate, par le triple rang des soldats de la cohorte sébastienne, et à sa droite, par les hommes de la cohorte auxiliaire ituréenne.

Donc Pilate, serrant machinalement dans sa main l'agrafe inutile, et les yeux mi-clos, monta sur l'estrade. Si le procurateur fermait les yeux, ce n'était pas pour se protéger des brûlures du soleil. Non. Simplement, on ne sait pourquoi, il ne voulait pas voir le groupe des condamnés, que l'on faisait en ce moment même, il le savait très bien, monter derrière lui sur l'estrade.

À peine son manteau blanc doublé de pourpre eut-il paru sur ce roc de pierre battu par la marée humaine que Pilate, sans rien voir, eut les oreilles heurtées par une vague sonore : « Ha-a-a… » Elle commença faiblement, née quelque part au loin, du côté de l'hippodrome, puis s'enfla, devint pareille à un grondement de tonnerre, se maintint quelques secondes dans toute sa puissance, puis décrut. « Ils m'ont vu », pensa le procurateur. La vague n'était pas encore retombée complètement qu'elle s'enfla de nouveau, sembla hésiter, puis s'éleva plus haut encore que la première fois. Et cette seconde vague, comme les vagues de la mer se frangent d'écume, se frangea de sifflements, et de cris de femmes bien distincts dans le fracas général. « On les a amenés sur l'estrade, pensa Pilate, et les cris viennent de ce que la foule, en se portant en avant, a piétiné quelques femmes. »

Il attendit un certain temps, sachant bien qu'aucune force au monde ne peut obliger une foule à se taire tant qu'elle n'a pas exhalé tout ce qui s'était accumulé en elle et qu'elle ne se tait pas d'elle-même.

Quand le moment fut venu, le procurateur lança son bras droit en l'air, et le dernier bruit s'éteignit.

Alors Pilate emplit sa poitrine d'autant d'air brûlant qu'il put, et sa voix rauque passa sur les milliers de têtes quand il s'écria :

— Au nom de César Imperator !…

Aussitôt ses oreilles furent heurtées, à plusieurs reprises, par une clameur hachée, métallique : levant leurs lances et leurs enseignes, les soldats des cohortes rugissaient :

— Vive César !

Pilate leva la tête et la tourna en plein vers le soleil. Derrière ses paupières fermées s'allumèrent des flammes vertes, le feu embrasa son cerveau, et par-dessus la foule s'envolèrent les rauques syllabes de la langue araméenne :

— Quatre criminels, arrêtés à Jérusalem pour meurtre, incitation à la rébellion et offense aux lois et à la foi, ont été condamnés à la peine infâmante du pilori ! La sentence sera exécutée immédiatement sur le Mont Chauve ! Les noms de ces criminels sont Dismas, Hestas, Bar-Rabbas et Ha-Nozri. Les voici devant vous !

Pilate fit un geste du bras vers sa droite, sans voir aucun des criminels, mais sachant bien qu'ils étaient là, à l'endroit précis où ils devaient être.

La foule répondit par une rumeur sourde et prolongée, comme si elle éprouvait de l'étonnement, ou du soulagement. Quand le silence fut revenu, Pilate continua :

— Mais trois d'entre eux seulement seront exécutés, car, selon la Loi et la coutume, en l'honneur de la fête de Pâque, sur proposition du Petit Sanhédrin ratifiée par le pouvoir romain, le magnanime César fait grâce à l'un des condamnés de sa vie méprisable !

Tout en criant les mots, Pilate s'était aperçu que la rumeur avait fait place à un profond silence. Maintenant, ses oreilles ne percevaient plus un murmure, plus un soupir, et il vint même un moment où Pilate crut que tout alentour avait disparu. La ville qu'il haïssait était morte, et seul il restait debout, brûlé par les rayons qui tombaient d'aplomb sur son visage obstinément tourné vers le ciel. Pilate garda un moment le silence, puis il clama :

— Le nom de celui qui, devant vous, sera remis en liberté…

Il fit une nouvelle pause avant de révéler le nom, afin de vérifier s'il avait tout dit, car il savait que la ville morte ressusciterait aussitôt que le nom de l'heureux élu serait prononcé, et qu'ensuite, il serait impossible de faire entendre un mot de plus.

« C'est tout ? se demanda Pilate à voix basse. C'est tout. Le nom ! »

Et, faisant rouler les « r » au-dessus de la ville silencieuse, il s'écria :

— … est Bar-Rabbas !

Au même instant, il lui sembla que le soleil, avec un tintement retentissant, se brisait en éclats au-dessus de lui et emplissait ses oreilles de feu. Un feu où se déchaînait une tempête de hurlements, de glapissements, de lamentations, de rires et de sifflets.

Pilate se retourna et traversa l'estrade vers l'escalier, sans rien regarder, sauf le damier multicolore du dallage sous ses pieds, afin de ne pas faire de faux pas. Il savait que maintenant, derrière son dos, une pluie de monnaies de bronze et de dattes volait vers l'estrade, et que dans la foule hurlante, des gens se poussaient et montaient les uns sur les autres pour voir de leurs yeux ce prodige : un homme qui était déjà entre les mains de la mort et qui en est arraché ! Voir les légionnaires lui enlever ses liens, lui causant sans le vouloir une cuisante douleur à ses mains disloquées par la torture, et le voir, lui, grimacer et gémir sans cesser de sourire, comme un insensé, d'un sourire imbécile.

Il savait qu'au même moment, l'escorte conduisait les trois autres hommes aux mains liées, par l'escalier latéral, vers la route qui menait, à l'ouest, hors de la ville, vers le Mont Chauve. C'est seulement quand il fut en bas, derrière l'estrade, que Pilate ouvrit les yeux, sachant qu'il était maintenant hors de danger : il ne risquait plus de voir les condamnés.

À la clameur de la foule qui s'apaisait peu à peu se mêlaient maintenant les cris perçants des crieurs publics, qui répétaient, les uns en araméen, les autres en grec, tout ce que le procurateur avait proféré du haut de l'estrade. En outre, il percevait, de plus en plus proche, le piétinement sec et saccadé des chevaux, et les appels, brefs et comme joyeux, d'une trompette. À ces sons répondaient les sifflets térébrants des galopins juchés sur les toits, tout au long de la rue qui conduisait du bazar à l'hippodrome, et les cris : « Attention ! Garez-vous ! »

Un soldat, qui se tenait debout, seul sur la partie déserte de la place, une enseigne à la main, agita tout à coup celle-ci en signe de danger, et le procurateur, ainsi que le légat de la légion, le secrétaire et l'escorte qui le suivaient, s'arrêtèrent.

Une aile de cavalerie déboucha au grand trot sur la place, pour la couper de biais en évitant l'attroupement de peuple, afin de gagner, par la ruelle qui longeait une partie du mur d'enceinte couverte de vigne vierge, le Mont Chauve au plus court.

D'un trot rapide comme le vent, le commandant de l'aile, un Syrien pas plus haut qu'un gamin et noir comme un moricaud, vint s'arrêter à la hauteur de Pilate, cria quelque chose d'une voix fluette et tira son épée du fourreau. Son cheval moreau, rétif et tout en sueur, fit un écart et se cabra. Remettant, d'un geste brusque, son épée au fourreau, le commandant cravacha la bête à l'encolure, la remit en ligne et prit le galop pour s'engager dans la ruelle. À sa suite, ses cavaliers, par rangs de trois, passèrent en coup de vent dans un nuage de poussière. On voyait danser, au rythme du galop, les pointes de leurs légères piques de bambou, et les visages hilares aux dents éclatantes qui défilèrent devant Pilate lui parurent, sous les turbans blancs, singulièrement basanés.

Soulevant la poussière jusqu'au ciel, les cavaliers s'engouffrèrent dans la ruelle. Le dernier qui passa au galop devant Pilate portait dans son dos une trompette qui étincelait au soleil.

La main devant les yeux pour se protéger de la poussière, Pilate, avec une grimace involontaire, se remit en route et gagna d'un pas pressé les portes du jardin, suivi par le légat, le secrétaire et l'escorte.

Il était environ dix heures du matin.

3. La septième preuve

— Oui, il était environ dix heures du matin, très honoré Ivan Nikolaïévitch, dit le professeur.

Le poète se passa la main sur le visage, comme un homme qui vient de se réveiller, et il vit que le soir tombait sur l'Étang du Patriarche. L'eau devenait noire, et déjà, une barque légère y glissait. On entendait le clapotis des rames et les rires d'une quelconque citoyenne installée dans la barque. Dans les allées, sur les bancs, le public reparaissait, mais toujours sur trois côtés du carré seulement, laissant vide celui où se trouvaient nos personnages.

Le ciel, au-dessus de Moscou, semblait décoloré, et les contours de la lune, là-haut, étaient d'une parfaite netteté, bien qu'elle fût encore blanche, et non d'or. On respirait beaucoup plus aisément, et les voix, sous les tilleuls, avaient pris leurs sonorités adoucies du soir.

« Il nous a conté toute une histoire, et je ne m'en suis même pas aperçu. Comment cela se fait-il ? pensa Biezdomny très étonné. Voici déjà le soir !… Mais après tout, il n'a peut-être rien raconté. J'ai dû m'assoupir, et j'ai rêvé tout cela ? »

Mais il faut croire que le professeur avait tout de même raconté quelque chose. Sinon, il faudrait admettre que Berlioz avait eu exactement le même rêve, car il dit, en dévisageant l'étranger avec attention :

— Votre récit est excessivement intéressant, professeur, bien qu'il ne concorde pas du tout avec ceux des Évangiles.

— De grâce ! répondit le professeur avec un sourire condescendant. Qui donc, mieux que vous, devrait savoir que rien, rigoureusement rien de ce qui est écrit dans les Évangiles n'est réellement arrivé, et que d'ailleurs, si nous nous mettons à prendre les Évangiles comme source historique… (Et le professeur eut un nouveau sourire.)

Le cœur de Berlioz eut un raté, parce que c'était là, mot pour mot, ce qu'il avait dit à Biezdomny, tandis qu'il se dirigeait en sa compagnie, par la rue Bronnaïa, vers l'Étang du Patriarche.

— D'accord, dit Berlioz, mais je crains bien que personne non plus ne puisse confirmer que ce que vous avez raconté est arrivé réellement.

— Oh non ! Quelqu'un peut confirmer ! répliqua le professeur en se mettant tout à coup à écorcher la langue, mais d'un ton extraordinairement convaincu.

Et soudain, l'air mystérieux, il fit signe aux deux amis de se rapprocher de lui.

Tous deux, l'un à sa droite, l'autre à sa gauche, se penchèrent, et il leur dit, cette fois sans aucun accent (l'accent étranger, chez lui, apparaissait et disparaissait inopinément, le diable sait pourquoi) :

— Le fait est… (le professeur jeta autour de lui des regards craintifs et baissa la voix jusqu'au chuchotement)… que j'ai assisté personnellement à tout cela. J'étais sous le péristyle avec Ponce Pilate, et dans le jardin quand il causait avec Caïphe, et sur l'estrade de pierre, mais secrètement, incognito, pour ainsi dire, de sorte que, je vous en prie, pas un mot à quiconque, le secret le plus absolu, chcht…

Il y eut un moment de silence, et Berlioz pâlit un peu.

— Vous… vous êtes depuis combien de temps à Moscou ? demanda-t-il d'une voix tremblante.

— À Moscou ? Mais j'y arrive à l'instant, répondit le professeur, pris au dépourvu.

C'est alors seulement que les deux amis songèrent à le regarder, comme il convient, dans les yeux, et ils en conclurent que son œil gauche – le vert – avait une expression totalement insensée, et que son œil droit était vide, noir et mort.

« Eh bien, tu as compris, maintenant ! pensa Berlioz, tout confus. Cet Allemand nouveau venu est fou, ou bien il vient de perdre la boule ici même, à l'Étang du Patriarche. En voilà une histoire ! »

Effectivement, ainsi tout s'expliquait : cet étrange déjeuner avec le défunt philosophe Kant, et ces histoires idiotes à propos d'huile de tournesol et d'on ne sait quelle Annouchka, et la prédiction de la tête coupée, et tout le reste. Le professeur était fou.

Berlioz sut tout de suite ce qu'il fallait faire. Se renversant sur le dossier du banc, il envoya des clins d'œil, derrière le dos du professeur, à Biezdomny : « Ne le contrarie pas » – voulait-il dire –, mais le poète, en plein désarroi, ne comprit rien à ces signaux.

— Oui, oui, oui, dit Berlioz avec agitation, au demeurant, tout cela est possible… très possible, même… Ponce Pilate, la terrasse, et le reste… Et, vous êtes venu seul, ou avec votre épouse ?

— Seul, seul. Je suis toujours seul, répondit amèrement le professeur.

— Et où sont vos bagages, professeur ? demanda Berlioz d'un air patelin. Au *Métropole* ? Où êtes-vous descendu ?

— Moi ?… Nulle part, répondit l'Allemand au cerveau fêlé, en laissant errer son œil vert, mélancolique et hagard, le long de l'étang.

— Comment ? Mais… où allez-vous habiter ?

— Chez vous, répondit le fou avec une soudaine désinvolture, et il cligna de l'œil.

— Je… j'en serais… très heureux, balbutia Berlioz, mais vraiment, vous ne seriez pas très bien installé, chez moi… Au *Métropole* il y a d'excellentes chambres, c'est un hôtel de premier ordre…

— Et le diable, il n'existe pas non plus ? demanda gaiement le malade en s'adressant brusquement à Ivan Nikolaïévitch.

— Et le diable…

— Ne le contrarie pas, souffla Berlioz, toujours derrière le dos du professeur, en remuant les lèvres avec force grimaces.

— Il n'y a pas de diable ! Ça n'existe pas ! s'écria, à contre-temps, Ivan Nikolaïévitch, à qui toute cette compote faisait perdre la tête. C'est une punition, cet homme-là ! Cessez donc de divaguer !

À ces mots, l'insensé éclata de rire, au point qu'un moineau, posé sur une branche de tilleul au-dessus des trois hommes, s'envola.

— Mais c'est positivement intéressant, ce que vous dites là, articula le professeur, secoué de rire. Qu'avez-vous donc ? Quoi qu'on vous demande, rien n'existe !

Il cessa de rire tout d'un coup, et – ce qui se comprend très bien chez un malade mental – il tomba aussitôt dans l'extrême opposé : il se fâcha et cria avec rudesse :

— Donc, à ce qu'il paraît, ça n'existe pas ?

— Calmez-vous, calmez-vous, calmez-vous, professeur, bredouilla Berlioz, craignant d'exciter le malade. Vous allez rester ici une petite minute, avec mon camarade Biezdomny. Je vais faire un saut jusqu'au coin, donner un coup de téléphone, et ensuite, nous vous conduirons où vous voudrez. Comme vous ne connaissez pas la ville…

Il faut reconnaître que le plan de Berlioz était sage : courir à la cabine téléphonique la plus proche, et informer le bureau des étrangers que, voilà, il y avait ici, à l'Étang du Patriarche, un étranger, qui se présentait comme spécialiste appelé en consultation, et qui se trouvait dans un état manifestement anormal. Qu'il fallait donc prendre des mesures, sinon, il en résulterait on ne sait quelle absurdité très désagréable.

— Téléphoner ? Eh bien, allez téléphoner, consentit le malade avec tristesse.

Et soudain, il ajouta d'un ton pressant, angoissé :

— Mais je vous en supplie, avant de nous quitter, croyez au moins à l'existence du diable ! Je ne vous en demande pas plus. Songez qu'il en existe une septième preuve, et la plus solide qui soit ! Et elle vous sera fournie dans un instant !

— Très bien, très bien, dit Berlioz avec une affabilité forcée, et, après avoir encouragé d'un clin d'œil le poète désolé – à qui l'idée de veiller sur l'Allemand fou ne souriait pas du tout –, il se dirigea vers la sortie de la promenade qui se trouve au coin de la rue Bronnaïa et du passage Ermolaievski.

À l'instant même, le professeur parut recouvrer toute sa santé, et son visage s'éclaira.

— Mikhaïl Alexandrovitch ! cria-t-il dans le dos de Berlioz.

Celui-ci se retourna avec un sursaut, mais il se rassura tout de suite en songeant que le professeur avait dû également apprendre son prénom et son patronyme dans un journal quelconque.

Mais le professeur continua, mettant les mains en cornet :

— Ne voulez-vous pas que je fasse envoyer tout de suite un télégramme à votre oncle de Kiev ?

De nouveau, Berlioz fut saisi. Où donc l'aliéné avait-il appris l'existence de l'oncle de Kiev ? Aucun journal ne l'avait mentionnée, et même, probablement, personne n'en avait jamais parlé. Hé, hé, Biezdomny n'aurait-il pas raison ? D'ailleurs, d'où tirait-il ces papiers d'identité à la noix ? Ah, quel bizarre personnage… Téléphoner, téléphoner sans retard ! Ils auront vite fait de tirer ça au clair.

Et, refusant d'en entendre davantage, Berlioz poursuivit son chemin.

À ce moment, d'un banc situé près de la sortie de la rue Bronnaïa, quelqu'un se leva et vint à la rencontre du rédacteur en chef. Et celui-ci reconnut le citoyen qui, cet aprèsmidi, en plein soleil, s'était modelé dans l'épaisseur de l'air torride. Seulement maintenant, il n'était plus aérien, mais charnel, comme tout le monde, et, dans l'ombre croissante du crépuscule, Berlioz distinguait parfaitement ses petites moustaches semblables à du duvet de poule, ses petits yeux ironiques d'ivrogne, et son pantalon à carreaux, remonté si haut qu'il découvrait ses chaussettes blanches, en révélant leur saleté.

Mikhaïl Alexandrovitch fit quelques pas à reculons, mais se réconforta en se disant qu'il s'agissait là d'une stupide coïncidence, et que du reste, il n'avait pas le temps d'y réfléchir pour le moment.

— Vous cherchez le tourniquet, citoyen ? s'informa, d'une voix de ténor fêlée, le type à carreaux. Par ici, s'il vous plaît. Vous avez la sortie droit devant vous, pour aller où vous devez aller. Vous n'auriez pas, pour le renseignement... de quoi acheter un quart de litre... pour un ancien chantre d'église qui a besoin de se retaper ?...

Et l'individu, avec une courbette ridicule, ôta sa casquette de jockey d'un grand geste du bras.

Refusant d'écouter ce tire-sou grotesque, Berlioz courut au tourniquet, le saisit d'une main et le fit tourner. Il allait traverser la chaussée et les rails lorsqu'une lumière rouge et blanche jaillit devant ses yeux : c'était une sorte de boîte à paroi de verre, où se détachaient des lettres lumineuses : « Attention au tramway ! »

Au même moment, le tramway apparut au tournant du passage Ermolaievski, pour prendre la ligne nouvellement installée de la rue Bronnaïa. À l'instant où il s'engageait sur la ligne droite, la lumière électrique s'alluma soudain à l'intérieur, et il mugit en grossissant à vue d'œil.

Bien qu'il ne courût, à l'endroit où il se trouvait, aucun danger, Berlioz, prudent, décida de revenir derrière la grille. Il remit la main sur le tourniquet et, pour l'ouvrir, il fit un pas en arrière. Mais aussitôt, sa main glissa et lâcha la barre, son pied, irrésistiblement, fila, comme sur la glace, sur les pavés légèrement en pente qui bordaient les rails, son autre jambe partit en l'air, et Berlioz fut précipité sur la voie.

Essayant de se raccrocher à quelque chose, Berlioz tomba à la renverse. Le derrière de son crâne heurta légèrement le pavé, et il eut le temps de voir, très haut au-dessus de lui – mais était-ce à sa gauche, ou à sa droite, il ne pouvait déjà plus s'en rendre compte –, la lune d'or pâle. Il eut également le temps de se tourner sur le côté, de ramener d'un mouvement convulsif ses jambes à son ventre, et, levant la tête, de voir foncer sur lui avec une force irrépressible le visage, blanc d'horreur, de la conductrice du tramway, et son brassard rouge. Berlioz ne poussa pas un cri, mais toute la rue s'emplit d'un hurlement de femmes épouvantées.

La conductrice tira de toutes ses forces sur le frein électrique. La lourde voiture piqua du nez, puis aussitôt, bondit en avant, et des vitres volèrent en éclats avec un tintement assourdissant. À ce moment, dans le cerveau de Berlioz, une voix cria avec désespoir : « Est-ce possible ?… » Une fois encore – la dernière – la lune brilla, mais déjà éparpillée en morceaux – puis ce fut le noir.

Le tramway recouvrit Berlioz, et, sur les pavés qui montaient vers la grille de l'allée, fut projeté un objet rond et de couleur sombre. L'objet heurta la grille, sauta sur le pavé puis roula jusqu'au milieu de la chaussée, où il s'arrêta.

C'était la tête coupée de Berlioz.

4. Poursuite

Les cris hystériques des femmes cessèrent, les sifflets stridents des miliciens se turent, deux ambulances emmenèrent, l'une le corps sans tête et la tête coupée à la morgue, l'autre la jolie conductrice, blessée par des éclats de vitre, à l'hôpital, des concierges en tablier blanc balayèrent les morceaux de verre et répandirent du sable sur les flaques de sang, et Ivan Nikolaïévitch, qui avait essayé de courir jusqu'au tourniquet, s'était effondré sur un banc et y était resté, tel quel. Plusieurs fois, il avait essayé de se lever, mais ses jambes refusaient de lui obéir : Biezdomny était frappé d'une espèce de paralysie.

C'est au moment précis où il entendit le premier hurlement que le poète se précipita vers le tourniquet, et il vit la tête rouler sur la chaussée. Il en fut si affolé que, tombant sur le banc le plus proche, il se mordit les doigts jusqu'au sang. Naturellement, l'Allemand fou lui sortit complètement de l'esprit, et il resta là, s'efforçant de comprendre une seule chose : comment était-ce possible, une minute plus tôt il discutait avec Berlioz, et maintenant, cette tête…

Des gens bouleversés passèrent en courant devant le poète, criant quelque chose, mais Ivan Nikolaïévitch ne comprit pas un mot de ce qu'ils disaient. Mais tout à coup, deux femmes se rencontrèrent – faillirent même se heurter – tout près de lui, et l'une d'elles, une bonne femme en cheveux et au nez pointu, se mit à glapir, juste au-dessus de l'oreille du poète, à l'adresse de l'autre femme :

— … Annouchka, notre Annouchka ! De la rue Sadovaïa ! Elle a fait du beau travail… C'est elle… elle venait d'acheter de l'huile de tournesol à l'épicerie, et bing ! elle a cassé son litre sur le tourniquet ! Même que sa jupe en était toute tachée. Et elle rouspétait, oh là là !… Et l'autre, le malheureux, il a glissé là-dessus et il s'est retrouvé sur les rails…

De toutes ces vociférations, seul, d'abord, le mot « Annouchka » s'ancra dans le cerveau en débâcle d'Ivan Nikolaïévitch…

— Annouchka… Annouchka ?… balbutia le poète, en roulant des yeux effarés. Pardon, permettez…

Puis, au nom d'Annouchka, s'accrochèrent les mots « huile de tournesol » et, on ne sait pourquoi, « Ponce Pilate ». Le poète envoya promener Pilate et entreprit de relier les maillons de la chaîne qui partait d'« Annouchka ». La chaîne fut vite formée, et aboutit du même coup au professeur privé de raison.

« J'ai eu tort ! Il l'avait bien dit, pourtant, que la réunion n'aurait pas lieu, parce qu'Annouchka avait renversé l'huile. Et, avec votre permission, elle n'aura pas lieu ! Mais ce n'est rien encore : il a dit carrément qu'une femme couperait la tête de Berlioz ? Oui, oui, oui ! Et la conductrice, c'était une femme ! Mais qu'est-ce que c'est que tout ça, hein ? »

Il ne subsistait plus même l'ombre d'un doute que le mystérieux consultant connaissait d'avance, avec précision, tout le tableau de l'horrible mort de Berlioz. Deux pensées traversèrent alors l'esprit du poète. La première : « Il n'est pas fou du tout, tout ça, c'est des bêtises ! » – et la deuxième : « N'est-ce pas lui qui aurait manigancé tout cela ? »

« Mais, permettez-moi de vous le demander, comment s'y serait-il pris ? Non, il faut tirer ça au clair ! »

Avec un grand effort sur lui-même, Ivan Nikolaïévitch se leva et retourna en hâte vers l'endroit où, l'instant d'avant, il parlait avec le professeur. Heureusement, celui-ci n'était pas encore parti.

Déjà les réverbères s'allumaient dans la rue Bronnaïa, et au-dessus de l'Étang du Patriarche brillait une lune d'or. À sa lumière, toujours trompeuse, il sembla à Ivan Nikolaïévitch que l'autre, là-bas, tenait sous son bras non plus une canne, mais une épée.

L'intrigant et indésirable chantre en retraite s'était assis à la place même qu'occupait, tout récemment encore, Ivan Nikolaïévitch. Il avait chaussé son nez d'un lorgnon absolument superflu, étant donné qu'un des verres manquait et que l'autre était fêlé. Ce citoyen à carreaux paraissait plus répugnant encore que tout à l'heure, quand il avait mis Berlioz sur le chemin des rails.

Le cœur glacé, Ivan s'approcha du professeur. Il le dévisagea, et put ainsi se convaincre que ce visage ne portait aucun signe d'insanité.

— Allons, avouez : qui êtes-vous ? demanda Ivan d'une voix sourde.

L'étranger fronça les sourcils, regarda le poète comme s'il le voyait pour la première fois, et répondit d'un ton hostile :

— Pas comprendre… russe parler…

— Ce monsieur ne comprend pas, intervint, de son banc, le chantre importun, à qui personne ne demandait d'expliquer les paroles de l'étranger.

— Ne faites pas l'hypocrite ! dit Ivan menaçant, tout en ressentant un petit froid au creux de l'estomac. À l'instant, vous parliez parfaitement le russe. Vous n'êtes pas allemand, et vous n'êtes pas professeur ! Vous êtes… un assassin et un espion !… Vos papiers ! cria Ivan, gagné par la fureur.

La bouche, déjà naturellement tordue, de l'énigmatique professeur, se déforma encore en une moue dégoûtée, et il haussa les épaules.

— Citoyen ! dit l'abject chantre, décidément résolu à fourrer son nez dans ce qui ne le regardait pas. Pourquoi tourmentez-vous ce touriste étranger ? Vous en serez sévèrement puni, je vous avertis !

Mais le louche professeur prit un visage hautain, tourna le dos à Ivan et s'éloigna. Ivan se sentit perdre pied. Suffoquant, il se tourna vers le chantre :

— Hé, citoyen ! Aidez-moi à arrêter un criminel ! C'est votre devoir !

Avec une extraordinaire vivacité, le chantre sauta sur ses pieds et poussa de grands cris :

— Un criminel ? Quel criminel ? Où est-il ? C'est cet étranger ? (Ses petits yeux brillèrent joyeusement.) Celui-là ? Si c'est un criminel, notre premier devoir est de crier « à l'aide ! » Sinon, il va filer. Alors allons-y, ensemble !

Et le chantre ouvrit une gueule grande comme un four.

Éperdu, Ivan obéit machinalement à ce bouffon et cria : « À l'aide ! », mais l'autre le laissa crier seul.

L'appel solitaire et enroué d'Ivan n'eut aucun résultat satisfaisant. Deux jeunes filles qui passaient s'écartèrent de lui, et il put entendre le mot « ivre ».

— Ah, ah, tu es de mèche avec lui ! vociféra Ivan, sombrant dans la fureur. Tu te moques de moi, hein, c'est ça ? Laisse-moi passer !

Ivan se jeta à droite, et le chantre se jeta à droite ; Ivan alla à gauche, et le gredin fit de même.

— C'est exprès que tu te fourres dans mes jambes ? cria sauvagement Ivan. C'est toi que je vais livrer à la milice !

Ivan voulut saisir le misérable par la manche, mais il manqua son but et n'attrapa que le vide : le chantre avait disparu, comme avalé par la terre.

Avec un cri d'étonnement, Ivan regarda au loin, et aperçut l'exécrable étranger. Et celui-ci, qui avait déjà atteint la sortie donnant sur la rue du Patriarche, n'était pas seul. Le plus que douteux ancien chantre l'avait rejoint. Mais ce n'est pas tout. La compagnie s'était accrue d'un troisième personnage, surgi on ne sait d'où : un chat énorme, aussi gros qu'un pourceau, noir comme un corbeau ou comme la suie, avec de terribles moustaches de capitaine de cavalerie. Le trio se mit en route vers la rue du Patriarche, le chat sur ses pattes de derrière.

Ivan se jeta à la poursuite des scélérats, et s'aperçut bien vite qu'il lui serait extrêmement difficile de les rattraper.

Le trio franchit comme un éclair la rue du Patriarche et fila par la rue Spiridonov. Ivan avait beau allonger le pas, il lui était impossible de réduire la distance qui le séparait des fuyards. Il n'avait pas encore retrouvé ses esprits que déjà, la paisible rue Spiridonov avait fait place à la Porte Nikitski, où la situation du poète s'aggrava. Il y avait là une véritable cohue. Qui plus est, c'est précisément là que cette clique de vauriens décida d'employer la méthode favorite des bandits poursuivis : tirer chacun de son côté.

Avec une agilité admirable, le chantre se glissa au vol dans un autobus qui partait vers la place de l'Arbat, et disparut. Ayant ainsi perdu l'un de ses ennemis, Ivan reporta toute son attention sur le chat. Il vit cet étrange animal sauter sur le marchepied de la motrice d'un tramway « A » à l'arrêt, prendre brutalement la place d'une femme à qui ce sans-gêne fit pousser les hauts cris, se cramponner à la rampe et même, essayer de glisser à la receveuse, par la fenêtre laissée ouverte à cause de la chaleur, une pièce de dix kopeks.

La conduite du chat frappa Ivan d'un tel étonnement qu'il demeura cloué, près d'une épicerie qui faisait le coin de la place. Là, il fut frappé d'étonnement une seconde fois, et beaucoup plus fortement encore, par la conduite de la receveuse. Dès qu'elle vit, en effet, le chat essayer de s'introduire dans le tramway, elle cria, avec une colère telle qu'elle en tremblait :

— Pas de chats ici ! C'est interdit aux chats ! Allez ouste ! Descends de là, ou j'appelle la milice !

Ainsi, ni la receveuse, ni les passagers n'étaient frappés par l'essentiel même de la chose : non pas le fait que le chat voulait s'introduire dans le tramway – il n'y avait là que demi-mal –, mais le fait qu'il était prêt à payer sa place !

Et non seulement le chat se montra capable de payer, mais encore, il agit en bête disciplinée. À la première apostrophe de la receveuse, en effet, il arrêta net sa progression, descendit du marchepied et demeura debout près de l'arrêt du tramway, lissant sa moustache à l'aide de sa pièce de monnaie. Mais dès que la receveuse eut tiré le cordon de la sonnette et que le tramway se fut ébranlé, le chat agit comme tout un chacun qu'on oblige à descendre d'un tramway qu'il a, pour une raison ou une autre, absolument besoin de prendre. Il laissa défiler devant lui les trois wagons, puis sauta à l'arrière du dernier, s'accrocha d'une patte à une espèce de gros tuyau qui sortait de la paroi, et… roulez ! Il économisait ainsi dix kopeks.

Tout occupé par le hideux animal, Ivan faillit perdre de vue le plus important des trois – le professeur. Heureusement, celui-ci n'avait pas eu le temps de s'esquiver. Ivan aperçut son béret gris dans la foule, à l'entrée de la grande-rue Nikitski, ou rue Herzen. Il y fut en un clin d'œil, mais malheureusement, cela ne lui donna rien. Le poète pressa le pas, puis se mit au petit trot, heurtant les passants, mais il eut beau faire, il ne gagna pas un centimètre sur le professeur.

Quel que fût son désarroi, Ivan fut néanmoins frappé de la vitesse surnaturelle à laquelle se déroulait cette poursuite. On venait de quitter la Porte Nikitski, et, moins de vingt secondes après, Ivan Nikolaïévitch était aveuglé par les lumières de la place de l'Arbat. Encore quelques secondes, et l'on se trouvait dans une sombre ruelle aux trottoirs obliques, où Ivan Nikolaïévitch tomba et se blessa au genou. Puis ce fut une large avenue brillamment éclairée – la rue Kropotkine –, puis une ruelle, puis la rue Ostojenka, et encore une ruelle, triste, sordide, et éclairée, de loin en loin, avec une extrême parcimonie. C'est là qu'Ivan Nikolaïévitch perdit définitivement la trace de celui qu'il désirait tant rattraper. Le professeur s'était éclipsé.

Ivan Nikolaïévitch s'arrêta, décontenancé. Mais sa perplexité ne dura pas longtemps, car il lui vint soudain à l'esprit que le professeur ne pouvait être ailleurs qu'au n° 13 de cette rue, et, nécessairement, à l'appartement 47.

Ivan Nikolaïévitch s'engouffra dans l'entrée de l'immeuble, monta quatre à quatre jusqu'au premier étage, trouva immédiatement l'appartement 47 et tira la sonnette avec impatience. Il n'eut pas à attendre longtemps. La porte lui fut ouverte par une petite fille inconnue, âgée de cinq ans environ, qui, sans lui poser la moindre question, s'enfuit aussitôt on ne sait où.

Le vestibule où il se trouvait était immense, faiblement éclairé par une ampoule minuscule pendue au plafond excessivement haut et noir de crasse, et avait un air d'extrême abandon. Une bicyclette sans pneus était accrochée à un mur, au-dessus d'une énorme huche à ferrures, et, sur une planche posée au-dessus du portemanteau, gisait un bonnet d'hiver dont les longues oreilles pendaient. Derrière l'une des portes, une forte voix masculine, diffusée par un poste de TSF, criait quelque chose en vers, d'un ton irrité.

Dans ce milieu inconnu, Ivan Nikolaïévitch ne perdit pas la tête. Il s'engagea résolument dans le couloir, raisonnant ainsi : « Naturellement, il s'est caché dans la salle de bains. » Le couloir était obscur. Après s'être cogné deux ou trois fois aux murs, Ivan finit par distinguer un faible rai de lumière qui passait sous une porte. Il tâtonna le bouton, qui céda sans effort. Le pêne sauta de sa gâche, et Ivan se trouva précisément dans la salle de bains, en se disant qu'il avait de la chance.

Cette chance, cependant, n'était pas celle qu'il aurait fallu ! Une odeur d'humidité chaude montait aux narines d'Ivan, et, à la lueur des braises qui se consumaient dans le chauffe-bain, il discerna de grandes lessiveuses pendues au mur et une baignoire toute parsemée d'affreuses taches noires, là où l'émail s'était écaillé. Dans cette baignoire se tenait debout une citoyenne toute nue, couverte de savon, une boule de filasse à la main. Elle plissa ses yeux de myope pour regarder l'intrus, et, prenant manifestement, aux lueurs infernales des braises, Ivan pour un autre, elle rit et dit à mi-voix :

— Kirioûchka ! Quel polisson vous faites ! Vous êtes fou, voyons… Fiôdor Ivânytch va revenir. Sortez d'ici, tout de suite ! (Et elle fit mine de jeter à Ivan son paquet de filasse.)

Le quiproquo était indéniable, et le fautif, en l'occurrence, était évidemment Ivan Nikolaïévitch. Mais, peu enclin à la reconnaître, il s'exclama d'un ton réprobateur : « Ah, débauchée !... » – et se retrouva, on ne sait comment, dans la cuisine. Il n'y vit personne et distingua seulement, dans l'ombre, une dizaine de réchauds à pétrole qui gisaient, muets et sombres, sur le fourneau. Par la fenêtre poussiéreuse, qu'on n'avait pas nettoyée depuis des années, filtrait un rayon de lune qui venait baigner d'une lumière parcimonieuse le coin plein de poussière et de toiles d'araignée où pendait une icône oubliée, dans sa boîte vitrée derrière laquelle émergeaient deux bougies nuptiales. Sous la grande icône, une autre plus petite, en papier, était épinglée au mur.

Nul ne sait quelle idée s'empara alors de l'esprit d'Ivan : toujours est-il qu'avant de s'enfuir par la porte de service, il s'appropria l'une des bougies et l'image de papier. Muni de ces objets, il quitta l'appartement inconnu en grommelant on ne sait quoi, et rougissant de confusion au souvenir de l'instant qu'il avait passé dans la salle de bains, tout en essayant involontairement de deviner qui pouvait bien être ce libertin de Kirioûchka, et si ce n'était pas à lui qu'appartenait le répugnant bonnet à oreilles du vestibule.

Dans la rue déserte et lugubre, le poète chercha des yeux son fugitif, mais il ne vit personne. Ivan se dit alors à lui-même d'un ton ferme :

— Mais bien sûr, il est sur la Moskova ! En route !

Il eût été bon, sans doute, de demander à Ivan Nikolaïévitch pourquoi il supposait que le professeur devait se trouver justement sur la Moskova, et non quelque part ailleurs. Malheureusement, il n'y avait personne pour lui poser cette question. L'abominable rue était totalement vide.

En un temps prodigieusement bref, Ivan Nikolaïévitch fut visible sur les degrés du vaste amphithéâtre de granit qui domine la boucle de la rivière.

Ayant ôté ses vêtements, Ivan les confia à un affable barbu qui fumait une cigarette roulée par ses soins, près d'une blouse russe déchirée et d'une paire de souliers éculés aux lacets défaits. Agitant les bras pour se refroidir, il plongea dans l'eau comme une mouette. L'eau était si glacée qu'il en eut le souffle coupé, et qu'il craignit même, le temps d'un éclair, de ne pouvoir remonter à la surface. Il réussit néanmoins à émerger, s'ébrouant et soufflant comme un cachalot, et, les yeux arrondis par l'épouvante, il se mit à nager dans l'eau noire qui sentait le pétrole, parmi les reflets en zigzags brisés des réverbères de la rive.

Lorsque Ivan, mouillé et transi, remonta en sautillant les marches de granit vers l'endroit où il avait laissé ses vêtements à la garde du barbu, il dut se rendre à l'évidence : non seulement ceux-là – c'est-à-dire ses vêtements – mais aussi celui-ci – c'est-à-dire le barbu lui-même – avaient été l'objet d'un rapt. À l'endroit précis où se trouvait tout à l'heure le tas d'habits, il ne restait qu'un caleçon rayé, la chemise russe déchirée, la bougie, l'image sainte et une boîte d'allumettes. Avec une colère impuissante, Ivan montra le poing à on ne sait qui, vers l'horizon, et revêtit ce qu'on avait bien voulu lui laisser.

À ce moment, deux considérations vinrent le tourmenter : la première, c'est qu'il n'avait plus sa carte de membre du MASSOLIT, dont il ne se séparait jamais ; en second lieu : pourrait-il parcourir sans obstacles les rues de Moscou, dans cette tenue ? Tout de même, en caleçon… Certes, cela ne regardait personne, mais ne pouvait-il en résulter, néanmoins, quelque incident, quelque tracasserie ?

Ivan arracha les boutons qui serraient les jambes du caleçon à hauteur de ses chevilles, en se disant qu'ainsi, peut-être, ce vêtement pourrait passer pour un pantalon d'été, puis il ramassa l'image, la bougie et les allumettes et se mit en route, après avoir décrété pour lui-même :

— À Griboiédov ! C'est là-bas qu'il est, sans aucun doute.

La ville avait maintenant commencé sa vie nocturne. Soulevant la poussière dans le tintamarre de leurs chaînes, des camions passaient, leurs plates-formes chargées d'hommes couchés sur des sacs, le ventre en l'air. Toutes les fenêtres étaient ouvertes. À chacune de ces fenêtres brûlait une lampe à abat-jour orange, et de toutes les fenêtres, de toutes les portes, de tous les porches, des toits et des greniers, des sous-sols et des cours s'échappait, avec des rugissements graillonneux, la polonaise de l'opéra *Eugène Onéguine*.

Les craintes d'Ivan Nikolaïévitch s'avérèrent pleinement justifiées : il attirait l'attention des passants, qui se retournaient sur lui. Il décida, en conséquence, de quitter les grandes artères et de prendre par les ruelles, où les gens sont moins indiscrets, où les risques sont moindres de les voir se coller à un homme aux pieds nus pour le tarabuster de mille questions sur son caleçon, quand celui-ci refuse obstinément de ressembler à un pantalon.

Ivan fit comme il disait, et s'enfonça dans le dédale mystérieux des ruelles de l'Arbat. Il se glissait le long des murs, l'œil oblique et le regard apeuré, se retournait à tout instant, se dissimulait de temps à autre sous des portes cochères, évitait les croisements éclairés par des feux et contournait de loin les portes élégantes des villas d'ambassades.

Et, tout au long de son pénible cheminement, l'omniprésent orchestre continua d'accompagner la lourde voix de basse qui chantait son amour pour Tatiana, lui causant, on ne sait pourquoi, d'inexprimables souffrances.

5. Ce qui s'est passé à Griboïédov

L'antique demeure à un étage, aux murs de couleur crème, était située sur le boulevard de ceinture, au fond d'un jardin languissant qu'une grille de fer forgé isolait du trottoir. Devant la maison s'étendait une petite place goudronnée. En hiver s'y dressait un tas de neige où était toujours plantée une pelle, mais en été, sous une tente de grosse toile, elle se transformait en le plus magnifique des restaurants de plein air.

La bâtisse s'appelait « Maison de Griboïédov », parce que, à ce qu'on disait, elle avait appartenu autrefois à une tante de l'écrivain – d'Alexandre Serguéiévitch Griboïédov. Avait-elle, ou non, appartenu à cette tante – nous ne le savons pas exactement. Il me semble même, si mes souvenirs sont exacts, que semblable tante n'a jamais existé dans la famille de Griboïédov... Cependant, tel était le nom de la maison. En outre, un menteur moscovite racontait même qu'au premier étage de cette maison, dans une salle ronde à colonnes, le célèbre écrivain aurait lu des passages de sa pièce *Le Malheur d'avoir trop d'esprit* à cette même tante, mollement étendue sur un sofa. Au reste, le diable le sait, peut-être a-t-il fait cette lecture, ce n'est pas cela qui importe !

Ce qui importe, c'est qu'à l'heure actuelle, le possesseur de la maison est ce fameux MASSOLIT à la tête duquel se trouvait le malheureux Mikhaïl Alexandrovitch Berlioz avant sa promenade à l'Étang du Patriarche.

Les membres du MASSOLIT eurent l'heureuse idée de ne pas appeller la maison « Maison de Griboïédov », mais de dire simplement : Griboïédov. « Hier, j'ai fait la queue deux heures à Griboïédov. — Et alors ? — J'ai enfin obtenu un bon de séjour d'un mois à Yalta. — Bravo ! » Ou bien : « Je vais voir Berlioz, il reçoit aujourd'hui de quatre à cinq à Griboïédov »... Et ainsi de suite.

L'aménagement de Griboïédov par le MASSOLIT était tel qu'on ne pouvait rien imaginer de mieux, de plus confortable, de plus douillet. Quiconque entrait à Griboïédov devait tout d'abord, par la force des choses, prendre connaissance des avis et informations concernant divers cercles sportifs, ainsi que des photographies, individuelles ou en groupes, des membres du MASSOLIT, qui couvraient (je parle des photographies) les murs de l'escalier conduisant au premier étage.

Sur les portes de la première salle de l'étage supérieur, on pouvait lire une énorme inscription : « Section Villégiatures et Pêche à la ligne », sous laquelle était représenté un carassin pris à l'hameçon.

Les portes de la salle n° 2 offraient, elles, une inscription dont le sens était quelque peu obscur : « Bons de séjour créateur d'une journée. S'adresser à M. V. Podlojnaïa. »

L'écriteau de la porte suivante était bref, mais cette fois, totalement incompréhensible : « Pérélyguino ». Ensuite, les yeux du visiteur éventuel de Griboïédov papillotaient devant le kaléidoscope d'inscriptions qui émaillaient les portes de noyer de la bonne tante : « Distribution de papier. S'inscrire chez Poklevkina », « Caisse », « Auteurs de sketches. Comptes personnels », etc.

Après avoir coupé une longue queue qui s'étendait jusqu'en bas, près de la loge du concierge, on pouvait apercevoir, sur une porte qui menaçait à tout instant de céder sous la pression de la foule, l'écriteau suivant : « Questions de logement ».

Après les questions de logement venait une luxueuse affiche qui représentait un rocher sur la crête duquel caracolait un cavalier en capote de feutre caucasienne, fusil en bandoulière. En dessous, des palmiers et un balcon. À ce balcon était assis un jeune homme aux cheveux en toupet, qui regardait en l'air avec des yeux vifs – ô combien vifs étaient ses yeux ! – et dont la main tenait un stylo. Cette affiche annonçait : « Séjours créateurs gratuits de deux semaines (contes, nouvelles) à un an (romans, trilogies), à Yalta, Sououk-Sou, Borovoié, Tsikhidziri, Makhindjaouri, Léningrad (Palais d'hiver) ». À cette porte, il y avait aussi une queue, mais pas démesurée : en moyenne, cent cinquante personnes.

Venaient ensuite, épousant les méandres capricieux, les montées et les descentes des couloirs de la maison de Griboïédov, « Direction du MASSOLIT », « Caisses n° 2, n° 3, n° 4, n° 5 », « Rédaction », « Président du MASSOLIT », « Salle de billard », différents bureaux annexes, et enfin, cette fameuse salle à colonnes où la tante s'était régalée de la comédie de son génial neveu.

Tout visiteur de Griboïédov – à moins, bien sûr, d'être complètement abruti – se rend compte immédiatement de la belle vie qui est réservée aux heureux membres du MASSOLIT, et du même coup, une noire envie se met à le tenailler. Du même coup encore, il adresse au ciel d'amers reproches pour ne pas l'avoir gratifié, à sa naissance, de talents littéraires. Talents sans lesquels, cela va de soi, on ne saurait même rêver de posséder la carte de membre du

MASSOLIT, cette carte dans son étui brun qui sent le cuir de luxe, avec son large liséré d'or – cette carte connue de tout Moscou.

Qui dira quelque chose pour la défense de l'envie ? C'est un sentiment de vile catégorie, certes, mais il faut tout de même se mettre à la place du visiteur. Car enfin, ce qu'il a vu au premier étage n'est pas tout – est loin d'être tout. Car enfin, le rez-de-chaussée de la maison de la tante est occupé par un restaurant – et quel restaurant ! Il est considéré, à juste titre, comme le meilleur de Moscou. Et non pas seulement parce qu'il occupe deux grandes salles à hauts plafonds voûtés où sont peints des chevaux mauves à crinière assyrienne, non pas seulement parce que chaque table s'orne d'une lampe à abat-jour de soie, non pas seulement parce que l'accès en est interdit au premier venu de la rue, – mais encore parce que, pour la qualité de son approvisionnement, Griboïédov bat à plate couture n'importe quel restaurant de Moscou, et que ces provisions sont vendues à un prix tout à fait modéré, nullement écrasant.

C'est pourquoi il n'y a aucunement lieu de s'étonner, par exemple, de la conversation suivante, entendue un jour, près de la grille en fer forgé de Griboïédov, par l'auteur de ces lignes éminemment véridiques :

— Où dînes-tu ce soir, Ambroise ?

— En voilà une question ! Ici, bien sûr, mon cher Foka ! Archibald Archibaldovitch m'a glissé à l'oreille qu'il y aurait aujourd'hui, comme plat du jour, du sandre *au naturel*. Morceau magistral !

— Tu sais vivre, Ambroise ! répondit en soupirant le maigre et décrépit Foka, dont le cou s'ornait, qui plus est, d'un furoncle, au poète Ambroise, géant aux lèvres vermeilles, aux cheveux d'or et aux joues somptueuses.

— Je ne sais rien de spécial, rétorqua Ambroise, je n'ai que le désir, tout à fait ordinaire, de vivre humainement. Tu veux sans doute me dire, Foka, que l'on peut aussi bien trouver du sandre au Colisée. Mais au Colisée, la portion de sandre coûte treize roubles quinze kopeks, et chez nous, cinq cinquante ! De plus, au Colisée, le sandre date de trois jours, et de plus, au Colisée, rien ne te garantit que tu ne recevras pas au travers de la gueule le reste d'une grappe de raisin, lancée par le premier jeune homme venu, retour du passage des Théâtres. Non ! tonna à travers tout le boulevard le gastronome Ambroise, je suis catégoriquement contre le Colisée ! Ne m'en rebats pas les oreilles !

— Je ne t'en rebats pas les oreilles, Ambroise, piaula Foka. On peut aussi dîner chez soi.

— Serviteur ! barrit Ambroise. J'imagine ta femme, dans la cuisine commune de ton immeuble, essayant de confectionner dans une vague casserole, un sandre du jour *au naturel* ! Hi, hi, hi !... Au revouâr, Foka ! (Et Ambroise, chantonnant, se dirigea vers la tonnelle.)

Ha, ha, ha !... C'était ça, c'était bien ça !... Les vieux Moscovites s'en souviennent, de l'illustre Griboïédov ! Mais qu'est-ce que ce sandre bouilli ! Des broutilles, très cher Ambroise ! Et le sterlet, alors ? Le sterlet en casserole argentée, le sterlet coupé en morceaux entourés de queues d'écrevisse et de caviar frais ? Et les œufs-cocotte, avec de la purée de champignons servie dans de petites tasses ? Et les jolis petits filets de merle, ça ne vous disait rien ? Avec des truffes ? Et les cailles à la génoise ? Neuf roubles cinquante ! Et le jazz, et la courtoisie du service ! Et en juillet, quand toute la famille est à la campagne mais que des affaires littéraires pressantes vous retiennent en ville, – sous la tonnelle, à l'ombre de la treille, quand les assiettes font des taches d'or sur les nappes d'une propreté éblouissante, un potage *printanière* ? Vous souvenez-vous, Ambroise ? Mais à quoi bon vous le demander ! Je vois à vos lèvres que vous vous en souvenez. Foin de vos lavarets et de vos sandres ! Et les bécasses, bécassines et bécassons, les bécasses des bois à la saison, les cailles et les courlis ? L'eau de Narzan qui vous pétille dans la bouche ? Mais suffit, tu t'égares, lecteur ! Allons, suis-moi !…

À dix heures et demie, ce même soir où Berlioz trouva la mort près de l'Étang du Patriarche, une seule salle était allumée au premier étage de Griboiédov. Douze littérateurs s'y morfondaient. Venus pour assister à la réunion, ils attendaient Mikhaïl Alexandrovitch.

Assis sur des chaises, sur la table, voire sur les deux appuis de fenêtres de la salle réservée à la Direction du MASSOLIT ils souffraient sérieusement de la chaleur. Pas un souffle d'air frais n'entrait par les croisées grandes ouvertes. Moscou rendait la chaleur accumulée par l'asphalte de ses rues au cours de la journée, et il était clair que la nuit n'apporterait aucun allégement. Des caves de la tante, où se trouvaient maintenant les cuisines du restaurant, montait une odeur d'oignons, et tous avaient envie de boire, tous étaient nerveux et fâchés.

Le romancier Bieskoudnikov – homme tranquille, convenablement habillé, au regard attentif quoique insaisissable – tira sa montre de son gousset. La petite aiguille s'approchait du onze. Bieskoudnikov tapota le cadran du doigt en le montrant à son voisin, le poète Dvoubratski, lequel, assis sur la table, balançait par ennui ses pieds chaussés de souliers jaunes à semelle de caoutchouc.

— Sapristi, grogna Dvoubratski.

— Le gars est probablement en train de traînasser à Kliazma, dit d'une voix épaisse Nastassia Loukinichna Niéprémiénova, fille de marchands moscovites devenue orpheline et écrivain, qui composait des histoires de batailles navales sous le pseudonyme de Sturman George.

— Permettez ! coupa hardiment le populaire auteur de sketches Zagrivov. Personnellement, je m'installerais avec plaisir à une terrasse pour boire un bon petit verre de thé, au lieu de rester à cuire ici. Enfin, cette réunion, elle était prévue pour dix heures, non ?

— Comme on doit être bien, en ce moment, à Kliazma, insinua Sturman George, dans une intention évidemment provocatrice, car elle n'ignorait pas que les villas de Pérélyguino, réservées aux écrivains dans l'arrondissement de Kliazma, étaient un éternel sujet d'âpres disputes. À cette époque de l'année, on y entend chanter les rossignols, sûrement. Pour moi, je travaille toujours mieux à la campagne, particulièrement au printemps.

— Voilà trois ans que je verse du pognon pour envoyer ma femme, qui souffre d'un goitre, dans ce paradis, mais ça fait autant d'effet qu'un cautère sur une jambe de bois, dit d'un ton amer et venimeux le nouvelliste Hiéronimus Poprikhine.

— Question de chance, bourdonna le critique Ababkov de l'appui de la fenêtre où il était assis.

La joie enflamma les petits yeux de Sturman George, et elle dit, en adoucissant son contralto :

— Il ne faut pas être jaloux, camarades. Il n'y a là-bas que vingt-deux villas, et sept autres seulement en construction. Et au MASSOLIT, nous sommes trois mille.

— Trois mille cent onze, glissa quelqu'un de son coin.

— Alors, vous voyez, continua Sturman, que faire ? Il est naturel que les villas aient été données à ceux d'entre nous qui ont le plus de talent…

— Aux généraux ! trancha le scénariste Gloukhariev, sautant à pieds joints dans la dispute.

Bieskoudnikov, bâillant avec affectation, se leva et sortit.

— Dire qu'il a cinq pièces pour lui tout seul à Pérélyguino ! reprit Gloukhariev dès qu'il eut quitté la salle.

— Lavrovitch en a six, jeta Déniskine, et sa salle à manger est lambrissée de chêne !

— Hé, la question n'est pas là, bourdonna Ababkov. La question, c'est qu'il est onze heures et demie.

Cette annonce déclencha un tumulte qui tourna rapidement en une sorte d'émeute. On téléphona à ce maudit Pérélyguino, mais on ne tomba pas sur la bonne villa, on tomba chez Lavrovitch, et on apprit ainsi que Lavrovitch était descendu à la rivière, ce qui acheva de jeter tout le monde dans l'humeur la plus noire. On appela alors, au petit bonheur, la Commission des Belles-Lettres, poste 930, mais bien entendu, personne ne répondit.

— Il aurait pu téléphoner ! s'écrièrent Déniskine, Gloukhariev et Kvant.

Ah, ils criaient bien en vain ! Mikhaïl Alexandrovitch ne pouvait plus téléphoner nulle part. Loin, bien loin de Griboiédov, dans une immense salle éclairée par des lampes de mille bougies, sur trois tables de zinc, gisait ce qui, récemment encore, était Mikhaïl Alexandrovitch.

La première portait le corps, nu, taché de sang coagulé, avec un bras cassé et la cage thoracique défoncée ; sur la deuxième se trouvait la tête, les dents de devant brisées, les yeux ouverts, troubles et insensibles à la vive lumière qui tombait sur eux ; la troisième enfin portait un tas de loques fripées et raidies.

Diverses personnes entouraient le décapité : un professeur de médecine légale, un anatomiste et son aide, des représentants du parquet, et l'adjoint de Berlioz au MAS-

SOLIT, l'écrivain Geldybine, qu'on avait appelé par téléphone alors qu'il se trouvait au chevet de sa femme malade.

Une voiture était passée prendre Geldybine, et avant toutes choses (il était alors près de minuit), l'avait conduit, en compagnie des membres du parquet, à l'appartement du mort, où les scellés furent apposés sur ses papiers, après quoi tout le monde se rendit à la morgue.

À présent, autour des restes du défunt, on se consultait. Que valait-il mieux faire : recoudre la tête coupée au cou, ou bien exposer le corps dans la grande salle de Griboïédov en le recouvrant simplement d'un drap noir, soigneusement remonté jusqu'au menton ?

Non, Mikhaïl Alexandrovitch ne pouvait plus téléphoner nulle part, et c'est bien en vain que criaient et s'indignaient Déniskine, Gloukhariev et Kvant, avec Bieskoudnikov. À minuit exactement, les douze littérateurs quittèrent le premier étage et descendirent au restaurant. Là encore, chacun murmura à part soi quelques mots malsonnants à l'adresse de Mikhaïl Alexandrovitch : car naturellement, toutes les tables de dehors étaient occupées, et force était d'aller dîner dans ces salles magnifiques, certes, mais étouffantes.

Et, à minuit exactement, quelque chose sembla s'effondrer avec fracas dans la première salle, puis se répandre et bondir partout avec un tintamarre épouvantable. En même temps que se déchaînait cette musique, une voix d'homme aiguë cria furieusement : « Alléluia ! » C'était le fameux jazz de Griboïédov qui attaquait son premier morceau. Aussitôt, les visages en sueur parurent s'allumer, les chevaux mauves du plafond semblèrent prendre vie, la lumière des lampes se fit plus vive, et tout d'un coup, comme si elles venaient de rompre des chaînes, les deux salles se mirent à danser, et toute la terrasse se mit à danser.

Gloukhariev entra dans la danse avec la poétesse Tamara Poloumiéciatz, Kvant entra dans la danse, le romancier Joukopov entra dans la danse avec une actrice de cinéma en robe jaune. Dragounski dansait, et Tcherdaktchi, et le petit Déniskine avec la gigantesque Sturman George, la belle architecte Séméikina-Gall dansait, solidement empoignée par un inconnu en pantalon de toile blanche. Les familles et les invités dansaient, ceux de Moscou et ceux d'ailleurs, l'écrivain Johann de Kronstadt, un certain Vitia Kouftik de Rostov, metteur en scène, paraît-il, dont toute une joue était marquée par une tache de vin lilas, dansaient également des jeunes gens de profession inconnue qui ressemblaient à des boxeurs avec leurs cheveux coupés en brosse et leurs épaules rembourrées de coton, dansait aussi un très vieux bonhomme à longue barbe, où était venu se fourrer un brin de ciboulette, en compagnie d'une chétive jeune fille rongée d'anémie, en petite robe de soie orange toute froissée.

Dégoulinant de sueur, les garçons portaient par-dessus les têtes des chopes de bière embuées, en criant d'une voix enrouée et haineuse : « Pardon ! Pardon, citoyen ! » Quelque part, une voix commandait dans un mégaphone : « Un chachlyk po-karski, un ! Deux vodkas Zoubrovka, deux ! En flacons de maîtres ! » La voix frêle ne chantait plus, mais hurlait : « Alléluia ! » Le fracas des cymbales dorées du jazz était couvert de temps à autre par le tintamarre de la vaisselle que les plongeuses, par un plan incliné, envoyaient à la cuisine. En un mot – l'enfer.

Et l'on eut, à minuit, une vision de l'enfer. Sur la terrasse apparut soudain un bel homme en frac, aux yeux noirs, à la barbe affilée comme un poignard, qui embrassa d'un regard souverain toute l'étendue de son domaine. Des mystiques disent qu'il fut un temps où cet homme ne portait pas de frac, mais était sanglé dans une large ceinture de cuir d'où sortaient deux crosses de pistolets, que ses cheveux aile-de-corbeau étaient serrés dans un foulard de soie écarlate, et que sous son commandement, voguait sur la mer des Caraïbes un brick battant le sinistre pavillon noir à tête de mort.

Mais non, non ! Ils mentent, ces mystiques séducteurs, il n'y a aucune mer des Caraïbes au monde, nuls flibustiers farouches n'y voguent, nulle corvette ne les poursuit, aucune fumée de canonnade ne s'étend sur les vagues de la mer. Il n'y a rien – il n'y a jamais rien eu ! Il y a des tilleuls souffreteux, il y a une grille de fer forgé, et derrière, un boulevard… voilà ce qu'il y a. Il y a de la glace qui nage dans une coupe, et à la table voisine, des yeux bovins injectés de sang, et c'est horrible, horrible… Ô dieux, dieux, du poison, donnez-moi du poison !…

Et soudain, d'une table, s'envola un mot : « Berlioz ! » Et le jazz tomba en loques et se tut, comme si quelqu'un l'avait abattu d'un coup de poing. « Quoi, quoi, quoi, quoi ? — Berlioz ! » – Et tous de courir çà et là, et de pousser des oh et des ah !…

Oui, une vague de douleur roula aux terribles nouvelles de Mikhaïl Alexandrovitch. On vit quelqu'un s'agiter, s'évertuer, crier qu'il fallait absolument, tout de suite, sur place, rédiger un télégramme collectif, et l'envoyer sans perdre un instant.

Mais quel télégramme – demanderons-nous –, et l'envoyer où ? Et pourquoi l'envoyer ? Et effectivement, à qui ? Quelle pourrait être l'utilité d'un quelconque télégramme quand on a la nuque aplatie, serrée entre les doigts caoutchoutés d'un anatomiste, et qu'un professeur vous pique une aiguille courbe dans la peau du cou ? Il est mort, et il n'a plus besoin d'aucun télégramme. Tout est terminé, inutile d'encombrer les lignes télégraphiques.

Oui, il est mort. Mort… Mais nous, nous sommes vivants !

Oui, une vague de douleur roula, s'éleva, se maintint… puis retomba, et l'on commença à regagner sa table, et – furtivement d'abord, puis ouvertement – on but un petit coup de vodka, et on mangea un morceau. Allait-on, en effet, laisser perdre des croquettes de *foie de volailles* ? En quoi pouvons-nous aider Mikhaïl Alexandrovitch ? En restant affamés ? Car enfin nous, nous sommes vivants !

Naturellement, le piano fut fermé à clef, les musiciens de jazz plièrent bagage et partirent, et quelques journalistes allèrent à leur rédaction pour écrire un article nécrologique. Puis on apprit que Geldybine arrivait de la morgue. Il s'installa en haut, dans le cabinet du défunt, et bientôt, le bruit courut qu'il allait remplacer Berlioz à la tête du MASSOLIT. Geldybine envoya chercher au restaurant les douze membres de la direction, convoqués en réunion immédiate dans le cabinet de Berlioz, où l'on se mit à discuter des questions les plus urgentes, concernant la décoration funèbre de la salle des colonnes de Griboïédov, le transport du corps de la morgue dans cette salle, l'ouverture de la chapelle ardente aux visiteurs, et toutes autres questions liées à ce triste événement.

Pendant ce temps, le restaurant vivait sa vie nocturne habituelle, et il l'aurait vécue jusqu'à la fermeture, c'est-à-dire jusqu'à quatre heures du matin, s'il ne s'était produit un événement sortant absolument de l'ordinaire, qui frappa de stupeur les hôtes du restaurant bien plus que ne l'avait fait la nouvelle de la mort de Berlioz.

Les premiers à être mis en émoi furent les cochers de fiacres en station devant la maison de Griboïédov. L'un d'eux se dressa tout à coup sur son siège, et on l'entendit s'écrier :

— Hééé ! Regardez-moi ça !

Après quoi on vit jaillir près de la grille, sans qu'on pût deviner d'où elle sortait, une petite lumière, qui ne tarda pas à s'approcher de la terrasse. Aux tables, on commença à se lever pour mieux voir, et l'on découvrit ainsi qu'en même temps que la petite lumière, s'avançait vers le restaurant une sorte de spectre blanc. Quand l'apparition atteignit le treillage, tous restèrent figés, la fourchette en l'air avec un morceau de sterlet au bout, et les yeux écarquillés. Le portier, qui sortait à ce moment du vestiaire pour fumer dans le jardin, écrasa sa cigarette et se porta à la rencontre du fantôme, avec l'intention manifeste de lui interdire l'entrée du restaurant. Mais, on ne sait pourquoi, il n'en fit rien : il s'arrêta net, et se mit à sourire bêtement.

Et l'apparition, franchissant l'ouverture du treillage, entra sans encombre sous la tonnelle. Alors, tous virent qu'il ne s'agissait pas du tout d'un fantôme, mais d'Ivan Nikolaïévitch Biezdomny – le très célèbre poète.

Il était nu-pieds, vêtu d'une blouse russe d'un blanc sale et pleine de trous sur laquelle était épinglée, à hauteur de la poitrine, une image représentant un saint peu connu, et d'un caleçon blanc à rayures. Ivan Nikolaïévitch tenait à la main une bougie nuptiale allumée. Sa joue droite était fraîchement écorchée. Il est difficile de se faire une idée de la profondeur du silence qui régna alors sur toute la terrasse. On pouvait remarquer un garçon immobile qui tenait son plateau de travers, de sorte qu'une chope de bière se vidait tranquillement sur le sol.

Le poète leva sa bougie au-dessus de sa tête et dit d'une voix forte :

— Bravo, mes amis ! (Après quoi il regarda sous la table la plus proche et s'écria avec une profonde tristesse :) Non ! Il n'est pas là !

Deux voix se firent entendre. Une basse, d'abord, qui laissa tomber durement :

— C'est clair. Delirium tremens.

La seconde, une voix de femme effrayée, prononça ces mots :

— Mais comment la milice a-t-elle pu le laisser se promener dans cette tenue ?

Ivan Nikolaïévitch, qui avait entendu, répondit :

— Deux fois, ils ont essayé de m'arrêter, rue Skatiertny et ici, rue Bronnaïa. Mais j'ai sauté une palissade, et vous voyez, je me suis écorché la joue !

Là-dessus, Ivan Nikolaïévitch leva sa bougie et cria :

— Frères en littérature ! (Sa voix enrouée se raffermit et devint ardente.) Écoutez-moi tous ! Il est venu ! Saisissez-le immédiatement, sinon il va nous créer des malheurs indescriptibles !

— Quoi ? Quoi ? Que dit-il ? Qui est venu ? demanda-t-on de toutes parts.

— Le consultant, répondit Ivan, et ce consultant vient de tuer, au Patriarche, Micha Berlioz !

À ce moment, des gens sortirent en nombre des salles intérieures et une foule entoura la bougie d'Ivan.

— Pardon, pardon, soyez plus précis, prononça une voix calme et polie au-dessus de l'oreille d'Ivan Nikolaïévitch. Que voulez-vous dire, « vient de tuer » ? Qui a tué ?

— Le consultant, professeur et espion étranger, répondit Ivan en cherchant son interlocuteur des yeux.

— Et quel est son nom ? lui demanda-t-on doucement à l'oreille.

— Ah bien oui, son nom ! s'écria Ivan avec désespoir. Si je le savais, son nom ! Je ne l'ai pas vu, moi, son nom, sur sa carte de visite… Je me rappelle seulement la première lettre : W, son nom commence par W ! Quel nom peut-on avoir, avec W ? se demanda Ivan à lui-même en se prenant le front dans la main, et il se mit tout à coup à marmotter : We, We, We, Wa… Wo… Wachner ? Wagner ? Wainer ? Wegner ? Winter ? (Et l'effort d'Ivan était si intense que ses cheveux commençaient à quitter sa tête.)

— Wulff ? lança inopinément une femme compatissante.

Ivan rougit de colère.

— Sotte ! cria-t-il en cherchant la femme du regard. Que vient faire ici Wulff ? Wulff n'y est pour rien ! Wo, Wa… Non, comme ça je n'y arriverai pas ! Mais voici ce qu'il faut faire, citoyens : téléphonez tout de suite à la milice, qu'ils envoient cinq motocyclistes avec des mitraillettes, pour arrêter le professeur. Et n'oubliez pas de dire qu'il y en a deux autres, avec lui : une espèce de grand maigre à carreaux, avec un lorgnon cassé, et un chat, noir et gras… Pendant ce temps, je vais fouiller tout Griboïédov. Je sens qu'il est ici !

Ivan tomba alors dans une extrême agitation : il écarta brutalement ceux qui l'entouraient et, brandissant en tous sens sa bougie dont la cire lui coulait dessus, il se mit à chercher sous les tables. On entendit alors crier : « Un médecin ! », et presque aussitôt, un visage glabre, amène et charnu, grassouillet même, orné de lunettes d'écaille, apparut devant le poète.

— Camarade Biezdomny, dit le visage d'une voix cérémonieuse, calmez-vous ! Vous êtes très affecté par la mort de celui que nous aimions tous, Mikhaïl Alexandrovitch… non, simplement Micha Berlioz. Nous vous comprenons parfaitement. Ce qu'il vous faut, c'est du calme. Des camarades, ici présents, vont vous conduire au lit, où vous pourrez vous reposer et oubl…

— Tu ne comprends pas, coupa Ivan en montrant les dents, qu'il faut attraper le professeur ? Et tu viens me déranger avec tes bêtises ! Crétin !

— Camarade Biezdomny, soyez gentil… répondit le visage, qui rougit et battit en retraite, regrettant déjà de s'être embarqué dans cette affaire.

— Je serai gentil avec qui on voudra, mais pas avec toi, dit Ivan Nikolaïévitch avec une haine froide.

Un spasme tordit ses traits, il fit passer rapidement la bougie de sa main droite dans sa main gauche, et à tour de bras, il frappa le compatissant visage sur l'oreille.

C'est alors seulement que l'on songea à se jeter sur Ivan – et l'on se jeta sur lui. La bougie s'éteignit. Quant aux lunettes d'écaille qui avaient sauté de l'aimable visage, elles furent instantanément piétinées. Ivan lança un terrible cri de guerre qui s'entendit, au scandale général, jusque sur le boulevard, et entreprit de se défendre. Des tables chargées de vaisselle s'écroulèrent avec fracas, des femmes hurlèrent.

Pendant que les garçons ceinturaient le poète et le liaient avec des serviettes, une conversation se déroulait au vestiaire, entre le portier et le commandant du brick.

— Tu as vu qu'il était en caleçon ? demanda froidement le pirate.

— Mais, Archibald Archibaldovitch, répondit le portier vert de peur, comment pouvais-je l'empêcher d'entrer, puisqu'il est membre du MASSOLIT ?

— Tu as vu qu'il était en caleçon ? répéta le pirate.

— Par pitié, Archibald Archibaldovitch, que vouliez-vous que je fasse ? Je comprends bien, il y a des dames à la terrasse… dit le portier, et il devint écarlate.

— Les dames n'ont rien à voir ici, les dames s'en moquent, répondit le pirate, dont les yeux incendièrent littéralement le portier. Mais la milice, elle, ne s'en moque pas ! Un homme ne peut aller en linge de corps dans les rues de Moscou que dans un seul cas : s'il est accompagné par la milice – et dans une seule direction : le poste ! Et toi, si tu es portier, tu dois savoir que, dès que tu aperçois un homme dans cette tenue, ton devoir est, sans perdre une seconde, de te mettre à siffler. Tu entends ? Tu entends ce qui se passe maintenant à la terrasse ?

Et le portier affolé entendit une sorte de cri inhumain, le fracas de la vaisselle et les hurlements des femmes.

— Qu'est-ce que tu mérites, pour ça ? demanda le flibustier.

À en juger par la couleur qui se répandit sur le visage du portier, on eût dit qu'il venait de contracter le typhus, et ses yeux devinrent tout blancs. Il vit les cheveux noirs, maintenant coiffés avec une raie, se serrer dans un foulard flamboyant. Le plastron et le frac disparurent, et du large ceinturon de cuir dépassa la crosse d'un pistolet. Le portier se vit pendu à la plus haute vergue. De ses yeux il put contempler sa propre langue horriblement tirée et sa tête sans vie rejetée sur son épaule, et il entendit même le clapotis des vagues, au-dessous de lui. Les genoux du portier fléchirent. Mais le flibustier se montra miséricordieux et éteignit le feu brûlant de son regard.

— Écoute, Nicolas, c'est la dernière fois ! Des portiers de ce genre, nous n'en avons que faire au restaurant. Tu n'es bon qu'à faire un bedeau !

Sur ces mots, le commandant donna ses ordres avec clarté, brièveté et précision :

— Va chercher Pantaléon à l'office. Appelle la milice. Procès-verbal. Une voiture. Pour l'hôpital psychiatrique. Et il ajouta : Siffle !

Un quart d'heure plus tard le public, frappé de stupéfaction, non seulement dans le restaurant, mais sur le boulevard et aux fenêtres des maisons qui donnaient sur le jardin de Griboïédov, vit sortir Pantaléon, le portier, un milicien, un garçon et le poète Rioukhine, qui transportaient un jeune homme emmailloté comme une poupée. Celui-ci, le visage inondé de larmes, crachait en essayant d'atteindre Rioukhine, justement, et criait à être entendu de tout le boulevard :

— Salaud !... Salaud !...

Un chauffeur à l'air revêche mettait en marche le moteur de sa camionnette. À côté, un cocher excitait son cheval en faisant claquer sur sa croupe des rênes violettes, et vociférait :

— En voiture ! Pour l'hôpital psychiatrique, je connais le chemin !

Et tout cela était entouré par le brouhaha de la foule, qui commentait ces événements extraordinaires. En un mot, c'était un scandale affreux, malpropre, dégoûtant, révoltant, qui ne prit fin que lorsque la camionnette eut emporté loin des portes de Griboïédov le malheureux Ivan Nikolaïévitch, avec le milicien, Pantaléon et Rioukhine.

6. La schizophrénie, comme il a été dit

Quand l'homme en blouse blanche et à la barbiche en pointe vint à la rencontre des nouveaux arrivants, dans le salon de réception de la fameuse clinique psychiatrique récemment bâtie près de Moscou, au bord de la rivière, il était une heure et demie du matin. Trois infirmiers ne quittaient pas de l'œil Ivan Nikolaïévitch, qui s'était assis sur un divan. Sur ce divan se trouvait également le poète Rioukhine, visiblement très ému. Quant aux serviettes qui avaient servi à attacher Ivan Nikolaïévitch, elles y gisaient en tas. Les mains et les pieds d'Ivan Nikolaïévitch étaient libres.

En voyant entrer l'homme en blouse blanche, Rioukhine pâlit, toussota, et dit timidement :

— Bonjour, docteur.

Le docteur s'inclina vers Rioukhine, mais c'est Ivan Nikolaïévitch qu'il regarda, et non Rioukhine. Ivan demeurait parfaitement immobile, le sourcil froncé et l'air mauvais, et même l'arrivée du médecin ne lui fit pas remuer le petit doigt.

— Docteur, chuchota Rioukhine, on ne sait pourquoi, d'un ton mystérieux, en louchant craintivement vers Ivan Nikolaïévitch, voici le poète bien connu Ivan Biezdomny... euh, voyez-vous... nous craignons... une crise de delirium...

— Il a pris une cuite ? demanda le docteur entre ses dents.

— Non, il lui arrive de boire, bien sûr, mais pas au point de…

— Il a vu des cafards, des rats, des diablotins, des chiens enragés ?

— Non, sursauta Rioukhine. Je l'ai rencontré hier, et ce matin… Il allait parfaitement bien.

— Pourquoi est-il en caleçon ? Vous l'avez pris au lit ?

— Non, docteur, il est arrivé au restaurant dans cette tenue.

— Aha, aha, dit le docteur d'un air très content. Mais pourquoi ces écorchures ? Il s'est battu ?

— Il est tombé en sautant une palissade. Et au restaurant, il a frappé quelqu'un, et aussi… je ne sais qui…

— Bon, bon, bon, dit le docteur, et, se tournant vers Ivan, il ajouta : Bonjour !

— Salut, parasite ! répondit Ivan d'une voix forte et méchante.

Rioukhine fut si honteux qu'il n'osa lever les yeux sur le courtois docteur. Mais celui-ci ne parut nullement offensé. D'un geste adroit, qui devait lui être habituel, il ôta ses lunettes, releva le pan de sa blouse, essuya les verres et rangea ses lunettes dans la poche arrière de son pantalon. Puis il demanda à Ivan :

— Quel âge avez-vous ?

— Allez-vous enfin, tous tant que vous êtes, me foutre le camp au diable ? cria grossièrement Ivan, et il tourna le dos.

— Pourquoi vous fâchez-vous ? Vous ai-je dit quelque chose de désagréable ?

— J'ai vingt-trois ans, repartit Ivan, très agité. Et je vais porter plainte contre vous tous. Et contre toi particulièrement, œuf de pou ! ajouta-t-il à l'adresse de Rioukhine.

— Et de quoi voulez-vous vous plaindre ?

— De ce qu'on m'a empoigné, moi, un homme normal, pour me traîner de force dans une maison de fous ! répondit Ivan furieux.

À ce moment, Rioukhine examina Ivan avec plus d'attention, et frémit : il n'y avait décidément aucune trace de folie dans les yeux de ce dernier. De vagues qu'ils étaient à Griboiédov, ils étaient redevenus comme avant, clairs et vifs.

« Mes aïeux ! se dit Rioukhine effrayé. Pas de doute, il est normal ! Quelle histoire ! De quel droit, effectivement, l'avons-nous traîné ici ? Il est normal, normal, il a seulement la tronche… un peu égratignée… »

— Vous vous trouvez, dit le docteur d'un ton placide en s'asseyant sur un tabouret blanc aux pieds étincelants, non pas dans une maison de fous, mais dans une clinique, où il ne viendra à l'idée de personne de vous garder de force, si cela n'est pas nécessaire.

Ivan Nikolaïévitch lui jeta un regard méfiant, et finit tout de même par grommeler :

— Gloire à Dieu ! Voilà enfin un homme normal, parmi un tas d'idiots, dont le premier n'est autre que ce niais, cette nullité de Sachka !

— Qui est donc cette nullité de Sachka ? s'enquit le médecin.

— Lui, Rioukhine, répondit Ivan, et il tendit un doigt sale en direction de Rioukhine.

Celui-ci s'empourpra d'indignation. « Et voilà comment il me remercie de la sympathie que je lui ai montrée ! pensa-t-il avec amertume. C'est vraiment une canaille ! »

— Un koulak typique du point de vue psychologique, reprit Ivan Nikolaïévitch, qui s'était décidément mis en tête de démolir Rioukhine, et qui plus est, un koulak qui se dissimule soigneusement sous un masque de prolétaire. Voyez cette physionomie contrite, et comparez-y les vers tonitruants qu'il a composés [pour le 1er Mai ! Hé-hé-hé… « En avant ! » et « Vive le progrès » !] Mais regardez un peu au-dedans de lui, pour voir ce qu'il pense réellement… Vous en resterez baba ! (Et Ivan Nikolaïévitch éclata d'un rire lugubre.)

Le visage écarlate, Rioukhine respirait avec peine, et songeait qu'en prenant parti pour un individu qui se révélait, en fin de compte, un ennemi plein de haine, il avait réchauffé un serpent dans son sein. Et le pire, c'est qu'il ne pouvait rien faire : comment se quereller avec un malade mental ?

— Et pourquoi, en somme, vous a-t-on amené chez nous ? demanda le médecin, qui avait écouté avec attention les accusations de Biezdomny.

— Des cornichons malfaisants, que le diable les emporte ! Ils se sont jetés sur moi, m'ont attaché avec je ne sais quels torchons et m'ont traîné dans une camionnette !

— Permettez-moi de vous demander pourquoi vous êtes allé au restaurant dans cette tenue ?

— Il n'y a absolument rien d'étonnant à ça, répondit Ivan. Je suis allé me baigner dans la Moskova, et pendant ce temps-là, on m'a subtilisé mes vêtements, et on m'a laissé cette saloperie ! Je ne pouvais tout de même pas me promener tout nu dans Moscou ! Je me suis rhabillé avec ce que j'avais sous la main, parce qu'il fallait que je me dépêche d'aller au restaurant de Griboiédov.

Le médecin lança un regard interrogateur à Rioukhine, qui grommela d'un air sombre :

— C'est le nom du restaurant.

— Ah, ah, dit le docteur. Et pourquoi étiez-vous si pressé ? Un rendez-vous d'affaires ?

— Pour rattraper le consultant, répondit Ivan Nikolaïévitch en jetant autour de lui des regards anxieux.

— Quel consultant ?

— Vous connaissez Berlioz ? demanda Ivan d'un air significatif.

— Le… compositeur ?

Ivan perdit le fil de ses idées.

— Quoi ? Quel compositeur ? Ah oui… Mais non ! Le compositeur est simplement un homonyme de Micha Berlioz.

Rioukhine ne voulait pas intervenir, mais l'explication s'imposait :

— Berlioz, le secrétaire du MASSOLIT, a été écrasé ce soir par un tramway, près de l'Étang du Patriarche.

— N'invente pas des choses que tu ne connais pas ! cria Ivan avec colère en se tournant vers Rioukhine. C'est moi qui étais là-bas, pas toi ! Et c'est exprès qu'il l'a fait tomber sous le tramway !

— On l'a poussé ?

— Qui vous parle de « pousser » ? s'écria Ivan, irrité par cette sottise générale. Est-ce que vous vous figurez qu'il a besoin de pousser, lui ? Si vous saviez ce qu'il est capable de faire… Il savait d'avance que Berlioz tomberait sous le tramway !

— À part vous, quelqu'un d'autre a-t-il vu ce consultant ?

— C'est là le malheur : moi et Berlioz, seulement.

— Bien. Et quelles mesures avez-vous prises pour arrêter cet assassin ?

En disant ces mots, le docteur se retourna et jeta un coup d'œil à une femme en blouse blanche, assise à une table dans un coin de la pièce. Celle-ci prit un formulaire qu'elle commença à remplir.

— Quelles mesures ? Eh bien voilà : dans la cuisine, j'ai pris une bougie…

— Celle-ci ? demanda le docteur en montrant la bougie cassée, qu'on avait posée sur la table, avec l'icône, devant la femme en blanc.

— Celle-ci, oui. Ensuite…

— Et l'icône, c'était pour quoi faire ?

— Euh oui, l'icône… (Ivan rougit.) C'est l'icône qui leur a fait le plus peur. (Il montra à nouveau Rioukhine du doigt.) Mais le fait est que pour le consultant… à franchement parler… il est en relation avec une force impure… bref, on ne peut pas le prendre comme ça.

À ces mots, on ne sait pourquoi, les infirmiers se redressèrent, comme au garde-à-vous, et ne quittèrent pas Ivan des yeux.

— En relation, certainement ! continua celui-ci. C'est un fait irrévocable. Il a parlé personnellement avec Ponce Pilate. Inutile de me regarder comme ça, je dis la vérité ! Il a tout vu, la terrasse du palais, les palmiers… Bref, il était chez Ponce Pilate, je peux le jurer.

— Tiens, tiens…

— Alors voilà : j'ai épinglé l'icône sur ma poitrine et j'ai couru…

À ce moment, une horloge sonna deux coups.

— Hé là ! s'écria Ivan en sautant sur ses pieds. Deux heures, et je suis là à perdre mon temps avec vous ! Excusez-moi, où est le téléphone ?

— Montrez-lui le téléphone, ordonna le médecin aux infirmiers.

Ivan saisit le récepteur. Pendant ce temps, la femme en blanc demanda à mi-voix à Rioukhine :

— Il est marié ?

Rioukhine sursauta, et répondit :

— Célibataire.

— Syndiqué ?

— Oui.

— La milice ? cria Ivan dans l'appareil. Allô ! La milice ? Camarade milicien, donnez immédiatement l'ordre d'envoyer cinq motocyclistes, avec des mitraillettes, pour arrêter un consultant étranger. Quoi ? Venez me chercher, je vous accompagnerai… Ici le poète Biezdomny, qui vous parle de la maison de fous de… Quelle est votre adresse ? chuchota-t-il en se tournant vers le docteur et en couvrant l'appareil de sa main. Puis il reprit le téléphone et cria : Vous m'entendez ? Allô !… Allô !… Ah, cochonnerie ! vociféra Ivan, et il lança le combiné contre le mur. Puis il marcha vers le docteur, lui tendit la main, dit sèchement « Au revoir », et fit un pas vers la sortie.

— Pardonnez-moi, mais où voulez-vous aller ? dit le médecin en regardant Ivan dans les yeux. Il fait nuit noire, en caleçon… Allons, vous ne vous sentez pas bien, restez chez nous.

— Laissez-moi passer, dit Ivan aux infirmiers qui s'étaient rassemblés devant la porte. Allez-vous me laisser passer, oui ou non ? cria le poète d'une voix terrible.

Rioukhine se mit à trembler. La femme en blanc pressa un bouton à sa table, ce qui fit surgir de la surface de verre une petite boîte brillante et une ampoule scellée.

— Ah c'est comme ça ? proféra Ivan en jetant autour de lui des regards traqués de bête sauvage. Très bien, alors… Adieu !

Et il se jeta la tête la première dans le rideau qui masquait la fenêtre.

Le choc fut plutôt violent, mais les vitres, derrière le rideau, furent à peine ébranlées, et l'instant d'après, Ivan

Nikolaïévitch se débattait dans les bras des infirmiers. Il râlait, essayait de mordre, criait :

— Qu'est-ce que c'est que ces carreaux que vous avez foutus aux fenêtres ? Je veux partir ! Je veux partir !

La seringue brilla dans les mains du médecin, la femme déchira d'un coup la manche usée de la blouse russe et empoigna le bras avec une force qui n'avait rien de féminin. Une odeur d'éther monta dans la pièce, Ivan faiblit entre les bras des quatre personnes qui le tenaient, et l'habile médecin profita de ce moment pour enfoncer l'aiguille. Ivan fut maintenu encore quelques secondes, puis on l'allongea sur le divan.

— Bandits ! s'écria-t-il en sautant du divan, mais il y fut aussitôt recouché.

À peine l'eut-on lâché qu'il se dressait de nouveau, mais cette fois, il retomba de lui-même. Il se tut, roula des yeux hagards, puis, inopinément, bâilla, et fit un sourire plein de rancœur.

— Vous me tenez, dit-il, bâillant encore une fois, et soudain, il s'étendit, posa la tête sur un coussin, la main sous la joue comme un enfant, et balbutia d'une voix endormie, sans animosité : Bon, très bien… vous paierez tout ça… faites ce que vous voudrez, je vous aurai prévenus… Ce qui m'intéresse le plus, pour l'instant, c'est Ponce Pilate… Pilate… (Et il ferma les yeux.)

— Un bain, la chambre 117 aux isolés, et un garde auprès de lui, ordonna le docteur en remettant ses lunettes.

À ce moment, Rioukhine sursauta encore : une porte blanche à deux battants venait de s'ouvrir, au-delà de laquelle on apercevait un corridor faiblement éclairé par des veilleuses bleues. Une couchette entra par cette porte, roulant silencieusement sur ses roues caoutchoutées. On y déposa Ivan désormais calmé, puis la couchette s'enfonça dans le corridor, et la porte se referma sur elle.

— Docteur, chuchota Rioukhine fortement ému, il est donc réellement malade ?

— Oh oui, répondit le docteur.

— Mais qu'est-ce qu'il a ? demanda timidement Rioukhine.

Le docteur regarda Rioukhine avec lassitude et répondit mollement :

— Troubles moteurs et de la parole... Interprétations délirantes... Un cas certainement complexe. Schizophrénie, vraisemblablement. Et par là-dessus l'alcoolisme...

Rioukhine n'y comprit rien, sauf une chose : que les affaires d'Ivan Nikolaïévitch allaient plutôt mal. Il soupira et demanda :

— Mais pourquoi parle-t-il tout le temps de ce consultant ?

— Il a sans doute vu quelqu'un qui a frappé son imagination déréglée. Mais c'est peut-être une hallucination...

Quelques minutes plus tard, la camionnette ramenait Rioukhine à Moscou. Le jour se levait, et la lumière des réverbères sur la chaussée était déjà inutile, déplaisante même. Le chauffeur grogna avec colère que sa nuit était fichue, et poussa sa voiture à fond, la faisant déraper dans les virages.

La forêt s'espaça, puis fut laissée en arrière, la rivière disparut derrière un tournant, et un décor disparate accourut à la rencontre de la camionnette : palissades, guérites, piles de planches, hauts poteaux de bois sec, espèces de mâts où étaient enfilées des bobines, tas de cailloux, terre tailladée en tous sens par des fossés et des rigoles – en un mot, on sentait que Moscou était là, tout près, et que, juste après le prochain tournant, elle allait vous tomber dessus et vous avaler.

Rioukhine était secoué et ballotté, et l'espèce de billot sur lequel il était assis semblait faire tous ses efforts pour s'échapper de sous lui. Les serviettes du restaurant, abandonnées là par Pantaléon et le milicien qui étaient partis devant en trolleybus, se promenaient par toute la plate-forme. Rioukhine essaya de les attraper, puis, on ne sait pourquoi, bougonna d'un ton acerbe : « Hé ! Au diable, après tout ! Qu'est-ce que j'ai à me démener comme un imbécile ? » – et il les rejeta d'un coup de pied et cessa de les regarder.

Le passager de la camionnette était dans une humeur épouvantable. Il était évident que sa visite à la maison de douleur l'avait marqué péniblement. Rioukhine essaya de comprendre d'où lui venait son tourment. Du corridor aux lampes bleues, dont l'image restait gravée dans sa mémoire ? De la pensée qu'il n'est pas au monde de plus grand malheur que de perdre la raison ? Oui, oui, de cela aussi, bien sûr. Mais c'était là, en quelque sorte, une idée générale. Il y avait autre chose. Mais quoi ? L'offense – voilà quoi. Oui, oui, les paroles offensantes que Biezdomny lui avait jetées en pleine figure. Et le malheur, ce n'est pas tellement qu'elles étaient offensantes. C'est qu'elles exprimaient la vérité.

Le poète cessa de regarder le paysage et, les yeux fixés sur le plancher sale et brinquebalant de la plate-forme, il se mit à marmonner et à gémir, se rongeant lui-même.

Sa poésie, oui… Il a maintenant trente-deux ans ! Quel avenir a-t-il, en effet ? Il continuera à composer un certain nombre de poèmes, chaque année. Jusqu'à la vieillesse ? Oui, jusqu'à la vieillesse. Et que lui apporteront ces poèmes ? La gloire ? « Quelle absurdité ! Ne te leurre donc pas toi-même ! La gloire n'appartiendra jamais à ceux qui écrivent de mauvais vers. Et pourquoi sont-ils mauvais ? La vérité, il a dit la vérité ! s'écria Rioukhine, sans pitié pour lui-même [je ne crois pas un mot de ce que j'écris !… »]

Complètement envahi par cet accès de neurasthénie, le poète chancela et faillit choir : sous lui, le plancher avait cessé de remuer. Rioukhine leva la tête et s'aperçut que, depuis longtemps déjà, il était à Moscou, et que de plus, le jour se levait, que les nuages étaient frangés d'or, que sa camionnette, engagée dans une file de véhicules, était arrêtée à l'entrée d'un boulevard, et que tout près de lui, sur un piédestal, un homme métallique se tenait debout, la tête légèrement inclinée, et contemplait le boulevard avec indifférence.

D'étranges pensées jaillirent alors dans la tête malade du poète. « Voilà un exemple de vraie chance… » Rioukhine se dressa de toute sa taille sur la plate-forme, leva la main, et toucha, on ne sait pourquoi, l'homme de bronze qui ne touchait personne. « … Quoi qu'il ait entrepris dans sa vie, quoi qu'il lui soit arrivé, tout a été à son avantage, tout a tourné à sa gloire ! Mais qu'a-t-il donc fait ? Je ne conçois pas… Qu'y a-t-il de particulier dans ces mots : « Le ciel est noir… » ?[1] Je ne comprends pas !… Quelle chance, quelle chance il a eue ! acheva brusquement

---

1. Il s'agit des premiers mots du poème de Pouchkine « Soirée d'hiver » (1825) qui commence par ces vers :

Le ciel est noir et la tempête
Chasse la neige à coups de vent…

(trad. Katia Granoff). La statue est évidemment celle de Pouchkine. À noter que le terme « garde-blanc » pour désigner d'Anthès est un anachronisme assez comique. Mais Rioukhine est un poète « prolétarien ». *(N.d.T.)*

Rioukhine avec fiel, en sentant le camion s'ébranler, ce garde-blanc qui a tiré, qui lui a tiré dessus, lui a fracassé la hanche, et lui a assuré ainsi l'immortalité… »

« La colonne de voitures s'ébranla. À peine deux minutes plus tard, c'est un poète tout à fait malade, et même vieilli, qui arrivait à la terrasse de Griboiédov. Elle était déjà presque déserte. Dans un coin, un groupe de convives vidaient leurs verres, et au centre se trémoussait un conférencier connu, coiffé d'une calotte, une coupe de champagne à la main.

Rioukhine, les bras chargés de serviettes, fut accueilli avec affabilité par Archibald Archibaldovitch, et débarrassé aussitôt des maudits torchons. N'eussent été les tourments qu'il avait soufferts à la clinique et dans le camion, Rioukhine aurait sans doute éprouvé du plaisir à raconter tout ce qui s'était passé à la maison de santé, en colorant ce récit de quelques détails de son cru. Mais pour l'instant, il n'en avait nulle envie. De plus – et si peu observateur qu'il fût d'ordinaire – Rioukhine, après son supplice dans la camionnette, sut fouiller du regard, pour la première fois, le pirate, et comprendre que celui-ci, bien qu'il s'apprêtât à poser mille questions sur Biezdomny et même à s'écrier « Aïe, aïe, aïe ! », au fond, se fichait éperdument du sort de Biezdomny et n'éprouvait à son égard aucune compassion. « Et bravo ! Et il a raison ! » pensa Rioukhine avec une méchanceté cynique et autodestructrice, et, interrompant son histoire de schizophrénie, il demanda :

— Archibald Archibaldovitch, un peu de vodka me…

Le pirate prit un air de sympathie et murmura :

— Mais naturellement… tout de suite… et il fit signe à un garçon.

Un quart d'heure plus tard Rioukhine, complètement seul et replié sur lui-même devant un plat de poisson, buvait petit verre sur petit verre, en confessant qu'il ne pouvait plus rien changer à sa vie, et qu'il ne lui restait qu'à oublier.

Le poète avait dépensé sa nuit en pure perte, pendant que d'autres festoyaient, et il comprenait qu'il lui était impossible de la recommencer. Il suffisait, au lieu de regarder la lampe, de lever les yeux vers le ciel pour se rendre compte que la nuit était partie sans retour. Les garçons se hâtaient de débarrasser les tables et d'ôter les nappes. Les chats qui furetaient aux alentours de la tonnelle avaient un air matinal. Irrésistiblement, le jour investissait le poète.

7. Un mauvais appartement

Si, le matin du lendemain, on avait dit à Stépan Likhodiéïev : « Stépan, tu seras fusillé si tu ne te lèves pas à l'instant même ! », Stépan aurait répondu, d'une voix languissante et à peine perceptible : « Fusillez-moi, faites de moi ce que vous voudrez, mais je ne me lèverai pas. »

Se lever ? Il avait l'impression qu'il ne pouvait même pas ouvrir les yeux, parce que, si jamais il s'en avisait, un éclair allait fulgurer et faire voler sa tête en éclats. Dans cette tête carillonnait une lourde cloche, entre les globes des yeux et les paupières closes flottaient des taches brunes frangées d'un vert éblouissant, et pour comble, Stépan sentait monter en lui une nausée, et cette nausée lui semblait avoir un rapport étroit avec les sons obsédants d'un phonographe.

Stépan essaya de rassembler ses souvenirs, mais il se rappela seulement qu'hier soir sans doute – et où ? il n'en savait rien –, il se tenait debout, une serviette de table à la main, et tentait d'embrasser une dame, en lui promettant que demain, à midi précis, il viendrait chez elle. La dame refusait en disant : « Non, non, demain je ne serai pas chez moi ! », mais Stépan insistait opiniâtrement : « Inutile, je vous assure que je viendrai ! »

Mais qui était cette dame, et quelle heure il était, et quel jour était-on, et quel mois – Stépan l'ignorait absolument, et qui pis est, il ne parvenait pas à savoir où il se trouvait. Il voulut tirer au clair, tout au moins, cette dernière question, et pour ce faire il décolla, non sans peine, sa paupière gauche. Dans la pénombre, quelque chose lui envoya un reflet blafard. Stépan, à la longue, reconnut le trumeau, et compris qu'il était étalé de tout son long sur son propre lit, c'est-à-dire sur l'ancien lit de la bijoutière, dans la chambre à coucher. À ce moment, il ressentit un choc si douloureux dans sa tête qu'il ferma les yeux et poussa un gémissement.

Expliquons-nous : ce matin-là, Stépan Likhodiéïev, directeur du théâtre des Variétés, se réveilla chez lui, dans l'appartement qu'il partageait par moitié avec le défunt Berlioz, dans une grande maison de six étages dont la façade donnait sur la rue Sadovaïa.

Il faut dire que cet appartement – le n° 50 – jouissait, depuis longtemps déjà, d'une réputation, sinon déplorable, pour le moins étrange. Deux ans auparavant, il avait encore pour propriétaire la veuve d'un bijoutier nommé de Fougères. Anna Frantzevna de Fougères, une dame de cinquante ans fort respectable et douée d'un grand sens pratique, avait concédé à des locataires trois des cinq pièces principales de l'appartement : l'un d'eux se nommait, je crois, Biélomout, – quant à l'autre, son nom s'est perdu.

Et voilà que, deux ans auparavant, commencèrent à se produire des faits inexplicables : des gens disparaissaient de cet appartement sans laisser de traces.

[Une fois – c'était un jour férié – un milicien se présenta à l'appartement, fit appeler dans le vestibule le deuxième locataire (celui dont le nom s'est perdu), et lui dit qu'on le priait de passer au commissariat, juste pour une minute, afin de signer quelque papier. Le locataire ordonna à Anfissa, l'ancienne et fidèle servante d'Anna Frantzevna, de répondre, au cas où on lui téléphonerait, qu'il serait de retour dans dix minutes, et il sortit avec le correct milicien en gants blancs. Mais il ne revint pas au bout de dix minutes. En fait, il ne revint jamais. Et le plus curieux, c'est que le milicien avait manifestement disparu avec lui.

La dévote – ou, pour parler plus franchement –, la superstitieuse Anfissa déclara sans ambages à Anna Frantzevna, fort affectée par l'événement, qu'il s'agissait là de sorcellerie, et qu'elle savait parfaitement qui avait enlevé le locataire et le milicien, mais que, comme la nuit tombait, elle n'avait pas envie de le dire.

Or il suffit, comme on le sait, que la sorcellerie commence pour que plus rien ne l'arrête. Le second locataire disparut, si l'on s'en souvient bien, un lundi ; le mercredi suivant, Biélomout fut comme englouti par la terre, – dans des circonstances différentes, il est vrai. Le matin, comme d'habitude, une voiture passa le prendre pour l'emmener à son bureau. Elle l'emmena donc, mais elle ne ramena personne. Elle-même, d'ailleurs, ne revint pas.

La consternation et la peine qu'en éprouva madame Biélomout sont rebelles à la description. Mais hélas, l'une et l'autre ne durèrent point. Le soir même, en rentrant avec Anfissa de sa maison de campagne où elle était partie, on ne sait pour quelles raisons, en toute hâte, Anna Frantzevna ne trouva plus la citoyenne Biélomout à l'appartement. Bien plus : sur les portes des deux pièces occupées par les époux Biélomout étaient apposés les scellés.

Deux jours passèrent, cahin-caha. Le troisième jour, Anna Frantzevna, qui pendant tout ce temps avait souffert d'insomnie, se rendit une fois de plus en hâte à sa maison de campagne… Est-il nécessaire de dire qu'elle ne revint pas !

Demeurée seule, Anfissa pleura tout son soûl, puis s'alla coucher, vers les deux heures du matin. On ignore ce qu'il advint d'elle ensuite, mais les voisins racontèrent qu'ils avaient entendu des bruits dans l'appartement 50 toute la nuit, et que les fenêtres étaient restées éclairées jusqu'au matin. C'est alors qu'on s'aperçut qu'Anfissa n'était plus là !

Dans la maison, toutes sortes de légendes coururent longtemps sur ces disparitions et sur l'appartement maudit. On raconta, par exemple, que cette maigre et dévote Anfissa, paraît-il, portait sur son sein décharné, dans un petit sac de peau de chamois, vingt-cinq gros diamants appartenant à Anna Frantzevna. Que, paraît-il, dans le cellier à bois de cette maison de campagne où Anna Frantzevna se rendait si hâtivement, on avait découvert comme par hasard un fabuleux trésor, constitué précisément de diamants, ainsi que de pièces d'or à l'effigie du tsar… *Et cætera* et ainsi de suite. Mais nous ne répondons pas de ce que nous ignorons.

Quoi qu'il en soit, l'appartement ne demeura vide et scellé qu'une semaine ; après quoi] vinrent y emménager feu Berlioz avec son épouse, et ce même Stépan, également avec son épouse. Et, tout à fait naturellement, à peine furent-ils installés dans l'appartement maléficié qu'il leur arriva le diable sait quoi. Plus précisément, en l'espace d'un mois, les deux épouses disparurent. Mais ce ne fut pas, cette fois, sans laisser de traces. En ce qui concerne la femme de Berlioz, on racontait qu'elle avait été vue à Kharkov en compagnie d'un maître de ballet. Quant à celle de Stépan, elle avait été retrouvée, soi-disant, dans un hospice charitable, où – ajoutaient les mauvaises langues – le directeur des Variétés lui-même, grâce à ses innombrables relations, s'était débrouillé pour lui trouver une chambre, mais à la seule condition qu'il ne fût plus question d'elle rue Sadovaïa…

Ainsi donc, Stépan poussa un gémissement. Il voulut appeler Grounia, la bonne, pour lui réclamer un cachet de pyramidon, mais il fut assez lucide pour se rendre compte que c'était idiot, que Grounia n'avait évidemment pas de pyramidon sur elle. Il essaya alors d'appeler Berlioz à l'aide, et par deux fois, il cria d'une voix geignarde : « Micha... Micha... », mais, comme vous le pensez bien, il ne reçut aucune réponse. Dans l'appartement régnait le plus complet silence.

Ayant remué les doigts de pieds, Stépan en déduisit qu'il était en chaussettes. Il tendit alors une main tremblante vers sa cuisse, afin de déterminer s'il avait gardé, ou non, son pantalon, mais il ne put parvenir à aucune conclusion précise. Constatant enfin qu'il était seul et abandonné, que personne ne viendrait à son secours, il résolut de se lever, quels que fussent les efforts surhumains que cela lui coûterait.

Stépan ouvrit ses paupières collées et vit dans le trumeau le reflet d'un homme aux cheveux hérissés en tous sens, au visage bouffi couvert de poils raides et noirs, aux yeux boursouflés, vêtu d'une chemise sale avec faux col et cravate, en caleçon et chaussettes.

Ainsi se vit-il dans le trumeau, et à côté de la glace, il découvrit la présence d'un inconnu vêtu de noir et coiffé d'un béret noir.

Stépan s'assit sur le lit et écarquilla sur l'inconnu, autant qu'il le pouvait, ses yeux injectés de sang. C'est l'inconnu qui rompit le premier le silence, en prononçant, d'une lourde voix de basse et avec un accent étranger, ces mots :

— Bonjour, très sympathique Stépan Bogdanovitch !

Il y eut une pause, au bout de laquelle, avec un terrible effort, Stépan réussit à articuler :

— Que voulez-vous ?

Et il fut ébahi de ne pas reconnaître sa propre voix.

Il avait prononcé le mot « que » d'une voix de soprano, « voulez » d'une voix de basse, et quant au mot « vous », il refusa simplement de sortir.

L'inconnu eut un petit sourire bienveillant et tira de son gousset une grosse montre en or sur le couvercle de laquelle était serti un triangle de diamant. Il la laissa sonner onze coups et dit :

— Onze heures. Et une heure, exactement, que j'attends votre réveil, puisque vous m'avez recommandé d'être chez vous à dix heures. Me voici !

Stépan chercha à tâtons son pantalon qu'il avait jeté sur une chaise voisine, le trouva, murmura :

— Excusez-moi..., l'enfila, puis demanda d'une voix rauque : Quel est, s'il vous plaît, votre nom ?

Parler lui était pénible. À chaque mot qu'il disait, quelqu'un lui enfonçait dans le cerveau une aiguille qui lui causait une douleur infernale.

— Comment ! Vous avez aussi oublié mon nom ? dit l'inconnu en souriant.

— Je vous demande pardon... graillonna Stépan, en sentant que sa gueule de bois le gratifiait d'un nouveau symptôme : il avait l'impression que le plancher, autour du lit, s'en allait on ne sait où, et que lui-même allait être précipité la tête la première au fond des enfers, chez le diable et son train.

— Cher Stépan Bogdanovitch, dit le visiteur avec un sourire perspicace, le pyramidon ne vous sera d'aucun secours. Suivez le vieux et sage précepte : guérir le mal par le mal. La seule chose qui puisse vous ramener à la vie, c'est deux petits verres de vodka, avec quelques hors-d'œuvre épicés, froids et chauds.

Stépan était un homme astucieux et, quoique malade, il se rendait bien compte que, puisqu'on l'avait trouvé dans cette tenue, mieux valait tout avouer.

— À franchement parler, commença-t-il d'une langue légèrement embarrassée, hier j'ai un peu…

— Pas un mot de plus ! dit le visiteur, et il s'éloigna du fauteuil vers un coin de la chambre.

Stépan, les yeux ronds, vit alors une petite table où était servi un plateau garni de pain blanc coupé en tranches, de caviar pressé dans un petit bol, de champignons blancs marinés dans une petite assiette, de quelque chose dans une casserole, et enfin, de vodka, dans un volumineux carafon qui avait appartenu à la bijoutière. Mais ce qui étonna surtout Stépan, c'est que la vodka devait être glacée, car la carafe était couverte de buée. Au reste, il n'y avait là rien d'incompréhensible : on avait dû la mettre dans un baquet rempli de glace. Bref, le service était soigné et fort convenable.

L'inconnu ne laissa pas l'étonnement de Stépan croître jusqu'à un degré malsain, et, avec savoir-faire, il lui versa un demi-verre de vodka.

— Et vous ? dit Stépan d'une voix aiguë.

— Avec plaisir !

D'une main tremblante, Stépan porta son verre à sa bouche, tandis que l'inconnu vidait le sien d'un trait. Après avoir mastiqué un peu de caviar, Stépan accoucha de ces mots :

— Et vous, que… mangez pas ?

— Mille grâces, je ne mange jamais, répondit l'inconnu, et il versa à chacun un second verre.

On découvrit la casserole, qui contenait des saucisses chaudes à la sauce tomate.

Et voici que, devant les yeux de Stépan, ces maudites taches vertes s'effacèrent, il se sentit capable de prononcer les mots sans peine, et surtout, des souvenirs lui revinrent. Il se rappela que la chose avait eu lieu à Skhodno, dans la villa de l'auteur de sketches Khoustov, où ce même Khoustov avait emmené Stépan en taxi. Il se rappelait même qu'ils avaient pris ce taxi près du *Métropole*, et qu'il y avait encore avec eux un acteur, pas un acteur, non… enfin, avec un phonographe dans une mallette. Oui, oui, oui, c'était à la villa ! Même que ce phonographe, il s'en souvenait, faisait hurler les chiens. Seule cette dame, que Stépan voulait embrasser, demeurait un mystère… le diable sait qui cela pouvait être… elle travaillait à la radio, semble-t-il, ou peut-être pas…

Ainsi, la lumière se faisait un peu sur la journée de la veille. Mais Stépan, à présent, s'intéressait beaucoup plus à la journée d'aujourd'hui, et en particulier, à l'apparition dans sa chambre de cet inconnu, accompagné, qui plus est, de hors-d'œuvre et de vodka. Voilà ce qu'il ne serait pas mal d'expliquer !

— Eh bien, j'espère que maintenant, vous vous rappelez mon nom ?

Mais Stépan ne put qu'écarter les bras d'un air confus.

— Sapristi ! Et je sens qu'après la vodka, hier, vous avez bu du porto. Voyons, voyons, peut-on faire une chose pareille ?

— Je voudrais vous demander… que tout cela reste entre nous, n'est-ce pas ? dit Stépan avec une certaine bassesse.

— Mais naturellement, naturellement ! Par contre, cela va de soi, je ne puis répondre de Khoustov.

— Comment ! Vous connaissez Khoustov ?

— Hier, dans votre cabinet, je n'ai fait qu'entrevoir cet individu, mais un seul coup d'œil à sa figure m'a suffi pour me rendre compte que c'était un salaud, un intrigant, un conformiste et un lèche-bottes.

« Absolument exact ! » pensa Stépan, frappé par la vérité, la brièveté et la précision de ce portrait de Khoustov.

Oui, la journée d'hier se recollait par morceaux, mais le directeur des Variétés demeurait très inquiet. En effet, dans cette fameuse journée, un énorme trou noir restait béant. Car – excusez-moi – Stépan n'avait jamais vu cet inconnu en béret dans son cabinet.

— Woland, professeur de magie noire, dit le visiteur avec autorité en voyant l'embarras de Stépan, et il raconta tout depuis le début.

Arrivé hier à Moscou, venant de l'étranger, il se présenta immédiatement chez Stépan et lui proposa une série de représentations aux Variétés. Stépan téléphona à la Commission des Spectacles de la Région de Moscou où il régla cette question (Stépan pâlit et battit des paupières), puis il signa avec le professeur Woland un contrat pour sept représentations (Stépan ouvrit la bouche), et convint avec Woland que celui-ci viendrait chez lui pour régler les détails, ce matin à dix heures… Woland était donc venu. En arrivant, il fut accueilli par Grounia, la bonne, qui lui expliqua qu'elle venait elle-même d'arriver, qu'elle était la bonne, que Berlioz n'était pas là, et que, si le visiteur désirait voir Stépan Bogdanovitch, il n'avait qu'à aller directement dans sa chambre. Stépan Bogdanovitch dormait si profondément que, quant à elle, elle n'allait pas se risquer à le réveiller. Voyant dans quel état se trouvait Stépan Bogdanovitch, l'artiste envoya Grounia au magasin d'alimentation le plus proche, pour la vodka et les hors-d'œuvre, à la pharmacie pour la glace, et…

— Permettez-moi de vous régler ce que je vous dois, gémit Stépan complètement abasourdi, et il se mit à chercher son portefeuille.

— Jamais de la vie ! Ce n'est rien ! s'écria l'artiste en tournée, et il refusa d'en entendre davantage.

La question de la vodka et des hors-d'œuvre était donc éclaircie. Malgré cela, Stépan faisait peine à voir ; c'est que décidément, il ne se souvenait d'aucun contrat, et – qu'on le tue si on veut – il n'avait pas vu ce Woland hier. Khoustov oui, mais Woland non.

— Si vous le permettez, j'aimerais jeter un coup d'œil sur ce contrat, demanda faiblement Stépan.

— Bien sûr, je vous en prie…

Stépan regarda le papier, et se raidit. Tout y était : d'abord une signature hardie de la propre main de Stépan, et… une souscription, de l'écriture penchée du directeur financier Rimski, autorisant le paiement à l'artiste Woland de la somme de dix mille roubles, à valoir sur les trente-cinq mille roubles qui lui étaient dus pour sept représentations. De plus, un reçu de Woland était joint, comme quoi il avait déjà touché ces dix mille roubles !

« Mais qu'est-ce que c'est que ça ? » pensa le malheureux Stépan, pris de vertige. Était-ce le sinistre début des pertes de mémoire ? Or, puisque le contrat était là, il va de soi que continuer à exprimer des doutes eût été, purement et simplement, commettre une inconvenance. Stépan demanda à son hôte la permission de s'absenter une minute, et, toujours en chaussettes, il se rendit rapidement dans le vestibule, au téléphone. En passant, il cria en direction de la cuisine :

— Grounia !

Mais personne ne répondit. Il jeta un regard à la porte du cabinet de Berlioz, qui donnait sur le vestibule, et là il demeura, comme on dit, cloué sur place. La poignée de la porte était attachée par une cordelette scellée au chambranle par un énorme cachet de cire.

« Félicitations ! Il ne manquait plus que ça ! » s'exclama une voix dans la tête de Stépan. Dès cet instant, ses pensées se mirent à courir sur deux voies, mais comme toujours en cas de catastrophe, dans la même direction, et, en général, le diable sait où. Il est même difficile de décrire la bouillie qui se fit alors dans la tête de Stépan. D'un côté cette diablerie avec son béret noir, sa vodka glacée et son invraisemblable contrat… et de l'autre côté, comme si tout cela ne suffisait pas, les scellés sur la porte ! C'est-à-dire, racontez à qui vous voudrez que Berlioz a fait ceci ou cela, je ne vous croirai pas, ma parole je ne vous croirai pas ! Et pourtant, les scellés sont bien là ! Oui…

À ce moment, de petites idées extrêmement désagréables se mirent à grouiller dans la cervelle de Stépan, à propos d'un article que, comme un fait exprès, il avait récemment refilé à Mikhaïl Alexandrovitch pour être publié dans sa revue. Un article, entre nous, tout à fait stupide ! Et inutile, et en outre, chichement payé…

Le rappel de l'article fit accourir immédiatement le souvenir d'une conversation équivoque qui eut lieu ici même – Stépan se le rappelait parfaitement –, dans la salle à manger, le soir du 24 avril, au cours d'un dîner en tête à tête de Stépan et Mikhaïl Alexandrovitch. À vrai dire, naturellement, on ne peut qualifier cette conversation d'« équivoque » au plein sens du terme (Stépan n'eût jamais accepté de tenir une telle conversation), mais enfin, elle avait porté sur un sujet, en quelque sorte, superflu. On aurait pu tout aussi bien, citoyens, ne pas l'engager. Et sans les scellés, il est hors de doute que cette conversation serait tenue pour une bagatelle parfaitement négligeable. Mais voilà, avec les scellés…

« Ah, Berlioz, Berlioz ! On ne se fourre pas de pareilles idées en tête ! » pensa Stépan qui commençait à s'emporter.

Mais ce n'était pas le moment de pleurer sur son sort, et Stépan forma le numéro du cabinet de Rimski, directeur financier des Variétés. La position de Stépan était délicate : d'une part, l'étranger pouvait être offensé de voir Stépan contrôler ses dires après avoir vu le contrat ; et d'autre part, la conversation avec le directeur financier allait être extrêmement difficile. Impossible, en effet, de lui demander simplement : « Dites-moi, est-ce que j'ai conclu, hier, un contrat avec un professeur de magie noire pour trente-cinq mille roubles ? » Non, non, ce genre de question était absolument à rejeter !

— Oui ! fit dans le téléphone la voix rude et désagréable de Rimski.

— Bonjour, Grigori Danilovitch, dit Stépan d'une voix faible, ici Likhodiéïev. Voilà ce que… hm… hm… j'ai chez moi ce… hé… cet artiste, Woland… Alors, voilà… je voulais vous demander, comment ça s'arrange, pour ce soir ?…

— Ah, le magicien noir ? répondit Rimski. Les affiches vont arriver tout de suite.

— Ah bon…, dit Stépan d'une voix molle. Eh bien, au revoir…

— Vous serez là bientôt ? demanda Rimski.

— Dans une demi-heure, répondit Stépan, qui raccrocha aussitôt et serra dans ses deux mains sa tête brûlante. Ah bien ! En voilà une sale histoire ! Mais qu'est-ce que j'ai à la mémoire, hein, citoyens ?

Les convenances, cependant, interdisaient à Stépan de s'attarder plus longtemps dans le vestibule. Un plan lui vint aussitôt à l'esprit : cacher par tous les moyens cet invraisemblable trou de mémoire, et en premier lieu, interroger habilement l'étranger pour lui faire dire ce qu'il avait exactement l'intention de montrer au théâtre des Variétés, dont la destinée était confiée à Stépan.

À ce moment, Stépan tourna le dos à l'appareil et, dans la glace de l'entrée que l'indolente Grounia n'avait pas nettoyée depuis fort longtemps, il aperçut distinctement un étrange personnage, long comme une perche et muni d'un pince-nez (ah, si Ivan Nikolaïévitch avait été là ! Il aurait tout de suite reconnu le personnage !). Puis le reflet disparut. Stépan, angoissé, explora plus attentivement le vestibule, et pour la seconde fois, il chancela : dans la glace passait un chat noir d'une taille excessivement développée, qui disparut à son tour.

Le cœur de Stépan cessa de battre un instant, et il tituba, comme assommé.

« Qu'est-ce que c'est que ça ? pensa-t-il. Est-ce que je deviens fou ? D'où sortent ces reflets ? » Il parcourut le vestibule des yeux et cria, effrayé :

— Grounia ! Qu'est-ce que c'est que ce chat qui se balade chez nous ? D'où sort-il ? Et l'autre, encore ?

— Ne vous inquiétez pas, Stépan Bogdanovitch, répondit une voix, qui n'était pas celle de Grounia, mais celle du visiteur de la chambre à coucher. Ce chat est à moi. Ne vous énervez pas. Quant à Grounia, elle n'est pas là, je l'ai envoyée à Voronej. Elle se plaignait que vous ne lui donniez jamais de repos.

Ces mots étaient si inattendus et si absurdes que Stépan décida qu'il avait mal compris. Effaré, il retourna au galop dans la chambre… et resta cloué sur le seuil. Ses cheveux se dressèrent sur sa tête et une fine rosée de sueur couvrit son front.

Le visiteur n'était plus seul dans la chambre. Le second fauteuil était occupé par l'étrange individu qui, tout à l'heure, s'était reflété dans la glace du vestibule. Maintenant on le voyait parfaitement, avec ses petites moustaches de duvet, un verre de son lorgnon qui brillait, et l'autre verre absent. Mais il y avait pis encore, dans cette chambre : sur un pouf de la bijoutière, un troisième personnage se prélassait dans une pose désinvolte. C'était le chat noir aux dimensions effrayantes, un petit verre de vodka dans une patte, et une fourchette, au bout de laquelle il avait piqué un champignon mariné, dans l'autre.

La chambre, déjà faiblement éclairée, s'obscurcit tout à fait aux yeux de Stépan. « Voilà donc, pensa-t-il, comment on devient fou… », et il se cramponna au chambranle de la porte.

— À ce que je vois, vous êtes un peu étonné, très cher Stépan Bogdanovitch ? s'enquit Woland auprès de Stépan qui claquait des dents. Il n'y a pourtant aucune raison de s'étonner. Voici ma suite.

À ces mots, le chat but sa vodka, tandis que la main de Stépan glissait le long du chambranle et retombait.

— Et cette suite a besoin de place, continua Woland, de sorte que l'un de nous est de trop dans cet appartement. Et celui qui est de trop ici, me semble-t-il, c'est vous.

— C'est eux, c'est eux ! entonna d'une voix chevrotante le long personnage à carreaux, en parlant de Stépan au pluriel. En général, depuis un certain temps, ils se conduisent comme des cochons, que c'en est effrayant. Ils se soûlent, profitent de leur situation pour avoir des liaisons féminines, n'en fichent pas une rame, et d'ailleurs, ne peuvent rien faire, parce qu'ils n'entendent absolument rien à la tâche qui leur est confiée. Ils jettent de la poudre aux yeux de leurs supérieurs !

— Il utilise les voitures de l'État pour son compte, et à tout bout de champ ! cafarda le vilain chat, en bouffant son champignon.

C'est alors que l'appartement fut le théâtre d'un quatrième et dernier événement, et cette fois, Stépan glissa à terre et ne put que griffer, d'une main impuissante, le chambranle de la porte.

Un individu émergea directement du trumeau. Il était de petite taille mais ses épaules étaient extraordinairement larges. Il portait un chapeau melon, et une canine saillait de sa bouche, rendant hideuse sa physionomie, par elle-même singulièrement abjecte. Pour comble, ses cheveux étaient d'un roux flamboyant.

— D'une manière générale, dit le nouveau venu en se mêlant incontinent à la conversation, je ne comprends pas comment il a pu devenir directeur. (La voix du rouquin était excessivement nasillarde.) Il est directeur comme moi je suis évêque.

— Tu ne ressembles pas à un évêque, Azazello, fit remarquer le chat en attirant à soi la casserole de saucisses.

— C'est bien ce que je dis, nasilla le rouquin. Puis, se tournant vers Woland, il ajouta avec respect : Puis-je, messire, l'expédier aux cinq cents diables ?

— Ouste ! cracha le chat en hérissant ses poils.

La chambre se mit alors à tourner autour de Stépan. Sa tête heurta le chambranle et, perdant conscience, il pensa : « Je meurs… »

Mais il ne mourut point. Entrouvrant les yeux, il vit qu'il était assis sur de la pierre. En outre, il était environné d'un bruit continu. Lorsqu'il eut ouvert les yeux convenablement, il s'aperçut que ce bruit était celui de la mer. Bien plus, la crête des vagues atteignait ses pieds. Bref, il était assis à l'extrémité d'un môle, le ciel, au-dessus de lui, était d'un bleu lumineux, et derrière lui, une ville blanche s'étendait à flanc de montagne.

Ne sachant comment on se comporte ordinairement en pareil cas, Stépan se mit debout sur ses jambes vacillantes et suivit la jetée en direction du rivage.

Un homme se tenait debout sur le môle. Il fumait, et crachait dans la mer. Il regarda Stépan d'un œil féroce, et cessa de cracher.

Stépan ne trouva alors rien de mieux que de s'agenouiller devant le fumeur inconnu et de proférer :

— Dites-moi, je vous en supplie, quelle est cette ville ?

— Fichtre ! dit l'insensible fumeur.

— Je ne suis pas soûl ! protesta Stépan d'une voix rauque. Il m'est arrivé quelque chose… je suis malade… Où suis-je ? Quelle est cette ville ?

— Ben, c'est Yalta…

Stépan poussa un faible soupir, et s'écroula sur le flanc, heurtant de la tête les pierres de la jetée chauffée par le soleil. Et il perdit conscience des choses.

8. Duel d'un professeur et d'un poète

Au moment précis où, à Yalta, Stépan perdait conscience – c'est-à-dire vers onze heures et demie du matin –, la conscience revenait à Ivan Nikolaïévitch Biezdomny, qui s'éveillait d'un long et profond sommeil. Il passa un moment à essayer de comprendre comment et pourquoi il se trouvait dans cette chambre inconnue aux murs blancs, avec cette étonnante table de nuit en métal brillant et ce store blanc derrière lequel on devinait la lumière du soleil.

Ivan secoua la tête, s'assura ainsi qu'elle ne lui faisait pas mal, et se rappela tout d'un coup qu'il était dans une clinique. Cette pensée ressuscita le souvenir de la mort de Berlioz, mais sans bouleverser Ivan outre mesure. Maintenant qu'il avait dormi, Ivan Nikolaïévitch était plus calme, et pouvait réfléchir avec plus de lucidité. Après être resté quelque temps immobile sur ce lit élastique, doux et confortable et d'une propreté parfaite, Ivan aperçut, à côté de lui, un bouton de sonnette. Suivant l'habitude commune de toucher les objets sans nécessité, Ivan appuya le doigt dessus. Il s'attendait à quelque sonnerie, ou à la venue de quelqu'un, comme d'ordinaire lorsqu'on presse un bouton, mais ce qui se produisit fut tout autre.

Au pied du lit d'Ivan s'alluma un cylindre de verre dépoli où était inscrit le mot : « Boire ». Le cylindre demeura immobile un instant, puis se mit à tourner, jusqu'à ce que s'allume le mot : « Infirmière ». Cet ingénieux cylindre, cela va de soi, étonna vivement Ivan Nikolaïévitch. Le mot « Infirmière » fut ensuite remplacé par l'inscription : « Appelez le docteur ».

— Hum… fit Ivan, ne sachant que faire avec ce cylindre.

Mais le hasard le servit. Au mot « Assistante », il pressa le bouton une seconde fois. En réponse, le cylindre émit un léger bourdonnement, s'arrêta, s'éteignit, et une grosse femme sympathique, vêtue d'une blouse blanche immaculée, entra dans la chambre et dit à Ivan :

— Bonjour !

Vu les circonstances, Ivan jugea ces salutations déplacées, et ne répondit pas. Car enfin, on bouclait dans une maison de santé un homme parfaitement sain d'esprit, et en plus, on faisait semblant de trouver cela normal !

Pendant ce temps, la femme, sans rien perdre de son air placide, releva le store, simplement en appuyant sur un bouton. Aussitôt le soleil entra à flots dans la chambre, à travers un grillage à larges mailles qui descendait jusqu'au sol. Derrière le grillage on découvrait un balcon, au-delà duquel serpentait une rivière, dont l'autre rive était occupée par un charmant bois de pins.

— Veuillez prendre votre bain, dit la femme, et sous ses doigts, une cloison s'ouvrit toute seule, donnant accès à un cabinet de toilette-salle de bains remarquablement aménagé.

Ivan était bien résolu à ne pas engager la conversation avec cette femme, mais en voyant le puissant jet d'eau déversé dans la baignoire par un robinet étincelant, il ne put s'empêcher de dire ironiquement :

— Hé dites donc ! C'est comme au *Métropole* !

— Oh non, répondit la femme avec orgueil, c'est bien mieux. Vous ne trouverez nulle part de pareille installation, même à l'étranger. Des savants et des médecins viennent spécialement ici pour visiter notre clinique. Chaque jour nous recevons des touristes étrangers.

Au mot « touristes », Ivan se rappela son consultant de la veille. Il s'assombrit, regarda la femme de travers et dit :

— Des touristes… Vous êtes tous à genoux devant les touristes ! N'empêche, en attendant, qu'il y a touristes et touristes. Celui que j'ai rencontré hier, par exemple, il n'était pas piqué des vers !

Ivan allait se mettre à parler de Ponce Pilate, mais il se retint à temps, en se disant avec juste raison que son histoire était sans intérêt pour cette femme, qui de toute manière ne pouvait pas l'aider.

Lorsque Ivan Nikolaïévitch fut propre, on lui fournit exactement tout ce dont peut avoir besoin un homme qui sort du bain : une chemise bien repassée, un caleçon, des chaussettes. Et ce ne fut pas tout : ouvrant une petite armoire, la femme lui en montra l'intérieur et dit :

— Que désirez-vous : une robe de chambre, ou un pyjama ?

Ainsi enchaîné d'autorité à son nouveau logis, Ivan faillit lever les bras au ciel devant le sans-gêne de la femme, mais il se contenta de mettre le doigt, sans rien dire, sur un pyjama de finette ponceau.

Ensuite, Ivan Nikolaïévitch fut conduit, par un corridor désert et silencieux, jusqu'à un cabinet de dimensions colossales. Déterminé à considérer tout ce qu'il voyait dans cet établissement merveilleusement équipé avec ironie, Ivan baptisa aussitôt ce cabinet « la cuisine centrale ».

Il y avait de quoi. On y voyait des armoires vitrées de toutes dimensions, remplies d'instruments nickelés qui étincelaient, des fauteuils extraordinairement compliqués, des lampes ventrues munies d'abat-jour resplendissants, une quantité considérable de flacons et de fioles, et des becs Bunsen, et des fils électriques, et des appareils totalement inconnus.

Dès son entrée dans le cabinet, Ivan fut pris en main par trois personnages : deux femmes et un homme, tous trois vêtus de blanc. On l'emmena tout d'abord dans un coin, devant une petite table, avec l'intention évidente de lui poser des questions.

Ivan réfléchit alors à la situation. Trois voies s'ouvraient devant lui. La première était extrêmement tentante : se précipiter sur ces lampes et tout ce fourbi aux formes alambiquées, les fracasser en mille morceaux et envoyer le tout au diable et à son train, pour protester ainsi contre une détention arbitraire. Mais l'Ivan d'aujourd'hui différait sensiblement de l'Ivan d'hier, et cette première voie lui apparut bien vite sujette à caution : tout ce qu'il en tirerait de bon, ce serait de les ancrer dans l'idée qu'il était un fou furieux. Ivan abandonna donc cette première voie. Il y en avait une deuxième : se mettre immédiatement à raconter l'histoire du consultant et de Ponce Pilate. Cependant, l'expérience d'hier soir tendait à montrer que ce récit ne serait pas cru, ou tout au moins serait compris, en quelque sorte, de travers. Ivan rejeta donc également cette deuxième voie, et choisit la troisième : s'enfermer dans un silence méprisant.

Il ne put, cependant, réaliser complètement ce projet, et bon gré mal gré, il lui fallut bien répondre – quoique parcimonieusement et d'un ton maussade – à toute une série de questions. On lui demanda absolument tout sur sa vie passée, jusques et y compris quand et comment il avait attrapé, quinze ans auparavant, la scarlatine. Ayant ainsi rempli une page entière sur le compte d'Ivan, la femme en blanc la tourna et passa à l'interrogatoire sur les parents et la famille du poète. Ce fut alors une véritable litanie : qui était décédé, quand et de quoi, était-ce la boisson, avait-il des maladies vénériennes, et ainsi de suite. Pour conclure, on demanda un récit des événements qui s'étaient produits la veille au Patriarche, mais sans insister outre mesure, et les nouvelles de Ponce Pilate furent accueillies sans étonnement.

La femme céda alors Ivan à l'homme en blanc, qui le traita d'une toute autre manière : il ne lui posa aucune question. Il lui prit sa température, mesura son pouls, le regarda dans les yeux en éclairant ceux-ci à l'aide d'une petite lampe. Puis l'autre femme vint aider l'homme : ils le piquèrent dans le dos avec on ne sait quoi, mais sans lui faire mal, lui dessinèrent, avec le manche d'un petit marteau, des signes mystérieux sur la poitrine, lui frappèrent les genoux d'un léger coup de marteau, ce qui lui fit sauter les jambes en l'air, lui piquèrent le doigt et lui prirent quelques gouttes de sang, lui firent une autre piqûre à la saignée du coude, lui passèrent au bras une sorte de bracelet de caoutchouc…

Ivan se contentait de sourire avec amertume, en pensant combien tout cela était bizarre et bête ! Qu'on y songe, seulement ! Il voulait tous les prévenir du danger qu'ils couraient du fait d'un consultant inconnu, il avait fait ce qu'il pouvait pour s'en emparer, et tout ce qu'il avait obtenu comme résultat, c'était de se retrouver dans un mystérieux cabinet, pour raconter un tas de billevesées sur son tonton Théodore, qui habitait Vologda et buvait comme un trou. Bêtise intolérable !

Enfin, on le laissa tranquille. Il fut réexpédié dans sa chambre, où on lui donna une tasse de café, deux œufs à la coque et du pain blanc avec du beurre. Après avoir tout mangé et bu, Ivan décida d'attendre la venue d'un chef de cet établissement, et d'obtenir de celui-ci qu'il fasse preuve à son égard d'attention et de justice.

Il n'eut guère à attendre. Quelques instants seulement après son petit déjeuner, la porte de sa chambre s'ouvrit brusquement, pour livrer passage à toute une foule en blouses blanches. En tête marchait d'un pas étudié un homme de quarante-cinq ans environ, rasé comme un acteur, avec un regard avenant, quoique extrêmement perçant, et des manières courtoises. Sa suite lui prodiguait les marques d'attention et de respect, de sorte que son entrée fut majestueuse et solennelle. « Comme Ponce Pilate ! » pensa Ivan.

Aucun doute possible : c'était un chef. Il s'assit sur un tabouret, et tous les autres restèrent debout.

— Docteur Stravinsky, se présenta-t-il en posant sur Ivan un regard amical.

— Tenez, Alexandre Nikolaïévitch, dit un homme à la barbiche soignée en tendant au chef la feuille couverte de notes qui concernait Ivan.

« Ils ont tout combiné d'avance », pensa Ivan. Le chef parcourut le document d'un œil professionnel, en émaillant sa lecture de quelques « hm, hm… », puis il échangea avec son entourage quelques phrases dans une langue peu connue. « Et il parle latin, comme Pilate », pensa Ivan avec tristesse. Mais à ce moment, un mot le fit tressaillir. C'était le mot « schizophrénie », déjà prononcé la veille – hélas ! – par ce maudit étranger à l'Étang du Patriarche, et que venait de répéter le professeur Stravinsky. « Ça aussi, il le savait ! » pensa Ivan avec angoisse.

Le chef semblait s'être donné pour règle d'être toujours d'accord et toujours content, quoi que lui dise son entourage, et d'exprimer cet état d'esprit en répétant à tout propos : « Parfait, parfait… »

— Parfait ! dit Stravinsky en rendant la feuille à quelqu'un.

Puis il s'adressa à Ivan :

— Vous êtes poète ?

— Poète, oui, répondit sombrement Ivan, qui ressentit tout à coup, pour la première fois de sa vie, un inexplicable dégoût pour la poésie, et à qui le souvenir de ses propres vers parut aussitôt, on ne sait pourquoi, très désagréable.

Avec une grimace, il demanda à son tour à Stravinsky :

— Vous êtes professeur ?

En réponse, Stravinsky inclina la tête avec une parfaite obligeance.

— Et vous êtes un chef, ici ? continua Ivan.

Stravinsky s'inclina de nouveau.

— J'ai à vous parler, dit Ivan Nikolaïévitch d'un air significatif.

— Je suis là pour cela, répondit Stravinsky.

— Voilà ce qu'il y a, commença Ivan, sentant que son heure était venue. D'abord, on me prend pour un fou, et personne ne veut m'écouter !...

— Mais si, nous vous écoutons, et très attentivement, dit Stravinsky d'un ton grave et rassurant. Quant à vous prendre pour un fou, nous ne nous le permettrions en aucun cas.

— Alors écoutez-moi : hier soir, à l'Étang du Patriarche, j'ai rencontré un personnage mystérieux, étranger sans l'être, qui savait d'avance que Berlioz allait mourir, et qui avait vu personnellement Ponce Pilate.

La suite du professeur écoutait le poète sans bouger et en silence.

— Pilate ? Celui qui... vivait du temps de Jésus-Christ ? demanda Stravinsky en plissant les yeux pour dévisager Ivan.

— Lui-même.

— Ah, ah, dit Stravinsky. Et ce Berlioz est mort sous un tramway ?

— Mais oui, justement, hier, j'étais là quand le tramway lui a coupé la tête. Or, cet énigmatique citoyen…

— Celui qui connaît Ponce Pilate ? demanda Stravinsky, qui décidément, se distinguait par la vivacité de son intelligence.

— Précisément, confirma Ivan en examinant Stravinsky. Donc, il avait dit d'avance qu'Annouchka avait renversé l'huile de tournesol… et c'est justement à cet endroit-là qu'il a glissé ! Qu'est-ce que vous dites de ça, hein ? demanda Ivan d'un air lourd de sous-entendus, avec l'espoir que ses paroles produiraient une forte impression.

Mais il n'y eut aucune forte impression, et c'est en toute simplicité que Stravinsky posa la question suivante :

— Qui est donc cette Annouchka ?

La question désarçonna quelque peu Ivan, dont le visage s'altéra.

— Mais Annouchka n'a aucune importance ici ! dit-il nerveusement. Le diable le sait, qui elle est. Une idiote quelconque, de la rue Sadovaïa. L'important, c'est qu'il connaissait d'avance, comprenez-vous, d'avance, le coup de l'huile de tournesol ! Vous me comprenez ?

— Je comprends parfaitement, répondit sérieusement Stravinsky. (Et, tapotant du bout des doigts le genou du poète, il ajouta :) Ne vous troublez pas, et continuez.

— Je continue, dit Ivan en essayant de se mettre au diapason de Stravinsky, car il savait maintenant, d'amère expérience, que s'il voulait être aidé, il lui fallait se montrer calme. Donc cet affreux individu (et il ment, quand il dit qu'il est consultant !) possède, en quelque sorte, un pouvoir extraordinaire !… Par exemple, vous lui courez après, et rien à faire pour le rattraper… Et avec lui, il y a encore ce couple, qui n'est pas mal non plus, dans son genre : une espèce d'échalas, avec des verres cassés, et ce chat, d'une taille incroyable, qui voyage tout seul en tramway. De plus (et Ivan, que personne n'interrompait, parlait avec une conviction et une chaleur sans cesse croissantes), il était en personne sur la terrasse avec Ponce Pilate, cela ne fait absolument aucun doute. Alors, qu'est-ce que ça veut dire, hein ? Il faut immédiatement le faire arrêter, sinon il causera des malheurs indescriptibles.

— Et c'est cela que vous cherchez – à le faire arrêter ? Je vous ai bien compris ? demanda Stravinsky.

« Il est intelligent, pensa Ivan. Il faut reconnaître que parmi les intellectuels, on rencontre parfois, à titre exceptionnel, des gens intelligents. On ne peut le nier. » Et il répondit :

— Vous m'avez parfaitement compris ! Et comment ne pas chercher à le faire arrêter, hein ? Rendez-vous compte ! Et au lieu de cela, on me garde ici de force, on me fiche une lampe dans les yeux, on me plonge dans une baignoire, et on me demande je ne sais quoi sur tonton Théodore !… Alors qu'il est mort depuis belle lurette ! J'exige qu'on me relâche immédiatement !

— Eh bien, parfait, parfait ! répondit Stravinsky. Maintenant tout est clair. Effectivement, pour quelle raison garderait-on en clinique un homme sain d'esprit ? Très bien donc. Je vais vous laisser partir tout de suite, si vous me dites que vous êtes normal. Je ne vous demande pas de le prouver, mais simplement de le dire. Ainsi, vous êtes normal ?

Il se fit un profond silence. La grosse femme qui, au début de la matinée, s'était montrée aux petits soins pour

Ivan, regardait le professeur avec dévotion, et Ivan pensa encore une fois : « Il est positivement intelligent ! »

L'offre du professeur lui plaisait extrêmement. Pourtant, avant de répondre, il réfléchit très longuement, en plissant le front. Enfin, il répondit d'un ton ferme :

— Je suis normal.

— Voilà qui est parfait ! s'écria Stravinsky, l'air soulagé. Et s'il en est ainsi, raisonnons logiquement. Prenons votre journée d'hier. (Il tourna la tête, et on lui donna immédiatement la feuille d'Ivan.) En cherchant un inconnu qui s'était présenté à vous comme une relation de Ponce Pilate, vous avez accompli hier les actes suivants. (Stravinsky se mit à déplier un à un ses longs doigts, en regardant tantôt la feuille, tantôt Ivan.) Vous vous êtes épinglé une icône sur la poitrine. Exact ?

— Exact, reconnut Ivan d'un air maussade.

— En tombant d'une palissade, vous vous êtes abîmé la figure. Oui ? Vous vous êtes présenté au restaurant en tenant une bougie allumée, en caleçon, et au restaurant, vous avez frappé quelqu'un. On vous a attaché et on vous a conduit ici. Une fois là, vous avez téléphoné à la milice pour demander des mitraillettes. Ensuite, vous avez tenté de vous jeter par la fenêtre. Oui ? Une question se pose alors : est-il possible, en agissant de la sorte, d'arrêter ou de faire arrêter quelqu'un ? Si vous êtes un homme normal, vous répondrez de vous-même : c'est absolument impossible. Vous désirez partir d'ici ? Comme il vous plaira. Mais, permettez-moi de vous le demander, où comptez-vous aller ?

— À la milice, naturellement, répondit Ivan d'un ton déjà moins ferme, et en perdant quelque peu contenance sous le regard du professeur.

— Directement en sortant d'ici ?

— Hm… oui.

— Et vous ne passerez pas d'abord chez vous ? demanda vivement Stravinsky.

— Mais je n'aurai pas le temps, d'y passer ! Si je vais jusque là-bas, pendant ce temps-là, il aura tout loisir de filer !

— Bien. Et de quoi allez-vous parler, en premier lieu, à la milice ?

— De Ponce Pilate, répondit Ivan Nikolaïévitch, dont les yeux se voilèrent d'un brouillard opaque.

— Eh bien, c'est parfait ! s'écria Stravinsky d'un air résigné, et, se tournant vers l'homme à la barbiche, il ordonna : Fiodor Vassiliévitch, inscrivez, je vous prie, le citoyen Biezdomny sur le registre de sortie. Mais veillez à ce que sa chambre reste libre, et inutile de faire changer la literie. Dans deux heures, le citoyen Biezdomny sera de retour ici. Enfin, ajouta-t-il en se tournant vers le poète, je ne vous souhaite pas de réussir dans vos démarches, car je ne crois pas à un iota de cette réussite. À tout à l'heure !

Il se leva, et aussitôt, sa suite s'agita.

— Et pour quel motif serai-je de retour ici ? demanda Ivan, inquiet.

— Pour le motif suivant : dès l'instant où vous entrerez en caleçons dans un poste de milice et où vous leur direz que vous avez vu un homme qui connaît personnellement Ponce Pilate, ils vous ramèneront ici sans traîner, et vous vous retrouverez dans cette même chambre.

— Les caleçons ? Qu'est-ce qu'ils viennent faire ici ? demanda Ivan, complètement désemparé.

— Avant tout, il y a Ponce Pilate. Mais les caleçons aussi. Avant de vous laisser sortir, il faudra bien qu'on vous reprenne le linge de l'État, et nous vous rendrons vos effets personnels. Or, vous êtes arrivé ici en caleçons. De plus, vous n'avez absolument pas l'intention de passer chez vous, bien que je vous l'aie suggéré tout à l'heure. Ajoutez cela à Pilate… et tout est dit.

Il se passa alors quelque chose d'étrange chez Ivan Nikolaïévitch. Il lui sembla que sa volonté se brisait d'un coup. Il se sentit faible, et prêt à quémander un conseil.

— Mais alors, que faire ? demanda-t-il, timidement cette fois.

— Ah, voilà qui est parfait ! répondit Stravinsky. Voilà une question éminemment raisonnable. Maintenant, je vais vous dire ce qui vous est réellement arrivé. Hier, quelqu'un vous a causé une très grande frayeur, puis a achevé de vous déconcerter avec des histoires sur Ponce Pilate et autres choses du même genre. À bout de nerfs, complètement hors de vous, vous avez alors parcouru la ville en racontant, à votre tour, des histoires sur Ponce Pilate. Il est tout à fait naturel, dans ces conditions, qu'on vous ait pris pour un fou. Maintenant, une seule chose peut vous sauver : le repos complet. Et il est indispensable que vous restiez ici.

— Mais il faut absolument l'arrêter ! s'écria Ivan, d'un ton déjà suppliant.

— Certainement ! Mais pourquoi vous charger de tout, tout seul ? Inscrivez sur un papier vos soupçons et vos accusations contre cet homme. Rien de plus simple, ensuite, que de transmettre votre déclaration à qui de droit, et si, comme vous le supposez, nous avons affaire à un criminel, tout sera vite découvert. J'y mettrai une seule condition : évitez une trop forte tension d'esprit, et essayez de penser un peu moins à Ponce Pilate. Moins on en raconte, mieux cela vaut ! On ne peut pas avoir confiance en tout le monde.

— D'accord ! proclama Ivan d'un air résolu. Donnez-moi une plume et du papier.

— Donnez-lui du papier et un petit bout de crayon, ordonna Stravinsky à la grosse femme, puis il dit à Ivan : Mais je vous conseille de ne rien écrire aujourd'hui.

— Si, si, aujourd'hui, aujourd'hui même ! s'écria Ivan, soudain alarmé.

— Bon, très bien. Mais ne vous fatiguez pas le cerveau. Si ça ne va pas aujourd'hui, ça ira demain.

— Et lui, il s'en ira !

— Mais non, répliqua Stravinsky avec conviction, il ne s'en ira nulle part, je vous le garantis. Et rappelez-vous qu'ici, nous vous aiderons par tous les moyens, et que sans cela, vous ne pourriez rien faire. Vous m'entendez ? demanda Stravinsky d'un air significatif. Puis il prit les deux mains d'Ivan Nikolaïévitch dans les siennes, et le regarda longuement et fixement, en répétant : Nous vous aiderons… vous m'entendez ?… Ici, nous vous aiderons… Peu à peu, vous vous sentirez soulagé… ici c'est le calme, la paix… nous vous aiderons…

Ivan Nikolaïévitch se mit inopinément à bâiller, et son visage s'amollit.

— Oui, oui, dit-il faiblement.

— Eh bien parfait ! conclut machinalement Stravinsky, et il se leva.

— Au revoir !

Il tendit la main à Ivan. À la porte, il se retourna et dit à l'homme à la barbiche :

— Oui, essayez l'oxygène… et les bains.

L'instant d'après, Stravinsky et sa suite avaient disparu de la vue d'Ivan Nikolaïévitch. Derrière le grillage de la fenêtre, dans la lumière de midi, le bois, sur l'autre rive, étalait gaiement sa parure de printemps, et la rivière étincelait.

9. Les inventions de Koroviev

Nicanor Ivanovitch Bossoi, président de l'association des locataires de l'immeuble situé au n° 302 bis, rue Sadovaïa à Moscou, où avait vécu le défunt Berlioz, était accablé des pires tracas. Cela avait commencé la nuit précédente, qui était celle du mercredi au jeudi.

À minuit, comme nous le savons déjà, une commission, dont faisait partie Geldybine, se présenta à la porte de l'immeuble, appela Nicanor Ivanovitch, l'informa du décès de Berlioz, et se rendit en sa compagnie à l'appartement 50.

Là, les scellés furent apposés sur les manuscrits et les affaires du défunt. Ni Grounia, la bonne, ni le frivole Stépan Bogdanovitch n'étaient à l'appartement à cette heure. La commission annonça à Nicanor Ivanovitch que les manuscrits du mort seraient emportés pour être triés et classés, que son logement – c'est-à-dire les trois pièces qui constituaient anciennement le bureau, la salle à manger et le salon de la bijoutière – était remis à la disposition de l'association des locataires, et que le reste des affaires du défunt serait placé sous sa garde, dans les lieux, jusqu'à ce que les héritiers se soient fait connaître.

La nouvelle de la mort de Berlioz se répandit dans toute la maison avec une vitesse quasi surnaturelle, et le jeudi, dès sept heures du matin, des gens commencèrent à téléphoner à Bossoï, puis à se présenter en personne avec des demandes leur donnant droit, prétendaient-ils, au logement du défunt. En l'espace de deux heures, le nombre de demandes qui furent ainsi présentées à Nicanor Ivanovitch s'éleva à trente-deux.

On y trouvait de tout : supplications, menaces, histoires sordides, délations, promesses de prendre toutes les réparations à son compte, déclarations comme quoi on était logé dans des conditions d'étroitesse intolérable, ou comme quoi il était impossible de vivre plus longtemps en promiscuité avec des bandits. Entre autres, on y trouva la description, d'une puissance artistique saisissante, d'un vol de raviolis, fourrés directement dans la poche d'un veston, à l'appartement 31, deux promesses de suicide, et un aveu de grossesse secrète.

On attirait Nicanor Ivanovitch dans le vestibule de son appartement, on lui chuchotait quelque chose à l'oreille, on lui adressait des clins d'œil, on lui promettait de ne pas demeurer en reste.

Ce supplice se prolongea jusqu'à midi passé, heure à laquelle Nicanor Ivanovitch se sauva tout simplement de chez lui, pour aller se réfugier dans le bureau de la gérance, près de l'entrée principale ; mais quand il vit que là aussi, on montait la garde et qu'on guettait sa venue, il dut s'enfuir encore. Poursuivi à la trace à travers la cour asphaltée, il réussit enfin à se débarrasser de ses persécuteurs en se cachant à l'entrée de l'escalier 6. De là, il monta au cinquième étage, où se trouvait cette cochonnerie d'appartement 50.

Nicanor Ivanovitch, qui était gros et poussif, reprit son souffle sur le palier, puis sonna. Mais personne n'ouvrit. Il sonna une deuxième fois, puis une troisième, et commença à maugréer et à jurer tout bas. Mais la porte demeura close. Sa patience épuisée, Nicanor Ivanovitch tira de sa poche un trousseau de clés – les doubles des clés des appartements, conservés au bureau de la gérance –, ouvrit la porte avec autorité et entra.

— Hé, la bonne ! cria Nicanor Ivanovitch dans la demi-obscurité du vestibule. Qu'est-ce que tu fabriques, Grounia ?... T'es morte ?

Personne ne répondit.

Nicanor Ivanovitch sortit alors de la serviette qu'il avait sous le bras un mètre pliant, fit sauter les scellés qui fermaient le cabinet de feu Berlioz, ouvrit la porte et fit un pas en avant. Il fit un pas en avant, certes, mais en resta là. Avec un sursaut de stupéfaction, il demeura figé sur le seuil.

À la table du défunt était assis un citoyen inconnu, maigre et dégindandé, vêtu d'une veste à carreaux, coiffé d'une casquette de jockey, un lorgnon sur le nez... bref, toujours le même.

— Qui que vous êtes, citoyen ? demanda Nicanor Ivanovitch effaré.

— Bah ! Nicanor Ivanovitch ! jeta le citoyen inattendu d'une voix de ténor chevrotante, mais perçante. Puis, se levant brusquement, il salua le président des locataires d'une soudaine et brutale poignée de main. Cet accueil ne procura aucun plaisir à Nicanor Ivanovitch.

— Je m'excuse, dit-il avec méfiance, mais qui donc que vous êtes ? Un officiel ?

— Hé ! Nicanor Ivanovitch ! s'exclama l'inconnu d'un ton de familiarité cordiale. Qu'est-ce qu'un officiel et qu'est-ce qu'un non-officiel ? Tout dépend du point de vue auquel on se place pour voir les choses. Tout cela est changeant et conventionnel. Aujourd'hui je ne suis pas officiel, et demain, hop ! me voilà officiel ! Ou le contraire, ou encore, tout ce qu'on veut !

Ces considérations ne parurent nullement satisfaisantes au président-gérant de l'immeuble. Déjà fort soupçonneux par nature, il conclut de ce verbiage que le citoyen n'était sûrement pas un officiel, mais plutôt, probablement, un parasite.

— Mais à la fin, qui que vous êtes ? Votre nom ? demanda le président d'un ton de plus en plus rude, et il fit même un pas vers l'inconnu.

— Mon nom ? répondit le citoyen sans se troubler le moins du monde devant la brusquerie du gérant. Eh bien, disons, Koroviev. Mais vous ne voulez pas manger un morceau ? Sans cérémonie, hein ?

— Pardon ? Non mais, qu'est-ce que vous me chantez là ? dit Nicanor Ivanovitch indigné (il faut avouer, bien que ce ne soit pas très agréable, que Nicanor Ivanovitch était, par nature, plutôt mal embouché). D'abord, c'est défendu de s'installer dans la partie du mort ! Qu'est-ce que vous faites ici ?

— Asseyez-vous donc, Nicanor Ivanovitch, se récria le citoyen sans se démonter, et d'un air empressé, il offrit un fauteuil au président.

Tout à fait furieux cette fois, Nicanor Ivanovitch repoussa le fauteuil et brailla :

— Vous allez-t'y me dire qui vous êtes ?

— Eh bien voyez-vous, je fais fonction d'interprète attaché à la personne d'un étranger qui réside dans cet appartement, se présenta le soi-disant Koroviev, et il fit claquer les talons de ses souliers rouges mal cirés.

Nicanor Ivanovitch ouvrit la bouche. La présence d'un étranger, accompagné qui plus est d'un interprète, dans cet appartement, constituait pour lui une extrême surprise, et il exigea des explications.

L'interprète les lui fournit volontiers. Monsieur Woland, artiste étranger, avait été aimablement invité par le directeur des Variétés, Stépan Bogdanovitch Likhodiéïev, à loger dans son propre appartement pendant la durée de ses représentations, soit environ une semaine, et c'est en ce sens que Likhodiéïev avait écrit hier à Nicanor Ivanovitch, en le priant d'inscrire l'étranger à titre provisoire, cependant que lui-même, Likhodiéïev, s'en irait à Yalta.

— Il m'a rien écrit du tout, dit le gérant abasourdi.

— Fouillez donc dans votre serviette, Nicanor Ivanovitch, suggéra doucereusement Koroviev.

Nicanor Ivanovitch, haussant les épaules, ouvrit sa serviette, et y trouva la lettre de Likhodiéïev.

— C'est-y que je l'aurais complètement oubliée ? balbutia Nicanor Ivanovitch en contemplant d'un air stupide l'enveloppe décachetée.

— Ça arrive, ça arrive, Nicanor Ivanovitch ! jacassa Koroviev. C'est de la distraction, de la simple distraction. Surmenage et élévation de la tension sanguine, voilà ce qu'il a, notre cher ami Nicanor Ivanovitch ! Je suis moi-même horriblement distrait ! À l'occasion, devant un petit verre, je vous raconterai quelques faits extraits de ma biographie, qui vous feront pouffer de rire !

— Et Likhodiéïev, quand est-ce qu'il part à Yalta ?

— Mais il est parti, il est parti ! s'écria l'interprète. Il est même déjà arrivé ! Le diable sait où il est ! (Et l'interprète agita les bras comme des ailes de moulin à vent.)

Nicanor Ivanovitch déclara qu'il lui fallait maintenant voir lui-même cet étranger, mais il se heurta à un refus catégorique de l'interprète : impossible. Il est occupé. Il dresse le chat.

— Le chat, je peux vous le montrer, si cela vous fait plaisir, proposa Koroviev.

Mais Nicanor Ivanovitch, à son tour, refusa. Alors l'interprète fit au gérant une proposition inattendue, mais des plus intéressantes : attendu que monsieur Woland, dit-il, ne veut à aucun prix vivre à l'hôtel, et que de plus, il est habitué à avoir toutes ses aises, l'association des locataires ne pourrait-elle lui accorder, juste pour une semaine, c'est-à-dire pour la durée des représentations de Woland à Moscou, la jouissance de tout l'appartement, y compris, donc, des trois pièces du défunt ?

— Après tout, ça lui est bien égal, au défunt, susurra Koroviev. Vous serez bien d'accord avec moi que désormais, de cet appartement, il n'en a que faire ?

Perplexe, Nicanor Ivanovitch objecta que normalement, les étrangers devaient loger au *Métropole*, et jamais dans des appartements particuliers…

— Il faut que je vous dise, chuchota Koroviev : il est capricieux en diable ! Monsieur ne veut pas ! Monsieur n'aime pas les hôtels ! Vous savez, j'en ai jusque-là, de ces touristes ! se plaignit Koroviev sur un ton de confidence, en appliquant son doigt sur son cou filandreux. Croyez-moi, ils me feront mourir ! Ou bien ils viennent espionner, comme le dernier que j'ai vu – le fils de chienne ! –, ou bien ils ne cessent de vous tourmenter avec leurs caprices : et ceci ne va pas, et cela ne va pas non plus !… Et pour votre association, Nicanor Ivanovitch, ce serait tout profit, ce serait réellement avantageux. Pour l'argent, il n'est pas regardant (Koroviev jeta un regard autour de lui et chuchota à l'oreille du gérant :) et il est millionnaire !

Dans la proposition de l'interprète, il y avait un côté pratique évident. C'était une proposition sérieuse. Mais bizarrement, il y avait comme un manque de sérieux dans sa façon de parler, dans ses vêtements, et dans cet affreux pince-nez, si visiblement inutile. Il en résulta, dans l'âme du gérant, une impression vague, mais pénible. Il décida néanmoins d'accepter la proposition. Le fait est, hélas, qu'il y avait dans la caisse de l'association un trou énorme. À l'automne, il faudrait acheter du mazout pour le chauffage, mais avec quels sous mystère. Peut-être qu'avec l'argent du touriste, on pourrait s'en tirer… Mais Nicanor Ivanovitch, toujours prudent et pratique, déclara qu'il fallait d'abord voir à régler la question avec le bureau de l'Intourist.

— Mais naturellement ! vociféra Koroviev. Bien sûr, qu'il faut régler ça ! Absolument ! Voici le téléphone, Nicanor Ivanovitch, réglez donc ça tout de suite ! Et pour l'argent, chuchota-t-il en conduisant le gérant au téléphone, dans le vestibule, pour l'argent, ne vous gênez pas. À qui en prendre, sinon à lui ! Si vous voyiez la villa qu'il possède à Nice ! L'été prochain, tenez, quand vous irez à l'étranger, allez-y tout exprès : vous en serez soufflé !

Avec l'Intourist, les choses furent arrangées directement par téléphone, avec une célérité si extraordinaire qu'elle laissa le président pantois. Selon toute apparence, ils connaissaient déjà, là-bas, l'intention de monsieur Woland de loger dans l'appartement de Likhodiéïev, et ils n'y voyaient aucune objection !

— Eh bien, c'est merveilleux ! glapit Koroviev.

Un peu étourdi par la volubilité assourdissante de l'interprète, le gérant déclara que l'association des locataires était d'accord pour mettre l'appartement 50, pendant une semaine, à la disposition de l'artiste Woland, au prix de… – ici, Nicanor Ivanovitch se troubla un peu, et dit :

— … Cinq cents roubles par jour.

Alors, Koroviev acheva d'abasourdir le président. Jetant un regard de voleur du côté de la chambre, où l'on entendait le bruit étouffé des chutes de l'énorme chat, il susurra :

— Ce qui, pour une semaine, fait trois mille cinq cents ?

Nicanor Ivanovitch crut qu'il allait ajouter : « Dites donc, vous avez bon appétit, Nicanor Ivanovitch ! » mais Koroviev dit tout autre chose :

— Voyons, ce n'est pas une somme, ça ! Demandez cinq mille, il paiera.

Souriant, dans son désarroi, d'un air complice, Nicanor Ivanovitch se retrouva, sans savoir comment, devant le bureau du défunt où Koroviev, avec un savoir-faire et une rapidité remarquables, établit un contrat en deux exemplaires. Ceci fait, il disparut dans la chambre à coucher, dont il revint presque aussitôt : les deux exemplaires portaient le large paraphe de l'étranger. Le président signa le contrat à son tour, et Koroviev lui demanda un petit reçu pour cinq…

— En toutes lettres, Nicanor Ivanovitch !… Mille roubles.

Sur quoi, s'exprimant d'une manière qui ne convenait pas du tout au sérieux de l'affaire : « *Ein, Zwei, Drei !…* », il posa devant le gérant cinq liasses de billets neufs.

Vint ensuite le comptage des billets, émaillé par Koroviev de facéties telles que « les bons comptes font les bons amis », « l'œil du maître engraisse le cheval », et autres bouffonneries du même genre.

Lorsque le gérant eut compté l'argent, Koroviev lui remit le passeport de l'étranger, pour son enregistrement provisoire. Nicanor Ivanovitch le rangea, avec le contrat et l'argent, dans sa serviette, puis, sans pouvoir s'en empêcher, il sollicita d'un air pudique des billets de faveur, si c'était possible…

— Quelle question, voyons ! hennit Koroviev. Combien de billets voulez-vous, Nikanor Ivanovitch, douze, quinze ?

Ahuri, le gérant expliqua qu'il lui en fallait tout juste deux, pour lui et pour Pélagie Antonovna, sa femme.

Aussitôt, Koroviev tira un carnet de sa poche et signa d'un geste large une invitation pour deux personnes, au premier rang. De la main gauche, il la glissa prestement dans la poche de Nicanor Ivanovitch, tandis que de la droite, il lui fourra dans les mains une liasse crissante.

Nicanor Ivanovitch y jeta un coup d'œil, devint écarlate et fit mine de la repousser :

— C'est défendu… bredouilla-t-il.

— Taisez-vous donc, lui souffla Koroviev à l'oreille, chez nous c'est défendu, mais chez les étrangers, ça se fait. Vous l'offenseriez, Nicanor Ivanovitch, et ce ne serait pas bien. Vous vous êtes donné du mal…

— Mais on risque gros, chuchota le gérant d'une voix à peine perceptible, en regardant autour de lui.

— Allons donc, où sont les témoins ? lui glissa Koroviev dans l'autre oreille. Hein, où sont-ils ? Pourquoi avoir peur ?…

Le gérant soutint par la suite qu'il s'était produit alors une sorte de miracle : la liasse s'était glissée d'elle-même dans sa serviette. L'instant d'après, le président se retrouvait dans l'escalier, les jambes un peu molles, voire rompues. Un tourbillon de pensées se déchaînait dans sa tête. Tournoyaient ensemble la villa de Nice, le dressage du chat, l'assurance qu'effectivement, il n'y avait pas de témoins, et l'idée que le billet de faveur ferait grand plaisir à Pélagie Antonovna. C'étaient des pensées décousues, mais dans l'ensemble, agréables. Et cependant, quelque part au tréfonds de son âme, un aiguillon piquait le gérant. L'aiguillon de l'inquiétude. En outre, au même instant, une idée nouvelle vint le frapper comme un coup de poing : comment l'interprète était-il entré dans le cabinet, puisqu'il y avait les scellés sur la porte ? Et comment se fait-il que lui, Nicanor Ivanovitch, n'ait pas songé à le lui demander ? Pendant un moment le gérant contempla l'escalier avec des yeux de veau, puis il résolut de cracher sur tout ça et de ne pas se triturer la cervelle avec des questions aussi embrouillées…

À peine le président des locataires avait-il quitté l'appartement qu'une voix profonde sortait de la chambre à coucher :

— Ce Nicanor Ivanovitch ne me plaît pas. C'est un coquin et un fesse-mathieu. Ne pourrait-on faire en sorte qu'il ne mette plus les pieds ici ?

— Messire, il vous suffit d'ordonner… répondit Koroviev on ne sait d'où, et d'une voix qui, loin de chevroter, était au contraire nette et sonore.

Aussitôt, le maudit interprète apparut dans le vestibule, composa un numéro au téléphone, et débita, on ne sait pourquoi, d'un ton excessivement larmoyant :

— Allô ! Je juge de mon devoir de vous informer que le président de notre association de locataires, au 302 bis, rue Sadovaïa, Nicanor Ivanovitch Bossoï, se livre au trafic de devises. En ce moment même, à son appartement, le 35, dans la bouche d'aération de ses cabinets, il y a un paquet enveloppé de papier journal, qui contient quatre cents dollars. Ici Timothée Kvastsov, habitant le même immeuble, appartement 11. Mais je vous en supplie, que mon nom ne soit pas mentionné. Je crains la vengeance du susnommé président.

Et il raccrocha, la canaille !

Ce qui se passa ensuite à l'appartement 50, nous l'ignorons, mais nous savons bien ce qui se passa chez Nicanor Ivanovitch. Aussitôt rentré, il s'enferma au verrou dans les cabinets, tira de sa serviette la liasse que l'interprète l'avait contraint d'accepter, et constata qu'elle contenait quatre cents roubles. Nicanor Ivanovitch enveloppa cette liasse dans un morceau de journal, et fourra le paquet dans la bouche d'aération.

Cinq minutes plus tard, le président de l'association des locataires se mettait à table dans sa petite salle à manger. Son épouse apporta de la cuisine des filets de harengs découpés avec soin et abondamment parsemés de ciboulette. Nicanor Ivanovitch remplit de vodka un petit verre à bordeaux, le but, le remplit encore, le but, pêcha du bout de sa fourchette trois morceaux de filet de hareng… et on sonna à la porte. Et cette sonnette retentit juste au moment où Pélagie Antonovna apportait une soupière fumante, dans laquelle il suffisait de jeter un coup d'œil pour deviner la présence, au plus épais du borchtch brûlant, de ce qui n'a pas son égal au monde – un os à moelle.

Nicanor Ivanovitch avala sa salive et gronda comme un chien de garde :

— Allez vous faire foutre ! Pas moyen de manger en paix… Laisse entrer personne, je suis pas là… Et pour l'appartement, dis-leur qu'ils cessent de nous casser les pieds, il y aura réunion dans une semaine.

Tandis que son épouse allait ouvrir, Nicanor Ivanovitch, à l'aide d'une louche, extrayait du liquide fumant où il était plongé un gros os à moelle fendu sur le côté. Au même instant deux citoyens pénétraient dans la salle à manger, suivis de Pélagie Antonovna, très pâle. Ayant jeté un regard à ces deux personnages, Nicanor Ivanovitch devint blême, et se leva.

— Où sont les commodités ? demanda d'un air soucieux le premier entré, qui portait une chemise blanche à la russe, boutonnée sur le côté.

Un choc sourd vint de la table. C'était Nicanor Ivanovitch qui venait de laisser tomber la louche sur la toile cirée.

— Par ici, par ici, dit précipitamment Pélagie Antonovna.

Les nouveaux venus s'engagèrent immédiatement dans le couloir.

— Qu'est-ce que vous voulez ? demanda faiblement Nicanor Ivanovitch. On n'a jamais vu ça... Vous avez-t'y seulement des papiers... je m'excuse...

Sans s'arrêter, le premier exhiba un papier à Nicanor Ivanovitch, tandis que le deuxième, déjà perché sur un tabouret dans les cabinets, fouillait de la main dans la bouche d'aération. Le regard de Nicanor Ivanovitch s'obscurcit. Le papier de journal ôté, la liasse apparut, non de roubles, mais de billets inconnus, les uns verts les autres bleus, avec le portrait d'on ne sait quel vieux bonhomme. Tout cela, d'ailleurs, Nicanor Ivanovitch ne le voyait que vaguement : des taches dansaient devant ses yeux.

— Des dollars dans la bouche d'aération... dit pensivement le premier citoyen.

Puis il demanda à Nicanor Ivanovitch, d'un air doux et poli :

— C'est à vous, ce petit paquet ?

— Non ! cria Nicanor d'une voix terrible. C'est... c'est des ennemis qui l'ont caché là !...

— Ça se peut, dit le premier, qui ajouta, toujours avec douceur : Bon, maintenant, il faut nous donner le reste.

— Mais j'ai rien ! Rien, je le jure devant Dieu, et j'ai jamais eu ça dans les mains ! cria le gérant avec désespoir.

Il se rua vers une commode, ouvrit un tiroir à grand bruit, et en sortit sa serviette, tout en poussant des exclamations sans suite :

— J'ai le contrat... c'est cette vermine, l'interprète... c'est lui... Koroviev... il a un lorgnon...

Il ouvrit la serviette, regarda dedans, y mit la main, devint bleu et lâcha la serviette dans la soupe. Car dedans, il n'y avait rien : ni lettre de Stépan, ni contrat, ni passeport étranger, ni argent, ni billet de faveur. En un mot – rien, sauf le mètre pliant.

— Camarades ! hurla le président comme un fou. Arrêtez-les ! Il y a des esprits mauvais dans la maison !

Nul ne sait ce qui, à ce moment, passa par la tête de Pélagie Antonovna. Toujours est-il qu'elle joignit les mains et s'écria :

— Ivanytch, tu n'as pas honte ! Ta chemise sort de ton pantalon !

Les yeux injectés de sang, Nicanor Ivanovitch leva les poings au-dessus de la tête de sa femme et grogna :

— Hou, maudite bête !

Mais, pris de faiblesse, il se laissa tomber sur une chaise, résigné, de toute évidence, à l'inéluctable.

Pendant ce temps, sur le palier, devant la porte de l'appartement du gérant, Timothée Kondratiévitch Kvastsov, dévoré de curiosité, collait au trou de la serrure tantôt une oreille, tantôt un œil.

Cinq minutes plus tard, les locataires qui se trouvaient dans la cour virent leur président traverser celle-ci vers l'entrée principale, en compagnie de deux personnages. Ils racontèrent que Nicanor Ivanovitch paraissait « dans tous ses états », qu'il titubait comme un homme ivre et marmonnait on ne sait quoi.

Une heure plus tard encore, un citoyen inconnu fit son apparition au n° 11 au moment précis où Timothée Kondratiévitch racontait à des voisins, en se pourléchant de satisfaction, comment le président avait été « balayé ». D'un signe du doigt, l'inconnu attira Timothée Kondratiévitch hors de la cuisine, l'emmena dans le vestibule, lui murmura quelques mots, et tous deux disparurent.

10. Des nouvelles de Yalta

Au moment même où le malheur s'abattait sur Nicanor Ivanovitch, dans la même rue Sadovaïa, non loin du 302 bis, deux personnes se trouvaient dans le cabinet de travail de Rimsky, le directeur financier des Variétés : Rimsky lui-même, et l'administrateur des Variétés, Variénoukha.

Situé au premier étage du théâtre, le vaste cabinet prenait jour par deux fenêtres sur la rue Sadovaïa, et par une troisième sur le jardin d'été où étaient installés des buvettes, un stand de tir et une scène de plein air. Cette troisième fenêtre s'ouvrait dans le dos du directeur financier assis à son bureau. Outre ce bureau, l'ameublement consistait en un paquet de vieilles affiches qui, en leur temps, avaient orné les murs, une petite table portant une carafe d'eau, quatre fauteuils et, reposant sur une tablette dans un coin, la maquette poussiéreuse d'un décor oublié. Bien entendu, on trouvait aussi, à gauche de Rimsky, près de son bureau, un vieux coffre-fort de dimensions médiocres, dont la peinture était tout écaillée.

Assis à son bureau, Rimsky était depuis le matin de fort méchante humeur. Variénoukha, au contraire, était plein d'animation, et semblait même déborder d'une énergie singulièrement fébrile. Au reste, cette énergie était sans emploi.

Variénoukha s'était réfugié dans le cabinet du directeur financier pour échapper à la meute des quémandeurs de billets de faveur, qui lui empoisonnaient l'existence, particulièrement les jours de changement de programme. Ce qui était justement le cas aujourd'hui. À chaque fois que le téléphone se mettait à sonner, Variénoukha décrochait immédiatement et mentait sans vergogne :

— Qui ? Variénoukha ? Il n'est pas là. Il est sorti.

— Téléphone encore à Likhodiéïev, s'il te plaît, dit Rimsky avec irritation.

— Mais il n'est pas chez lui. J'y ai même envoyé Karpov, et il n'a trouvé personne.

— Le diable sait ce qui se passe ! bougonna Rimsky en donnant une chiquenaude à sa machine à calculer.

La porte s'ouvrit, et un ouvreur entra, traînant un épais rouleau d'affiches complémentaires fraîchement imprimées. Les feuilles vertes annonçaient en grosses lettres rouges :

Aujourd'hui et chaque jour
au Théâtre des Variétés
hors programme
LE PROFESSEUR WOLAND
Séances de magie noire. Tous ses secrets révélés.

Variénoukha déroula une affiche sur la maquette, prit du recul, l'examina d'un œil approbateur, et ordonna à l'ouvreur de faire coller immédiatement tous les exemplaires.

— Très bon… ça attire l'œil ! observa-t-il tandis que l'ouvreur sortait.

— Et moi, je n'aime pas, mais pas du tout, cette fantaisie, grogna Rimsky en regardant l'affiche avec animosité, derrière ses lunettes d'écaille. Du reste, je m'étonne qu'on l'ait autorisé à monter ça.

— Tu as tort, Grigori Danilovitch ! Il est très subtil, ce magicien. Tout le sel de la chose, c'est qu'il révèle ses secrets.

— Je ne sais pas, je ne sais pas. Pour moi, je ne vois pas le moindre sel là-dedans… Dire qu'il faut toujours qu'il invente des histoires de ce genre !… Si au moins, il nous l'avait montré, son magicien ! Tu l'as vu, toi ? Où l'a-t-il déniché, le diable le sait !

Le fait est que Variénoukha, pas plus que Rimsky, n'avait vu le magicien. Hier, Stépan était entré en coup de vent (« comme un fou » selon l'expression de Rimsky) dans le bureau du directeur financier avec un brouillon de contrat. Il avait donné l'ordre de le taper à la machine immédiatement, et de donner de l'argent à Woland. Le magicien s'était aussitôt éclipsé, et sauf Stépan, personne ne l'avait vu.

Rimsky tira sa montre, vit qu'elle indiquait deux heures cinq, et laissa éclater son exaspération. Il y avait de quoi ! Likhodiéïev avait téléphoné vers onze heures pour dire qu'il serait là dans une demi-heure, et non seulement il n'était pas venu, mais il avait disparu de chez lui !

— Et je n'ai pas que ça à faire ! rugit Rimsky en plantant son doigt dans un tas de papiers qui attendaient la signature.

— Il est peut-être tombé, comme Berlioz, sous un tramway ? dit Variénoukha en maintenant contre son oreille le récepteur du téléphone, où l'on entendait les appels insistants, prolongés et parfaitement vains de la sonnerie.

— Ça ne serait pas un mal… murmura Rimsky entre ses dents.

À ce moment entra une femme coiffée d'une casquette, vêtue d'une vareuse d'uniforme et d'une jupe noire, et chaussée d'espadrilles. D'un petit sac accroché à sa ceinture, elle tira un carré de papier blanc et un cahier, et demanda :

— Variétés, c'est ici ? Télégramme urgent. Signez là.

Variénoukha traça vaguement une espèce de zigzag sur le cahier, et dès que la porte eut claqué derrière la femme, il décacheta le pli. Il lut le télégramme, battit des paupières, et le passa à Rimsky.

Le texte du télégramme était ainsi rédigé : « Yalta. Variétés. Moscou. Aujourd'hui onze heures trente bureau police criminelle s'est présenté individu châtain chemise de nuit pantalon pas de bottes apparence malade mental dit s'appeler Likhodiéïev directeur Variétés stop Télégraphier police Yalta où se trouve directeur Likhodiéïev stop fin. »

— Bravo ! Et à la tienne, Étienne ! s'écria Rimsky. Encore une surprise !

— Le faux Dimitri ! dit Variénoukha. Puis, reprenant le téléphone, il appela : Allô ! Le télégraphe ! Veuillez prendre un télégramme urgent, pour le compte des Variétés. Vous y êtes ? « Police criminelle Yalta… Directeur LikhodiéïevLikhodiéïev à Moscou stop Directeur financier Rimsky »…

Nonobstant la nouvelle de l'imposteur de Yalta, Variénoukha se remit à chercher Stépan au téléphone partout où il pouvait se trouver, mais naturellement, il ne le trouva nulle part.

Au moment où Variénoukha, appareil en main, se demandait où il allait pouvoir téléphoner encore, la femme qui avait apporté le premier télégramme entra de nouveau et remit une nouvelle dépêche à l'administrateur. Variénoukha l'ouvrit en hâte, la lut et émit un sifflement.

— Quoi encore ? demanda Rimsky avec un tic nerveux.

Variénoukha lui tendit le télégramme sans répondre, et le directeur financier put y lire ces mots : « Supplie croire envoyé Yalta par hypnotisme Woland stop Télégraphiez police confirmation mon identité stop LikhodiéïevLikhodiéïev. »

Rimsky et Variénoukha, rapprochant leurs têtes, relurent le télégramme, et après l'avoir relu, ils se regardèrent fixement, la bouche ouverte.

— Citoyens ! s'écria enfin la femme, mécontente. Signez, et après, vous pourrez rester la bouche ouverte autant que vous voudrez ! C'est des télégrammes, que je porte !

Variénoukha, fixant les yeux sur le télégramme, griffonna une signature sur le cahier sans le regarder, et la femme disparut.

— Enfin, tu as bien parlé avec lui, vers onze heures, au téléphone ? demanda l'administrateur profondément perplexe.

— Mais c'est complètement ridicule ! cria Rimsky d'une voix aiguë. Que je lui aie parlé ou non, il ne peut pas être en ce moment à Yalta ! C'est ridicule !

— Il est soûl… dit Variénoukha.

— Qui est soûl ? demanda Rimsky, et de nouveau, ils se regardèrent bouche bée.

Qu'un imposteur, ou un fou quelconque, eût télégraphié de Yalta, cela ne faisait aucun doute. Mais voilà qui était étrange : comment donc le mystificateur de Yalta pouvait-il connaître Woland, arrivé seulement d'hier à Moscou ? Et comment pouvait-il savoir qu'il y avait un rapport entre Likhodiéïev et Woland ?

— « Hypnotisme… », dit Variénoukha, répétant le mot du télégramme. Où a-t-il pu apprendre l'existence de Woland ?

Ses yeux cillèrent, puis il s'écria résolument :

— Mais non ! C'est absurde !… Absurde, absurde !

— Et où loge-t-il, ce Woland, que le diable emporte ? demanda Rimsky.

Variénoukha se mit immédiatement en communication avec le bureau de l'« Intourist », et, à la complète stupéfaction de Rimsky, il lui apprit que Woland logeait dans l'appartement de Likhodiéïev. Variénoukha forma alors le numéro de celui-ci, puis écouta longuement bourdonner la sonnerie. Parmi ces bourdonnements, il perçut soudain une voix lointaine, basse et lugubre, qui chantait : « … Rochers, mon abri… », et il en conclut que quelque part, un poste de TSF s'était glissé dans le réseau des communications téléphoniques.

— Ça ne répond pas, dit Variénoukha en raccrochant. Si j'essayais encore le téléph…

Sa phrase demeura inachevée. La même femme venait d'apparaître, pour la troisième fois, à la porte. Tous deux – Rimsky et Variénoukha – se levèrent aussitôt. Elle tira un papier de son sac, non plus blanc cette fois, mais gris.

— Ça devient vraiment intéressant, murmura entre ses dents Variénoukha en accompagnant du regard la femme qui se hâtait de sortir.

Rimsky prit la feuille le premier. Sur le fond gris sombre du papier photographique, on distinguait nettement, écrites en noir, les lignes suivantes : « Preuve mon écriture ma signature télégraphiez confirmation faites surveiller secrètement Woland Likhodiéïev. »

Depuis vingt ans qu'il s'occupait de théâtre, Variénoukha en avait vu de toutes sortes. Mais là, il sentit qu'un épais brouillard envahissait son esprit, et il ne trouva rien d'autre à prononcer qu'un lieu commun, en l'occurrence complètement inepte :

— Ce n'est pas possible !

Rimsky, lui, agit tout autrement. Il se leva, ouvrit la porte et de là, aboya à l'intention d'une ouvreuse assise sur un tabouret :

— Que personne n'entre ici, sauf les facteurs ! Et il ferma la porte à clef.

Cela fait, il prit dans son bureau une poignée de papiers et se mit à confronter avec soin les lettres épaisses et penchées à gauche du bélinogramme avec les lettres de Stépan dans ses notes de service manuscrites. Il compara également les signatures, ornées d'un paraphe en hélice. Variénoukha, penché sur la table, envoyait son haleine chaude dans le cou de Rimsky.

— L'écriture est bien de lui, dit enfin le directeur financier d'un ton ferme, et Variénoukha répéta en écho :

— Bien de lui.

En regardant attentivement le visage de Rimsky, l'administrateur fut passablement étonné des changements qui s'y étaient produits. Déjà naturellement maigre, le directeur financier semblait avoir encore maigri, et même vieilli, et ses yeux cerclés d'écaille avaient perdu toute leur acuité habituelle. De plus on y lisait non seulement de l'anxiété, mais aussi comme une profonde affliction.

Quant à Variénoukha, il fit tout ce qu'est censé faire un homme au comble de l'étonnement. Il se mit à aller et venir dans le bureau, leva les bras comme un crucifié, but un plein verre de l'eau jaunâtre qui stagnait dans la carafe, et finalement s'écria :

— Je ne comprends pas ! Je ne comprends pas ! Je-ne-comprends-pas !

Rimsky regardait par la fenêtre et semblait réfléchir avec effort. Le directeur financier se trouvait, à vrai dire, dans une situation extrêmement difficile. Il lui fallait, ici même, sur place, découvrir des explications ordinaires à des faits qui ne l'étaient pas du tout.

Plissant les yeux, il se représentait Stépan en chemise de nuit et sans bottes, grimpant ce matin, vers onze heures et demie, dans un avion inconnu capable de voler à une vitesse extraordinaire, puis le même Stépan, toujours à onze heures et demie, descendant en chaussettes sur l'aérodrome de Yalta… le diable sait ce que c'est !

Mais peut-être n'était-ce pas Stépan qui lui avait parlé au téléphone, ce matin, de son propre appartement ? Si, si, c'était bien Stépan ! Il connaissait tout de même la voix de Stépan ! Et même si, aujourd'hui, ce n'était pas Stépan qui lui avait parlé, c'était bien Stépan qui, pas plus tard qu'hier au soir, était venu de son bureau ici même, dans ce cabinet, avec ce contrat idiot, et qui avait irrité le directeur financier par la dangereuse légèreté de sa conduite. Aurait-il pu s'en aller ainsi, par le train ou l'avion, sans rien dire au théâtre ? Et s'il avait pris l'avion hier soir, il n'aurait pas pu arriver là-bas avant midi. Peut-être que si, quand même ?

— Yalta est à combien de kilomètres ? demanda Rimsky.

Variénoukha interrompit son va-et-vient et cria :

— J'y ai pensé ! Il y a longtemps que j'y ai pensé ! Par chemin de fer, jusqu'à Sébastopol, il y a environ mille cinq cents kilomètres, et de là à Yalta, encore au moins quatre-vingts ! Par air, bien sûr, ça fait moins.

Hum… Oui… Les trains, par conséquent, sont hors de question. Mais alors quoi ? Un avion de chasse ? Mais qui, et dans quel avion, laisserait Stépan monter en chaussettes ? Et pourquoi ? Bon, il avait peut-être ôté ses bottes en arrivant à Yalta ? Mais encore une fois, pourquoi ? Et puis même avec des bottes, on ne l'aurait pas laissé monter dans un avion de chasse ! Et puis les avions de chasse n'ont rien à faire ici ! Car enfin, les télégrammes disent qu'il s'est présenté à la police à onze heures trente, alors qu'il parlait encore au téléphone à Moscou à... attendez voir... (à ce moment, Rimsky eut la vision du cadran de sa montre).

Rimsky se rappela où étaient les aiguilles... Horreur ! Elles indiquaient onze heures vingt minutes !

Que faut-il en conclure ? Si l'on admet qu'immédiatement après sa conversation téléphonique, Stépan s'est précipité à l'aérodrome et qu'il y est arrivé, disons, en cinq minutes (ce qui, du reste, est également inconcevable), il faut en conclure que l'avion, ayant décollé à l'instant même, a couvert en cinq minutes plus de mille kilomètres ! Et que par conséquent, en une heure, cet avion est capable de parcourir plus de douze mille kilomètres ! Cela n'est pas possible. Donc, Stépan n'est pas à Yalta.

Que reste-t-il ? L'hypnotisme ? Il n'y a pas d'hypnotisme au monde qui permette de projeter un homme à plus de mille kilomètres ! Alors, peut-être rêve-t-il qu'il est à Yalta ? Pour lui, oui, c'est peut-être un rêve, mais pour la police de Yalta, c'est aussi un rêve ? Non, non, excusez-moi, ça ne s'est jamais vu !... Et pourtant, ils ont bien télégraphié de là-bas ?

Littéralement, le visage du directeur financier faisait peur à voir. À ce moment, la poignée de la porte fut tournée et secouée de l'extérieur, et l'on entendit l'ouvreuse crier farouchement :

— Non ! C'est défendu ! Ils sont en conférence ! Tuez-moi si vous voulez, vous n'entrerez pas !

Rimsky, avec effort, parvint à se dominer, puis décrocha le téléphone et dit :

— Passez-moi Yalta en communication urgente.

« Pas bête ! » s'exclama intérieurement Variénoukha. Mais la communication avec Yalta ne put être établie. Rimsky raccrocha et dit :

— Ça, c'est le comble : la ligne est coupée !

Cette coupure de la ligne parut singulièrement l'affecter, et même le plonger dans l'indécision. Après quelques instants d'hésitation, il reprit le téléphone d'une main, pour noter de l'autre ce qu'il disait :

— Prenez un télégramme urgent. Variétés, oui. Yalta, Police criminelle. Oui. « Aujourd'hui vers onze heures trente Likhodiéïev m'a parlé au téléphone Moscou stop Ensuite n'est pas venu au bureau l'avons cherché téléphone sans résultat stop Confirmons écriture stop Prenons mesures surveillance artiste Directeur financier Rimsky. »

« Pas bête du tout ! » pensa Variénoukha, mais il ne put achever sa pensée, car une autre idée traversait son esprit : « Mais c'est bête ! Il ne peut pas être à Yalta, c'est impossible ! »

Voici, pendant ce temps, ce que fit Rimsky : il rassembla soigneusement les télégrammes qu'il avait reçus et la copie du sien, les plia ensemble, les glissa dans une enveloppe, cacheta celle-ci, y inscrivit quelques mots et la tendit à Variénoukha en disant :

— Porte ça toi-même, et tout de suite, Ivan Savéliévitch. Eux, ils s'en débrouilleront.

« Ça, c'est vraiment pas bête ! », pensa Variénoukha, et il rangea l'enveloppe dans sa serviette. Puis, à tout hasard, il composa encore une fois le numéro de l'appartement de Stépan, écouta, et soudain, se mit à cligner de l'œil et à faire des grimaces d'un air gai et mystérieux.

Rimsky allongea le cou.

— Pouvez-vous me passer l'artiste Woland ? demanda Variénoukha d'un ton suave.

— Ils sont occupés, répondit l'appareil d'une voix chevrotante. Mais qui parle ?

— L'administrateur des Variétés Variénoukha.

— Ivan Savéliévitch ? cria joyeusement l'appareil. Terriblement heureux d'entendre votre voix ! Comment va la santé ?

— *Merci*, répondit Variénoukha très surpris. Mais qui est à l'appareil ?

— Son assistant, son assistant et son interprète Koroviev ! jacassa le téléphone. Tout à votre service, très aimable Ivan Savéliévitch ! Disposez de moi, absolument à votre guise. Eh bien ?

— Pardon, mais... Stépan Bogdanovitch Likhodiéïev n'est pas chez lui ?

— Hélas, non ! cria l'appareil. Non ! Il est parti !

— Où cela ?

— À la campagne, faire une balade en voiture.

— Co... comment ? Une ba... balade ?... Mais quand rentrera-t-il ?

— Il a dit : je vais juste respirer un peu de bon air, et je reviens.

— Bon... *merci*, dit Variénoukha désemparé. Heu... voulez-vous être assez aimable pour dire à monsieur Woland qu'il passera ce soir en troisième partie.

— À vos ordres. Comment donc. Sans faute. Immédiatement. Je n'y manquerai pas. Je vais lui dire, crachota le combiné par saccades.

— Eh bien, bonne chance, dit Variénoukha ahuri.

— Je vous prie d'accepter, dit l'appareil, mes salutations et mes souhaits les meilleurs, les plus chaleureux ! Bonne chance ! Bon succès ! Bonheur complet ! Tout !

— Et voilà, naturellement ! Je l'avais bien dit ! s'écria l'administrateur surexcité, en raccrochant. Pas question de Yalta, il est à la campagne !

— Eh bien si c'est ça, dit le directeur financier en blêmissant de colère, c'est vraiment une cochonnerie sans nom !

À ce moment, l'administrateur fit un bond et poussa une exclamation qui fit sursauter Rimsky :

— C'est ça ! Je me rappelle ! À Pouchkino, on vient d'ouvrir une tchébouretchnaïa[1] qui s'appelle « Yalta » ! Tout est clair ! Il est allé là-bas, il s'est soûlé, et maintenant, il nous envoie des télégrammes !

— Ça, c'est trop fort ! répondit Rimsky, dont les joues tremblaient et dont les yeux brûlaient véritablement d'une terrible colère. Mais je t'assure que cette promenade lui coûtera cher !… (Soudain, il resta court, puis ajouta d'un ton hésitant :) Mais… et la police ?…

— Sottises ! C'est encore un de ses tours ! trancha l'expansif administrateur, puis il demanda : Et l'enveloppe, je la porte quand même ?

— Absolument, répondit Rimsky.

Et la porte s'ouvrit : c'était encore elle… « Elle ! » pensa Rimsky avec une angoisse inexplicable. Et tous deux se levèrent pour accueillir l'employée des postes.

Cette fois, le télégramme disait :

« Merci pour confirmation envoyer urgence cinq cents bureau police prends avion demain pour Moscou Likhodiéïev. »

1. Café spécialisé dans la préparation d'un plat arménien, les « tchéboureki », sorte de crêpes fourrées de viande et frites à l'huile. Pouchkino est une localité de la grande banlieue de Moscou. *(N.d.T.)*

— Il est complètement fou, dit faiblement Variénoukha.

Rimsky, faisant tinter ses clefs, ouvrit le coffre-fort, y prit de l'argent, compta cinq cents roubles, sonna, donna l'argent à un garçon de courses et l'envoya au central télégraphique.

— Tu n'y penses pas, Grigori Danilovitch ! proféra Variénoukha, qui n'en croyait pas ses yeux. À mon avis, tu envoies cet argent pour rien.

— On nous le renverra, répondit calmement Rimsky. Mais je te garantis qu'il va en répondre, de ce petit pique-nique !

Puis, montrant du doigt la serviette de Variénoukha, il ajouta :

— Vas-y, Ivan Savéliévitch, ne perds pas de temps.

Variénoukha, serviette sous le bras, quitta le bureau.

Il descendit au rez-de-chaussée, vit une longue queue à la caisse, apprit de la caissière que d'ici une heure, on pourrait afficher « complet », parce que le public était venu en foule dès qu'on avait collé les affiches supplémentaires, ordonna à la caissière de ne pas vendre les trente meilleures places de loges et de parterre, s'élança hors de la caisse, se débarrassa au pas de course des quémandeurs de billets gratuits qui essayaient de se cramponner à lui et s'engouffra dans son bureau pour prendre sa casquette. À ce moment, le téléphone grelotta.

— Oui ! cria Variénoukha.

— Ivan Savéliévitch ? demanda une voix nasillarde excessivement déplaisante.

— Il n'est pas au théâtre ! commença Variénoukha.

Mais le téléphone lui coupa aussitôt la parole :

— Ne faites pas la bête, Ivan Savéliévitch, et écoutez-moi. Vous ne porterez ces télégrammes nulle part et vous ne les montrerez à personne.

— Qui parle ? rugit Variénoukha. Cessez ces plaisanteries, citoyen ! Vous serez tout de suite découvert ! Votre numéro ?

— Variénoukha, répliqua la voix répugnante, tu comprends le russe ? Ne porte pas les télégrammes.

— Vous continuez ? vociféra l'administrateur furieux. Alors attendez ! Vous allez payer ça !

Il lança encore une menace quelconque, puis se tut, car il s'aperçut qu'à l'autre bout du fil, plus personne ne l'écoutait.

À ce moment, une ombre envahit rapidement le petit bureau. Variénoukha se précipita hors de la pièce, claqua la porte derrière lui et, par une sortie latérale, gagna en courant le jardin d'été.

L'administrateur se sentait plein d'excitation et d'énergie. Après cet insolent coup de téléphone, il était certain qu'une bande de voyous était en train de tramer de mauvaises plaisanteries, et que ces plaisanteries étaient liées à la disparition de Likhodiéïev. Le désir de démasquer les malfaiteurs étouffait presque l'administrateur, et en même temps – si étrange que cela paraisse –, il sentait naître en lui l'avant-goût de quelque chose d'agréable. Il en est souvent ainsi quand un homme tend à devenir le centre de l'attention générale, quand il va apporter quelque part une nouvelle sensationnelle.

Dans le jardin, le vent souffla au visage de l'administrateur et lui emplit les yeux de sable, comme pour lui barrer la route, comme pour le mettre en garde. Au premier étage, une fenêtre claqua, au point que les vitres faillirent voler en éclats, et un vacarme inquiétant se déchaînait dans les frondaisons des érables et des tilleuls. Il faisait de plus en plus sombre et frais. L'administrateur se frotta les yeux et vit le ciel de Moscou, au ras des toits, se couvrir de lourdes nuées d'orage, ventrues et jaunes. Au loin, on entendit un grondement.

Bien qu'il fût très pressé, Variénoukha fut pris de l'envie irrésistible de faire un détour de quelques secondes par les cabinets d'aisance du jardin, pour vérifier en passant si l'électricien avait bien mis un grillage autour de la lampe.

Variénoukha passa devant le stand de tir et s'enfonça dans l'épaisse haie de lilas au milieu de laquelle se dressait l'édicule bleuâtre des cabinets. L'électricien était un homme de parole : la lampe suspendue sous le toit, du côté « hommes », était entourée d'un grillage métallique tout neuf, mais l'administrateur fut chagriné de voir que, même dans les ténèbres qui précédaient l'orage, on distinguait parfaitement des graffitis, tracés au crayon ou au charbon, sur les murs des cabinets.

— Qu'est-ce que c'est que c…, commença l'administrateur, mais à ce moment, il entendit derrière lui une voix qui ronronnait :

— C'est vous, Ivan Savéliévitch ?

Variénoukha sursauta, se retourna et vit un individu de petite taille, mais gros, avec une physionomie qui le faisait ressembler curieusement à un chat.

— Oui, c'est moi, dit Variénoukha d'un ton hostile.

— Très, très heureux, reprit d'une voix miaulante le petit gros à tête de chat, et tout à coup, se déployant de toute sa taille, il frappa Variénoukha sur l'oreille avec une telle force que la casquette de l'administrateur s'envola de sa tête et disparut sans retour dans la lunette d'un cabinet.

Au coup du gros, les cabinets furent illuminés, l'espace d'un éclair, d'une lueur frémissante, et dans le ciel, un coup de tonnerre y répondit. Puis une nouvelle lueur fulgura, et l'administrateur entrevit un deuxième individu, petit mais de carrure athlétique, aux cheveux rouges comme le feu…

une taie sur un œil, une canine saillante... Celui-là, un gaucher sans doute, cogna l'administrateur sur l'autre oreille. En réponse, il y eut un nouveau grondement dans le ciel, et l'averse se mit à tomber sur le toit de planches des cabinets.

— Mais quoi, cama..., balbutia d'une voix éteinte l'administrateur, qui s'aperçut au même instant que le mot « camarades » ne convenait pas du tout à des bandits qui attaquaient un homme dans des cabinets publics, et reprit d'une voix rauque : citoy... mais sentit aussitôt qu'ils ne méritaient pas non plus ce titre, sur quoi il reçut, sans voir d'où il venait, un troisième coup – un coup terrible, tel que le sang jaillit de son nez et coula sur sa chemise.

— Qu'est-ce que t'as dans ta séérviette, parasite ? cria d'une voix perçante celui qui ressemblait à un chat. Des télégrammes ? On t'a bien prévenu, par téléphone, de ne les porter nulle part ? On t'a prévenu, je te demande ?

— On m'a prévu... prévin... prévenu, suffoqua l'administrateur.

— Et tu y vas quand même ? Donne ta serviette, canaille ! cria l'homme aux cheveux rouges de la même voix nasillarde qui avait parlé au téléphone, et il arracha la serviette des mains tremblantes de Variénoukha.

Tous deux saisirent l'administrateur sous les bras, le traînèrent hors du jardin et s'engagèrent avec lui, d'un pas rapide, dans la rue Sadovaïa. Toutes les puissances de l'orage étaient maintenant déchaînées, l'eau mugissante se précipitait avec fracas dans les bouches d'égout, partout des vagues se gonflaient et bouillonnaient, l'eau jaillissait des gouttières et déferlait des toits, en dehors des tuyaux de descente engorgés, des torrents écumants dégringolaient des portes cochères. Tout ce qui vivait avait déserté la rue Sadovaïa, et il n'y avait plus personne pour venir au secours d'Ivan Savéliévitch. Sautant les ruisseaux boueux, illuminés par les éclairs, les bandits mirent à peine quelques secondes pour traîner l'administrateur à demi mort jusqu'au 302 bis. Ils s'engouffrèrent sous le porche, contraignant à se serrer contre le mur deux femmes aux pieds nus qui tenaient leurs souliers et leurs bas à la main. Ensuite, ils foncèrent jusqu'à l'escalier 6, et Variénoukha, dans un état voisin de la folie, fut hissé jusqu'au cinquième étage et jeté sur le plancher d'un vestibule obscur qu'il connaissait bien : celui de l'appartement de Stépan Likhodiéïev.

Là, les deux brigands disparurent, pour faire place à une jeune fille rousse complètement nue dont les yeux brillaient d'un éclat phosphorique.

Variénoukha comprit que la partie la plus redoutable de son aventure commençait, et, poussant un gémissement, il se colla contre le mur. Mais la jeune fille vint se placer tout contre l'administrateur et lui posa ses mains sur les épaules. Les cheveux de Variénoukha se dressèrent sur sa tête. Car, même à travers le tissu froid et imbibé d'eau de sa chemise, il sentit que ces deux mains étaient encore plus froides – qu'elles étaient froides comme la glace.

— Laisse-moi t'embrasser, dit tendrement la jeune fille, et tout près de ses yeux, Variénoukha vit deux yeux étincelants.

Alors, il perdit conscience, et ne sentit même pas le baiser.

11. Le dédoublement d'Ivan

De l'autre côté de la rivière, le bois de pins, qu'une heure plus tôt le soleil de mai illuminait encore, commença à se brouiller et à se fondre dans une grisaille indistincte.

Puis un rideau de pluie uniforme voila la fenêtre. Des paraphes de feu rayèrent le ciel qui explosa de toutes parts et des lueurs effrayantes frémirent, inondant la chambre du malade.

Ivan, assis sur le bord de son lit, pleurait doucement en contemplant les eaux troubles de la rivière dont la surface bouillonnante se couvrait de bulles. À chaque coup de tonnerre, il poussait un cri plaintif et couvrait son visage de ses mains. Des feuilles de papier noircies par l'écriture d'Ivan jonchaient le sol. Elles avaient été éparpillées par le vent qui s'était engouffré dans la chambre avant le déchaînement de l'orage.

Les tentatives du poète de rédiger une déclaration concernant l'épouvantable professeur n'avaient abouti à rien. Pourtant, dès qu'il eut reçu des mains de la grosse infirmière, qu'on appelait Prascovia Fiodorovna, un bout de crayon et du papier, il se frotta les mains d'un air affairé et s'installa avec empressement à sa petite table. Le début lui vint aisément.

« À la milice. Déposition d'Ivan Nikolaïévitch Biezdomny, membre du MASSOLIT. Hier soir, je me suis rendu avec le défunt M. A. Berlioz à l'Étang du Patriarche… »

Et là, le poète s'arrêta, plongé dans l'embarras, principalement, par le mot « défunt ». Il y avait là, certainement, une ineptie : comment cela « je me suis rendu avec le défunt » ? Les défunts ne se promènent pas ! Effectivement, on allait le prendre pour un fou !

Ces réflexions faites, Ivan Nikolaïévitch corrigea sa première version, ce qui donna ceci : « … avec M. A. Berlioz, par la suite défunt… », mais l'auteur n'en fut pas plus satisfait. Une troisième rédaction s'imposait, mais le résultat fut encore plus mauvais : « … Berlioz, qui est tombé sous un tramway… », d'autant plus qu'à ce moment vint se mêler à l'affaire ce compositeur du même nom, totalement inconnu, mais qui obligea Ivan à ajouter : « pas le compositeur… ».

Après s'être évertué quelque temps sur le problème des deux Berlioz, Ivan biffa tout et décida de commencer directement par quelque chose de très fort, afin d'accrocher immédiatement l'attention du lecteur : il écrivit que le chat était monté dans le tramway, puis il revint à l'épisode de la tête coupée. Cette tête et les prédictions du consultant le firent penser à Ponce Pilate, et pour se montrer le plus convaincant possible, Ivan décida de raconter *in extenso* l'histoire du procurateur, depuis le moment où celui-ci, en manteau blanc doublé de pourpre, apparut sous le péristyle du palais d'Hérode.

Ivan travailla avec application, raturant des mots, en ajoutant d'autres, et il essaya même de dessiner Ponce Pilate, puis le chat sur ses pattes de derrière. Mais ces dessins ne lui furent d'aucune aide, et plus il avançait, plus sa déposition devenait confuse et incompréhensible.

Lorsque la nuée menaçante monta de l'horizon, puis s'étendit, avec sa frange fuligineuse, au-dessus du bois de pins, et que des rafales de vent se mirent à souffler, Ivan, épuisé, sentit qu'il ne viendrait jamais à bout de sa déposition. Négligeant de ramasser les feuilles que le vent avait dispersées à travers la chambre, il se mit à pleurer, doucement et amèrement. Quand l'orage éclata, la bonne Prascovia Fiodorovna alla voir le poète. Fort alarmée de le trouver en pleurs, elle ferma le store afin que les éclairs n'effrayassent pas le malade, ramassa les feuillets qui traînaient sur le plancher et, les gardant à la main, courut chercher le docteur.

Celui-ci vint dans la chambre, fit une piqûre au bras d'Ivan et lui affirma d'un ton persuasif qu'il ne fallait plus pleurer, que tout cela allait passer, que bientôt tout serait changé, tout serait oublié.

Il apparut que le médecin avait dit vrai. Bientôt, en effet, le bois reprit son aspect antérieur. Chacun de ses arbres se dessina avec netteté sur le ciel qui, lavé par l'orage, avait recouvré toute la pureté de son azur. De même, la rivière reprit son cours paisible. La profonde mélancolie qui s'était emparée d'Ivan commença à le quitter aussitôt après la piqûre. Étendu sur son lit, calmé, le poète contemplait maintenant avec intérêt l'arc-en-ciel qui se déployait au-dessus de la vallée.

Les choses durèrent ainsi jusqu'au soir, et Ivan ne vit même pas l'arc-en-ciel s'effacer, ni le ciel devenir pâle et mélancolique, ni le bois s'assombrir.

Après avoir bu du lait chaud, Ivan s'étendit à nouveau sur son lit, et s'étonna des changements survenus dans ses propres pensées. Dans sa mémoire, la figure maudite du chat démoniaque s'adoucit, et la tête coupée perdit son caractère effrayant. Cessant d'y penser, Ivan se dit qu'en fin de compte, cette clinique n'était pas mal du tout, que Stravinsky était un homme fort sensé et une célébrité, et qu'avoir affaire à lui était la chose la plus agréable du monde. Ajoutons à cela qu'après l'orage, l'air du soir était d'une fraîcheur et d'une douceur délicieuses.

La triste maison s'endormait. Dans les couloirs silencieux, les globes blancs de verre dépoli s'éteignirent, tandis que s'allumaient, conformément au règlement, les faibles lumières bleues des veilleuses. Derrière les portes, sur les chemins de caoutchouc qui couraient le long des corridors, les petits pas précautionneux des infirmières ne se firent plus entendre que de loin en loin.

Ivan gisait maintenant dans un état de molle langueur. Regardant tantôt la lampe à abat-jour qui, du plafond, répandait dans la chambre une lumière atténuée, tantôt la lune qui se levait derrière le bois noir, il conversait avec lui-même :

— Pourquoi, en somme, ai-je été si bouleversé par le fait que Berlioz soit tombé sous le tramway ? raisonnait le poète. En fin de compte, je me soucie de lui comme d'un bouton de culotte ! Car après tout, nous n'étions parents ni d'Ève ni d'Adam. Si l'on examine la question avec les lunettes de l'objectivité, il appert qu'au fond, je ne connaissais même pas réellement le défunt. En effet, que savais-je de lui ? Rien du tout, sinon qu'il était doué d'une calvitie et d'une éloquence épouvantables. Ensuite, citoyens, continua Ivan en adressant son discours on ne sait à qui, essayons de démêler ceci : qu'est-ce qui m'a pris, voulez-vous me le dire, de m'emporter jusqu'à la fureur contre ce mystérieux consultant, professeur et magicien, avec son œil noir et vide ? Pourquoi toute cette absurde poursuite, en caleçon et une bougie à la main, puis cette incongrue séance de guignol au restaurant ?

— Hé là, hé là ! dit l'ancien Ivan à l'Ivan nouveau d'une voix sévère, qui résonna, bien qu'intérieure peut-être, à son oreille. Tout de même, il savait d'avance que Berlioz aurait la tête coupée, non ? Comment donc ne pas en être bouleversé ?

— Allons, camarades, de quoi parlons-nous au juste ? répliqua le nouvel Ivan à l'ancien, à l'Ivan désuet. Qu'il y ait là une affaire louche, même un enfant le comprendrait. Ce professeur est une personne peu ordinaire, et énigmatique à cent pour cent ! Mais c'est là, justement, tout l'intérêt de la chose ! Un homme qui a connu personnellement Ponce Pilate : que pouvez-vous souhaiter de plus intéressant ? Et au lieu de faire tout ce raffût imbécile à l'Étang du Patriarche, n'aurait-il pas été plus intelligent de lui demander poliment la suite des aventures de Pilate et de ce détenu, Ha-Nozri ? Au lieu de ça, je me suis occupé le diable sait de quoi ! Un directeur de revue qui se fait écraser : vous parlez d'un événement ! Hé quoi, la revue va-t-elle cesser de paraître pour autant ? Que faire donc ? L'homme est mort, et – comme on l'a dit très justement – tout à fait à l'improviste. Hé bien, Dieu ait son âme ! Il y aura un nouveau directeur, et même, probablement, encore plus éloquent que l'ancien !

Sur ces mots, le nouvel Ivan s'assoupit un instant, puis demanda au vieil Ivan d'une voix fielleuse :

— En sorte que j'ai l'air de quoi, moi, dans cette histoire ?

— D'un crétin ! répondit distinctement une voix de basse venue on ne sait d'où, qui n'appartenait à aucun des deux Ivan et qui ressemblait étrangement à la basse du professeur.

Non seulement Ivan, on ne sait pourquoi, ne se sentit pas offensé, mais il fut même agréablement surpris par le mot « crétin ». Il sourit, et se laissa glisser dans une paisible torpeur. À pas feutrés, le sommeil gagnait Ivan, et déjà il voyait en songe les palmiers aux troncs en pattes d'éléphant, et le chat qui passait devant lui – un chat qui n'avait plus rien d'affreux, un chat très amusant même –, et, en un mot, Ivan était sur le point de sombrer définitivement dans le rêve quand tout à coup, le grillage de la fenêtre s'écarta sans bruit. En même temps, une mystérieuse silhouette surgit sur le balcon, se déroba aux rayons de la lune et menaça Ivan du doigt.

Sans aucune frayeur, Ivan se souleva sur son lit et constata qu'un homme se tenait sur le balcon. Et cet homme, appuyant son doigt sur ses lèvres, murmura :

— Chut !…

12. La magie noire et ses secrets révélés

Un petit homme en chapeau melon jaune tout troué, avec un nez de couleur framboise en forme de poire, un pantalon à carreaux et des souliers vernis, monté sur une bicyclette ordinaire, à deux roues, fit son entrée sur la scène des Variétés. Aux sons d'un fox-trot, il fit le tour du plateau, puis poussa un cri victorieux, à la suite de quoi la bicyclette se dressa debout sur sa roue arrière. Continuant à rouler sur cette roue, le petit homme se renversa les jambes en l'air, trouva le moyen, dans cette position, de dévisser la roue avant et de l'envoyer dans les coulisses, et poursuivit sa course en pédalant avec les mains.

Une blonde replète entra à son tour, assise sur une selle perchée tout en haut d'un long mât métallique monté sur une roue. Vêtue d'un maillot et d'une courte jupe semée d'étoiles d'argent, elle se mit, elle aussi, à décrire des cercles. En la croisant, le petit homme la salua d'un cri de bienvenue et souleva du pied droit le chapeau melon qui le coiffait.

Enfin, on vit entrer un gamin de huit ans à figure de vieillard, qui se mit à zigzaguer entre les adultes sur une minuscule bicyclette munie d'une énorme trompe d'auto.

Après avoir décrit quelques boucles, la petite troupe, accompagnée d'un roulement de tambour menaçant, descendit à toute vitesse vers le bord de la scène. Avec des exclamations étouffées, les spectateurs des premiers rangs se rejetèrent en arrière, persuadés que les trois cyclistes allaient s'effondrer avec leurs machines dans la fosse d'orchestre.

Mais les bicyclettes s'arrêtèrent net au moment précis où elles allaient tomber dans le trou sur la tête des musiciens. Avec un « Hop ! » retentissant, leurs conducteurs sautèrent de machine et saluèrent. La blonde envoya des baisers au public, tandis que le gamin lançait un appel grotesque de son énorme trompe.

Les applaudissements firent trembler la salle, le rideau bleu à la grecque se referma sur les cyclistes, la lumière verte des inscriptions lumineuses « Sortie » s'éteignit, et sous la coupole centrale, dans le réseau des cordes de trapèzes, s'allumèrent des globes blancs, éblouissants comme le soleil. L'entracte commençait, avant la troisième partie.

Le seul homme que les miracles de la technique vélocipédique de la famille Giulli avaient laissé parfaitement indifférent était Grigori Danilovitch Rimsky. Assis à son bureau dans la solitude la plus complète, il mordait ses lèvres minces, et de temps à autre, son visage se crispait. À la singulière disparition de Likhodiéïev s'ajoutait maintenant la disparition tout à fait imprévue de Variénoukha.

Rimsky savait où il était parti, mais il était parti… et n'était pas revenu ! Rimsky haussa les épaules et murmura pour lui-même :

— Mais pour quel motif ?

Et chose étrange : pour un homme aussi pratique que le directeur financier, le plus simple était évidemment de téléphoner là où il avait envoyé Variénoukha, afin de savoir ce qui lui était arrivé là-bas. Or, jusqu'à dix heures du soir, il n'avait pu se résoudre à donner ce coup de téléphone.

À dix heures donc, en se faisant véritablement violence, Rimsky décrocha l'appareil, et s'aperçut aussitôt que son téléphone était mort. Un commissionnaire vint lui apprendre que les autres appareils du théâtre étaient tous également hors d'usage. Cet événement – désagréable, certes, mais non surnaturel – acheva, on ne sait pourquoi, d'abattre le directeur financier, tout en le réjouissant, car il le débarrassait ainsi de l'obligation de téléphoner.

Au moment où la petite lampe rouge qui annonçait le début de l'entracte se mettait à clignoter au-dessus de la tête du directeur financier, un appariteur entra et annonça que l'artiste étranger était arrivé. Le directeur financier, sans savoir pourquoi, frissonna, et, l'air plus lugubre qu'une nuée d'orage, il se rendit dans les coulisses pour accueillir l'artiste, puisqu'il n'y avait plus personne pour le faire.

Dans le couloir où stridulait déjà la sonnerie d'appel, une petite foule de curieux s'était rassemblée, sous divers prétextes, pour regarder dans la grande loge d'acteur. Il y avait là des illusionnistes en robes éclatantes et turbans, un patineur en blouson de tricot blanc, un diseur d'histoires au visage blême de poudre et un maquilleur.

La nouvelle célébrité avait étonné tout le monde par son frac d'une longueur inhabituelle et d'une coupe admirable, et par le loup noir qui masquait son visage. Mais plus étonnants encore étaient les deux compagnons du magicien noir : un grand type à carreaux avec un lorgnon fêlé, et un chat noir, gros et gras, qui était entré dans la loge sur ses pattes de derrière et s'était assis avec une parfaite aisance sur un canapé, clignant des yeux à la lumière des lampes nues de la table de maquillage.

Rimsky essaya de sourire, ce qui donna à son visage un air aigre et méchant, et salua le taciturne magicien, qui s'était assis sur le canapé à côté du chat. Il n'y eut pas de poignée de main. En revanche, l'espèce d'arlequin se présenta lui-même, avec désinvolture, au directeur financier, comme « leur assistant ». Ce fait provoqua l'étonnement du directeur financier, et, une fois de plus, un étonnement désagréable : dans le contrat, il n'avait jamais été question d'un assistant.

D'un ton contraint et très froid, Grigori Danilovitch demanda à l'homme quadrillé qui s'était ainsi jeté à sa tête où se trouvaient les accessoires de l'artiste.

— Vous êtes notre joyau céleste, inestimable monsieur le directeur ! répondit d'une voix chevrotante l'assistant du magicien. Nous avons toujours nos accessoires sur nous, et les voici ! *Ein, zwei, drei !*

En disant ces mots, il agita sous les yeux de Rimsky ses doigts noueux, et soudainement, tira de l'oreille du chat la propre montre en or du directeur financier, avec sa chaîne. Jusqu'alors, cette montre se trouvait dans la poche du gilet de Rimsky, sous son veston fermé, et la chaîne était passée dans une boutonnière.

Involontairement, Rimsky mit les mains sur son ventre, les curieux firent « Ah !... » et le maquilleur, se tournant vers eux, émit un grognement approbateur.

— C'est votre montre ? Prenez, je vous en prie ! dit l'arlequin avec un sourire impertinent, et dans une paume sale, il présenta son bien à Rimsky effaré.

— Vaut mieux pas s'asseoir à côté de lui dans le tramway, chuchota gaiement le diseur d'histoires au maquilleur.

Mais le chat leur joua un tour de sa façon qui fit pâlir le coup de la montre. Il se leva brusquement du canapé, se dirigea sur ses pattes de derrière vers une petite table à dessus de verre, ôta, avec ses pattes de devant, le bouchon d'une carafe, versa de l'eau dans un verre, la but, remit le bouchon en place et s'essuya les moustaches à l'aide d'un chiffon à démaquiller.

Cette fois, personne ne fit « Ah !… », et tout le monde resta bouche bée. Seul le maquilleur murmura avec enthousiasme :

— Quelle classe !…

Mais la sonnerie retentit pour la troisième fois et tous, très excités et goûtant à l'avance un numéro qui promettait d'être du plus haut intérêt, quittèrent la loge en se bousculant.

Une minute plus tard, dans la salle, les globes s'éteignaient, une lueur rougeâtre jaillissait de la rampe pour inonder le bas du rideau, celui-ci s'entrouvrait un instant sur la scène brillamment éclairée, et le public vit paraître un homme rondelet, gai comme un pinson, dont l'habit était fripé et le linge d'une fraîcheur douteuse. Tout Moscou le connaissait : c'était le fameux présentateur Georges Bengalski.

— Eh bien, citoyens ! dit Bengalski en arborant un sourire enfantin. Vous allez assister maintenant… (Bengalski s'interrompit brusquement, et, changeant de ton, reprit :) À ce que je vois, l'assistance est encore plus nombreuse pour la troisième partie. Vraiment, ce soir, la moitié de la ville est ici ! Ça me rappelle un ami, que j'ai rencontré ces jours-ci. Je lui dis : « Pourquoi ne viens-tu jamais nous voir ? Hier soir, je t'assure, nous avions la moitié de la ville ! » Et il me répond : « Mais moi, j'habite dans l'autre moitié ! » (Bengalski fit une pause pour laisser éclater le rire général, mais, comme personne ne rit, il continua :)… Eh bien, vous allez assister à un numéro présenté par monsieur Woland, l'illustre artiste étranger : une séance de magie noire ! Oui, oui, vous savez aussi bien que moi (et Bengalski ponctua ses paroles d'un sourire entendu) que la magie noire n'a jamais existé, et que tout cela est pure superstition. Mais le maestro Woland possède au plus haut degré la technique de l'illusionnisme, ce que vous pourrez constater vous-mêmes au cours de la partie la plus passionnante de son numéro, c'est-à-dire lorsqu'il révélera les secrets mêmes de sa technique ! Alors, tous ensemble ! Pour sa technique prodigieuse, et pour la révélation de ses secrets, nous réclamons : Monsieur Woland ! Monsieur Woland !

En achevant de débiter ce galimatias, Bengalski joignit les mains et les agita d'un air engageant vers la fente du rideau, à la suite de quoi les deux pans de celui-ci s'écartèrent lentement, avec un léger bourdonnement.

L'entrée du magicien, suivi de son interminable assistant et du chat solidement planté sur ses pattes de derrière, plut énormément au public.

— Un fauteuil, ordonna Woland d'une voix égale.

À la seconde même, sans que l'on pût savoir d'où il venait, un fauteuil apparut sur la scène, et le magicien s'y assit.

[— Dis-moi, ami Fahoth, s'enquit Woland auprès du bouffon à carreaux, qui portait donc apparemment, outre « Koroviev », un autre nom, dis-moi, d'après toi, la population moscovite n'a-t-elle pas changé considérablement ?

Le magicien regarda le public, muet de saisissement devant cette façon de faire apparaître un fauteuil dans les airs.

— Considérablement, messire, répondit doucement Fahoth-Koroviev.

— Tu as raison. Ces citadins ont beaucoup changé… extérieurement, je veux dire… comme la ville elle-même, d'ailleurs… Les costumes, inutile d'en parler, mais on peut voir maintenant ces… comment donc… tramways, automobiles…

— Autobus, suggéra respectueusement Fahoth.

Le public écoutait attentivement cette conversation, croyant qu'elle servait de prélude à des tours de magie. Les coulisses étaient bondées d'artistes, de techniciens et d'employés du théâtre, entre les figures desquels apparaissait le visage pâle et tendu de Rimsky.

La physionomie de Bengalski, qui s'était réfugié sur le côté de la scène, prit un air gêné. Il leva légèrement le sourcil et, profitant d'une pause, déclara :

— L'artiste étranger exprime son admiration enthousiaste pour Moscou, pour ses progrès dans le domaine technique, et aussi pour les Moscovites. (Et Bengalski fit deux sourires, l'un adressé au parterre, l'autre aux galeries.)

Woland, Fahoth et le chat tournèrent la tête vers le présentateur.

— Ai-je exprimé une admiration enthousiaste ? demanda le magicien à Fahoth.

— Nullement, messire, vous n'avez exprimé aucune admiration enthousiaste, répondit celui-ci.

— Que dit donc cet homme ?

— Tout simplement des mensonges ! déclara le collaborateur à carreaux d'une voix qui retentit dans tout le théâtre, puis il se tourna vers Bengalski et ajouta : Je vous félicite, citoyen menteur !

Des rires fusèrent des galeries. Bengalski sursauta et ouvrit de grands yeux.

— Mais ce qui m'intéresse, naturellement, ce ne sont pas tant ces autobus, téléphones, et autres…

— Ustensiles, suggéra Fahoth.

— Précisément, je te remercie, dit lentement le magicien de sa profonde voix de basse, que cette question beaucoup plus importante : ces citadins ont-ils changé *intérieurement* ?

— Question de la plus haute importance en effet, monsieur.

Dans les coulisses, on commença à se regarder et à hausser les épaules. Bengalski était rouge, Rimsky blême. Mais, comme s'il avait deviné cette inquiétude naissante, le magicien dit :

— Mais nous causons, cher Fahoth, nous causons, et le public commence à s'ennuyer. Montre-nous donc, pour commencer] une petite chose toute simple.

Une rumeur de soulagement parcourut la salle. Longeant la rampe, Fahoth et le chat gagnèrent chacun un côté de la scène. Fahoth fit claquer ses doigts, lança d'un air conquérant : « Trois, quatre ! » pêcha en l'air un jeu de cartes, le battit, et l'envoya au chat sous la forme d'un long ruban qui traversa toute la scène. Les cartes se rassemblèrent dans les pattes du chat, qui les renvoya de la même façon. Le long serpent se déroula avec un froissement satiné, et Fahoth, ouvrant le bec comme un oisillon, avala tout le paquet, carte par carte. Le chat salua alors en faisant un rond de jambe de sa patte arrière droite, ce qui eut pour effet de déchaîner une rafale d'applaudissements.

— Quelle classe ! Quelle classe ! cria-t-on avec enthousiasme dans les coulisses.

Mais Fahoth, le doigt tendu vers le parterre, déclara :

— Honorables citoyens ! Le jeu de cartes se trouve présentement au septième rang, dans le portefeuille du citoyen Partchevski, entre un billet de trois roubles et une convocation au tribunal pour une affaire de pension alimentaire que ce citoyen doit payer à la citoyenne Zelkova.

Le parterre s'agita, des spectateurs se levèrent à moitié, et finalement, un citoyen qui répondait précisément au nom de Partchevski, le visage empourpré par l'étonnement, tira de son portefeuille le jeu de cartes, qu'il brandit à bout de bras, ne sachant qu'en faire.

— Gardez-le donc en souvenir ! cria Fahoth. Vous avez eu bien raison, hier au dîner, de dire que sans le poker, la vie à Moscou serait pour vous absolument insupportable.

— Vieux truc ! lança une voix de la galerie. Ce type, au parterre, est un compère !

— Vous croyez ? glapit Fahoth en plissant les yeux vers la galerie. Dans ce cas, vous faites partie de la même bande, parce que le jeu de cartes est dans votre poche !

Des mouvements divers agitèrent la galerie, puis une voix lança joyeusement :

— C'est vrai ! Il l'a ! Le voilà !… Hé mais ! Mais c'est des billets de dix roubles !

Les spectateurs du parterre levèrent la tête. Effectivement, là-haut, quelqu'un venait de découvrir dans sa poche, avec une vive émotion, un paquet enveloppé comme on le fait dans les banques et portant l'inscription : « Mille roubles ». Tandis que ses voisins se poussaient pour mieux voir, le citoyen ahuri fourrait son doigt entre les plis de l'enveloppe pour essayer de savoir s'il s'agissait bien de billets de dix roubles, et non de quelque sorcellerie.

Puis des exclamations joyeuses partirent de la galerie :

— Cré nom, mais oui ! C'est des vrais ! Des billets de dix !

— J'aimerais bien jouer avec un jeu de cartes comme ça ! s'écria gaiement un gros homme, au milieu du parterre.

— *Avec plaisir !* répondit Fahoth. Mais pourquoi vous tout seul ? Tout le monde sera très heureux d'y participer ! (D'un ton de commandement, il ajouta :) Regardez en haut !… Une ! (Un pistolet apparut dans sa main, et il cria :) Deux ! (Le pistolet fut pointé vers le plafond.) Trois !

Une flamme jaillit, le coup de feu claqua, et aussitôt, sous la coupole, plongeant entre les trapèzes, des rectangles de papier blanc commencèrent à tomber dans la salle.

Ils tournoyaient, voletaient de tous côtés, se répandaient dans les galeries, tombaient vers l'orchestre et la scène. En quelques secondes, la pluie d'argent, de plus en plus épaisse, atteignit les fauteuils, et les spectateurs commencèrent à attraper les billets.

Des centaines de mains se levèrent, des spectateurs tendirent les billets vers la lumière de la scène et constatèrent, par transparence, la parfaite authenticité de leur filigrane. Leur odeur non plus ne laissait place à aucun doute : c'était, d'un attrait sans pareil, l'odeur des billets fraîchement imprimés. L'allégresse d'abord, puis une extrême surprise s'emparèrent de tout le théâtre. De partout fusaient les mêmes mots : « Des billets de dix ! Des billets de dix ! », des exclamations : « Ha ! ha ! » et des rires joyeux. [Déjà, des spectateurs rampaient dans les allées, fouillant sous les fauteuils. D'autres, nombreux, étaient montés sur les sièges pour saisir au vol les capricieux billets.]

Peu à peu, le visage des miliciens de service prit un air vaguement perplexe. Quant aux artistes, ils sortirent des coulisses et se mêlèrent sans cérémonie aux spectateurs.

[Au premier balcon, une voix lança :

— Hé, laisse ça ! C'est à moi ! Il a volé vers moi !

— Touche pas, sinon c'est moi qui vais te toucher ! répliqua une autre voix.

Sur quoi on entendit un bruit de chute. Un casque de milicien apparut au balcon. Quelqu'un fut emmené.]

Bref, l'excitation montait, et l'on ignore à quels débordements tout cela aurait abouti si tout à coup, Fahoth n'avait arrêté net, en soufflant en l'air, la pluie d'argent.

Deux jeunes gens, après avoir échangé un regard plein de sous-entendus réjouissants, quittèrent brusquement leur place et filèrent tout droit vers le buffet. Un brouhaha général emplissait le théâtre, et tous les yeux brillaient d'excitation. Vraiment, on ne sait à quels débordements tout cela aurait abouti si Bengalski, enfin, n'avait pris sur lui de faire quelque chose. Il parvint à se dominer et, tout en se frottant les mains d'un geste habituel, il proclama de sa voix la plus sonore :

— Citoyens ! Ce que nous venons de voir est un cas typique d'hallucination collective, comme on dit. C'est une expérience purement scientifique, qui démontre parfaitement que dans la magie, il n'existe pas de miracles. Nous allons demander maintenant au maestro Woland de nous dévoiler les secrets de cette expérience. Et vous verrez, citoyens, que ces prétendus billets de dix roubles vont disparaître aussi soudainement qu'ils sont apparus.

Sur ce, il se mit à applaudir – mais il fut parfaitement seul à le faire – et ses lèvres esquissèrent un sourire confiant, tandis que ses yeux, loin de refléter cette confiance, exprimaient plutôt une muette prière.

Le petit discours de Bengalski ne plut pas du tout au public. Un profond silence se fit dans la salle. C'est Fahoth – l'homme à carreaux – qui le rompit en ces termes :

— Et ça, c'est un cas typique de bobard, comme on dit, déclara-t-il de sa voix de chèvre criarde. Les billets, citoyens, sont authentiques.

— Bravo ! jeta abruptement une voix de basse venue du poulailler.

— Quant à celui-ci, reprit Fahoth en montrant Bengalski du doigt, il commence à m'embêter ! Il vient tout le temps se fourrer là où personne n'a besoin de lui, et il gâche le spectacle avec ses commentaires qui ne tiennent pas debout ! Qu'est-ce qu'on pourrait bien faire de lui ?

— Lui arracher la tête ! proposa avec sévérité un spectateur des galeries.

— Hein ? Comment dites-vous ? répondit aussitôt Fahoth, saisissant au vol cette suggestion éminemment condamnable. Lui arracher la tête ? C'est une idée ! Béhémoth ! cria-t-il au chat. Vas-y ! *Ein, zwei, drei !*

Il se produisit alors quelque chose d'extraordinaire. Le poil se hérissa sur le dos du chat noir, qui poussa un miaulement déchirant. Puis il se ramassa en boule, bondit, comme une panthère, à la poitrine de Bengalski, et de là, sauta sur sa tête. Il se cramponna à la chevelure clairsemée du présentateur et, dans un grouillement de ses grosses pattes, en deux tours, il arracha la tête du cou dodu, avec un hurlement sauvage.

Les deux mille cinq cents personnes présentes dans le théâtre poussèrent un seul cri. Des geysers de sang jaillirent des artères rompues et retombèrent en pluie sur le plastron et l'habit. Le corps sans tête exécuta quelques entrechats absurdes, puis s'affaissa sur le plancher. Dans la salle, des femmes jetèrent des cris hystériques. Le chat remit la tête à Fahoth, qui la saisit par les cheveux et la leva bien haut pour la montrer au public, et cette tête cria, d'une voix désespérée qu'on entendit dans tout le théâtre :

— Un docteur !

— En diras-tu encore, des bêtises pareilles, hein ? En diras-tu encore ? demanda Fahoth, d'un ton plein de menaces, à la tête qui pleurait à chaudes larmes.

— Non, je ne le ferai plus ! râla la tête.

— Pour Dieu, cessez de le martyriser ! lança une voix de femme, dominant le vacarme, et le magicien se tourna vers la loge d'où était partie cette voix.

— Alors, citoyens, qu'est-ce qu'on fait ? On lui pardonne ? demanda Fahoth en s'adressant à la salle.

— On lui pardonne ! On lui pardonne ! crièrent d'abord quelques spectatrices, puis des hommes, puis tout le théâtre en chœur.

— Qu'ordonnez-vous, messire ? demanda Fahoth en se tournant vers l'homme masqué.

— Eh bien..., répondit celui-ci d'un air pensif, il faut prendre ces gens comme ils sont... [Ils aiment l'argent, mais il en a toujours été ainsi... L'humanité aime l'argent, qu'il soit fait de n'importe quoi : de parchemin, de papier, de bronze ou d'or.] Ils sont frivoles, bien sûr... mais bah !... la miséricorde trouve parfois le chemin de leur cœur... des gens ordinaires... [comme ceux de jadis, s'ils n'étaient pas corrompus par la question du logement...] Et à voix haute il ordonna : Remettez cette tête en place !

Le chat, après avoir visé soigneusement, planta la tête sur le cou, et elle retrouva exactement sa place, comme si elle ne l'avait jamais quittée. Qui plus est, le cou ne portait pas la moindre trace de cicatrice. Avec ses pattes de devant, le chat épousseta l'habit et le plastron de Bengalski, et les taches de sang disparurent. Fahoth remit Bengalski sur ses pieds, lui fourra dans la poche une liasse de billets de dix roubles, puis le poussa résolument hors de la scène en lui disant :

— Allez, du vent. Vous n'êtes pas drôle.

Chancelant, l'œil hagard, le présentateur ne put aller plus loin que le poste d'incendie, où il se sentit au plus mal et se mit à crier lamentablement :

— Ma tête ! Ma tête !...

Plusieurs personnes, dont Rimski, se précipitèrent vers lui. Le présentateur pleurait, agitait les bras en l'air comme pour attraper on ne sait quoi, et gémissait :

— Ma tête, rendez-moi ma tête… Prenez mon appartement, prenez mes tableaux, mais rendez-moi ma tête !…

Un commissionnaire courut chercher un médecin. On essaya d'allonger Bengalski sur un divan, dans sa loge, mais il résista et commença à se débattre comme un fou furieux. Il fallut appeler une ambulance. Quand, enfin, on eut emmené le malheureux présentateur, Rimski regagna rapidement la scène, pour constater que de nouveaux prodiges s'y accomplissaient. Il faut dire d'ailleurs qu'à ce moment, ou peut-être quelques instants plus tôt, le magicien et son vieux fauteuil terni disparurent du plateau, mais que personne, dans le public, ne s'en aperçut, tant les spectateurs étaient fascinés par l'extraordinaire représentation que leur donnait Fahoth.

Celui-ci en effet, dès qu'il eut expédié sa victime dans les coulisses, revint sur la scène et annonça :

— Bon, à présent que nous voilà débarrassés de ce casse-pieds, ouvrons un magasin pour dames !

À l'instant même, le plancher de la scène se couvrit de tapis persans sur lesquels se posèrent d'énormes glaces éclairées de côté par la lueur verdâtre de tubes luminescents. Puis, entre les glaces, apparurent des vitrines où les spectateurs, étonnés et ravis, purent voir des robes parisiennes de modèles et de coloris les plus divers. Mais d'autres vitrines apparurent, offrant des centaines de chapeaux de dames, avec plumes ou sans plumes, avec boucles ou sans boucles, et des centaines de souliers – noirs, blancs, jaunes, de cuir, de satin, de daim, souliers à brides, bottines à tiges damassées. Puis, parmi les souliers, apparurent des coffrets à parfums, des montagnes de sacs à main – d'antilope, de daim, de soie – et des entassements de tubes oblongs d'or ciselé contenant du rouge à lèvres.

Alors une jeune fille rousse en toilette de soirée noire, sortie le diable sait d'où – une jeune fille qui eût été tout à fait charmante si une cicatrice bizarre n'avait abîmé son joli cou –, arbora près d'une vitrine un sourire aimable de commerçante avisée.

Fahoth, d'un air suave et malicieux à la fois, annonça que la maison allait procéder à l'échange – entièrement gratuit ! – des vieilles robes et des souliers démodés contre les dernières créations parisiennes, en fait de souliers et de robes. Il en serait de même, ajouta-t-il, en ce qui concerne les sacs à main, et tout le reste.

Avec révérence et rond de jambe, le chat, de ses pattes de devant, imita les gestes d'un portier ouvrant à deux battants une large porte.

La jeune fille, d'une voix douce et chantante quoique légèrement enrouée, modula des paroles qu'on avait quelque peine à comprendre mais qui, à en juger par le visage des spectatrices du parterre, devaient être des plus engageantes :

— Guerlain, Chanel, Mitsouko, Narcisse Noir, N° 5 de Chanel, robes du soir, robes de cocktail…

Fahoth se tortilla, le chat se plia en deux, la jeune fille ouvrit les vitrines, et Fahoth brailla :

— Je vous en prie ! Faites comme chez vous ! Pas de cérémonies !

Le public s'agita, mais personne encore n'osait monter sur la scène. Enfin, une petite brune sortit du dixième rang du parterre ; avec un sourire qui avait l'air de dire que, de cela comme du reste, elle s'en fichait éperdument, elle grimpa sur le plateau par l'escalier latéral.

— *Bravo !* vociféra Fahoth. Je salue notre première cliente ! Béhémoth, un fauteuil ! Commençons par les chaussures, *madame !*

La brune s'assit dans le fauteuil, et Fahoth, aussitôt, déversa à ses pieds, sur le tapis, tout un amoncellement de souliers. La petite brune déchaussa son pied droit, essaya un escarpin lilas, fit quelques pas sur le tapis, examina le haut talon.

— Elles ne vont pas me serrer ? demanda-t-elle d'un air hésitant.

— Voyons, voyons ! s'écria Fahoth offusqué, tandis que le chat laissait échapper un « miaou » outragé.

— Je prends cette paire-là, *monsieur*, dit la petite brune avec dignité en mettant la seconde chaussure.

Ses vieux souliers furent jetés derrière un rideau, et la brunette prit le même chemin, accompagnée de la jeune fille rousse et de Fahoth, qui portait sur des cintres quelques robes de haute couture. Le chat vint à la rescousse d'un air affairé et, pour se donner plus d'importance, il suspendit à son cou un mètre-ruban.

Une minute plus tard, la petite brune reparaissait, habillée d'une robe telle que tout le parterre soupira. Et ce fut une femme sûre d'elle-même, étonnamment embellie, qui vint se planter devant une glace, haussa avec grâce ses épaules nues, arrangea ses cheveux sur sa nuque et se cambra pour essayer d'apercevoir son dos.

— La maison vous prie d'accepter ceci en souvenir, dit Fahoth en tendant à la jeune femme un coffret ouvert où trônait un flacon de parfum.

— *Merci*, dit la petite brune d'un air hautain, et elle redescendit au parterre.

Sur son passage, les spectateurs se levaient vivement pour toucher le coffret.

Dès lors, les digues furent rompues, et de tous côtés, les femmes envahirent la scène. Dans le brouhaha général de conversations, de soupirs et de rires du théâtre en émoi, on entendit une voix d'homme crier : « Je te défends bien !... » et une voix de femme répliquer : « Petit-bourgeois ! Despote ! Lâchez-moi, vous me cassez le bras ! » Les femmes disparaissaient derrière les rideaux, laissaient là leurs robes et reparaissaient habillées de neuf. Sur des tabourets à dorures, toute une rangée de femmes tapait des pieds avec énergie sur le tapis, pour essayer les nouvelles chaussures. Fahoth, à genoux, maniait inlassablement le chausse-pied, le chat, succombant sous des monceaux de sacs à main et de souliers, ne cessait d'aller et venir entre les vitrines et les tabourets, et la jeune fille au cou mutilé qui, à tout instant, disparaissait, revenait, disparaissait à nouveau, en vint à ne plus jacasser qu'en français, mais – chose singulière – toutes les femmes la comprenaient à demi-mot, même celles qui ne connaissaient pas un mot de cette langue.

On vit même, à la surprise générale, un homme se glisser sur la scène. Il déclara que son épouse était au lit avec la grippe et demanda, en conséquence, qu'on voulût bien lui confier quelque chose pour elle. Pour prouver qu'il était marié, ce citoyen était tout prêt à montrer son passeport. La déclaration de ce mari plein de sollicitude fut accueillie avec des rires étouffés, mais Fahoth se récria qu'il n'avait pas besoin de passeport, qu'il se fiait à lui comme à un autre soi-même, et il lui fourra dans les mains deux paires de bas de soie, auxquelles le chat ajouta, de sa propre initiative, un tube de rouge à lèvres.

Les dernières venues se bousculaient pour monter sur la scène, tandis que par les escaliers latéraux s'écoulait le flot des veinardes, en robes de bal, kimonos ornés de dragons, tailleurs d'une stricte élégance, bibis posés sur l'œil.

Fahoth annonça alors qu'en raison de l'heure tardive, le magasin allait fermer, jusqu'au lendemain soir, dans une minute exactement.

[Alors, la scène fut en proie à un incroyable désordre. Sans même les essayer, les femmes se mirent à rafler les chaussures. Une spectatrice se rua en coup de vent derrière le rideau, arracha ses vêtements, s'empara de ce qui lui tombait sous la main – une robe de chambre de soie ornée d'énormes bouquets – et trouva le temps de mettre la main sur deux coffrets de parfum.]

Exactement une minute plus tard un coup de pistolet claqua : les glaces disparurent, les vitrines et les tabourets s'évanouirent, le tapis se dissipa dans l'air, ainsi que le rideau. Le dernier à disparaître fut l'énorme tas de vieilles robes et de vieux souliers, et la scène redevint austère, vide et nue.

C'est à ce moment qu'un nouveau personnage vint se mêler à l'affaire. Une voix de baryton agréable, sonore et singulièrement pressante se fit soudain entendre dans la loge n° 2 :

— Il serait tout de même souhaitable, citoyen artiste, que vous révéliez sans tarder aux spectateurs la technique de vos tours de passe-passe, et en particulier de celui des billets de dix roubles. Le retour du présentateur sur la scène serait également souhaitable. Son sort inquiète vivement les spectateurs.

Le possesseur de cette belle voix n'était autre que l'un des invités de marque de cette soirée, Arcadi Apollonovitch Simpleïarov, président de la Commission pour l'acoustique des théâtres de Moscou.

Arcadi Apollonovitch avait pris place dans sa loge en compagnie de deux dames : l'une, d'âge mûr, habillée à la dernière mode de vêtements fort coûteux, l'autre, toute jeune et fort jolie, habillée plus simplement. La première, comme on l'apprit bientôt lorsque fut dressé le procès-verbal, était la propre épouse d'Arcadi Apollonovitch ;

l'autre était une de ses parentes éloignées, une actrice débutante mais qui donnait de grands espoirs ; venue de Saratov, elle vivait actuellement dans l'appartement d'Arcadi Apollonovitch et de sa femme.

— *Pardon !* répondit Fahoth. Je m'excuse, mais il n'y a rien à révéler ici, tout est clair.

— Non, je m'excuse à mon tour ! Cette révélation est absolument indispensable. Sans cela, vos brillants numéros ne manqueront pas de laisser une impression pénible. La masse des spectateurs exige des explications.

— La masse des spectateurs, coupa l'insolent bouffon, à ma connaissance, n'a rien déclaré de semblable. Mais soit : prenant en considération vos désirs éminemment respectables, Arcadi Apollonovitch, je vais donc faire des révélations. Mais avant cela, me permettez-vous d'exécuter encore un petit numéro ?

— Eh bien, si vous voulez, répondit Arcadi Apollonovitch d'un ton protecteur. Mais avec toutes les explications nécessaires, n'est-ce pas ?

— À vos ordres, à vos ordres ! Ainsi donc : permettez-moi de vous demander où vous étiez hier soir, Arcadi Apollonovitch ?

À cette question déplacée, que l'on pourrait même, peut-être, qualifier de goujaterie, Arcadi Apollonovitch changea de figure – changea très nettement de figure.

— Arcadi Apollonovitch était hier soir à une réunion de la Commission pour l'acoustique, déclara avec hauteur l'épouse d'Arcadi Apollonovitch. Mais je ne vois pas quel rapport cela peut avoir avec la magie.

— *Oui, madame !* Naturellement, vous ne voyez pas, confirma Fahoth. En ce qui concerne cette réunion, vous êtes complètement dans l'erreur. Sorti de chez lui pour se rendre à la susdite réunion – remarquons, en passant, qu'aucune réunion n'était prévue pour hier soir –, Arcadi Apollonovitch se fit conduire au siège de la Commission. Là, il renvoya son chauffeur (tout le théâtre retint son souffle), et prit l'autobus pour aller rue Elokhov, rendre visite à Militsa Andréievna Pokobatko, actrice au théâtre ambulant de l'arrondissement – visite qui dura près de quatre heures.

— Aïe ! cria quelqu'un d'un ton douloureux, dans le silence total.

Quant à la jeune parente d'Arcadi Apollonovitch, elle éclata soudain d'un rire bas et quelque peu effrayant.

— Ah, je comprends ! cria-t-elle. Il y a longtemps que je me doutais de ça ! Maintenant, je comprends pourquoi cette idiote sans talent a obtenu le rôle de Louise !

Et, levant d'un geste inattendu sa main qui tenait un court et épais parapluie mauve, elle abattit celui-ci sur la tête d'Arcadi Apollonovitch.

Le vil Fahoth – ou Koroviev, comme on voudra – s'écria alors :

— Et voilà, estimés citoyens, un exemple des révélations qu'Arcadi Apollonovitch réclamait avec tant d'insistance !

— Comment oses-tu, petite traînée, porter la main sur Arcadi Apollonovitch ? demanda l'épouse d'Arcadi Apollonovitch d'un air terrible, en se dressant dans la loge de toute sa taille gigantesque.

Pour la seconde fois, un bref accès de rire satanique secoua la jeune parente.

— Ha, ha ! Et qui donc a le droit de porter la main sur lui, sinon moi ? s'écria-t-elle, et pour la seconde fois, on entendit le craquement sec du parapluie qui rebondissait sur la tête d'Arcadi Apollonovitch.

— Au secours ! À la milice ! Arrêtez-la ! vocifèra l'épouse de Simpleïarov d'une voix si épouvantable que bien des spectateurs en furent glacés d'effroi.

À ce moment, le chat bondit jusqu'à la rampe et aboya d'une voix humaine qui résonna jusqu'au fond du théâtre :

— La séance est terminée ! Maestro ! Dégueule-nous une marche !

Le chef affolé, sans même se rendre compte de ce qu'il faisait, brandit sa baguette, et l'orchestre se mit – non pas à jouer, ni à entonner, ni à scander – mais bien, selon la répugnante expression du chat, à dégueuler une invraisemblable marche, avec un tel laisser-aller que cela ressemblait vraiment à on ne sait quoi.

Et pendant un instant on crut percevoir les paroles de cette marche, entendues jadis dans un café-concert sous les étoiles du Sud, – paroles indistinctes, presque incompréhensibles, mais passablement hardies :

Son Excellence monsieur le baron
Aimait les oiseaux en cage
Et prenait sous sa protection
De jolies fillettes bien sages !

Peut-être, d'ailleurs, ces paroles n'avaient-elles jamais existé, et y en avait-il d'autres, franchement inconvenantes, sur le même air. Peu importe. Ce qui importe ici, c'est qu'avec tout cela, le théâtre des Variétés ressemblait maintenant à une espèce de tour de Babel. La milice était accourue dans la loge de Simpleïarov. Des curieux en escaladaient la rambarde pour regarder à l'intérieur, où l'on entendait des éclats de rire infernaux et des cris de rage que couvrait par instants le tintamarre cuivré des cymbales de l'orchestre.

Quant à la scène, on s'aperçut soudain qu'elle était vide : Fahoth le filou, comme l'immonde chat Béhémoth au culot incroyable, s'étaient évanouis dans l'air, avaient disparu comme avait disparu, quelque temps auparavant, le magicien dans son fauteuil au tissu passé.

13. Apparition du héros

Donc, l'inconnu menaça Ivan du doigt et murmura : « Chut ! » Ivan posa ses pieds sur la descente de lit et le regarda fixement. C'était un homme de trente-huit ans environ, au visage rasé, aux cheveux noirs, au nez pointu, avec des yeux inquiets et une mèche de cheveux qui pendait sur son front. Du balcon, il regarda prudemment dans la chambre.

Après avoir prêté l'oreille, assuré qu'Ivan était seul, le mystérieux visiteur s'enhardit, et pénétra dans la chambre. C'est alors qu'Ivan s'aperçut que le nouveau venu était en tenue de malade. Il était en linge de corps, les pieds nus dans des pantoufles, et il avait jeté sur ses épaules une robe de chambre marron.

Il fit un clin d'œil à Ivan, cacha dans sa poche un trousseau de clefs, puis demanda en chuchotant : « Je peux m'asseoir un instant ? » Ayant reçu en réponse un signe de tête affirmatif, il s'installa dans un fauteuil.

— Comment avez-vous fait pour entrer ? demanda Ivan à voix basse, dompté par le doigt sec qui l'avait menacé du balcon. Les grillages des balcons sont fermés au verrou, non ?

— Les grillages sont fermés au verrou, confirma le visiteur, mais Prascovia Fiodorovna est une personne fort gentille, certes, mais hélas ! distraite. Je lui ai chipé, il y a un mois environ, un trousseau de clefs, de sorte que j'ai la possibilité de sortir sur le balcon commun, et comme il fait le tour de tout l'étage, je peux parfois, de cette manière, rendre visite à mes voisins.

— Si vous pouvez sortir sur le balcon, vous pouvez aussi vous sauver. Ou bien est-ce trop haut ? demanda Ivan avec intérêt.

— Non, répondit le visiteur d'un ton ferme, si je ne peux pas me sauver d'ici, ce n'est pas parce que c'est trop haut, mais parce que je n'ai nulle part où me sauver.

Il fit une pause, puis ajouta :

— Alors, nous restons ?

— Nous restons, répondit Ivan en regardant les yeux bruns pleins d'inquiétude du nouveau venu.

— Bon... (soudain, l'inconnu parut vivement alarmé) mais dites-moi, vous n'êtes pas violent, j'espère ? Car, sachez-le, je suis incapable de supporter le bruit, le tapage, la violence, et toutes choses de ce genre. Je déteste particulièrement que les gens crient, qu'il s'agisse de cris de douleur, de cris de rage, ou de toute autre sorte de cri. Rassurez-moi, je vous en prie : vous n'êtes pas furieux ?

— Hier, au restaurant, j'ai allumé la gueule d'un type, avoua vaillamment le poète transfiguré.

— Quelle raison ? demanda sévèrement le visiteur.

— Sans aucune raison, je l'avoue, répondit Ivan confus.

— C'est très laid, conclut l'autre d'un ton réprobateur. En outre, ajouta-t-il, pourquoi vous exprimez-vous ainsi : J'ai allumé la gueule ?... On ignore, après tout, ce que l'homme possède exactement, une gueule ou un visage. C'est peut-être, tout de même, un visage. De sorte que vous savez, frapper à coups de poing... Non, vous allez renoncer à cela, pour toujours.

Ayant ainsi réprimandé Ivan, le visiteur s'informa :

— Profession ?

— Poète, répondit Ivan, sans savoir pourquoi, à contrecœur. L'inconnu parut navré.

— Ah, je n'ai vraiment pas de chance ! s'écria-t-il, mais il se reprit aussitôt, s'excusa, et demanda : Et quel est votre nom ?

— Biezdomny.

— Hé ! hé ! ricana l'autre avec une grimace.

— Eh bien quoi, mes vers ne vous plaisent pas ? demanda Ivan avec curiosité.

— Ils me font horreur.

— Et lesquels avez-vous lus ?

— Mais je n'ai jamais lu aucun vers de vous ! s'exclama nerveusement le visiteur.

— Alors, comment pouvez-vous dire ?…

— Mais enfin, qu'est-ce que c'est que ça ? dit l'inconnu. Comme si je n'en avais pas lu d'autres. D'ailleurs, qu'est-ce que c'est… des merveilles ? Bon, je suis prêt à vous croire sur parole. Vos vers sont bons, allez-vous me dire ?

— Ils sont monstrueux ! dit abruptement Ivan, avec courage et sincérité.

— N'écrivez plus ! implora le visiteur.

— C'est promis, juré ! répondit Ivan, solennel.

Cette promesse fut scellée par une poignée de main, mais à ce moment, on entendit des pas légers et des voix étouffées dans le couloir.

— Chut ! fit l'inconnu, qui sauta sur le balcon et referma le grillage derrière lui.

C'était Prascovia Fiodorovna qui venait jeter un coup d'œil au malade. Elle demanda à Ivan comment il se sentait, et s'il préférait dormir dans l'obscurité, ou avec la lumière. Ivan demanda qu'on lui laisse la lumière, et Prascovia Fiodorovna, après lui avoir souhaité une bonne nuit, s'éloigna. Lorsque tout bruit se fut éteint, le visiteur rentra.

Il apprit en chuchotant à Ivan qu'on avait amené un nouveau à la chambre 119 : un gros à figure rouge, qui ne cessait de marmonner on ne sait quoi à propos de devises dans une bouche d'aération, et de jurer que des esprits malins s'étaient installés rue Sadovaïa.

— Il injurie Pouchkine comme un charretier et crie tout le temps : « Kouroliessov, bis, bis ! », dit l'inconnu avec des grimaces anxieuses.

Puis, s'étant calmé, il reprit :

— Du reste, que Dieu l'aide, (et, renouant la conversation avec Ivan :) À cause de quoi vous a-t-on amené ici ?

— À cause de Ponce Pilate, répondit Ivan en regardant le plancher d'un air sombre.

— Quoi ?

L'inconnu, oubliant toute prudence, avait crié. Il porta vivement la main à sa bouche, puis dit :

— Quelle stupéfiante coïncidence ! Je vous en prie, je vous en prie, racontez !

Avec une confiance en cet inconnu qui le surprit lui-même, Ivan, d'abord intimidé et bégayant, puis s'enhardissant peu à peu, se mit à raconter son aventure de la veille à l'Étang du Patriarche. Et quel auditeur plein de gratitude Ivan Nikolaïévitch avait trouvé là, en la personne de ce mystérieux voleur de clefs ! Le visiteur ne rangeait pas Ivan parmi les fous, manifestait le plus vif intérêt pour ce qu'on lui racontait, et en vint même, à mesure que le récit se développait, à montrer de véritables transports d'enthousiasme. C'est ainsi que, de temps à autre, il interrompait Ivan par des exclamations de ce genre :

— Oui, oui, ensuite ! Continuez, je vous en supplie ! Mais, au nom de ce que vous avez de plus sacré, n'omettez aucun détail !

Ivan n'omettait aucun détail – lui-même trouvait plus commode de raconter les choses de cette façon –, et peu à peu, il arriva ainsi au moment où Ponce Pilate, en manteau blanc doublé de pourpre, sortait sous le péristyle.

Le visiteur joignit alors les mains dans un geste de prière et murmura :

— Oh, je l'avais deviné ! J'avais tout deviné !

L'auditeur d'Ivan ponctua le récit de l'horrible mort de Berlioz d'une remarque assez énigmatique, tandis qu'un éclair de haine passait dans ses yeux :

— Je ne regrette qu'une chose : c'est que le critique Latounski, ou l'écrivain Mstislav Lavrovitch, ne se soit pas trouvé à la place de Berlioz !

Sur quoi il s'exclama, à voix basse mais avec frénésie :

— Ensuite !

L'histoire du chat qui voulait payer la receveuse du tramway mit l'inconnu dans une humeur excessivement gaie, et il faillit s'étrangler de rires étouffés lorsqu'il vit Ivan, tout ému par le succès de son récit, sautiller à croupetons pour imiter le chat tenant une pièce de dix kopeks près de ses moustaches.

— Et voilà, conclut Ivan après avoir raconté d'un air sombre ce qui s'était passé à Griboïédov, comment je me suis retrouvé ici.

Le visiteur posa une main compatissante sur l'épaule du pauvre poète et dit :

— Pauvre poète ! Mais tout cela, mon petit pigeon, est votre faute. Il ne fallait pas agir avec lui de manière aussi désinvolte, je dirai même impertinente. Vous en supportez les frais, maintenant. Et encore, estimez-vous heureux qu'en somme, cela ne vous ait pas coûté trop cher.

— Mais qui est-il donc, à la fin ? demanda Ivan en levant les bras au ciel, en proie à une vive agitation.

Le visiteur scruta Ivan, puis répondit par une question :

— Vous n'allez pas vous agiter ? Ici, nous sommes tous fragiles… Il n'y aura pas d'appel de médecins, pas de piqûres, ni d'autres tracas de ce genre ?

— Non, non ! s'écria Ivan. Mais dites : qui est-ce ?

— Très bien, répondit l'inconnu, et il ajouta, en détachant les mots pour leur donner tout leur poids : Hier à l'Étang du Patriarche, vous avez rencontré Satan.

Ivan ne s'agita pas, comme il l'avait promis, mais il n'en fut pas moins fortement abasourdi.

— Impossible ! Il n'existe pas !

— Allons donc ! Que n'importe qui dise cela, je veux bien, mais pas vous ! Vous avez été, selon toute apparence, l'une de ses premières victimes. Vous êtes enfermé, comme vous le voyez vous-même, dans une clinique psychiatrique, et vous venez me raconter qu'il n'existe pas ? Vraiment, c'est étrange !

Déconcerté, Ivan se tut.

— Dès que vous avez commencé à le décrire, poursuivit l'inconnu, j'ai deviné à qui vous aviez eu le plaisir, hier, de parler. Et vraiment, Berlioz m'étonne ! Vous, évidemment, vous êtes d'une naïveté virginale (le visiteur s'excusa), mais lui, à ce que j'ai pu entendre dire, il a tout de même lu certaines choses ! Et les premières paroles de ce professeur ont dissipé tous mes doutes ! On ne pouvait pas ne pas le reconnaître, mon cher ami ! Du reste, vous êtes… excusez-moi encore, mais je suis certain de ne pas me tromper, vous êtes, dis-je, tout à fait ignare ?

— C'est incontestable, convint Ivan, qu'on avait peine, décidément, à reconnaître.

— Eh oui… pourtant, rien qu'au visage que vous m'avez décrit, les yeux différents, les sourcils !… Pardonnez-moi, mais vous n'avez même pas entendu, probablement, l'opéra *Faust* ?

Ivan, on ne sait trop pourquoi, parut affreusement confus et, le visage empourpré, balbutia quelque chose à propos d'un séjour à Yalta... dans un établissement thermal...

— Eh oui, eh oui... cela ne m'étonne pas ! Mais Berlioz, je le répète, m'étonne énormément... Non seulement c'était un homme instruit, qui avait beaucoup lu, mais c'était un malin. Quoique je doive dire, pour sa défense, que Woland est capable de jeter de la poudre aux yeux à de plus malins que lui.

— Quoi ? cria Ivan à son tour.

— Hé, chut !

Ivan se frappa violemment le front de la paume de sa main et siffla :

— J'y suis, j'y suis ! Sur sa carte de visite, son nom commençait par un « W ». Aïe, aïe, aïe ! c'était donc ça ! (Profondément troublé, il se tut un moment, regarda la lune qui voguait derrière le grillage, puis reprit :) Mais alors, c'est vrai, il pouvait réellement être chez Ponce Pilate ? Car enfin, il était déjà né, à cette époque-là ! Et eux qui me traitent de fou ! ajouta Ivan en montrant la porte d'un air indigné.

Un pli amer se forma sur les lèvres du visiteur.

— Regardons la vérité en face, dit-il en tournant la tête vers l'astre de la nuit qui semblait courir à travers les nuages. Vous et moi, nous sommes fous, à quoi bon le nier ! Voyez-vous, il vous a causé un grand choc, et vous avez perdu la boule. Il est vrai, évidemment, que vous lui offriez un terrain favorable. Mais ce que vous m'avez raconté est réellement arrivé, c'est incontestable. Mais c'est si extraordinaire que même Stravinski, qui pourtant, est un psychiatre génial, ne vous a évidemment pas cru. Au fait, il vous a vu ? (Ivan acquiesça.) Votre interlocuteur de l'Étang du Patriarche était chez Ponce Pilate, et il a déjeuné avec Kant, et maintenant, il visite Moscou.

— Mais le diable sait ce qu'il va inventer ici ! Ne faudrait-il pas essayer de s'emparer de lui ? demanda l'ancien Ivan, sans grande conviction certes, mais que le nouvel Ivan n'avait pas encore entièrement étouffé en lui, puisqu'il relevait ainsi la tête.

— Vous avez déjà essayé. Ça ne vous a pas suffi ? répondit ironiquement l'inconnu. Et je ne conseille pas à d'autres de s'y risquer. Quant à ce qu'il va inventer, faites-lui confiance ! Ha, ha ! Mais quel dommage que ce soit vous qui l'ayez rencontré, et pas moi ! Même si le feu avait tout dévoré et réduit en cendres, je vous jure que pour cette rencontre, j'aurais volontiers donné le trousseau de clefs à Prascovia Fiodorovna. Car je n'ai rien d'autre à donner. Je suis pauvre.

— Mais pourquoi désirez-vous le voir ?

Le visiteur s'absorba longuement dans de douloureuses réflexions, et dit enfin :

— Voyez-vous, c'est une étrange histoire : je suis ici pour la même raison que vous, c'est-à-dire, précisément, à cause de Ponce Pilate. (L'inconnu regarda craintivement autour de lui et ajouta :) Il y a un an, j'ai écrit un roman sur Ponce Pilate.

— Vous êtes écrivain ? demanda le poète avec intérêt.

L'inconnu se rembrunit et, avec un geste menaçant, déclara :

— Je suis le Maître.

Il prit un air sévère et tira de la poche de sa robe de chambre une toque noire toute tachée où était brodée en soie jaune la lettre « M ». Il coiffa cette toque et se montra à Ivan de face et de profil, afin de bien convaincre celui-ci qu'il était le Maître.

— C'est elle qui l'a faite pour moi, de ses propres mains, ajouta-t-il mystérieusement.

— Et quel est votre nom ?

— Je n'ai plus de nom, répondit l'étrange visiteur avec un sombre dédain. J'y ai renoncé, comme à toutes choses dans la vie. N'en parlons donc plus.

— Parlez-moi au moins de votre roman, demanda Ivan avec délicatesse.

— Soit. L'histoire de ma vie, je dois le dire, n'est pas tout à fait ordinaire, commença le visiteur.

… Historien de formation, il travaillait encore, deux ans auparavant, dans un musée de Moscou, et il s'occupait en outre de traductions.

— De quelle langue ? s'enquit Ivan, intéressé.

— Je connais cinq langues, en plus de ma langue maternelle, répondit l'inconnu : l'anglais, le français, l'allemand, le latin et le grec. Et puis, je lis un peu l'italien.

— Fichtre ! chuchota le poète avec envie.

… Notre historien vivait seul. Il n'avait pas de parents, et ne connaissait presque personne à Moscou. Et figurez-vous qu'un jour, il gagna cent mille roubles.

— Vous imaginez mon étonnement, souffla le visiteur, toujours coiffé de sa toque noire, quand, en fouillant dans le panier à linge sale, j'en sortis exactement le numéro qu'il y avait dans le journal ! C'est une obligation de l'État, expliqua-t-il, qu'on m'avait donnée au musée.

… Nanti de ses cent mille roubles, le mystérieux visiteur d'Ivan accomplit diverses démarches : il acheta des livres, abandonna la chambre où il logeait, rue Miasnitskaïa…

— Oh le maudit trou ! gronda-t-il.

… Loua à un entrepreneur de construction, dans une ruelle proche de l'Arbat, deux pièces au sous-sol d'une petite maison enfouie dans un petit jardin, quitta son travail au musée et se mit à écrire un roman sur Ponce Pilate.

— Ah, c'était l'âge d'or ! chuchota le narrateur, les yeux brillants. Un petit appartement tout à fait isolé, avec une entrée où il y avait même un évier pour l'eau, souligna-t-il, on ne sait pourquoi, avec une fierté particulière, deux petites fenêtres juste à la hauteur du petit trottoir qui menait au portillon du jardin, et à quatre pas de là, devant une palissade, un lilas, un tilleul et un érable. Ah, ah, ah ! L'hiver, par la fenêtre, je voyais très rarement passer des pieds noirs qui faisaient crisser la neige. Et jour et nuit, le feu flambait dans mon poêle ! Mais brusquement, le printemps est venu, et à travers les carreaux troubles, j'ai vu les branches enchevêtrées du lilas, d'abord nues, puis habillées de vert. Et c'est alors, au printemps dernier, qu'il m'est arrivé quelque chose de beaucoup plus admirable que de gagner cent mille roubles. Et pourtant, vous admettrez que c'est une somme énorme !

— C'est certain, reconnut Ivan, qui écoutait attentivement.

— J'ouvris mes petites fenêtres, et m'installai dans la seconde pièce, une pièce tout à fait minuscule (le narrateur écarta les mains, pour donner une idée de ses dimensions), comme ça. Il y avait là un divan, en face un autre divan, entre les deux une petite table, avec une très jolie lampe de chevet, et près de la fenêtre, des livres et un petit bureau, tandis que dans la première pièce – une pièce énorme, quatorze mètres ! – il y avait des livres, plein de livres, et le poêle. Ah, comme j'étais bien installé ! Et quel extraordinaire parfum que celui du lilas ! J'étais si exténué que j'avais la tête légère, légère, et l'histoire de Pilate volait littéralement vers sa fin…

— Le manteau blanc, la doublure pourpre ! Je comprends ! s'écria Ivan.

— Précisément ! Pilate volait vers sa fin, vers le point final, et je savais déjà que les derniers mots du roman seraient : « … Le cinquième procurateur de Judée, le chevalier Ponce Pilate ». Naturellement, j'allais parfois me promener. Cent mille, c'est une somme énorme, et j'avais un costume magnifique. Ou bien j'allais déjeuner dans quelque restaurant modeste. Il y en avait un remarquable, place de l'Arbat, je ne sais s'il existe encore. (À ce moment, les yeux du visiteur s'arrondirent, et il continua à chuchoter, en fixant la lune :) Elle portait un bouquet d'abominables, d'inquiétantes fleurs jaunes. Le diable sait comment elles s'appellent, mais je ne sais pourquoi, ce sont toujours les premières que l'on voit à Moscou. Et ces fleurs se détachaient avec une singulière netteté sur son léger manteau noir. Elle portait des fleurs jaunes ! Vilaine couleur. Elle allait quitter le boulevard de Tver pour prendre une petite rue, quand elle se retourna. Vous connaissez le boulevard de Tver, n'est-ce pas ? Des milliers de gens y circulaient, mais je vous jure que c'est sur moi, sur moi seul que son regard se posa – un regard anxieux, plus qu'anxieux même – comme noyé de douleur. Et je fus moins frappé par sa beauté que par l'étrange, l'inconcevable solitude qui se lisait dans ses yeux ! Obéissant à ce signal jaune, je tournai moi aussi dans la petite rue, et suivis ses pas. C'était une rue tortueuse et triste, et nous la suivions en silence, moi d'un côté, elle de l'autre. Et remarquez qu'à part nous, il n'y avait pas une âme dans cette rue. L'idée que je devais absolument lui parler me tourmentait, car j'avais l'angoissante impression que je serais incapable de proférer une parole, et qu'elle allait disparaître, et que je ne la verrais plus jamais. Et voilà qu'elle me dit tout d'un coup :

« — Mes fleurs vous plaisent-elles ?

« Je me rappelle distinctement le timbre de sa voix, une voix assez basse, mais qui se brisait par instants, et – si bête que cela paraisse – il me semblait que l'écho s'en répercutait sur la surface malpropre des murailles jaunes et roulait tout au long de la rue. Je traversai rapidement la chaussée et, m'approchant d'elle, je répondis :

« — Non.

« Elle me regarda avec étonnement, et je compris tout d'un coup – et de la manière la plus inattendue – que depuis toujours je l'aimais, j'aimais cette femme ! Quelle histoire, hein ? Naturellement, vous allez dire que je suis fou ?

— Je ne dis rien du tout ! se récria Ivan, qui ajouta : Je vous en supplie, continuez !

Et le visiteur continua :

— Oui, elle me regarda avec étonnement, puis au bout d'un moment, elle me demanda :

« — Vous n'aimez pas les fleurs ?

« Je crus déceler dans sa voix une certaine hostilité. Je marchais maintenant à côté d'elle, m'efforçant d'adapter mon pas au sien, et à mon propre étonnement, je ne me sentais aucunement embarrassé.

« — Si, j'aime les fleurs, dis-je, mais pas celles-ci.

« — Lesquelles, alors ?

« — J'aime les roses.

« Je regrettai immédiatement mes paroles, car elle sourit d'un air coupable et jeta son bouquet dans le caniveau. Je restai un instant déconcerté par son geste, puis je ramassai le bouquet et le lui tendis, mais elle le repoussa avec un sourire amusé, et je le gardai à la main.

« Nous marchâmes ainsi quelque temps en silence. Puis tout à coup, elle me prit les fleurs des mains, les jeta sur la chaussée, glissa sa main gantée de noir dans la mienne, et nous nous remîmes en route côte à côte.

— Ensuite ? dit Ivan. Et je vous en prie, n'omettez aucun détail !

— Ensuite ? répéta l'inconnu. Eh bien, ce qui se passa ensuite n'est pas difficile à deviner. (Il essuya furtivement, de sa manche droite, une larme inattendue, et poursuivit :) L'amour surgit devant nous comme surgit de terre l'assassin au coin d'une ruelle obscure, et nous frappa tous deux d'un coup. Ainsi frappe la foudre, ainsi frappe le poignard ! Elle affirma d'ailleurs par la suite que les choses ne s'étaient pas passées ainsi, puisque nous nous aimions, évidemment, depuis très longtemps, depuis toujours, sans nous connaître, sans nous être jamais vus, et qu'elle-même vivait avec un autre homme, et moi, euh... avec cette euh... comment déjà ?...

— Avec qui ? demanda Biezdomny.

— Eh bien avec euh... avec cette euh... dit le visiteur en faisant claquer ses doigts d'un geste impatient.

— Vous étiez marié ?

— Mais oui, et je cherche justement... avec cette... Varienka ?... Manietchka ?... Non, Varienka ?... Avec sa robe rayée, là, au musée... Ah, bref, j'ai oublié.

« Donc, elle me disait qu'elle était sortie ce jour-là avec des fleurs jaunes pour qu'enfin, je la rencontre, et que si cela ne s'était pas produit, elle se serait empoisonnée, car son existence était vaine.

« Oui, l'amour nous frappa comme l'éclair. Je le sus le jour même, une heure plus tard, quand nous nous retrouvâmes, sans avoir vu aucune des rues où nous étions passés, sur les quais, au pied des murailles du Kremlin.

« Nous causions comme si nous nous étions quittés la veille, comme si nous nous connaissions depuis de nombreuses années. Nous convînmes de nous retrouver le lendemain au même endroit, au bord de la Moskova. Et nous nous y retrouvâmes en effet. Le soleil de mai nous inondait de lumière. Et bientôt, très bientôt, cette femme devint secrètement mon épouse.

« Elle venait désormais chez moi tous les jours, et je commençais à l'attendre dès le matin. Je manifestais mon impatience, tout d'abord, en déplaçant inutilement les objets sur la table. Puis, au bout de dix minutes, je m'asseyais sous la fenêtre et je prêtais l'oreille, dans l'espoir d'entendre le grincement du vieux portillon. Et voyez comme c'est curieux : jusqu'alors, notre petite maison recevait rarement des visites – disons, plus simplement, qu'il n'y venait personne –, mais maintenant, j'avais l'impression que toute la ville s'y donnait rendez-vous.

[« Le portillon battait, mon cœur battait, et à hauteur de ma figure, derrière la vitre, je voyais apparaître, immanquablement, une paire de bottes sales. Un rémouleur. Mais qui, dans la maison, avait besoin d'un rémouleur ? Pour aiguiser quoi ? Quels couteaux ?]

« Le portillon ne grinçait pour elle qu'une fois, mais auparavant, je ne mens pas, mon cœur avait battu au moins dix fois. Ensuite, quand son heure arrivait, quand l'aiguille marquait midi, il ne cessait plus de battre à grands coups, jusqu'au moment où, sans heurt ni grincement, presque sans aucun bruit, s'encadraient dans l'étroite fenêtre ses souliers à nœud de daim noir fermés par une boucle d'acier brillant.

« Parfois mutine, elle s'arrêtait près de la seconde fenêtre, qu'elle frappait légèrement de la pointe du pied. En moins d'une seconde, je me précipitais à cette fenêtre, mais son soulier et la soie noire de son bas, qui masquaient le jour, disparaissaient aussitôt, et j'allais lui ouvrir.

« Personne ne connaissait notre liaison. Je m'en porte garant, bien que ce soit là, généralement, chose impossible. Son mari l'ignorait, ainsi que leurs amis. Dans la vieille maison particulière dont j'occupais le sous-sol, on était au courant, bien sûr, on voyait bien qu'une femme venait chez moi, mais on ignorait son nom.

— Qui est-elle donc ? demanda Ivan, intéressé au plus haut point par cette histoire d'amour.

Le visiteur fit un geste qui signifiait qu'il ne le dirait jamais, à personne, et poursuivit son récit.

Ivan apprit donc que le Maître et l'inconnue s'aimèrent si fort qu'ils devinrent absolument inséparables. Ivan se représentait même clairement le sous-sol de la vieille maison, avec ses deux pièces où régnait toujours une demi-obscurité, à cause du lilas et de la palissade, les vieux meubles brun-rouge délabrés, le bureau avec sa pendule qui sonnait toutes les demi-heures, et les livres, les livres qui s'entassaient de l'étagère peinte jusqu'au plafond enfumé, et le poêle.

Ivan apprit que le visiteur et son épouse secrète en étaient venus, dès les premiers jours de leur liaison, à la conclusion que c'était le destin lui-même qui les avait réunis au coin du boulevard de Tver, et qu'ils avaient été créés l'un pour l'autre, à jamais.

Ivan apprit, par le récit de son hôte, comment les amoureux passaient la journée. Elle arrivait et, avant toute chose, mettait un tablier. Dans l'étroite entrée où se trouvait l'évier qui, on ne sait pourquoi, faisait l'orgueil du pauvre malade, elle allumait un réchaud à pétrole sur une table de bois et préparait le déjeuner, qu'elle servait ensuite sur la table ovale de la première pièce. Quand vinrent les orages de mai et que les eaux, roulant à grand bruit devant leurs fenêtres aveuglées, s'engouffraient sous le porche et menaçaient de noyer leur dernier refuge, les amants rallumaient le poêle et y cuisaient des pommes de terre. Et des jets de vapeur sortaient des pommes de terre brûlantes, dont la peau noircie leur tachait les doigts. Du sous-sol de la petite maison montaient des rires, tandis que les arbres du jardin, se secouant après la pluie, laissaient tomber sur le sol des grappes de fleurs blanches.

Lorsque les orages firent place à la lourde chaleur de l'été, un vase de roses fit son apparition, ces roses qu'ils aimaient tous les deux et qu'ils avaient si longtemps attendues. Celui qui se qualifiait lui-même de Maître travaillait avec fièvre à son roman, et l'inconnue, elle aussi, s'y absorbait toute.

— Vrai, par moments, j'en devenais jaloux, murmura le visiteur nocturne dont la lune avait révélé la venue sur le balcon d'Ivan.

Enfonçant dans ses cheveux ses doigts fins aux ongles taillés en longues pointes, elle relisait interminablement ce qu'il avait écrit. Quand enfin elle avait terminé, elle se remettait à broder la toque noire. Parfois, elle s'accroupissait près des étagères inférieures, ou se dressait sur la pointe des pieds pour atteindre les rayons supérieurs, et passait un chiffon sur les centaines de livres poussiéreux. Elle le pressait, lui prédisait la gloire, et c'est ainsi qu'elle se mit à l'appeler « Maître ». Elle attendait impatiemment les derniers mots promis sur le cinquième procurateur de Judée, elle récitait d'une voix chantante des phrases entières qui lui avaient plu, et elle disait que ce roman était sa vie.

Il fut achevé au mois d'août, et remis à une dactylographe inconnue qui le tapa en cinq exemplaires. Enfin, l'heure vint où il fallut quitter le refuge secret et rentrer dans la vie.

— Et je rentrai dans la vie avec mon roman sous le bras, et c'est alors que ma vie prit fin, murmura le Maître en baissant la tête, et pendant un long moment, Ivan le vit hocher faiblement sa triste toque noire, avec son « M » jaune.

Il poursuivit son récit, mais celui-ci devint quelque peu décousu : tout ce qu'Ivan put comprendre, c'est qu'une sorte de catastrophe survint alors dans la vie de son hôte.

— J'entrais pour la première fois dans le monde de la littérature, mais maintenant que tout est fini, maintenant que ma perte est consommée, je ne m'en souviens qu'avec horreur ! chuchota le Maître d'un ton solennel, en levant le bras. Quel coup terrible il m'a porté, ah ! il m'a tué !

— Qui donc ? demanda Ivan dans un murmure à peine audible, tant il craignait d'interrompre le narrateur, visiblement bouleversé.

— Mais je vous le dis : le rédacteur – le rédacteur en chef ! Donc, ayant lu mon roman, il me regarda comme si j'avais un phlegmon à la joue, puis se mit à loucher vers le coin de la pièce et eut même un petit rire confus. Sans aucune raison, il chiffonnait le manuscrit, tout en couinant comme un canard. Il me posa des questions qui, à mon avis, n'avaient aucun sens. Sans dire un mot du roman lui-même, il me demanda qui j'étais et d'où je sortais, si j'écrivais depuis longtemps et pourquoi on n'avait encore jamais entendu parler de moi, et il me posa même une question, à mon sens, parfaitement idiote : qui avait bien pu me mettre en tête d'écrire un roman sur un sujet aussi étrange ? À la fin, comme il m'assommait, je lui demandai carrément si, oui ou non, il allait publier mon livre. Il se mit alors à se trémousser, à bredouiller je ne sais quoi d'un air gêné, et finit par me dire qu'il n'avait pas le pouvoir de résoudre seul cette question et que mon œuvre devait être soumise à d'autres membres de la rédaction, c'est-à-dire aux critiques Latounski et Ariman et à l'écrivain Mstislav Lavrovitch. Il me demanda de revenir dans quinze jours. Je revins donc quinze jours après, et fus reçu par une jeune fille dont les yeux regardaient le bout de son nez, à cause de son habitude de mentir constamment.

— C'est Lapchennikova, la secrétaire de rédaction, dit en riant Ivan, qui connaissait fort bien ce monde que le visiteur décrivait avec tant de courroux.

— C'est possible, coupa celui-ci. En tout cas, elle me rendit mon roman, bien taché de graisse et dans un état parfaitement lamentable. Puis, en s'efforçant de ne pas me regarder dans les yeux, cette Lapchennikova m'informa que la rédaction avait de la matière pour deux ans d'avance, et que par conséquent, la question de la publication de mon roman, comme elle dit, « tombait d'elle-même ».

« Voyons, qu'est-ce que je me rappelle, après cela ? marmotta le Maître, en se passant la main sur le front. Ah oui : les pétales de roses rouges qui s'effeuillent sur la page de titre, et puis les yeux de mon amie. Oui, je me rappelle ces yeux.

Le récit du visiteur se fit de plus en plus embrouillé, de plus en plus entrecoupé de réticences et d'omissions. Il parla vaguement de pluie oblique et de désolation dans le refuge du sous-sol, et d'on ne sait trop quelles nouvelles démarches de sa part. Mais il s'exclama, dans un souffle, que si elle l'avait poussé à la lutte, il ne lui en faisait aucun reproche, oh non !, aucun reproche.

Ensuite, comme l'apprit Ivan, il s'était produit quelque chose de tout à fait bizarre et inattendu. Un jour notre héros, ouvrant son journal, y trouva un article du critique

Ariman, [intitulé « Une tentative de l'ennemi »,] où ledit Ariman avertissait tout un chacun qu'il – notre héros – avait tenté de faire imprimer subrepticement une apologie de Jésus-Christ.

— Ah oui ! Je me souviens de ça ! s'écria Ivan. Mais j'ai oublié votre nom.

— Laissons mon nom de côté, je vous le répète, je n'en ai plus, dit le visiteur. La question n'est pas là. Le lendemain, dans un autre journal, je découvris, sous la signature de Mstislav Lavrovitch, un autre article dont l'auteur proposait de porter un coup, et un coup très dur, à cette pilaterie et à toute cette bondieuserie qu'on avait essayé subrepticement (encore ce maudit terme !) de publier.

« C'est la première fois que je voyais ce mot : « pilaterie » et, encore tout étonné, j'ouvris un troisième journal. Il y avait, cette fois, deux articles : un de Latounski, et un autre signé des initiales « N. E. ». Eh bien, je vous l'assure, les œuvres d'Ariman et de Lavrovitch peuvent être considérées comme du badinage en comparaison de ce qu'écrivait Latounski. Qu'il me suffise de vous dire que son article s'intitulait : « Un vieux croyant militant ». Je fus tellement absorbé par la lecture de cet article que je ne m'aperçus de sa présence (j'avais oublié de fermer la porte) que quand elle fut devant moi, tenant son parapluie mouillé et des journaux, mouillés eux aussi. Ses yeux lançaient des éclairs et ses mains, glacées, tremblaient. Elle se jeta d'abord à mon cou et m'embrassa, puis d'une voix rauque, en frappant du poing sur la table, elle déclara qu'elle allait empoisonner Latounski.

Ivan eut un petit gémissement confus, mais ne dit rien.

— Vinrent alors les longues et lugubres journées d'automne, continua le visiteur. L'étrange échec de mon roman m'avait, pour ainsi dire, arraché une partie de mon âme. Au fond, je n'avais plus rien à faire, et ma vie se passait à attendre un rendez-vous après l'autre. C'est alors qu'il m'arriva quelque chose – le diable sait quoi, mais quelque chose que Stravinsky, sans doute, a su comprendre depuis longtemps. Pour tout dire, je fus saisi d'angoisses, et je me mis à avoir des pressentiments.

[« Les articles, remarquez-le bien, continuaient. Pour les premiers, je n'ai fait qu'en rire. Mais plus il en paraissait, plus mon attitude à leur égard se modifiait. Après l'amusement, vint un stade d'étonnement. À chaque ligne, littéralement à chaque ligne de ces articles, on sentait un manque de conviction, une fausseté extraordinaires, en dépit de leur ton convaincu et menaçant. Il m'a toujours semblé – et je n'ai pas pu me défaire de cette idée – que les auteurs de ces articles ne disaient pas ce qu'ils auraient voulu dire, et que c'était cela, justement, qui provoquait leur fureur. Ensuite, figurez-vous cela, commença un troisième stade : le stade de la peur. Peur, non pas de ces articles, comprenez-moi bien, mais peur d'autres choses, de choses sans aucun rapport avec eux, ni avec le roman.]

« Ainsi, par exemple, j'avais maintenant peur de l'obscurité. Bref, j'étais dans un état de morbidité psychique. J'avais l'impression, surtout quand je fermais les yeux pour m'endormir, qu'une sorte de pieuvre, excessivement flexible et froide, allongeait – furtivement mais inexorablement – ses tentacules vers mon cœur. Et il me fallut dormir avec la lumière.

« Ma bien-aimée en fut visiblement et profondément affectée (je ne lui parlai pas de la pieuvre, naturellement, mais elle vit bien que quelque chose, en moi, n'allait pas du tout). Elle devint maigre et pâle, cessa complètement de rire et se mit à m'implorer, à tout propos, de lui pardonner de m'avoir conseillé de faire publier un extrait de mon roman. Elle me supplia de la quitter et de partir pour le Midi, au bord de la mer Noire, et de consacrer à ce voyage tout ce qui restait des cent mille roubles.

« Elle insista tellement que, pour éviter des discussions – quelque chose me disait que je ne devais pas partir pour la mer Noire –, je promis de lui obéir d'ici quelques jours. Mais elle me dit qu'elle irait elle-même chercher mon billet. Je pris alors tout l'argent qui me restait, soit environ dix mille roubles, et le lui remis.

« — Mais pourquoi ? C'est trop, s'étonna-t-elle.

« Je lui expliquai vaguement que je craignais les voleurs, et que je lui demandais de garder cet argent jusqu'à mon départ. Elle le prit donc et le rangea dans son sac, puis elle m'embrassa en me disant qu'elle préférerait mourir plutôt que de me laisser seul dans cet état, mais qu'on l'attendait et qu'elle devait donc se soumettre à la nécessité, mais qu'elle reviendrait demain. Elle me supplia de n'avoir peur de rien.

« C'était à la mi-octobre, au crépuscule. Elle s'en alla. Je m'étendis sur mon divan sans allumer la lampe, et m'endormis. Et soudain, je m'éveillai avec la sensation que la pieuvre était là. Tâtonnant dans le noir, j'eus peine à trouver la lampe, que j'allumai. Ma montre indiquait deux heures du matin. Je m'étais endormi souffrant, je me réveillai franchement malade. Il me sembla soudain que les ténèbres de la nuit d'automne allaient enfoncer la fenêtre et rouler dans la chambre, et que j'allais m'y noyer comme dans un flot d'encre. J'étais désormais comme un homme incapable de se maîtriser. Je criai, et la pensée me vint de me précipiter chez quelqu'un, n'importe qui, fût-ce même mon propriétaire, là-haut dans la maison. Je luttai contre moi-même comme un insensé. Je trouvai la force de me traîner jusqu'au poêle, et d'y allumer un feu de bois. Quand il se mit à crépiter, je claquai la porte du poêle, et me sentis un peu mieux. Je me précipitai dans l'entrée, fis de la lumière, trouvai une bouteille de vin blanc, la débouchai, et me mis à boire au goulot. Mon épouvante en fut quelque peu atténuée – tout au moins, au point de m'empêcher de courir chez mon propriétaire –, et je revins près du poêle. J'en ouvris la porte, de sorte que la chaleur commença à me cuire le visage et les mains, et je murmurai :

« — Oh devine, sens comme je suis malheureux… et viens, viens, viens !…

« Mais personne ne vint. Dans le poêle, le feu ronflait, et la pluie cinglait les vitres. C'est alors qu'eut lieu le dernier événement. Je sortis d'un tiroir les lourdes copies du roman, ainsi que le brouillon manuscrit, et entrepris de tout brûler. C'était terriblement difficile, car le papier couvert d'écriture brûle mal. Je me cassai les ongles à déchirer les cahiers, puis, debout devant le poêle, je les glissai un à un entre les bûches et remuai les feuilles à coups de tisonnier. Par moments, malgré mes efforts, la cendre prenait le dessus et étouffait les flammes, mais je me battais avec elle et le roman, en dépit d'une résistance acharnée, succombait. Les mots familiers surgissaient devant mes yeux. Une teinte jaune montait irrésistiblement à l'assaut des pages, mais les mots s'y voyaient encore. Ils ne s'effaçaient que lorsque le papier devenait noir. Tisonnier au poing, j'achevai alors de les écraser avec fureur.

« À ce moment, quelqu'un gratta doucement à la fenêtre. Mon cœur bondit dans ma poitrine. Je plongeai le dernier cahier dans les flammes et me précipitai pour ouvrir. Un petit escalier de briques conduisait du sous-sol à la porte de la cour. Je courus jusqu'à celle-ci en trébuchant et demandai à voix basse :

« — Qui est là ?

« Et une voix – sa voix à elle – répondit :

« — C'est moi…

« Je ne me rappelle pas comment je vins à bout de la chaîne et de la clef. Dès qu'elle fut entrée, elle se serra contre moi, toute trempée et tremblante, les cheveux défaits et les joues mouillées. Je ne pus prononcer qu'un seul mot :

« — Toi… toi ?… et ma voix se brisa, et nous descendîmes les marches en courant.

Dans l'entrée, elle se débarrassa de son manteau, et nous gagnâmes aussitôt la grande pièce. Avec un faible cri elle arracha du poêle, de ses mains nues, le dernier paquet de feuilles que les flammes avaient commencé de ronger par en-dessous, et elle le jeta sur le plancher. Aussitôt, la fumée envahit la chambre. J'éteignis les flammes en les piétinant, tandis qu'elle s'effondrait sur le divan et se mettait à sangloter convulsivement, sans pouvoir se retenir.

« Quand elle fut un peu calmée, je lui dis :

« — J'ai pris ce roman en haine, et j'ai peur. Je suis malade. J'ai peur.

« Elle se leva vivement et dit :

« — Mon Dieu, comme tu es mal. Pourquoi, pourquoi ? Mais je te sauverai, je te sauverai. Mais qu'arrive-t-il ?

« Je vis ses yeux rougis et emplis de larmes par la fumée, et je sentis ses mains froides qui caressaient mon front.

« — Je te guérirai, je te guérirai, balbutia-t-elle en s'agrippant à mes épaules. Et tu le récriras. Mais pourquoi, pourquoi n'en ai-je pas gardé un exemplaire ?

« Grinçant des dents de rage, elle dit encore quelque chose que je ne saisis pas. Puis, les lèvres serrées, elle entreprit de rassembler et d'arranger tant bien que mal les feuillets entamés par le feu. C'était un chapitre du milieu du roman, je ne me rappelle pas lequel. Elle rangea soigneusement les pages, les enveloppa dans un papier et attacha le tout avec un ruban. Tous ses actes respiraient la décision et la maîtrise de soi. Elle me demanda du vin et, après avoir bu, dit d'un ton beaucoup plus calme :

« — C'est ainsi que le mensonge se paie, et je ne veux plus mentir. J'ai envie de rester avec toi maintenant, mais je ne veux pas le faire de cette façon. Je ne veux pas qu'il se souvienne, pour toujours, que je me suis sauvée une nuit… Il ne m'a jamais fait aucun mal… On l'a appelé d'urgence, parce qu'il y a un incendie dans l'usine où il travaille. Mais il va rentrer bientôt. Je m'expliquerai avec lui demain matin, je lui dirai que j'en aime un autre, et je reviendrai près de toi, pour toujours. Mais réponds-moi : peut-être que tu ne veux pas ?

« — Ma pauvre, pauvre amie, lui dis-je. Je ne veux pas que tu fasses cela. Tu ne seras pas heureuse avec moi, et je ne veux pas que tu te perdes avec moi.

« — C'est la seule raison ? demanda-t-elle en approchant ses yeux tout près des miens.

« — La seule.

« Avec une excessive vivacité, elle se serra contre moi, noua ses bras autour de mon cou et dit :

« — Eh bien, je me perds avec toi. Demain matin je serai ici.

« Et voici la dernière chose que je me rappelle de ma vie : une bande de lumière découpée dans la nuit par ma porte d'entrée, et dans cette bande de lumière, une mèche folle dépassant de son béret, et ses yeux pleins de résolution. Je me rappelle aussi une silhouette noire dans l'encadrement de la porte de la cour, avec un paquet blanc.

« — Je t'aurais bien accompagnée, lui dis-je, mais je n'aurais pas eu la force de rentrer seul – j'ai peur.

« — N'aie pas peur. Patiente quelques heures. Demain matin je serai près de toi.

« Ce sont les dernières paroles d'elle que j'entendis dans ma vie…

— Chut !… fit soudain le malade, s'interrompant lui-même, et il leva le doigt. Nuit de lune bien agitée, aujourd'hui…

Il se cacha sur le balcon. Ivan entendit un chariot rouler dans le couloir et quelqu'un pousser un sanglot ou un faible cri.

Quand le silence fut revenu, le visiteur rentra et annonça à Ivan que la chambre 120 était maintenant occupée. Celui qu'on y avait amené réclamait sans cesse qu'on lui rendît sa tête. Inquiets, les deux interlocuteurs se turent un moment, puis, rassurés, revinrent au récit interrompu. Le visiteur ouvrit la bouche, mais décidément, la nuit était effectivement agitée. Des voix, maintenant, se faisaient entendre dans le corridor. Le visiteur se mit alors à parler à l'oreille d'Ivan, à voix si basse que seul le poète put entendre ce qu'il racontait, à l'exclusion de la première phrase :

— Un quart d'heure après qu'elle m'eut quitté, on frappa à ma fenêtre…

Visiblement, ce que le malade murmura à l'oreille d'Ivan jeta celui-ci dans un grand trouble. De temps à autre, son visage se crispait convulsivement, tandis que des vagues tumultueuses de terreur et de rage passaient dans ses yeux. Plusieurs fois, le narrateur tendit le doigt, comme pour montrer on ne sait quoi, en direction de la lune, qui depuis longtemps déjà avait quitté l'embrasure de la fenêtre. Lorsque enfin on eut cessé de percevoir le moindre bruit extérieur, le visiteur s'écarta d'Ivan et reprit d'une voix plus distincte :

— Ainsi donc, une nuit de la mi-janvier, dans ce même manteau mais dont tous les boutons étaient arrachés, je grelottais de froid dans ma petite cour. Derrière moi, le buisson de lilas était enfoui sous un tas de neige, et devant moi, en contrebas, je voyais mes deux petites fenêtres masquées par des rideaux et faiblement éclairées. Je me collai contre l'une d'elles et prêtai l'oreille : dans ma chambre jouait un gramophone. C'est tout ce que je pouvais entendre, et je ne pus rien voir. Après être demeuré là un moment, je gagnai le portillon de la cour et me retrouvai dans la rue. Là, la tourmente de neige s'en donnait à cœur joie. Un chien qui vint se jeter dans mes jambes m'effraya, et je traversai la rue en courant. Le froid et la terreur qui, désormais, m'accompagnait partout m'avaient mis dans un état de véritable frénésie. Je ne savais où aller, et le plus simple, évidemment, eût été de me jeter sous l'un de ces tramways qui passaient là-bas, dans l'avenue où donnait ma petite rue. De loin, je voyais ces grosses boîtes vivement illuminées et couvertes de givre, et j'entendais leur horrible grincement sur les rails gelés. Mais voilà, mon cher voisin, toute la question : la terreur régnait sur chaque cellule de mon corps, et tout comme un chien, j'avais également peur des tramways. Non, non, il n'y a pas, dans cette maison, de mal pire que le mien, croyez-moi !

— Mais enfin, dit Ivan, plein de compassion pour le pauvre malade, pourquoi ne lui avez-vous rien dit, à elle ? De plus, elle a votre argent ? Elle l'a gardé, naturellement, non ?

— N'en doutez pas : bien sûr, elle l'a gardé. Mais je vois que vous ne me comprenez pas. Ou plutôt, sans doute ai-je perdu ce don, que je possédais jadis, de décrire les choses. Du reste, je n'ai guère à le regretter, puisque désormais, il ne me servira plus à rien. Elle recevrait donc (le visiteur regarda pieusement les ténèbres de la nuit) une lettre de la maison de fous. Mais peut-on envoyer une lettre avec une pareille adresse… Asile d'aliénés ? Vous plaisantez, mon ami ! La rendre malheureuse ? Non – cela, j'en suis incapable.

Ivan ne trouva rien à objecter, et c'est en silence qu'il compatit, qu'il souffrit pour son hôte. Celui-ci, tourmenté par ses souvenirs, hocha sa tête toujours coiffée de la toque noire et dit :

— Pauvre femme… D'ailleurs, j'ai toujours l'espoir qu'elle m'ait oublié…

— Mais vous pouvez guérir… suggéra timidement Ivan.

— Je suis incurable, répondit tranquillement le visiteur. Quand Stravinsky dit qu'il me rendra à une vie normale, je ne le crois pas. Par humanité, il veut simplement me consoler. D'ailleurs, je ne le nie pas, je me sens maintenant beaucoup mieux. Bon, enfin, où en étais-je donc ? Ah oui, le froid, les tramways qui filaient… Je savais qu'on venait d'ouvrir cette clinique, et je traversai toute la ville à pied, dans le dessein de venir ici. Folie ! Une fois sorti de la ville, je serais certainement mort de froid, mais le hasard me sauva. Quelque chose s'était détraqué dans un camion – c'était à environ quatre kilomètres des portes –, je m'approchai du chauffeur et, à mon grand étonnement, il me prit en pitié. Le camion venait ici. Il m'emmena. J'en fus quitte pour avoir les doigts du pied gauche gelés. Mais on me les a guéris. Et cela va faire maintenant quatre mois que je suis ici. Et vous savez, je trouve qu'ici, ce n'est vraiment, vraiment pas mal. Décidément, mon cher voisin, on a bien tort de vouloir faire des grands projets, ça ne sert à rien ! Moi, par exemple, je voulais faire tout le tour du Globe terrestre. Eh bien, comme vous le voyez, le sort en a décidé autrement. Je ne verrai jamais qu'une infime portion de ce globe. Et je pense que c'est loin d'être la meilleure que l'on puisse trouver, mais – je le répète – ce n'est déjà pas si mal. Voici l'été qui approche, le lierre va s'enrouler au balcon, comme l'a promis Prascovia Fiodorovna. Les clefs ont élargi mes possibilités. La nuit, nous aurons la lune. Tiens, elle est partie ! Il fait plus frais. Il va être minuit. Il est temps que je parte.

— Mais dites-moi, qu'est-il arrivé ensuite à Yeshoua et à Pilate ? demanda Ivan. Je vous en prie, j'ai besoin de le savoir.

— Ah non, non ! répondit le visiteur avec une grimace douloureuse. Quand je pense à mon roman, j'en ai la chair de poule. Mais votre homme de l'Étang du Patriarche pourrait vous dire cela bien mieux que moi. Merci d'avoir bien voulu bavarder avec moi. Au revoir.

Avant que le poète eût le temps d'esquisser un geste, le grillage se referma avec un léger cliquetis, et le visiteur nocturne disparut.

14. Gloire au coq !

Ses nerfs ayant, comme on dit, craqué, Rimsky, sans attendre la fin de la rédaction du procès-verbal, courut s'enfermer dans son cabinet. Assis à son bureau, les yeux rouges et gonflés, il contemplait les billets de dix roubles magiques étalés devant lui. Et le directeur financier sentait qu'il perdait l'esprit. Du dehors montait un grondement continu : c'était le public qui s'écoulait à flots du théâtre. L'oreille, devenue extraordinairement fine, de Rimsky perçut tout à coup distinctement la stridulation d'un sifflet de milicien. Par lui-même, ce son n'augure généralement rien de bon. Mais lorsqu'il se répéta, lorsqu'un autre, plus long et plus impérieux, s'y joignit, et lorsqu'enfin à tout ce bruit vinrent se mêler, parfaitement reconnaissables, de gros rires et même une sorte de hululement, le directeur financier comprit tout de suite qu'il se passait quelque chose dans la rue – quelque chose de scandaleux et d'abominable. Il comprit également – quelque désir qu'il eût de s'aveugler là-dessus – que ce qui se passait était étroitement lié à la détestable séance donnée par le magicien noir et ses acolytes.

Le perspicace directeur financier ne s'était pas trompé. Il lui suffit de jeter un coup d'œil par la fenêtre qui donnait sur la Sadovaïa pour que son visage se contractât, et il souffla, ou plutôt siffla :

— Ça, je m'en doutais !

Sous la lumière crue des puissants réverbères, il vit sur le trottoir, juste en dessous de lui, une dame simplement vêtue d'un corsage et d'une culotte de couleur violette. La dame portait, il est vrai, un chapeau sur la tête et une ombrelle à la main. Autour de cette personne la foule, mi-clouée sur place, mi-désireuse de prendre la fuite, s'agitait dans la plus grande confusion, tout en émettant ces rires gras qui avaient donné froid dans le dos au directeur financier. Près de la dame, un citoyen qui avait hâtivement dépouillé son léger pardessus d'été se démenait, ne parvenant pas, à cause de l'émotion, à se dépêtrer de la manche où sa main s'était prise.

Des cris et des mugissements de rire partirent d'un autre endroit, exactement devant l'entrée de gauche du théâtre. Tournant la tête de ce côté, Grigori Danilovitch aperçut une seconde dame – en lingerie rose. Celle-ci bondit de la chaussée sur le trottoir, afin de se cacher dans l'entrée, mais le public qui sortait en foule du théâtre lui barrait le chemin, et la pauvre victime du commerce frauduleux de l'immonde Fahoth – victime aussi de sa propre légèreté et de son amour immodéré de la toilette – ne souhaita plus qu'une chose : disparaître sous terre. Vrillant l'air de ses coups de sifflet, un milicien s'élançait vers la malheureuse, suivi de près par un groupe de joyeux drilles en casquettes, principaux auteurs de ces hennissements d'hilarité.

Près de la première dame déshabillée, un cocher maigre à grosse moustache arrêta net sa haridelle fourbue, et sa figure moustachue s'alluma d'un sourire égrillard.

Rimsky se frappa le front du poing, cracha et s'écarta précipitamment de la fenêtre. Il demeura quelques instants assis à son bureau, écoutant le bruit de la rue. En différents points, les coups de sifflet redoublèrent, puis faiblirent et cessèrent tout à fait. À l'étonnement de Rimsky, le scandale fut liquidé avec une célérité inattendue.

Le temps était venu d'agir, de boire la coupe amère de la responsabilité. Les appareils ayant été réparés pendant la troisième partie du spectacle, il fallait téléphoner, informer qui de droit de ce qui s'était passé, demander de l'aide, se tirer d'affaire par tous les moyens, tout faire retomber sur Likhodiéïev pour se mettre soi-même hors de cause, et ainsi de suite. Zut pour le diable !

Par deux fois, le malheureux directeur financier posa la main sur le téléphone, et par deux fois il la retira. Et soudain, le silence sépulcral qui régnait dans la pièce fut déchiré par le téléphone lui-même, dont la sonnerie éclata en plein visage du directeur financier qui, saisi, sursauta. « Sapristi ! J'ai les nerfs sérieusement détraqués ! » pensa-t-il en décrochant le récepteur. Il l'avait à peine porté à son oreille qu'il l'en écarta vivement, le visage blanc comme du papier. Une douce voix de femme, à la fois insinuante et perverse, chuchotait dans l'appareil :

— Ne téléphone à personne, Rimsky. Sinon, ça ira mal…

Un silence de mort se fit aussitôt dans le récepteur. Le directeur financier en eut des fourmis dans le dos ; il raccrocha et, involontairement, regarda la fenêtre derrière lui. À travers les branches maigres et à peine verdissantes d'un orme, il vit la lune flotter dans la transparence d'un nuage. Le regard rivé, on ne sait pourquoi, aux branches de l'orme, Rimsky sentit que plus il les contemplait, plus la peur l'envahissait, grandissait en lui.

Enfin, au prix d'un pénible effort, le directeur financier se détourna de la croisée inondée de lune, et se leva. Il n'était plus, il ne pouvait plus être question de téléphoner, et le directeur financier ne songea plus qu'à une chose : comment sortir du théâtre au plus vite.

Il prêta l'oreille : un silence profond régnait dans la vaste maison. Rimsky comprit que, depuis longtemps déjà, il était seul à l'étage, et une peur enfantine, insurmontable, s'empara de lui à cette idée. Il ne put s'empêcher de frémir à la pensée qu'il allait lui falloir parcourir seul les longs corridors déserts, descendre seul les escaliers vides. D'un geste fébrile, il ramassa sur son bureau les billets de dix roubles – produit de quelque tour d'hypnotisme –, les fourra dans sa serviette et toussa, afin de se donner un peu de courage. Mais il ne put émettre qu'un toussotement faible et enroué.

À ce moment, il sentit comme un air d'humidité putride s'insinuer sous la porte et se répandre dans la pièce. Un frisson lui passa dans le dos. Au même instant, une horloge se mit soudain à sonner quelque part, égrenant les douze coups de minuit. Le directeur financier trembla. Mais le cœur lui manqua tout à fait lorsqu'il perçut le faible bruit d'une clef qui tournait dans la serrure. Ses mains moites et glacées cramponnées à la serviette, le directeur financier sentit que, si le léger cliquetis de la serrure ne cessait pas à l'instant, il allait se mettre à hurler.

Enfin la porte céda aux efforts du mystérieux visiteur, le battant tourna sur ses gonds, et Rimsky vit entrer silencieusement dans son bureau Variénoukha. Les jambes de Rimsky se dérobèrent sous lui et il tomba assis dans un fauteuil, fort heureusement placé derrière lui. Il aspira avidement une bouffée d'air, esquissa un sourire quelque peu obséquieux et dit faiblement :

— Bon Dieu, que tu m'as fait peur…

Qui n'eût pas été effrayé, en effet, par cette soudaine apparition ? Et cependant, elle fut en même temps la cause d'une grande joie : enfin, le bout d'un fil conducteur, tout au moins, semblait sortir de l'écheveau excessivement embrouillé de cette affaire.

— Allons ! jeta Rimsky d'une voix rauque en se raccrochant à ce bout de fil. Parle ! Parle vite ! Qu'est-ce que ça veut dire, tout ça ?

— Excuse-moi, je te prie, dit l'intrus d'une voix sourde en refermant la porte. Je croyais que tu étais déjà parti.

Et Variénoukha, sans ôter sa casquette, s'approcha d'un fauteuil, de l'autre côté du bureau, et s'assit.

Il faut dire que la réponse de Variénoukha était empreinte d'une certaine singularité ; si légère qu'elle fût, cette bizarrerie ne manqua pas de piquer au vif le directeur financier, qui pouvait, dans le moment présent, rivaliser de sensibilité avec les meilleurs séismographes du monde. Comment donc ? Pourquoi Variénoukha était-il entré dans le cabinet du directeur financier, s'il croyait que celui-ci n'y était pas ? D'abord, il avait son propre bureau – et d'une. Et de deux : quelle que fût l'entrée empruntée par Variénoukha pour pénétrer dans le théâtre, il ne pouvait manquer de rencontrer au moins l'un des gardiens de nuit, qui tous avaient été prévenus que Grigori Danilovitch Rimsky allait demeurer encore quelque temps dans son bureau. Mais le directeur financier ne médita pas longtemps sur cette étrangeté : ce n'était pas le moment.

— Pourquoi n'as-tu pas téléphoné ? Et qu'est-ce que c'est que tout ce guignol à propos de Yalta ?

— Exactement ce que j'avais dit, répliqua l'administrateur en claquant des lèvres, comme si une dent cariée le tourmentait. On l'a trouvé dans une gargote, à Pouchkino.

— Comment, à Pouchkino ? Mais c'est près de Moscou ! Et les télégrammes de Yalta ?

— Quel Yalta ? La barbe avec Yalta ! Il a soûlé le télégraphiste de Pouchkino, et à eux deux, ils ont imaginé toutes sortes de plaisanteries stupides, comme d'envoyer des télégrammes marqués « Yalta ».

— Ah, ah… Ah, ah… Ah bon. Bon, bon… dit – ou plutôt psalmodia – Rimsky.

En même temps, une petite flamme jaune s'allumait dans ses yeux, car son imagination venait de lui montrer un tableau des plus réjouissants : Stépan Likhodiéïev ignominieusement destitué de son poste. La délivrance ! Lui, directeur financier, enfin délivré de ce fléau incarné : Likhodiéïev ! Stépan Bogdanovitch destitué – et qui sait ? – peut-être pis encore…

— Les détails ! dit Rimsky en frappant la table d'un coup de presse-papiers.

Et Variénoukha raconta les détails. À peine s'était-il présenté là où le directeur financier l'avait envoyé qu'il fut reçu immédiatement, et écouté avec la plus grande attention. Bien entendu, personne n'admit, même un instant, l'idée que Stépan pouvait se trouver à Yalta. Tous adoptèrent d'emblée l'hypothèse de Variénoukha, selon qui Likhodiéïev, évidemment, se trouvait au Yalta de Pouchkino.

— Mais où est-il maintenant ? coupa le directeur financier, fort agité.

— Hé ! Où veux-tu qu'il soit ? répondit l'administrateur avec un sourire torve. Au commissariat, naturellement, en train de dessoûler dans la cellule spéciale !

— Bon, ça ! Parfait !

Variénoukha poursuivit son récit, et plus il avançait, plus la longue chaîne des goujateries et des scandaleux méfaits de Likhodiéïev se déroulait avec éclat aux yeux du directeur financier, et chaque maillon de cette chaîne se révélait pire que le précédent. Stépan n'avait-il pas imaginé, par exemple, de danser, complètement ivre, dans les bras d'un télégraphiste, sur la pelouse du bureau de poste de Pouchkino, accompagné par un joueur d'orgue de Barbarie qui n'avait sans doute rien de mieux à faire ! Ou de pourchasser sauvagement des citoyennes glapissantes de frayeur ! Ou d'essayer de se battre avec un serveur, encore au Yalta ! Ou d'éparpiller des poignées de ciboulette sur le plancher, toujours au Yalta ! Ou de casser d'un coup huit bouteilles de vin blanc sec Aï-Danil. Ou de démolir le compteur d'un taxi, dont le chauffeur avait refusé de lui passer le volant. Ou de menacer de faire arrêter des citoyens qui avaient essayé de mettre un terme à ses cochonneries… Bref, une horreur noire !

Stépan était bien connu dans les milieux théâtraux de Moscou, et tout le monde savait que « ce type-là n'était pas un cadeau ! » Mais cette fois, ce que racontait l'administrateur – même venant de Stépan – c'était trop. C'était même beaucoup trop…

Par-dessus le bureau, Rimsky scrutait d'un regard acéré le visage de l'administrateur, et plus celui-ci parlait, plus ce regard devenait sombre. Plus les horribles détails dont l'administrateur truffait son récit étaient vivants et pittoresques, plus le directeur financier doutait de la vérité de ce récit. Lorsque enfin, Variénoukha déclara que Stépan avait dépassé les bornes au point d'essayer de résister à ceux qui étaient venus le chercher pour le ramener à Moscou, le directeur financier fut définitivement convaincu que tout ce que lui racontait cet administrateur inopinément reparu à minuit n'était que mensonge – mensonge du premier mot jusqu'au dernier !

Variénoukha n'était pas allé à Pouchkino, et Stépan lui-même ne s'était jamais trouvé à Pouchkino. Il n'y avait pas eu de télégraphiste ivre, pas de verre brisé au Yalta, Stépan n'avait pas été attaché avec des cordes… – rien de tout cela n'avait existé.

À peine le directeur financier eut-il acquis la certitude que l'administrateur lui mentait qu'un frisson de terreur parcourut son corps des pieds à la tête ; et de nouveau, par deux fois, il eut la sensation qu'une humidité putride et délétère se répandait sur le plancher. Sans quitter un instant des yeux l'administrateur – lequel, étrangement recroquevillé dans son fauteuil, s'efforçait constamment de ne pas sortir de l'ombre bleue de la lampe de bureau et, chose bizarre, se dissimulait à moitié derrière un journal comme pour se protéger de la faible lumière de la lampe –, le directeur financier n'avait plus qu'une pensée : qu'est-ce que tout cela pouvait bien signifier ? Pourquoi, dans ce théâtre silencieux et vide où il était rentré si tard, l'administrateur lui mentait-il avec cette impudence ? Et la conscience d'un danger – d'un danger inconnu, mais redoutable – commença à torturer l'âme de Rimsky. Faisant semblant de ne pas remarquer les simagrées et les misérables ruses auxquelles Variénoukha se livrait avec son journal, Rimsky se mit à examiner le visage de l'administrateur, en ne prêtant plus qu'une attention distraite et intermittente aux divagations de celui-ci. Bien plus que les mystérieuses raisons de ce roman d'aventures fantaisiste et calomnieux à propos de Pouchkino, il y avait une chose que le directeur financier cherchait à s'expliquer : c'était l'étrange altération survenue dans l'aspect et les manières de Variénoukha.

Celui-ci avait beau tirer sur ses yeux la visière de sa casquette pour jeter de l'ombre sur son visage, il avait beau tourner et retourner son journal, cela n'empêcha pas le directeur financier de voir l'énorme bleu qui marquait sa figure, du côté droit, tout près du nez. De plus, le visage habituellement haut en couleur de l'administrateur était maintenant d'une pâleur crayeuse, morbide, et son cou, malgré la chaleur lourde de cette nuit, était frileusement enveloppé dans un vieux cache-col à rayures. Si l'on ajoute à cela la dégoûtante habitude de clapper et de sucer ses dents que l'administrateur semblait avoir contractée durant son absence, la profonde altération de sa voix, devenue sourde et bourrue, la fourberie et la couardise qui semblaient constamment tapies au fond de ses yeux, on peut en conclure avec assurance qu'Ivan Savélievitch Variénoukha était devenu méconnaissable.

Autre chose encore plongeait le directeur financier dans une lancinante inquiétude, mais quoi précisément ? – il n'aurait su le dire, quelque effort qu'il demandât à son cerveau enfiévré, quelque soin qu'il mît à examiner Variénoukha. Tout ce qu'il pouvait affirmer, c'est que le tableau formé par l'administrateur et le fauteuil familier où il se trouvait avait un caractère insolite, irréel.

— Enfin, ils en sont venus à bout, et ils l'ont embarqué dans une voiture, bourdonna Variénoukha en jetant un coup d'œil par-dessus son journal et en cachant son bleu de la paume de sa main.

À ce moment, d'un geste faussement machinal, Rimsky allongea la main et, tout en pianotant sur son bureau, il pressa de la paume le bouton de la sonnette électrique. Aussitôt, l'effroi lui glaça le cœur. Une sonnerie stridente aurait dû immédiatement retentir dans l'immeuble désert. Mais il n'y eut aucune sonnerie, et la main de Rimsky écrasait un bouton muet, mort. La sonnette ne répondait plus.

La manœuvre du directeur financier n'échappa pas à Variénoukha, qui tressaillit et demanda, tandis qu'un éclair de haine passait dans ses yeux :

— Pourquoi as-tu sonné ?

— Comme ça, machinalement..., répondit le directeur financier d'un ton vague, en retirant sa main. Puis d'une voix qui manquait de fermeté, il demanda à son tour : Qu'est-ce que tu as sur la figure ?

— C'est une voiture, je me suis cogné à la poignée de la portière, répondit Variénoukha en détournant les yeux.

« Il ment ! » s'écria intérieurement le directeur financier.

Et soudain, ses yeux s'arrondirent et devinrent complètement hagards, fixant d'un regard dément quelque chose, derrière le dossier du fauteuil où était assis Variénoukha.

Derrière le fauteuil, sur le plancher, s'allongeaient deux ombres croisées, l'une faible et grisâtre, l'autre plus épaisse et plus noire. Ces deux ombres dessinaient avec netteté le dossier du fauteuil et ses pieds taillés en pointe, mais au-dessus du dossier on ne voyait nulle ombre de la tête de Variénoukha, pas plus qu'on ne voyait l'ombre de ses pieds entre les pieds du fauteuil.

« Il n'a pas d'ombre ! » cria Rimsky en lui-même, horrifié et secoué d'un violent frisson.

Suivant le regard insensé de Rimsky, Variénoukha jeta un coup d'œil furtif derrière son fauteuil, et comprit qu'il était découvert. Il se leva – le directeur financier fit de même – et se recula d'un pas, en serrant sa serviette contre lui.

— Maudit, tu as deviné ! Tu as toujours été très malin, n'est-ce pas ? proféra Variénoukha en jetant au visage du directeur financier un éclat de rire haineux.

Et, d'un mouvement inattendu, il bondit à la porte, à laquelle il donna vivement un tour de clef. Jetant autour de lui des regards affolés, le directeur financier recula vers la fenêtre qui donnait sur le jardin et qu'inondait la clarté de la lune. Mais en se retournant, il vit, collé contre la vitre, le visage d'une jeune fille nue, et son bras nu qui, passé par le vasistas, essayait d'ouvrir l'espagnolette inférieure. Celle du haut était déjà ouverte.

Rimsky eut l'impression que la lampe du bureau s'éteignait soudain, et que le bureau lui-même se mettait à tanguer. Une vague glacée le submergea, mais – heureusement pour lui – il parvint à se dominer, et ne tomba pas. Il rassembla ce qui lui restait de forces pour crier – mais ce ne fut qu'un murmure :

— Au secours…

Devant la porte qu'il gardait, Variénoukha sautait d'un pied sur l'autre, et à chaque saut il demeurait un moment suspendu en l'air, animé d'un léger balancement. Les bras tendus vers Rimsky, il agitait ses doigts crochus, sifflait et clappait, tout en lançant des clins d'œil à la jeune fille de la fenêtre.

Aussitôt celle-ci, pour aller plus vite, passa sa tête rousse par le vasistas et tendit le bras autant qu'elle le put ; ses ongles griffèrent la crémone inférieure, et elle essaya d'ébranler le châssis. À ce moment, son bras se mit à s'allonger, comme s'il était en caoutchouc, en prenant une teinte verdâtre, cadavérique. Enfin, les doigts verts de la morte se refermèrent sur la poignée de l'espagnolette ; celle-ci tourna, et la croisée s'ouvrit. Rimsky poussa un faible cri et se colla contre le mur en tenant sa serviette devant lui comme un bouclier. Il se rendait compte que sa dernière heure était venue.

La croisée s'ouvrit largement, laissant entrer non la fraîcheur de la nuit et le parfum des tilleuls, mais une funèbre odeur de caveau. La morte franchit l'appui de la fenêtre, et Rimsky vit distinctement, sur sa poitrine, les taches hideuses de la décomposition.

À ce moment précis, de la construction basse située au cœur du jardin, derrière le tir, où logeaient les oiseaux qui participaient à certains programmes, – juste à ce moment monta le cri joyeux d'un coq. Un coq braillard et bien dressé qui annonçait ainsi aux habitants de Moscou, en claironnant, que là-bas, à l'Orient, naissait l'aurore.

Une fureur sauvage tordit les traits de la jeune fille qui jeta, d'une voix rauque, une bordée de jurons. Devant la porte, Variénoukha qui flottait en l'air poussa une plainte aiguë et tomba lourdement sur le plancher.

Au second cri du coq, la jeune fille claqua des dents, et ses cheveux roux se dressèrent sur sa tête. Au troisième cri, elle tourna le dos et s'envola par la fenêtre. À sa suite, Variénoukha, d'une détente de ses jambes, se lança en l'air, prit une position horizontale et, semblable à Cupidon volant, passa lentement au-dessus du bureau, franchit la croisée et s'enfonça dans la nuit.

Un vieillard aux cheveux blancs comme la neige, sans un seul fil noir – un vieillard qui, l'instant d'avant, était encore Rimsky – se rua vers la porte, tourna la clef, ouvrit le battant, et s'élança dans une course éperdue le long du couloir obscur. Parvenu au coin où s'amorçait la descente de l'escalier, il trouva à tâtons, en gémissant de terreur, le bouton électrique, et l'escalier s'éclaira. Mais le tremblant vieillard, secoué de frissons, manqua une marche et tomba : il avait cru voir, là-haut, Variénoukha plonger sur lui d'un vol lourd et indolent.

Rimsky se releva et dévala l'escalier jusqu'en bas. Dans le vestibule, il vit un gardien de nuit qui s'était endormi sur une chaise, près de la caisse. Rimsky passa devant lui sur la pointe des pieds et gagna furtivement la grande porte. Lorsqu'il se retrouva dans la rue, il se sentit passablement soulagé. Il reprit même suffisamment ses esprits pour s'apercevoir, en se frappant le front, qu'il avait oublié son couvre-chef dans son bureau.

Il va sans dire qu'il ne remonta pas le chercher. Haletant, il traversa en courant la large rue, au coin de laquelle, devant un cinéma, une petite lumière rouge se dessinait faiblement dans l'obscurité. En quelques secondes il atteignit le taxi, que personne, heureusement, n'eut le temps de héler avant lui.

— Un bon pourboire si vous me mettez au rapide de Léningrad, prononça le vieillard hors d'haleine, la main appuyée sur son cœur.

— Je rentre au garage, répondit le chauffeur d'un ton venimeux, en lui tournant le dos.

Rimsky dégrafa sa serviette et en tira cinq billets de dix roubles qu'il tendit au chauffeur par la vitre ouverte.

Une minute plus tard, vibrant de toute sa carcasse, le tacot fonçait sur le boulevard de la Ceinture Sadovaïa. Secoué par les cahots, le passager apercevait par instants, dans le morceau de glace accroché devant le conducteur, tantôt le regard épanoui de celui-ci, tantôt ses propres yeux, hagards.

Arrivé devant la gare, Rimsky s'élança hors de la voiture et cria au premier homme en blouse blanche munie d'une plaque qu'il rencontra :

— Une première pour Léningrad – trente roubles pour vous ! (Il arracha de sa serviette une poignée de billets froissés.) S'il n'y a pas de premières, une seconde… sinon, une troisième !

L'homme à la plaque jeta un coup d'œil à l'horloge lumineuse et arracha les billets de dix roubles des mains de Rimsky.

Cinq minutes plus tard, le rapide quittait la coupole vitrée de la gare et s'enfonçait dans les ténèbres, emportant Rimsky.

15. Le songe de Nicanor Ivanovitch

Le gros homme à physionomie rubiconde que l'on venait d'installer dans la chambre n° 119 de la clinique – on le devine aisément – n'était autre que Nicanor Ivanovitch Bossoï.

Cependant, il n'avait pas été amené directement chez le professeur Stravinsky, mais il avait dû faire, au préalable, un bref séjour dans un autre endroit. De cet autre endroit, la mémoire de Nicanor Ivanovitch ne retint que peu de choses. Il se rappela seulement y avoir vu un bureau, une armoire et un divan.

C'est là, cependant, que Nicanor Ivanovitch, dont la vue devait être quelque peu brouillée par l'afflux de sang et une grande agitation d'esprit, eut une première conversation ; mais cette conversation prit tout de suite une tournure bizarre, extrêmement confuse – ou pour mieux dire, ne prit aucune tournure.

La première question posée à Nicanor Ivanovitch fut celle-ci :

— Vous êtes Nicanor Ivanovitch Bossoï, président du comité d'immeuble du 302 bis rue Sadovaïa ?

À quoi Nicanor Ivanovitch, éclatant d'un rire affreux, répondit littéralement ainsi :

— Je suis Nicanor, naturellement, Nicanor ! Mais président, moi ? Quelle farce !

— Que voulez-vous dire ? demanda-t-on à Nicanor Ivanovitch en fronçant les sourcils.

— Hé, tout bonnement que si j'étais président, j'aurais dû faire tout de suite un constat, comme quoi c'était l'esprit du mal ! Et qu'est-ce que ça serait d'autre, hein ? Interprète de l'étranger, lui, avec son lorgnon cassé et ses espèces de loques ?

— Mais de qui parlez-vous ? demanda-t-on à Nicanor Ivanovitch.

— De Koroviev ! cria Nicanor Ivanovitch. Koroviev, qui s'est planqué chez nous, à l'appartement 50 ! Écrivez : Ko-ro-viev ! Il faut immédiatement lui mettre la main au collet ! Écrivez : escalier 6. C'est là.

— Où as-tu trouvé les devises ? demanda-t-on avec cordialité à Nicanor Ivanovitch.

— Dieu vrai, Dieu tout-puissant ! s'exclama Nicanor Ivanovitch. Vous voyez tout, et je n'ai que ce que je mérite. Je n'ai jamais eu entre les mains, je n'ai jamais soupçonné que j'avais je ne sais quelles devises ! Dieu me punit pour mes péchés ! continua avec feu Nicanor Ivanovitch qui, à tout moment, se signait, déboutonnait sa chemise ou la reboutonnait. J'ai touché, c'est vrai. Mais j'ai touché de l'argent de chez nous, soviétique ! J'ai signé des bons de logement pour de l'argent, je le reconnais. Mais Prolejniev, notre secrétaire – c'est un joli coco, lui aussi. D'ailleurs, à la gérance de l'immeuble, c'est tous des voleurs… Mais j'ai jamais touché de devises !

Comme on le priait de ne pas faire l'imbécile, mais de raconter plutôt comment les dollars étaient venus dans la bouche d'aération, Nicanor Ivanovitch tomba à genoux et bascula en avant, la bouche ouverte, comme s'il voulait avaler une latte du parquet.

— Faut-il que je mange la terre, beugla-t-il, pour vous prouver que je n'ai pas touché de devises ? Et que Koroviev est le diable !

Toute patience a ses limites. De l'autre côté de la table, on haussa le ton, et on donna à entendre à Nicanor Ivanovitch qu'il était grand temps pour lui de parler un langage humain.

À ce moment, la salle au divan retentit d'un hurlement sauvage de Nicanor Ivanovitch, qui bondit sur ses pieds :

— Le voilà ! Là, derrière l'armoire ! Il ricane ! Son lorgnon… Attrapez-le ! Aspergez la salle d'eau bénite !

D'un seul coup, le sang avait reflué du visage de Nicanor Ivanovitch. Tremblant de tous ses membres, il se mit à tracer de grands signes de croix en l'air, courut à la porte, revint sur ses pas, ne sachant où aller, entonna une espèce de prière – enfin, battit complètement la campagne.

Il était parfaitement clair, désormais, que Nicanor Ivanovitch était absolument incapable de participer à une conversation. On l'emmena et on l'installa dans une pièce isolée, où il se calma un peu, se contentant de prier et de pleurer à gros sanglots.

On se rendit, bien entendu, rue Sadovaïa, où l'on visita l'appartement 50. Mais on n'y trouva nul Koroviev, et personne dans l'immeuble n'avait vu ni ne connaissait Koroviev. L'appartement qu'avait occupé le défunt Berlioz – ainsi que Likhodiéïev avant son départ pour Yalta – était vide. Aux portes des meubles qui garnissaient le cabinet de travail, les scellés de cire, que nul n'avait détériorés, pendaient paisiblement. On les enleva et, en quittant le 302 bis rue Sadovaïa, on n'oublia pas d'emmener – complètement désemparé et abasourdi – le secrétaire Prolejniev.

Le soir, Nicanor Ivanovitch fut remis entre les mains du personnel de la clinique du professeur Stravinsky. Il s'y montra à ce point agité qu'on dut, selon les prescriptions de Stravinsky, lui faire une piqûre, et c'est seulement passé minuit que Nicanor Ivanovitch s'endormit dans la chambre 119, non sans pousser de temps à autre une sorte de mugissement étouffé, pénible et douloureux.

[Mais avec le temps, son sommeil devint meilleur, plus aisé. Il cessa de remuer et de geindre, sa respiration se fit légère et égale, et on le laissa seul.

Nicanor Ivanovitch fut alors visité par un songe, fondé incontestablement sur ses tribulations de la journée. Au début, Nicanor Ivanovitch eut la vision de gens inconnus, qui tenaient des trompettes d'or à la main et qui l'accompagnaient, d'un air plein de solennité, vers de grandes portes vernies. Arrivés devant ces portes, l'escorte de Nicanor Ivanovitch joua une fanfare, et une voix retentissante, descendue du ciel, dit gaiement :

— Soyez le bienvenu, Nicanor Ivanovitch, et rendez vos devises !

Extrêmement étonné, Nicanor Ivanovitch vit au-dessus de lui un haut-parleur noir.

Ensuite, sans savoir comment, il se trouva dans une salle de théâtre où, sous le plafond doré, étincelaient des lustres de cristal, tandis qu'aux murs brûlaient des quinquets. Tout était comme il convient dans un théâtre de petites dimensions, mais de grande richesse. Il y avait une scène, fermée par un rideau de velours cramoisi, semé, comme par des étoiles, d'images agrandies de pièces de dix roubles en or, il y avait un trou du souffleur, et même un public.

Nicanor Ivanovitch constata avec étonnement que toute cette assistance était du même sexe – masculin – et que tous les spectateurs, on ne sait pourquoi, portaient la barbe. En outre, il fut frappé de voir qu'il n'y avait aucune chaise dans la salle, et que tout le public était assis sur le parquet, merveilleusement ciré et glissant.

Rougissant de confusion dans cette société distinguée et nouvelle pour lui, Nicanor Ivanovitch, après quelques hésitations, suivit l'exemple général et s'assit à la turque sur le plancher, casé entre une espèce de géant à barbe rousse et un citoyen pâle et excessivement poilu. Personne n'accorda la moindre attention à ce nouveau spectateur.

À cet instant, une clochette tinta doucement, la lumière s'éteignit dans la salle et le rideau se leva, découvrant la scène éclairée où étaient disposés un fauteuil et une table recouverte d'une épaisse draperie de velours noir, sur laquelle se trouvait une petite clochette d'or.

Un artiste en smoking sortit alors des coulisses. C'était un jeune homme soigneusement rasé, aux cheveux séparés par une raie et au visage fort agréable. Un mouvement parcourut la salle, et toutes les têtes se tournèrent vers la scène. L'artiste s'approcha du trou du souffleur et se frotta les mains.

— Vous êtes tous assis ? demanda-t-il d'une voix de baryton veloutée, et il sourit au public.

— Nous sommes assis, nous sommes assis, répondit la salle en chœur, ténors et basses mêlés.

— Hm… fit pensivement l'artiste. Comment n'en êtes-vous pas fatigués, je me le demande ! Les autres gens, eux, ne s'en font pas, ils se promènent en ce moment dans les rues, ils jouissent du soleil et de la tiédeur du printemps, pendant que vous vous embêtez, assis par terre dans cette salle étouffante ! Vous trouvez vraiment ce programme intéressant ? Enfin, conclut philosophiquement l'artiste, chacun prend son plaisir où il le trouve…

Puis, changeant le timbre et les intonations de sa voix, il annonça d'un ton joyeux et sonore :

— Voici donc le numéro suivant de notre programme : Nicanor Ivanovitch Bossoï, président d'un comité d'immeuble et directeur d'une cantine diététique. Nous réclamons Nicanor Ivanovitch !

Des applaudissements unanimes répondirent à l'artiste. Éberlué, Nicanor Ivanovitch ouvrit de grands yeux, mais le présentateur, se protégeant de la main contre les lumières de la rampe, le découvrit du regard parmi les spectateurs assis et l'invita du doigt, d'un geste amical, à monter sur la scène. Nicanor Ivanovitch y fut l'instant d'après, sans savoir comment il y était venu. Les lumières multicolores de la rampe l'atteignaient en plein visage, de sorte que la salle et les spectateurs se trouvèrent noyés dans l'ombre.

— Eh bien, Nicanor Ivanovitch, montrez-nous l'exemple, dit cordialement le jeune artiste, et rendez vos devises.

Silence. Nicanor Ivanovitch reprit son souffle et dit faiblement :

— Je jure par Dieu que…

À peine eut-il prononcé ces mots que toute la salle éclata en cris d'indignation. Décontenancé, Nicanor Ivanovitch se tut.

— Pour autant que je vous aie compris, dit l'animateur du programme, vous aviez l'intention de jurer par Dieu que vous ne possédiez pas de devises ?

Et il regarda Nicanor Ivanovitch avec sympathie.

— Exactement, j'en ai pas, répondit Nicanor Ivanovitch.

— Bien, reprit l'artiste, mais… pardonnez mon indiscrétion, d'où sortaient donc, alors, les quatre cents dollars qu'on a trouvés dans les cabinets d'un appartement dont les seuls habitants sont vous-même et votre épouse ?

— Des dollars magiques ! lança quelqu'un, dans la salle obscure, d'un ton manifestement ironique.

— Magiques, exactement, répondit timidement Nicanor Ivanovitch, sans regarder précisément ni l'artiste, ni un point déterminé dans la salle. Puis il expliqua : C'est un esprit malin, un interprète en costume à carreaux, qui les a déposés là.

De nouveau, la salle explosa d'indignation. Quand le silence fut rétabli, l'artiste s'écria :

— Et voilà les fables de La Fontaine qu'il nous faut entendre ! On a déposé chez lui quatre cents dollars ! Vous êtes tous, ici, des trafiquants de devises, et je vous pose la question en tant que spécialistes : la chose est-elle pensable ?

— Nous ne sommes pas des trafiquants de devises, rétorquèrent des voix éparses et offensées, mais la chose est impensable !

— Je me rallie entièrement à votre opinion, dit l'artiste d'un ton ferme, et je vous demande : que peut-on déposer ?

— Un enfant, pour l'abandonner ! cria quelqu'un.

— Parfaitement juste, approuva l'animateur. On dépose un enfant, une lettre anonyme, une proclamation, une machine infernale, que sais-je encore, mais il ne viendrait à l'idée de personne de déposer chez autrui quatre cents dollars : pareil idiot n'existe pas dans la nature. (L'artiste se tourna vers Nicanor Ivanovitch et ajouta, d'un ton peiné et chargé de reproches :) Moi qui espérais tant de vous, vous me faites beaucoup de peine, Nicanor Ivanovitch. Voilà notre numéro raté.

Nicanor Ivanovitch fut sifflé par la salle.

— C'est un trafiquant de devises ! cria-t-on. C'est à cause de types comme lui que nous souffrons, alors que nous sommes innocents !

— Ne l'injuriez pas, dit doucement le présentateur, il se repent. (Tournant vers Nicanor Ivanovitch ses yeux bleus pleins de larmes, il ajouta :) Eh bien, Nicanor Ivanovitch, retournez à votre place.

Sur ce, l'artiste agita sa clochette et annonça d'une voix tonitruante :

— Entracte, bande de vauriens !

Quelque peu abasourdi de se trouver ainsi acteur d'un programme théâtral, Nicanor Ivanovitch retourna à sa place, sur le parquet. Là, il vit la salle soudain plongée dans une obscurité totale, tandis que des lettres de feu rougeoyaient sur la scène : « Rendez vos devises ! » Puis le rideau se rouvrit, et le présentateur dit :

— Serguéï Gerardovitch Dunchil est prié de monter sur la scène !

Dunchil était un homme d'une cinquantaine d'années, d'aspect fort respectable, mais d'une tenue extrêmement négligée.

— Serguéï Gerardovitch, lui dit le présentateur, voilà déjà un mois et demi que vous êtes ici, refusant obstinément de rendre les devises qui vous restent, à une époque où le pays en a besoin alors qu'elles vous sont totalement inutiles. Et cependant, vous persistez. Vous êtes un homme intelligent, vous comprenez parfaitement tout cela, et malgré tout, vous refusez de faire ce que je vous demande.

— Malheureusement, je ne peux rien faire, puisque je n'ai plus de devises, répondit calmement Dunchil.

— Mais n'avez-vous pas, tout au moins, des diamants ? demanda l'artiste.

— Pas de diamants non plus.

L'artiste baissa la tête et réfléchit un moment, puis frappa dans ses mains. Ce signal fit sortir des coulisses une dame d'âge moyen, vêtue à la mode, c'est-à-dire avec un manteau sans col et un chapeau minuscule. La dame avait un air inquiet, mais Dunchil la regarda sans le moindre froncement de sourcil.

— Qui est cette dame ? demanda l'animateur à Dunchil.

— C'est ma femme, répondit dignement Dunchil en considérant le long cou de la dame avec une certaine répugnance.

— Nous vous avons dérangée, madame Dunchil, dit le présentateur, pour la raison suivante : nous voulions vous demander si votre époux possédait encore des devises.

— Il a tout rendu, répondit madame Dunchil, non sans inquiétude.

— Bon, dit l'artiste, eh bien, s'il en est ainsi, c'est très bien. S'il a tout rendu, il ne nous reste plus qu'à faire tout de suite nos adieux à Serguéï Gerardovitch, n'est-ce pas ? Si cela vous plaît, ajouta-t-il avec un geste magnanime, vous pouvez quitter le théâtre, Serguéï Gerardovitch.

Calme et digne, Dunchil lui tourna le dos et se dirigea vers les coulisses.

— Une petite minute ! dit le présentateur, arrêtant Dunchil. Permettez-moi, en guise d'adieu, de vous montrer encore un numéro de notre programme.

Et de nouveau, il frappa dans ses mains.

Au fond de la scène, un rideau noir s'ouvrit pour laisser entrer une jeune beauté en robe de bal. Elle tenait dans ses mains un plateau d'or sur lequel étaient posés un paquet épais attaché à l'aide d'un ruban de boîte à bonbons et un collier de diamants qui projetait en tous sens des feux bleus, jaunes et rouges.

Dunchil recula d'un pas, le visage blême. La salle retint son souffle.

— Dix-huit mille dollars et un collier d'une valeur de quarante mille roubles-or, annonça solennellement l'artiste.

Voilà ce que Serguéï Gerardovitch gardait, à Kharkov, dans l'appartement de sa maîtresse Ida Herculanovna Wors, que nous avons le plaisir de voir ici et qui nous a aimablement aidés à découvrir ce trésor inestimable, mais inutilisable entre les mains d'un particulier. Grand merci, Ida Herculanovna.

La belle fille sourit : ses dents blanches étincelèrent, et ses cils, longs et fournis, battirent légèrement.

— Quant à vous, dit l'artiste à Dunchil, sous votre grand air de dignité se cache une araignée vorace et un menteur de la plus noire espèce. Depuis un mois et demi, votre obstination imbécile a lassé tout le monde. Allez-vous-en, rentrez chez vous, et que l'enfer que va vous organiser votre épouse soit votre châtiment.

Dunchil chancela et faillit tomber, mais des mains compatissantes le soutinrent. À ce moment, le rideau tomba, cachant tous ceux qui étaient sur la scène.

Des applaudissements frénétiques ébranlèrent la salle, au point que Nicanor Ivanovitch crut voir des étincelles jaillir des lustres. Quand le rideau se releva, il n'y avait plus personne en scène, sauf l'artiste. Il déchaîna une seconde salve d'applaudissements, s'inclina et dit :

— Vous venez de voir se produire dans notre spectacle, en la personne de ce Dunchil, un âne typique. N'avais-je pas eu le plaisir, hier encore, de vous dire que cacher des devises était un non-sens ? Personne ne peut s'en servir, en aucune circonstance, je vous l'affirme. Prenons simplement le cas de ce Dunchil. Il touche des appointements splendides, et n'a absolument besoin de rien. Il a un bel appartement, une femme, et une très jolie maîtresse. Eh bien non ! Au lieu de rendre ses devises et ses pierres et de vivre dans la paix et la tranquillité, sans soucis, cette andouille cupide a trouvé le moyen de se faire démasquer devant tout le monde, et de se procurer, pour la bonne bouche, les plus graves soucis familiaux. Alors, qui veut rendre ses devises ? Personne ? Dans ce cas, voici le numéro suivant de notre programme : notre invité spécial Savva Potapovitch Kouroliessov, le talent dramatique bien connu, qui va nous réciter des extraits du *Chevalier avare*, du poète Pouchkine.

Le Kouroliessov annoncé entra en scène sans se faire attendre, sous l'aspect d'un homme de haute taille et de complexion charnue, au visage rasé, en habit et cravate blanche. Sans aucun préambule, il se composa un visage sombre, fronça les sourcils et, louchant vers la clochette d'or, commença d'une voix dépourvue de naturel :

— Tel le jeune débauché qui attend l'heure de son rendez-vous avec quelque rusée putain… [1]

Et Kouroliessov raconta longuement, sur soi-même, les plus vilaines choses. Ainsi, Nicanor Ivanovitch entendit Kouroliessov avouer qu'une malheureuse veuve, sanglotante, s'était traînée à genoux devant lui sous la pluie, mais sans réussir à toucher le cœur endurci de l'artiste.

Avant son rêve, Nicanor Ivanovitch ne connaissait rigoureusement rien des œuvres de Pouchkine, mais il connaissait sans doute parfaitement Pouchkine lui-même et plusieurs fois par jour prononçait des phrases de ce genre : « Et le loyer, qui va le payer ? Pouchkine ? » ou bien : « La lampe de l'escalier, c'est Pouchkine, sans doute, qui l'a dévissée ? » ou encore : « Et le pétrole, c'est peut-être Pouchkine qui va aller l'acheter ? »…

---

1. Il s'agit des deux premiers vers du monologue du baron, dans la cave où sont cachés ses coffres remplis d'or, acquis par tous les moyens, y compris les plus vils (ainsi l'histoire de la veuve sanglotante). *Le Chevalier avare*, scène II, 1830. *(N.d.T.)*

Ayant ainsi fait connaissance avec l'une de ses œuvres, Nicanor Ivanovitch en fut attristé. Il se représenta la femme à genoux sous la pluie, et ses orphelins, et pensa involontairement : « Ce Kouroliessov, quand même, quel type ! »

Mais celui-ci, d'une voix de plus en plus forte, continuait à reconnaître ses fautes, puis tout à coup – Nicanor Ivanovitch, alors, n'y comprit plus rien – il s'adressa à quelqu'un qui n'était pas sur la scène, répondit lui-même à la place de cet absent, et se mit à s'appeler tantôt monseigneur, tantôt baron, tantôt père, tantôt fils, tantôt « vous », tantôt « tu ».

Nicanor Ivanovitch ne comprit qu'une chose : c'est qu'en fin de compte, l'artiste succomba à une vilaine mort ; il cria « Mes clefs ! Mes clefs ! », après quoi il s'écroula sur le plancher, en râlant et en arrachant, avec ménagements, sa cravate.

Quand il fut bien mort, Kouroliessov se releva, épousseta son pantalon, s'inclina avec un sourire faux et se retira, sous des applaudissements clairsemés. Le présentateur prit alors la parole en ces termes :

— Nous venons d'entendre, dans la remarquable interprétation de Savva Potapovitch, *Le Chevalier avare*. Ce chevalier espérait que des nymphes folâtres accourraient autour de lui, et beaucoup d'autres choses agréables dans ce genre. Mais, comme vous le voyez, rien de tout cela n'est arrivé, aucune nymphe n'est accourue vers lui, il n'a pas reçu l'hommage des muses, aucun palais ne s'est élevé dans ses jardins, mais au contraire, il a fini très mal, il a crevé comme un chien, d'une attaque, sur son coffre rempli de devises et de pierreries. Je vous préviens qu'il vous arrivera quelque chose de ce genre, sinon pire, si vous ne rendez pas vos devises !

Fut-ce l'impression produite par la poésie de Pouchkine, ou par le discours, plus prosaïque, de l'animateur – toujours est-il qu'une voix timide déclara dans la salle :

— Je rends mes devises.

— Ayez l'obligeance de monter sur la scène, dit courtoisement le présentateur en fouillant du regard la salle obscure.

Sur la scène apparut un citoyen blond, de petite taille, qui, à voir son visage, ne s'était pas rasé depuis quelque trois semaines.

— Excusez-moi : quel est votre nom ? s'enquit le présentateur.

— Kanavkine, Nicolas, répondit timidement le citoyen.

— Ah ! Très heureux, citoyen Kanavkine. Eh bien ?...

— Je rends tout, dit faiblement Kanavkine.

— Combien ?

— Mille dollars et vingt pièces d'or de dix roubles.

— Bravo ! C'est tout ce que vous avez ?

L'animateur fixa un regard aigu sur Kanavkine, et Nicanor Ivanovitch eut l'impression que des rayons jaillissaient de ses yeux et transperçaient Kanavkine de part en part, comme des rayons X. La salle avait cessé de respirer.

— Je vous crois ! s'écria enfin l'artiste en éteignant son regard. Je vous crois ! Ces yeux-là ne mentent pas ! Combien de fois, d'ailleurs, vous ai-je dit que votre erreur essentielle était de sous-estimer l'importance des yeux humains. Comprenez donc que si la langue peut dissimuler la vérité, les yeux – jamais ! On vous pose une question inattendue : vous ne tressaillez même pas, en une seconde vous reprenez vos esprits et vous savez ce que vous avez à dire pour cacher la vérité, vous parlez avec une entière assurance et aucun trait de votre visage ne bouge, mais – hélas ! – la vérité, alarmée par la question, ne fait qu'un bond du fond de votre âme jusqu'à vos yeux, – et c'est fini ! On la voit, et vous êtes pris !

Après avoir prononcé avec beaucoup de chaleur ce petit discours très convaincant, l'artiste demanda aimablement à Kanavkine :

— Et où avez-vous caché tout cela ?

— Chez ma tante Porokhovnikova, rue Prétchistenka.

— Ah ! C'est… attendez… c'est chez Claudia Ilinichna, non ?

— Oui.

— Ah oui ! Oui, oui, oui ! Une petite maison, hein ? Avec une petite palissade devant, hein ? Mais oui, je connais, je connais ! Et où les avez-vous fourrés ?

— À la cave, dans une boîte de cigares…

L'artiste joignit les mains.

— A-t-on jamais vu une chose pareille ! s'écria-t-il d'un ton affligé. Mais ils vont prendre l'humidité, ils vont être complètement moisis ! C'est incroyable que l'on confie des devises à des gens pareils ! Hein ? Naïfs comme des enfants ! Je vous jure !…

Conscient de l'étendue de son péché, Kanavkine baissa d'un air fautif sa tête duveteuse.

— L'argent, continua l'artiste, doit être conservé à la Banque d'État, dans les locaux spéciaux, bien secs et soigneusement gardés, et pas du tout dans la cave d'une tante, où ils risquent d'être, en particulier, abîmés par les rats ! Vrai, vous devriez avoir honte, Kanavkine, – vous, un adulte !

Kanavkine ne savait plus où se mettre, et triturait entre ses doigts le bord de sa veste.

— Enfin bon, dit l'artiste en s'adoucissant, ne parlons plus du passé… (Et soudain il ajouta, de manière tout à fait inattendue :) Oui, au fait… par la même occasion… pour ne pas déranger inutilement une voiture... la tante, elle a bien quelque chose, elle aussi, hein ?

Kanavkine, qui ne s'attendait nullement à voir les choses prendre cette tournure, sursauta, et un profond silence se fit dans la salle.

— Hé, hé, Kanavkine... dit le présentateur d'un ton d'amical reproche. Et moi qui allais faire son éloge ! Ça m'apprendra à me donner du tintouin pour rien ! Mais c'est stupide, Kanavkine ! Enfin, à l'instant, je viens de vous parler des yeux ! Ça se voit dans vos yeux, que la tante en a aussi. Alors, à quoi bon nous ennuyer ainsi ?

— Oui, elle en a ! cria bravement Kanavkine.

— Bravo ! cria le présentateur.

— Bravo ! rugit la salle épouvantablement.

Quand le calme fut revenu, le présentateur félicita Kanavkine, lui serra la main, lui offrit d'être reconduit chez lui en voiture, et ordonna à quelqu'un, dans les coulisses, de profiter de cette même voiture pour passer chez la tante et lui demander de venir participer au programme du théâtre féminin.

— Ah oui, je voulais vous demander : la tante ne vous a pas dit où elle cachait son bien ? s'informa le présentateur en offrant aimablement une cigarette à Kanavkine, qu'il lui alluma.

Celui-ci tira une bouffée, et pour toute réponse, eut un sourire mélancolique.

— Je vous crois, je vous crois, dit l'artiste en soupirant. Par le diable, cette vieille pingresse n'est pas comme son neveu, hein ? Enfin, nous essayerons d'éveiller chez elle des sentiments humains. Qui sait ? Toutes les cordes ne sont peut-être pas pourries dans sa méchante âme d'usurière. Allons, portez-vous bien, Kanavkine !

Et l'heureux Kanavkine s'en fut. L'artiste demanda si d'autres personnes désiraient rendre leurs devises, mais il n'obtint en réponse que le silence.

— Drôles de gens, ma parole ! grommela l'artiste en haussant les épaules, et le rideau, en tombant, le déroba aux regards.

Les lampes s'éteignirent, et dans l'obscurité qui régna quelque temps, on perçut une voix de ténor, lointaine et un peu nerveuse, qui chantait :

— Il y a là-bas des tas d'or, et ils m'appartiennent…

Puis, on ne sait où, des applaudissements assourdis éclatèrent par deux fois.

— Il y a une petite dame, au théâtre féminin, qui rend ses devises, dit soudain le voisin à barbe rousse de Nicanor Ivanovitch. Puis il soupira, et ajouta : Ah, s'il n'y avait pas mes oies !… Voyez-vous, cher monsieur, je possède à Lianozov, en toute propriété, un troupeau d'oies… et sans moi, je le crains, elles vont crever. C'est un oiseau combatif, mais tendre, qui exige des soins… Ah, s'il n'y avait pas mes oies !… Ce n'est pas avec Pouchkine qu'ils peuvent m'impressionner…

Et de nouveau, il poussa un profond soupir.

À ce moment, la salle fut brillamment éclairée, et Nicanor Ivanovitch vit entrer par toutes les portes des cuisiniers en bonnets blancs, qui tenaient chacun une louche à la main. Des marmitons amenèrent une immense bassine pleine de soupe, et un vaste plateau chargé de tranches de pain noir. Les spectateurs s'animèrent. Les joyeux cuistots s'affairèrent parmi ces amateurs passionnés de théâtre, versant la soupe dans des écuelles et distribuant le pain.

— Mangez, les gars, criaient les cuisiniers, et rendez vos devises ! Pourquoi rester ici ! Vous parlez d'un plaisir, de bouffer cette tambouille ! Vous seriez chez vous, à boire un bon petit coup, en cassant la croûte, hein, au poil !

— Toi, par exemple, pourquoi on t'a fourré ici, hein, mon petit père ? demanda un gros cuisinier à la nuque couleur de framboise en s'adressant directement à Nicanor Ivanovitch, tout en lui présentant une écuelle remplie d'un liquide où nageait, solitaire, une feuille de chou.

— Mais j'ai rien, moi ! Rien ! cria Nicanor Ivanovitch d'une voix effrayante. Tu m'entends, rien !

— Rien ? mugit le cuisinier d'une voix de basse menaçante. Rien ? demanda-t-il encore, d'une voix de femme pleine de douceur, rien, rien, répéta-t-il d'un ton rassurant en prenant tout à coup l'aspect d'une infirmière, de Prascovia Fiodorovna.

Avec douceur, elle secoua légèrement l'épaule de Nicanor Ivanovitch, qui gémissait dans son sommeil. Alors les cuisiniers s'évanouirent, ainsi que le théâtre et le rideau. Nicanor Ivanovitch, à travers ses larmes, discerna sa chambre d'hôpital, ainsi que deux personnages en blanc. Mais ce n'étaient pas du tout des cuisiniers désinvoltes, en train de distribuer, d'un air affairé, des conseils aux gens. C'étaient un docteur et Prascovia Fiodorovna, toujours elle, qui tenait à la main non pas une écuelle, mais une assiette recouverte de gaze sur laquelle était posée une seringue avec son aiguille.

— Qu'est-ce que c'est que ça, à la fin ? dit sombrement Nicanor Ivanovitch pendant qu'on lui faisait une piqûre. J'ai rien, moi, rien et rien ! Qu'ils les réclament à Pouchkine, leurs devises ! Moi j'ai rien !

— Mais oui, rien, rien du tout, dit d'un ton apaisant la compatissante Prascovia Fiodorovna. On ne peut pas vous demander l'impossible.

La piqûre soulagea Nicanor Ivanovitch, et il s'endormit d'un sommeil sans rêves.]

Mais, à cause de ses cris, son agitation se communiqua à la chambre 120, où le malade s'éveilla et se mit à chercher sa tête, et au 118, où un maître inconnu s'agita et se tordit les mains de désespoir, en regardant la lune et en se rappelant l'amère dernière nuit d'automne de sa vie, le rai de lumière sous la porte du sous-sol et la chevelure décoiffée par le vent.

Du 118, l'inquiétude vola par le balcon jusqu'à la chambre d'Ivan, qui s'éveilla à son tour et se mit à pleurer.

Mais le médecin de service eut tôt fait de ramener au calme ces esprits inquiets et chagrins, et peu à peu, ils se rendormirent. Ivan fut le dernier à s'assoupir, alors que déjà, au-dessus de la rivière, le ciel blanchissait. En s'écoulant dans toutes les veines de son corps, le médicament lui apporta la paix, qui le submergea comme le flot submerge la grève. Son corps s'allégea, et le souffle subtil et chaud de la somnolence purifia sa tête. Comme il s'endormait, le dernier son qui lui parvint du monde réel fut, annonçant l'aube, le pépiement des oiseaux dans la forêt. Puis tout se tut, et il rêva que, déjà, le soleil descendait par-delà le Mont Chauve, autour duquel un double cordon de soldats montait la garde…

16. Le supplice

Déjà, le soleil descendait par-delà le Mont Chauve, autour duquel un double cordon de soldats montait la garde.

Vers le milieu du jour, l'aile de cavalerie qui venait de couper la route au procurateur franchissait au trot la porte d'Hébron. Devant elle, la voie avait été dégagée par les fantassins de la cohorte de Cappadoce, qui avaient refoulé sans ménagement de part et d'autre du chemin les attroupements de gens, de mulets et de chameaux. Les cavaliers, dont le trot soulevait jusqu'au ciel des tourbillons de poussière blanche, arrivèrent au carrefour de deux routes : l'une, par le sud, menait jusqu'à Bethléem, l'autre, en direction du nord-ouest, conduisait à Jaffa. Ils prirent la route du nord-ouest. Les Cappadociens, échelonnés tout au long de la route, en avaient chassé au préalable les caravanes qui affluaient vers Jérusalem, pour les fêtes, et derrière les fantassins se pressait la foule des pèlerins, sortis des tentes rayées qu'ils avaient dressées provisoirement, çà et là, sur l'herbe. Au bout d'un kilomètre environ, l'aile de cavalerie dépassa la deuxième cohorte de la légion *Foudre* et parvint la première, après avoir franchi encore un kilomètre, au pied du Mont Chauve. Là, elle mit pied à terre. Le chef répartit ses hommes en pelotons qui encerclèrent complètement le pied de la colline, ne laissant libre qu'un étroit passage, face à la route de Jaffa.

Quelque temps plus tard, la deuxième cohorte arrivait à son tour et, s'élevant d'un degré au-dessus des cavaliers, encerclait également la montagne.

Enfin arriva la centurie commandée par Marcus Mort-aux-Rats. Elle marchait en deux files placées de chaque côté de la route, et entre ces deux files, escorté par la garde secrète, s'avançait un chariot où avaient pris place les trois condamnés, qui portaient au cou une tablette peinte en blanc où, en deux langues – l'araméen et le grec – étaient inscrits ces mots : « Brigand et rebelle ».

Derrière le char des condamnés venaient d'autres chariots, qui portaient trois piloris à poutre transversale fraîchement taillés, ainsi qu'un assortiment de pelles, de cordes, de seaux et de haches. Six bourreaux y avaient pris place. Trois hommes à cheval suivaient les chariots : le centurion Marcus, le chef de la garde du Temple de Jérusalem, et l'homme au visage dissimulé par un capuchon avec qui Pilate avait eu un bref conciliabule, dans une chambre obscure du palais.

Un rang de soldats fermait la marche. Ils étaient suivis de près par une foule d'environ deux mille curieux, que n'avait pas rebutés la chaleur infernale et qui ne voulaient pas manquer cet intéressant spectacle. Après le passage des condamnés, les pèlerins avaient pu regagner la route, et, également attirés par la curiosité, s'étaient joints à la procession des badauds de la ville. Accompagné de loin en loin par les cris frêles des crieurs publics, qui répétaient les paroles proclamées par Pilate du haut de l'estrade de pierre, le cortège s'étirait lentement vers le Mont Chauve.

L'aile de cavalerie laissa passer tout le monde jusqu'au second rang de soldats, mais en haut, la deuxième centurie ne livra le passage qu'à ceux qui avaient un rôle à jouer dans l'exécution. Puis, manœuvrant rapidement, elle contraignit la foule à se répartir sur tout le pourtour de la colline, de sorte que celle-ci se trouva enfermée entre deux cordons de soldats – cavaliers en bas et fantassins en haut –, et pouvait désormais assister au supplice à travers la chaîne assez lâche des fantassins.

Ainsi, trois grandes heures s'étaient écoulées depuis le moment où le cortège avait commencé à gravir la colline, et déjà, le soleil descendait par-delà le Mont Chauve. Mais la chaleur demeurait intolérable, et les soldats en souffraient. De plus, ils se morfondaient d'ennui, et du fond du cœur, maudissaient les trois brigands à qui ils souhaitaient sincèrement de mourir le plus vite possible.

Au pied de la colline, près de l'accès laissé libre par les cavaliers, le petit commandant de l'aile, le front moite et le dos de sa légère tunique blanche taché de sueur, s'approchait de temps à autre d'un seau de cuir apporté par le premier peloton, où il puisait de l'eau dans le creux de ses mains, afin de se désaltérer et d'humecter son turban. Ainsi rafraîchi pour un moment, il reprenait son invariable va-et-vient à pas comptés sur le chemin poudreux qui conduisait au sommet, et sa longue épée battait régulièrement la tige lacée de sa botte de cuir. Il voulait ainsi donner à ses cavaliers l'exemple de l'endurance, mais pris de pitié pour eux, il leur avait permis de construire des faisceaux à l'aide de leurs lances fichées en terre, sur lesquels ils avaient jeté leurs larges manteaux blancs. Sous ces tentes improvisées, les Syriens s'abritaient de l'impitoyable soleil. Les seaux s'étaient trouvés bientôt vides, et des cavaliers des différents pelotons allaient à tour de rôle chercher de l'eau dans une gorge peu profonde creusée au pied de la colline où, à l'ombre avare de maigres mûriers, un mince ruisseau boueux vivait languissamment ses derniers jours dans cette chaleur diabolique. Là également, à la recherche d'une ombre rare et incertaine, s'ennuyaient les palefreniers qui gardaient inutilement des chevaux inertes.

L'accablement des soldats, ainsi que les injures qu'ils adressaient aux brigands, étaient fort compréhensibles. Le procurateur avait craint que l'exécution de la sentence ne donnât lieu, dans cette ville de Jérusalem qu'il haïssait, à de graves désordres, mais fort heureusement, ces craintes s'étaient avérées injustifiées. Aussi, lorsque commença de s'écouler la quatrième heure du supplice, entre les deux cordons de soldats – fantassins autour du sommet et cavaliers au pied de la colline –, il ne restait – contre toute attente – plus personne. Chassée par l'ardeur du soleil, la foule était rentrée à Jérusalem. Dans l'espace délimité, au flanc de la colline, par les deux centuries romaines, on ne voyait plus que deux chiens, appartenant on ne sait à qui, et venus là on ne sait comment. Mais, écrasés eux aussi par la chaleur, ils gisaient, respirant avec peine, la langue pendante, sans accorder la moindre attention aux lézards verts – les seuls êtres, en ce lieu, à ne pas craindre le soleil – qui se faufilaient entre les pierres chauffées à blanc et les ramifications enchevêtrées de plantes à fortes épines.

Personne n'avait tenté d'enlever les condamnés, ni à Jérusalem envahie par les troupes, ni ici, sur la colline encerclée, et la foule était retournée en ville, car il n'y avait décidément rien d'intéressant à voir dans cette exécution, alors que là-bas, en ville, se déroulait déjà la préparation des réjouissances qui, ce soir, allaient marquer le début de la grande fête de la Pâque.

L'infanterie romaine, en haut de la colline, souffrait encore plus que les cavaliers syriens. Le centurion Mort-aux-Rats avait seulement permis à ses soldats d'ôter leur casque et de s'envelopper la tête de chiffons blancs roulés en turbans et imbibés d'eau. Mais il les obligeait à rester debout, lance à la main. Lui-même, coiffé d'un turban semblable, mais sec, faisait les cent pas non loin du groupe des bourreaux, et il n'avait rien ôté de son équipement : ni son épée, ni son poignard, ni les phalères d'argent représentant des gueules de lions qui ornaient sa poitrine, par-dessus sa tunique. Le soleil le frappait de face sans lui causer aucun dommage apparent, et il était impossible de regarder les gueules de lion, tant leur éclat aveuglant blessait les yeux, comme de l'argent en fusion.

Le visage mutilé de Mort-aux-rats n'exprimait ni lassitude ni mécontentement, et le gigantesque centurion semblait capable de marcher ainsi de long en large toute la journée, toute la nuit, et encore le lendemain, – en un mot, aussi longtemps qu'il le faudrait. Marcher ainsi, toujours du même pas, les mains posées sur le lourd ceinturon plaqué de cuivre, en jetant toujours les mêmes regards sévères tantôt sur les piloris des condamnés, tantôt sur les piquets de soldats, en repoussant de temps à autre, toujours avec la même indifférence, du bout de sa botte poilue les éclats de silex ou les ossements humains blanchis par le temps qui lui tombaient sous les pieds.

L'homme au capuchon s'était installé, non loin des piloris, sur un tabouret à trois pieds, et il restait assis là, dans une immobilité placide, fouillant seulement de temps en temps le sable à l'aide d'une badine, par ennui.

Entre les deux cordons de légionnaires, avons-nous dit, il ne restait plus personne ; cela n'est pas tout à fait exact. Il restait quelqu'un. Simplement, il était très difficile de l'apercevoir. Il s'était placé non pas du côté où les soldats avaient laissé un passage libre, et d'où l'on pouvait le plus commodément assister au supplice, mais du côté nord, là où le flanc de la colline, loin d'être en pente douce et d'accès aisé, était au contraire parsemé d'accidents, de parois abruptes et de profondes crevasses, là où, cramponné à cette terre aride maudite par le ciel, au bord d'un ravin, un étique figuier tentait de vivre.

C'est précisément sous cet arbre, incapable de donner de l'ombre, que s'était installé cet unique spectateur – et non acteur – du supplice ; et il était assis sur une pierre depuis le début, c'est-à-dire depuis plus de trois heures déjà. Vraiment, pour assister à l'exécution, il n'avait pas choisi la meilleure place, mais bien la plus mauvaise. De là, malgré tout, on pouvait voir les piloris, on pouvait les voir par-delà les soldats alignés, par-delà deux taches étincelantes sur la poitrine du centurion, et pour un homme qui, manifestement, désirait passer inaperçu et n'être dérangé par personne, cela paraissait amplement suffisant.

Quatre heures auparavant, cependant, alors que le supplice commençait à peine, cet homme s'était conduit tout autrement, et s'était fait très nettement remarquer ; c'est pourquoi, sans doute, il avait changé d'attitude et s'était ainsi retiré à l'écart.

Au moment précis, en effet, où le cortège franchissait le deuxième cordon de légionnaires et atteignait le sommet, il fut le premier à sortir de la foule et à se précipiter en avant, comme s'il redoutait d'arriver trop tard. Haletant, coudes au corps, il gravit en courant le versant de la colline ; lorsqu'il vit que devant lui, comme devant tous les autres, les soldats serraient les rangs pour interdire le passage, il tenta naïvement, en feignant de ne pas comprendre les apostrophes furieuses qui lui étaient adressées, de forcer le barrage pour parvenir au lieu du supplice, où l'on faisait déjà descendre les condamnés du chariot. Cela lui valut de recevoir dans la poitrine un rude coup de manche de lance, et il fit un bond en arrière en poussant un cri, – non de douleur, mais de désespoir. Comme insensible à la douleur physique, il enveloppa le légionnaire qui l'avait frappé d'un regard terne et totalement indifférent.

Se tenant la poitrine, toussant et suffoquant, il courut autour de la colline, vers le côté nord, avec l'espoir de trouver, dans la chaîne des soldats, une ouverture par où il pourrait se glisser. Mais il était trop tard : le cercle était déjà refermé. Et l'homme, les traits altérés par un profond chagrin, dut renoncer à ses tentatives d'atteindre les chariots, dont on déchargeait maintenant les piloris. Du reste, ces tentatives n'eussent abouti à rien d'autre qu'à son arrestation immédiate, – chose qui, ce jour-là, n'entrait pas du tout dans ses plans.

C'est pourquoi il s'était retiré au bord de ce ravin, sous le figuier – un coin tranquille où personne ne le dérangerait.

À présent, assis sur une pierre, cet homme à la barbe noire et aux yeux rendus chassieux et larmoyants par le soleil et l'insomnie, se rongeait de tristesse et d'ennui. Tantôt il soupirait, ouvrant son taleth usé par les pérégrinations et passé du bleu au gris sale, et dénudant ainsi sa poitrine meurtrie par le coup de lance et sillonnée de filets de sueur crasseuse, – tantôt, tourmenté par une angoisse intolérable, il levait les yeux au ciel et suivait du regard trois charognards qui, depuis longtemps déjà, planaient très haut en décrivant de larges cercles, dans l'attente du festin proche, – tantôt encore, il fixait sur la terre jaune un regard sans espoir et contemplait les restes à peine reconnaissables d'un crâne de chien, autour duquel couraient les lézards.

Et les tourments de cet homme étaient tels que de temps à autre, il se mettait à parler tout seul.

— Ô l'imbécile !... gémissait-il en s'agitant sur sa pierre comme pour chasser le mal qui lui taraudait l'âme, et en griffant sa poitrine recuite par le soleil. Je suis un imbécile, une femme sans cervelle, un poltron ! Je ne suis pas un homme, je suis une charogne !

Il se tut, et baissa la tête. Puis, ayant bu un peu d'eau tiède dans une gourde de bois, il parut reprendre vie. De temps en temps, il saisissait le couteau qu'il avait dissimulé sous son taleth, ou bien il prenait le parchemin qu'il avait posé près de lui, sur la pierre, avec une fiole d'encre et un bâtonnet.

Sur ce parchemin, il avait déjà jeté quelques notes :

Les minutes s'enfuient, et moi, Matthieu Lévi, je suis toujours là, sur le Mont Chauve, et la mort ne vient pas !

Plus loin :

Le soleil décline, et la mort ne vient pas.

Matthieu Lévi prit le parchemin, et de la pointe de son bâtonnet, traça – sans espoir – ces mots :

Dieu ! Pourquoi ton courroux est-il sur lui ? Envoie-lui la mort !

Il eut alors un bref sanglot, sans larmes, et de nouveau, ses ongles déchirèrent sa poitrine.

La cause du désespoir de Lévi résidait dans le terrible échec qu'ils avaient essuyé, Yeshoua et lui, et en outre, dans la lourde faute que lui – Lévi – pensait avoir commise. L'avant-veille, dans la journée, Yeshoua et Lévi se trouvaient à Béthanie, près de Jérusalem, où ils avaient été invités par un maraîcher sur lequel les discours de Yeshoua avaient exercé une prodigieuse séduction. Toute la matinée, ils avaient travaillé dans le potager pour aider le maître de la maison, et leur intention était de regagner Jérusalem vers le soir, à la fraîche. Mais soudain, vers midi, Yeshoua parut fort pressé de partir ; il dit qu'il avait une affaire urgente en ville, et s'en alla aussitôt, seul. Telle était donc la première faute de Matthieu Lévi : pourquoi, pourquoi l'avait-il laissé partir seul ?

Le soir vint, mais Matthieu, terrassé soudain par un mal aussi terrible qu'inattendu, ne put rentrer à Jérusalem. Tremblant de fièvre – il avait l'impression que son corps était rempli de feu – il claquait des dents, et à tout instant, réclamait à boire.

Il ne pouvait aller nulle part. Il s'étendit sur une couverture de cheval, dans la remise du maraîcher, où il demeura prostré jusqu'à l'aube du vendredi ; son mal le quitta alors aussi brusquement qu'il s'était abattu sur lui. Bien que faible encore et les jambes tremblantes, Lévi, tourmenté par le vague pressentiment d'un malheur, prit hâtivement congé de son hôte et retourna à Jérusalem. Là, il apprit que son pressentiment ne l'avait pas trompé : le malheur était arrivé. Lévi se trouvait dans la foule quand le procurateur annonça la sentence.

Lorsque les condamnés furent conduits vers la colline du supplice, Matthieu suivit les soldats, en tête de la foule des curieux. Tout en marchant, il cherchait un moyen d'attirer, sans se faire remarquer, l'attention de Yeshoua, afin de lui montrer au moins que lui, Lévi, était là, à ses côtés, qu'il ne l'avait pas abandonné pour son dernier voyage, et qu'il priait pour que la mort vînt délivrer Yeshoua le plus vite possible. Mais Yeshoua, qui regardait au loin, vers le lieu où on l'emmenait, ne put évidemment apercevoir Matthieu.

Lorsque le cortège eut parcouru ainsi environ un demi-kilomètre, Matthieu, que la foule poussait tout contre le rang de soldats qui fermait la marche, fut soudain frappé d'une idée, géniale dans sa simplicité, et du même coup, avec cette ardeur qui lui était propre, il s'accabla lui-même de malédictions pour n'y avoir pas songé plus tôt. Les soldats de l'escorte, loin de marcher en rang serré, laissaient entre eux de larges intervalles. Avec beaucoup d'adresse et en calculant bien son coup, on pouvait, courbé en deux, passer comme une flèche entre deux légionnaires, foncer jusqu'au chariot et sauter dessus. Alors, Yeshoua serait délivré de ses souffrances.

Il suffirait d'un instant bref comme l'éclair pour poignarder Yeshoua dans le dos, en lui criant : « Yeshoua ! Je te délivre et je pars avec toi ! Je suis Matthieu, ton unique et fidèle disciple ! »

Et si Dieu lui accordait la grâce, encore, de quelques secondes de liberté, Lévi aurait le temps de se poignarder à son tour, échappant ainsi à la mort sur le pilori. Du reste, ce dernier point intéressait peu Matthieu Lévi, l'ancien receveur d'impôts. La façon dont il périrait lui était indifférente. Il ne voulait qu'une chose : qu'à Yeshoua, qui de sa vie n'avait jamais fait le moindre mal à quiconque, fût épargnée la torture.

Ce plan était excellent. Il n'avait qu'un défaut : c'est que Lévi n'avait pas de couteau sur lui. Et pas la plus petite pièce de monnaie.

Furieux contre lui-même, Lévi se dégagea de la foule et reprit en courant le chemin de la ville. Une unique pensée harcelait sa tête enfiévrée : se procurer en ville, par n'importe quel moyen, un couteau, et rattraper le cortège à temps.

Il atteignit en courant les portes de la ville, louvoya dans la cohue des caravanes qui s'y engouffraient, et s'arrêta en apercevant à sa gauche la porte ouverte d'une échoppe où l'on vendait du pain. Peinant à reprendre son souffle après sa course sur la route écrasée de soleil, Lévi réussit à se dominer et prit un maintien parfaitement grave et posé pour entrer dans la boutique ; il salua la marchande qui se tenait derrière son comptoir et la pria de lui donner une miche qui se trouvait placée sur la plus haute planche et qui, pour quelque obscure raison, sans doute, lui plaisait plus que les autres ; dès que la marchande eut le dos tourné, il prit sur le comptoir, d'un geste rapide et silencieux, ce qu'il n'aurait pu rêver de mieux, un long couteau à pain affilé comme un rasoir, et sans perdre une seconde, s'élança hors de la boutique.

Quelques minutes plus tard, il était de nouveau sur la route de Jaffa. Mais le cortège n'était plus visible. Il se mit à courir. De temps en temps, il dut se laisser tomber de tout son long dans la poussière et demeurer ainsi quelques instants sans bouger, afin de reprendre haleine. À sa vue, les gens qui se rendaient à Jérusalem à dos de mulet ou à pied étaient alors frappés d'étonnement. Mais lui, allongé par terre, n'écoutait que les battements de son cœur, non seulement dans sa poitrine, mais dans sa tête, et jusque dans ses oreilles. Dès qu'il avait repris un peu de souffle, il se levait vivement et se remettait à courir, mais de plus en plus lentement, de plus en plus difficilement. Quand, enfin, il vit au loin le nuage de poussière soulevé par le long cortège, celui-ci atteignait déjà le pied de la colline.

— Ô Dieu !... gémit Lévi, à l'idée qu'il arriverait trop tard.

Il était arrivé trop tard...

Lorsque se fut écoulée la quatrième heure du supplice, les tourments de Lévi atteignirent leur plus haut degré, et il sombra dans une fureur démente. Se levant brusquement, il jeta à terre le couteau volé qu'il jugeait maintenant inutile, écrasa du pied sa gourde de bois, se privant ainsi de ce qui lui restait d'eau, arracha son turban de sa tête, empoigna ses rares cheveux et entreprit de se maudire lui-même.

Il se maudissait lui-même, proférant des paroles insensées, rugissait et crachait, injuriait ses père et mère pour avoir engendré un tel imbécile.

Quand il vit que ses malédictions et ses injures n'avaient aucune action, que rien ne s'en trouvait changé sous le grand soleil, il serra ses poings maigres et, clignant des yeux, les brandit vers le ciel, vers le soleil qui continuait de descendre, toujours plus bas, allongeant les ombres et s'éloignant pour aller s'enfoncer dans la mer Méditerranée, et il réclama de Dieu un miracle immédiat. Il exigeait que Dieu envoie la mort à Yeshoua, à l'instant même.

Il rouvrit les yeux, et put constater qu'au sommet de la colline, rien n'avait changé, à l'exception des taches flamboyantes sur la poitrine du centurion, qui s'étaient éteintes. Le soleil envoyait ses rayons dans le dos des suppliciés, dont le visage était tourné vers Jérusalem. Alors Lévi cria :

— Je te maudis, Dieu !

D'une voix cassée, il cria encore qu'il était désormais convaincu de l'injustice de Dieu, et qu'il n'aurait plus jamais foi en lui.

— Tu es sourd ! rugit Lévi. Si tu n'étais pas sourd, tu m'aurais entendu, et tu l'aurais tué tout de suite !

Les yeux fermés, Lévi attendit le feu qui allait tomber du ciel et le terrasser. Mais rien ne se produisit et, sans desserrer les paupières, Matthieu continua à proférer à l'adresse du ciel des paroles sarcastiques et blessantes. Il cria sa complète déception, il cria qu'après tout, il existait d'autres dieux et d'autres religions. Non, cria-t-il, un autre dieu n'aurait pas admis, n'aurait jamais admis qu'un homme tel que Yeshoua fût brûlé par le soleil sur un pilori.

— Je me suis trompé ! cria encore Lévi d'une voix presque complètement éteinte. Tu es le Dieu du mal ! Ou bien tes yeux ont été aveuglés par la fumée des encensoirs du Temple, ou bien tes oreilles ont cessé d'entendre quoi que ce soit, sauf les trompettes de tes prêtres ! Tu n'es pas le Dieu tout-puissant ! Tu es un dieu vil et vulgaire ! Je te maudis, dieu des brigands, leur protecteur et leur âme !

À ce moment, un souffle passa sur le visage de l'ancien percepteur, et quelque chose bruissa sous ses pieds. Puis un souffle, de nouveau, effleura sa figure. Lévi ouvrit alors les yeux : était-ce sous l'influence de ses malédictions, ou pour quelque autre cause inconnue, mais tout, alentour, avait soudainement changé. Le soleil avait disparu, mais sans avoir atteint la mer dans laquelle il s'enfonçait chaque soir. Il avait été avalé par un nuage qui montait de l'occident, un nuage redoutable qui portait en lui l'inéluctable menace d'une tempête. Une frange blanche écumait à son pourtour, et les épaisses volutes noires qui formaient son ventre jetaient des reflets jaunes. Un grondement continu sortait du nuage, et de temps à autre, des traits de feu jaillissaient de ses flancs. Le long de la route de Jaffa, le long de la maigre vallée de la Géhenne, au-dessus des tentes des pèlerins, volaient des tourbillons de poussière, chassés par le vent soudain levé.

Lévi se tut, et se demanda si l'orage, qui s'étendait maintenant au-dessus de Jérusalem, allait apporter une modification quelconque dans le sort du malheureux Yeshoua. Regardant avec contrition l'étendue de ciel pur que la nuée n'avait pas encore mangée, et où les charognards viraient sur l'aile pour fuir l'orage, Matthieu songea qu'il avait commis une folie en s'empressant, comme il l'avait fait, de maudire Dieu : maintenant, celui-ci ne l'écouterait plus.

Tournant son regard vers le pied de la colline, Lévi le fixa vers l'endroit où les soldats du régiment de cavalerie s'étaient installés en ordre dispersé, et il vit que là aussi, de grands changements se produisaient. D'en haut, il voyait très bien les soldats s'affairer, arracher leurs piques du sol, jeter leurs manteaux sur leurs épaules, tandis que les palefreniers amenaient par la bride, au petit trot, les chevaux noirs sur la route. De toute évidence, le régiment levait le camp. Lévi, tout en se protégeant du bras contre la poussière qui lui fouettait le visage et en crachotant, essayait de comprendre ce que pouvait signifier ce départ de la cavalerie. Portant son regard un peu plus haut, il aperçut une petite silhouette en chlamyde militaire pourpre, qui gravissait la colline vers le lieu du supplice. Alors, le pressentiment d'une fin heureuse serra le cœur de l'ancien receveur.

L'homme à la chlamyde rouge qui gravissait la colline en cette cinquième heure du supplice n'était autre que le commandant de la cohorte, venu de Jérusalem au galop, en compagnie d'une ordonnance. Sur un signe de Mort-aux-rats, la ligne des soldats s'ouvrit, et le centurion salua militairement le tribun. Celui-ci prit Mort-aux-rats à part et lui murmura quelques mots. Le centurion salua une seconde fois et se dirigea aussitôt vers le groupe des bourreaux, assis sur des pierres au pied des piloris. Quant au tribun, il dirigea ses pas vers l'homme qui était assis sur un tabouret à trois pieds, et qui, à son approche, se leva avec déférence. Le tribun lui dit également quelques mots à voix basse, et tous deux allèrent vers les piloris. Ils furent rejoints par le chef de la garde du Temple.

Mort-aux-rats se pencha d'un air dégoûté sur des chiffons sales qui gisaient à terre près des piloris – ces chiffons constituaient, récemment encore, les vêtements des criminels, qui revenaient en partage aux bourreaux, mais que ceux-ci avaient refusés ; puis il appela deux des tortionnaires et ordonna :

— Suivez-moi !

Du pilori le plus proche parvenaient les accents rauques d'une absurde chanson. L'homme qui y était pendu

– Hestas – avait perdu la raison vers la fin de la troisième heure, à cause du soleil et des mouches ; maintenant, il chantonnait doucement on ne sait quoi à propos de raisin. Toutefois il secouait encore, par moments, sa tête coiffée d'un turban ; alors les mouches s'envolaient paresseusement de son visage, pour revenir s'y poser l'instant d'après.

Au second pilori, Dismas souffrait plus que les deux autres, car l'obscurité n'avait pas envahi son esprit, et il secouait la tête presque sans arrêt et en cadence – une fois à droite, une fois à gauche – jusqu'à toucher de l'oreille son épaule.

Yeshoua, lui, avait eu plus de chance. Dès la première heure il était tombé plusieurs fois en syncope, et depuis, il avait sombré dans l'inconscience. Sa tête pendait sur sa poitrine, et son turban s'était déroulé. Aussi était-il littéralement couvert de mouches et de taons, au point que son visage avait disparu sous un masque noir et grouillant. Son aine, son ventre, ses aisselles étaient envahis de taons gros et gras qui suçaient son corps nu et jaune.

Obéissant aux ordres que l'homme au capuchon leur donnait par gestes, les deux bourreaux apportèrent près du pilori de Yeshoua l'un une lance, l'autre un seau et une éponge. Le premier leva sa lance et en frappa légèrement, l'un après l'autre, les deux bras de Yeshoua, tendus et attachés par des cordes à la barre transversale du pilori. Le corps, dont les os faisaient saillie sous la peau, eut un sursaut. Le bourreau fit glisser la pointe de sa lance le long du ventre. Yeshoua leva alors la tête. Les mouches s'envolèrent en bourdonnant, et l'on vit apparaître un visage aux yeux gonflés, boursouflé par les morsures, un visage méconnaissable.

Ha-Nozri parvint à décoller ses paupières, et regarda à ses pieds. Ses yeux, habituellement clairs, étaient maintenant troubles et voilés.

— Ha-Nozri ! appela le bourreau.

Ha-Nozri remua ses lèvres tuméfiées et répondit d'une voix de rogomme – une vraie voix de brigand :

— Qu'est-ce que tu veux ? Pourquoi t'approches-tu de moi ?

— Bois ! dit le bourreau, et du bout de sa lance, il présenta aux lèvres de Yeshoua l'éponge imbibée d'eau.

Un éclair de joie passa dans les yeux du supplicié, qui colla sa bouche à l'éponge dont il aspira avidement l'humidité. Aussitôt, du pilori voisin, parvint la voix de Dismas :

— C'est pas juste ! Je suis un bandit comme lui !

Dismas tendit ses muscles, mais il ne put remuer, car chacun de ses bras était solidement attaché à la barre transversale par trois anneaux de corde. Rentrant le ventre et s'agrippant des ongles aux extrémités de la poutre, il parvint à tourner la tête vers le pilori de Yeshoua. La colère flamboyait dans ses yeux.

Un épais nuage de poussière, cachant le jour, s'abattit sur le sommet de la colline. Quand la poussière se fut dissipée, le centurion cria :

— Silence au deuxième pilori !

Dismas se tut. Yeshoua détacha ses lèvres de l'éponge. Essayant de donner à sa voix une intonation douce et persuasive – sans y parvenir –, il dit au bourreau d'une voix rauque :

— Donne-lui à boire.

Cependant, il faisait de plus en plus sombre. Le lourd nuage noir, chargé d'eau et de feu, avait déjà envahi la moitié du ciel et courait vers Jérusalem, poussant devant lui un moutonnement de petits nuages blancs. Un éclair accompagné d'un grondement de tonnerre jaillit au-dessus de la colline. Le bourreau ôta l'éponge de sa lance.

— Gloire au généreux hegemon ! dit-il à mi-voix d'un ton solennel, et – doucement – il enfonça sa lance dans le cœur de Yeshoua.

Celui-ci tressaillit, et murmura :

— Hegemon...

Le sang se mit à couler le long de son ventre. Sa mâchoire inférieure fut agitée d'un tremblement convulsif, puis sa tête retomba sur sa poitrine.

Au second coup de tonnerre, le bourreau avait déjà donné à boire à Dismas. Il prononça alors les mêmes mots :

— Gloire à l'hegemon ! et il le tua.

Hestas, privé de raison, poussa un cri de terreur dès qu'il vit le bourreau près de lui. Mais lorsque l'éponge toucha ses lèvres, il émit une sorte de rugissement et y planta ses dents. Quelques secondes plus tard, son corps s'affaissait à son tour, autant que le permettaient les cordes qui l'attachaient.

L'homme au capuchon suivit le bourreau et le centurion, suivis eux-mêmes par le chef de la garde du Temple. L'homme au capuchon s'arrêta au premier pilori, examina attentivement le corps ensanglanté de Yeshoua, toucha un pied de sa main blanche et dit à ses compagnons :

— Il est mort.

La même chose se répéta aux deux autres piloris.

Cela fait, le tribun adressa un signe de tête au centurion, puis se retourna et commença à descendre la colline, en compagnie du chef de la garde du Temple et de l'homme au capuchon. Cependant le jour s'assombrit encore, tandis que des éclairs sillonnaient le ciel noir. Soudain, une flamme en jaillit, et le cri du centurion : « Rompez les rangs ! » fut noyé dans le fracas du tonnerre. Tout heureux, les soldats se coiffèrent de leur casque et se mirent à dévaler la pente.

Les ténèbres couvraient Jérusalem.

Une pluie torrentielle, s'abattant tout d'un coup sur la colline, surprit la centurie à mi-pente. Le déluge fut tel que les soldats, qui continuaient à descendre en courant, furent en un instant poursuivis et rattrapés par des torrents furieux. À tout moment, ils glissaient et tombaient sur la glaise détrempée, dans leur hâte de gagner la surface plane de la route où la cavalerie, trempée jusqu'aux os et déjà presque invisible derrière le rideau de pluie, s'éloignait vers Jérusalem. Quelques minutes plus tard, dans l'épais et fuligineux brouillard de pluie, de nuages et de feu, il ne restait plus, sur la colline, qu'un seul homme.

Brandissant le couteau inutilement volé, trébuchant et glissant dans les fondrières, se raccrochant à ce qui lui tombait sous la main, contraint parfois de se traîner sur les genoux, il grimpait vers les piloris, tantôt disparaissant dans un océan de ténèbres, tantôt illuminé soudain par la trépidation fulgurante d'un éclair.

Les pieds dans l'eau jusqu'à la cheville, il atteignit enfin le sommet et faillit donner de la tête dans le premier pilori. Il se dépouilla alors de son taleth chargé de pluie, ne gardant que sa chemise, et il tomba aux pieds de Yeshoua. Ensuite, il coupa les cordes qui lui enserraient les jambes, monta sur le pied du pilori, enlaça Yeshoua d'un bras et détacha les liens qui le maintenaient à la poutre transversale. Le corps nu et mouillé de Yeshoua s'effondra sur Lévi et, l'entraînant dans sa chute, le précipita à terre. Matthieu voulut tout de suite le charger sur ses épaules, mais une pensée – on ne sait trop laquelle – retint son geste. Laissant le corps allongé dans l'eau, bras écartés et tête rejetée en arrière, il courut, avec des mouvements désordonnés, dérapant à chaque pas dans la boue liquide, vers les autres piloris.

Là aussi, il coupa les cordes, et les deux cadavres glissèrent à terre.

Quelques minutes plus tard, il ne restait plus au haut de la colline que trois piloris dénudés, et deux cadavres battus et ballottés par les trombes de pluie.

Quant à Lévi et au corps de Yeshoua, ils avaient disparu.

17. Une journée agitée

Le vendredi matin, c'est-à-dire le lendemain de la maléfique séance de magie noire, aucun des employés de l'administration des Variétés – le comptable Vassili Stepanovitch Lastotchkine, les deux aides-comptables, les trois dactylos, les deux caissières, les ouvreurs, garçons de courses et femmes de ménage, en un mot : le personnel au complet – n'était à son poste. Ils avaient tous abandonné leur travail et, assis sur les appuis des fenêtres qui donnaient sur la Sadovaïa, ils regardaient ce qui se passait dans la rue, sous les murs du théâtre. Là, sur deux rangs, s'agglutinait une longue queue de plusieurs milliers de personnes, qui s'allongeait jusqu'à la place Koudrinskaïa. En tête de cette file se trouvaient une vingtaine de trafiquants bien connus dans la vie théâtrale de Moscou.

Cette foule, qui se montrait extrêmement agitée, attirait l'attention des citoyens qui passaient dans la rue et discutait avec ardeur des histoires inouïes qui couraient sur la séance de magie noire de la veille. Ces mêmes histoires avaient plongé dans le plus grand trouble le comptable Vassili Stepanovitch, qui n'avait pas assisté au spectacle. Les ouvreurs racontaient Dieu sait quoi, et entre autres, qu'après la séance on avait vu courir dans la rue plusieurs citoyennes en tenue indécente, et ainsi de suite. Le doux et modeste Vassili Stepanovitch accueillait les récits de ces incroyables prodiges avec de simples battements de paupières. Mais que faire en l'occurrence, il n'en savait absolument rien. Et pourtant, il fallait faire quelque chose, et c'était à lui d'y penser, puisque pour l'heure, il se trouvait être le plus ancien dans le grade le plus élevé.

Vers dix heures du matin, la foule avide de billets était devenue si dense que la milice avait fini par en entendre parler. Avec une célérité inhabituelle, elle envoya des agents, à pied et à cheval, qui réussirent tant bien que mal à rétablir l'ordre. Cependant, même ainsi ramenée à un calme relatif, cette queue qui serpentait sur près d'un kilomètre constituait par elle-même une sorte de scandale, qui laissait les citoyens de la rue Sadovaïa complètement abasourdis.

Cela – c'était au-dehors. Mais à l'intérieur des Variétés également, tout allait de travers. Les coups de téléphone avaient commencé dès les premières heures de la matinée, et depuis, les sonneries retentissaient sans interruption dans le cabinet de Likhodiéïev, dans le cabinet de Rimsky, à la comptabilité, à la caisse, dans le bureau de Variénoukha. Au début, Vassili Stepanovitch répondit comme il pouvait, les caissières répondirent aussi, les ouvreurs même marmonnèrent quelques mots dans les téléphones. Mais bientôt, ils cessèrent complètement de répondre, car on leur demandait continuellement où étaient Likhodiéïev, Variénoukha ou Rimsky, et à cela, il n'y avait strictement rien à répondre. Ils avaient d'abord essayé de s'en tirer en disant : « Likhodiéïev est chez lui », mais de la ville on répliquait alors qu'on avait téléphoné à son appartement, et que l'appartement disait que Likhodiéïev était aux Variétés.

Une dame vivement émue téléphona pour réclamer Rimsky. On lui conseilla de se renseigner auprès de l'épouse de celui-ci, à quoi l'appareil répondit en sanglotant qu'il était justement l'épouse de Rimsky, et que Rimsky n'était nulle part. Les choses tournaient maintenant à l'absurde. Déjà, une femme de ménage avait raconté à tout le monde qu'elle était allée au cabinet du directeur financier pour nettoyer, et qu'elle avait trouvé la porte grande ouverte, les lampes allumées, la fenêtre du jardin brisée, un fauteuil renversé, et personne dans la pièce.

À dix heures, madame Rimskaïa fit irruption dans le théâtre. Elle sanglotait et se tordait les bras. Vassili Stepanovitch perdit complètement la tête, et ne sut que lui dire. À dix heures et demie apparut la milice. Sa première question, tout à fait judicieuse, fut celle-ci :

— Que se passe-t-il chez vous, citoyens ? Qu'est-ce qu'il y a ?

Le personnel se réfugia aussitôt derrière Vassili Stepanovitch, blême et bouleversé. Ainsi poussé en avant, celui-ci dut appeler les choses par leur nom et avouer que l'administration des Variétés, en la personne du directeur, du directeur financier et de l'administrateur, avait disparu et restait introuvable, que le présentateur, après la séance d'hier soir, avait dû être conduit dans une clinique psychiatrique, et qu'en un mot, cette séance avait été un véritable scandale.

La sanglotante madame Rimskaïa, que l'on s'efforça de calmer autant qu'on le put, fut reconduite chez elle, et on s'intéressa alors principalement au récit de la femme de ménage, sur l'état dans lequel elle avait trouvé le cabinet du directeur financier. Le personnel fut prié de retourner à son travail, et quelques instants plus tard paraissaient les enquêteurs, accompagnés d'un mâtin fortement musclé, aux oreilles pointues, au pelage couleur de cendres de cigarette et au regard extrêmement intelligent. Parmi les employés des Variétés, on chuchota aussitôt que ce chien n'était autre que le fameux Tambour. C'était bien lui. Mais sa conduite étonna tout le monde. À peine Tambour fut-il entré dans le cabinet du directeur financier qu'il se mit à gronder, retroussant ses babines sur de monstrueuses canines jaunes, puis se coucha sur le ventre et, avec une curieuse expression de tristesse mêlée de rage dans les yeux, se mit à ramper vers la fenêtre brisée. Surmontant sa peur, il sauta soudain sur l'appui de la fenêtre, dressa vers le ciel sa gueule longue et fine, et poussa un hurlement sauvage et plein de fureur. Refusant de quitter la fenêtre, il grondait et frissonnait, et brûlait visiblement de sauter en bas.

On finit par l'emporter hors du bureau. Dans le hall, on le lâcha, et il fila aussitôt par la grande porte, entraînant les enquêteurs dans la rue, jusqu'à la station de taxis. Là, il perdit la piste qu'il suivait, et on l'emmena.

Après le départ de Tambour, les enquêteurs s'installèrent dans le bureau de Variénoukha, où ils firent venir à tour de rôle les employés des Variétés qui avaient été témoins des événements de la veille, pendant la séance. Il faut dire qu'à chaque pas, les enquêteurs se heurtaient à des difficultés imprévues. À tout instant, le fil des événements leur échappait.

Avait-on mis des affiches ? Oui. Mais pendant la nuit – c'était à n'y rien comprendre –, on avait dû en coller de nouvelles par-dessus, car on n'en voyait plus une seule ! Et lui, ce magicien, d'où sortait-il ? Ça, allez le savoir ! Mais enfin, on avait bien signé un contrat ?

— C'est probable, répondit Vassili Stepanovitch, troublé.

— Si contrat il y a eu, il a dû nécessairement passer par la comptabilité ?

— C'est tout à fait certain, répondit Vassili Stepanovitch, très troublé.

— Alors, où est-il ?

— Nulle part, répondit le comptable, de plus en plus pâle et tout pantois.

Effectivement, il n'y avait nulle trace de contrat, ni dans les classeurs de la comptabilité, ni chez le directeur financier, ni chez Likhodiéïev, ni chez Variénoukha.

Et comment s'appelait donc ce magicien ? Vassili Stepanovitch l'ignorait : il n'avait pas assisté à la séance. Les ouvreurs l'ignoraient aussi. L'une des caissières plissa le front, plissa le front, et réfléchit, réfléchit, et dit finalement :

— Wo... Woland, i'm'semble...

Mais peut-être pas Woland ? Peut-être pas Woland. Peut-être Valand.

On appela le Bureau des étrangers : ils n'avaient jamais entendu parler d'un Woland – pas plus que d'un Valand – magicien.

Le garçon de courses Karpov déclara qu'à ce qu'il paraissait, ce magicien se serait installé dans l'appartement de Likhodiéïev. Naturellement, on s'y rendit immédiatement, mais on n'y trouva point de magicien. Likhodiéïev n'y était pas non plus, d'ailleurs. Grounia, la bonne, avait filé elle aussi, mais où ? Personne ne le savait. Et Nicanor Ivanovitch, le gérant de l'immeuble, était parti, et le secrétaire Prolejniev aussi !

Bref, c'était vraiment une histoire à dormir debout : tous les chefs de l'administration avaient disparu, on avait assisté à une séance étrange et scandaleuse, et qui en était l'auteur, et qui en était l'instigateur ? – Mystère.

Cependant, midi approchait, heure à laquelle, habituellement, on ouvrait la caisse. Mais il ne pouvait évidemment en être question ! On accrocha incontinent, à la porte des Variétés, un énorme carton sur lequel on avait écrit : « Aujourd'hui le spectacle est annulé ». À cette annonce, une vive agitation se propagea tout au long de la queue.

Mais après quelques remous, la foule fut bien obligée de se disperser, et au bout d'une heure environ, il ne restait plus personne. Les enquêteurs s'en allèrent, pour continuer leur travail ailleurs, on donna congé aux employés, en ne laissant sur place que le service de garde habituel, et les portes du théâtre furent fermées.

Le comptable Vassili Stepanovitch avait maintenant deux tâches urgentes à accomplir. En premier lieu, passer à la Commission des Spectacles et des Délassements comiques pour faire un rapport sur les événements de la veille, et deuxièmement, remettre à la section financière des Spectacles la recette de la soirée, soit 21 711 roubles.

Soigneux et ordonné, Vassili Stepanovitch empaqueta l'argent dans du papier de journal, noua une ficelle autour du paquet, le rangea dans sa serviette et – montrant ainsi sa parfaite connaissance des instructions – se dirigea non pas, naturellement, vers l'arrêt d'autobus ou de tramway, mais vers la station de taxis.

Il y avait là trois voitures vides, mais dès que leurs chauffeurs virent accourir ce client avec une serviette bourrée sous le bras, ils démarrèrent et lui filèrent sous le nez, non sans lui avoir jeté, pour une raison inconnue, un regard mauvais.

Fort troublé par cette circonstance, le comptable demeura planté là un long moment, à se demander ce que cela voulait dire.

Quelques minutes plus tard, une autre voiture vide vint se ranger près du trottoir. Mais le visage du chauffeur se figea instantanément, dès qu'il aperçut le client.

— Vous êtes libre ? demanda Vassili Stepanovitch avec un toussotement étonné.

— Faites voir l'argent, répondit aigrement le chauffeur, sans regarder le client.

De plus en plus surpris, le comptable, serrant sous son bras sa précieuse serviette, sortit son portefeuille et en tira un billet de dix roubles, qu'il montra au chauffeur.

— Rien à faire ! dit celui-ci d'un ton bref.

— Je vous demande pardon, mais... commença le comptable.

Le chauffeur lui coupa la parole :

— Vous avez des billets de trois roubles ?

Complètement dérouté, le comptable tira deux billets de trois roubles de son portefeuille et les montra au chauffeur.

— Montez ! lança celui-ci, et il abaissa son drapeau avec une énergie telle qu'il faillit le démolir. En route !

— C'est que vous n'avez pas de monnaie, peut-être ? demanda timidement le comptable.

— De la monnaie ? J'en ai plein ma poche ! tonitrua le chauffeur, dont le rétroviseur refléta le regard injecté de sang. Ça fait la troisième fois que ça arrive depuis ce matin. Et pour les collègues, c'est pareil ! Le premier qui m'a refilé un billet de dix roubles, l'enfant de salaud, je lui rends sa monnaie – quatre roubles cinquante. Il m'a eu, la vache ! Cinq minutes après, je regarde : en fait de billet de dix, c'est une étiquette de bouteille d'eau minérale ! (Le chauffeur prononça alors quelques paroles inconvenantes.) L'autre, c'était place Zoubovskaïa. Encore un billet de dix. Je rends trois roubles de monnaie. Le type s'en va. Je fourre le billet dans mon porte-monnaie et crac ! une guêpe me mord le doigt, aïe ! et s'envole !... (De nouveau, le chauffeur glissa dans son récit quelques mots inconvenants.) Et le billet de dix, parti ! Paraît qu'hier soir, dans cette espèce de (mots inconvenants) théâtre des Variétés, un salopard de prestidigitateur a fait toute une séance de (mots inconvenants) avec des billets de dix roubles...

Le comptable resta muet, se recroquevilla dans son coin et fit comme s'il entendait le nom même de « Variétés » pour la première fois ; mais en lui-même il pensa : « Eh bien, eh bien !… »

Arrivé à destination, le comptable paya – sans anicroche –, entra dans l'immeuble et s'engagea dans le couloir qui menait au bureau du chef de service. Mais il eut tôt fait de se rendre compte qu'il tombait mal. Un désordre inusité régnait dans les bureaux de la Commission des Spectacles. Le fichu dénoué et les yeux écarquillés, une employée passa en courant devant le comptable.

— Rien, rien, rien ! criait-elle, s'adressant on ne sait à qui. Rien, mes petites ! La veste et le pantalon sont là, mais dans la veste, rien de rien !

Elle disparut derrière une porte et aussitôt, on entendit un tintement de verre brisé. Du secrétariat sortit en courant le chef de la première section de la Commission, que le comptable connaissait bien, mais qui se trouvait dans un tel état qu'il ne reconnut pas Vassili Stepanovitch, et disparut à son tour.

Fortement ébranlé, le comptable entra dans le bureau du secrétariat, qui servait en même temps d'antichambre au cabinet du président de la Commission. Mais là, il fut définitivement anéanti.

Derrière la porte fermée du cabinet retentissaient les éclats d'une voix formidable, qui – aucun doute n'était possible – appartenait au président de la Commission, Prokhor Pétrovitch. « Il passe un sacré savon à quelqu'un, on dirait… », pensa le comptable effaré. Mais à ce moment, son regard tomba sur un spectacle d'un tout autre genre : dans un fauteuil de cuir, la tête renversée sur le dossier, un mouchoir trempé serré dans la main, sanglotant sans retenue, gisait, ses longues jambes étendues jusqu'au milieu de la pièce, la secrétaire personnelle de Prokhor Pétrovitch, la belle Anna Richardovna.

Tout le menton d'Anna Richardovna était barbouillé de rouge à lèvres, et le rimmel qui avait coulé de ses yeux avait laissé des traînées noirâtres sur la peau de pêche de ses joues.

Dès qu'elle s'aperçut de la présence du comptable, Anna Richardovna se dressa d'un bond, se jeta sur lui, le saisit aux revers de son veston et le tira à travers le bureau en criant :

— Dieu soit loué ! Enfin, un homme brave ! Ils se sont tous sauvés, tous, ils m'ont trahie ! Venez, allons le voir, je ne sais plus quoi faire ! (Et, toujours sanglotante, elle traîna le comptable dans le cabinet du président.)

Aussitôt entré dans ce cabinet, le comptable laissa choir sa serviette, et toutes ses idées se retrouvèrent cul par-dessus tête. Il faut avouer qu'il y avait de quoi.

Derrière l'énorme bureau garni d'un massif encrier de cristal, était assis un costume vide, qui faisait courir sur une feuille de papier une plume que pas une goutte d'encre ne maculait. Le costume portait cravate, un stylo émergeait de la pochette, mais au-dessus du col de la chemise, il n'y avait ni cou ni tête, de même que des manchettes ne sortait aucune main. Le costume paraissait profondément absorbé dans son travail, et semblait ne rien remarquer du charivari qui régnait alentour. Cependant, ayant entendu entrer quelqu'un, le costume s'adossa dans son fauteuil. De l'espace situé au-dessus du col partit la voix – que le comptable connaissait bien – de Prokhor Pétrovitch :

— Qu'est-ce que c'est ? C'est pourtant écrit, à la porte, que je ne reçois personne !

La belle secrétaire poussa un glapissement et, se tordant les mains, s'exclama :

— Vous voyez ? Vous voyez ? Il n'est plus là ! Plus là ! Oh ! Faites-le revenir !

Quelqu'un se glissa dans l'entrebâillement de la porte, fit « Oh ! » et prit la fuite. Le comptable, qui sentit que ses jambes se mettaient à trembler, s'assit au bord d'une chaise, sans oublier de ramasser sa serviette. Anna Richardovna sautait autour de lui, le tirait par son veston qu'elle triturait, et criait :

— Toujours, toujours je l'arrêtais quand il disait des jurons ! Et cette fois, il en a dit un de trop !

Sur ces mots, la jolie femme s'élança vers le bureau monumental et, d'une voix tendre et musicale – quoiqu'un peu nasillarde à force d'avoir pleuré – s'écria :

— Procha[1] ! Où êtes-vous ?

— « Procha » ? À qui croyez-vous parler ? s'enquit avec hauteur le costume, en s'enfonçant plus profondément encore dans son fauteuil.

— Il ne me reconnaît pas ! Il ne me reconnaît pas, moi ! Vous vous rendez compte !... Et la secrétaire éclata de nouveau en sanglots.

— Je vous prie de ne pas sangloter ainsi dans mon bureau ! dit avec colère l'irascible costume, dont la manche attira un bloc de papier neuf, avec l'intention évidente d'y inscrire un ordre quelconque.

— Non, je ne peux pas voir ça, non, je ne peux pas ! cria Anna Richardovna, et elle courut se réfugier dans le bureau des secrétaires, suivie aussitôt, comme un boulet de canon, par le comptable.

— Figurez-vous que j'étais assise là, commença-t-elle, tremblante d'émotion et de nouveau agrippée à la manche du comptable, et voilà un chat qui entre. Tout noir, et gros

1. Diminutif intime de Prokhor. *(N.d.T.)*

comme un hippopotame. Naturellement, je lui crie : « Dehors ! Ouste ! » Il sort, et je vois rentrer à sa place un gros type, avec, comme qui dirait, une tête de chat, lui aussi, et il me dit : « Qu'est-ce qui vous prend, citoyenne, de crier "Dehors ! Ouste !" aux visiteurs ? » et il entre tout de go chez Prokhor Pétrovitch. Naturellement, je me précipite derrière lui en criant : « Êtes-vous fou ? » Mais lui, avec un toupet inouï, va droit à Prokhor Pétrovitch, et s'assoit dans un fauteuil, en face de lui. Et Prokhor Pétrovitch, c'est… c'est un cœur d'or, mais il est très nerveux. Il n'aurait pas dû s'emporter, c'est vrai. Mais vous comprenez, un homme très nerveux, qui travaille comme un bœuf… enfin, il s'est emporté. « Qui vous a permis d'entrer comme ça, sans vous faire annoncer ? » Mais l'autre – quel culot ! – se prélasse dans son fauteuil et lui répond en souriant : « J'ai à vous parler de deux ou trois petites choses. » De nouveau, Prokhor Pétrovitch s'est mis en colère et lui a dit : « J'ai à faire. » Et savez-vous ce que l'autre lui a répondu : « Mais non, vous n'avez absolument rien à faire »… Hein ? Alors là, évidemment, Prokhor Pétrovitch a perdu patience, et il a crié : « Mais qu'est-ce que c'est que ça ? Qu'on le chasse, immédiatement ! Ou que le diable m'emporte ! » Là-dessus, l'autre se met à rire et dit : « Que le diable vous emporte ? Eh bien, mais c'est faisable ! » Et aussitôt – crac ! Je n'ai même pas eu le temps de pousser un cri : plus de type à tête de chat – envolé ! et là… ce… ce costume… Hiii !… glapit Anna Richardovna en ouvrant une bouche distendue, informe.

Debout, tremblant, le comptable resta coi. Mais le sort lui vint en aide. D'un pas ferme, l'air efficace, la milice pénétra à cet instant dans le secrétariat, en la personne de deux agents. Dès qu'elle les vit, la charmante secrétaire sanglota de plus belle, en montrant du doigt la porte du bureau présidentiel.

— Ne pleurons plus, s'il vous plaît, citoyenne, dit calmement le premier milicien.

Certain que sa présence était désormais tout à fait superflue, le comptable s'élança hors de la pièce, et moins d'une minute plus tard, il se retrouvait à l'air libre. À ce moment, avec un bourdonnement de trompe, une sorte de tourbillon passa dans la tête du comptable, lui apportant des bribes de ce que les ouvreurs avaient raconté, à propos d'un chat qui avait pris part à la séance de la veille. « Hé, hé, hé ! pensa-t-il. Ce chat serait-il le même que le nôtre ? »

N'ayant pu régler ses affaires à la Commission, le consciencieux Vassili Stepanovitch décida de se rendre à l'annexe de ladite Commission, rue Vagankov. Et, pour se calmer un peu, il fit le chemin à pied.

L'Annexe municipale de la Commission des Spectacles et Délassements comiques était installée dans un ancien hôtel particulier tombé en décrépitude, situé au fond d'une cour et célèbre par les colonnes de porphyre de son vestibule. Mais ce jour-là, les colonnes ne furent pour rien dans l'étonnement des visiteurs de l'annexe.

Quelques-uns de ceux-ci, figés par la stupeur dans le vestibule, contemplaient une demoiselle qui pleurait, assise derrière une petite table sur laquelle étaient disposés quelques livres spécialisés concernant les arts du spectacle, que la demoiselle était ordinairement chargée de vendre. Mais pour le moment, la demoiselle ne proposait ses livres à personne, et lorsque, par compassion, on la questionnait, elle répondait d'un geste agacé, et continuait de pleurer. Et pendant ce temps, en haut, en bas, de tous côtés, dans tous les bureaux de l'annexe, retentissaient les sonneries stridentes d'au moins vingt téléphones déchaînés.

Tout à coup, la demoiselle cessa de pleurer, tressaillit et cria d'une voix hystérique :

— Ah, encore !

Et brusquement, d'un soprano tremblant, elle se mit à chanter :

Ô mer sacrée, glorieux Baïkal…

Un garçon de courses parut en haut de l'escalier, menaça on ne sait qui du poing, et joignit sa voix terne de baryton à la voix de la jeune fille :

Va, solide bateau, à la pêche au saumon…

D'autres voix entonnèrent à leur tour la chanson, et bientôt, ce fut un véritable chœur qui grandit, s'enfla, emplit l'annexe. Au bureau 6, où se tenait le service de vérification des comptes, se détachait une voix de basse, puissante et rauque. La sonnerie persistante des téléphones accompagnait le chœur.

Hé ! Le vent du Nord agite le flot !…

s'égosilla le garçon de courses, sur son escalier.

Les larmes coulaient sur les joues de la jeune fille, elle essayait de serrer les dents, mais sa bouche s'ouvrait d'elle-même et, un octave plus haut que le garçon de courses, elle chantait :

Brave pêcheur, ne t'éloigne pas trop !…

Ce qui frappait surtout les visiteurs médusés, c'est que les choristes, bien que dispersés dans tous les coins de l'annexe, chantaient avec un ensemble parfait, comme s'ils ne quittaient pas des yeux la baguette d'un chef invisible.

Dans la rue Vagankov, les passants s'arrêtaient près de la grille de la cour, et s'étonnaient de la gaieté qui régnait à l'annexe.

Dès que le premier couplet fut achevé, le chant s'éteignit tout d'un coup, comme arrêté net, encore une fois, par la baguette d'un chef. Le garçon de courses jura à mi-voix, et disparut.

À ce moment, la porte principale s'ouvrit, livrant passage à un citoyen vêtu d'un manteau de demi-saison, sous lequel passaient les pans d'une blouse blanche. Il était accompagné d'un milicien.

— Faites quelque chose, docteur, je vous en supplie ! cria la demoiselle d'une voix hystérique.

Le secrétaire de l'annexe dévala l'escalier et, visiblement rouge de honte et de confusion, dit en bafouillant :

— Voyez-vous, docteur, c'est un cas d'hypnose collective, de sorte qu'il est absolument indispensable…

Mais les mots s'étouffèrent dans sa gorge, il laissa sa phrase inachevée, et soudain, d'une voix de ténor, il entonna : « Chilka et Nertchinsk… »

— Imbécile ! cria la jeune fille, mais elle n'eut pas le temps de dire à qui elle s'adressait ainsi. Au lieu de cela, elle lança malgré elle une roulade, et entonna à son tour la chanson de Chilka et Nertchinsk.

— Reprenez-vous ! Cessez de chanter ! ordonna le docteur au secrétaire.

Tout montrait que le secrétaire aurait donné n'importe quoi pour s'arrêter de chanter, mais qu'il ne le pouvait pas. Et, accompagné par le chœur, il fit savoir ainsi aux passants que :

Dans la forêt, le fauve affamé
Ne le toucha pas,
Et il fut épargné
Par la balle des tireurs.

Aussitôt le couplet terminé, la jeune fille fut la première servie en gouttes de valériane. Puis le docteur courut distribuer le médicament au secrétaire et aux autres employés.

— Excusez-moi, citoyenne, dit tout à coup Vassili Stepanovitch en se tournant vers la jeune fille. Vous n'auriez pas vu, ici, un chat noir ?

— Un chat ? Quel chat ? répliqua la demoiselle avec colère. Un âne, c'est un âne que nous avons à l'annexe ! (Sur quoi elle ajouta :) Qu'il entende, ça m'est égal, je vais tout raconter !

Et elle raconta effectivement ce qui s'était passé.

On apprit d'abord que le directeur de l'Annexe municipale, « après avoir complètement désorganisé le Service des Délassements comiques » (selon les propres termes de la jeune fille), avait été pris de la manie d'organiser des cercles, à tout propos et en tous genres.

— Pour jeter de la poudre aux yeux des chefs ! clama la jeune fille.

En l'espace d'un an, le directeur avait trouvé le moyen d'organiser un cercle pour l'étude de Lermontov, un cercle d'échecs, un cercle de dames, un cercle de ping-pong et un cercle d'équitation. Pour l'été, il menaçait d'organiser un cercle de canotage en eau douce et un cercle d'alpinisme. Et aujourd'hui, à la pause du déjeuner, le voilà qui entre à la cantine…

— … Bras dessus, bras dessous avec une espèce de sale type, poursuivit la jeune fille, sorti on ne sait d'où, avec un affreux pantalon à carreaux, un lorgnon cassé et… enfin, une gueule absolument impossible !…

Aussitôt – toujours selon la jeune fille – il présenta le nouveau venu aux employés qui déjeunaient comme un excellent spécialiste en organisation de cercles de chant choral.

Les visages des futurs alpinistes s'assombrirent, mais le directeur fit appel à la vaillance de tous. Quant au spécialiste, il plaisanta, fit de l'esprit, et leur jura la main sur le cœur que cette activité ne leur prendrait qu'un temps dérisoire, alors qu'elle leur apporterait – soit dit en passant – des tombereaux d'avantages.

Bien entendu, déclara la jeune fille, Fanov et Kossartchouk, les deux lèche-bottes bien connus de l'Annexe, furent les premiers à se précipiter pour s'inscrire. Les autres employés comprirent alors qu'ils n'échapperaient pas au chant choral, et ils durent s'inscrire également à ce cercle. Il fut décidé qu'on chanterait pendant la pause du déjeuner, puisque tout le reste du temps était occupé par Lermontov, le jeu de dames, etc. Le directeur, pour donner l'exemple, annonça qu'il avait une voix de ténor. Ensuite, tout se passa comme dans un mauvais rêve. Le spécialiste chef de chœur au pantalon à carreaux entonna à tue-tête : « Do, mi, sol, do !… », s'interrompit pour aller débusquer de derrière une armoire quelques timides qui avaient espéré ainsi se soustraire au chant, déclara à Kossartchouk que celui-ci possédait l'oreille absolue, gémit, tempêta, exigea la déférence due à un ancien chantre et maître de chapelle, se cogna le doigt d'un coup de diapason, et supplia tout le monde de vouloir bien entonner « Ô mer sacrée… »

On entonna. Et on entonna glorieusement. C'était un fait : l'homme à carreaux connaissait fort bien son affaire.

Lorsqu'on eut chanté le premier couplet, le chef de chœur s'excusa, dit : « J'en ai pour une minute… », et disparut. On crut qu'effectivement, il reviendrait dans une minute, et on attendit. Mais dix minutes passèrent, et il ne revenait pas. La joie inonda les employés : il avait filé !

C'est à ce moment que – machinalement pour ainsi dire – ils chantèrent le deuxième couplet. Ils étaient tous entraînés par Kossartchouk, qui n'avait peut-être pas l'oreille absolue, mais possédait un ténor léger assez agréable. On termina la chanson. Et toujours pas de chantre ! Tous regagnèrent leurs bureaux, mais ils n'eurent même pas le temps de s'asseoir. Bien que n'en ayant aucune envie, ils se remirent à chanter. Quant à s'arrêter, il n'en était pas question. Et depuis, c'était ainsi : après une chanson, ils se taisaient trois minutes, et en entonnaient une nouvelle, se taisaient, et entonnaient encore ! C'est alors qu'ils comprirent l'étendue de leur malheur. De honte, le directeur s'enferma dans son bureau.

À ce moment, le récit de la demoiselle s'interrompit brusquement : la valériane n'avait servi à rien.

Un quart d'heure plus tard, trois camions franchissaient la grille, rue Vagankov. On y fit monter tout le personnel de l'Annexe, directeur en tête.

Au moment précis où le premier camion, en cahotant, sortait de la cour pour s'engager dans la rue, les employés, debout sur la plate-forme et se tenant par les épaules, ouvrirent la bouche tous en même temps, et une chanson populaire retentit dans toute la rue. Elle fut aussitôt reprise en chœur dans le deuxième camion, puis dans le troisième. Et il en fut ainsi tout au long de la route. Les passants, qui se hâtaient d'aller à leurs affaires, se contentaient de jeter un rapide coup d'œil sur les camions, nullement étonnés, pensant qu'il s'agissait d'un départ en excursion dans la campagne environnante. On se dirigeait effectivement, du reste, vers la campagne environnante, non point pour une excursion, mais pour la clinique du professeur Stravinsky.

Quant au comptable, il avait tout à fait perdu la tête. Au bout d'une demi-heure, il arriva tout de même à la section financière, animé par l'espoir de se débarrasser enfin de l'argent de l'État. Instruit par l'expérience, il commença par jeter un regard prudent à la longue salle où, derrière des vitres dépolies qui portaient des inscriptions en lettres d'or, siégeaient les employés. Mais il ne put découvrir aucun indice de trouble ou de scandale. Le calme régnait, comme il convient dans une administration qui se respecte.

Vassili Stepanovitch passa la tête par le guichet au-dessus duquel était inscrit le mot « Versements », salua l'employé – qu'il voyait pour la première fois – et demanda poliment un bulletin de versement.

— Pour quoi faire ? demanda l'employé.

Le comptable s'étonna.

— Mais pour verser de l'argent. Je suis des Variétés.

— Une minute, dit l'employé, et d'un geste vif, il ferma le grillage de son guichet.

« Bizarre !... » pensa le comptable. Son étonnement était parfaitement naturel. C'était la première fois de sa vie qu'il avait affaire à un cas de ce genre. Chacun sait combien il est difficile de toucher de l'argent, et que l'on a toujours, dans ce domaine, toutes sortes d'obstacles à surmonter. Mais en trente ans de pratique, le comptable n'avait jamais vu quelqu'un – qu'il s'agît d'une personne physique ou morale – faire des difficultés pour recevoir de l'argent.

Enfin, le grillage se rouvrit, et le comptable colla de nouveau sa tête au guichet.

— C'est une grosse somme ? demanda l'employé.

— Vingt et un mille sept cent onze roubles.

— Oh, oh ! fit l'employé d'un ton curieusement ironique, et il tendit au comptable une formule verte.

Parfaitement au courant des formalités, le comptable remplit celle-ci en un clin d'œil, et dénoua la ficelle de son paquet. Il écarta le papier de journal. Alors, sa vue se brouilla, et il poussa une sorte de mugissement douloureux.

Devant ses yeux venait de s'épanouir une masse d'argent étranger : dollars canadiens, livres anglaises, guldens hollandais, lats lettoniens, kroons estoniens…

— C'est lui ! C'est un de ces aigrefins des Variétés ! lança une voix rude par-dessus la tête du comptable écrasé.

Et Vassili Stepanovitch fut immédiatement arrêté.

18. Des visiteurs malchanceux

Au moment où le zélé comptable quittait son taxi pour aller tomber sur le costume qui écrivait tout seul, le train de Kiev entrait en gare à Moscou. Parmi d'autres, un voyageur convenablement vêtu, portant une petite valise de fibranne, descendit de la voiture 9, un wagon de première classe réservé. Ce voyageur n'était autre que l'oncle du défunt Berlioz, Maximilien Andréievitch Poplavski, économiste-planificateur, qui habitait à Kiev dans l'ancienne rue de l'Institut. L'arrivée de Maximilien Andréievitch avait pour cause directe un télégramme, qu'il avait reçu l'avant-veille, tard dans la soirée, et ainsi libellé :

> Ai eu tête coupée par tramway au Patriarche
> obsèques vendredi 15 heures viens *Berlioz*

Maximilien Andréievitch était considéré, à juste titre, comme l'un des hommes les plus intelligents de Kiev. Mais un tel télégramme est de nature à jeter dans l'embarras l'homme le plus intelligent du monde. Dès l'instant où quelqu'un télégraphie qu'il a eu la tête coupée, c'est qu'elle ne l'est pas complètement, et qu'il est toujours en vie. Mais alors, comment peut-il être question d'obsèques ? Est-ce parce que, étant au plus mal, il prévoit qu'il va mourir ? C'est possible, mais alors, il y a là une précision étrange au plus haut point : comment peut-il savoir que ses propres obsèques auront lieu vendredi à trois heures de l'après-midi ? Curieux télégramme !

Cependant, les gens intelligents sont justement intelligents en ceci qu'ils savent démêler les choses les plus embrouillées. Et très simplement. Une erreur s'était produite, et c'est un texte déformé qui avait été transmis. Incontestablement, les mots « ai eu » appartenaient à un autre télégramme, et ils étaient venus prendre la place du mot « Berlioz », qui, lui, avait été rejeté à la fin de la dépêche, sous la forme d'une signature. Ainsi corrigé, le télégramme prenait un sens parfaitement clair, bien que tragique, naturellement.

Aussi, quand l'explosion de douleur que cette nouvelle avait provoquée chez l'épouse de Maximilien Andréievitch se fut quelque peu apaisée, celui-ci se prépara-t-il immédiatement à partir pour Moscou.

Ici, il nous faut révéler un petit secret de Maximilien Andréievitch. Certes, il plaignait sincèrement le neveu de sa femme, emporté dans la fleur de l'âge. Mais en homme pratique, il se rendait compte, évidemment, que sa présence aux obsèques n'avait rien de particulièrement indispensable. Et néanmoins, Maximilien Andréievitch avait hâte d'arriver à Moscou. Pour quelle raison ? Pour une seule : l'appartement. Un appartement à Moscou, c'est chose sérieuse ! On ne sait pourquoi, Maximilien Andréievitch n'aimait pas Kiev, et ces derniers temps, la pensée d'habiter Moscou le rongeait à tel point qu'il n'en dormait plus, ou très mal.

Il n'éprouvait aucune joie à voir les crues de printemps du Dniepr, quand l'eau, noyant les îles de la rive basse, s'étendait jusqu'à se confondre avec l'horizon. Il n'éprouvait aucune joie devant la saisissante beauté du paysage que l'on découvre lorsqu'on est au pied du monument au prince Vladimir. Les taches de soleil qui, au printemps, jouent sur les sentiers revêtus de poussière de brique qui escaladent la colline Vladimir ne le réjouissaient pas. Il ne voulait rien voir de tout cela. Il ne voulait qu'une chose : aller vivre à Moscou.

Les annonces qu'il avait mises dans les journaux, pour proposer l'échange de son appartement de la rue de l'Institut contre un logement plus petit à Moscou, n'avaient donné aucun résultat. Il ne trouva pas de candidats, ou s'il réussit à en dénicher un ou deux, les propositions qu'ils firent en échange frisaient l'escroquerie.

Le télégramme émut vivement Maximilien Andréievitch. C'était une occasion qu'il eût été criminel de laisser échapper. Les gens qui ont le sens des réalités savent que de semblables occasions ne se présentent pas deux fois.

Bref, en dépit de tous les obstacles qui pourraient se présenter, il fallait s'assurer l'héritage de l'appartement du neveu, rue Sadovaïa. Certes, c'était difficile, très difficile, mais il fallait à tout prix surmonter ces difficultés. Homme d'expérience, Maximilien Andréievitch savait que la première démarche, absolument obligatoire, qu'il devait accomplir était de se faire enregistrer, au moins provisoirement, comme locataire des trois pièces de feu son neveu.

Le vendredi, au début de l'après-midi, Maximilien Andréievitch pénétrait donc dans la salle où se tenait habituellement le comité de gérance du 302 bis rue Sadovaïa, à Moscou.

La salle était étroite et basse. Au mur, était collée une vieille affiche qui montrait, à l'aide de plusieurs dessins, comment il fallait procéder pour ranimer un noyé. Derrière une table de bois, dans la plus complète solitude, était assis un homme d'âge moyen, mal rasé et au regard inquiet.

— Puis-je voir le président du comité de gérance ? s'enquit poliment l'économiste-planificateur, en ôtant son chapeau et en posant sa petite valise sur une chaise vide.

Cette question, des plus simples en apparence, jeta l'homme assis dans un trouble inexplicable, et tel que son visage s'altéra. L'anxiété le fit loucher, et il marmonna indistinctement que le président n'était pas là.

— Il est chez lui ? demanda Poplavski. C'est pour une affaire extrêmement urgente.

De nouveau, la réponse de l'homme assis fut obscure et décousue, mais elle laissait deviner que le président n'était pas non plus chez lui.

— Quand rentrera-t-il ?

L'homme assis ne répondit rien, et regarda avec chagrin par la fenêtre.

« Ah, ah !... » se dit à lui-même l'intelligent Poplavski, et il s'informa du secrétaire.

Avec un effort qui empourpra sa figure, l'étrange personnage bredouilla de nouveau que le secrétaire n'était pas là non plus... qu'on ne savait pas quand il rentrerait... que le secrétaire était malade...

« Ah, ah !... » se dit Poplavski. — Mais enfin, il y a bien quelqu'un du comité de gérance, ici ?

— Moi, répondit faiblement l'homme assis.

— Voyez-vous, commença alors Poplavski d'un ton pénétré, il se trouve que je suis l'unique héritier du défunt Berlioz, mon neveu, qui a péri, comme vous le savez, près de l'Étang du Patriarche, et je suis tenu, conformément à la loi, de recueillir cette succession, qui consiste, d'une part, en notre appartement n° 50...

— Je ne suis pas au courant, camarade, coupa tristement l'homme assis.

— Mais, permettez, dit Poplavski d'une voix forte, en tant que membre du comité, vous êtes tenu de…

À ce moment, un citoyen entra dans la salle. À sa vue, l'homme assis pâlit derrière sa table.

— Piatnajko, membre du comité de gérance ? demanda le nouveau venu à l'homme assis.

— C'est moi, murmura celui-ci d'une voix à peine distincte.

L'intrus lui chuchota quelques mots à l'oreille. Aussitôt, dans un grand désarroi, il se leva de sa chaise, et quelques secondes plus tard, Poplavski se retrouvait seul dans la salle déserte.

« Ho, ho, ça se complique ! Et il a fallu qu'ils soient tous absents en même temps… », pensa Poplavski avec dépit, en traversant rapidement la cour asphaltée pour se rendre à l'appartement 50.

À peine l'économiste-planificateur avait-il ôté son doigt de la sonnette que la porte s'ouvrait, et Maximilien Andréievitch entra dans le vestibule à demi obscur. Tout de suite, une circonstance l'étonna quelque peu : il ne comprenait pas qui avait pu lui ouvrir la porte, car dans le vestibule, il n'y avait personne, hormis un énorme chat noir assis sur une chaise.

Maximilien Andréievitch toussota, et frappa légèrement le plancher du pied ; immédiatement, la porte du cabinet de travail s'ouvrit, et Koroviev parut. Maximilien Andréievitch s'inclina poliment, quoique avec dignité, et dit :

— Mon nom est Poplavski. Je suis l'oncle…

Sans lui laisser le temps de finir sa phrase, Koroviev tira brusquement de sa poche un mouchoir sale, y enfouit son visage et se mit à pleurer.

— … du défunt Berlioz, et…

— Oh oui, oh oui ! coupa Koroviev en ôtant le mouchoir de sa figure. Rien qu'en vous voyant, j'ai deviné que c'était vous ! (Un sanglot le secoua, et il se mit à crier :) Ha, quel malheur, hein ? Qu'est-ce qu'on ne voit pas, de nos jours, hein ?

— Il a été écrasé par un tramway, n'est-ce pas ? dit à mi-voix Poplavski.

— Écrabouillé ! cria Koroviev, et un flot de larmes jaillit sous son lorgnon. Écrabouillé ! J'étais là, j'ai tout vu. Croyez-vous – d'abord la tête – bing ! – en l'air ! Puis la jambe droite – crac ! – en deux ! Et la gauche – crac ! – en deux aussi ! Voilà à quoi ça mène, ces tramways ! (Et, apparemment incapable de se contenir, Koroviev piqua du nez dans la glace qui ornait le mur, à côté de lui, et demeura là, tout secoué de sanglots.)

L'oncle de Berlioz fut sincèrement touché par l'attitude de l'inconnu. « Et on dit qu'à notre époque, il n'y a plus d'amis véritables ! » pensa-t-il, en ressentant lui-même un léger picotement dans les yeux. Mais en même temps, un petit nuage désagréable traversa son esprit – une petite pensée fugitive, mais venimeuse : cet ami véritable se serait-il déjà fait enregistrer dans l'appartement du défunt ? La vie n'était pas avare d'exemples de ce genre.

— Je vous demande pardon : vous étiez un ami de mon pauvre Micha ? demanda-t-il en essuyant du revers de sa manche son œil gauche, d'ailleurs parfaitement sec, et en examinant de l'œil droit Koroviev bouleversé par le chagrin. Mais celui-ci sanglotait avec un tel débordement qu'on ne pouvait rien comprendre à ce qu'il disait, sauf ces mots sans cesse répétés : « Crac ! en deux ! » Quand il eut pleuré tout son soûl, Koroviev se décolla enfin du mur et hoqueta :

— Non, je n'en peux plus ! Je vais aller prendre trois cents gouttes de valériane à l'éther… (Et, tournant vers Poplavski un visage ravagé par les larmes, il ajouta :) Voilà ce que c'est, le tramway !

— Excusez-moi, c'est vous qui m'avez envoyé le télégramme ? dit Maximilien Andréievitch, en se demandant avec une inquiétude croissante qui pouvait bien être ce pleurard.

— C'est lui, répondit Koroviev en montrant du doigt le chat noir.

Poplavski écarquilla les yeux, croyant avoir mal entendu.

— Non, je n'en peux plus, je suis à bout…, reprit Koroviev en reniflant, quand j'y repense : la roue sur sa jambe… une seule roue pèse dix pouds… Crac !… Je vais m'allonger, essayer d'oublier en dormant…

Et il quitta le vestibule.

Alors, le chat bougea. Il sauta à bas de sa chaise, se dressa sur ses pattes de derrière, mit ses pattes de devant sur ses hanches, ouvrit la gueule et dit :

— Oui, c'est moi qui ai envoyé le télégramme. Et après ?

Maximilien Andréievitch fut pris de vertige. Ses bras tombèrent et ses jambes se dérobèrent sous lui, de sorte qu'il laissa choir sa valise et se retrouva assis sur une chaise, en face du chat.

— Il me semble que je vous ai posé une question en bon russe, dit sévèrement celui-ci : et après ?

Mais Poplavski fut incapable de répondre.

— Passeport ! vociféra le chat en tendant sa grosse patte boudinée.

Hors d'état de réfléchir, ne voyant rien d'autre que les deux flammes qui brillaient dans les yeux du chat, Poplavski, d'un geste vif, comme s'il sortait un pistolet, tira de sa poche son passeport. Le chat ramassa sur la table à dessus de verre une paire de lunettes à grosse monture noire, en chaussa son museau, ce qui lui donna un air encore plus imposant, et arracha le passeport de la main tremblante de Poplavski.

« Est-ce que je vais m'évanouir, ou non ? » se demanda Poplavski avec curiosité. Du fond de l'appartement lui parvint le bruit étouffé des sanglots de Koroviev, tandis que l'odeur de l'éther, de la valériane et de quelque autre saleté nauséabonde envahissait le vestibule.

— Quel est le commissariat qui vous a délivré ce document ? demanda le chat en examinant la première page.

Il n'obtint pas de réponse.

— Le commissariat n° 412, se répondit-il à lui-même en posant la patte sur le passeport, qu'il tenait d'ailleurs à l'envers. Mais oui, naturellement ! Je le connais bien, ce commissariat : il délivre des passeports à n'importe qui. Mais si ç'avait été moi, par exemple, je n'aurais jamais donné un passeport à un type comme vous ! Jamais, à aucun prix ! Il m'aurait suffi de voir votre figure pour refuser immédiatement ! (De colère, il jeta le passeport à terre.) Votre présence aux obsèques est interdite, poursuivit-il d'un ton officiel. Ayez l'obligeance de regagner votre domicile. (Et il hurla en direction de la porte :) Azazello !

À son appel parut aussitôt dans le vestibule un petit homme roux, boiteux, moulé dans un tricot noir, avec un couteau passé dans sa ceinture de cuir, quelques dents jaunes dans la bouche et une taie sur l'œil gauche.

Poplavski sentit l'air lui manquer. Il se leva et fit quelques pas à reculons, la main appuyée sur le cœur.

— Azazello, raccompagne-le ! ordonna le chat, et il quitta à son tour le vestibule.

— Poplavski, nasilla le petit homme d'une voix doucereuse, j'espère que tu as compris ?

Poplavski fit « oui » de la tête.

— Retourne immédiatement à Kiev, continua Azazello, restes-y, fais-toi muet comme une carpe et plus petit qu'une fourmi, et ne rêve plus jamais d'appartements à Moscou. Vu ?

Ce petit homme, dont les chicots jaunes, le poignard et l'œil borgne inspiraient une terreur mortelle à Poplavski, arrivait à peine à l'épaule de l'économiste, mais son action fut énergique, coordonnée et sans bavures.

Tout d'abord, il ramassa le passeport et le tendit à Maximilien Andréievitch, qui le prit d'une main morte. Ensuite, le dénommé Azazello prit la valise d'une main, de l'autre ouvrit brutalement la porte, puis saisit l'oncle de Berlioz par le bras et le poussa sans ménagement sur le palier. Poplavski dut s'appuyer contre le mur. Sans l'aide d'aucune clef, Azazello ouvrit la mallette, dont il sortit d'abord une grosse poule rôtie, à laquelle il manquait une patte, enveloppée dans un journal taché de graisse. Il la posa sur le palier. Il en tira ensuite deux assortiments de linge de rechange, un cuir à rasoir, un petit livre, et une trousse de toilette. D'un coup de pied, il envoya tout cela voler dans l'escalier, sauf la poule. La valise vide suivit le même chemin, et on l'entendit s'écraser en bas. À en juger par le bruit, son couvercle sauta et alla s'abattre plus loin.

Ensuite, le pirate roux empoigna la poule par la patte et, avec force et précision, il en assena un coup terrible sur la nuque de Poplavski. Le corps de la poule rebondit, et sa patte resta seule dans la main d'Azazello. « Tout était sens dessus dessous dans la maison des Oblonski », disait fort justement le grand écrivain Léon Tolstoï. Il aurait dit exactement la même chose dans le cas présent. Oui ! Tout était sens dessus dessous chez Poplavski : une longue étincelle crépita devant ses yeux, puis il vit se dérouler une sorte de serpent funèbre qui obscurcit la lumière de cette belle journée de mai, et Poplavski dégringola dans l'escalier, tenant toujours son passeport à la main.

En atterrissant au palier du dessous, où l'escalier tournait, il heurta la fenêtre du pied, cassa un carreau, et se retrouva assis sur une marche. Près de lui, la poule sans pattes passa en rebondissant sur les marches et disparut dans la cage de l'escalier. Resté en haut, Azazello mangea en trois coups de dents la patte de la poule, glissa l'os dans une petite poche de son tricot et rentra dans l'appartement, dont il claqua violemment la porte derrière lui.

À ce moment, en bas, on entendit les pas précautionneux de quelqu'un qui montait.

Poplavski descendit en courant jusqu'au palier suivant. Là, il s'assit sur un banc pour reprendre son souffle.

Un petit vieux tout malingre au visage extraordinairement triste, vêtu d'un antique costume de tussor et coiffé d'un canotier à ruban vert, qui gravissait lentement l'escalier, s'arrêta près de Poplavski.

— Puis-je vous demander, citoyen, où se trouve l'appartement 50 ? s'enquit l'homme au costume de tussor avec des larmes dans la voix.

— Plus haut, répondit abruptement Poplavski.

— Je vous remercie humblement, citoyen, dit le petit homme toujours aussi triste, et il continua de monter.

Poplavski se leva et continua de descendre.

Ici, on peut se poser une question : Maximilien Andréievitch n'a-t-il pas couru au poste de milice le plus proche, afin de porter plainte contre ces bandits, coupables de s'être livrés sur sa personne à des actes de violence barbares, et qui plus est, en plein jour ? Eh bien non, à aucun prix, nous pouvons l'affirmer nettement. Se présenter au poste et dire que, eh bien voilà, un chat à lunettes a lu mon passeport, et ensuite, un homme en tricot noir avec un couteau… – non, citoyens, réellement, Maximilien Andréievitch était un homme intelligent.

Arrivé en bas, il aperçut, tout près de la porte d'entrée, une autre porte, qui donnait sur une sorte de cabinet de débarras. C'était une porte vitrée, mais le carreau était cassé. Poplavski rangea son passeport dans sa poche et regarda autour de lui, dans l'espoir de retrouver ses affaires que l'autre avait jetées du haut de l'escalier. Mais elles avaient totalement disparu. À son propre étonnement, Poplavski n'en fut que fort peu affligé. Une autre idée l'occupait, bien plus intéressante, et en tout cas, fort tentante : vérifier, grâce au petit vieux, la réalité de ce qu'il avait vu dans le maudit appartement. En effet, puisque celui-ci avait demandé où se trouvait l'appartement 50, c'est qu'il y venait pour la première fois. Par conséquent, il allait se jeter directement entre les pattes de l'aimable compagnie qui s'y était installée. Quelque chose disait à Poplavski que cet homme allait sortir de là très rapidement. Bien entendu, Maximilien Andréievitch n'avait plus l'intention de se rendre à aucun enterrement d'aucun neveu, et l'heure de son train pour Kiev lui laissait encore largement assez de temps. L'économiste jeta un coup d'œil autour de lui, et plongea dans le cabinet de débarras.

À ce moment, quelque part en haut, une porte claqua. « Il vient d'entrer… », pensa Poplavski, le cœur défaillant. Dans le cabinet de débarras, il faisait froid, et cela sentait la souris et les bottes. Maximilien Andréievitch s'assit sur une bûche qui se trouvait là, et décida d'attendre. Sa position, qui lui permettait de surveiller directement la porte d'entrée, était fort commode.

Cependant, l'attente se révéla plus longue que ne le pensait l'économiste de Kiev. Et pendant tout ce temps, on ne sait pourquoi, l'escalier demeura désert, de sorte qu'on entendait distinctement le moindre bruit. Enfin, au cinquième étage, une porte claqua. Poplavski retint son souffle. Oui, c'étaient bien ses pas. « Il descend… » À l'étage au-dessous, une porte s'ouvrit. Les pas s'étaient tus. Une voix de femme. Puis la voix de l'homme triste, oui, c'était bien elle… Il prononça quelque chose comme « laissez-moi, par le Christ… » L'oreille de Poplavski se montra au carreau cassé. Cette oreille perçut le rire de la femme. Puis des pas rapides et délurés qui descendaient. Et Poplavski vit passer la femme, de dos. Elle tenait à la main un sac à provisions de toile cirée verte. Elle sortit dans la cour et s'en alla. Les pas menus du petit homme se firent entendre à nouveau. « Bizarre ! On dirait qu'il remonte à l'appartement ! Est-ce qu'il ferait partie de la bande, lui aussi ? Oui, il remonte. Ça y est, ils ouvrent la porte. Bon, attendons encore… »

Cette fois, l'attente fut brève. Le bruit de la porte. Des pas. Les pas s'arrêtent. Soudain, un cri affreux. Le miaulement d'un petit chat. Et des pas rapides, saccadés : en bas, vite, en bas !

La patience de Poplavski fut récompensée. Se signant et marmottant on ne sait quoi, l'homme triste passa en courant, sans chapeau, l'air complètement hagard, son crâne chauve labouré de coups de griffes, et le pantalon tout mouillé. Il se battit un moment avec la poignée de la porte, ne sachant plus, dans son épouvante, si celle-ci ouvrait vers l'intérieur ou vers l'extérieur, en vint finalement à bout et s'élança dans le soleil de la cour.

Poplavski, maintenant, était suffisamment renseigné. Sans plus penser à son défunt neveu, ni au mystère de l'appartement, Maximilien Andréievitch, frémissant à l'idée du danger qu'il avait couru, murmura simplement « j'ai compris, j'ai compris ! » et se précipita dans la cour. Quelques minutes plus tard, un trolleybus emportait l'économiste-planificateur vers la gare de Kiev.

Quant au petit homme, pendant que l'économiste attendait dans le cabinet de débarras, il lui arriva une aventure excessivement désagréable. Cet individu de taille médiocre était buffetier au théâtre des Variétés, et s'appelait Andréi Fokitch Sokov. Au théâtre, pendant l'enquête, il s'était tenu à l'écart de tout ce qui se passait. On remarqua seulement qu'il était devenu encore plus triste que d'habitude, et qu'il avait demandé au garçon de courses Karpov où logeait le magicien.

Donc, après avoir quitté l'économiste sur le palier, le buffetier monta jusqu'au cinquième étage et sonna à la porte de l'appartement 50.

On lui ouvrit aussitôt, mais le buffetier sursauta et eut un mouvement de recul, avant de se décider à entrer. Ce n'était pas sans raison. La personne qui avait ouvert était en effet une jeune fille qui ne portait sur elle, pour tout vêtement, qu'un mignon tablier de dentelle et une petite coiffe de dentelle blanche sur la tête. Ses pieds, au demeurant, étaient chaussés de mules dorées. Les formes de cette jeune personne étaient irréprochables, et si l'on pouvait trouver un défaut à son aspect extérieur, c'était évidemment la cicatrice cramoisie qui marquait son cou.

— Eh bien, entrez, puisque vous avez sonné, dit la jeune fille en fixant sur le buffetier le regard libertin de ses yeux verts.

Andréi Fokitch fit « oh ! », battit des paupières, et entra dans le vestibule en enlevant son chapeau. Juste à ce moment, le téléphone accroché dans le vestibule sonna.

L'impudique femme de chambre posa un pied sur une chaise, décrocha le récepteur et dit :

— Allô !

Le buffetier, ne sachant où porter les yeux, se balança d'un pied sur l'autre et pensa : « Ils ont de drôles de femmes de chambre, ces étrangers ! Pouah, quelle débauche ! » Et, pour échapper à la débauche, il loucha obstinément vers un coin de la pièce.

Le vaste et sombre vestibule était encombré d'objets et de vêtements extraordinaires. Ainsi, sur le dossier d'une chaise, on avait jeté un manteau de deuil doublé d'une étoffe couleur de feu, et sur la table à dessus de verre était posée une longue épée dont la poignée d'or scintillait dans l'ombre. Trois autres épées, à poignées d'argent, avaient été négligemment déposées dans un coin, comme s'il s'agissait de cannes ou de parapluies quelconques. Au mur, des bois de cerf portaient des bérets à plumes d'aigles.

— Oui, dit la femme de chambre au téléphone. Comment ? Le baron Meigel ? J'écoute. Oui, monsieur l'artiste est chez lui, aujourd'hui. Oui, il sera heureux de vous voir. C'est une réception, oui… Frac, ou veston noir. Comment ? À minuit.

La conversation terminée, la soubrette reposa l'appareil et s'adressa au buffetier :

— Vous désirez ?

— Il faut absolument que je voie le citoyen artiste.

— Comment ? Lui-même, en personne ?

— Lui-même, répondit le buffetier d'un ton lugubre.

— Je vais voir, dit la femme de chambre, visiblement hésitante.

Elle ouvrit cependant la porte du cabinet de travail du défunt Berlioz et annonça :

— Chevalier, il y a là un petit homme qui dit qu'il a besoin de voir messire.

— Eh bien, qu'il entre ! répondit, dans le cabinet de travail, la voix cassée de Koroviev.

— Entrez dans le salon, dit la jeune fille aussi simplement que si elle avait été habillée de façon civilisée.

Elle ouvrit la porte du salon, et se retira elle-même dans une autre pièce.

Déférant à cette invitation, le buffetier en oublia du coup son affaire, tant il fut frappé d'étonnement par l'ameublement de ce salon. À travers les vitres de couleur des hautes fenêtres – une fantaisie de la bijoutière, maintenant disparue sans retour –, entrait à flots une étrange lumière, semblable à celle d'une église. Dans une énorme et antique cheminée, malgré la chaleur de cette journée de printemps, flambait un feu de bois. Pourtant, il ne faisait nullement trop chaud dans la pièce ; bien au contraire, le visiteur se sentit enveloppé par un air humide et froid, semblable à celui qu'exhalerait un caveau funéraire. Devant la cheminée, sur une peau de tigre, les yeux mi-clos et l'air bénin, un gros chat noir contemplait le feu. Il y avait une table, à la vue de laquelle le buffetier, qui craignait Dieu, tressaillit : cette table était en effet recouverte d'une nappe d'autel de brocart. Et sur cette nappe était disposée une énorme quantité de bouteilles, pansues, poussiéreuses, tachées de moisissure. Entre les bouteilles brillait un plat dont on voyait immédiatement qu'il était d'or fin. Devant la cheminée, un petit homme roux, un poignard passé à la ceinture, faisait griller au bout d'une longue épée d'acier des morceaux de viande dont le jus s'égouttait dans le feu, en dégageant de petits nuages de fumée qui disparaissaient sous la hotte. À l'odeur de la viande rôtie se mêlaient les effluves de lourds parfums – entre autres, de l'encens. Le buffetier, qui avait appris par les journaux la mort de Berlioz et qui savait où celui-ci habitait, se demanda même un instant si ces gens, après tout, n'avaient pas participé au service religieux des obsèques de Berlioz, mais il rejeta aussitôt cette idée, comme évidemment absurde.

Passablement ahuri, le buffetier entendit tout à coup une voix de basse profonde qui disait :

— Eh bien, en quoi puis-je vous être utile ?

Alors le buffetier découvrit dans l'ombre celui qu'il voulait voir.

Le magicien noir était mollement étendu dans un immense divan bas parsemé de coussins. À ce que crut distinguer le buffetier, l'artiste était entièrement vêtu de noir, et chaussé de poulaines, noires également.

— Je suis, dit le buffetier d'un ton amer, tenancier du buffet au théâtre des Variétés…

L'artiste allongea une main dont les doigts étaient chargés de pierreries, comme s'il voulait clore les lèvres du buffetier, et dit avec feu :

— Non, non, non ! Pas un mot de plus ! Jamais, et à aucun prix ! Pas un morceau de ce qu'il y a dans votre buffet n'entrera dans ma bouche ! Hier, très honoré monsieur, je suis passé près de votre comptoir, et jamais je ne pourrai oublier ni votre esturgeon, ni votre brynza[1] ! Ah, mon très cher ! Quelqu'un vous a induit en erreur : la brynza n'est jamais verte ! Elle est normalement blanche. Et votre thé ? De l'eau de vaisselle, rien de plus ! J'ai vu, de mes propres yeux, une jeune fille malpropre prendre un seau et remplir votre énorme samovar d'eau non bouillie, pendant que l'on continuait à verser le thé. Non, mon tout bon, non, on ne s'y prend pas ainsi !

1. Fromage de brebis, blanc et d'un goût assez fort. *(N.d.T.)*

— Excusez-moi, dit Andréi Fokitch abasourdi par cette soudaine attaque, ce n'est pas pour cela que je suis venu, et l'esturgeon n'a rien à voir…

— Comment cela, il n'a rien à voir, s'il est tout gâté !

— C'est qu'on m'a envoyé de l'esturgeon de deuxième fraîcheur, expliqua le buffetier.

— Mon petit agneau, c'est absurde !

— Qu'est-ce qui est absurde ?

— La deuxième fraîcheur : voilà qui est absurde ! Il n'y a qu'une fraîcheur – la première – qui est en même temps la dernière. Et si votre esturgeon est de deuxième fraîcheur, cela signifie tout bonnement qu'il est pourri.

— Excusez-moi…, commença de nouveau le buffetier, qui ne savait comment se dépêtrer des chicaneries de l'artiste.

— Vous excuser ? Impossible ! dit fermement celui-ci.

— Ce n'est pas pour cette affaire que je suis venu ! prononça d'une seule traite le buffetier, tout à fait désarçonné.

— Pas pour cette affaire ? s'étonna le magicien étranger. Et quelle autre affaire aurait pu vous amener chez moi ? Si ma mémoire ne me trompe pas, je n'ai connu, parmi les gens de votre profession, qu'une vivandière, mais il y a très longtemps de cela, – vous n'étiez pas encore au monde. Au reste, très heureux. Azazello ! Un tabouret pour monsieur le tenancier du buffet !

L'homme qui rôtissait la viande se retourna – le buffetier fut épouvanté à la vue de ses longues dents jaunes – et avec dextérité, il lui donna un des tabourets de chêne foncé qui constituaient les seuls sièges du salon.

Le buffetier balbutia : « Je vous remercie humblement », et s'assit sur l'escabeau. Aussitôt, le pied arrière de celui-ci se rompit avec un craquement sec, et le buffetier, poussant un cri, tomba brutalement sur le derrière. Dans sa chute, il heurta du pied un autre escabeau placé devant lui et renversa sur son pantalon une pleine coupe de vin rouge qui y était posée.

L'artiste s'écria :

— Aïe ! Vous vous êtes fait mal ?

Azazello aida le buffetier à se relever, et lui donna un autre siège. D'une voix pleine de larmes, le buffetier refusa d'ôter son pantalon pour le faire sécher devant le feu, comme le lui proposait son hôte, et, excessivement mal à l'aise dans ses vêtements mouillés, il s'assit sur le nouveau tabouret, avec précaution.

— J'aime être assis très bas, dit l'artiste. Ainsi, il est moins dangereux de tomber. Bon, nous en étions donc à l'esturgeon. Mon petit agneau, de la fraîcheur, encore de la fraîcheur, toujours de la fraîcheur ! – telle doit être la devise de tout buffetier. Tenez, voulez-vous goûter…

À ce moment, dans la lueur pourpre de la cheminée, la lame d'une épée brilla devant les yeux du buffetier, et Azazello déposa dans une assiette d'or un gros morceau de viande grésillante, qu'il arrosa de jus de citron, et qu'il donna au buffetier avec une fourchette d'or à deux dents.

— Humblement… je…

— Mais si, mais si, goûtez donc !

Par politesse, le buffetier coupa un petit morceau de viande qu'il mit dans sa bouche, et tout de suite, il dut convenir qu'il n'avait jamais rien mangé d'aussi frais, ni, surtout, d'aussi extraordinairement délicieux. Mais, comme il achevait la viande juteuse et odorante, le buffetier faillit s'étrangler et tomber à la renverse une deuxième fois. De la pièce voisine, en effet, venait d'entrer un gros oiseau au plumage sombre dont l'aile frôla sans bruit le crâne chauve du buffetier. L'oiseau se posa sur la tablette de la cheminée, à côté d'une pendule, et on put voir alors que c'était une chouette. « Seigneur mon Dieu !… pensa Andréi Fokitch qui, comme tous les buffetiers, était très nerveux. En voilà une maison !… »

— Une coupe de vin ? Blanc, rouge ? Du vin de quel pays préférez-vous, à cette heure de la journée ?

— Humblement… je ne bois pas…

— C'est un tort ! Désirez-vous alors faire une partie de dés ? Ou bien aimez-vous mieux un autre jeu ? Dominos, cartes ?

— Je ne joue pas, répondit le buffetier, excédé.

— Très mauvais ! déclara catégoriquement le maître de maison. Il y a, si vous le permettez, quelque chose de malsain chez un homme qui fuit le vin, le jeu, la compagnie des femmes charmantes et les conversations d'après-dîner. De tels gens, ou bien sont gravement malades, ou bien haïssent en secret leur entourage. Il est vrai que des exceptions sont possibles. Parmi les gens qui se sont assis avec moi à des tables de festin, il s'est trouvé parfois d'étonnants gredins !… Bon, j'écoute votre affaire.

— Hier, vous avez daigné faire quelques tours de passe-passe…

— Moi ? s'écria le magicien d'un air stupéfait. De grâce ! ce n'est vraiment pas mon genre !

— Pardon, dit le buffetier interdit. Mais hier… la séance de magie noire…

— Ah ! Oui, mais oui, bien sûr ! Mon cher, je vais vous révéler un secret. Je ne suis pas du tout un artiste. Simplement, je voulais voir les Moscovites rassemblés en foule, et quoi de mieux qu'un théâtre pour cela ? C'est ma suite – il montra le chat d'un signe de tête – qui a organisé cette séance, et moi, je me suis contenté de rester assis et de regarder les Moscovites. Mais ne changez pas ainsi de visage, et dites-moi plutôt ce qui, à propos de cette séance, vous amène ici ?

— Eh bien, si vous le permettez, entre autres choses, des papiers sont descendus du plafond… (Ici, le buffetier baissa la voix et jeta un regard confus autour de lui.) Enfin, tout le monde en a ramassé. Puis un jeune homme est venu au buffet, il m'a donné un billet de dix roubles, et je lui ai rendu huit cinquante de monnaie… Ensuite un autre…

— Aussi un jeune homme ?

— Non, un vieux. Et un troisième, un quatrième… À chaque fois j'ai rendu la monnaie. Et aujourd'hui, quand j'ai vérifié ma caisse, au lieu d'argent je n'ai trouvé que des bouts de papier. Ça coûte cent neuf roubles au buffet.

— Aïe, aïe, aïe ! s'écria l'artiste. Croyaient-ils vraiment qu'il s'agissait de véritables billets ? Je ne peux pas admettre l'idée qu'ils aient fait cela consciemment.

Le buffetier eut un regard torve et attristé, mais ne dit rien.

— Des escrocs, alors ? demanda le magicien avec angoisse. Est-il possible qu'il y ait des escrocs parmi les habitants de Moscou ?

Le sourire que fit le buffetier en réponse était si amer qu'aucun doute ne put subsister : oui, il y avait des escrocs parmi les habitants de Moscou.

— Quelle bassesse ! s'indigna Woland. Vous êtes un homme pauvre… N'est-ce pas – vous êtes un homme pauvre ?

Le buffetier rentra la tête dans les épaules, et l'on vit bien, ainsi, que c'était un homme pauvre.

— À combien se montent vos économies ?

La question fut posée d'un ton compatissant, mais on ne pouvait nier qu'elle manquait de tact. Le buffetier se troubla.

— Deux cent quarante-neuf mille roubles, répartis dans cinq caisses d'épargne ! lança de la pièce voisine une voix chevrotante. Et à la maison, sous les lames du parquet, deux cents pièces de dix roubles-or.

Le buffetier sembla se ratatiner sur son tabouret.

— Oui, évidemment, ce n'est pas une grosse somme, dit Woland d'un air dédaigneux, bien qu'au fond, à proprement parler, vous n'en ayez nul besoin. Quand mourrez-vous ?

Là, le buffetier eut un mouvement de révolte.

— Personne ne le sait et ça ne regarde personne, répliqua-t-il.

— Personne ne le sait ? Tu parles ! reprit l'horrible voix dans le cabinet de travail. C'est aussi simple que le binôme de Newton ! Il mourra dans neuf mois, en février de l'année prochaine, d'un cancer du foie, à la clinique du quartier de l'Université, salle 4.

Le visage du buffetier prit une couleur jaune.

— Neuf mois..., compta Woland d'un air songeur. Deux cent quarante-neuf mille... Cela fait, en chiffres ronds, vingt-sept mille par mois... c'est peu, mais en se contentant d'une vie modeste... Et puis, il y a aussi les pièces d'or...

— Il n'aura pas la possibilité de les changer, intervint encore la voix, glaçant le cœur du buffetier. À la mort d'Andréi Fokitch, sa maison sera immédiatement démolie et les pièces d'or seront portées à la Banque d'État.

— Quant à moi, je ne vous conseillerais pas d'aller à la clinique, reprit l'artiste. Quel sens cela a-t-il, de mourir dans une salle d'hôpital, au milieu des gémissements et des râles des malades incurables ? Ne vaudrait-il pas mieux, avec vos vingt-sept mille roubles, organiser un grand festin, et ensuite prendre du poison, et passer dans l'autre monde au son des violons, entouré d'enivrantes beautés et de hardis compagnons ?

Le buffetier, immobile sur son siège, semblait avoir vieilli de dix ans. Ses yeux étaient cernés, ses joues flasques, et sa mâchoire inférieure pendait lamentablement.

— Du reste, nous rêvons, nous rêvons, s'écria l'artiste. Au fait ! Montrez-moi vos bouts de papier. Le buffetier, profondément troublé, tira de sa poche un paquet qu'il développa – et il demeura cloué de stupeur : dans le morceau de journal, il y avait des billets de dix roubles.

— Mon cher, effectivement, vous êtes souffrant, dit Woland en haussant les épaules.

Le buffetier, souriant d'un air hagard, se leva.

— Eh b… eh bien…, dit-il en bégayant, puisque je les ai… je…

— Hum…, dit l'artiste, songeur. Eh bien, revenez nous voir. Vous serez toujours le bienvenu. Heureux d'avoir fait votre connaissance…

À ce moment, du cabinet de travail, surgit Koroviev. Il se cramponna au bras du buffetier, le tirailla de tous côtés et pria Andréi Fokitch de transmettre ses compliments à tout le monde, à tout le monde ! N'y comprenant pas grand-chose, le buffetier regagna le vestibule.

— Hella, reconduis-le ! cria Koroviev.

Nouvelle apparition de cette rousse toute nue ! Le buffetier franchit hâtivement la porte, gémit faiblement « au revoir », et s'en alla en titubant comme un homme ivre. Ayant descendu quelques marches, il s'arrêta, s'assit dans l'escalier et ouvrit son paquet : les billets étaient toujours là.

À ce moment, de l'appartement voisin, sortit la femme au cabas vert. En voyant l'homme assis sur une marche qui contemplait d'un air stupide ses billets de dix roubles, elle sourit et dit pour elle-même :

— Quelle maison... Celui-là qui est déjà soûl... Et encore un carreau de cassé dans l'escalier !

Mais, ayant examiné le buffetier de plus près, elle s'écria aussitôt :

— Oh ! dites donc, citoyen, vous ne vous mouchez pas du pied ! Tu les partages avec moi, ces gros billets, dis ?

— Laisse-moi tranquille, par le Christ ! dit le buffetier effrayé, et il cacha promptement son argent.

La femme éclata de rire.

— Hé, va te faire voir, vieux rapiat ! Je plaisantais...

Et elle descendit.

Le buffetier se releva lentement, porta la main à sa tête pour rajuster son chapeau, et s'aperçut qu'il ne l'avait pas. L'idée de remonter lui faisait horreur, mais il regrettait son chapeau. Il hésita, puis se décida à remonter et sonna.

— Que voulez-vous encore ? lui demanda cette maudite Hella.

— J'ai oublié mon chapeau..., balbutia le buffetier en montrant du doigt son crâne chauve.

Hella lui tourna le dos. Mentalement, le buffetier cracha, et il ferma les yeux. Quand il les rouvrit, il vit qu'Hella lui tendait son couvre-chef, et une épée à poignée noire.

— C'est pas à moi..., marmonna le buffetier en repoussant l'épée et en se coiffant vivement de son chapeau.

— Vraiment ? Vous êtes venu sans épée ? fit Hella d'un air étonné.

Le buffetier grogna quelques mots indistincts et se hâta de redescendre. Mais tout à coup, il sentit sa tête incommodée par une chaleur excessive. Il ôta son chapeau et, avec un sursaut de frayeur, il poussa un léger cri : en fait de chapeau, sa main tenait un béret de velours orné d'une plume de coq défraîchie. Le buffetier se signa. Au même instant, le béret fit « miaou », se changea en petit chat noir, regagna d'un bond la tête d'Andréi Fokitch et s'accrocha de toutes ses griffes à la peau de son crâne. Jetant un cri affreux, le buffetier se rua dans l'escalier. Le petit chat sauta alors à terre et remonta au galop.

Aussitôt à l'air libre, le buffetier traversa la cour à toutes jambes et quitta pour toujours la diabolique maison n° 302 bis.

On sait très précisément ce qu'il advint de lui ensuite. Arrivé dans la rue, le buffetier regarda autour de lui avec égarement, comme s'il cherchait quelque chose. Une minute plus tard il était sur le trottoir d'en face et entrait dans une pharmacie. Il eut à peine prononcé ces mots : « Dites-moi, s'il vous plaît… », que la femme qui se tenait derrière le comptoir s'écria :

— Citoyen, vous avez la tête toute écorchée !

Cinq minutes après, le buffetier, la tête enveloppée de gaze, apprit que les meilleurs spécialistes du foie étaient les professeurs Bernadski et Kouzmine, demanda lequel des deux habitait le plus près, rougit de contentement quand on lui dit que Kouzmine demeurait exactement de l'autre côté de la cour, dans une petite maison blanche. En deux minutes, il y fut.

La petite propriété était fort vieille, mais remarquablement confortable. La première personne qui accueillit le buffetier – il s'en souvint par la suite – fut une antique nounou qui ne cessait de mâchonner, bien qu'elle n'eût rien dans la bouche. Elle vint pour lui prendre son chapeau, mais comme il n'en avait pas, elle s'en alla, et il ne la revit plus.

À sa place parut, près d'un miroir et, semble-t-il, sous une espèce d'arche, une femme d'âge moyen qui lui dit tout de suite qu'il pouvait se faire inscrire, mais seulement pour le 19 du mois, pas avant. Le buffetier vit aussitôt le moyen de s'en tirer. Jetant un regard éteint de l'autre côté de l'arche où, dans ce qui ne pouvait être qu'une antichambre, trois personnes attendaient, il murmura :

— Je vais mourir…

La femme regarda avec perplexité la tête bandée du buffetier, hésita, et dit enfin :

— Dans ce cas…, et elle s'effaça pour laisser entrer le buffetier.

Au même instant, en face de l'arche, une porte s'ouvrit, dans l'embrasure de laquelle brilla un pince-nez d'or. La femme en blouse blanche dit :

— Citoyens, ce malade ne peut attendre.

Et le buffetier n'eut pas le temps de faire « ouf » qu'il se trouvait dans le cabinet du professeur Kouzmine. C'était une pièce oblongue, qui n'avait rien d'effrayant, ni de solennel, ni même de médical.

— Qu'avez-vous ? demanda le professeur Kouzmine d'une voix agréable, en regardant la tête bandée avec une certaine inquiétude.

— Je viens d'apprendre, d'une personne digne de foi, répondit le buffetier en fixant d'un regard hostile une photo de groupe encadrée, qu'en février de l'année prochaine, je mourrais d'un cancer du foie. Je vous supplie de me guérir.

Le professeur Kouzmine s'assit et s'appuya au haut dossier de cuir de son fauteuil gothique.

— Pardon, je ne vous comprends pas bien… Vous… vous avez vu un médecin ? Pourquoi avez-vous ce pansement à la tête ?

— Un médecin, quel médecin ?… En fait de médecin, si vous l'aviez vu… répondit le buffetier qui se mit soudain à claquer des dents. Ne vous occupez pas de ma tête, reprit-il, elle n'a aucun rapport… Ma tête, mettez-la au rancart, elle n'a rien à voir ici... C'est le cancer du foie, guérissez-moi !...

— Mais permettez, qui vous a dit ?

— Croyez-le ! dit le buffetier avec feu. Il sait !

— Je n'y comprends rien du tout ! dit le professeur en reculant son fauteuil. Comment peut-il savoir quand vous mourrez ? D'autant qu'il n'est pas médecin !

— Salle 4, répondit le buffetier.

Alors, le professeur regarda plus attentivement son patient, sa tête, son pantalon humide, et pensa : « Il ne manquait plus que ça : un fou... » Il demanda :

— Vous buvez de la vodka ?

— Je n'ai jamais touché une goutte d'alcool, répondit le buffetier.

L'instant d'après, il était déshabillé, allongé sur la toile cirée froide d'une couchette, et le professeur lui pétrissait le ventre – ce qui eut pour effet, il faut bien le dire, d'égayer notablement le buffetier. Le professeur affirma catégoriquement qu'à l'heure actuelle, tout au moins à première vue, le buffetier ne présentait aucun symptôme de cancer, mais que, puisque aussi bien... il semblait le craindre, effrayé sans doute par quelque charlatan, il faudrait faire les analyses...

Le professeur écrivit rapidement quelques lignes sur une feuille de papier, tout en expliquant au buffetier où il devait aller, et ce qu'il devait emporter. En outre, il lui donna un mot de recommandation pour le professeur Bourié, neuropathologue, en lui disant que son système nerveux était complètement détraqué.

— Combien vous dois-je, professeur ? demanda le buffetier d'une voix cérémonieuse, mais mal assurée, en tirant de sa poche un épais portefeuille.

— Ce que vous voudrez, répondit brièvement le professeur.

Le buffetier prit trois billets de dix roubles et les étala sur le bureau. Puis, avec une douceur inattendue, comme un chat faisant patte de velours, il déposa par-dessus un petit rouleau de papier de journal qui produisit un léger tintement métallique.

— Qu'est-ce que c'est que ça ? demanda Kouzmine en se redressant et en frisant sa moustache.

— Allez, pas de manières, citoyen professeur, chuchota le buffetier. Et guérissez mon cancer, je vous en supplie !

— Reprenez immédiatement vos pièces d'or ! dit le professeur, qui se sentit fier de lui. Et faites-vous examiner les nerfs, cela vaudra mieux. Dès demain, faites-vous faire une analyse d'urine, ne buvez que très peu de thé, et mangez sans sel.

— La soupe aussi, sans sel ? demanda le buffetier.

— Pas de sel, absolument, ordonna le professeur.

— Hélas !... s'écria tristement le buffetier.

Puis, en regardant le professeur d'un air attendri, il ramassa son or et sortit du cabinet à reculons.

Le professeur n'avait pas beaucoup de malades ce soir-là, et, à la tombée du crépuscule, le dernier s'en allait. En ôtant sa blouse, le professeur jeta un coup d'œil au coin du bureau, où le buffetier avait laissé les billets de dix roubles. Mais il n'y avait plus de billets : à leur place se trouvaient trois étiquettes de bouteilles de bière.

— Diable ! Qu'est-ce que c'est, encore ? grommela le professeur. Traînant sa blouse dont une manche était encore enfilée, il s'approcha et palpa les étiquettes. Apparemment, non seulement c'est un schizophrène, mais aussi un filou. Mais je n'arrive pas à comprendre ce qu'il me voulait. Simplement une ordonnance pour une analyse d'urine ? Impossible. Oh, oh !… Je parie qu'il m'a volé un manteau ! (Le professeur se précipita dans l'antichambre, traînant toujours sa blouse derrière lui.) Xénia Nikitichna ! cria-t-il d'une voix perçante, regardez voir si tous les manteaux sont là !

Tous les manteaux étaient là. Mais lorsque le professeur, enfin débarrassé de sa blouse, rentra dans son cabinet, il sembla tout d'un coup prendre racine dans le plancher, et demeura ainsi, les yeux rivés sur son bureau. À l'endroit même où, tout à l'heure se trouvaient les étiquettes, était assis un petit chat noir, abandonné sans doute, qui miaulait d'un petit air triste au-dessus d'une soucoupe remplie de lait.

— Pa… pardon, mais qu'est-ce que c'est ? Enfin je… Et Kouzmine sentit un frisson courir dans son dos.

La faible plainte du professeur fit accourir Xénia Nikitichna, qui aussitôt, le rassura complètement en lui disant que c'était l'un des malades, certainement, qui avait déposé ce chat ici, et que pareille chose n'était pas rare chez les professeurs.

— Des gens qui vivent pauvrement, sans doute, expliqua Xénia Nikitichna, tandis que chez nous, évidemment…

Ils cherchèrent alors à deviner qui avait pu abandonner le petit chat. Les soupçons se portèrent finalement sur une petite vieille, qui souffrait d'un ulcère à l'estomac.

— C'est sûrement elle, dit Xénia Nikitichna. Elle a dû se dire : moi, ça m'est égal de mourir, mais il faut qu'on prenne soin de mon petit minet.

— Mais permettez ! s'écria Kouzmine. Et le lait ?… Elle l'a apporté aussi ? Et la soucoupe, hein ?

— Elle l'aura apporté dans une petite bouteille, et versé ici dans une soucoupe, dit Xénia Nikitichna, qui n'était pas à court d'explications.

— En tout cas, emportez-moi tout ça, chat et soucoupe, dit Kouzmine, et il prit soin d'accompagner Xénia Nikitichna jusqu'à la porte. À son retour, la situation changea rapidement.

Au moment où il accrochait sa blouse à une patère, le professeur entendit des rires dans la cour. Il regarda par la fenêtre et, naturellement, resta bouche bée. En courant, une dame traversait la cour vers les bâtiments d'en face ; elle était vêtue simplement d'un corsage. Le professeur savait même comment elle s'appelait : Maria Alexandrovna. Quant au rieur, c'était un quelconque galopin.

— Qu'est-ce que ça veut dire ? fit Kouzmine avec mépris.

Au même instant, derrière la cloison, dans la chambre de la fille du professeur, un phonographe se mit à jouer le fox-trot « Alléluia », et le professeur entendit en même temps derrière lui le pépiement d'un moineau. Il se retourna d'un bloc, et vit un gros moineau qui sautillait sur son bureau.

« Hm... du calme ! se dit le professeur. Il est entré au moment où je m'écartais de la fenêtre. Tout va bien ! » décida-t-il, en se rendant fort bien compte que tout allait mal, et principalement, bien sûr, à cause de ce moineau. Après l'avoir observé un moment, le professeur dut convenir que ce moineau n'était pas tout à fait un simple moineau. La sale bête pliait la patte gauche, la ramenait en la traînant, se livrait à toutes sortes de contorsions sur un rythme syncopé, – en un mot, se trémoussait aux sons du fox-trot, comme un ivrogne devant un comptoir, et, avec toute la goujaterie dont il était capable, dévisageait insolemment le professeur.

Kouzmine posa la main sur le téléphone, avec l'intention d'appeler son confrère et condisciple Bourié pour lui demander ce que pouvait signifier, quand on a soixante ans, ce genre d'apparition de moineaux, accompagnée, qui plus est, de vertiges.

Entre-temps, le moineau s'était posé sur l'encrier que le professeur avait reçu en cadeau. Il le salit (je ne plaisante pas !), puis s'envola vers le plafond, demeura un instant suspendu en l'air, et d'un seul trait, il alla donner un coup de bec – un bec qu'on eût dit d'acier – à la photo du groupe, qui représentait la promotion universitaire de 1894 au complet. Le verre vola en éclats, et l'oiseau s'enfuit par la fenêtre.

Le professeur, qui s'apprêtait à former le numéro de Bourié, changea d'avis et appela l'office des sangsues médicinales, dit que c'était le professeur Kouzmine à l'appareil et qu'il demandait qu'on lui apporte le plus vite possible des sangsues à domicile. Après avoir raccroché, il se retourna de nouveau vers son bureau, et poussa un hurlement. Une femme en cornette de sœur de charité était assise derrière le bureau. Elle tenait un petit sac sur lequel était inscrit le mot « sangsues ». Si le professeur avait hurlé, c'était surtout en voyant sa bouche : une bouche d'homme, tordue, fendue jusqu'aux oreilles, et garnie d'une seule dent. Et ses yeux étaient morts.

— Je prends l'argent, dit l'infirmière d'une voix de basse, masculine. Il n'a pas besoin de traîner ici.

Elle allongea une patte d'oiseau, rassembla les étiquettes, et se dissipa dans l'air.

… Deux heures avaient passé. Le professeur Kouzmine était allongé sur son lit, dans sa chambre. Des sangsues étaient fixées à ses tempes, derrière ses oreilles et à son cou. Aux pieds de Kouzmine, sur la courtepointe de soie, était assis un homme à moustaches blanches. C'était le professeur Bourié, qui regardait Kouzmine avec compassion et essayait de le réconforter en lui disant que tout cela n'était que balivernes et n'avait jamais existé. Derrière la fenêtre, il faisait nuit.

Y eut-il, cette nuit-là à Moscou, d'autres événements insolites ? Nous l'ignorons, et naturellement, nous ne chercherons pas à le savoir, – d'autant plus que le moment est venu de passer à la seconde partie de cette véridique histoire.

Lecteur – suis-moi !

Deuxième partie

19. Marguerite

Suis-moi, lecteur ! Qui t'a dit qu'il n'existait pas, en ce bas monde, de véritable, de fidèle, d'éternel amour ! Qu'on coupe à ce menteur sa langue scélérate !

Suis-moi, cher lecteur, – moi seul, et je te montrerai qu'un tel amour existe !

Non ! Le Maître s'est trompé quand, à la clinique, alors que s'approchait l'heure de minuit, il a dit d'un ton amer à Ivanouchka qu'elle l'avait oublié. Cela ne pouvait être. Certes non, elle ne l'avait pas oublié.

Avant toutes choses, dévoilons un secret que le Maître n'avait pas voulu révéler à Ivanouchka. Son amante s'appelait Marguerite Nikolaievna. Par ailleurs, tout ce que le Maître avait dit d'elle au pauvre poète n'était que la stricte vérité. Il avait fait de sa bien-aimée une description fidèle. Elle était, effectivement, belle et intelligente. À cela, il faut ajouter une chose : on peut affirmer, sans crainte, que bien des femmes auraient donné n'importe quoi pour échanger leur existence contre celle de Marguerite Nikolaievna. Âgée de trente ans, Marguerite était mariée, sans enfants, à un très éminent spécialiste, auteur, par-dessus le marché, d'une découverte de la plus haute importance, – une découverte d'intérêt national. Son mari était jeune, beau, bon, honnête, et il adorait sa femme. Tous deux occupaient entièrement l'étage supérieur d'une magnifique propriété entourée d'un jardin et situé dans l'une des petites rues qui avoisinent la place de l'Arbat. Séjour enchanteur ! Du reste, chacun peut s'en convaincre, s'il veut bien aller voir ce jardin. Qu'il s'adresse à moi, je lui donnerai l'adresse et je lui indiquerai le chemin : la propriété est encore intacte.

Pour l'argent, Marguerite Nikolaievna ne manquait de rien. Marguerite Nikolaievna pouvait acheter tout ce qui lui faisait envie. Parmi les relations de son mari, elle pouvait rencontrer des gens fort intéressants. Marguerite Nikolaievna n'avait jamais touché un réchaud à pétrole. Marguerite Nikolaievna ne connaissait rien des horreurs de l'existence dans un appartement communautaire. En un mot… elle était heureuse ? – Eh bien non, pas un instant ! Dès le moment où, âgée de dix-neuf ans, elle s'était mariée et était venue habiter dans cette propriété, elle n'avait plus connu le bonheur. Dieux, dieux ! Que fallait-il donc à cette femme ? Que fallait-il à cette femme, dans les yeux de qui brûlait constamment une petite flamme incompréhensible ? Que fallait-il à cette sorcière qui louchait très légèrement d'un œil et qui, ce fameux jour, s'était parée d'un bouquet printanier de mimosas ? Je l'ignore, je n'en sais rien. Sans doute avait-elle dit la vérité : ce qu'il lui fallait, c'était lui – le Maître –, et pas du tout une maison gothique, pas du tout un jardin privé, pas du tout de l'argent. Elle l'aimait, – elle avait dit la vérité.

Même chez moi – étranger à cette histoire, bien que j'en sois le narrateur véridique –, le cœur se serre à la pensée de ce que dut éprouver Marguerite lorsque, le lendemain, elle revint à la petite maison du Maître (heureusement, elle n'avait pas eu l'occasion de tout dire à son mari, car celui-ci n'était pas rentré à l'heure prévue), et apprit que le Maître n'était plus là. Elle fit tout pour en savoir davantage, mais naturellement, elle n'apprit rien de plus. Alors, elle rentra à la propriété, et recommença à vivre comme par le passé.

Mais dès que la neige sale se fut effacée des rues et des trottoirs, dès que le printemps se mit à souffler par les vasistas des bouffées d'un vent mou, humide et importun, Marguerite Nikolaievna tomba, plus encore qu'en hiver, dans la mélancolie. Souvent, en secret, elle pleurait, longuement et amèrement. Celui qu'elle aimait était-il vivant ou mort ? Elle l'ignorait. Et, à mesure que s'écoulaient ces lugubres journées, de plus en plus souvent, surtout à la tombée de la nuit, lui venait la pensée qu'elle était liée à un mort.

Donc, elle devait l'oublier, ou bien mourir elle aussi. Mais traîner plus longtemps cette morne existence, impossible. Impossible ! L'oublier, quoi qu'il en coûtât, – l'oublier ! Seulement, il ne se laissait pas oublier, voilà le malheur.

— Oui, oui, oui, la même faute, exactement ! disait Marguerite, assise près du poêle et regardant le feu, qu'elle avait allumé en souvenir du feu qui brûlait à l'époque où il écrivait l'histoire de Ponce Pilate. Pourquoi l'ai-je quitté cette nuit-là ? Pourquoi ? C'était de la folie ! Je suis revenue le lendemain, honnêtement, comme je le lui avais promis, mais il était déjà trop tard. Oui, je suis revenue, mais, comme le malheureux Matthieu Lévi, – trop tard !

Toutes ces paroles, évidemment, étaient absurdes. Qu'est-ce que cela aurait changé, en effet, si cette nuit-là, elle était restée chez le Maître ? Aurait-elle pu le sauver ? Ridicule !... pourrions-nous nous exclamer, mais devant cette femme désespérée, nous nous en abstiendrons.

Le jour où se produisit tout ce remue-ménage insensé provoqué par la présence du magicien noir à Moscou, ce vendredi où l'oncle de Berlioz fut fermement renvoyé à Kiev, où le comptable fut arrêté et où se produisirent toutes sortes de choses excessivement bêtes et incompréhensibles, – ce jour-là, vers midi, Marguerite s'éveilla dans sa chambre, située en encorbellement dans la tour de la grande maison.

En s'éveillant, Marguerite ne pleura pas, contrairement à ce qui arrivait souvent, car elle eut aussitôt le pressentiment qu'aujourd'hui, enfin, il se passerait quelque chose. Elle s'empressa de réchauffer et de cultiver ce pressentiment dans le fond de son cœur, de peur qu'il ne s'en aille.

— Oui, j'y crois ! murmura solennellement Marguerite. J'y crois ! Il se passera quelque chose ! Ce n'est pas possible autrement, car en fin de compte, pourquoi serais-je condamnée à souffrir toute ma vie ? Je l'avoue, oui, j'ai menti, j'ai trompé, j'ai vécu une vie secrète, cachée aux regards des gens, mais tout de même, cela ne mérite pas un châtiment aussi cruel... Il va arriver quelque chose, forcément, parce que rien, jamais, ne dure éternellement. En outre, j'ai eu un rêve prophétique, cela, j'en jurerais...

Ainsi murmurait Marguerite Nikolaievna, en regardant les stores ponceau inondés de soleil, puis en s'habillant fébrilement et en démêlant, devant un miroir à trois faces, les boucles de ses cheveux courts.

Le rêve que Marguerite avait eu cette nuit-là était en effet inhabituel. Le fait est que, tout au long de ce douloureux hiver, jamais elle n'avait vu le Maître en songe. La nuit, il la laissait en paix, et ne venait la tourmenter que pendant la journée. Mais cette fois, elle avait rêvé de lui.

Marguerite vit d'abord, dans son rêve, une contrée inconnue d'elle – mélancolique, désolée sous le ciel bas et gris des premiers jours du printemps. Sous ce ciel lugubre, où couraient des lambeaux de nuages noirâtres, passa sans bruit une bande de freux. Un petit pont branlant et noueux enjambait les eaux troubles d'un ruisseau printanier. Çà et là, quelques arbres misérables dressaient tristement leurs troncs dépouillés. Un tremble solitaire, et plus loin, entre les arbres, dans une sorte d'enclos, une petite construction de rondins, qui pouvait être soit une cuisine isolée, soit une étuve, soit le diable sait quoi encore !

Il y avait dans tout cela quelque chose de mort, et de si désolant qu'on avait envie de se pendre à ce tremble, là, près du petit pont. Pas un souffle de brise, pas un mouvement de vie dans ces nuages, pas une âme. Contrée infernale pour un vivant !

Et voici, figurez-vous, que s'ouvre toute grande la porte de cette construction de bois, et qu'il apparaît. Il est assez éloigné, mais on le reconnaît parfaitement. Il semble déguenillé, et il est impossible de distinguer la forme et la nature de ses vêtements. Ses cheveux sont ébouriffés, et il n'est pas rasé. Son regard est inquiet, douloureux. Il lui fait signe de la main, il l'appelle. Transportée de joie, buvant à grands traits l'air humide et mort, Marguerite, sautant par-dessus les mottes de terre et les touffes d'herbe, courait vers lui, – quand elle s'éveilla.

« Ce rêve ne peut signifier que deux choses, continua Marguerite Nikolaievna, discutant avec elle-même. Ou bien il est mort, et s'il m'a fait signe, cela veut dire qu'il est venu me chercher, et que je mourrai bientôt. Et ce sera très bien, car je verrai ainsi la fin de mes tourments. Ou bien il est vivant, et alors, mon rêve n'a qu'une signification possible : en se rappelant ainsi à mon souvenir, il a voulu dire que nous nous reverrons bientôt… Oui, nous nous reverrons très bientôt ! »

Dans un état d'excitation croissante, Marguerite, tout en achevant de s'habiller, entreprit de se persuader elle-même qu'au fond, les choses prenaient une tournure tout à fait favorable, et qu'il lui appartenait de saisir ce moment favorable et d'en tirer tout le parti possible. Son mari venait de partir en mission pour trois jours entiers. Tout au long de ces trois jours, elle serait donc livrée à elle-même, personne ne l'empêcherait de penser à ce qu'elle voudrait, de rêver à ce qu'il lui plairait. Tout l'étage de la propriété, ce vaste appartement de cinq pièces que des dizaines de milliers de gens, à Moscou, auraient pu envier, était entièrement à sa disposition.

Pour commencer à mettre à profit ses trois jours de liberté, Marguerite ne choisit pas – et de loin – le meilleur endroit du luxueux appartement. Après avoir bu une tasse de thé, elle se rendit dans une petite pièce obscure, sans fenêtre, meublée de deux grandes armoires où étaient rangées les valises et diverses vieilleries. Elle s'accroupit près de la première armoire, dont elle ouvrit le tiroir du bas. Là, sous un entassement de chiffons de soie, elle prit l'unique richesse qu'elle possédât dans la vie. C'était un vieil album de cuir marron où se trouvait une photographie du Maître, un livret de caisse d'épargne au nom de celui-ci, où était inscrit un dépôt de dix mille roubles, des pétales de rose séchés, rangés à plat entre des feuilles de papier à cigarettes, et tout un cahier de feuilles dactylographiées, dont le bord inférieur était rongé par le feu.

Munie de ces précieux objets, Marguerite revint dans sa chambre, plaça la photographie dans le coin de l'une des glaces du miroir à trois faces, devant lequel elle s'assit. Elle demeura là près d'une heure, tenant sur ses genoux le cahier abîmé qu'elle feuilleta, relisant ces lignes dont le feu avait dévoré le commencement et la fin : « … Les ténèbres accourues de la mer Méditerranée s'étendirent sur la ville haïe du procurateur. Les passerelles qui reliaient le Temple à la redoutable tour Antonia disparurent, l'insondable obscurité descendue du ciel engloutit les dieux ailés qui dominaient l'hippodrome, le palais des Asmonéens avec ses meurtrières, les bazars, les caravansérails, les ruelles, les piscines… Ainsi disparut Jérusalem, la grande ville, comme effacée de la surface du monde… »

Marguerite aurait voulu lire la suite, mais il n'y avait pas de suite : seulement une frange irrégulière et charbonneuse.

Essuyant ses larmes, Marguerite abandonna le cahier, posa ses coudes sur le dessus de verre de la tablette où elle se refléta, et, les yeux fixes, contempla longuement la photographie. Puis ses larmes se tarirent. Marguerite rassembla soigneusement son bien, et quelques instants plus tard, celui-ci se trouvait de nouveau enfoui sous les chiffons de soie. Dans la pièce obscure, la serrure se referma avec un petit bruit sec.

Marguerite passa dans le vestibule et enfila son manteau, pour sortir. Sa femme de chambre, la jolie Natacha, lui demanda ce qu'il fallait faire pour le déjeuner, et s'entendit répondre que cela n'avait pas d'importance. Comme elle aimait se distraire, Natacha engagea tout de suite la conversation avec sa maîtresse, en commençant par raconter Dieu sait quoi : qu'hier au théâtre, par exemple, un prestidigitateur avait fait des tours qui avaient épaté tout le monde, qu'il avait distribué gratuitement, à qui voulait, des paires de bas et deux flacons de parfums étrangers par personne, mais qu'ensuite, après la séance, dans la rue – pfuitt ! – tout le monde s'était retrouvé tout nu ! Marguerite se laissa tomber sur une chaise, sous le trumeau de l'entrée, et rit aux éclats.

— Natacha ! Vous n'avez pas honte ? s'écria-t-elle. Vous, une jeune fille instruite et intelligente… dans les queues, les gens inventent le diable sait quelles sottises, et vous allez les répéter !

Natacha rougit jusqu'à la racine des cheveux et répliqua avec ardeur que ce n'était pas du tout des inventions, qu'elle-même avait vu, ce matin, au magasin d'alimentation de la place de l'Arbat, une citoyenne entrer avec des chaussures aux pieds, et que, pendant que cette citoyenne faisait la queue à la caisse, ses chaussures avaient disparu d'un seul coup, et elle s'était retrouvée sur ses bas. Même que Natacha avait ouvert de grands yeux, parce que cette citoyenne avait un trou au talon ! Et ses chaussures étaient des chaussures magiques, qu'elle avait eues à cette fameuse séance.

— Et elle est repartie comme ça ?

— Elle est repartie comme ça ! s'écria Natacha, de plus en plus rouge de voir qu'on ne la croyait pas. Savez-vous, Marguerite Nikolaievna, que pendant la nuit, la milice a arrêté plus de cent personnes ? Des citoyennes qui venaient du théâtre, et qui se promenaient en culotte sur le boulevard de Tver !

— Naturellement, c'est Daria qui vous a raconté cela, dit Marguerite Nikolaievna. Il y a longtemps que j'ai remarqué que c'était une horrible menteuse.

Cette conversation comique se termina par une agréable surprise pour Natacha. Marguerite alla dans sa chambre et en revint avec une paire de bas et un flacon d'eau de Cologne. Ayant expliqué à Natacha qu'elle voulait, elle aussi, faire un tour de prestidigitation, elle lui fit cadeau des bas et du flacon, en lui demandant seulement de ne pas se promener sur ses bas dans le boulevard de Tver, et de ne pas écouter ce que racontait Daria. Après s'être embrassées, la femme de chambre et sa maîtresse se quittèrent.

Confortablement installée sur la banquette élastique d'un trolleybus, Marguerite Nikolaievna suivait la rue de l'Arbat, tantôt songeant à ses propres affaires, tantôt écoutant les chuchotements de deux citoyens assis devant elle.

Ceux-ci, qui jetaient de temps à autre des regards méfiants autour d'eux, comme pour s'assurer que personne ne les entendait, échangeaient d'incompréhensibles absurdités. Celui qui était assis près de la fenêtre – un vigoureux gaillard dont la face joufflue était percée de petits yeux de cochon au regard vif – disait à voix basse à son chétif voisin qu'il avait fallu couvrir le cercueil d'un drap noir...

— Mais c'est impossible ! murmura l'autre, stupéfait. On n'a jamais vu ça !... Et qu'a fait Geldybine ?

Dans le bourdonnement régulier du trolleybus, Marguerite saisit quelques mots prononcés par l'homme assis près de la fenêtre :

— ... Enquête judiciaire... scandale... une véritable mystification !...

Marguerite Nikolaievna parvint cependant à établir un lien entre ces bribes éparses. En gros, les deux citoyens avaient chuchoté que ce matin, dans un cercueil (le nom du défunt n'avait pas été prononcé), on avait volé la tête du mort !

C'est ce qui avait mis dans tous ses états ce même Geldybine. Quant aux deux chuchoteurs, ils avaient aussi quelque rapport, avec le défunt sans tête.

— Aurons-nous le temps d'acheter des fleurs ? s'inquiéta le petit. L'incinération est pour deux heures, dis-tu ?

Enfin, Marguerite, qui en avait assez de prêter l'oreille à ce mystérieux papotage à propos de tête volée, fut heureuse de voir qu'elle était arrivée.

Quelques minutes plus tard, elle s'asseyait sur un banc, dans un petit jardin au pied des murs du Kremlin, d'où elle pouvait voir le Manège.

Clignant des yeux à la lumière éclatante du soleil, Marguerite songeait à son rêve et se rappelait que l'an dernier exactement, jour pour jour et heure pour heure, elle était assise sur ce même banc, à côté de lui. Comme alors, elle avait un sac à main noir posé près d'elle. Aujourd'hui, Marguerite était seule, mais elle n'en continuait pas moins à lui parler en pensée : « Si tu as été déporté, pourquoi me laisses-tu sans nouvelles de toi ? Ils doivent bien, tout de même, permettre aux gens de donner de leurs nouvelles. Tu ne m'aimes plus ? Si. Je ne sais pas pourquoi, mais je suis sûre que si. Donc, tu as été déporté et tu es mort… Mais alors, je t'en prie, laisse-moi en paix, donne-moi enfin la liberté de vivre, laisse-moi respirer !… » Parlant pour lui, Marguerite se répondait à elle-même : « Est-ce que je te retiens ? Tu es libre… » Aussitôt, elle répliquait : « C'est ça, ta réponse ? Non, il faut d'abord que tu t'effaces de ma mémoire. Alors là, oui, je serais libre… »

Des gens passaient devant Marguerite Nikolaievna. Un homme regarda du coin de l'œil cette jeune femme bien habillée. Attiré par sa beauté et sa solitude, il toussota et s'assit à l'autre extrémité du banc. Puis il prit sa respiration et dit :

— Il fait un temps nettement magnifique aujourd'hui…

Mais Marguerite lui jeta un regard si noir qu'il se leva et s'en fut.

« Tiens, voilà un exemple, dit Marguerite, s'adressant toujours à celui qui régnait sur elle. Pourquoi, après tout, ai-je chassé cet homme ? Je m'ennuie, et ce Lovelace n'était pas méchant, mise à part sa façon bête de dire "nettement magnifique"… Qu'est-ce que je fais là, toute seule au pied de ce mur, comme une chouette ? Pourquoi suis-je exclue de la vie ? »

Elle baissa la tête, triste et abattue. Mais à ce moment, la même vague d'espoir et d'excitation qui l'avait envahie ce matin déferla sur son cœur. « Oui, quelque chose va arriver ! » La vague déferla une seconde fois, mais elle s'aperçut que cette fois, c'était une vague sonore. Dans le brouhaha de la ville, on entendait de plus en plus nettement s'approcher des battements de tambour et des sonneries – plutôt fausses – de trompettes.

Marguerite vit d'abord passer le long de la grille du jardin un milicien à cheval, qui allait au pas. Il était suivi de trois miliciens à pied. Derrière eux, s'avançait lentement un camion chargé de musiciens. Enfin, très lentement, venait un corbillard automobile découvert, du dernier modèle, chargé d'un cercueil enfoui sous les couronnes de fleurs. Trois hommes et une femme se tenaient debout aux quatre coins de celui-ci.

Même de loin, Marguerite pouvait voir que les visages de ces quatre personnes chargées d'accompagner le mort à son dernier voyage paraissaient étrangement désemparés. Ce fait était particulièrement remarquable chez la citoyenne qui se tenait debout au coin arrière gauche du corbillard. Les grosses joues de cette citoyenne semblaient encore gonflées de l'intérieur par quelque secret indécent, et dans ses yeux bouffis passaient des lueurs équivoques. Il s'en fallait de peu, semblait-il, pour que la citoyenne, incapable de se contenir, ne s'écriât, avec un clin d'œil du côté du mort : « A-t-on jamais vu une chose pareille ? Une vraie mystification !... » Le même air désemparé se lisait chez les piétons qui, au nombre de trois cents environ, suivaient l'enterrement.

Marguerite suivit le cortège des yeux et écouta longuement le « boum, boum, boum » de la grosse caisse qui allait en s'affaiblissant avec la distance, et elle pensa : « Quel étrange enterrement... et quelle tristesse dans ce "boum, boum, boum" ! Ah vrai, je donnerais bien mon âme en gage au diable, seulement pour savoir s'il est mort ou vivant… Je serais curieuse de savoir qui on enterre ainsi, avec des figures aussi bizarres ? »

— Berlioz, Mikhaïl Alexandrovitch, président du MASSOLIT, prononça à côté de Marguerite une voix d'homme quelque peu nasillarde.

Étonnée, Marguerite tourna la tête et vit un citoyen, qui avait dû s'asseoir sans bruit sur son banc pendant qu'elle regardait l'enterrement. Il est probable, aussi, que dans sa distraction, elle avait posé à haute voix sa dernière question.

Entre-temps, le cortège s'était arrêté, retenu sans doute par un feu rouge.

— Oui, reprit l'inconnu, ils sont dans un état d'esprit tout à fait curieux. Ils accompagnent un mort, mais ils ne pensent qu'à une chose : où a bien pu passer la tête ?

— Quelle tête ? demanda Marguerite en dévisageant son surprenant voisin.

Le voisin en question était de petite taille, d'un roux flamboyant, avec de vilaines dents jaunes dans la bouche. Il portait un costume rayé de bonne qualité, du linge amidonné, des souliers vernis et un chapeau melon. Sa cravate était de couleur criarde. Le plus étonnant, pourtant, était la pochette de son veston. Habituellement les hommes y mettent un mouchoir ou un stylo. De la sienne, dépassait un os de poule soigneusement rongé.

— Eh oui, expliqua le rouquin, figurez-vous que ce matin, dans la grande salle de Griboïedov, on a volé la tête du défunt dans son cercueil.

— Mais comment a-t-on pu faire ça ? demanda involontairement Marguerite, qui se souvint en même temps des chuchotements qu'elle avait entendus dans le trolleybus.

— Le diable seul le sait ! répondit cavalièrement le rouquin. Je pense, d'ailleurs, qu'il ne serait pas mauvais de poser la question à Béhémoth. Mais quelle terrible habileté, dans cet escamotage ! Et quel scandale !... Et surtout, on se demande à qui et à quoi cette tête peut bien servir !

Si occupée qu'elle fût par ses propres soucis, Marguerite ne manqua pas d'être frappée par l'étrangeté de ces sornettes.

— Pardon ! s'écria-t-elle soudain. De quel Berlioz parlez-vous ? Celui dont les journaux d'aujourd'hui...

— Justement, justement...

— Mais alors, ce sont sans doute des écrivains qui suivent son enterrement ? demanda Marguerite en montrant soudain les dents.

— Mais oui, naturellement !

— Et vous les connaissez de vue ?

— Tous jusqu'au dernier, répondit le rouquin.

— Dites-moi, demanda Marguerite dont la voix s'assourdit. Parmi eux, il n'y aurait pas le critique Latounski ?

— Lui, comment voulez-vous ? Si, bien sûr ! répondit le rouquin. Tenez, il est là-bas, au bout du quatrième rang.

— Le blond, là-bas ? demanda Marguerite en plissant les yeux.

— Blond cendré... voyez, il lève les yeux au ciel !

— Il a l'air d'un ecclésiastique ?

— C'est ça !

Marguerite se tut, pour examiner Latounski.

— À ce que je vois, dit en souriant le rouquin, vous haïssez fort ce Latounski.

— Oui, et aussi quelqu'un d'autre, dit Marguerite entre ses dents. Mais c'est sans intérêt.

Le cortège, cependant, s'éloignait. Derrière les piétons venaient maintenant des voitures, vides pour la plupart.

— Bien sûr, c'est sans intérêt, Marguerite Nikolaievna !

Marguerite s'étonna :

— Vous me connaissez ?

En guise de réponse, le rouquin ôta son chapeau d'un geste large et grotesque.

« Une vraie tête de bandit ! » pensa Marguerite en dévisageant son interlocuteur de rencontre.

— Mais moi je ne vous connais pas, dit-elle sèchement.

— Comment pourriez-vous me connaître ? En tout cas, on m'a envoyé à vous pour une petite affaire.

Marguerite pâlit et se recula.

— Il fallait le dire tout de suite, répondit-elle, au lieu de me débiter le diable sait quelles sottises à propos de tête coupée ! Vous venez m'arrêter ?

— Mais non, pas du tout ! s'écria le rouquin. Qu'est-ce que c'est que ça : dès qu'on ouvre la bouche, les gens croient qu'on veut les arrêter ! Non, simplement, j'ai une affaire à vous proposer.

— Je ne comprends pas, quelle affaire ?

Le rouquin jeta un regard aux alentours et dit mystérieusement :

— Je suis chargé de vous transmettre une invitation, pour ce soir.

— Une invitation ? Vous divaguez.

— Il s'agit d'un très illustre étranger, dit le rouquin d'un ton significatif, en clignant de l'œil.

La colère s'empara de Marguerite.

— Du proxénétisme dans la rue, maintenant ! C'est un nouveau genre ! dit-elle, et elle se leva pour s'en aller.

— Merci pour la commission ! s'écria le rouquin offensé, et il grogna dans le dos de Marguerite : Sotte !

— Canaille ! répliqua Marguerite en se retournant, mais à ce moment, elle entendit la voix du rouquin :

— Les ténèbres accourues de la mer Méditerranée s'étendirent sur la ville haïe du procurateur. Les passerelles qui reliaient le Temple à la redoutable tour Antonia disparurent… ainsi disparut Jérusalem, la grande ville, comme effacée de la surface du monde… La peste vous fasse disparaître, vous aussi, avec votre cahier brûlé et vos pétales de rose ! Restez donc assise toute seule sur ce banc, et suppliez-le de vous laisser enfin la liberté de vivre, de vous laisser respirer, de s'effacer de votre mémoire !

Blême, Marguerite revint sur ses pas. Le rouquin l'examina d'un regard scrutateur.

— Je ne comprends plus, dit faiblement Marguerite. Pour les feuilles du manuscrit, encore, vous pouviez savoir… Vous avez pu vous glisser chez moi, m'espionner… Vous avez soudoyé Natacha, hein ? Mais comment pouvez-vous connaître mes pensées ?

Le visage douloureusement contracté, elle ajouta :

— Dites, qui êtes-vous donc ? Quelle est l'organisation qui vous envoie ?

— Voilà l'ennui… grommela le rouquin. Puis il reprit, en élevant la voix : Pardon, mais je vous ai déjà dit que je n'appartenais à aucune organisation. Asseyez-vous, je vous prie.

Marguerite obéit sans discuter, mais une fois assise, elle demanda encore :

— Qui êtes-vous donc ?

— Bon, d'accord, on m'appelle Azazello, mais de toute façon, ça ne vous dira rien.

— Et vous ne me direz pas comment vous connaissez le manuscrit, et mes pensées ?

— Non, répondit sèchement Azazello.

— Est-ce que vous savez quelque chose de lui ? murmura Marguerite d'un ton suppliant.

— Eh bien, disons que je sais quelque chose.

— Je vous en prie, dites-moi une seule chose... Est-il vivant ?... Ne me faites pas languir !

— Eh bien oui, là, il est vivant, répondit de mauvaise grâce Azazello.

— Mon Dieu !...

— Ah je vous en prie, pas d'émotions ni de cris inutiles, dit Azazello en fronçant les sourcils.

— Pardon, pardon, balbutia Marguerite, vaincue. Bien sûr, je me suis mise en colère. Mais avouez que quand une femme, dans la rue, se voit invitée chez on ne sait qui... Je n'ai pas de préjugés, je vous le jure, (Marguerite eut un sourire sans gaieté), mais je ne vois jamais d'étrangers et je n'ai aucune envie d'en fréquenter... de plus, mon mari... mon drame, voyez-vous, c'est que je vis avec quelqu'un que je n'aime pas... mais je considère que ce serait une indignité de gâcher sa vie... De lui, je n'ai jamais reçu que des bienfaits...

Azazello qui avait écouté ce discours décousu avec un visible ennui, dit abruptement :

— Je vous prie de vous taire une minute.

Soumise, Marguerite se tut.

— L'étranger chez qui je vous invite n'est absolument pas dangereux. De plus, pas une âme ne sera au courant de votre visite. Ça, je m'en porte garant.

— Et pourquoi désire-t-il me voir ? demanda Marguerite d'un ton insinuant.

— Vous le saurez plus tard.

— Je comprends... Je dois me donner à lui, dit Marguerite songeuse.

Azazello ricana avec arrogance et répondit :

— Ce serait le rêve de n'importe quelle femme au monde, je peux vous l'affirmer (un rictus déforma le mufle d'Azazello), mais je vais vous décevoir : il n'en est pas question.

— Mais qui est-ce donc, cet étranger ? (Dans son désarroi, Marguerite avait crié si fort que des passants se retournèrent.) Et quel intérêt aurais-je à aller chez lui ?

Azazello se pencha vers elle et murmura d'un ton lourd de sous-entendus :

— Oh, le plus grand intérêt… Vous profiterez de l'occasion.

— Quoi ? s'écria Marguerite dont les yeux s'arrondirent. Si je vous comprends bien, vous voulez dire que là-bas, je pourrai apprendre quelque chose sur lui ?

Azazello acquiesça.

— J'irai ! s'écria avec force Marguerite en saisissant Azazello par le bras. J'irai où vous voudrez !

Azazello, avec un profond soupir de soulagement, se renversa sur le dossier du banc, couvrant de son dos le prénom de Nioura grossièrement gravé dans le bois, et dit d'un ton ironique :

— Fatigante engeance, que ces femmes ! (Il fourra ses mains dans ses poches et étendit ses jambes aussi loin que possible.) Pourquoi est-ce moi, par exemple, qu'on a envoyé pour régler cette affaire ? On aurait pu choisir Béhémoth, il a du charme, lui…

Marguerite eut un sourire chargé d'amertume.

— Cessez donc, dit-elle, de vous moquer de moi et de me tourmenter avec vos énigmes ! Je suis malheureuse et vous en profitez… Si je m'engage dans cette histoire plus que bizarre, je vous jure que c'est uniquement parce que vous m'y avez attirée en me parlant de lui ! Mais tous ces mystères me tournent la tête…

— Allons, ne dramatisons pas ! rétorqua Azazello en faisant des grimaces. Il faut aussi vous mettre à ma place, après tout. Taper sur la gueule d'un administrateur, flanquer un oncle à la porte, ou abattre quelqu'un à coups de revolver, ou autres broutilles de ce genre, ça, c'est ma spécialité. Mais discuter avec une femme amoureuse, merci bien !… Voilà une demi-heure que je me tue à vous faire entendre raison… Alors, vous irez ?

— J'irai, répondit simplement Marguerite.

— Dans ce cas, veuillez prendre ceci, dit Azazello en tirant de sa poche une petite boîte ronde, en or, qu'il tendit à Marguerite en disant : Cachez-la vite, que les passants ne la voient pas. Elle vous sera utile, Marguerite Nikolaievna, parce que depuis six mois, vous avez rudement vieilli. (Marguerite rougit violemment mais ne dit rien, et Azazello continua :) Ce soir, à neuf heures trente exactement, ayez l'obligeance de vous mettre toute nue et de vous frictionner le visage et tout le corps avec cet onguent. Ensuite, faites ce que vous voudrez, mais ne vous éloignez pas du téléphone. À dix heures, je vous appellerai et je vous dirai tout ce qu'il faut. Vous n'aurez à vous occuper de rien, on vous conduira où vous devez aller et personne ne vous importunera. Vu ?

Après un moment de silence Marguerite répondit :

— Vu. C'est de l'or pur, à en juger par le poids. Enfin, je me rends parfaitement compte qu'on est en train de me soudoyer pour m'entraîner dans une sombre histoire, qui me coûtera sans doute très cher…

— Qu'est-ce que c'est ? siffla Azazello. Vous n'allez pas recommencer ?…

— Non, attendez !…

— Rendez-moi cette crème !

Marguerite serra la boîte dans sa main et reprit :

— Non, attendez… Je sais où je vais. Mais j'y vais, je suis prête à tout pour lui, parce que je n'ai plus d'autre espoir au monde. Mais je vous avertis que si vous me perdez, ce sera honteux de votre part ! Honteux ! Je me perds par amour !

Marguerite se frappa la poitrine et regarda le soleil.

— Rendez-moi ça ! cria Azazello furieux. Rendez-moi ça, et au diable toute cette histoire ! Que Béhémoth s'en occupe !

— Oh non ! s'exclama Marguerite d'une voix qui fit se retourner les passants. Je suis d'accord pour tout, je suis d'accord pour me barbouiller de crème et toute cette comédie, je suis d'accord pour aller à tous les diables ! Je garde la boîte !

— Bah ! s'écria soudainement Azazello et, regardant avec des yeux ronds le grillage du jardin, il montra quelque chose du doigt.

Marguerite se tourna dans la direction que lui indiquait Azazello, mais ne vit rien de particulier. Elle se retourna alors vers Azazello pour lui demander ce que signifiait ce stupide « bah ! », mais il n'y avait plus personne pour lui fournir cette explication : le mystérieux interlocuteur de Marguerite avait disparu.

Marguerite mit vivement la main dans son sac, où elle avait caché la boîte juste avant ce « bah ! », et s'assura qu'elle était toujours là. Alors, sans plus réfléchir, Marguerite sortit rapidement du jardin Alexandrovski.

20. La crème d'Azazello

À travers les branches d'un érable, la pleine lune se découpait dans le ciel pur du soir. Dans le jardin, l'ombre des tilleuls et des acacias dessinait des complexes arabesques. La triple fenêtre de l'encorbellement, tous battants ouverts mais obstruée par le store, laissait s'écouler une débauche de lumière électrique. Dans la chambre de Marguerite, toutes les lampes allumées éclairaient le plus complet désordre.

Sur le couvre-pied du lit gisaient pêle-mêle des corsages, des bas et du linge, du linge chiffonné traînait à même le plancher, avec un paquet de cigarettes nerveusement froissé. Des souliers étaient posés sur la table de nuit, à côté d'une tasse de café inachevée et d'un cendrier où fumait un mégot. Une robe de soirée noire était accrochée au dossier d'une chaise. La chambre était remplie d'effluves de parfums, auxquels se mêlait, venue on ne sait d'où, l'odeur d'un fer à repasser chauffé au rouge.

Nue sous un peignoir de bain mais chaussée de souliers de daim noir, Marguerite était assise devant un trumeau. Une petite montre-bracelet d'or était posée devant elle, près de la boîte que lui avait donnée Azazello, et Marguerite ne quittait pas le cadran des yeux.

Par moments, elle avait l'impression que la montre était arrêtée et que les aiguilles n'avançaient plus. Mais elles avançaient, quoique très lentement, comme si elles collaient au cadran. Enfin, la grande aiguille indiqua la vingt-neuvième minute de neuf heures. Le cœur de Marguerite battit à se rompre, de sorte que sur le moment, elle ne put même pas poser la main sur la boîte. Mais elle se reprit, ouvrit la boîte et vit qu'elle était remplie d'une crème jaunâtre et grasse. Il s'en dégageait une faible odeur que Marguerite compara à celle d'un marécage bourbeux. Du bout du doigt, Marguerite appliqua une touche de crème sur la paume de sa main ; l'odeur de forêt humide et d'herbe des marais se fit plus forte. Marguerite commença alors à enduire de crème son front et ses joues.

La crème s'étalait aisément, et – sembla-t-il à Marguerite – s'évaporait aussitôt. Après quelques frictions, Marguerite se regarda de nouveau, et partit d'un rire fou, irrépressible.

Ses sourcils, affilés au bout en fines pointes, s'épaississaient en arcs noirs d'une régularité parfaite, au-dessus de ses yeux dont l'iris vert avait pris un vif éclat. La mince ride qui, depuis octobre, c'est-à-dire depuis la disparition du Maître, coupait verticalement la racine de son nez était complètement effacée. Les ombres jaunes qui ternissaient ses tempes, ainsi que les pattes d'oie qui ridaient imperceptiblement le coin de ses yeux, s'étaient également effacées. Une teinte rose uniforme colorait ses joues, son front était devenu blanc et pur, et ses cheveux, artificiellement bouclés par le coiffeur, s'étaient dénoués.

Dans la glace, la Marguerite de trente ans était contemplée par une jeune femme de vingt ans, à la souple chevelure noire naturellement ondulée, qui riait sans retenue en montrant toutes ses dents.

Réprimant enfin son rire, Marguerite, d'un geste vif, se débarrassa de son peignoir, puisa largement dans le pot la légère crème grasse et en enduisit énergiquement son corps nu. Aussitôt, celui-ci devint rose et chaud. En même temps se dissipa, comme si on venait d'ôter une aiguille de son cerveau, la douleur lancinante qui avait enserré ses tempes toute la soirée, depuis la rencontre de l'inconnu dans le jardin Alexandrovski ; les muscles de ses bras et de ses jambes s'affermirent, et enfin, le corps de Marguerite perdit toute pesanteur.

Elle fit un léger bond et resta suspendue en l'air, à une faible hauteur au-dessus du tapis, puis elle redescendit lentement et se posa à terre.

— Ah quelle crème ! Quelle crème ! s'écria Marguerite en se jetant dans un fauteuil.

Cette friction ne l'avait pas seulement changée extérieurement. En elle, partout, dans chaque cellule de son corps, bouillonnait la joie, comme des bulles dont elle éprouvait le picotement dans tout son être. Marguerite se sentait libre, libre de toute entrave. En outre elle comprit, avec une évidence aveuglante, que venait de se produire, précisément, ce que lui avait annoncé son pressentiment du matin, et qu'elle allait quitter cette maison – et son ancienne vie – pour toujours. Mais une pensée surgit encore de cette ancienne vie, pour lui rappeler qu'elle avait encore un dernier devoir à accomplir, avant de commencer cette vie nouvelle, extraordinaire, qui l'appelait irrésistiblement là-haut, à l'air libre. Toujours nue, elle sortit de la chambre et, en quelques bonds légers, gagna le bureau de son mari. Elle fit de la lumière et s'élança vers la table. Sur une feuille arrachée à un bloc-notes, elle écrivit d'un seul jet, au crayon, d'une grande écriture rapide, le message suivant :

« Pardonne-moi, et oublie-moi aussi vite que possible. Je te quitte pour toujours. Ne me cherche pas, ce serait peine perdue. Les malheurs qui m'ont frappée et le chagrin ont fait de moi une sorcière. Il est temps. Adieu. Marguerite. »

L'âme parfaitement soulagée, Marguerite revint vivement dans sa chambre. Natacha, les bras chargés de vêtements, entra sur ses talons. D'un seul coup, tout ce qu'elle portait – cintres de bois garnis de robes, châles de dentelle, souliers de satin bleu sur leurs embauchoirs, ceintures – tout cela se répandit sur le parquet, et Natacha joignit ses deux mains libres.

— Alors, je suis belle ? s'écria d'une voix rauque Marguerite Nikolaievna.

— Belle ? Seigneur ! murmura Natacha en reculant. Comment avez-vous fait, Marguerite Nikolaievna ?

— C'est la crème ! La crème, la crème ! répondit Marguerite en montrant du doigt l'étincelante boîte d'or et en virevoltant devant la glace.

[Oubliant les vêtements froissés qui traînaient à terre, Natacha courut au trumeau et, les yeux brûlants d'avidité, regarda fixement l'onguent. Ses lèvres murmurèrent des mots indistincts. Elle se retourna vers Marguerite et dit, avec une sorte de vénération :

— Et la peau, dites ? La peau ! Marguerite Nikolaievna, comme votre peau est éclatante !

À ce moment, elle reprit ses sens et courut ramasser une robe qu'elle secoua pour la défroisser.

— Laissez ! Laissez ! lui cria Marguerite. Au diable tout ça ! Jetez tout ! Ou plutôt non, gardez tout ça pour vous, en souvenir. Je dis : gardez ça en souvenir. Emportez tout ce qu'il y a dans la chambre !]

Comme paralysée par la stupeur, Natacha considéra un moment Marguerite, puis se jeta à son cou, l'embrassa et cria :

— Du satin ! Douce et brillante comme du satin ! Et les sourcils, les sourcils !

— Prenez toutes ces nippes, prenez les parfums, emportez tout ça chez vous, serrez-le dans un coffre, s'exclama Marguerite, mais n'emportez pas les objets précieux, on vous accuserait de vol !

Vivement, Natacha fit un baluchon de tout ce qui lui tombait sous la main – robes, souliers, bas et linge –, et sortit de la chambre en courant.

À ce moment, de l'autre côté de la rue, une fenêtre ouverte déversa soudain les accords tonitruants d'une valse échevelée, et on entendit en même temps le halètement d'une voiture qui s'arrêtait près de la grille du jardin.

— Azazello va téléphoner ! s'écria Marguerite en écoutant le flot de musique qui se répandait dans la rue. Il va téléphoner ! Et l'étranger n'est pas dangereux, oh oui, je sais maintenant qu'il n'est pas dangereux !

Dans un grondement de moteur, la voiture s'éloigna. Le portillon de la grille claqua, et des pas retentirent sur les dalles de l'allée.

« C'est Nikolaï Ivanovitch, je le reconnais à son pas, pensa Marguerite. En guise d'adieu, il faudrait lui faire quelque chose, quelque chose d'intéressant et de drôle. »

Marguerite ouvrit vivement le rideau, s'assit de biais sur le bord de la fenêtre et entoura son genoux de ses mains. La lumière de la lune caressait son côté droit. Marguerite leva le visage vers la lune et prit un air rêveur et poétique. Dans le jardin, les pas résonnèrent encore à deux reprises, et se turent soudainement. Après avoir admiré la lune encore un instant, et poussé un soupir pour parfaire le tableau, Marguerite tourna la tête vers le jardin et aperçut, effectivement, Nikolaï Ivanovitch, qui habitait le rez-de-chaussée de la grande maison. La lune l'éclairait vivement. Nikolaï Ivanovitch était assis sur un banc, mais il était visible qu'il s'était laissé tomber sur ce banc inopinément, sans le vouloir. Son pince-nez était mis de travers, et il serrait son porte-documents dans ses bras.

— Ah, comment allez-vous, Nikolaï Ivanovitch ? dit Marguerite d'une voix triste. Bonsoir ! Vous venez d'une réunion ?

Nikolaï Ivanovitch ne répondit pas.

— Eh bien moi, continua Marguerite en se penchant un peu plus au-dessus du jardin, je suis seule, comme vous le voyez, je m'ennuie, je regarde la lune et j'écoute cette valse…

Marguerite se passa la main gauche sur la tempe, pour remettre en place une mèche de cheveux, puis dit d'un air fâché :

— Vous n'êtes guère poli, Nikolaï Ivanovitch ! Enfin tout de même, je suis une femme ! C'est mufle, de ne pas répondre quand on vous parle.

Nikolaï Ivanovitch, dont on distinguait, à la lumière de la lune, jusqu'au dernier bouton de son gilet gris, jusqu'au dernier poil lustré de sa barbiche en pointe, partit soudain d'un petit rire saugrenu, se leva et, ne sachant manifestement, dans son trouble, ce qu'il faisait, au lieu d'ôter son chapeau, battit l'air de sa serviette et plia les genoux comme s'il voulait exécuter une danse russe.

— Ah, que vous êtes barbant, Nikolaï Ivanovitch ! continua Marguerite. D'ailleurs, j'en ai tellement par-dessus la tête de vous que je ne peux pas l'exprimer ! Ah, comme je suis heureuse de vous quitter ! Allez donc au diable !

À ce moment, dans la chambre à coucher, derrière Marguerite, le téléphone sonna. Marguerite sauta à bas de la fenêtre et, oubliant complètement Nikolaï Ivanovitch, elle saisit le récepteur.

— Ici Azazello, dit une voix dans l'appareil.

— Cher, cher Azazello ! s'écria Marguerite.

— Il est l'heure. Envolez-vous, dit Azazello d'un ton qui montrait que les dispositions sincèrement enthousiastes de Marguerite lui étaient fort agréables. Quand vous passerez au-dessus de la grille du jardin, vous crierez « invisible ». Ensuite, faites un tour au-dessus de la ville pour vous habituer, puis filez vers le sud, hors de la ville, droit sur la rivière. On vous attend !

Marguerite raccrocha, et au même instant, dans la pièce voisine, quelque chose clopina comme une jambe de bois et vint heurter le vantail de la porte. Aussitôt, Marguerite ouvrit celle-ci, et un balai, la brosse en l'air, entra en dansant dans la chambre. De l'extrémité de son manche, il frappa quelques coups sur le plancher et s'élança vers la fenêtre. Marguerite poussa un cri de ravissement, et d'un bond, enfourcha le balai. À cet instant seulement, elle se souvint que dans tout ce remue-ménage, elle avait complètement oublié de s'habiller. Elle galopa jusqu'à son lit et saisit la première chose qui lui tombait sous la main – une combinaison bleu ciel. Brandissant celle-ci comme un étendard, elle s'envola par la fenêtre. Dans le jardin, la valse redoubla d'intensité.

De la fenêtre, Marguerite se laissa glisser vers le sol et vit Nikolaï Ivanovitch, toujours assis sur son banc. Celui-ci paraissait changé en statue et complètement abasourdi par les cris et le tintamarre qui s'étaient déchaînés dans la chambre illuminée de ses voisins du dessus.

— Adieu, Nikolaï Ivanovitch ! s'écria Marguerite en venant voleter devant lui.

Nikolaï Ivanovitch fit « oh ! », laissa choir sa serviette et se mit à glisser le long du banc en s'agrippant des deux mains au dossier.

— Adieu à jamais ! Je m'envole ! cria Marguerite, dont la voix couvrit la musique.

Elle s'aperçut à ce moment qu'elle n'avait aucun besoin de sa combinaison bleu ciel et, avec un rire mauvais, elle en couvrit la tête de Nikolaï Ivanovitch. Aveuglé, celui-ci glissa du banc et s'écroula bruyamment sur les dalles de l'allée.

Marguerite se retourna pour regarder une dernière fois la maison où elle avait si longtemps souffert. À la fenêtre inondée de lumière, elle aperçut, décomposé par la stupéfaction, le visage de Natacha.

— Adieu, Natacha ! lança Marguerite, et elle redressa son balai.

— Invisible ! Invisible ! cria-t-elle encore plus haut.

À travers les branches de l'érable qui, au passage, lui fouettèrent légèrement la figure, elle atteignit la grille, passa au-dessus et s'envola dans la rue. Derrière elle s'envola le tourbillon effréné de la valse.

21. Dans les airs

Invisible et libre ! Invisible et libre !… Ayant survolé sa rue dans sa longueur, Marguerite tomba dans une autre rue qui coupait la sienne à angle droit. C'était une longue ruelle tortueuse, aux façades lépreuses et rapiécées. À l'angle se trouvait une de ces échoppes de planches, à la porte de guingois, où l'on vend du pétrole dans des gobelets et des flacons de produits contre les parasites. Marguerite franchit cette ruelle d'un bond, et comprit tout de suite que, même dans la délectation que lui procuraient son entière liberté et son invisibilité, elle devait conserver une certaine prudence. Elle n'eut que le temps, en effet, de freiner, par une sorte de miracle, alors qu'elle allait se fracasser mortellement contre un vieux réverbère qui se dressait de travers au coin de la rue. Marguerite s'en écarta, maintint plus solidement son balai et se mit à voler plus lentement, en prenant garde aux fils électriques et aux enseignes suspendus au-dessus du trottoir.

La troisième rue la conduisit directement à la place de l'Arbat. Tout à fait familiarisée, maintenant, avec la conduite de son balai, Marguerite avait compris que celui-ci obéissait à la moindre pression de ses mains ou de ses jambes, et que, tant qu'elle serait au-dessus de la ville, elle devrait être très attentive et ne pas se livrer à trop d'extravagances. Par ailleurs, elle avait constaté dès le début que, de toute évidence, personne ne la voyait voler. Personne, en effet, n'avait levé la tête, ni n'avait crié : « Regarde, regarde ! », personne ne s'était jeté de côté, n'avait glapi ni n'était tombé en syncope, personne n'avait éclaté d'un rire dément.

Marguerite volait sans bruit, lentement, en restant à peu près au niveau du deuxième étage des maisons. Cela ne l'empêcha pas, cependant, à l'entrée de la place de l'Arbat brillamment illuminée, de commettre une légère erreur de parcours et de heurter de l'épaule un disque lumineux sur lequel était peinte une flèche. Cela la mit en colère. Elle fit reculer son obéissante monture, prit du champ, puis se jeta sur le disque, manche en avant, et le brisa en mille morceaux. Les éclats de verre tombèrent avec fracas sur le trottoir. Des passants s'écartèrent vivement, des coups de sifflet retentirent, tandis que Marguerite, ayant accompli cet exploit inutile, s'éloignait en riant.

« Sur l'Arbat, il faut que je fasse très attention, pensa Marguerite. C'est tellement emmêlé qu'on a du mal à s'y reconnaître. » Elle plongea dans l'enchevêtrement des fils, où elle se mit à louvoyer. Sous elle, glissaient les toits des autobus, des trolleybus et des voitures, tandis que sur les trottoirs elle voyait s'écouler des fleuves de casquettes. Par endroits, des ruisseaux s'en détachaient pour aller se perdre dans les antres flamboyants des magasins ouverts la nuit.

« Quel fouillis ! pensa Marguerite fâchée. Impossible de tourner. » Elle traversa l'Arbat, s'éleva un peu, à la hauteur du quatrième étage, passa devant des tubes lumineux éblouissants, au coin d'un théâtre, et se glissa dans une rue étroite bordée de hautes maisons. Toutes les fenêtres étaient ouvertes, et partout, on entendait les sons de la radio. Par curiosité, Marguerite jeta un coup d'œil à l'une des fenêtres. C'était une cuisine. Deux réchauds à pétrole y ronflaient, devant lesquels deux femmes, cuiller en main, se querellaient aigrement.

— Il faut éteindre la lumière quand vous sortez des cabinets, voilà ce que j'ai à vous dire, Pélaguéïa Pétrovna ! dit l'une des femmes en surveillant une casserole où une quelconque tambouille mijotait en projetant de petits nuages de vapeur. Sinon, on votera pour votre expulsion.

— Vous êtes une belle garce, vous aussi, répondit l'autre.

— Vous êtes des garces toutes les deux, dit à haute voix Marguerite en entrant par la fenêtre.

Les deux femmes se retournèrent aussitôt, et restèrent figées sur place, leur cuiller sale à la main. Marguerite avança prudemment le bras entre les deux ennemies et éteignit les réchauds. Les femmes poussèrent un cri et demeurèrent bouche bée. Mais Marguerite, qui s'ennuyait déjà dans cette cuisine, avait regagné la rue.

À l'extrémité de celle-ci son attention fut attirée par une énorme et luxueuse maison de huit étages, de construction visiblement toute récente. Marguerite descendit et, après avoir atterri, elle constata que la façade de cette maison était couverte de marbre noir, que ses portes étaient larges et que derrière leurs vitres on apercevait la casquette galonnée d'or et les boutons d'uniforme d'un portier. Audessus des portes étaient inscrits en lettres d'or les mots : « Maison du Dramlit ».

Plissant les yeux, Marguerite examina cette inscription en essayant de deviner ce que pouvait bien signifier ce mot : « Dramlit ». Prenant son balai sous son bras, Marguerite poussa l'une des portes dont le battant heurta le portier stupéfait, et aperçut près de l'ascenseur, sur le mur, un grand tableau noir où étaient inscrits en lettres blanches les noms des locataires et les numéros des appartements.

[L'inscription « Maison des dramaturges et des littérateurs » qui couronnait cette liste arracha à Marguerite un cri étouffé.] Elle prit un peu de hauteur et commença, avec une curiosité avide, à lire les noms : Khoustov, Dvoubratski, Kwant, Bieskoudnikov, Latounski…

— Latounski ! siffla Marguerite. Latounski ! Mais c'est lui… celui qui a causé le malheur du Maître !

Le portier sursauta et regarda le tableau noir en roulant des yeux effarés, et en essayant de comprendre ce miracle : la liste des locataires qui se met à crier !

Pendant ce temps, Marguerite montait l'escalier d'un vol impétueux, en se répétant avec une sorte d'ivresse :

— Latounski quatre-vingt-quatre… Latounski quatre-vingt-quatre…

À gauche, le 82, – à droite, le 83, – un peu plus haut, à gauche, – le 84 ! C'est ici ! Et voilà sa carte : « O. Latounski ».

Marguerite sauta à bas de son balai et rafraîchit avec plaisir les plantes brûlantes de ses pieds sur le marbre froid du palier. Elle sonna une fois, puis une deuxième. Personne n'ouvrit. Elle appuya plus énergiquement sur le bouton, et perçut le carillon qu'elle déclenchait dans l'appartement de Latounski. Oui, jusqu'à son dernier souffle, l'habitant de l'appartement n° 84, au huitième étage, devra être reconnaissant au défunt Berlioz, d'abord de ce que le président du MASSOLIT soit tombé sous un tramway, et ensuite de ce que la réunion funéraire ait été organisée justement ce soir-là. Il était né sous une heureuse étoile, le critique Latounski : grâce à elle, il échappa à la rencontre de Marguerite, devenue – ce vendredi-là – sorcière.

Personne n'ouvrit. Alors, d'un seul élan, Marguerite plongea jusqu'en bas, comptant les étages en passant. Arrivée au rez-de-chaussée, elle fila dans la rue et là, recompta les étages et regarda en haut pour trouver les fenêtres de l'appartement de Latounski. Sans aucun doute, c'était les cinq fenêtres obscures situées à l'angle de l'immeuble, au huitième étage. Marguerite s'éleva aussitôt jusque-là, et quelques secondes après elle entrait par une fenêtre ouverte dans une pièce obscure, traversée seulement par un étroit rayon de lune argenté. Marguerite suivit ce rayon et chercha à tâtons l'interrupteur. En moins d'une minute, tout l'appartement était éclairé. Le balai fut déposé dans un coin. Après s'être assurée qu'il n'y avait personne, Marguerite ouvrit la porte du palier et vérifia que la carte de visite était bien là. Elle y était : Marguerite ne s'était pas trompée.

Oui, on dit qu'aujourd'hui encore le critique Latounski pâlit au souvenir de cette terrible soirée, et qu'aujourd'hui encore, il prononce avec vénération le nom de Berlioz. On ne sait pas du tout quelle sombre et hideuse affaire criminelle eût marqué cette soirée : toujours est-il que lorsque Marguerite sortit de la cuisine, elle tenait un lourd marteau à la main.

Invisible et nue, la femme volante avait beau s'exhorter au calme, ses mains tremblaient d'impatience. Visant soigneusement, Marguerite abattit son marteau sur les touches du piano à queue. Ce fut le premier hurlement plaintif qui traversa l'appartement. Complètement innocent en cette affaire, l'instrument de salon fabriqué par Becker en poussa un cri d'autant plus frénétique. Les touches sautèrent, et les morceaux d'ivoire volèrent de tous côtés. L'instrument gronda, hurla, résonna, râla.

[Avec un claquement de coup de revolver, la table d'harmonie se rompit. Le souffle court, Marguerite arracha et broya les cordes à coups de marteau. À bout de souffle enfin, elle se jeta dans un fauteuil pour respirer.]

Une cataracte d'eau gronda dans la salle de bains et dans la cuisine. « Ça doit commencer à couler par terre... », pensa Marguerite, et elle ajouta à haute voix :

— Mais il ne faut pas que je m'éternise ici.

De la cuisine, l'eau coulait déjà dans le corridor. Ses pieds nus pataugeant dans les flaques, Marguerite remplit plusieurs seaux d'eau dans la cuisine, les porta dans le cabinet de travail du critique et les vida dans les tiroirs du bureau. Après avoir brisé à coups de marteau, dans ce même cabinet, les portes d'une bibliothèque, elle passa dans la chambre à coucher. Là, elle brisa une armoire à glace, y prit un costume du critique et alla le noyer dans la baignoire.

Puis elle saisit, sur le bureau, un encrier plein qu'elle alla vider dans le somptueux lit à deux places.

La destruction à laquelle se livrait Marguerite lui procurait une ardente jouissance, mais en même temps, l'impression persistait en elle que les résultats obtenus demeuraient, somme toute, dérisoires.

[Elle se mit alors à faire n'importe quoi. Dans la pièce où se trouvait le piano, elle brisa les potiches de plantes grasses. Mais elle s'interrompit, retourna dans la chambre et déchira les draps à l'aide d'un couteau de cuisine. Puis elle cassa les sous-verre. Elle ne se sentait pas fatiguée, mais son corps ruisselait de sueur.]

Pendant ce temps, dans l'appartement 82, situé au-dessous de celui de Latounski, la bonne du dramaturge Kwant buvait du thé à la cuisine et prêtait l'oreille avec perplexité au va-et-vient incessant, accompagné de tintements et de fracas divers qu'elle entendait au-dessus d'elle. Levant les yeux au plafond, elle vit tout à coup sa belle couleur blanche se changer en une teinte bleuâtre, moisie. La tache s'élargissait à vue d'œil, et bientôt, des gouttes d'eau se gonflèrent à sa surface. Ébahie par ce phénomène, la bonne resta assise deux minutes, jusqu'à ce qu'une véritable pluie se mît à tomber du plafond. Alors, elle sauta sur ses pieds et plaça une cuvette à terre, sous la tache ; mais cela ne servit à rien, car la pluie s'élargit rapidement et commença à arroser la cuisinière à gaz et la table chargée de vaisselle. Poussant des cris, la bonne de Kwant sortit alors en courant de l'appartement et monta l'escalier quatre à quatre. L'instant d'après, la sonnette retentissait chez Latounski.

— Tiens, on sonne… Il est temps de partir, dit Marguerite.

Elle enfourcha son balai, en écoutant la voix de femme qui criait par le trou de la serrure :

— Ouvrez, ouvrez ! Doussia, ouvre ! Vous avez une fuite d'eau, ou quoi ? Ça inonde chez nous !

Marguerite s'éleva d'un mètre au-dessus du sol et frappa le lustre. Deux lampes éclatèrent, et des pendeloques volèrent de tous côtés. Sur le palier, les cris cessèrent et firent place à un piétinement. Marguerite vola jusqu'à la fenêtre, leva le bras et donna un coup de marteau dans la vitre. Celle-ci explosa, et le long de la muraille revêtue de marbre, les éclats de verre dégringolèrent en cascade. Marguerite passa à la fenêtre suivante. Tout en bas, au-dessous d'elle, des gens couraient sur le trottoir, et l'une des deux voitures qui stationnaient devant l'entrée vrombit et s'éloigna.

[Quand elle en eut terminé avec les fenêtres de Latounski, Marguerite vogua jusqu'à l'appartement voisin. Les coups se multiplièrent, la rue s'emplit de fracas et de tintements de verre brisé. Le portier sortit en trombe de l'entrée principale, regarda en l'air, hésita un moment, manifestement incapable de trouver tout de suite la décision adéquate, puis fourra un sifflet dans sa bouche et se mit à siffler comme un enragé. Particulièrement excitée par ce sifflement, Marguerite démolit la dernière fenêtre du huitième étage, puis descendit au septième, où elle continua de briser les carreaux.

Excédé par sa longue oisiveté derrière les portes vitrées, le portier mit toute son âme dans ses coups de sifflets, qui accompagnaient Marguerite avec précision, comme un contrepoint. Aux silences – quand Marguerite passait d'une fenêtre à l'autre – il reprenait son souffle ; puis, à chaque coup de marteau donné par Marguerite, il gonflait ses joues et s'époumonait, vrillant l'air nocturne jusqu'au ciel.

Ses efforts, joints à ceux de Marguerite en furie, donnèrent des résultats considérables. Dans l'immeuble, ce fut la panique. Les fenêtres encore intactes s'ouvraient violemment, des têtes y apparaissaient pour disparaître aussitôt, tandis que les fenêtres ouvertes se refermaient précipitamment. Dans les maisons d'en face, sur le fond éclairé des fenêtres, se montraient des silhouettes noires qui cherchaient à comprendre comment, sans aucune raison apparente, les vitres du « Dramlit » pouvaient voler en éclats.]

Dans la rue, une foule se rassemblait autour de la maison du « Dramlit », tandis qu'à l'intérieur, dans l'escalier, des gens couraient et s'agitaient dans le plus grand désordre. La bonne de Kwant criait à ceux qui passaient que « ça inondait chez elle » ; bientôt, la bonne de Khoustov, sortie de l'appartement 80 situé sous celui de Kwant, joignait sa voix à la sienne. Chez les Khoustov, il pleuvait dans la cuisine et dans les cabinets. Finalement, dans la cuisine de Kwant, une énorme plaque de plâtre se détacha du plafond et s'abattit sur la vaisselle sale qu'elle écrasa complètement. Alors, ce fut un véritable torrent qui se déversa à travers l'entrecroisement des lattes trempées qui pendaient. Dans l'escalier, ce fut le signal des hurlements.

En redescendant, Marguerite passa devant l'avant-dernière fenêtre du quatrième étage. Elle y jeta un coup d'œil et vit un homme qui, saisi par la panique, tentait de s'affubler d'un masque à gaz. Marguerite en brisa le verre d'un coup de marteau, ce qui causa à l'homme une telle frayeur qu'il s'enfuit immédiatement de chez lui.

Cette barbare dévastation prit fin d'une manière inattendue. Arrivée au troisième étage, Marguerite regarda par la dernière fenêtre, qu'obturait un léger rideau sombre. Elle ouvrait sur une chambre où luisait faiblement une veilleuse à abat-jour. Dans un petit lit à claire-voie était assis un garçonnet de quatre ans environ, qui écoutait tout ce bruit d'un air effrayé. Il n'y avait pas d'adultes dans la chambre : sans aucun doute, ils étaient tous sortis de l'appartement.

— Ils cassent des carreaux, dit le petit garçon, et il appela : Maman !

Personne ne répondit.

— Maman, j'ai peur, dit l'enfant.

Marguerite écarta le rideau et entra.

— J'ai peur, répéta l'enfant, et il se mit à trembler.

— N'aie pas peur, n'aie pas peur, mon petit, dit Marguerite en essayant d'adoucir sa voix maléfique enrouée par le vent. Ce sont des garnements qui ont cassé les carreaux.

— Avec des lance-pierres ? demanda le petit garçon, qui cessa de trembler.

— Oui, oui, avec des lance-pierres, affirma Marguerite. Et toi, dors.

— Alors, c'est Sitnik, dit le garçonnet, il a un lance-pierre.

— Mais bien sûr, c'est lui !

Le petit garçon jeta un regard malicieux autour de lui et demanda :

— Mais où tu es, madame ?

— Nulle part, répondit Marguerite. C'est un rêve que tu fais.

— C'est ce que je pensais, dit le petit garçon.

— Allonge-toi, ordonna Marguerite, mets ta main sous ta joue et je viendrai te voir dans ton rêve.

— Oui, viens, viens, acquiesça l'enfant, qui s'allongea aussitôt et mit sa main sous sa joue.

— Je vais te raconter une histoire, dit Marguerite en posant sa main brûlante sur la petite tête tondue. Il y avait une fois une dame… Elle n'avait pas d'enfant, et elle n'avait jamais eu de bonheur non plus. D'abord, elle pleura longtemps, et ensuite, elle devint méchante…

Marguerite se tut et retira sa main. L'enfant dormait.

Marguerite posa doucement le marteau sur l'appui de la fenêtre et s'envola dehors. Autour de la maison, c'était un véritable tohu-bohu. Sur le trottoir asphalté, semé de débris de verre, des gens couraient et criaient. Parmi eux, on distinguait déjà quelques uniformes de miliciens. Tout à coup une cloche tinta, et une voiture rouge de pompiers, munie d'une échelle, déboucha de la rue de l'Arbat.

Mais la suite des événements n'intéressait plus Marguerite. S'assurant qu'elle ne risquait pas de heurter quelque fil électrique, elle pressa le manche de son balai : en un instant, elle se trouva au-dessus du toit de l'infortunée maison. Sous elle, la rue s'inclina et s'enfonça entre les immeubles. Marguerite n'eut bientôt plus sous ses pieds qu'un entassement de toits, coupé à angles nets par des chemins lumineux. Soudain, tout bascula de côté et les longues chaînettes de lumières se mêlèrent et se confondirent en taches indistinctes.

Marguerite fit un nouveau bond. L'entassement des toits sembla alors englouti par la terre, et un lac de lumières électriques tremblotantes apparut à sa place. Tout à coup, ce lac se redressa verticalement, puis passa au-dessus de la tête de Marguerite, tandis que la lune resplendissait sous ses pieds. Comprenant qu'elle s'était retournée, Marguerite reprit une position normale. Elle constata alors que déjà le lac n'était plus visible, et qu'il ne restait derrière elle qu'une lueur rose au-dessus de l'horizon. En une seconde, celle-ci disparut à son tour, et Marguerite vit qu'elle volait seule en compagnie de la lune, qui se tenait au-dessus d'elle et à sa gauche. Depuis longtemps déjà les cheveux de Marguerite étaient dressés sur sa tête, et la clarté lunaire glissait le long de son corps avec un léger sifflement. À en juger par la rapidité avec laquelle, tout en bas, deux lignes de lumières espacées apparurent, se fondirent en un double trait continu, puis disparurent en arrière, Marguerite se rendit compte qu'elle volait à une prodigieuse vitesse, et fut très étonnée de ne ressentir aucune suffocation.

Très loin au-dessous d'elle, dans les ténèbres de la terre, naquit une nouvelle tache diffuse de lumière électrique qui, en l'espace de quelques secondes, glissa sous ses pieds, tournoya et disparut. Quelques secondes plus tard, le même phénomène se répéta.

— Des villes ! Des villes ! s'exclama Marguerite.

Après cela, elle aperçut deux ou trois fois quelque chose qui ressemblait à des lames de sabre aux reflets blafards, enchâssées dans des étuis de velours noir, et elle comprit que c'était des fleuves.

Levant la tête vers sa gauche, Marguerite s'émerveilla de voir que la lune semblait se précipiter comme une folle vers Moscou, et qu'en même temps, elle était étrangement immobile, puisque Marguerite y distinguait nettement, tournée vers la ville qu'elle avait quittée, une figure énigmatique et sombre, qui tenait à la fois du dragon et du petit cheval bossu des légendes.

[Marguerite fut alors saisie par l'idée qu'au fond, elle avait tort de presser son balai avec tant d'ardeur, qu'elle se privait ainsi de la possibilité de voir les choses comme il convenait, de jouir pleinement de son voyage aérien. Quelque chose lui suggérait que, là où elle allait, on l'attendrait de toute façon, et qu'elle n'avait donc aucune raison de se maintenir à cette hauteur et à cette vitesse, où elle s'ennuyait.

Elle abaissa la brosse de son balai, dont le manche se releva par-derrière, et, ralentissant considérablement son allure, elle descendit vers la terre. Cette glissade – comme sur un wagonnet de montagnes russes – lui procura le plus intense plaisir. Le sol, jusqu'alors obscur et confus, montait vers elle, et elle découvrait les beautés secrètes de la terre au clair de lune. La terre s'approcha encore, et Marguerite reçut par bouffées la senteur des forêts verdissantes. Plus bas, elle survola les traînées de brouillard qui s'étalaient sur un pré humide de rosée, puis elle passa au-dessus d'un étang. À ses pieds, les grenouilles chantaient en chœur. Elle perçut au loin, avec une bizarre émotion, le grondement d'un train. Bientôt, elle put le voir. Il s'étirait lentement, semblable à une chenille, et projetait en l'air des étincelles. Marguerite le dépassa, survola encore un plan d'eau miroitant où flottait une seconde lune, descendit plus bas encore et continua de voler, effleurant des pieds la cime des pins gigantesques.]

À ce moment, un affreux bruissement d'air déchiré, qui se rapprochait rapidement, se fit entendre derrière Marguerite. Peu à peu, à ce sifflement d'obus, se joignit – déjà perceptible à des kilomètres de distance – un rire de femme. Marguerite tourna la tête et vit un objet sombre, de forme compliquée, qui la rattrapait. À mesure qu'il gagnait du terrain, l'objet se dessinait avec plus de netteté, et bientôt,

Marguerite put voir que c'était quelque chose qui volait, chevauchant une monture. Enfin, l'objet ralentit sa course en arrivant à la hauteur de Marguerite, et celle-ci reconnut Natacha.

Elle était nue, complètement échevelée, et elle avait pour monture un gros pourceau qui serrait entre ses sabots de devant un porte-documents, tandis que ses pattes de derrière battaient l'air avec acharnement. De temps à autre, un pince-nez qui avait glissé de son groin et qui volait à côté de lui au bout de son cordon, jetait des reflets de lune, tandis qu'un chapeau tressautait sur sa tête et glissait parfois sur ses yeux. En l'examinant plus soigneusement, Marguerite reconnut dans ce pourceau Nikolaï Ivanovitch, et son rire sonore retentit au-dessus de la forêt, se mêlant au rire de Natacha.

— Natacha ! cria Marguerite d'une voix perçante. Tu t'es mis de la crème ?

— Ma petite âme ! répondit Natacha dont les éclats de voix firent tressaillir la forêt endormie. Ma reine de France, à lui aussi j'en ai mis, je lui ai barbouillé son crâne chauve !

— Princesse ! brailla le goret d'un ton larmoyant, tout en continuant à galoper sous sa cavalière.

[— Ma petite âme ! Marguerite Nikolaievna ! s'exclama Natacha en chevauchant à côté de Marguerite. C'est vrai, j'ai mis de la crème ! C'est que moi aussi, je veux vivre, je veux voler ! Pardonnez-moi, maîtresse, mais je ne veux plus rentrer, pour rien au monde ! Ah comme on est bien, Marguerite Nikolaievna !... Il m'a fait des propositions, vous savez, (Natacha planta son doigt dans le cou du pourceau, suant et confus), des propositions ! Comment m'as-tu appelée, dis ! cria-t-elle en se penchant à l'oreille du cochon.

— Déesse ! hurla celui-ci. Je ne peux pas voler aussi vite ! Je risque de perdre des papiers importants, Nathalie Prokofievna, je proteste !

— Hé, qu'ils aillent au diable, tes papiers ! dit Natacha avec un éclat de rire insolent.

— Oh, Nathalie Prokofievna, si on nous entendait ! gémit le pourceau d'une voix implorante.]

Galopant dans les airs à côté de Marguerite, Natacha raconta avec des éclats de rire ce qui s'était passé dans la propriété après que Marguerite se fut envolée par-dessus la grille.

Natacha avoua que, sans plus toucher aux objets qu'elle avait reçus en cadeau, elle s'était déshabillée en un tournemain et s'était empressée de se badigeonner de crème. L'effet de celle-ci fut exactement le même que pour sa maîtresse. Mais, tandis que Natacha, en riant de joie, se grisait devant la glace de sa beauté magique, la porte s'ouvrit et Nikolaï Ivanovitch parut. Fort ému, il tenait d'une main la combinaison bleu ciel de Marguerite Nikolaievna, et de l'autre son propre chapeau et sa serviette. En voyant Natacha, Nikolaï Ivanovitch resta bouche bée. Reprenant un peu ses esprits, il expliqua, rouge comme une écrevisse, qu'il avait jugé de son devoir de ramasser la combinaison, de la rapporter personnellement…

— Et qu'as-tu dit ensuite, hein, vieux gredin ! s'écria Natacha avec des éclats de rire. Qu'as-tu dit, vieux débauché ! En as-tu promis, de l'argent ! Et tu as dit que Klavdia Petrovna ne saurait rien. Hein, dis, est-ce que je mens ?

À cette apostrophe, le pourceau ne put que détourner la tête d'un air penaud.

Tandis qu'elle gambadait dans la chambre, en riant, pour échapper aux entreprises de Nikolaï Ivanovitch, Natacha eut soudain l'idée de le barbouiller de crème. Le résultat la cloua sur place. En un instant, le visage de l'honorable habitant du rez-de-chaussée avait pris la forme d'un groin, et des sabots avaient poussé au bout de ses bras et de ses jambes. En se voyant dans la glace, Nikolaï Ivanovitch poussa un hurlement d'épouvante, mais il était trop tard. Et en quelques secondes, ce sédentaire, cet ennemi des voyages s'envolait de Moscou le diable sait pour quelle destination, en sanglotant de désespoir.

— J'exige qu'on me rende mon aspect normal ! grogna soudain le cochon d'un ton à la fois furieux et suppliant. Et je refuse de voler dans cette compagnie illégitime ! Marguerite Nikolaievna, vous devez ordonner à votre domestique de cesser cette absurdité !

— Ah tiens ! Maintenant, je suis une domestique, pour toi ? Une domestique, hein ? s'écria Natacha en pinçant l'oreille du cochon. Mais tout à l'heure, j'étais une déesse ? Comment m'as-tu appelée ? Dis-le donc !

— Vénus ! gémit piteusement le pourceau en passant au-dessus d'un petit ruisseau qui chantait entre les pierres et en frôlant de ses sabots un buisson de noisetiers.

— Vénus ! Vénus ! s'exclama Natacha d'une voix triomphante, une main sur la hanche et l'autre tendue vers la lune. [Marguerite ! Ma reine ! Obtenez qu'on me permette de rester sorcière ! Ils feront tout ce que vous demanderez, vous avez le pouvoir, maintenant !

— Très bien, c'est promis.

— Oh ! merci ! cria Natacha, puis elle jeta d'un ton brusque et un peu triste à la fois : Hue donc ! Hue ! Plus vite ! Allons, avance !]

Elle éperonna des talons les flancs de son cochon creusés par cette course folle, et celui-ci bondit en avant avec une telle énergie que l'air parut se déchirer à nouveau. En l'espace d'un éclair, Natacha ne fut plus qu'un point noir, loin devant Marguerite, puis elle disparut tout à fait et le bruit de son vol s'éteignit.

Marguerite se trouvait maintenant dans une contrée déserte et inconnue, où elle se remit à voler lentement, au-dessus de monticules parsemés çà et là de roches erratiques entre lesquelles se dressaient des pins gigantesques. Marguerite évolua entre leurs troncs que la lune argentait d'un côté. Son ombre légère glissait sur le sol devant elle, car la lune brillait maintenant dans son dos.

Marguerite sentit la proximité de l'eau et devina qu'elle était près du but. Laissant les pins en arrière, Marguerite vola doucement jusqu'à un escarpement crayeux au pied duquel, dans l'ombre, coulait une rivière. Le brouillard qui planait sur le paysage s'accrochait par lambeaux aux buissons de la falaise. L'autre rive était basse et plate. Sous un bosquet solitaire d'arbres aux branches nombreuses et enchevêtrées, on y voyait vaciller les flammèches d'un feu de bois autour duquel des silhouettes s'agitaient confusément. Marguerite crut percevoir les sons aigrelets d'une musique guillerette. Au-delà, aussi loin que le regard pouvait porter dans la plaine argentée, on ne voyait aucune habitation, ni aucun signe de vie.

Marguerite sauta à bas de l'escarpement et descendit rapidement vers la rivière. Après sa course aérienne, l'eau l'attirait. Elle se débarrassa de son balai et se jeta dans le courant la tête la première. Son corps léger s'y enfonça comme une flèche, en faisant rejaillir l'eau presque jusqu'à la lune. L'eau était tiède comme dans une baignoire. Remontant d'un coup de reins à la surface de l'abîme liquide, Marguerite nagea à satiété, dans la complète solitude de la nuit.

[Près de Marguerite, il n'y avait personne, mais plus loin, derrière les buissons, il devait y avoir un autre baigneur, car on entendait quelqu'un s'ébrouer et éclabousser.

Marguerite regagna le rivage. Après le bain, son corps était brûlant. Elle ne ressentait aucune fatigue, et se mit à sautiller gaiement sur l'herbe humide.

Tout à coup, elle cessa de danser et dressa l'oreille. Les éclaboussements se rapprochèrent et, de derrière les buissons de jeunes saules, surgit un individu bedonnant, tout nu, mais coiffé d'un haut-de-forme de soie noire rejeté sur la nuque. Ses pieds étaient englués de vase, de sorte qu'il semblait chaussé de bottines noires. À en juger par la façon dont il soufflait et hoquetait, il devait être passablement ivre, ce qui fut d'ailleurs confirmé par l'odeur de cognac qui se répandit inopinément sur la rivière.

Apercevant Marguerite, le gros personnage la regarda fixement, puis brailla d'un air joyeux :

— Quoi ? Est-ce bien elle que je vois ? Claudine ! Mais c'est toi, veuve infatigable ! Toi ici ? (Et il se précipita pour la saluer.)

Marguerite recula et répondit d'un air digne :

— Va-t'en au diable ! Qu'est-ce que tu me chantes avec ta Claudine ? Regarde à qui tu t'adresses, avant de parler ! (Puis, après un instant de réflexion, elle ajouta à ses paroles un chapelet de jurons qu'il n'est pas permis de reproduire. Tout cela produisit sur le gros étourdi un effet immédiatement dégrisant.)

— Oh ! s'exclama-t-il d'une voix faible en sursautant. Ayez la générosité de me pardonner, radieuse reine Margot ! Je me suis mépris. La faute en est au cognac, maudit soit-il !

Le gros individu mit un genou en terre, ôta son haut-de-forme d'un geste large, s'inclina et se mit à marmonner, mêlant les mots russes et français, on ne sait quelles absurdités sur les noces de sang d'un de ses amis à Paris, sur le cognac, et sur le fait qu'il était accablé par sa navrante méprise.

— Tu ferais mieux, sale bête, de mettre un pantalon, dit Marguerite radoucie.

Voyant que Marguerite n'était pas fâchée, le gros eut un large et radieux sourire, puis il déclara d'un air ravi que si, pour l'instant, il se trouvait sans pantalon, c'était uniquement parce que, par distraction, il l'avait laissé quelque part sur le bord de l'Iénisséi, où il s'était baigné d'abord, mais qu'il allait y faire un saut tout de suite, vu que c'était à deux pas ; après quoi, s'en remettant aux bonnes grâces et à la protection de Marguerite, il commença à battre en retraite à reculons, – et recula ainsi jusqu'au moment où il glissa et tomba à la renverse dans la rivière. Mais tandis qu'il tombait à l'eau, son visage encadré de favoris ne se départit pas un instant de son sourire d'extase et de total dévouement.]

Marguerite lança alors un sifflement strident, et le balai accourut aussitôt. Marguerite l'enfourcha et se transporta sur l'autre rive. Celle-ci, que l'ombre de la falaise n'atteignait pas, était inondée de lune.

Dès que Marguerite eut touché l'herbe humide, la musique, sous le bosquet de saules, joua avec plus de force et les gerbes d'étincelles s'envolèrent plus gaiement du feu de bois. Sous les branches des saules, couvertes de tendres chatons duveteux, on voyait à la clarté de la lune, assises sur deux rangs, des grenouilles mafflues qui, se gonflant comme de la baudruche, jouaient sur des pipeaux de bois une marche triomphale. Des brindilles pourries, phosphorescentes, accrochées aux branches des saules, éclairaient les partitions, et la lueur vacillante du feu jouait sur les faces des grenouilles.

La marche était exécutée en l'honneur de Marguerite, et l'accueil qui lui fut réservé fut des plus solennels. Les diaphanes ondines qui dansaient au-dessus de la rivière interrompirent leur ronde et vinrent agiter au-devant de Marguerite de longues herbes aquatiques, tandis qu'au-dessus du rivage vert pâle et désert retentissaient leurs cris sonores de bienvenue. Des sorcières nues surgirent de derrière les saules, s'alignèrent sur un rang et plièrent les genoux en profondes révérences de cour. Une sorte de faune à pieds de chèvre se précipita pour baiser la main de Marguerite, étendit sur l'herbe un tissu de soie, s'informa si le bain de la reine avait été agréable, et l'invita à s'étendre un moment pour se reposer.

Marguerite obéit. Le faune lui présenta une flûte de champagne. Elle but, et en eut aussitôt le cœur réchauffé. Elle demanda alors où était Natacha, et on lui répondit que Natacha s'était déjà baignée, et que sur son pourceau, elle était partie en avant, à Moscou, pour prévenir de la prochaine arrivée de Marguerite et aider à la préparation de sa toilette.

[Une seule péripétie marqua le bref séjour de Marguerite sous les saules : un sifflement déchira l'air et un corps noir, manquant visiblement son but, tomba à l'eau. Quelques instants plus tard paraissait devant Marguerite le gros individu à favoris, qui s'était présenté à elle de façon si malencontreuse sur l'autre rive. Il avait eu le temps, apparemment, de filer, aller et retour, jusqu'à l'Iénisséi, car il était maintenant en habit, quoique mouillé des pieds à la tête. Le cognac lui avait derechef joué un mauvais tour, puisqu'en voulant atterrir, il s'était de nouveau flanqué à l'eau. Mais il n'avait pas perdu son sourire, même dans cette fâcheuse circonstance, et c'est en riant que Marguerite lui accorda sa main à baiser.]

Ensuite tout le monde se prépara au départ. Les ondines achevèrent leur danse dans un rayon de lune où elles s'évanouirent. Le faune demanda respectueusement à Marguerite comment elle était venue à la rivière. Apprenant qu'elle était venue à cheval sur un balai, il dit :

— Oh, pourquoi ? Mais c'est tout à fait incommode !

En un instant, à l'aide de quelques bouts de bois, il confectionna une espèce de téléphone d'un aspect assez bizarre, dans lequel il réclama à on ne sait qui qu'on lui envoie une voiture dans la minute même. Ce qui fut fait, en moins d'une minute effectivement.

Sur une île vint s'abattre une voiture découverte de couleur isabelle. Seulement, la place du chauffeur était occupée non par un chauffeur ordinaire, mais par un freux noir à long bec qui portait une casquette de toile cirée et des gants à crispins. L'île fut aussitôt désertée. Les sorcières se dissipèrent dans un flamboiement de lune. Le feu s'éteignit et les bûches se couvrirent de cendres blanches.

L'homme aux favoris et le faune firent monter Marguerite dans la voiture isabelle et elle s'assit confortablement sur le large siège arrière. La voiture rugit et s'élança vers la lune. L'île disparut, la rivière disparut. Marguerite, à toute vitesse, rentrait à Moscou.

22. Aux chandelles

Le ronronnement régulier de la voiture, qui volait très haut, berçait Marguerite, et la lumière de la lune la réchauffait agréablement. Fermant les yeux, elle offrit son visage au vent et pensa avec quelque tristesse à la rivière inconnue qu'elle venait de quitter et qu'elle ne reverrait sans doute jamais. Après toutes les sorcelleries et les prodiges de cette soirée, elle avait déjà deviné chez qui on la conduisait, mais cela ne lui faisait pas peur. L'espoir qu'elle avait d'y retrouver son bonheur la rendait intrépide. Du reste, elle n'eut pas l'occasion de s'abandonner longuement à ses rêves de félicité. Est-ce le freux qui connaissait particulièrement son affaire, est-ce la voiture qui était excellente, – toujours est-il qu'au bout de peu de temps, Marguerite, ouvrant les yeux, vit sous elle non plus une sombre forêt, mais le lac clignotant des lumières de Moscou. Le noir oiseau qui conduisait dévissa en plein vol la roue avant droite de la voiture. Enfin, il posa son véhicule dans un cimetière totalement désert du quartier Dorogomilov.

Il laissa Marguerite, qui ne posa aucune question, et son balai près d'une pierre tombale, remit la voiture en marche et la dirigea droit sur un ravin qui se trouvait derrière le cimetière. Elle s'y précipita avec fracas et y périt. Au garde-à-vous, le freux rendit les honneurs, puis s'assit à califourchon sur la roue qu'il avait gardée et s'envola.

Aussitôt, un grand manteau noir surgit de derrière un monument funéraire. Une dent jaune brilla à la lueur de la lune, et Marguerite reconnut Azazello. D'un geste celui-ci l'invita à s'asseoir sur son balai, lui-même sauta sur une longue rapière, et tous deux prirent leur essor. Quelques secondes plus tard, sans que personne les ait vus, ils débarquaient devant le 302 bis rue Sadovaïa.

Au moment où les deux voyageurs, balai et rapière sous le bras, s'engageaient sous la porte cochère, Marguerite remarqua un homme en casquette et hautes bottes qui s'y morfondait, attendant vraisemblablement quelqu'un. Si légers que fussent les pas d'Azazello et de Marguerite, l'homme les entendit et tressaillit d'un air inquiet, ne comprenant pas d'où ils venaient.

[À l'entrée de l'escalier 6, ils rencontrèrent un deuxième homme qui ressemblait étrangement au premier. Et la même histoire se répéta. Les pas… l'homme se retourna et fronça les sourcils avec inquiétude. Mais quand la porte s'ouvrit et se referma, il s'élança à la suite des visiteurs invisibles, regarda de tous côtés dans l'entrée, mais naturellement, ne vit rien.

Un troisième homme, réplique exacte du deuxième, et par conséquent du premier, montait la garde sur le palier du troisième étage. Il fumait une cigarette de tabac fort, et Marguerite toussa en passant devant lui. Comme piqué par une épingle, le fumeur bondit de la banquette où il était assis, jeta autour de lui des regards effarés, puis se pencha sur la rampe et regarda en bas. Cependant, Marguerite et son guide atteignaient déjà la porte de l'appartement 50.]

À la porte de l'appartement 50, où ils n'eurent pas besoin de sonner. Azazello l'ouvrit sans bruit à l'aide d'une clef.

La première chose qui frappa Marguerite fut la profonde obscurité qui régnait dans les lieux. Il faisait noir comme dans un souterrain, de sorte qu'involontairement elle saisit un pan du manteau d'Azazello, craignant de trébucher contre un meuble. Mais, très loin et très haut, la flamme d'une lampe clignota dans les ténèbres et commença à se rapprocher d'eux. Tout en marchant, Azazello prit le balai sous le bras de Marguerite, et celui-ci, sans aucun bruit, disparut dans l'obscurité.

À ce moment, ils commencèrent à gravir un large escalier, et Marguerite eut l'impression qu'il n'aurait pas de fin. Elle se demanda avec une profonde surprise comment un escalier de dimensions aussi extraordinaires, et parfaitement palpable quoique invisible, pouvait tenir dans l'entrée d'un appartement moscovite ordinaire. Mais l'ascension eut une fin et Marguerite s'aperçut qu'elle était sur un palier. La lumière s'approcha tout près d'elle et Marguerite discerna le visage d'un homme de haute taille, vêtu de noir, qui tenait un bougeoir à la main. Même à cette faible lueur ceux qui, ces jours-là, avaient eu le malheur de se trouver sur son chemin, l'eussent évidemment reconnu tout de suite. C'était Koroviev, alias Fahoth.

Il est vrai que l'aspect de Koroviev avait beaucoup changé. La flamme tremblante de la bougie se reflétait non plus dans ce lorgnon fêlé qui méritait depuis longtemps d'être jeté aux ordures, mais dans un monocle – à vrai dire fêlé lui aussi. Les moustaches qui ornaient son insolente physionomie étaient frisées et pommadées, et si le reste de sa personne semblait noir, c'est tout simplement qu'il était en habit. Seul son plastron était blanc.

Le magicien, – le chantre, – le sorcier, – l'interprète, ou le diable sait quoi en réalité, – Koroviev en un mot –

s'inclina et, avec un geste large de sa main qui tenait le bougeoir, il invita Marguerite à le suivre. Azazello avait disparu.

« Quelle bizarre soirée, pensa Marguerite. Je m'attendais à tout, sauf à cela. Ils ont une panne d'électricité, ou quoi ? Mais le plus curieux, c'est l'immensité de ce logement… Comment tout cela peut-il tenir dans un appartement ordinaire ? C'est tout simplement impossible !… »

[Quelque avare que fût la lumière fournie par la bougie de Koroviev, Marguerite put constater qu'elle se trouvait dans une salle immense, obscure, garnie de colonnes, et à première vue infinie. Koroviev s'arrêta près d'une sorte de divan, posa son bougeoir sur un socle, invita du geste Marguerite à s'asseoir, tandis que lui-même s'accoudait au socle, dans une pose étudiée.]

— Permettez-moi de me présenter, dit d'une voix grinçante Koroviev. Koroviev. Cela vous étonne, qu'il n'y ait pas de lumière ? Vous avez pensé, naturellement, que c'était par mesure d'économie ? Nenni, nenni ! Si je mens, que le premier bourreau venu – un de ceux, par exemple, qui tout à l'heure, auront l'honneur de se mettre à vos genoux – me tranche immédiatement la tête sur le socle que voici ! Non, simplement, messire n'aime pas la lumière électrique : nous ne la donnerons donc qu'au dernier moment. Mais alors, croyez-moi, nous n'en manquerons pas ! Il serait peut-être même préférable qu'il y en ait un peu moins.

Koroviev plaisait à Marguerite, et son bavardage redondant avait sur elle un effet apaisant.

— Non, répondit Marguerite, ce qui m'étonne le plus, c'est comment tout cela a pu entrer ici.

Et d'un geste du bras elle souligna l'immensité de la salle. Koroviev eut un sourire suave et malicieux qui fit jouer des ombres aux plis de son nez.

— C'est la chose la plus simple du monde ! répondit-il. Pour quiconque est familiarisé avec la cinquième dimension, c'est un jeu d'enfant d'agrandir son logement jusqu'aux dimensions désirées. Je vous dirai même plus, très honorée madame ; le diable seul sait jusqu'à quelles limites on peut aller ! Du reste, continua à jacasser Koroviev, j'ai connu des gens qui n'avaient aucune notion de la cinquième dimension, ni en général aucune notion de quoi que ce soit, et qui néanmoins, ont accompli de véritables miracles en matière d'agrandissement de leur logement. Tenez, par exemple, on m'a raconté l'histoire d'un citoyen de cette ville qui avait obtenu un appartement de trois pièces à Zemliany Val. Eh bien, sans cinquième dimension ni aucune de ces choses qui tournent la tête au commun des mortels, il transforma en un clin d'œil son appartement de trois pièces en un appartement de quatre pièces, en coupant une chambre en deux à l'aide d'une cloison. Ensuite, il l'échangea contre deux appartements situés dans des quartiers différents : un de deux pièces et l'autre de trois. Vous m'accorderez que maintenant, il en avait donc cinq. Il échangea l'appartement de trois pièces contre deux appartements de deux pièces, et devint ainsi, comme vous le voyez vous-même, possesseur de six pièces, disséminées il est vrai dans tous les coins de Moscou. Il s'apprêtait à réussir son dernier et son plus beau coup – il avait déjà mis une annonce dans un journal, comme quoi il échangeait six pièces dans différents quartiers de Moscou contre un appartement de cinq pièces à Zemliany Val –, quand ses activités furent interrompues, pour des raisons tout à fait indépendantes de sa volonté. À ce que je crois, il vit maintenant dans une pièce, et j'ose affirmer que ce n'est certainement pas à Moscou. Voilà un rusé compère, n'est-ce pas ? Et vous venez me parler, après ça, de cinquième dimension !

Bien que Marguerite n'eût jamais parlé de cinquième dimension – c'était Koroviev, au contraire, qui en avait parlé –, l'histoire des aventures locatives du rusé compère la fit beaucoup rire. Mais Koroviev reprit :

— Bon, passons aux choses sérieuses, Marguerite Nikolaievna. Vous êtes une femme fort intelligente, et bien entendu, vous avez deviné qui était notre hôte.

Le cœur de Marguerite battit plus vite, et elle acquiesça.

— Bon, parfait, dit Koroviev. Nous sommes ennemis de toute réticence et de tout mystère. Chaque année, messire donne un bal. Cela s'appelle le bal de la pleine lune de printemps, ou bal des cent rois. Un monde !... (Koroviev se prit les joues à deux mains, comme s'il avait mal aux dents.) D'ailleurs, j'espère que vous pourrez vous en convaincre par vous-même. Or, comme vous vous en doutez bien, évidemment, messire est célibataire. Mais il faut une maîtresse de maison (Koroviev écarta les bras), vous conviendrez, n'est-ce pas, que sans maîtresse de maison...

Marguerite écoutait Koroviev, s'appliquant à ne souffler mot, avec une sensation de froid au cœur. L'espoir du bonheur lui tournait la tête.

— Il s'est donc établi une tradition, continua Koroviev. La maîtresse de maison, celle qui ouvre le bal, doit nécessairement porter le nom de Marguerite, d'abord – et ensuite, elle doit être native de l'endroit. Nous voyageons beaucoup, comme vous le savez, et pour le moment nous nous trouvons à Moscou. Nous y avons découvert cent vingt et une Marguerite, et figurez-vous – Koroviev se tapa sur la cuisse d'un air désespéré – que pas une ne convenait ! Enfin, par un heureux coup du sort...

Koroviev eut un sourire significatif et inclina le buste, et de nouveau, Marguerite eut froid au cœur.

— Soyons bref ! s'écria Koroviev. Soyons tout à fait bref : acceptez-vous de vous charger de cette fonction ?

— J'accepte ! dit fermement Marguerite.

— Terminé, dit Koroviev, qui leva son bougeoir et ajouta : Veuillez me suivre.

Ils passèrent entre deux rangées de colonnes et débouchèrent enfin dans une autre salle, où régnait, on ne sait pourquoi, une forte odeur de citron, où l'on entendait toutes sortes de bruissements, et où quelque chose frôla la tête de Marguerite. Elle tressaillit.

[— N'ayez pas peur, la rassura Koroviev d'un air suave en lui prenant le bras, ce sont des astuces mondaines de Béhémoth, rien de plus. Et en général, si je puis me permettre cette audace, je vous conseillerais, Marguerite Nikolaievna, de n'avoir peur de rien, à aucun moment. Ce serait idiot. Le bal sera fastueux, je ne vous le cacherai pas. Nous verrons des personnes qui disposèrent, en leur temps, de pouvoirs extraordinairement étendus. Il est vrai que lorsqu'on pense à la petitesse microscopique de leurs moyens, comparés aux moyens de celui à la suite de qui j'ai l'honneur d'appartenir, tout cela devient ridicule, et même – dirai-je – affligeant… Du reste, vous êtes vous-même de sang royal.

— Pourquoi de sang royal ? murmura Marguerite avec effroi, en se rapprochant de Koroviev.

— Ah, reine, badina l'intarissable bavard, les questions de sang sont les plus compliquées du monde ! Et si l'on interrogeait certaines arrière-grand-mères, et plus particulièrement celles qui jouissaient d'une réputation de saintes-nitouches, on apprendrait, très honorée Marguerite Nikolaievna, des secrets étonnants ! Je ne commettrai pas un péché si, en parlant de cela, je pense à un jeu de cartes très curieusement battu. Il y a des choses contre lesquelles ne peuvent prévaloir ni les barrières sociales, ni même les frontières entre États. Je n'y ferai qu'une allusion : une reine française qui vivait au XVIe siècle aurait été probablement fort étonnée si on lui avait dit que, bien des années plus tard, sa ravissante arrière-arrière-arrière-arrière-petite-fille se promènerait à Moscou, aux bras d'un homme, à travers des salles de bal. Mais nous y voici.]

Koroviev souffla sa bougie, qui disparut de sa main. Marguerite vit alors devant elle, sur le plancher, un rai de lumière, sous la sombre boiserie d'une porte. À cette porte, Koroviev frappa doucement. L'émotion de Marguerite était telle, à ce moment-là, qu'elle claqua des dents et qu'un frisson courut dans son dos.

La porte s'ouvrit. La pièce était très petite. Marguerite y aperçut un vaste lit de chêne que jonchaient des draps et des oreillers sales et froissés. Devant le lit on avait tiré une table de chêne aux pieds sculptés, sur laquelle était posé un candélabre dont les branches et les bobèches avaient la forme de pattes d'oiseau griffues. Dans ces sept pattes d'or brûlaient sept grosses bougies de cire. La table était en outre chargée d'un grand et lourd jeu d'échecs dont les pièces étaient ciselées avec une extraordinaire finesse. Un tabouret bas était posé sur la descente de lit passablement usée. Il y avait encore une table qui portait une coupe d'or et un autre chandelier dont les branches étaient en forme de serpent. La chambre était remplie d'une odeur de soufre et de goudron. Les ombres projetées par les flambeaux s'entrecroisaient sur le parquet.

Parmi les personnes présentes, Marguerite reconnut tout de suite Azazello, qui se tenait debout, en frac, près de la tête du lit. Ainsi habillé, il ne ressemblait plus à l'espèce de bandit qui était apparu à Marguerite dans le jardin

Alexandrovski. Il s'inclina devant Marguerite avec une galanterie raffinée.

La sorcière nue, cette même Hella qui avait jeté dans une si grande confusion l'honorable buffetier des Variétés, – celle aussi, hélas, à qui, heureusement, le coq avait fait peur en cette nuit de la fameuse séance de magie noire –, était assise sur la descente de lit et remuait dans une casserole quelque chose d'où s'échappait une vapeur sulfureuse.

Il y avait encore dans la chambre, assis sur un haut tabouret devant l'échiquier, un énorme chat noir qui tenait dans sa patte de devant un cavalier du jeu d'échecs.

Hella se leva et s'inclina devant Marguerite. Le chat sauta à bas de son tabouret et en fit autant. Pendant qu'il ramenait derrière lui sa patte arrière droite pour achever sa révérence, il lâcha le cavalier qui roula sous le lit. Le chat s'y fourra aussitôt.

Tout cela, Marguerite, à demi morte de peur, ne le discernait qu'à grand-peine, dans les ombres perfides ménagées par les chandeliers. Son regard s'arrêta sur le lit, où était étendu celui à qui, récemment encore, à l'Étang du Patriarche, le pauvre Ivan avait affirmé que le diable n'existait pas. C'était lui, cet être inexistant, qui se trouvait sur le lit.

Deux yeux étaient fixés sur le visage de Marguerite. Au fond de l'œil droit brûlait une étincelle, et cet œil paraissait capable de fouiller une âme jusqu'à ses plus secrets replis. L'œil gauche était noir et vide, comme un trou étroit et charbonneux, comme le gouffre vertigineux d'un puits de ténèbres sans fond. Le visage de Woland était dissymétrique, le coin droit de sa bouche tiré vers le bas, et son haut front dégarni était creusé de rides profondes parallèles à ses sourcils pointus. La peau de son visage semblait tannée par un hâle éternel.

Woland était largement étalé sur le lit, et portait pour tout vêtement une chemise de nuit sale et rapiécée à l'épaule gauche. L'une de ses jambes nues était ramenée sous lui ; l'autre était allongée, le talon posé sur le petit tabouret. Hella frottait le genou brun de cette jambe à l'aide d'une pommade fumante.

Dans l'échancrure de la chemise de nuit, Marguerite aperçut également, sur la poitrine lisse de Woland, un scarabée taillé avec art dans une pierre noire, avec des caractères mystérieux gravés sur le dos, et maintenu par une chaînette d'or. Près de Woland, sur un lourd piédestal il y avait un étrange globe terrestre, qui semblait réel, et dont un hémisphère était éclairé par le soleil.

Le silence se prolongea encore plusieurs secondes. « Il m'étudie », pensa Marguerite en essayant, par un effort de volonté, de réprimer le tremblement de ses jambes.

Enfin Woland sourit – son œil droit parut s'enflammer – et dit :

— Je vous salue, reine, et je vous prie de m'excuser pour ce négligé d'intérieur.

La voix de Woland était si basse que certaines syllabes se résolvaient en un son rauque et indistinct.

Woland prit une longue épée posée sur les draps, se pencha et fourragea sous le lit en disant :

— Sors de là ! La partie est annulée. Notre invitée est ici.

— Absolument pas, chuchota anxieusement Koroviev, comme un souffleur de théâtre, à l'oreille de Marguerite.

— Absolument pas…, commença Marguerite.

— Messire…, souffla Koroviev.

— Absolument pas, messire, se reprit Marguerite d'une voix douce mais distincte. Puis, en souriant, elle ajouta : Je vous supplie de ne pas interrompre votre partie. Je suppose que les revues d'échecs donneraient une fortune pour pouvoir la publier.

Azazello émit un léger gloussement approbateur, et Woland après avoir dévisagé attentivement Marguerite, remarqua à part soi :

[— Oui, Koroviev a raison. Comme le jeu est curieusement battu ! Le sang !]

Il leva la main et fit signe à Marguerite de s'approcher. Elle obéit, avec la sensation que ses pieds ne touchaient pas le parquet. Woland posa sa main – une main aussi lourde que si elle était de pierre, et aussi brûlante que si elle était de feu – sur l'épaule de Marguerite, l'attira à lui et la fit s'asseoir sur le lit à ses côtés.

— Eh bien, dit-il, puisque vous êtes aussi délicieusement aimable – et je n'en attendais pas moins de vous –, nous ne ferons pas de cérémonies. (Il se pencha de nouveau au bord du lit et cria :) Est-ce que ça va durer longtemps, cette bouffonnerie, là-dessous ? Vas-tu sortir, damné Hans !

— Je n'arrive pas à trouver le cavalier ! répondit le chat d'une voix étouffée et hypocrite. Il a fichu le camp je ne sais où, et à sa place, je n'ai trouvé qu'une grenouille.

— Est-ce que par hasard, tu te crois sur un champ de foire ? demanda Woland avec une colère feinte. Il n'y avait aucune grenouille sous le lit ! Garde ces tours vulgaires pour les Variétés ! Et si tu ne te montres pas immédiatement, nous te considérerons comme battu par abandon, maudit déserteur !

— Pour rien au monde, messire ! vociféra le chat, qui à la seconde même, surgit de sous le lit, le cavalier dans la patte.

— J'ai l'honneur de vous présenter…, commença Woland, mais il s'interrompit aussitôt : Non, impossible, je ne peux pas voir ce paillasse ridicule ! Regardez en quoi il s'est changé, sous le lit !

Debout sur deux pattes, tout sali de poussière, le chat faisait une révérence à Marguerite. Il portait autour du cou une cravate de soirée blanche, nouée en papillon, et sur la poitrine, au bout d'un cordon, un face-à-main de dame en nacre. De plus, ses moustaches étaient dorées.

— Mais qu'est-ce que c'est que ça ? s'écria Woland. Pourquoi as-tu doré tes moustaches ? Et à quoi diable peut bien te servir une cravate, quand tu n'as pas de pantalon ?

— Les pantalons ne se font pas pour les chats, messire, répondit le chat avec une grande dignité. Allez-vous m'ordonner aussi de mettre des bottes ? Les chats bottés, cela ne se voit que dans les contes, messire. Mais avez-vous jamais vu quelqu'un venir au bal sans cravate ? Je ne veux pas me montrer dans une tenue comique, et risquer qu'on me jette à la porte ! Chacun se pare avec ce qu'il a. Et veuillez considérer que ce que j'ai dit se rapporte aussi au binocle, messire !

— Mais les moustaches ?...

— Je ne comprends pas, répliqua le chat d'un ton sec, pourquoi, en se rasant, Azazello et Koroviev ont pu se poudrer de blanc, et en quoi leur poudre est meilleure que mon or. Je me suis poudré les moustaches, voilà tout ! Ah, cela aurait été une autre histoire si je m'étais rasé ! Un chat rasé, effectivement, c'est une horreur, – je suis mille fois d'accord pour le reconnaître. Mais au fond (ici, la voix du chat vibra d'indignation), je vois qu'on me cherche là je ne sais quelles chicanes, et je vois qu'un grave problème se pose à moi : dois-je assister à ce bal ? Qu'allez-vous répondre à cela, messire ?

Et, pour montrer combien il était outragé, le chat s'enfla si bien qu'il parut sur le point d'éclater.

— Ah, le coquin ! Le fripon ! dit Woland en hochant la tête. C'est toujours ainsi quand nous jouons aux échecs : dès qu'il voit que sa position est désespérée, il se met à vous assourdir de boniments, comme le dernier des charlatans. Assieds-toi, et cesse immédiatement ces turlutaines.

[— Je m'assieds, répondit le chat en s'asseyant, mais je m'élève contre ce dernier mot. Mes paroles ne sont pas du tout des turlutaines, selon l'expression que vous vous êtes permis d'employer en présence d'une dame, mais un chapelet de syllogismes solidement ficelés, qu'eussent appréciés selon leur mérite des connaisseurs tels que Sextus Empiricus, Martius Capella, voire – pourquoi pas ? – Aristote lui-même.

— Échec au roi, dit Woland.

— Faites, faites, je vous en prie, répondit le chat, qui se mit à examiner l'échiquier à travers son lorgnon.]

— Donc, reprit Woland en s'adressant à Marguerite, j'ai l'honneur, donna, de vous présenter ma suite. Celui-là, qui fait le pitre, c'est le chat Béhémoth. Vous avez déjà fait connaissance avec Azazello et Koroviev. Et voici ma servante, Hella : elle est adroite, elle a l'esprit vif, et il n'est pas de service qu'elle ne soit à même de rendre.

La belle Hella sourit en tournant vers Marguerite ses yeux aux reflets verts, sans cesser de prendre de l'onguent dans le creux de sa main pour l'étaler sur le genou de Woland.

— Eh bien, c'est tout, conclut Woland en faisant une grimace quand Hella pressait son genou un peu plus fortement. Compagnie peu nombreuse, comme vous le voyez, et de plus, disparate et sans malice.

Il se tut, et d'un air distrait, fit tourner son globe. Celui-ci avait été fabriqué avec un art si parfait que les océans bleus remuaient, et que la calotte du pôle paraissait réellement gelée et couverte de neige.

[Sur l'échiquier, cependant, régnait la confusion. Le roi en manteau blanc, qui avait perdu toute contenance, piétinait sur sa case en levant les bras avec désespoir. Trois pions blancs en costume de lansquenets, armés de hallebardes, regardaient d'un air éperdu un officier qui, agitant son épée, leur montrait devant eux deux cases contiguës, une noire et une blanche, où l'on voyait deux cavaliers noirs de Woland dont les chevaux fougueux raclaient du sabot la surface de l'échiquier.

Marguerite s'aperçut, avec un étonnement et un intérêt extrêmes, que toutes les pièces du jeu étaient vivantes.

Le chat ôta son lorgnon et poussa légèrement son roi dans le dos. Dans son désespoir, celui-ci se couvrit machinalement le visage de ses bras.

— Ça va mal, mon cher Béhémoth, dit doucement Koroviev d'une voix fielleuse.

— La situation est grave, mais nullement désespérée, rétorqua Béhémoth. Bien plus : je suis pleinement certain de la victoire finale. Il suffit d'analyser sérieusement la position.

Il procéda à cette analyse de façon quelque peu étrange, faisant mille grimaces et envoyant force clins d'œil à son roi.

— Ça ne servira à rien, remarqua Koroviev.

— Aïe ! s'écria Béhémoth. Les perroquets se sont envolés, je l'avais prédit !

Effectivement, on entendit quelque part un nombreux bruissement d'ailes. Koroviev et Azazello se précipitèrent hors de la chambre.

— Que le diable vous emporte, avec vos petits jeux de société ! grogna Woland sans détacher les yeux de son globe.

À peine Koroviev et Azazello eurent-ils disparu que les clins d'œil de Béhémoth redoublèrent. Le roi blanc, enfin, comprit ce qu'on attendait de lui. Il ôta son manteau, le laissa tomber sur sa case, et s'enfuit de l'échiquier. L'officier ramassa le manteau royal, s'en revêtit et occupa la place du roi.

Koroviev et Azazello revinrent.

— Des bobards, comme d'habitude, grommela Azazello en regardant Béhémoth du coin de l'œil.

— Il m'avait semblé… répondit le chat.

— Mais enfin, cela va-t-il durer longtemps ? demanda Woland. Échec au roi.

— J'ai sans doute mal entendu, mon maître, dit le chat. Il n'y a pas, et il ne peut pas y avoir échec au roi.

— Je répète : échec au roi.

— Messire ! dit le chat d'une voix faussement angoissée. Vous êtes surmené, certainement. Il n'y a pas échec au roi !

— Ton roi est sur la case g2, dit Woland sans regarder l'échiquier.

— Messire, je suis consterné ! vociféra le chat en donnant à sa gueule un air de consternation. Il n'y a pas de roi sur cette case !

— Qu'est-ce que c'est que ça ? dit Woland perplexe en regardant l'échiquier, où l'officier qui occupait la case du roi tourna le dos et cacha sa tête sous son bras.

— Tu es une belle canaille, dit pensivement Woland.

— Messire ! J'en appelle de nouveau à la logique ! dit le chat en pressant ses pattes contre son cœur. Si un joueur annonce échec au roi et que, par ailleurs, il n'y a plus trace de ce roi sur l'échiquier, l'échec est déclaré nul !

— Abandonnes-tu, oui ou non ? s'écria Woland d'une voix terrible.

— Laissez-moi réfléchir, demanda humblement le chat, qui posa ses coudes sur la table, fourra ses deux oreilles entre ses pattes, et se mit à réfléchir. Il réfléchit longuement, et dit enfin : J'abandonne.

— Cette créature obstinée est à tuer, murmura Azazello.

— Oui, j'abandonne, dit le chat, mais j'abandonne exclusivement parce qu'il m'est impossible de jouer dans cette atmosphère, persécuté comme je le suis par des envieux !

Il se leva, et les pièces du jeu d'échecs rentrèrent dans leur boîte.

— Hella, il est l'heure, dit Woland.

Et Hella quitta la chambre.

— J'ai mal à la jambe, reprit-il. Et avec ce bal…

— Voulez-vous me permettre, demanda doucement Marguerite.

Woland la regarda attentivement, puis lui tendit son genou.

Aussi chaud que de la lave en fusion, le liquide brûla les mains de Marguerite, mais celle-ci, sans faire aucune grimace, se mit à frotter le genou de Woland, en s'efforçant de ne pas lui faire mal.

— Mes familiers affirment que c'est un rhumatisme, dit Woland sans quitter Marguerite des yeux. Mais je soupçonne fort que cette douleur au genou m'a été laissée en souvenir par une ravissante sorcière, que j'ai connue intimement en 1571, sur le Brocken, à l'Assemblée des Démons.

— Oh ! Est-ce possible ? dit Marguerite.

— Baliverne ! Dans trois cents ans il n'y paraîtra plus ! On m'a conseillé quantité de médicaments, mais je m'en tiens aux remèdes de ma grand-mère, comme au bon vieux temps. C'est qu'elle m'a laissé en héritage des herbes étonnantes, l'ignoble vieille ! Au fait, dites-moi, vous ne souffrez d'aucune douleur ? Il y a peut-être quelque chagrin, quelque tourment qui empoisonne votre âme ?

— Non, messire, il n'y a rien du tout, répondit l'intelligente Marguerite. Et en ce moment, près de vous, je me sens tout à fait bien.

— Le sang est une grande chose… dit gaiement Woland, sans qu'on pût savoir pourquoi. Puis il ajouta : À ce que je vois, mon globe vous intéresse ?]

— Oh oui, je n'ai jamais vu une chose pareille.

— Jolie chose, n'est-ce pas ? À franchement parler, je n'aime pas les dernières nouvelles diffusées par la radio. D'abord, elles sont toujours lues par on ne sait quelles jeunes filles, décidément incapables de prononcer de façon compréhensible les noms de lieux. De plus, une sur trois de ces demoiselles est affligée de bégaiement ou autre défaut de prononciation, comme si on les choisissait exprès pour cela. Mon globe est cent fois plus commode, d'autant plus que j'ai besoin d'avoir une connaissance exacte des événements. Tenez, par exemple, voyez-vous ce petit morceau de terre, dont l'océan baigne un côté ? Regardez : il se couvre de feu. La guerre vient d'y éclater. En vous approchant, vous verrez les détails.

Marguerite se pencha sur le globe, et vit le petit carré de terre s'agrandir, devenir multicolore, se transformer en une sorte de carte en relief. Puis elle distingua le mince ruban d'une rivière, et au bord de celle-ci, un petit village. Une maison de la dimension d'un petit pois grandit et prit la taille d'une boîte d'allumettes. Soudain, sans aucun bruit, le toit de cette maison sauta en l'air dans un nuage de fumée noire et les murs s'écroulèrent, et de la petite boîte de deux étages, il ne resta plus qu'un tas de ruines d'où montait de la fumée. S'approchant encore, Marguerite aperçut une petite figure de femme étendue par terre, et près d'elle, un enfant qui gisait dans une mare de sang, les bras écartés.

— Et voilà, dit Woland en souriant. Celui-ci n'a pas eu le temps de commettre beaucoup de péchés. Le travail d'Abadonna est impeccable.

— Je n'aurais pas voulu être dans le camp ennemi de cet Abadonna, dit Marguerite. Dans quel camp est-il ?

— Plus nous parlons, dit aimablement Woland, plus je suis convaincu que vous êtes très intelligente. Je vais vous rassurer. Abadonna est d'une rare impartialité, et sa sympathie va également aux deux camps opposés. En conséquence, les résultats sont toujours semblables des deux côtés. Abadonna ! appela doucement Woland, et aussitôt sortit du mur un homme maigre à lunettes noires. (Ces lunettes produisirent sur Marguerite une impression si forte qu'elle poussa un faible cri et cacha son visage sur la jambe de Woland.) Cessez, voyons ! s'écria Woland. Comme les gens d'aujourd'hui sont nerveux ! (Il lança une grande claque dans le dos de Marguerite, au point que tout le corps de celle-ci résonna.) Vous voyez bien que ce ne sont que des lunettes. De plus, le cas ne s'est jamais produit, et ne se produira jamais, où Abadonna apparaisse à quelqu'un avant terme. Et puis enfin, je suis là. Vous êtes mon invitée ! Je voulais simplement vous le montrer.

Abadonna restait immobile.

— Est-ce qu'il peut enlever ses lunettes, juste une minute ? demanda Marguerite en frissonnant et en se serrant contre Woland, mais déjà curieuse.

— Cela, c'est impossible, dit sérieusement Woland en congédiant du geste Abadonna, qui disparut. Que veux-tu me dire, Azazello ?

— Messire, répondit Azazello, si vous le permettez, je voulais vous dire que nous avons deux étrangers : une jolie fille, qui pleurniche et supplie qu'on la laisse rester avec madame, elle et – excusez-moi – son cochon.

— Étrange conduite, que celle des jolies filles ! remarqua Woland.

— C'est Natacha, Natacha ! s'écria Marguerite.

— Bon, qu'elle vienne auprès de madame. Mais le cochon – à la cuisine !

— On va l'égorger ? s'écria Marguerite épouvantée. Par grâce, messire, c'est Nikolaï Ivanovitch, qui habite au rez-de-chaussée ! C'est un malentendu, vous comprenez, elle l'a barbouillé de crème…

— Permettez, coupa Woland, qui diable vous parle de l'égorger, et pourquoi le ferait-on ? Qu'il reste avec les cuisiniers, voilà tout. Je ne puis tout de même pas, convenez-en, le laisser entrer dans la salle de bal.

— Ça, c'est… dit Azazello, qui s'interrompit et annonça : Il est bientôt minuit, messire.

[— Ah, bien. (Woland se tourna vers Marguerite :) Alors, si vous voulez bien… Et je vous remercie d'avance. Gardez toute votre tête, et ne craignez rien. Ne buvez rien non plus, que de l'eau, sinon vous étoufferez de chaleur et vous serez très mal. Allons, il est l'heure.

Marguerite se leva de la descente de lit, et Koroviev parut à la porte.]

23. Un grand bal chez Satan

Il allait être bientôt minuit, il fallait se hâter. Marguerite ne voyait que confusément ce qui se passait autour d'elle. Elle garda le souvenir des bougies, et aussi d'un grand bassin de pierre où on la fit descendre. Quand elle y fut, Hella, aidée de Natacha, versa sur elle un liquide chaud, épais et rouge. Marguerite sentit un goût salé sur ses lèvres, et comprit que c'était du sang. Puis cette robe écarlate fit place à une autre, épaisse aussi, mais transparente et d'une teinte rose pâle, et Marguerite fut étourdie par le parfum de l'essence de roses. Ensuite, on la fit allonger sur un lit de cristal et, à l'aide de grandes feuilles vertes, on frictionna son corps à le faire briller.

À ce moment, le chat vint à la rescousse. Il s'accroupit devant Marguerite et se mit à lui frotter les pieds, avec les mimiques d'un cireur dans la rue.

Marguerite ne put se rappeler qui lui confectionna des souliers en pétales de roses blanches, ni comment ceux-ci s'agrafèrent d'eux-mêmes à ses pieds avec des boucles d'or. Une force inconnue la fit lever et la conduisit devant une glace, et elle vit étinceler dans ses cheveux les diamants d'une couronne royale. Sorti on ne sait d'où, Koroviev passa au cou de Marguerite une lourde chaîne à laquelle était suspendu un lourd portrait ovale qui représentait un caniche noir. Cet ornement fut une charge accablante pour la reine. Tout de suite, elle sentit que la chaîne lui blessait le cou, et que le portrait qui pendait sur sa poitrine la tirait en avant. Si quelque chose compensa, dans une certaine mesure, l'extrême embarras que causait à Marguerite ce caniche noir, ce fut le profond respect que lui témoignèrent alors Koroviev et Béhémoth.

— Rien, rien, rien ! grommela Koroviev à la porte de la salle au bassin. On n'y peut rien, il le faut, il le faut, il le faut… Permettez-moi, reine, de vous donner un dernier conseil. Parmi nos invités, il y aura des gens divers – oh ! très divers –, mais à aucun, reine Margot, – à aucun d'eux, vous ne devez marquer la moindre préférence ! Si quelqu'un ne vous plaît pas… je comprends bien, naturellement, que vous n'irez pas le montrer par l'expression de votre visage, non, non, – il ne faut même pas y penser ! Il le remarquerait, il le remarquerait à l'instant même ! Il faut l'aimer, reine, il faut l'aimer ! La reine du bal en sera récompensée au centuple. Encore une chose : ne négliger personne ! Un simple sourire, si vous n'avez pas le temps de dire un mot, ou ne serait-ce que le plus petit signe de tête ! Tout ce que vous voudrez, mais surtout, pas d'inattention, – cela les ferait tomber immédiatement en décrépitude…

Sur ces mots, Marguerite, accompagnée de Koroviev et Béhémoth, quitta la salle au bassin et se retrouva dans une obscurité complète.

— C'est moi, moi, murmura le chat, c'est moi qui donne le signal !

— Donne ! répondit, dans le noir, la voix de Koroviev.

— Bal ! glapit le chat d'une voix perçante.

Marguerite poussa un léger cri, et ferma les yeux pendant quelques secondes. Le bal – lumières, bruits et parfums – était tombé sur elle d'un seul coup. Emportée par Koroviev qui l'avait prise sous le bras, Marguerite se vit d'abord dans une forêt tropicale. Des perroquets à gorge rouge et à queue verte s'accrochaient aux lianes et s'y balançaient en criant d'une voix assourdissante : « Je suis ravi ! Je suis ravi ! » Mais la forêt prit fin rapidement, et sa lourde chaleur d'étuve fit place aussitôt à la fraîcheur d'une salle de bal dont les colonnes de pierre jaune jetaient mille feux. Cette salle, comme la forêt, était entièrement vide, à l'exception de nègres nus, coiffés de turbans argentés, qui se tenaient debout près des colonnes. D'émotion, leur visage prit une teinte d'un brun sale quand Marguerite fit son entrée, accompagnée de sa suite à laquelle s'était joint, on ne sait comment, Azazello. Koroviev lâcha le bras de Marguerite et chuchota :

— Aux tulipes !

Instantanément, un petit mur de tulipes blanches s'éleva devant Marguerite. Au-delà, elle aperçut d'innombrables petites lampes masquées par des abat-jour et, derrière celles-ci, les poitrines blanches et les épaules noires d'hommes en habit. Marguerite comprit alors d'où venait ce bruit de bal. Le fracas des cuivres croulait sur elle, et le ruissellement des violons l'inondait comme une pluie de sang. Un orchestre de cent cinquante musiciens jouait une polonaise.

Lorsque l'homme en habit dressé devant l'orchestre aperçut Marguerite, il pâlit, sourit, et tout d'un coup, d'un geste des deux bras, fit lever les musiciens. Ceux-ci, sans s'interrompre un instant, continuèrent debout à déverser sur Marguerite un flot de musique. L'homme tourna le dos à l'orchestre et s'inclina très bas, les bras largement écartés. Marguerite, en souriant, lui fit un signe de la main.

— Non, non, ce n'est pas assez, lui chuchota Koroviev. Il n'en dormirait plus la nuit. Criez-lui : « Je vous salue, roi de la valse ! »

Marguerite obéit, et fut étonnée d'entendre sa voix, pleine comme le son d'une cloche lancée à toute volée, couvrir le tumulte de l'orchestre. L'homme tressaillit de joie et posa sa main gauche sur son cœur, tout en continuant, de sa main droite armée d'une baguette blanche, à diriger la musique.

— Pas assez encore, chuchota Koroviev. Regardez maintenant à gauche, les premiers violons, et faites leur signe de telle sorte que chacun d'eux pense que vous l'avez reconnu personnellement. Il n'y a ici que des célébrités mondiales. Saluez celui-ci… derrière le premier pupitre, c'est Vieuxtemps !… Voilà, très bien… Et maintenant, continuons !

— Qui est le chef d'orchestre ? demanda Marguerite en quittant le sol.

— Johann Strauss ! cria le chat. Et que je sois pendu à une liane de la forêt tropicale si on a jamais vu, à un bal, pareil orchestre ! C'est moi qui l'ai invité ! Et vous remarquerez que pas un musicien ne s'est trouvé malade ou n'a refusé de venir !

Dans la salle suivante, il n'y avait pas de colonnes. L'un des murs était fait de roses – rouges, roses ou blanches comme du lait –, et l'autre, de camélias doubles du Japon. Déjà, entre ces murs, jaillissaient en moussant des fontaines de champagne, et le vin retombait en pétillant dans trois vasques transparentes, dont la première était violette, la seconde rubis, et la troisième cristalline. Auprès de ces vasques s'affairaient des nègres à turbans écarlates qui, à l'aide de puisoirs d'argent, remplissaient de champagne de larges coupes évasées. Dans un renfoncement du mur de roses était ménagée une estrade, sur laquelle se démenait furieusement un homme en frac rouge à queue de pie. Devant lui tonitruait à vous rompre les oreilles un *jazz-*

band. Dès qu'il vit Marguerite, l'homme en rouge s'inclina devant elle, si bas que ses mains touchèrent le sol, puis il se redressa et vociféra :

— Alleluia !

Il fit claquer sa main droite sur son genou gauche – une ! –, sa main gauche sur son genou droit – deux ! –, arracha une cymbale des mains d'un musicien et en frappa violemment la colonne de l'estrade.

En reprenant son vol, Marguerite vit encore ce virtuose du jazz, qui s'efforçait de lutter contre la polonaise dont la tempête soufflait maintenant dans le dos de Marguerite, cogner à coups de cymbale les têtes de ses musiciens, qui se baissaient précipitamment avec une frayeur comique.

Enfin, ils arrivèrent à un palier, – celui-là même, pensa Marguerite, où elle avait été accueillie, dans les ténèbres, par Koroviev muni d'un bougeoir. On y était maintenant aveuglé par la lumière qui ruisselait de grappes de raisin de cristal. Marguerite fut installée là, et un socle d'améthyste vint se placer sous son bras gauche.

— Vous pourrez vous appuyer dessus, si vous vous sentez vraiment fatiguée, murmura Koroviev.

Un nègre glissa aux pieds de Marguerite un coussin sur lequel était brodé en fil d'or un caniche. Obéissant à une volonté invisible, elle y posa le pied droit, genou plié en avant.

Marguerite essaya alors d'avoir une vue plus nette de ce qui l'entourait. Koroviev et Azazello se tenaient à ses côtés, dans une attitude pompeuse. Près d'Azazello, il y avait trois jeunes gens dont la physionomie rappela vaguement à Marguerite celle d'Abadonna. Sentant un air froid dans son dos, elle se retourna et vit que, du mur de marbre placé derrière elle, jaillissait une fontaine de vin mousseux qui coulait dans un bassin de glace. Contre sa jambe gauche, elle eut la sensation de quelque chose de chaud et de velu. C'était Béhémoth.

À quelques pas de Marguerite s'amorçait la descente d'un monumental escalier couvert d'un tapis. Tout en bas – et si loin que Marguerite avait l'impression de regarder par le petit bout d'une lorgnette – elle voyait une immense loge de portier, où béait une cheminée si remarquablement vaste que son âtre insondable, noir et froid, aurait pu contenir aisément un camion de cinq tonnes. La loge et l'escalier, inondés d'une lumière aveuglante, étaient vides. L'éclat des trompettes parvenait encore à Marguerite, mais assourdi par la distance. Une minute s'écoula ainsi, dans l'immobilité.

— Où sont donc les invités ? demanda enfin Marguerite à Koroviev.

— Ils vont arriver, reine, ils vont arriver à l'instant. Et nous n'en manquerons pas ! Vrai, j'aimerais mieux fendre du bois que de rester sur ce palier pour les recevoir.

— Quoi, fendre du bois ? reprit aussitôt le volubile Béhémoth. Je préférerais encore travailler comme receveur de tramway, bien qu'il n'y ait pas de pire travail au monde !

[— Tout doit être prêt d'avance, reine, expliqua Koroviev dont l'œil brilla derrière son monocle brisé. Il n'y a rien de plus dégoûtant que de voir le premier invité traîner sans savoir que faire, tandis que sa mégère légitime lui scie le dos à lui chuchoter qu'ils sont arrivés avant tout le monde. Des bals de ce genre, c'est bon à jeter aux ordures, reine.

— Aux ordures précisément, approuva le chat.]

— Dans une dizaine de secondes à peine, il sera minuit, reprit Koroviev. Ça va commencer.

Ces dix secondes semblèrent singulièrement longues à Marguerite. De toute évidence, elles étaient passées depuis longtemps, et rien, absolument rien de nouveau ne s'était produit. Mais soudain, une sorte de craquement se fit entendre dans l'énorme cheminée, et on vit jaillir de sa gueule un gibet, où pendaient les restes d'un cadavre à demi tombé en poussière. La chose se détacha de la corde et s'écrasa à terre, et aussitôt, un homme en surgit, – un bel homme à cheveux noirs, en habit et souliers vernis. De la cheminée sortit alors un cercueil de faibles dimensions, rongé de pourriture ; son couvercle tomba, et il vomit une autre dépouille informe. Le bel homme s'en approcha galamment et lui offrit son bras arrondi. La dépouille se reconstitua en une jeune femme vive et remuante, chaussée d'escarpins noirs et coiffée de plumes noires. Tous deux, l'homme et la femme, gravirent rapidement l'escalier.

— Voici les premiers ! s'écria Koroviev. Monsieur Jacques et son épouse. Je vous présente, reine, un homme des plus intéressant. Faux-monnayeur convaincu, coupable de haute trahison, mais fort estimable alchimiste. S'est rendu célèbre, chuchota Koroviev à l'oreille de Marguerite, en empoisonnant la maîtresse d'un roi. Avouez que ce n'est pas donné à tout le monde ! Regardez comme il est beau !

Pâle, la bouche ouverte, Marguerite, qui regardait en bas, vit disparaître de la loge, d'une démarche oblique et trébuchante, la potence et le cercueil.

— Je suis ravi ! hurla le chat au visage de monsieur Jacques qui atteignait le haut de l'escalier.

À ce moment sortit de la cheminée un squelette sans tête et dont un bras était arraché. Il s'écroula à terre, et devint aussitôt un homme en frac.

Cependant, l'épouse de monsieur Jacques s'agenouillait devant Marguerite et, pâle d'émotion, lui baisait la jambe droite.

— Reine… balbutia l'épouse de monsieur Jacques.

— La reine est ravie ! cria Koroviev.

— Reine… murmura le beau monsieur Jacques.

— Nous sommes ravis ! brailla le chat.

Les jeunes compagnons d'Azazello, avec des sourires sans vie, mais affables, poussèrent monsieur Jacques et son épouse vers les coupes de champagne que des nègres leur présentaient. L'homme né du squelette solitaire montait en courant.

— Le comte Robert, glissa Koroviev à Marguerite. Aussi intéressant que l'autre. Et j'attire votre attention, reine, sur le comique de la chose : celui-ci, c'est le cas contraire, il était l'amant d'une reine et il a empoisonné sa femme.

— Nous sommes heureux, comte ! cria Béhémoth.

L'un derrière l'autre, trois cercueils se déversèrent de la cheminée, bondissant et se disloquant. Ensuite, une silhouette en cape noire sortit de l'âtre obscur, mais le personnage suivant se jeta sur elle et lui planta un poignard dans le dos. On entendit un cri étranglé. La cheminée cracha alors un cadavre presque complètement décomposé. Marguerite ferma les yeux, et une main – Marguerite eut l'impression que c'était celle de Natacha –, lui mit sous le nez un flacon de sel blanc.

L'escalier se remplissait. Sur toutes les marches maintenant, il y avait des hommes en habit, qui de loin paraissaient tous semblables, accompagnés de femmes nues qui, elles, se distinguaient uniquement par la couleur de leurs escarpins et des plumes qui ornaient leur tête.

Marguerite vit venir à elle en boitant, la jambe gauche prise dans une curieuse botte de bois, une dame maigre et timide, aux yeux baissés à la manière des religieuses, et qui portait, sans raison apparente, un large bandeau vert autour du cou.

— Qui est-ce, la… la verte ? demanda machinalement Marguerite.

— Très ravissante et très considérable dame, murmura Koroviev, je vous présente madame Tofana. Elle fut extrêmement populaire parmi les jeunes et charmantes Napolitaines, ainsi que parmi les habitants de Palerme, – en particulier auprès de celles qui étaient fatiguées de leur mari. Car cela arrive, reine, vous savez, qu'on se fatigue d'un mari…

— Oui, répondit distraitement Marguerite, en souriant à deux hommes en frac qui, tour à tour, s'étaient inclinés devant elle pour lui baiser le genou et la main.

— Voilà, continua Koroviev, trouvant le moyen de crier en même temps à un nouvel arrivant : Duc ! Un verre de champagne ? Je suis ravi !… Voilà donc, disais-je, que madame Tofana, se mettant à la place de ces pauvres femmes, leur vend des fioles de je ne sais quelle eau. Bon. Une femme verse cette eau dans la soupe de son mari, celui-ci la mange, remercie sa femme de ses bonnes grâces, et se sent le mieux du monde. Il est vrai qu'au bout de quelques heures, il commence à éprouver une soif terrible. Puis il est obligé de se coucher, et le lendemain, notre charmante Napolitaine se trouve libre comme une brise de printemps.

— Mais qu'est-ce qu'elle a à la jambe ? demanda Marguerite en donnant inlassablement sa main aux invités qui la saluaient après avoir dépassé la clopinante madame Tofana. Et pourquoi cette chose verte ? Elle a le cou flétri ?

— Je suis ravi, prince ! cria Koroviev tout en chuchotant, pour Marguerite : Elle a un cou magnifique, mais il lui est arrivé une fâcheuse aventure, en prison. Ce qu'elle a à la jambe, reine, c'est un brodequin. Quant à la bande verte, en voici la raison : lorsque les geôliers apprirent que près de cinq cents maris, objets d'un choix malencontreux, avaient quitté Naples et Palerme pour toujours, ils ne firent ni une ni deux, ils étranglèrent madame Tofana dans son cachot.

— Comme je suis heureuse, ô excellente reine, qu'il me soit échu le grand honneur… murmura Tofana d'un ton monacal, tout en essayant de s'agenouiller, mais son brodequin l'en empêcha. Koroviev et Béhémoth aidèrent Tofana à se relever.

— Enchantée… lui répondit Marguerite, en tendant sa main aux suivants.

C'était maintenant un flux continu qui montait l'escalier. Marguerite ne voyait plus ce qui se passait dans la loge. Elle levait et baissait mécaniquement sa main, et adressait à tous un sourire figé. Sur le palier, c'était un brouhaha général, et des salles de danse parvenaient des bouffées de musique semblables au ressac de la mer.

— Ah ! celle-ci, c'est une femme insupportable, dit Koroviev à haute voix, sachant que désormais, dans la rumeur des conversations, on ne l'entendrait pas. Elle adore les bals, mais elle ne songe qu'à une chose : se plaindre de son mouchoir.

Marguerite promena son regard sur la foule qui montait, pour voir celle que lui indiquait Koroviev. C'était une jeune femme d'une vingtaine d'années, aux formes singulièrement belles, mais dont le regard fixe et angoissé trahissait une secrète obsession.

— Quel mouchoir ? demanda Marguerite.

— On lui a affecté spécialement une femme de chambre, expliqua Koroviev, qui depuis trente ans est chargée, chaque soir, de déposer le mouchoir sur sa table de nuit. Dès qu'elle se réveille, le mouchoir est là. Elle l'a déjà brûlé dans le poêle, noyé dans la rivière, mais cela n'a rien donné.

— Quel mouchoir ? murmura Marguerite, en levant et baissant la main.

— Un mouchoir à liséré bleu. Voici ce qui s'est passé : au temps où elle servait dans un café, le patron, un jour, l'a attirée dans la réserve, et neuf mois après, elle mettait au monde un petit garçon. Elle l'a emporté dans la forêt et lui a fourré le mouchoir dans la bouche, puis elle l'a enterré. Au tribunal, elle a dit qu'elle n'avait pas de quoi nourrir l'enfant.

— Et le patron de ce café, où est-il ? demanda Marguerite.

— Reine, grinça soudain le chat aux pieds de Marguerite, permettez-moi une question : que viendrait-il faire ici, le patron ? Il n'a pas étouffé de bébé dans la forêt, lui !

[Marguerite, sans cesser de sourire et de remuer le bras droit, enfonça les ongles pointus de sa main gauche dans l'oreille de Béhémoth et lui murmura :

— Si tu te permets encore, fripouille, de te mêler à la conversation…

Béhémoth poussa un petit cri mondain, puis râla :

— Reine… mon oreille va enfler… pourquoi gâter le bal à cause d'une oreille enflée ?… Juridiquement parlant, d'un point de vue juridique… Je me tais, je me tais, considérez que je ne suis plus chat, mais un poisson. Seulement, lâchez mon oreille !

Marguerite lâcha l'oreille.]

Les yeux sombres et fixes étaient devant elle.

— Je suis heureuse, reine, d'avoir été invitée au grand bal de la pleine lune !

— Je suis contente de vous voir, répondit Marguerite. Très contente. Aimez-vous le champagne ?

— Que voulez-vous faire, reine ? s'exclama à voix basse, à l'oreille de Marguerite, Koroviev effrayé. Ça va créer un embouteillage !

— Oui, je l'aime, dit la femme d'une voix implorante, et tout à coup, elle se mit à répéter comme une machine : Frieda, Frieda, Frieda ! On m'appelle Frieda, ô reine !

— Eh bien, buvez, soûlez-vous aujourd'hui, Frieda, et ne pensez plus à rien, dit Marguerite.

Frieda tendit ses deux mains à Marguerite, mais Koroviev et Béhémoth la prirent adroitement sous les aisselles, et elle se perdit dans la foule.

[Les invités montaient maintenant en rangs serrés, comme pour prendre d'assaut le palier où était Marguerite. Aux hommes en habit se mêlaient les corps nus des femmes. Marguerite voyait affluer ces corps bronzés ou blancs, couleur de grains de café ou tout à fait noirs. Dans les cheveux roux, noirs, châtains ou clairs comme du lin, les pierres précieuses jetaient mille étincelles dansantes sous le ruissellement de la lumière. Et, comme si quelqu'un avait aspergé la vague d'assaut des hommes de gouttelettes lumineuses, les diamants des boutons étincelaient sur leur poitrine. À chaque seconde, maintenant, Marguerite sentait l'attouchement des lèvres sur son genou, à chaque seconde elle offrait sa main à baiser, et son visage s'était pétrifié en un masque immuable de bienvenue.

— Je suis ravi, chantait Koroviev d'une voix monotone, nous sommes ravis… la reine est ravie…

— La reine est ravie… nasillait Azazello dans le dos de Marguerite.

— Je suis ravi ! s'égosillait le chat.

— Cette marquise, marmottait Koroviev, a empoisonné son père, ses deux frères et ses deux sœurs pour un héritage… La reine est ravie !... Madame Minkina… Ah, comme elle est belle ! Un peu nerveuse, cependant. Pourquoi, aussi, avoir brûlé le visage de sa femme de chambre avec des fers à friser ? Évidemment, dans ces conditions, on vous coupe la tête… La reine est ravie !… Reine, une seconde d'attention ! Voici l'empereur Rodolphe, magicien et alchimiste… Encore une alchimiste – pendue… Ah, et celle-ci ! Quelle merveilleuse maison close elle tenait à Strasbourg !... Nous sommes ravis !... Celle-là, c'est une couturière de Moscou. Nous l'aimons tous pour son inépuisable fantaisie… Dans son atelier d'essayage, elle avait imaginé quelque chose de terriblement amusant : elle avait fait percer deux petits trous ronds dans la cloison…

— Et les dames ne le savaient pas ? demanda Marguerite.

— Elles le savaient toutes, reine, répondit Koroviev. Je suis ravi !... Ce gamin de vingt ans se fit remarquer, dès sa tendre enfance, par d'étranges dispositions. C'était un rêveur, un original. Une jeune fille tomba amoureuse de lui ; il la prit, et la vendit à une maison close…]

Un véritable fleuve gravissait les marches, que sa source – l'immense cheminée –, continuait d'alimenter, et dont on ne voyait pas la fin. Une heure s'écoula ainsi, puis une autre. Marguerite remarqua alors que sa chaîne était devenue plus lourde. [Il se passait également quelque chose de bizarre avec sa main droite. Elle ne pouvait plus la lever sans une grimace de douleur. Les intéressantes remarques de Koroviev ne l'amusaient plus. Les visages – blancs, noirs, mongols aux yeux bridés – devinrent uniformes, se fondant par moments en une masse indistincte, tandis qu'entre eux, l'air paraissait trembler et ruisseler.] Une douleur aiguë comme la piqûre d'une aiguille traversa soudain la main droite de Marguerite. Serrant les dents, elle posa son coude sur le socle d'améthyste. Une sorte de frottement, semblable à celui que feraient des ailes en frôlant un mur, venait de la salle voisine. Marguerite comprit que là-bas, d'inconcevables hordes d'invités dansaient, et il lui sembla que même les massifs planchers de marbre, de mosaïque et de cristal de cette étrange salle étaient animés d'une pulsation rythmique.

Ni Gaïus César Caligula ni Messaline n'éveillèrent l'intérêt de Marguerite, qui cessa également de s'intéresser à ce défilé de rois, ducs, chevaliers, suicidés, empoisonneuses, pendus, entremetteuses, geôliers, tricheurs, bourreaux, délateurs, traîtres, déments, mouchards, satyres. Tous les noms se mêlaient dans sa tête, les visages s'agglutinaient en un immense gâteau, et seul se grava douloureusement dans sa mémoire le visage, frangé d'une véritable barbe de feu, de Maliouta Skouratov. Les jambes de Marguerite fléchissaient, et à chaque minute, elle avait peur de se mettre à pleurer. Mais les pires souffrances lui venaient de son genou droit, que baisaient les invités. Il était gonflé et bleu, bien qu'à plusieurs reprises la main de Natacha, munie d'une éponge, fût venue l'enduire de quelque onguent parfumé. À la fin de la troisième heure, Marguerite, qui avait jeté en bas un regard complètement désespéré, tressaillit de joie : le flot d'invités se tarissait.

[— L'arrivée des invités à un bal obéit toujours aux mêmes lois, reine, chuchota Koroviev. Maintenant, la vague retombe. Nous n'avons plus, j'en suis sûr, que quelques minutes à souffrir. Il y a un groupe de fêtards du Brocken, ils arrivent toujours les derniers. Tenez, les voilà. Deux vampires sont ivres… C'est tout ? Ah non, en voilà encore un… non, deux !

Les deux derniers invités montaient l'escalier.

— Tiens, c'est un nouveau, dit Koroviev en plissant l'œil derrière son monocle. Ah oui, oui. Une fois, Azazello est allé lui rendre visite, et devant une bouteille de cognac, il lui a glissé le conseil de se débarrasser d'un homme dont il craignait grandement les révélations. Celui-ci a donc chargé un de ses amis, qui dépendait de lui et ne pouvait rien lui refuser, d'asperger de poison les murs du cabinet de cet homme…

— Comment s'appelle-t-il ? demanda Marguerite.

— Ma foi, je ne sais pas encore, répondit Koroviev, il faut demander à Azazello.

— Et qui est avec lui ?

— Justement, son consciencieux ami et subordonné. Je suis ravi ! cria Koroviev aux deux arrivants.

L'escalier était vide. Par précaution, ils attendirent encore quelques instants, mais plus personne ne sortit de la cheminée.]

Une seconde plus tard, sans comprendre comment, Marguerite se trouvait dans la salle au bassin. Tout de suite, à cause des douleurs de sa main et de son genou, elle se mit à pleurer et s'effondra à terre. Mais Hella et Natacha, tout en la réconfortant, l'amenèrent à nouveau sous la douche de sang, massèrent à nouveau son corps, et Marguerite se sentit revivre.

— Encore, encore, reine Margot, murmura Koroviev apparu à côté d'elle, il faut encore parcourir les salles, pour que nos honorables invités ne se sentent pas abandonnés.

De nouveau, Marguerite quitta la salle au bassin. Sur l'estrade dressée derrière les tulipes, où jouait naguère l'orchestre du roi de la valse, on voyait maintenant gesticuler avec fureur un jazz de singes. Un énorme gorille aux favoris ébouriffés, une trompette à la main, dirigeait en sautant lourdement d'un pied sur l'autre. Sur un rang étaient assis des orangs-outangs, qui soufflaient dans des trompettes étincelantes. De joyeux chimpanzés, placés à califourchon sur leurs épaules, jouaient de l'accordéon. Deux hamadryas à crinière léonine tapaient sur des pianos à queue, dont les notes étaient complètement étouffées par les saxophones, violons et tambours qui cognaient, piaulaient et mugissaient entre les pattes de gibbons, de mandrills et de guenons. Sur le sol transparent, d'innombrables couples, comme fondus ensemble, et avec une adresse et une netteté de mouvement étonnantes, tournaient tous dans le même sens et avançaient comme un mur, menaçant de tout balayer sur leur passage. De vifs papillons satinés venaient s'abattre sur la horde des danseurs, et un semis de fleurs tombait des plafonds. Aux chapiteaux des colonnes, quand s'éteignait l'électricité, s'allumaient des myriades de lucioles, et dans l'air, couraient çà et là des feux follets.

Puis Marguerite se trouva devant un bassin de dimensions prodigieuses, entouré d'une colonnade. Une cataracte rosée jaillissait de la gueule d'un gigantesque Neptune noir, et l'odeur capiteuse du champagne montait du bassin. Là régnait une folle gaieté, libre de toute contrainte. Des dames, en riant, confiaient leur réticule à leur cavalier ou aux nègres qui couraient de tous côtés avec des draps à la main, puis, avec de petits cris, plongeaient comme des mouettes dans le bassin. Des colonnes de liquide mousseux rejaillissaient. Le fond de cristal du bassin était éclairé pardessous, et la lumière qui traversait toute la masse du vin permettait d'y voir les corps argentés des nageuses, qui ressortaient de là complètement ivres. Les rires éclataient sous les colonnes et retentissaient comme une musique de jazz.

Dans le souvenir confus que Marguerite garda de ce chaos surnageait un visage de femme abruti d'ivresse, au regard stupide – mais dans sa stupidité, toujours implorant –, et un seul mot : « Frieda ».

[L'odeur du vin faisait tourner la tête de Marguerite, et elle allait s'éloigner quand le chat exécuta un numéro qui la retint près du bassin. Béhémoth fit quelques passes magiques devant le mufle de Neptune, et instantanément, la masse houleuse du champagne disparut à grand bruit du bassin. Neptune vomit alors un flot de liquide jaune foncé, qui ne moussait ni ne pétillait plus. Les dames glapirent : « Du cognac ! » et, s'écartant vivement des bords du bassin, se réfugièrent derrière les colonnes.

Le bassin fut rempli en quelques secondes, et le chat, après avoir tournoyé trois fois en l'air, plongea dans les flots agités du cognac. Quand il en ressortit, soufflant et s'ébrouant, sa cravate mouillée pendait lamentablement, et il avait perdu son lorgnon et la dorure de ses moustaches. Une seule femme – la facétieuse couturière – suivit l'exemple de Béhémoth, avec son cavalier, un jeune mulâtre inconnu. Tous deux plongèrent dans le cognac, mais Koroviev prit le bras de Marguerite, et ils abandonnèrent les baigneurs.

Marguerite s'aperçut vaguement qu'elle passait en volant près d'énormes vasques de pierre qui contenaient des montagnes d'huîtres. Puis elle survola un parquet de verre sous lequel ronflaient des feux d'enfer ; autour de ceux-ci s'affairaient des silhouettes blanches de cuisiniers diaboliques. Quelque part encore – elle avait renoncé à s'orienter – elle vit des caves sombres où brûlaient des flambeaux, où des jeunes filles servaient de la viande grillée sur des braises ardentes, et où l'on vida de grandes chopes à sa santé. Elle vit ensuite des ours blancs qui jouaient de l'accordéon et dansaient sur une estrade, une salamandre qui faisait des tours de passe-passe dans le foyer ardent d'une cheminée… Et pour la deuxième fois, elle sentit que ses forces la trahissaient.]

— Dernière apparition, chuchota Koroviev d'un air préoccupé, et nous serons libres !

Accompagnée de Koroviev, Marguerite parut de nouveau dans la salle de bal. Mais on n'y dansait plus, et l'incalculable foule des invités s'était tassée entre les colonnes, dégageant tout le milieu de la salle. Marguerite ne put se rappeler qui l'avait aidée à monter sur une sorte de piédestal qui s'était dressé en plein centre de l'espace libre. Quand elle y fut hissée, elle entendit, avec étonnement, résonner quelque part les douze coups de minuit – heure depuis longtemps passée, d'après ses calculs. Au dernier coup de cette horloge, dont il était impossible de deviner l'emplacement, le silence tomba sur la foule.

Alors, de nouveau, Marguerite vit Woland. Il s'avançait, entouré d'Abadonna, d'Azazello et de quelques jeunes hommes vêtus de noir qui ressemblaient à Abadonna. Marguerite apercevait maintenant, en face d'elle, un autre piédestal, préparé pour Woland. Mais il ne s'en servit pas. Marguerite fut frappée par le fait que Woland, pour cette dernière et solennelle apparition au bal, était vêtu exactement comme il l'était auparavant, dans la chambre. La même chemise de nuit tachée et rapiécée pendait sur ses épaules, et ses pieds étaient glissés dans des pantoufles éculées. Il était armé d'une épée nue, mais dont il se servait comme d'une canne.

En boitillant, Woland vint s'arrêter près de son piédestal, et à l'instant même, Azazello parut devant lui avec un plat dans les mains. Et sur ce plat, Marguerite vit une tête d'homme coupée, dont les dents de devant étaient brisées. Un silence total régnait toujours, qui ne fut interrompu qu'une fois par un tintement, affaibli par la distance et incompréhensible dans la conjoncture présente – le tintement de la sonnette d'une porte d'entrée.

— Mikhaïl Alexandrovitch, dit doucement Woland à la tête.

Alors, les paupières de celle-ci se soulevèrent, et Marguerite sursauta violemment en voyant dans ce visage mort apparaître deux yeux vivants, chargés de pensées et de douleur.

— Tout s'est accompli, n'est-il pas vrai ? continua Woland en regardant la tête dans les yeux. Votre tête a été coupée par une femme, la réunion n'a pas eu lieu et je loge chez vous. Ce sont des faits. Et les faits sont la chose la plus obstinée du monde. Mais ce qui nous intéresse maintenant, c'est ce qui va suivre, et non les faits déjà accomplis. Vous avez toujours été un ardent défenseur de la théorie selon laquelle, lorsqu'on coupe la tête d'un homme, sa vie s'arrête, lui-même se transforme en cendres et s'évanouit dans le non-être. Il m'est agréable de vous informer, en présence de mes invités, et bien que leur présence même soit la démonstration d'une tout autre théorie, que votre théorie à vous ne manque ni de solidité ni d'ingéniosité. D'ailleurs, toutes les théories se valent. Il en est une, par exemple, selon laquelle il sera donné à chacun selon sa foi. Ainsi soit-il ! Vous vous évanouissez dans le non-être, et moi, dans la coupe en laquelle vous allez vous transformer, je serai heureux de boire à l'être !

Woland leva son épée. Immédiatement, la peau de la tête noircit, se recroquevilla, puis se détacha par morceaux, les yeux disparurent, et bientôt Marguerite vit sur le plat un crâne jaunâtre, aux yeux d'émeraude et aux dents de perles, monté sur un pied d'or. Le couvercle du crâne tourna autour d'une charnière et s'ouvrit.

— Dans une seconde, messire, dit Koroviev en réponse à un regard interrogateur de Woland, il va se présenter devant vous. J'entends déjà, dans ce silence sépulcral, le grincement de ses souliers vernis et le tintement du verre qu'il vient de reposer sur une table, après avoir bu du champagne pour la dernière fois de sa vie. Et le voici.

Un nouvel invité, seul, entra dans la salle et s'avança vers Woland. Extérieurement, rien ne le distinguait des innombrables invités en habit, sauf une chose : le nouveau venu chancelait littéralement d'émotion, ce qui était visible même de loin. Des taches rouges enflammaient ses joues, et ses yeux roulaient, hagards. Il était abasourdi, et cela était parfaitement naturel : tout contribuait à le frapper d'étonnement, et en premier lieu, bien entendu, l'accoutrement de Woland.

Cependant l'invité fut accueilli avec une parfaite affabilité.

— Ah, très cher baron Meigel, dit Woland en adressant un sourire amène au baron, dont les yeux se dérobèrent sous le front. [Je suis heureux de vous présenter, ajouta Woland pour les invités, le très honorable baron Meigel, chargé par la Commission des Spectacles de faire connaître aux étrangers les curiosités de la capitale.]

Marguerite défaillit, car elle reconnaissait ce Meigel. À plusieurs reprises, elle l'avait rencontré dans les théâtres et les restaurants de Moscou. « Mais alors, pensa Marguerite, il serait donc mort, lui aussi ?... » Mais tout s'explique à l'instant.

— Ce cher baron, continua Woland avec un sourire joyeux, a eu la charmante bonne grâce, apprenant mon arrivée à Moscou, de me téléphoner aussitôt pour m'offrir ses services dans sa spécialité, c'est-à-dire en tant que montreur de curiosités. Il va sans dire que j'ai été heureux de l'inviter chez moi.

À ce moment, Marguerite vit Azazello passer le crâne et le plat à Koroviev.

— À propos, baron, dit Woland en baissant la voix sur un ton d'intimité, des bruits ont couru sur votre extraordinaire curiosité. On dit que, jointe à votre loquacité non moins développée, elle a attiré l'attention générale. [De plus, les mauvaises langues ont lâché le mot : vous êtes un mouchard et un espion.] De plus encore, on tient pour probable que cela vous conduira à une triste fin, et ce, pas plus tard que dans un mois. Aussi, dans le but de vous épargner cette pénible attente, avons-nous décidé de vous venir en aide, en profitant de cette circonstance, que vous vous êtes fait inviter chez moi précisément dans l'intention d'en voir et d'en entendre le plus possible.

Le baron devint plus pâle qu'Abadonna, qui pourtant, était exceptionnellement pâle par nature, puis il se produisit quelque chose de bizarre. Abadonna se planta devant le baron, et l'espace d'une seconde, ôta ses lunettes. Au même instant, un éclair jaillit des mains d'Azazello, il y eut un petit bruit sec pareil à un claquement de mains, et le baron commença à tomber à la renverse, tandis qu'un sang vermeil giclait de sa poitrine et inondait son plastron empesé et son gilet. Koroviev plaça la coupe sous le jet de sang et l'offrit pleine à Woland. Quant au corps sans vie du baron, il était déjà allongé par terre.

— Je bois à votre santé, madame, dit Woland d'une voix égale, et levant la coupe, il la porta à ses lèvres.

Survint alors une métamorphose. La chemise de nuit rapiécée et les pantoufles éculées disparurent. Woland apparut vêtu d'une chlamyde noire, une épée d'acier au côté. Il s'approcha rapidement de Marguerite, lui présenta la coupe et dit d'un ton impérieux :

— Bois !

Étourdie, Marguerite chancela, mais la coupe touchait déjà ses lèvres, et une voix dont elle ne put déterminer la provenance lui chuchota dans les deux oreilles :

— Ne craignez rien, reine… Ne craignez rien, reine, le sang a depuis longtemps été absorbé par la terre. Et là où il s'est répandu, poussent déjà des grappes de raisin.

Sans rouvrir les yeux, Marguerite but une gorgée, et une onde de volupté courut dans ses veines, et ses oreilles tintèrent. Il lui sembla que quelque part, des coqs lançaient leur cri assourdissant, et qu'un orchestre invisible jouait une marche. La foule perdit alors sa physionomie : hommes et femmes tombaient en poussière. La putréfaction, sous les yeux de Marguerite, gagna rapidement toute la salle, au-dessus de laquelle flotta une odeur de caveau. Les colonnes craquèrent et s'effondrèrent, les lumières s'éteignirent, tout se flétrit, et il ne resta rien des fontaines, des camélias et des tulipes. Il n'y eut plus que ce qui avait été : le modeste salon de la bijoutière, où une porte entrouverte laissait passer un rai de lumière. Marguerite franchit cette porte.

24. Réapparition du Maître

Dans la chambre de Woland, tout était comme avant le bal. Woland était toujours sur le lit, en chemise de nuit, seulement Hella ne lui frottait plus le genou ; sur la table où se trouvait tout à l'heure le jeu d'échecs, elle dressait le couvert du dîner. Koroviev et Azazello, qui avaient ôté leur frac, étaient déjà à table, et naturellement, le chat avait pris place à côté d'eux. Il n'avait pas voulu se séparer de sa cravate, bien que celle-ci fût réduite à une loque parfaitement dégoûtante. Marguerite, chancelante, s'approcha de la table et s'y appuya. Comme naguère, Woland lui fit signe de venir, et d'un geste, l'invita à s'asseoir près de lui.

— Eh bien, vous voilà exténuée ? demanda Woland.

— Oh non, messire, répondit Marguerite d'une voix si faible qu'on l'entendit à peine.

— *Noblesse oblige*, fit remarquer le chat, qui versa à Marguerite, dans un verre à bordeaux, un liquide transparent.

— C'est de la vodka ? demanda faiblement Marguerite.

Sur sa chaise, le chat sauta d'indignation.

— Y pensez-vous, reine ? grinça-t-il. Est-ce que je me permettrais de verser de la vodka à une dame ? C'est de l'alcool pur !

Marguerite sourit et tenta de repousser le verre.

— Buvez sans crainte, dit Woland, et Marguerite prit aussitôt le verre dans ses mains.

— Hella, assieds-toi, ordonna Woland, et il expliqua à Marguerite : La nuit de la pleine lune est une nuit de fête, et je dîne toujours dans la compagnie intime de mes proches et de mes serviteurs. Alors, comment vous sentez-vous ? Comment s'est passé ce bal harassant ?

— Renversant ! jacassa Koroviev. Ils sont tous enchantés, époustouflés, amoureux ! Quel tact, quel savoir-faire, quelle séduction, quel *charme* !

Sans mot dire, Woland leva son verre et trinqua avec Marguerite. Celle-ci but avec résignation, et sa dernière pensée fut qu'elle ne survivrait pas à ce verre d'alcool. Mais il n'arriva rien de mauvais. Une chaleur vivante coula dans le ventre de Marguerite, qui ressentit en même temps comme un léger choc à la nuque, et ses forces revinrent comme si elle venait de se lever après un long sommeil réparateur. En outre, elle sentit s'allumer en elle une faim de loup. Quand elle se souvint qu'elle n'avait rien pris depuis la veille au matin, son appétit redoubla… Elle se mit à manger goulûment du caviar.

Béhémoth coupa une tranche d'ananas, la saupoudra de sel et de poivre, la mangea, après quoi il se jeta si crânement dans le gosier un deuxième verre d'alcool que tout le monde applaudit.

Quand Marguerite eut bu son second verre, l'éclat des candélabres se fit plus vif et les flammes montèrent plus haut dans la cheminée. Marguerite n'éprouvait aucune ivresse. En plantant ses dents blanches dans la viande, elle sentait avec délectation le jus lui couler dans la bouche. En même temps, elle observait Béhémoth, qui était en train de tartiner une huître de moutarde.

— Tu devrais aussi y ajouter un peu de raisin, dit doucement Hella en poussant le chat du coude.

— Je te prie de te mêler de ce qui te regarde, répondit Béhémoth. Je sais me tenir à table, et quand j'y suis je n'aime pas qu'on me dérange !

— Ah, comme c'est agréable, chevrota Koroviev, de dîner comme ça, auprès d'un bon feu, et à la bonne franquette, en petit comité.

— Non, Fahoth répliqua le chat, le bal a aussi son charme et sa grandeur.

— Pas du tout, dit Woland, un bal n'a ni charme ni grandeur. [Et ces ours imbéciles, ainsi que les tigres du bar, avec leurs rugissements, ont failli me donner la migraine.]

[— À vos ordres, messire, dit le chat. Si vous trouvez qu'un bal n'a aucune grandeur, j'adopte immédiatement et pour toujours cette opinion.

— Prends garde à toi ! répondit Woland.

— Je plaisantais, répondit humblement le chat. Quant aux tigres, je vais donner l'ordre de les faire rôtir.

— Les tigres, ça ne se mange pas, dit Hella.

— Vous croyez ? Alors écoutez, je vous prie, répliqua le chat. Et, les yeux mi-clos de plaisir, il raconta qu'une fois, il avait erré pendant dix-neuf jours dans un désert, et qu'il s'était nourri uniquement de la viande d'un tigre tué par lui. Tous écoutèrent avec intérêt ce curieux récit, et quand Béhémoth eut terminé, tous s'écrièrent en chœur :

— Mensonge !

— Et le plus intéressant dans ce mensonge, dit Woland, c'est qu'il est mensonger du premier au dernier mot.

— Ah, bon ? Mensonge ? s'écria le chat, et tous pensèrent qu'il allait se mettre à protester, mais il dit simplement d'une voix paisible : L'Histoire nous jugera.]

— Mais dites-moi, fit Margot, un peu excitée par la vodka, en se tournant vers Azazello : Ce baron, vous lui avez tiré dessus ?

— Naturellement, répondit Azazello. Comment ne pas lui tirer dessus ? Il fallait bien lui tirer dessus.

— Ah, quelle émotion ! s'écria Marguerite. C'était si inattendu !

[— Il n'y avait rien, là-dedans, d'inattendu, objecta Azazello, mais Koroviev se mit à brailler d'une voix geignarde :

— Comment ne pas être ému ? Moi-même, les jambes m'en tremblaient ! Pan ! Et hop ! Le baron par terre !

— Quant à moi, j'ai failli avoir une crise de nerfs, ajouta le chat, qui avala en se pourléchant une cuillerée de caviar.

— Il y a quelque chose que je ne comprends pas, dit Marguerite, tandis que les cristaux faisaient danser des étincelles d'or dans ses yeux. Est-ce qu'au-dehors, on n'a pas entendu la musique, ni tout le bruit de ce bal ?

— Certainement, reine, on n'a rien entendu, répondit Koroviev. Il faut faire en sorte qu'on ne puisse rien entendre. Et le faire avec le plus grand soin.

— Oui, bien sûr… Et pourtant, c'est un fait, cet homme, dans l'escalier… quand nous sommes arrivés, avec Azazello… et l'autre aussi, à l'entrée… j'ai l'impression qu'il surveillait votre appartement…

— Très juste, très juste ! s'écria Koroviev. Très juste, chère Marguerite Nikolaievna ! Vous confirmez mes soupçons ! Oui, il surveillait l'appartement ! Moi-même, je l'avais d'abord pris pour un professeur distrait, ou pour un amoureux en train de se morfondre dans l'escalier. Mais non, non ! J'ai eu un pincement au cœur ! C'est ça, il surveillait l'appartement ! Et l'autre, à l'entrée, aussi ! Et celui qui était sous le porche, également.

— Et s'ils venaient vous arrêter, que se passerait-il ? demanda Marguerite.

— Mais certainement, ils viendront, charmante reine, certainement ! dit Koroviev. J'ai le pressentiment qu'ils viendront. Pas tout de suite, naturellement, mais le moment venu, obligatoirement, ils viendront. Mais je pense qu'il ne se passera rien d'intéressant.

— Ah, quelle émotion, quand j'ai vu ce baron tomber ! dit Marguerite, qui visiblement, songeait encore à ce meurtre, le premier qu'elle voyait de sa vie. Vous tirez très bien, sans doute ?]

— Convenablement, répondit Azazello.

— Et à combien de pas ? demanda Marguerite un peu obscurément.

— Cela dépend sur quoi, répondit judicieusement Azazello. Casser à coups de marteau les vitres du critique Latounski, c'est une chose, mais l'atteindre au cœur, c'est tout autre chose.

— Au cœur ! s'écria Marguerite en posant, on ne sait pourquoi, sa main sur son propre cœur. Au cœur ! répéta-t-elle d'une voix sourde.

— Qu'est-ce que c'est que ce critique Latounski ? demanda Woland en jetant un regard perçant à Marguerite.

Azazello, Koroviev et Béhémoth baissèrent les yeux d'un air confus, et Marguerite répondit en rougissant :

— C'est un critique. Hier soir, j'ai tout démoli dans son appartement.

— Tiens, tiens ! Et pourquoi donc ?...

— Parce que, messire, il a causé la perte d'un Maître, expliqua Marguerite.

— Mais pourquoi vous être chargée de cela vous-même ? demanda Woland.

— Moi, messire, avec votre permission ! s'écria joyeusement le chat en sautant sur ses pieds.

— Mais non, assieds-toi, grogna Azazello en se levant. J'y vais…

— Non ! s'écria Marguerite. Non, messire, je vous en prie, il ne faut pas !

— Comme vous voudrez, comme vous voudrez, répondit Woland, et Azazello se rassit.

— Où donc en étions-nous, précieuse reine Margot ? dit Koroviev. Ah oui, le cœur… Il atteint le cœur (Koroviev pointa son long doigt dans la direction d'Azazello) au choix, dans n'importe quelle oreillette ou n'importe quel ventricule.

Marguerite ne comprit pas tout de suite, puis elle s'écria avec étonnement :

— Mais… on ne les voit pas !

— Très chère, chevrota Koroviev, justement, on ne les voit pas ! C'est ce qui fait tout le sel de la chose ! Un objet qu'on voit, n'importe qui peut l'atteindre !

Koroviev ouvrit un tiroir de la table, où il prit un sept de pique qu'il présenta à Marguerite en lui demandant de marquer de son ongle l'un des piques de la carte. Marguerite marqua celui qui était placé en haut et à droite. Hella cacha la carte sous un oreiller, et cria :

— Prêt !

Azazello, qui s'était assis le dos tourné à l'oreiller, tira de la poche de son pantalon de soirée un pistolet automatique noir, posa la crosse sur son épaule, et sans se retourner, fit feu. Marguerite sursauta de plaisir et de frayeur. On alla chercher la carte sous l'oreiller traversé par la balle. À la place du pique marqué par Marguerite, il n'y avait plus qu'un trou.

— Je ne voudrais pas me trouver en face de vous quand vous avez un revolver entre les mains, dit Marguerite qui regarda Azazello en minaudant. (Elle avait toujours été passionnément attirée par les gens qui étaient capables d'accomplir des actions de premier ordre.)

— Précieuse reine, piailla Koroviev, je ne recommande à personne de se trouver en face de lui, même s'il n'a pas de revolver entre les mains ! Je vous donne ma parole d'ancien chantre et chef de chœur que personne ne ferait de compliment à celui qui s'y risquerait.

[Pendant l'exercice de tir, le chat était resté assis, immobile et renfrogné. Soudain, il déclara :

— Je me charge de battre le record du sept de pique.

Azazello se contenta de répondre par un grognement. Mais le chat était obstiné, et il réclama non seulement un, mais deux revolvers. Azazello sortit un second pistolet de la deuxième poche-revolver de son pantalon et, avec une moue de dédain, il offrit les deux armes à ce vantard. Deux piques furent marqués sur la carte. Le chat tourna le dos à l'oreiller, et se prépara longuement. Marguerite s'assit, se boucha les oreilles avec ses doigts, et regarda la chouette assoupie sur la tablette de la cheminée. Le chat fit feu des deux revolvers. Aussitôt, Hella poussa un cri aigu, la chouette frappée à mort tomba de la cheminée, et la pendule brisée s'arrêta. Hella, dont une main était ensanglantée, se jeta avec un rugissement sur le chat et l'attrapa par les poils ; en réponse, celui-ci la saisit aux cheveux, et leurs deux corps mêlés roulèrent comme une boule sur le plancher. Un verre tomba de la table et se brisa.

— Débarrassez-moi de cette diablesse enragée ! hurla le chat en essayant de repousser Hella, qui s'était assise sur lui.

On sépara les combattants, et Koroviev souffla sur le doigt blessé d'Hella, qui fut aussitôt guéri.

— Je ne peux pas tirer quand on chuchote derrière moi ! cria Béhémoth en essayant de remettre en place une grosse touffe de poils arrachés de son dos.

— Je parie, dit Woland en souriant à Marguerite, qu'il s'y est pris de cette façon exprès. Car ce n'est pas un mauvais tireur.

Hella et le chat firent la paix, et pour marquer cette réconciliation, ils s'embrassèrent. Puis on prit la carte sous l'oreiller, pour constater le résultat. Aucun pique, hormis celui qu'avait atteint Azazello, n'était touché.

— C'est incroyable, décréta le chat en examinant la carte devant les lumières du candélabre.]

Le joyeux dîner se poursuivit. Les bougies coulaient dans les candélabres, et la cheminée répandait à travers la chambre des vagues de chaleur sèche et odorante. Rassasiée, Marguerite fut envahie d'une sensation de béatitude. Elle contempla les ronds de fumée bleuâtre du cigare d'Azazello qui glissaient vers la cheminée, et le chat qui essayait de les pêcher au bout d'une rapière. Elle n'avait envie d'aller nulle part, bien qu'il dût être fort tard, d'après ses calculs. À en juger par tout ce qui s'était passé, il devait être près de six heures du matin. Profitant d'un silence, Marguerite se tourna vers Woland et dit d'une voix hésitante :

— Il faudrait que je m'en aille… il est tard…

— Qu'est-ce qui vous presse ? demanda Woland poliment, mais froidement.

Les autres ne dirent mot et firent mine de s'absorber dans la contemplation des ronds de fumée.

— Oui, il faut que je m'en aille, répéta Marguerite, décontenancée par ses propres paroles, et elle se retourna comme pour chercher une cape ou un manteau. Elle se sentait tout à coup gênée par sa nudité. Elle se leva de table. Sans rien dire, Woland prit sur son lit une robe de chambre élimée et tachée de graisse, que Koroviev jeta sur les épaules de Marguerite.

— Je vous remercie, messire, dit Marguerite d'une voix faible, et elle regarda Woland d'un air interrogateur.

En réponse, celui-ci lui adressa un sourire courtois et indifférent. Une sombre tristesse serra alors d'un coup le cœur de Marguerite. Elle se sentait frustrée. Personne, visiblement, n'avait l'intention de la récompenser pour tout ce qu'elle avait fait au bal, et personne ne la retenait. Or, elle se rendait parfaitement compte que, sortie d'ici, elle n'avait nulle part où aller. L'idée – fugitive – qu'il lui faudrait retourner à la propriété provoqua au fond d'elle-même une explosion de désespoir. Alors quoi, poser la question elle-même, comme le lui avait suggéré Azazello d'un ton alléchant, dans le jardin Alexandrovski ? « Non, pour rien au monde ! » se dit-elle à elle-même.

— Je vous souhaite tout le bien possible, messire, dit-elle à haute voix, tout en pensant : « Seulement sortir d'ici, et j'irai me jeter dans la rivière. »

— Asseyez-vous donc, dit soudain Woland d'un ton sans réplique.

Marguerite changea de visage, et s'assit.

— N'avez-vous pas quelque chose à dire, avant de nous séparer ?

— Non, messire, rien, répondit avec orgueil Marguerite. Sauf que si vous avez encore besoin de moi, je suis prête à faire volontiers tout ce que vous voudrez. Je ne suis nullement fatiguée, et je me suis beaucoup amusée à ce bal. Et s'il s'était prolongé, [j'aurais de nouveau offert mon genou aux baisers de milliers de gibiers de potence et d'assassins.]

Marguerite regarda Woland, mais elle le vit comme à travers un voile : ses yeux étaient pleins de larmes.

[— Exactement ! Vous avez parfaitement raison ! s'écria Woland d'une voix retentissante et terrible. C'est tout à fait ça !

— Tout à fait ça ! répéta en écho la suite de Woland.]

— Nous avons observé de quoi vous étiez capable, dit Woland. Vous ne demandez jamais rien à personne ! Jamais, à personne, et surtout pas à ceux qui sont plus puissants que vous. À eux de proposer, à eux de donner. Asseyez-vous, femme orgueilleuse. (Woland enleva la lourde robe de chambre des épaules de Marguerite, et celle-ci se retrouva assise à côté de lui sur le lit.) Allons, Margot, reprit Woland en adoucissant sa voix, que désirez-vous pour m'avoir servi de maîtresse de maison aujourd'hui ? [Que désirez-vous pour avoir conduit ce bal toute nue ? À quel prix estimez-vous votre genou ? Quels dommages vous ont causés mes invités, que vous appelez maintenant des gibiers de potence ?] Parlez ! Et parlez sans honte, maintenant, puisque c'est moi qui vous le propose.

Le cœur de Marguerite battit, et elle soupira profondément. Elle réfléchissait.

— Allons, quoi, du courage ! dit Woland. Réveillez un peu votre imagination, stimulez-la ! Le seul fait d'avoir assisté au meurtre de ce fieffé gredin de baron vaudrait à quiconque une récompense, particulièrement lorsqu'il s'agit d'une femme. Eh bien ?

Marguerite reprit son souffle, et elle s'apprêtait déjà à prononcer les mots qui lui étaient chers et qu'elle avait préparés dans le fond de son âme, quand tout à coup, elle pâlit, ouvrit la bouche et écarquilla les yeux. « Frieda !... Frieda, Frieda ! criait à son oreille une voix suppliante et obsédante. Je m'appelle Frieda ! » Et Marguerite, en trébuchant sur les mots, balbutia :

— Alors vraiment... je peux... je peux donc demander... une chose ?

— Exiger, madonna, exiger, répondit Woland avec un sourire plein de sympathie, vous pouvez exiger une chose.

Ah, comme Woland sut habilement et distinctement souligner, en les répétant, les mots de Marguerite – « une chose » !

Marguerite soupira de nouveau et dit :

— Je veux qu'on cesse d'apporter à Frieda le mouchoir avec lequel elle a étouffé son bébé.

Le chat leva les yeux au ciel et soupira bruyamment, mais ne dit rien, se souvenant évidemment de son oreille pincée.

— Attendu, dit Woland en souriant, que la possibilité pour vous de recevoir un pot-de-vin de cette sotte de Frieda est évidemment tout à fait exclue – ce serait incompatible avec votre dignité de reine –, je ne sais vraiment que faire. Il reste peut-être une chose : se munir de chiffons et en boucher toutes les ouvertures de ma chambre.

— Que voulez-vous dire, messire ? s'étonna Marguerite à ces derniers mots, effectivement incompréhensibles.

— Absolument d'accord avec vous, messire, intervint inopinément le chat, – des chiffons, précisément ! – (Et d'irritation, il donna un coup de patte sur la table.)

— Je veux parler de la charité, dit Woland sans détacher de Marguerite son œil flamboyant. Parfois, alors qu'on s'y attend le moins et avec une extrême perfidie, elle arrive à se glisser par les plus petites fentes. C'est pourquoi je vous parle de chiffons…

— Et moi aussi j'en parle ! s'écria le chat, [en s'écartant de Marguerite à tout hasard et en protégeant ses oreilles à l'aide de ses pattes enduites de crème rose.

— Fiche-moi le camp ! lui dit Woland.

— Je ne peux pas m'en aller, dit le chat, je n'ai pas encore bu mon café. Vraiment, messire, peut-on, un soir de fête, séparer les hôtes en deux catégories ? Les uns, de première, et les autres, comme disait ce triste grigou de buffetier, de deuxième fraîcheur ?]

— Tais-toi, lui ordonna Woland, puis il demanda à Marguerite : À ce que je vois, vous êtes une personne d'une exceptionnelle bonté ? D'une haute moralité ?

— Non, répondit avec force Marguerite. Je sais qu'avec vous, on ne peut pas parler autrement que sincèrement, et sincèrement je vous réponds : je suis une personne frivole. Si je vous ai demandé cela pour Frieda, c'est simplement parce que j'ai eu l'imprudence de lui donner un ferme espoir. Et elle attend, messire, elle croit à ma puissance. Si son attente est trompée, je me trouverai dans une situation épouvantable. Je ne connaîtrai plus jamais le repos. C'est comme cela, et on n'y peut plus rien.

— Ah, dit Woland, mais cela, je le comprends.

— Alors, vous le ferez ? demanda doucement Marguerite.

— Certainement pas, répondit Woland. À vrai dire, chère reine, il y a ici un léger quiproquo. À chaque département de régler les affaires qui sont de son ressort. Je ne nie pas que nos possibilités soient assez grandes, beaucoup plus grandes que ne le croient généralement certaines personnes peu perspicaces…

— Ça oui, beaucoup plus grandes ! ne put s'empêcher de dire le chat, visiblement fier de ses possibilités.

— Vas-tu te taire, le diable t'emporte ! lui dit Woland, qui reprit : Mais quel sens cela aurait-il de faire ce qui incombe, comme je l'ai dit, à un autre département ? Je ne ferai donc pas ce que vous me demandez. C'est vous qui le ferez.

— Mais avec moi, est-ce que cela réussira ?

Azazello glissa un regard ironique du côté de Marguerite, hocha sa tête rousse et pouffa discrètement.

— Mais faites-le donc, en voilà un malheur, grommela Woland, qui tourna son globe et se mit à y examiner quelque détail, visiblement pour avoir l'air de s'occuper d'autre chose pendant la conversation de Marguerite.

— Eh bien : Frieda… souffla Koroviev.

— Frieda ! cria Marguerite d'une voix perçante.

La porte s'ouvrit violemment, et une femme nue, hirsute, au regard frénétique, mais qui ne donnait plus aucun signe d'ébriété, entra dans la chambre et tendit convulsivement le bras vers Marguerite. Celle-ci dit majestueusement :

— Tu es pardonnée. On ne t'apportera plus le mouchoir.

Frieda jeta un grand cri et tomba sur le plancher, face contre terre et bras en croix, devant Marguerite. Woland agita la main, et Frieda disparut.

— Je vous remercie, et adieu, dit Marguerite en se levant.

— Allons, Béhémoth, dit Woland, nous n'allons pas, une nuit de fête, tirer profit des actes d'une personne dépourvue de sens pratique. (Il se tourna vers Marguerite :) Bien, mais cela ne fait pas le compte. Moi, je n'ai rien fait. Que désirez-vous, pour vous ?

Il y eut un silence, interrompu par Koroviev qui chuchota à l'oreille de Marguerite :

— Très précieuse donna, cette fois je vous conseille d'être un peu plus raisonnable ! Sinon la fortune risque de vous échapper.

— Je veux que maintenant, à l'instant même, on me rende mon amant, le Maître, dit Marguerite, dont le visage se crispa.

Au même instant, le vent s'engouffra dans la chambre, couchant les flammes des bougies, le lourd rideau de la fenêtre s'écarta, la fenêtre s'ouvrit toute grande et très haut, dans le lointain, apparut la lune, non pas la lune pâle de l'aube, mais la pleine lune de minuit. Sur le plancher, au pied de la fenêtre, vint se poser une tache vert pâle de lumière nocturne, au milieu de laquelle parut le visiteur nocturne d'Ivan, celui qui se donnait le nom de Maître. Il avait gardé ses vêtements de la clinique – robe de chambre et pantoufles – et le bonnet noir dont il ne se séparait jamais. Des tics tordaient son visage non rasé, il louchait vers les flammes des candélabres avec une frayeur de dément, et un flot de lune se déversait autour de lui.

Marguerite le reconnut tout de suite. Avec un gémissement, elle joignit les mains et courut vers lui. Elle le baisa au front et aux lèvres, pressa son visage contre la joue piquante, et des larmes longtemps retenues jaillirent de ses yeux. Elle ne prononça qu'un mot, qu'elle répéta comme une insensée :

— Toi…, toi…, toi…

Le Maître l'écarta et dit sourdement :

— Ne pleure pas, Margot, ne me tourmente pas, je suis gravement malade. (Il s'agrippa d'une main au rebord de la fenêtre, comme s'il voulait sauter dehors et s'enfuir, puis, parcourant du regard les personnages assis, il eut un rictus et s'écria :) J'ai peur, Margot ! Voilà mes hallucinations qui recommencent…

Marguerite, que les sanglots étouffaient, murmura d'une voix étranglée :

— Non, non, non… n'aie pas peur…, je suis là…, près de toi.

Koroviev, discrètement et adroitement, glissa une chaise derrière le Maître, qui y tomba assis. Marguerite se jeta à genoux, se serra contre le malade, et se calma un peu. Dans son trouble, elle n'avait pas remarqué qu'elle avait cessé, tout à coup, d'être nue, et qu'elle portait maintenant un manteau de soie noire. Le malade baissa la tête et considéra le plancher d'un regard morne et douloureux.

— Oui, dit Woland après un silence, ils l'ont bien arrangé. (Et il ordonna à Koroviev :) Chevalier, donne donc quelque chose à boire à cet homme.

Marguerite, d'une voix tremblante, conjura le Maître d'accepter :

— Bois, bois ! Tu as peur ? Non, non, crois-moi, ils veulent t'aider !

Le malade prit le verre et but son contenu, mais un frisson fit trembler sa main, et le verre vide se brisa à ses pieds.

— Tant mieux, ça porte bonheur ! chuchota Koroviev à Marguerite. Voyez, il revient déjà à lui.

Effectivement, le regard du malade était moins inquiet et moins égaré.

— Mais c'est toi, Margot ? demanda le visiteur lunaire.

— C'est moi, n'en doute pas, répondit Marguerite.

— Encore un coup, ordonna Woland.

Dès que le Maître eut vidé le deuxième verre, la vie et l'intelligence reparurent dans ses yeux.

— Ah voilà, maintenant c'est autre chose, dit Woland en l'examinant d'un regard aigu. Nous allons pouvoir parler. Qui êtes-vous ?

— Maintenant, je ne suis plus personne, répondit le Maître, et un rictus déforma sa bouche.

— Et d'où venez-vous ?

— De la maison de la douleur. Je suis un malade mental, dit le nouveau venu.

Marguerite ne put supporter ces mots, et se remit à pleurer. Puis elle essuya ses yeux et s'écria :

— C'est horrible ! C'est horrible, ce que tu dis ! C'est un Maître, messire, je vous en préviens ! Guérissez-le, il le mérite !

— Savez-vous à qui vous parlez en ce moment ? chez qui vous êtes ? demanda Woland au visiteur.

— Je le sais, répondit le Maître. À la maison de fous, j'avais pour voisin ce gamin, Ivan Biezdomny. Il m'a parlé de vous.

— Mais oui, en effet, dit Woland, j'ai eu le plaisir de rencontrer ce jeune homme à l'Étang du Patriarche. Il a bien failli me rendre fou moi-même, en me démontrant que je n'existais pas. Mais vous, vous croyez que je suis réellement moi ?

— Il faut bien y croire, dit le nouveau venu. Quoique évidemment, on serait beaucoup plus tranquille si on pouvait vous considérer comme le fruit d'une hallucination. Excusez-moi, ajouta le Maître, se reprenant.

— Eh quoi, si cela doit vous tranquilliser, considérez-moi comme tel, répondit courtoisement Woland.

— Non, non ! s'écria Marguerite avec effroi en secouant le Maître par l'épaule. Songe à ce que tu dis ! C'est réellement lui qui est devant toi !

À ce moment, le chat se mêla à la conversation.

— Moi, par contre, dit-il, je ressemble réellement à une hallucination. Voyez mon profil, au clair de la lune. (Le chat se glissa dans le faisceau de lumière et voulut ajouter quelque chose, mais on le pria de se taire, à quoi il répondit :) Très bien, très bien, je suis prêt à me taire. Je serai une hallucination taciturne. (Et il se tut.)

— Mais dites-moi, pourquoi Marguerite vous appelle-t-elle Maître ? demanda Woland.

L'autre sourit et dit :

— C'est une faiblesse bien pardonnable. Elle a une trop haute opinion du roman que j'ai écrit.

— Un roman sur quoi ?

— Un roman sur Ponce Pilate.

De nouveau, les flammes des bougies vacillèrent, et sur la table, la vaisselle tinta. Woland venait d'éclater d'un rire tonitruant. Mais ce rire n'effraya, ni même n'étonna, personne. Béhémoth, on ne sait pourquoi, applaudit.

— Sur quoi, sur quoi ? Sur qui ? dit Woland, cessant de rire. À cette époque ? C'est ahurissant ! Et vous n'avez pas pu trouver un autre sujet ? Faites voir ça ?

Et il tendit la main, paume ouverte.

— Malheureusement, cela m'est impossible, répondit le Maître, parce que je l'ai brûlé dans le poêle.

— Excusez-moi, mais je ne puis vous croire, répliqua Woland. Cela ne se peut pas : les manuscrits ne brûlent pas. (Il se tourna vers Béhémoth et dit :) Allons, Béhémoth, donne ce roman.

Le chat sauta aussitôt à bas de sa chaise, et tous virent qu'il était assis sur un volumineux paquet de manuscrits. Le chat présenta l'exemplaire du dessus à Woland, en s'inclinant avec déférence. Marguerite se mit à trembler et, de nouveau émue aux larmes, s'écria :

— Le voilà ! Ton manuscrit, le voilà !

[Elle se jeta aux pieds de Woland et s'écria, extasiée :

— Il est tout-puissant ! Tout-puissant !]

Woland prit l'exemplaire qu'on lui tendait, le retourna, puis le posa près de lui et, sans sourire, regarda fixement le Maître. Mais celui-ci, on ne sait pour quelle raison, tomba dans l'angoisse et la douleur. Il se leva, se tordit les mains et, s'adressant à la lune lointaine, il gémit en frissonnant :

— Même la nuit, au clair de lune, je ne trouve pas la paix… Pourquoi me tourmente-t-on ? Ô dieux, dieux…

S'accrochant à la robe de chambre, Marguerite se serra contre lui et se mit, elle aussi, à gémir avec des larmes de douleur :

— Mon Dieu, pourquoi ? Pourquoi le remède ne t'a-t-il fait aucun bien ?

— C'est rien, c'est rien, c'est rien, murmura Koroviev en se faufilant près du Maître, c'est rien, c'est rien... Encore un petit verre, et je vais en prendre un aussi pour vous tenir compagnie...

À la lumière de la lune, le petit verre sembla cligner de l'œil, et il fit du bien au Maître. On le fit rasseoir, et son visage prit une expression paisible.

[— Eh bien, tout est clair, dit Woland en tapotant le manuscrit de son long doigt.

— Parfaitement clair, souligna le chat, oubliant sa promesse d'être une hallucination taciturne. Maintenant, la ligne principale de cet ouvrage est pour moi claire comme de l'eau de roche. Que dis-tu, Azazello ? demanda-t-il à Azazello qui n'avait rien dit.

— Je dis, nasilla celui-ci, que ce serait une bonne chose de te noyer.

— Sois charitable, Azazello, répondit le chat, et ne souffle pas cette idée à mon souverain maître. Sinon, crois-moi, je t'apparaîtrais chaque nuit, dans le même habit de lune que le pauvre Maître, et je te ferais signe, et je t'inviterais à me suivre. Que t'en semblerait-il, ô Azazello ?]

— Eh bien, Marguerite, reprit Woland, dites-moi maintenant tout ce qu'il vous faut.

Les yeux de Marguerite brillèrent, et elle dit à Woland d'un ton suppliant :

— Permettez-moi de lui dire quelque chose à l'oreille.

Woland acquiesça et Marguerite, collant sa bouche à l'oreille du Maître, chuchota quelques mots. Le Maître répondit à haute voix :

— Non, il est trop tard. Je ne désire plus rien dans la vie, sauf te voir. Mais je te le conseille encore une fois : abandonne-moi, tu te perdras avec moi.

— Non, je ne t'abandonnerai pas, répondit Marguerite, puis, se tournant vers Woland, elle dit : Je vous prie de nous ramener dans le sous-sol de la petite rue, près de l'Arbat, et que la lampe soit allumée, et que tout soit comme avant.

Le Maître se mit à rire, embrassa la tête ébouriffée de Marguerite et dit :

— Ah, ne faites pas attention à ce que dit cette pauvre femme, messire ! Il y a longtemps que le sous-sol est occupé par un autre locataire, et en général, cela n'arrive jamais que tout soit comme avant. (Il appuya sa joue sur la tête de son amie qu'il prit dans ses bras, et murmura :) Pauvre… pauvre…

— Cela n'arrive jamais, dites-vous ? fit Woland. C'est juste. Mais on peut essayer. Azazello !

À l'instant dégringola du plafond un citoyen en linge de corps, totalement désemparé et au bord de la folie. Il avait – on se demande pourquoi – une casquette sur la tête et une valise à la main. Il frémit de terreur et s'assit.

— Mogarytch ? demanda Azazello à l'homme tombé du ciel.

— Aloysius Mogarytch, répondit celui-ci en tremblant violemment.

— C'est bien vous qui, après avoir lu un article de Latounski sur le roman de cet homme, [avez envoyé une dénonciation écrite, comme quoi il détenait de la littérature illégale ?] demanda Azazello.

Le citoyen devint bleu, et les larmes du repentir mouillèrent ses yeux.

— Vous vouliez vous installer dans ses deux pièces ? nasilla Azazello de son ton le plus cordial.

[Un feulement de chat enragé se fit entendre et Marguerite planta ses ongles dans le visage de Mogarytch en criant d'une voix perçante :

— Tiens ! Apprends ce que c'est qu'une sorcière ! Tiens !

Une certaine confusion s'ensuivit.

— Que fais-tu là ? s'écria le Maître d'une voix pleine de souffrance. Margot, c'est une infamie !

— Je proteste ! Ce n'est pas du tout une infamie ! brailla le chat.

Koroviev tira Marguerite en arrière.]

— J'y ai apporté une baignoire… cria Mogarytch ensanglanté, en claquant des dents, et dans son épouvante, il commença à débiter on ne sait quelles sottises : et une désinfection… au sulfate…

— C'est très bien d'avoir apporté une baignoire, coupa Azazello d'un ton vigoureusement approbateur. Il a besoin de prendre des bains.

Puis il cria :

— Dehors !

Alors Mogarytch fut soulevé, renversé les pieds en l'air, et emporté par la fenêtre ouverte.

Les yeux arrondis, le Maître dit à mi-voix :

— Fichtre ! Beau travail ! Bien mieux que ce que m'a raconté Ivan ! (Il promena un regard ébahi autour de lui, et finalement, s'adressa au chat :) Mais pardon, c'est toi… c'est vous… (Il s'embrouillait, ne sachant comment on parle à un chat.) C'est vous, ce… ce chat qui est monté dans le tramway ?

— C'est moi, confirma le chat, flatté, et il ajouta : Je suis heureux de vous entendre vous adresser si poliment à un chat. J'ignore pourquoi, habituellement, on tutoie les chats, bien qu'aucun chat n'ait jamais trinqué avec personne.

— Il me semble, répondit le Maître d'une voix mal assurée, que vous n'êtes pas vraiment un chat… Mais de toute façon, à la clinique, ils vont s'apercevoir de mon absence, ajouta-t-il timidement à l'intention de Woland.

— Allons donc, comment voulez-vous qu'ils s'en aperçoivent ! lui dit Koroviev d'un ton rassurant, tandis que des papiers et un livret apparaissaient dans ses mains : Ce sont vos fiches et votre carnet de santé ?

— Oui…

Koroviev lança le tout dans la cheminée.

[— Plus de papiers, plus d'homme, dit-il d'un air satisfait.] Et ça, c'est le registre de votre propriétaire ?

— Ou... oui.

— Quel nom y est inscrit ? Aloysius Mogarytch ? (Koroviev souffla sur la page du registre.) Hop ! Il n'y est plus, et je vous prie de noter qu'il n'y a jamais été. Et si cet entrepreneur – votre propriétaire – paraît étonné, dites-lui qu'il a vu Aloysius en rêve. Mogarytch ? Quel Mogarytch ? Jamais entendu parler de Mogarytch ! (Le registre se volatilisa des mains de Koroviev.) Et voilà, le registre est de nouveau sur la table de votre entrepreneur.

[— Vous avez très bien dit, commenta le Maître, frappé par la perfection du travail de Koroviev. Plus de papiers, plus d'homme. Et justement, je n'existe plus, puisque je n'ai plus de papiers.

— Je m'excuse, s'écria Koroviev, mais ça, c'est une hallucination. Voici vos papiers.

Koroviev remit au Maître ses papiers, puis murmura d'un ton mielleux à Marguerite :]

— Et voici vos biens, Marguerite Nikolaievna, (et Koroviev mit dans les mains de Marguerite un cahier aux bords noircis par le feu, une rose séchée, une photographie, et, avec un soin particulier, un livret de caisse d'épargne :) et voici les dix mille roubles que vous avez daigné déposer, Marguerite Nikolaievna. Nous n'avons nul besoin de l'argent d'autrui.

— Que mes pattes se dessèchent si jamais je touche à l'argent d'autrui ! s'écria le chat, le poil hérissé, en dansant sur une valise afin d'y tasser tous les exemplaires du malheureux roman.

— Et vos papiers, aussi, continua Koroviev en les donnant à Marguerite.

Puis il se tourna vers Woland et dit respectueusement :

— C'est tout, messire !

— Non, ce n'est pas tout, répondit Woland en s'arrachant à la contemplation de son globe. Que désirez-vous, chère donna, que je fasse de votre suite ? Personnellement, je n'en ai pas besoin.

À ce moment, Natacha, toujours nue, fit irruption par la porte ouverte, joignit les mains et s'écria :

— Tous mes vœux de bonheur, Marguerite Nikolaievna ! (elle salua le Maître d'un signe de tête, et reprit, à l'adresse de Marguerite :) Je le savais bien, où vous alliez !

— Les femmes de chambre savent tout, dit le chat en levant la patte d'un air important. C'est une erreur de croire qu'elles sont aveugles.

— Que veux-tu, Natacha ? dit Marguerite. Retourne à la maison.

— Marguerite Nikolaievna, ma petite âme ! supplia Natacha en se mettant à genoux. Demandez-leur (de la tête, elle indiqua Woland) qu'ils me permettent de rester sorcière. [Je ne veux plus retourner à la maison ! Je ne veux pas aller avec l'ingénieur, ni avec le technicien !] Hier, au bal, monsieur Jacques m'a fait une proposition. (Natacha ouvrit sa main et laissa voir une poignée de pièces d'or.)

Marguerite lança à Woland un regard interrogateur. Celui-ci acquiesça d'un signe de tête. Alors Natacha se jeta au cou de Marguerite, lui appliqua un baiser sonore sur la joue, et avec un cri de victoire, s'envola par la fenêtre.

Natacha fut remplacée par Nikolaï Ivanovitch. Il avait retrouvé figure humaine, mais il paraissait extrêmement sombre, voire irrité.

— En voilà un que je vais renvoyer avec grand plaisir, dit Woland en regardant Nikolaï Ivanovitch avec répugnance, avec un exceptionnel plaisir, même, tant sa présence ici est indésirable.

— Je vous prie de me délivrer un certificat, dit Nikolaï Ivanovitch d'un air hagard, mais avec insistance, – un certificat indiquant où j'ai passé la nuit précédente.

— Pour quoi faire ? demanda sévèrement le chat.

— Pour faire que je veux le présenter à la milice, et à ma femme, dit fermement Nikolaï Ivanovitch.

— Habituellement, nous ne donnons pas de certificat, répondit le chat, renfrogné. Mais pour vous, soit, nous allons faire une exception.

Avant que Nikolaï Ivanovitch ait eu le temps de se remettre, Hella, toujours nue, était assise devant une machine à écrire et le chat dictait.

« Il est certifié par la présente que le porteur de ladite, Nikolaï Ivanovitch, a passé la nuit indiquée à un bal chez Satan, pour lequel il a été recruté en qualité de moyen de transport... » Hella, ajoute, entre parenthèses, « pourceau ». « Signé – Béhémoth ».

— Et la date ? dit Nikolaï Ivanovitch d'une voix geignarde.

— Pas de date. Avec une date, ce certificat ne serait pas valable, répliqua le chat en signant le papier.

Puis il se procura on ne sait où un tampon, souffla dessus selon toutes les règles, imprima sur le papier les mots « pour ampliation » et fourra le certificat dans les mains de Nikolaï Ivanovitch. Là-dessus, Nikolaï Ivanovitch disparut sans laisser de traces, mais à sa place parut un nouveau visiteur, tout à fait inattendu.

— Qui est-ce, encore ? demanda Woland d'un air dégoûté, en protégeant d'une main ses yeux contre la lumière des bougies.

Tête basse, Variénoukha soupira et dit d'une voix faible :

— Laissez-moi m'en aller. Je ne peux plus être vampire. Et Rimsky, que j'ai failli faire passer de vie à trépas, avec Hella. Je ne suis pas sanguinaire. Laissez-moi partir !

— Qu'est-ce que c'est, encore, que ces divagations ? demanda Woland, les sourcils froncés. Rimsky ? Quel Rimsky ? Quel est ce galimatias ?

— Daignez ne pas vous inquiéter de ça, messire, dit Azazello. (Puis, s'adressant à Variénoukha :) Au téléphone, on ne se conduit pas comme un goujat. Au téléphone, on ne ment pas. Compris ? Vous ne le ferez plus ?

De joie, tout se brouilla dans la tête de Variénoukha. La figure rayonnante, il balbutia, sans même savoir ce qu'il disait :

— Véritable…, c'est-à-dire, je veux dire… Votre Ma… tout de suite, après déjeuner…

Variénoukha mit la main sur son cœur et regarda Azazello d'un air suppliant.

— Ça va. À la maison ! dit celui-ci, et Variénoukha se dissipa dans l'air.

— Maintenant, laissez-moi seul avec eux, ordonna Woland en montrant le Maître et Marguerite.

L'ordre de Woland fut immédiatement exécuté. Après un moment de silence, Woland dit au Maître :

— Ainsi, vous allez retourner dans votre sous-sol de l'Arbat ? [Mais qui écrira, alors ? Et vos rêves, votre inspiration ?

— Je n'ai plus de rêves, ni d'inspiration non plus, répondit le Maître. Personne, autour de moi, ne m'intéresse plus, sauf elle. (Il posa de nouveau la main sur la tête de Marguerite.) On m'a brisé. Tout m'ennuie, et je veux retourner dans mon sous-sol.]

— Mais votre roman ? Pilate ?

— Il m'est devenu odieux, ce roman, répondit le Maître. J'en ai trop vu à cause de lui.

— Je t'en conjure, dit plaintivement Marguerite, ne dis pas cela. Pourquoi me tourmentes-tu, toi aussi ? Tu sais, pourtant, que j'ai misé toute ma vie sur ton œuvre. Ne l'écoutez pas, messire, dit-elle à Woland, ils l'ont trop tourmenté.

— Mais enfin, il faut bien écrire quelque chose ? dit Woland. Si vous n'avez plus rien à tirer de ce procurateur, commencez le portrait… je ne sais pas, moi… d'Aloysius…

Le Maître sourit.

— Ça, Lapchennikova refuserait de le publier, et de plus, c'est sans intérêt.

— Et de quoi allez-vous vivre ? Vous serez dans la misère !

[— Tant mieux, tant mieux, répondit le Maître en attirant Marguerite et en lui entourant les épaules de son bras. Elle entendra raison, et elle me quittera…

— Je ne crois pas, dit Woland entre ses dents. Donc, reprit-il, l'homme qui a composé l'histoire de Ponce Pilate va retourner dans son sous-sol, avec l'intention de rester près de sa lampe et de vivre dans la misère ?]

Marguerite s'écarta du Maître et dit avec ardeur :

— J'ai fait tout ce que j'ai pu, et tout à l'heure, je lui ai suggéré la solution la plus séduisante. Mais il a refusé.

— Ce que vous lui avez dit à l'oreille, je le sais, objecta Woland, mais ce n'est pas la solution la plus séduisante. Je puis vous annoncer, dit-il au Maître en souriant, que votre roman vous apportera encore des surprises.

— C'est bien malheureux, répondit le Maître.

— Mais non, mais non, ce n'est pas malheureux, dit Woland. Vous n'avez plus rien à craindre. Eh bien voilà, Marguerite Nikolaievna, tout est fait. Avez-vous quelque grief à mon égard ?

— Oh, messire, comment pouvez-vous !...

— Alors prenez cela en souvenir de moi, dit Woland, qui prit sous un coussin un petit fer à cheval d'or incrusté de diamants.

— Non, non, non, pour quelle raison ?

— Vous voulez que nous nous disputions ? demanda Woland avec un sourire.

Comme il n'y avait pas de poche à son manteau, Marguerite enveloppa le fer à cheval dans une serviette dont elle noua les coins. À ce moment, elle parut étonnée et, regardant par la fenêtre où la lune brillait toujours, elle dit :

— Il y a quelque chose que je ne comprends pas... on dirait qu'il est toujours minuit. Pourtant, ce devrait être le matin depuis longtemps ?

— Par une nuit de fête, il est agréable de retenir un peu l'heure, répondit Woland. Allons, tous mes vœux de bonheur !

Marguerite, dans une attitude de prière, tendit ses deux mains à Woland, mais elle n'osa pas s'approcher de lui, et à mi-voix, elle cria :

— Adieu ! Adieu !

— Au revoir ! dit Woland.

Marguerite en sortie de bal noire et le Maître en robe de chambre d'hôpital passèrent dans le corridor de l'appartement de la bijoutière, où brûlait une bougie et où les attendait la suite de Woland. Quand ils furent dans l'entrée, Hella apporta la valise qui renfermait le roman et les pauvres richesses de Marguerite. Le chat aidait Hella.

À la porte de l'appartement, Koroviev s'inclina et disparut. Les autres accompagnèrent le Maître et Marguerite dans l'escalier. Celui-ci était désert. Au moment où ils franchissaient le palier du troisième étage, ils entendirent un léger choc, mais personne n'y prêta attention. Arrivés à la porte d'en bas – la porte de l'escalier 6 –, ils s'arrêtèrent ; Azazello souffla en l'air ; ils sortirent alors dans la cour, où la lune ne pénétrait pas, et aperçurent un homme en bottes et casquette qui dormait sur le perron, apparemment d'un sommeil de plomb, puis une grande voiture noire qui stationnait devant l'entrée tous feux éteints. À travers le pare-brise, on distinguait vaguement la silhouette du freux.

Ils allaient y prendre place quand Marguerite, à voix basse mais d'un ton désolé, s'écria :

— Mon Dieu, j'ai perdu le fer à cheval !

— Montez dans la voiture, dit Azazello, et attendez-moi. Je vais voir ce qui se passe, et je reviens tout de suite.

Et il s'engouffra sous le porche.

Voici ce qui s'était passé. Quelque temps avant la sortie de Marguerite, du Maître et de leurs compagnons, une femme maigre et sèche était sortie de l'appartement 48, situé au-dessous de celui de la bijoutière. Elle tenait un bidon et un sac à provisions à la main. C'était cette même Annouchka, qui mercredi, pour le malheur de Berlioz, avait renversé de l'huile de tournesol près du tourniquet du square.

Personne ne savait, et personne ne saurait probablement jamais, ce que cette femme faisait à Moscou, ni quels étaient ses moyens d'existence. Tout ce qu'on savait, c'est qu'on pouvait la rencontrer chaque jour soit avec un bidon, soit avec un sac à provisions, soit avec les deux ensemble, à l'échoppe du marchand de pétrole, ou au marché, ou sous la porte cochère de la maison, ou encore dans l'escalier, ou le plus souvent dans la cuisine de l'appartement 48, où demeurait cette Annouchka. En outre, et qui plus est, on n'ignorait pas qu'il suffisait qu'elle se trouvât, ou qu'elle apparût, dans un endroit quelconque pour qu'aussitôt s'y produise un scandale. Par là-dessus, elle avait été surnommée « La Peste ».

Annouchka-la-Peste, on ignore pourquoi, se levait toujours très tôt. Ce jour-là, elle ne fut éveillée ni par le jour ni par l'aube : il n'était pas encore une heure du matin. Sa clef tourna dans la serrure, Annouchka glissa le nez par l'entrebâillement de la porte, puis la tête, puis le corps tout entier. Elle referma la porte derrière elle et elle se préparait à aller on ne sait où quand, au palier du dessus, une porte claqua. Quelqu'un dévala l'escalier et atterrit sur Annouchka, qui alla donner de la tête contre le mur.

— Où donc cavales-tu comme ça, en caleçon ? glapit Annouchka en se frottant l'arrière du crâne.

L'homme en caleçon, coiffé d'une casquette et une valise à la main, répondit à Annouchka, les yeux fermés et d'une voix de somnambule :

— Un chauffe-bain… sulfate… le prix d'une désinfection… (Puis il se mit à pleurer et aboya :) Dehors !

Là-dessus, il s'élança, non dans le sens de la descente, mais en remontant, jusqu'à la fenêtre dont le carreau avait été cassé par le pied de l'économiste. Et là, les pieds en l'air, il s'envola dans la cour. Oubliant sa tête, Annouchka poussa un cri, et se précipita à son tour à la fenêtre. Allongée sur le ventre, elle passa la tête au-dehors, s'attendant à voir sur l'asphalte, éclairé par la lanterne de la cour, le corps disloqué de l'homme à la valise. Mais l'asphalte était parfaitement net.

Il ne restait plus qu'à supposer que cet étrange somnambule s'était envolé de la maison comme un oiseau, sans laisser la moindre trace. Annouchka fit un grand signe de croix et pensa : « Ben vrai, l'appartement 50 ! C'est pas pour rien qu'on en cause… Il s'en passe de drôles, là-haut !… »

Mais elle n'eut pas le temps d'achever sa pensée que la porte du dessus claquait de nouveau. Annouchka se serra contre le mur, et elle vit passer furtivement devant elle un citoyen à barbiche, qui avait l'air assez comme il faut, n'eût été que son visage rappelait vaguement – oh, très vaguement ! – à Annouchka l'image d'un porcelet. Mais celui-ci, comme l'autre, quitta la maison par la fenêtre, et ne songea pas plus que l'autre à aller s'écraser sur l'asphalte. Cette fois, Annouchka oublia complètement le but de sa sortie et demeura dans l'escalier, se signant à tour de bras, suffocant et parlant toute seule.

Un troisième personnage, qui n'avait pas de barbiche mais une figure ronde et glabre, descendit à son tour en courant, peu de temps après les deux autres, et exactement comme eux, fila par la fenêtre.

Il faut dire, à l'honneur d'Annouchka, qu'elle était fort curieuse. Aussi décida-t-elle d'attendre, pour voir s'il n'y aurait pas d'autres prodiges. Enfin, la porte d'en haut se rouvrit. C'était tout un groupe, cette fois, qui descendait, non pas en courant, mais normalement, comme tout le monde. Annouchka quitta la fenêtre et se hâta de regagner sa porte. Elle l'ouvrit et se cacha derrière, ne laissant qu'une fente étroite par laquelle on voyait luire son œil dévoré de curiosité.

Un type – était-il malade ? n'était-il pas malade ? – bizarre en tout cas, pâle et mal rasé, avec un bonnet noir et une espèce de robe, descendait à pas branlants. Il était délicatement conduit par une petite dame dans une espèce de soutane noire, à ce que crut voir Annouchka dans la demi-obscurité. La petite dame n'était pas pieds nus, pas chaussée non plus, elle avait des machins transparents, sûrement étrangers, et tout en lambeaux. [« Pff ! En voilà des chaussures ! Mais… elle est toute nue, la petite dame ! Mais oui ! Elle a rien sous sa soutane !…] Ben vrai, l'appartement 50 !… » Et Annouchka, le cœur en fête, se régalait à l'avance de ce qu'elle allait pouvoir raconter aux voisines.

Derrière la petite dame si bizarrement accoutrée venait une autre petite dame, toute nue. Elle portait une mallette, et près d'elle se dandinait un énorme chat noir. Annouchka faillit laisser échapper un cri, et elle se frotta les yeux.

Un étranger de petite taille, au regard torve, fermait la marche en boitant. Il était en gilet blanc et cravate, sans veste. Toute la compagnie passa devant Annouchka et continua à descendre. À ce moment, quelque chose heurta le palier.

Quand le bruit des pas se fut éteint, Annouchka se coula comme un serpent dans l'entrebâillement de sa porte, posa son bidon contre le mur, et allongée par terre, elle se mit à fureter sur le palier. Bientôt elle tenait à la main une serviette de table qui renfermait un objet lourd. Ses yeux s'exorbitèrent quand elle eut dénoué la serviette. Annouchka examina l'objet de tout près, et ses yeux s'enflammèrent, comme ceux d'un loup affamé. Un tourbillon passa dans sa tête :

« Rien vu, rien entendu, motus et bouche cousue !… Mon neveu ? Ou bien le débiter en morceaux ?… Les cailloux, on peut les détacher, en placer un à la Pétrovka, un autre rue Smolenskaïa… Et ni vu ni connu, motus et bouche cousue !… »

Annouchka dissimula sa trouvaille dans son sein, ramassa son bidon et, remettant à plus tard sa course en ville, allait repasser la porte entrouverte de l'appartement quand, sorti le diable sait d'où, se dressa devant elle ce même individu à plastron blanc, sans veste. Il dit doucement :

— Donne le fer à cheval et la serviette.

— Quoi, quelle serviette, quel fer à cheval ? demanda Annouchka avec un étonnement parfaitement feint. Jamais vu de serviette. Vous êtes soûl, citoyen, ou quoi ?

Sans dire un mot de plus, l'homme au gilet blanc, avec des doigts durs et froids comme des barres d'appui dans un autobus, serra le cou d'Annouchka de telle sorte que plus un souffle d'air ne put entrer dans ses poumons. Le bidon tomba des mains d'Annouchka. L'étranger sans veston maintint quelque temps Annouchka dans l'impossibilité de respirer, puis il lui lâcha le cou. Annouchka aspira avidement une gorgée d'air, puis sourit.

— Ah, mais oui, le fer à cheval ? dit-elle. Tout de suite ! C'était à vous, alors ? Je l'ai trouvé, dans une serviette, et justement, je l'avais mis de côté pour que personne ne le ramasse, sinon, hein, adieu la valise !

Ayant récupéré le fer à cheval et la serviette, l'inconnu fit force saluts à Annouchka, lui serra vigoureusement la main et, avec un accent étranger très marqué, la remercia chaleureusement en ces termes :

— Je vous suis profondément reconnaissant, *madame*. Ce fer à cheval est un souvenir auquel je tiens beaucoup. Et permettez-moi, pour vous remercier de l'avoir gardé, de vous remettre deux cents roubles.

En même temps, il tira l'argent de son gousset et le lui donna. Avec un sourire éperdu, Annouchka s'écria :

— Ah, je vous remercie mille fois ! *Merci ! Merci !*

En un clin d'œil, le généreux étranger dévala l'escalier jusqu'au palier du dessous, mais avant de disparaître au tournant, il cria, sans aucun accent cette fois :

— Hé, vieille sorcière, la prochaine fois que tu ramasseras quelque chose qui ne t'appartient pas, ne le cache pas dans ton sein, mais va le porter à la milice !

Les oreilles bourdonnantes et la tête brouillée par tout ce qui s'était passé dans l'escalier, Annouchka continua longtemps, par inertie, à crier :

— *Merci ! Merci ! Merci !...* – alors que l'étranger était déjà loin.

La voiture noire, elle aussi, avait quitté la cour. [Après avoir rendu à Marguerite le cadeau de Woland, Azazello lui demanda si elle était bien installée, puis lui fit ses adieux. Hella l'embrassa voluptueusement et le chat lui baisa la main. Tous trois firent des signes d'adieu au Maître rencoigné, immobile, dans le fond de la banquette, saluèrent amicalement le chauffeur, puis, jugeant superflu de se donner la peine de remonter l'escalier, s'évanouirent dans l'air. Le freux alluma les phares et franchit le porche, passant devant un homme qui dormait à poings fermés.] Et les feux de la grande voiture noire se perdirent parmi les autres, dans la bruyante et insomniaque rue Sadovaïa.

Une heure plus tard, au sous-sol de la petite maison sise dans une ruelle proche de l'Arbat, dans la grande pièce où tout était comme avant la terrible nuit d'automne de l'année passée, devant la table toujours couverte de son dessus de table de velours, sous la lampe à abat-jour près de laquelle était posé un vase garni de muguets, Marguerite était assise et pleurait doucement, à la fois de bonheur et du choc éprouvé. Elle avait posé devant elle le cahier rongé par le feu, et à côté, la pile des manuscrits intacts. La maison était silencieuse. Dans la petite chambre voisine, le Maître était étendu sur un divan, couvert de sa robe de chambre d'hôpital, et dormait profondément. Sa respiration était égale et silencieuse.

Marguerite cessa de pleurer, prit l'un des exemplaires intacts où elle retrouva le passage qu'elle lisait avant sa rencontre avec Azazello, sous les murs du Kremlin. Marguerite n'avait pas envie de dormir. Elle caressait tendrement le manuscrit, comme on caresse un petit chat favori, le tournait dans ses mains, le regardait sous toutes ses faces, examinant tantôt la page de titre, tantôt les pages de la fin. L'affreuse pensée la saisit tout à coup que tout cela n'était que sorcellerie, que les manuscrits allaient soudain disparaître de sa vue, qu'elle allait se retrouver dans sa chambre, à la propriété, qu'elle s'y réveillerait, et qu'elle n'aurait plus qu'à aller se noyer. Mais ce fut sa dernière terreur – écho des longues souffrances passées. Rien ne disparaissait, le tout-puissant Woland était réellement tout-puissant, et Marguerite pouvait, aussi longtemps qu'elle le voudrait – jusqu'à l'aube si elle le désirait – faire bruisser les feuillets entre ses doigts, les contempler, y poser ses lèvres, relire les mêmes mots :

— Les ténèbres accourues de la mer Méditerranée s'étendirent sur la ville haïe du procurateur… oui, les ténèbres…

25. Comment le procurateur tenta de sauver Judas de Carioth

Les ténèbres accourues de la mer Méditerranée s'étendirent sur la ville haïe du procurateur. Les passerelles qui reliaient le Temple à la redoutable tour Antonia disparurent, l'insondable obscurité descendue du ciel engloutit les dieux ailés qui dominaient l'hippodrome, le palais des Asmonéens avec ses meurtrières, les bazars, les caravansérails, les ruelles, les piscines… Ainsi disparut Jérusalem, la grande ville, comme effacée de la surface du monde. Les ténèbres dévoraient tout, semant la terreur parmi tout ce qui vivait, à Jérusalem et dans ses alentours. L'étrange nuée venue de la mer s'abattit sur la ville vers la fin de ce jour qui était le quatorzième du mois printanier de Nisan.

Son ventre noir pesait déjà sur le Crâne Chauve, où les bourreaux avaient hâtivement achevé les condamnés à coups de lance, elle s'appesantissait sur le Temple, et de la colline où celui-ci était édifié, ses flots fuligineux roulaient vers la Ville Basse dont ils envahissaient les rues. Elle se coulait par les étroites fenêtres, et dans les ruelles tortueuses, chassait les gens vers les maisons. Peu pressée de rendre l'eau dont elle était gorgée, elle se contentait d'émettre, de temps à autre, des éclairs de feu. Quand une lueur crevait l'amoncellement de fumées noires, on voyait surgir dans la déchirure des ténèbres, comme un roc, l'imposante masse du Temple couverte d'écailles étincelantes. Mais la lueur s'éteignait instantanément, et de nouveau, le Temple était plongé dans un néant noirâtre. À plusieurs reprises il surgit ainsi pour disparaître à nouveau, et à chaque fois, cette disparition était accompagnée par un grondement de catastrophe.

D'autres lueurs frémissantes firent surgir de l'abîme le palais d'Hérode le Grand, situé face au Temple sur la Colline de l'Ouest, et les terrifiantes statues d'or sans yeux se découpèrent sur le fond noir, les bras tendus vers le ciel. Puis le feu céleste se dérobait, et le sourd fracas du tonnerre renvoyait au gouffre les idoles d'or.

Le torrent d'eau fut libéré d'un coup, et l'orage se mua alors en ouragan. À l'endroit même où, vers le milieu du jour, près d'un banc de marbre du jardin, s'étaient entretenus le procurateur et le grand-prêtre, le tonnerre éclata comme un coup de canon et un grand cyprès fut brisé net comme une brindille. Sous le péristyle, en même temps qu'une poussière d'eau mêlée de grosses gouttes, s'engouffrèrent des roses arrachées, des feuilles de magnolia, de menues branches et des tourbillons de sable. L'ouragan ravageait le jardin.

Un seul homme se trouvait à ce moment sous les colonnes, et cet homme était le procurateur.

Il n'était plus assis dans un fauteuil, mais étendu sur un lit de repas, près d'une petite table basse garnie de mets et de cruchons de vin. Un second lit était placé de l'autre côté de la table, mais il était vide. Aux pieds du procurateur s'étalait une mare rouge comme du sang, que jonchaient les débris d'un cruchon brisé, et que personne n'avait nettoyée. Le serviteur qui, avant l'orage, avait dressé cette table pour le procurateur, avait, on ne sait pourquoi, perdu contenance sous le regard de celui-ci, comme s'il craignait de l'avoir mal servi, et le procurateur, pris de colère, avait jeté le cruchon sur le sol de mosaïque en disant :

— Pourquoi évites-tu de me regarder en face quand tu sers ? Aurais-tu volé quelque chose ?

Le visage noir du serviteur africain était devenu gris, et, les yeux remplis d'une terreur mortelle, il s'était mis à trembler au point qu'il avait failli casser un deuxième cruchon. Mais la colère du procurateur s'était envolée aussi vite qu'elle était venue. L'Africain s'était précipité pour ramasser les morceaux et essuyer la tache, mais le procurateur l'avait congédié d'un geste de la main, et l'esclave s'était enfui. Et la tache était restée.

Au moment où se déchaîna l'ouragan, l'Africain était caché près d'une niche où se trouvait la statue blanche d'une femme nue à la tête inclinée ; il craignait de se montrer inopportunément à la vue du procurateur, et en même temps il avait peur, en restant là, de manquer à son appel.

Étendu sur son lit dans la demi-obscurité de l'orage, le procurateur se servait lui-même des coupes de vin qu'il buvait à longs traits. De temps en temps il allongeait la main et rompait de petits morceaux de pain qu'il mangeait, aspirait quelques huîtres et mâchait du citron, puis buvait de nouveau.

Sans le mugissement des trombes d'eau, sans les coups de tonnerre qui menaçaient, semblait-il, d'aplatir le toit du palais, sans le claquement des paquets de pluie qui s'abattaient sur les marches de la terrasse, on aurait pu entendre le procurateur grommeler et parler tout seul. Et si les fugaces crépitements du feu céleste s'étaient changés en une lumière continue, un observateur aurait pu voir que les yeux du procurateur, rougis par ses dernières nuits sans sommeil et par le vin, exprimaient l'impatience, que le procurateur, s'il regardait de temps en temps les deux roses blanches qui étaient venues se noyer dans la flaque rouge, tournait constamment son visage vers le jardin, face aux tourbillons d'eau et de sable, qu'il attendait quelqu'un, et qu'il attendait avec impatience.

Un certain temps s'écoula, et devant les yeux du procurateur, le rideau de pluie s'éclaircit un peu. En dépit de toute sa fureur, l'ouragan faiblissait. Déjà, on n'entendait plus de craquements ni de chutes de branchages. Les éclairs et les coups de tonnerre se raréfiaient. Au-dessus de Jérusalem, ce n'était plus un linceul violet frangé de blanc qui s'étendait, mais un ciel ordinaire, cotonneux et gris, – une nuée d'arrière-garde. L'orage fuyait vers la mer Morte.

On pouvait maintenant distinguer le bruissement de la pluie des bruits de l'eau qui courait dans les chéneaux et qui se précipitait en cascades sur les marches du grand escalier que naguère, le procurateur avait descendu pour aller annoncer la sentence sur la place. Enfin, on perçut le clapotis d'une fontaine, jusqu'alors complètement étouffé. Le ciel s'éclaircit. Dans l'océan gris qui courait vers l'est s'ouvrirent des fenêtres bleues.

À ce moment, à travers le crépitement affaibli et intermittent de la pluie, le procurateur saisit de lointains appels de trompettes, mêlés au piétinement assourdi de centaines de sabots de chevaux. À ces bruits, le procurateur sortit de son immobilité, et son visage s'anima. C'était l'aile de cavalerie qui revenait du Mont Chauve. À en juger par la direction du bruit, elle traversait la place où avait été annoncée la sentence.

Enfin, le procurateur entendit les pas si impatiemment attendus, qui crissèrent dans une allée puis clapotèrent dans l'escalier qui montait à la terrasse supérieure du jardin, juste devant le péristyle. Le procurateur tendit le cou, et ses yeux brillèrent de joie.

Entre les deux lions de marbre apparut d'abord une tête dissimulée sous un capuchon, puis le corps d'un homme enveloppé dans un manteau, et complètement trempé. C'était l'homme qui, avant la sentence, avait échangé quelques mots à voix basse avec le procurateur, dans une chambre obscure du palais, et qui, durant le supplice, était demeuré assis sur un tabouret à trois pieds, jouant avec un bâton.

Sans prendre garde aux flaques d'eau, l'homme au capuchon traversa la terrasse, s'avança sur le sol de mosaïque du péristyle et, levant le bras, dit d'une voix de ténor sonore et agréable :

— Santé et joie au procurateur !

L'homme parlait latin.

— Dieux ! s'écria Pilate. Mais vous n'avez plus un poil de sec ! Quel ouragan, hein ! Entrez immédiatement chez moi, je vous prie, et faites-moi le plaisir de vous changer.

Le nouveau venu rejeta son capuchon en arrière, découvrant sa tête complètement mouillée aux cheveux collés sur le front. Un sourire poli se dessina sur son visage rasé, et il refusa d'aller se changer, affirmant que cette petite pluie ne lui avait été d'aucun désagrément.

— Je ne veux rien entendre, dit Pilate en frappant dans ses mains.

Ce bruit tira l'esclave de sa cachette. Pilate lui ordonna de prendre soin de son hôte, puis, aussitôt après, de servir un plat chaud.

Il ne fallut que très peu de temps à l'homme au capuchon pour se sécher la tête, changer de vêtements et de chaussures, et pour remettre, en général, de l'ordre dans sa toilette. Un instant plus tard, il reparaissait dans le péristyle vêtu d'un manteau militaire pourpre, chaussé de sandales propres et les cheveux peignés.

Cependant, le soleil était revenu à Jérusalem. Avant de plonger dans la Méditerranée et de disparaître, il envoya des rayons d'adieu à la ville haïe du procurateur, dont quelques-uns vinrent dorer les marches du péristyle. Revenue à la vie, la fontaine chantait à cœur joie, des pigeons se promenaient à nouveau dans les allées, sautant par-dessus les branches cassées et picorant on ne sait quoi dans le sable détrempé. La flaque rouge avait été essuyée, les débris du cruchon balayés, et sur la table fumait un plat de viande.

— J'écoute les ordres du procurateur, dit l'homme en s'approchant de la table.

— Vous n'écouterez rien du tout tant que vous ne serez pas assis et que vous n'aurez pas bu de vin, dit aimablement Pilate en désignant le second lit.

L'homme s'y étendit et l'esclave lui servit une coupe d'épais vin rouge. Un autre serviteur, se penchant avec précaution sur l'épaule de Pilate, remplit la coupe du procurateur. Après quoi celui-ci les renvoya tous d'eux d'un geste.

Pendant que son hôte mangeait et buvait, Pilate, tout en dégustant son vin à petits coups, le dévisageait à travers la fente étroite de ses paupières. C'était un homme d'âge moyen, doué d'un agréable visage rond et net, et d'un nez charnu. Ses cheveux étaient d'une couleur indéfinissable. Pour l'instant, comme ils n'étaient pas encore secs, ils paraissaient clairs. Il eût été difficile de déterminer sa nationalité. Le trait essentiel de son visage était, peut-être, son expression de bonhomie, quelque peu gâtée, du reste, par ses yeux, ou plus précisément, non par ses yeux eux-mêmes, mais par la façon qu'il avait de regarder son interlocuteur. Habituellement, il dissimulait ses petits yeux sous des paupières mi-closes, – paupières un peu étranges, légèrement bouffies. Le mince regard qu'elles laissaient filtrer alors brillaient d'une malice sans méchanceté. Il faut croire, sans doute, que l'hôte du procurateur était enclin à l'humour. Mais par moments, chassant complètement cette lueur d'humour, l'hôte du procurateur ouvrait soudain ses paupières et posait sur son interlocuteur un regard insistant, comme s'il voulait étudier rapidement quelque tache insoupçonnée sur le nez de celui-ci. Cela durait peu : les paupières retombaient, la fente s'étrécissait, et la lueur du regard révélait à nouveau un esprit débonnaire et malicieux.

L'invité ne refusa pas une seconde coupe de vin, avala quelques huîtres avec une visible jouissance, goûta aux légumes cuits, mangea un morceau de viande. Rassasié, il fit l'éloge du vin :

— Excellent cru, procurateur. N'est-ce pas du *Falerne* ?

— C'est du vin de Cécube. Il a trente ans, répondit avec affabilité le procurateur.

La main sur le cœur, l'hôte refusa de manger un morceau de plus, déclarant qu'il n'avait réellement plus faim. Pilate remplit alors sa coupe, et son invité en fit autant. Les deux convives versèrent alors quelques gouttes de vin dans le plat de viande, et le procurateur, levant sa coupe, prononça à haute voix :

— À nous, et à toi, César, père des Romains, le meilleur et le plus aimé des hommes !...

Ils burent leur coupe d'un trait, et les esclaves africains emportèrent les reliefs, ne laissant sur la table que les fruits et les cruchons. Derechef, le procurateur congédia les serviteurs et demeura seul avec son hôte sous les colonnes.

— Eh bien, dit Pilate à mi-voix, que pouvez-vous me dire sur l'état des esprits dans cette ville ?

Involontairement, son regard se porta au-delà des terrasses du jardin, où, en contrebas du palais, les colonnes et les toits dorés par les derniers rayons du soleil s'éteignaient peu à peu.

[— Je pense, procurateur, dit l'homme, que l'état des esprits, à Jérusalem, est maintenant satisfaisant.

— On peut donc se porter garant que toute menace de désordres est écartée ?

— On ne peut se porter garant, répondit le visiteur en regardant Pilate avec amabilité, que d'une chose au monde : la puissance du grand César.

— Que les dieux lui accordent une longue vie ! enchaîna immédiatement Pilate. Et la paix universelle ! (Il se tut un moment, puis reprit :) De sorte qu'à votre avis, on peut retirer les troupes ?]

— Je pense que la cohorte de la légion *Foudre* peut s'en aller, répondit l'hôte de Pilate, et il ajouta : Ce serait bien si, en l'honneur de son départ, elle défilait dans la ville.

— Excellente idée, approuva le procurateur. Après-demain, je lui donnerai l'ordre de lever le camp, et je partirai moi aussi. Et – je le jure par le festin des douze dieux, je le jure par les Lares – je donnerais beaucoup pour pouvoir le faire dès aujourd'hui !

— Le procurateur n'aime pas Jérusalem ? demanda l'invité avec bonhomie.

— Miséricorde ! s'écria le procurateur en souriant. Il n'y a pas au monde de lieu plus désespérant ! Je ne parle même pas de la nature et du climat : bien que je tombe malade à chaque fois que je viens ici, il n'y aurait là encore que demi-mal !... Mais ces fêtes !... Tous ces mages, ces sorciers, ces enchanteurs, ces troupeaux de pèlerins !... Des fanatiques, des fanatiques !... Les tracas, tenez, que me cause cette seule histoire de Messie, dont ils se sont mis, tout d'un coup, à attendre la venue pour cette année ! À chaque minute, je m'attends à être témoin d'un carnage, excessivement désagréable… Je passe mon temps à déplacer des troupes, à lire des plaintes et des dénonciations, pour la moitié au moins, d'ailleurs, dirigées contre moi-même ! Avouez que c'est à mourir d'ennui ! Oh, s'il n'y avait pas le service de l'Empereur !

— Oui, les fêtes, ici, sont fatigantes, acquiesça l'invité.

— Je souhaite de tout mon cœur qu'elles se terminent au plus tôt, reprit énergiquement Pilate. Je pourrai enfin retourner à Césarée. Le croirez-vous, cette délirante construction – le mouvement de la main du procurateur, qui parcourut l'enfilade des colonnes, désigna clairement le palais d'Hérode – me rend positivement fou ! Y passer la nuit m'est impossible. Jamais le monde n'a connu architecture plus étrange !… Oui, enfin, revenons à nos affaires. Avant tout, ce maudit Bar-Rabbas vous cause-t-il des ennuis ?

À ces mots, l'hôte projeta son singulier regard sur la joue droite du procurateur. Mais celui-ci laissait errer au loin un regard chargé d'ennui et contemplait avec une moue méprisante la partie de la ville qui s'étendait à ses pieds et qui s'estompait peu à peu dans le crépuscule. Le regard de son hôte s'estompa lui aussi, et ses paupières retombèrent.

— Il faut croire, dit l'invité tandis que de légères rides fronçaient son visage rond, que désormais, Bar n'est pas plus dangereux qu'un agneau. [Il n'aura plus guère la possibilité de provoquer des émeutes.

— Il est trop occupé ? demanda Pilate en souriant.

— Le procurateur, comme toujours, a parfaitement compris la question.]

— En tout cas, dit le procurateur d'un air soucieux en levant un doigt long et mince orné d'une pierre noire, il faudra…

— Oh, le procurateur peut être certain que tant que je serai en Judée, Bar ne pourra pas faire un pas sans être suivi à la trace.

— Alors, je suis tranquille. Du reste, je suis toujours tranquille quand vous êtes là.

— Le procurateur est trop bon !

— Maintenant, parlez-moi du supplice, dit Pilate.

— Que désire savoir, précisément, le procurateur ?

— N'y a-t-il pas eu, de la part de la foule, quelque tentative, quelque manifestation séditieuse ? C'est là le principal, naturellement.

— Absolument rien, dit l'invité.

— Parfait. Et vous avez constaté personnellement que la mort avait fait son œuvre ?

— Le procurateur peut en être certain.

— Mais dites-moi… leur a-t-on donné à boire avant de les clouer au pilori ?

— Oui. Mais lui (l'hôte de Pilate ferma les yeux), il a refusé.

— Qui donc ? demanda Pilate.

— Excusez-moi, hegemon ! s'écria l'hôte. N'ai-je pas dit son nom ? Ha-Nozri !

— Le fou ! dit Pilate avec une grimace, tandis qu'une veine battait sous son œil gauche. Mourir des brûlures du soleil ! À quoi bon refuser ce qui vous est offert conformément à la loi ? En quels termes a-t-il exprimé son refus ?

— Il a dit (l'hôte de Pilate ferma de nouveau les yeux) qu'il était reconnaissant, et qu'il ne faisait aucun reproche du fait qu'on lui ôtait la vie.

— Reconnaissant à qui ? Aucun reproche à qui ? demanda sourdement Pilate.

— Cela, hegemon, il ne l'a pas dit…

[— N'a-t-il pas essayé de faire de la propagande en présence des soldats ?

— Non, hegemon, il n'a pas été bavard, cette fois. La seule chose qu'il a dite, c'est que, parmi tous les défauts humains, il considérait que l'un des plus graves était la lâcheté.

— À propos de quoi a-t-il dit cela ? demanda Pilate d'une voix fêlée qui surprit le visiteur.

— Personne ne l'a compris. En général, son attitude était bizarre. Comme toujours, d'ailleurs.

— Qu'a-t-il fait de bizarre ?

— Eh bien, il essayait tout le temps de regarder dans les yeux de ceux qui l'entouraient, et à chaque fois, il souriait d'une espèce de sourire égaré.]

— Rien d'autre ? demanda Pilate d'une voix rauque.

— Rien d'autre.

Le procurateur heurta sa coupe en y versant du vin. Il la but d'un trait, et dit :

— Voici l'affaire : bien que nous n'ayons pu – du moins jusqu'à présent – lui découvrir de fidèles ou d'adeptes, nous ne pouvons non plus garantir qu'il n'en ait eu aucun.

L'invité, qui écoutait attentivement, opina.

— Aussi, afin d'éviter toute surprise, continua le procurateur, je vous prie de faire disparaître, immédiatement et sans bruit, les corps des trois condamnés et de les enterrer discrètement et à l'insu de tous, de telle sorte qu'on n'entende plus jamais parler d'eux.

— À vos ordres, hegemon, dit l'hôte, qui se leva et ajouta : Vu l'importance de cette affaire, et son caractère délicat, permettez-moi d'aller m'en occuper tout de suite.

— Non, restez encore un moment, dit Pilate en arrêtant son hôte d'un geste. Il y a deux autres questions à régler. Voici la première : les mérites considérables que vous avez montrés dans le difficile travail que vous avez eu à accomplir en qualité de chef du service secret auprès du procurateur de Judée m'autorisent – et je m'en réjouis – à en informer Rome.

Le visage rose, l'invité se leva et s'inclina devant le procurateur :

— Je ne fais que remplir mon devoir au service de l'Empereur, dit-il.

— Mais je voudrais vous demander, continua l'hegemon, si l'on vous propose une mutation avec avancement, de refuser et de rester ici. Il m'en coûterait beaucoup de me séparer de vous. Ils trouveront bien un autre moyen de vous récompenser.

— Je suis heureux de servir sous vos ordres, hegemon.

— Cela me fait grand plaisir. Maintenant, la deuxième question. Elle concerne ce… comment, déjà… Judas, de Carioth.

L'hôte lança au procurateur son regard particulier, qu'il éteignit, comme de coutume, aussitôt.

— On dit, continua le procurateur en baissant la voix, qu'il aurait touché de l'argent pour avoir reçu chez lui, avec tant de cordialité, ce philosophe insensé.

— Il va en toucher, rectifia doucement le chef du service secret.

— La somme est-elle importante ?

— Cela, personne ne peut le savoir, hegemon.

— Pas même vous ? demanda Pilate avec un étonnement élogieux.

— Hélas, pas même moi, répondit calmement son interlocuteur. Mais ce que je sais, c'est qu'il touchera cet argent ce soir. Il est convoqué pour aujourd'hui au palais de Caïphe.

— Ah, le vieux grippe-sou ! dit en riant le procurateur. Car c'est bien un vieillard, n'est-ce pas ?

— Le procurateur ne se trompe jamais, mais cette fois, il est dans l'erreur, répondit aimablement l'hôte. L'homme de Carioth est un jeune homme.

— Tiens ! Et pouvez-vous me tracer rapidement son portrait ? Un fanatique ?

— Oh non, procurateur.

— Bien. Et quoi encore ?

— Il est très beau.

— Ensuite ? Il a bien, sans doute, quelque passion ?

— Dans cette ville énorme, il est difficile de bien connaître tout le monde, procurateur…

— Non, non, Afranius ! Ne diminuez pas vos mérites.

— Il n'a qu'une passion, procurateur. (L'invité fit une brève pause.) La passion de l'argent.

— Et que fait-il ?

Afranius leva la tête vers le plafond, réfléchit, puis répondit :

— Il travaille chez l'un de ses parents, qui tient une boutique de change.

— Ah bon. Bon, bon, bon. (Le procurateur se tut, regarda s'ils étaient bien seuls, et dit à voix basse :) Voici ce qu'il y a. Aujourd'hui, j'ai été informé qu'il serait assassiné cette nuit.

À ces mots, non seulement l'hôte projeta son étrange regard sur le procurateur, mais il le maintint quelque temps. Après quoi il répondit :

— Procurateur, vous avez exprimé une opinion beaucoup trop flatteuse à mon sujet, et pour moi, je ne mérite pas un rapport à Rome. Car je n'ai pas eu cette information.

— Vous méritez les plus hautes récompenses, répliqua le procurateur. Mais cette information existe.

— Et oserai-je vous demander de qui vous la tenez ?

— Permettez-moi de ne pas vous le dire pour l'instant, d'autant plus qu'il s'agit de renseignements fortuits, d'origine douteuse, et par conséquent suspects. Mais je suis obligé de tout prévoir. C'est mon devoir, et de plus, je crois à mes pressentiments, car ils ne m'ont jamais trompé. Toujours est-il que, d'après mes informations, un des amis clandestins de Ha-Nozri, indigné par la monstrueuse trahison de ce changeur, doit s'entendre avec des complices pour l'assassiner cette nuit, puis déposer l'argent de la trahison chez le grand-prêtre avec ce mot : « Reprends cet argent maudit ».

Le chef du service secret n'envoya pas son regard surprenant à l'hegemon, mais continua d'écouter, les yeux mi-clos. Pilate reprit :

— Imaginez la chose. Croyez-vous qu'il sera agréable au grand-prêtre, une nuit de fête, de recevoir pareil cadeau ?

— Non seulement cela lui sera désagréable, dit l'hôte en souriant, mais je pense, procurateur, que cela provoquera un très grand scandale.

— Je suis exactement de cet avis. C'est pourquoi je vous prie de vous occuper de cette affaire, c'est-à-dire de prendre toutes les mesures nécessaires pour assurer la protection de Judas de Carioth.

— L'ordre de l'hegemon sera exécuté, dit Afranius, mais je dois rassurer l'hegemon : le projet de ces scélérats est presque irréalisable. Songez-y (l'hôte se retourna, puis reprit :) Dépister son homme, le tuer, découvrir combien il a touché, puis trouver le moyen de retourner cet argent à Caïphe, tout cela en une seule nuit ? Cette nuit ?

— Et pourtant, ils l'égorgeront cette nuit, répéta Pilate obstiné. Je vous le dis, j'en ai le pressentiment ! Et en aucun cas mes pressentiments ne m'ont trompé.

Le visage du procurateur se crispa, et d'un geste bref, il frotta ses mains moites.

— À vos ordres, répondit docilement l'invité. Puis il se leva, se redressa, et soudain, demanda d'un ton rude : Ainsi, ils vont l'assassiner, hegemon ?

— Oui, répondit Pilate, et je mets tout mon espoir dans votre efficacité, qui fait l'admiration de tous.

L'hôte rajusta sa lourde ceinture sous son manteau et dit :

— Mes respects, et tous mes vœux de joie et de santé !

— Ah mais, s'écria Pilate à mi-voix, j'avais complètement oublié ! Je vous dois de l'argent !...

L'invité s'étonna.

— Mais non, procurateur, vous ne me devez rien.

— Comment rien ? Quand je suis entré à Jérusalem, rappelez-vous, cette foule de mendiants... je voulais leur jeter de l'argent, mais je n'en avais pas sur moi, et je vous en ai emprunté.

— Oh, procurateur, ce n'était qu'une bagatelle !

— Il ne faut rien oublier, pas même les bagatelles.

Pilate se tourna, souleva son manteau posé sur un fauteuil derrière lui, trouva dessous une bourse de cuir qu'il tendit à son hôte. Celui-ci la prit, s'inclina et la cacha sous son manteau.

— J'attends, dit Pilate, votre rapport sur l'enterrement, ainsi que sur cette affaire de Judas, cette nuit, vous m'entendez, Afranius, cette nuit même. La garde aura l'ordre de me réveiller dès que vous vous présenterez ici. Je vous attends.

— Mes respects, dit le chef du service secret.

Puis, tournant le dos, il quitta le péristyle. On entendit le crissement du sable mouillé sous ses pieds, puis le claquement de ses sandales sur le marbre quand il passa entre les deux lions. Puis ses jambes se raccourcirent à mesure qu'il descendait l'escalier, puis son corps et sa tête. Enfin, son capuchon disparut. Le procurateur s'aperçut alors que le soleil était parti, et que le crépuscule tombait.

26. L'enterrement

Ce crépuscule fut peut-être la cause du brutal changement qui se produisit dans l'aspect du procurateur. Il parut vieilli tout d'un coup, voûté, et de plus, anxieux. Il promena un regard inquiet autour de lui, et, sans raison apparente, sursauta en posant les yeux sur le fauteuil vide sur le dossier duquel était jeté son manteau. La nuit de fête s'approchait, les ombres du soir jouaient sous les colonnes, et le procurateur fatigué avait probablement cru voir quelqu'un assis dans le fauteuil vide. Cédant à la peur, le procurateur remua le manteau. Puis il le laissa retomber et se mit à arpenter le péristyle, tantôt se frottant les mains fébrilement, tantôt revenant vivement à la table pour saisir sa coupe de vin, tantôt s'arrêtant pour contempler d'un œil stupide la mosaïque du sol, comme s'il essayait d'y déchiffrer on ne sait quels caractères…

[Pour la seconde fois aujourd'hui, il fut saisi d'angoisse. Pressant ses tempes, où la douleur infernale du matin n'avait laissé qu'une sourde réminiscence un peu lancinante, le procurateur s'efforça de comprendre d'où lui venait cette souffrance morale. Il le comprit vite, mais il essaya alors de se donner le change. Dans la journée, c'était évident, il avait laissé échapper quelque chose sans retour, et maintenant, il voulait rattraper cette perte par des actions médiocres, insignifiantes, et surtout, trop tardives. Et pour se donner le change, il essayait de se persuader que ces actions – ce qu'il faisait en ce moment, ce soir – n'avaient pas moins d'importance que la sentence du matin. Mais il n'y parvenait que bien mal.]

Au cours de l'une de ces allées et venues, il s'arrêta brusquement et siffla. En réponse, un aboiement étouffé retentit dans l'ombre, et d'un bond surgit du jardin un gigantesque chien gris aux oreilles pointues, muni d'un collier clouté d'or.

— Banga, Banga, appela le procurateur d'une voix faible.

Le chien se dressa sur ses pattes de derrière et posa ses pattes de devant sur les épaules de son maître, de sorte qu'il faillit le renverser. Puis il lui lécha la joue. Le procurateur s'assit dans le fauteuil. Banga, la langue pendante et la respiration courte, se coucha aux pieds de son maître. La joie qui brillait dans ses yeux signifiait que l'orage – la seule chose au monde que craignît l'animal intrépide – était fini, et aussi qu'il était de nouveau là, près de cet homme qu'il aimait, respectait et considérait comme l'être le plus puissant de la terre, grâce à quoi le chien concluait qu'il devait être lui-même un être extraordinaire, supérieur et privilégié. Cependant, alors qu'il ne regardait même pas son maître, mais le jardin qui s'estompait dans le soir, le chien sentit tout de suite que l'homme était malheureux. Aussi, changeant de position, il se leva, se plaça de côté, et posa ses pattes de devant et sa tête sur les genoux du procurateur, maculant légèrement de sable mouillé les pans du manteau. Cette attitude de Banga signifiait sans doute qu'il voulait consoler son maître, et qu'il était prêt à partager son malheur. Il essaya également d'exprimer cela par ses yeux, levés vers le visage de son maître, et par le frémissement de ses oreilles dressées. Et c'est ainsi que tous deux, l'homme et le chien, pleins d'amour l'un pour l'autre, accueillirent la nuit de fête, sous le péristyle.

Pendant ce temps, l'hôte du procurateur avait fort à faire. Après avoir quitté la terrasse supérieure du jardin, qui s'étendait devant le péristyle, il descendit jusqu'à la seconde terrasse, et là, tournant à droite, il se dirigea vers les casernements installés dans l'enceinte du palais. Dans ces casernes étaient logées les deux centuries qui étaient arrivées avec le procurateur à Jérusalem, pour les fêtes, ainsi que la garde secrète du procurateur, dont l'hôte de Pilate avait le commandement. L'homme n'y demeura pas plus de dix minutes, mais au cours de ces dix minutes, trois fourgons, chargés chacun d'outils de terrassement et d'une barrique d'eau, quittèrent la cour des casernes. Ils étaient accompagnés de quinze hommes à cheval, vêtus de manteaux gris. Les fourgons et leur escorte quittèrent le palais par une porte de derrière, prirent à l'ouest, franchirent l'enceinte de la ville et gagnèrent par un chemin de traverse la route de Béthléem qu'ils suivirent vers le nord ; parvenus au carrefour de la porte d'Hébron, ils s'engagèrent sur la route de Jaffa, que le cortège des condamnés avait suivie dans la journée. Il faisait déjà nuit, et la lune montait à l'horizon.

Peu de temps après le départ des fourgons, l'hôte du procurateur, revêtu maintenant d'une tunique sombre et usagée, quittait à cheval les murs du palais. Il se dirigeait non vers la sortie de la ville, mais vers le centre. Quelque temps plus tard, on pouvait le voir mettre pied à terre devant la forteresse Antonia, située au nord, à proximité immédiate du majestueux édifice du Temple. Dans la forteresse, l'homme ne demeura également qu'un court instant, après quoi on retrouva sa trace dans l'enchevêtrement des ruelles tortueuses de la Ville Basse. Mais là, il était à dos de mulet.

L'invité de Pilate connaissait fort bien la ville, aussi n'eut-il aucune peine à trouver la rue qu'il cherchait. Elle s'appelait rue des Grecs, à cause d'un certain nombre de boutiques grecques qui y étaient installées. C'est à l'une d'elles, où l'on faisait commerce de tapis, que l'homme arrêta sa mule. Il en descendit et attacha la bête à un anneau de la porte cochère. La boutique était déjà fermée. L'homme poussa la porte bâtarde située à côté de l'entrée du magasin et pénétra dans une petite cour carrée entourée de remises. Il tourna le coin de la cour et se trouva devant la terrasse couronnée de lierre d'une maison d'habitation. Il inspecta les alentours. Dans la petite maison comme dans les remises, il faisait noir. On n'avait pas encore allumé la lumière. L'homme appela à mi-voix :

— Niza !

Une porte grinça et sur la terrasse, dans l'ombre de la nuit tombante, parut la silhouette d'une jeune femme sans voile. Elle se pencha sur la rambarde, fouillant l'ombre avec inquiétude pour essayer de reconnaître le visiteur. Quand elle l'eut reconnu, elle lui adressa un sourire de bienvenue en le saluant de la tête et de la main.

— Tu es seule ? demanda doucement Afranius, en grec.

— Oui, chuchota la jeune femme. Mon mari est parti ce matin pour Césarée. (Elle jeta un coup d'œil à la porte et ajouta :) Mais la servante est à la maison. (Puis elle fit un geste qui signifiait : « Entrez ».)

Afranius jeta un dernier regard autour de lui et gravit les quelques marches de pierre, puis la femme et lui disparurent à l'intérieur de la maison. Le temps qu'y passa Afranius fut très court : moins de cinq minutes. En quittant la terrasse, il rabattit son capuchon plus bas sur ses yeux, et gagna la rue. Dans les maisons, les flambeaux s'allumaient déjà, mais on se bousculait encore dans les rues pour les préparatifs de la fête, et Afranius, sur son mulet, se perdit dans le flot des piétons et des cavaliers. Où alla-t-il ensuite, – nul ne le sait.

Restée seule, la femme qu'Afranius avait appelée Niza entreprit de changer de vêtements. Elle semblait très pressée. Mais, quelque difficulté qu'elle eût à trouver les affaires dont elle avait besoin dans la chambre obscure, elle n'alluma pas de flambeau et n'appela pas sa servante. Ce n'est que lorsqu'elle fut prête, et que sa tête fut couverte d'un voile sombre, qu'on put entendre sa voix :

— Si on me demande, tu diras que je suis en visite chez Oenantha.

À ces mots répondirent, dans l'obscurité, les grognements de la vieille servante :

— Chez Oenantha ? Oh cette Oenantha ! Ton mari t'a pourtant défendu d'aller chez elle ! C'est une maquerelle, ton Oenantha ! Va, je le dirai à ton mari…

— Allons, tais-toi donc ! répliqua Niza, et comme une ombre, elle se glissa hors de la maison.

Les sandales de Niza claquèrent sur les dalles de pierre de la cour. En grognant, la servante referma la porte qui donnait sur la terrasse. Niza était partie.

Au même moment, dans une autre ruelle de la Ville Basse, qui descendait par degrés vers une piscine, sortait d'une maison d'aspect misérable, dont le pignon donnait sur la rue et les fenêtres sur une cour, un jeune homme à la barbe soigneusement taillée, coiffée d'un turban blanc dont le rabat lui tombait sur les épaules, vêtu d'un taleth de fête bleu dont l'ourlet inférieur était orné de glands, et chaussé de crissantes sandales neuves. Ce bel homme au nez busqué, élégamment habillé pour la grande fête, marchait d'un pas alerte, doublant les passants qui se hâtaient de rentrer chez eux pour le repas solennel, et regardant les fenêtres s'allumer les unes après les autres. Le jeune homme suivait le chemin qui, passant devant un bazar, conduisait au palais du grand-prêtre Caïphe, situé au pied de la colline où était bâti le Temple.

Quelques instants plus tard, on le vit entrer dans le palais de Caïphe. Et quelque temps après, on l'en vit sortir.

Après sa visite au palais en proie à l'agitation de la fête, où brûlaient déjà chandeliers et torches, le jeune homme reprit d'un pas plus alerte, plus gai encore, le chemin de la Ville Basse. À l'endroit où la rue débouchait sur la place du bazar, il fut dépassé, dans la cohue en effervescence, par une jeune femme au pas léger, presque dansant, dont la tête était cachée jusqu'aux yeux par un voile noir. En passant, elle releva son voile un bref instant, jeta un regard du côté du jeune homme, puis, loin de ralentir son pas, l'accéléra au contraire, comme si elle voulait se dérober à la vue de l'homme qu'elle venait de dépasser.

Or, non seulement le jeune homme avait remarqué cette femme, mais il l'avait reconnue. Et, en la reconnaissant, il sursauta, s'arrêta, regarda avec perplexité son dos qui s'éloignait, puis s'élança à sa poursuite. Il manqua renverser un passant qui portait une cruche, mais il parvint à rattraper la femme ; haletant d'émotion, il cria :

— Niza !

La jeune femme se retourna, dévisagea l'homme d'un air froid et contrarié, et dit sèchement en grec :

— Ah c'est toi, Judas ? Je ne t'avais pas reconnu tout de suite. D'ailleurs, c'est très bien. On dit chez nous que celui qu'on voit sans le reconnaître deviendra riche…

Fort troublé, au point que son cœur sautait dans sa poitrine comme un oiseau sous une couverture, Judas demanda, dans un chuchotement entrecoupé, de crainte que les passants ne l'entendent :

— Mais… où vas-tu donc, Niza ?

— Qu'est-ce que cela peut te faire ? répondit Niza en regardant Judas avec hauteur.

Déconcerté, Judas murmura avec des intonations enfantines dans la voix :

— Mais comment… mais nous étions d'accord pour… Je voulais aller chez toi, tu m'avais dit que tu y serais toute la soirée…

— Ah non, non, répondit Niza en avançant d'un air capricieux sa lèvre inférieure, de sorte que son visage, le plus joli visage que Judas eût jamais vu de sa vie, lui parut encore plus joli, je m'ennuyais. Vous avez votre fête, mais moi, que veux-tu que je fasse ? Que je reste assise à t'écouter faire le soupirant sur ma terrasse ? Et à avoir peur que la servante n'aille tout raconter à mon mari ? Non, non. J'ai décidé d'aller dans la campagne, écouter les rossignols.

— Dans la campagne ? demanda Judas, complètement perdu. Toute seule ?

— Naturellement, toute seule, répondit Niza.

— Écoute, permets-moi de t'accompagner, demanda Judas qui étouffait. Ses idées se brouillèrent, et il oublia tout au monde pour ne regarder, d'un air suppliant, que les yeux bleus de Niza, qui maintenant lui paraissaient noirs.

Niza ne répondit rien et allongea le pas.

— Pourquoi ne dis-tu rien, Niza ? demanda Judas d'un ton plaintif, en réglant son pas sur celui de la jeune femme.

— Mais je ne vais pas m'ennuyer, avec toi ? demanda tout à coup Niza en s'arrêtant.

La plus totale confusion régna dans la tête de Judas.

— Bon, très bien, dit enfin Niza d'un ton radouci, allons-y.

— Mais où, où ?

— Attends… entrons dans cette cour pour réfléchir, sinon, j'ai peur que quelqu'un de connaissance ne me voie et n'aille ensuite raconter à mon mari que je me promène dans la rue avec un amoureux.

S'éclipsant du bazar, Niza et Judas se retrouvèrent sous la porte cochère d'une cour inconnue.

— Va au jardin d'oliviers, chuchota Niza en rabattant son voile sur ses yeux et en tournant le dos à un homme qui entrait à ce moment sous le porche, un seau à la main, – à Gethsémani, de l'autre côté du Cédron. Tu as compris ?

— Oui, oui, oui…

— Je pars devant, continua Niza, mais ne me suis pas, prends un autre chemin. Je pars devant… Quand tu traverseras le ruisseau… Tu sais où est la grotte ?

— Je sais, je sais…

— Passe devant le pressoir à olives, prends le chemin qui monte et tourne vers la grotte. Je serai là. Mais ne t'avise pas de partir tout de suite après moi, sois patient, attends d'abord ici.

Sur ces mots, Niza quitta le porche comme si elle n'avait jamais parlé avec Judas.

Judas resta seul quelque temps, s'efforçant de rassembler ses pensées, qui fuyaient en débandade. Parmi elles, il y avait celle-ci : comment expliquerait-il à sa famille son absence au repas solennel ? Judas chercha quelque mensonge, mais dans son trouble il fut incapable d'inventer quelque chose de convenable, et il s'éloigna lentement de la porte cochère.

Au lieu de continuer vers la Ville Basse, il changea de route et reprit la direction du Palais de Caïphe. La ville était déjà en fête. Autour de Judas, non seulement les fenêtres étaient illuminées, mais on entendait la récitation des psaumes. Au milieu de la rue, des passants attardés chassaient des ânons, criant après eux et leur donnant des coups de fouet. Les jambes de Judas marchaient toutes seules, et il passa sans les voir sous les terribles tours moussues de la forteresse Antonia, il n'entendit pas les sonneries de trompettes qui retentissaient à l'intérieur, il ne prêta aucune attention à une patrouille de cavaliers romains qui éclairaient leur route à la lueur tremblante d'une torche.

Contournant la tour, Judas aperçut en se retournant deux gigantesques flambeaux à cinq branches qui brûlaient à une hauteur vertigineuse au-dessus du Temple. Mais Judas n'en eut qu'une vision confuse. Il lui sembla seulement qu'au-dessus de Jérusalem s'étaient allumées dix lampes d'une taille colossale, qui luttaient d'éclat avec la seule lampe qui ne cessait de s'élever, de plus en plus haut, sur la ville, – la lune.

Judas, qui n'avait plus rien maintenant pour l'occuper, se dirigea à grands pas vers la porte de Gethsémani, désireux de quitter la ville au plus vite. De temps à autre, entre les dos et les visages des passants, il croyait voir surgir furtivement devant lui une petite silhouette dansante, qui l'attirait à sa suite. Mais ce n'était qu'une illusion. Judas savait que Niza avait une forte avance sur lui. Judas passa rapidement devant une rangée de boutiques de changeurs et atteignit enfin la porte de Gethsémani. Quoique brûlant d'impatience, il fut contraint de s'y arrêter. Des chameaux entraient dans la ville, suivis par une patrouille militaire syrienne, que Judas couvrit en pensée de malédictions…

Mais tout a une fin. Le bouillant Judas était déjà hors des murs de la ville. À sa gauche il vit un petit cimetière auprès duquel étaient dressées quelques tentes de pèlerins. Traversant une route poussiéreuse inondée de lune, Judas courut au ruisseau du Cédron. Sautant de pierre en pierre, tandis que l'eau murmurait sous ses pieds, il atteignit la rive opposée, du côté de Gethsémani, et constata avec joie que la route qui passait en bas des jardins était déserte. Non loin de là on apercevait la barrière à demi effondrée du jardin d'oliviers.

Après l'atmosphère étouffante de la ville, Judas fut frappé du parfum enivrant de la nuit de printemps. À travers la clôture du jardin se répandait par bouffées la senteur des myrtes et des acacias des clairières de Gethsémani.

Personne ne gardait la barrière, il n'y avait personne aux alentours, et au bout de quelques instants, Judas courait déjà sous l'ombre mystérieuse des énormes oliviers. La route montait. Judas gravissait la pente en respirant péniblement, passant parfois des ténèbres à des aires plus claires où la lune dessinait des arabesques, qui rappelaient à Judas les tapis qu'il avait vus dans la boutique du mari jaloux de Niza.

Au bout d'un moment, Judas aperçut à sa gauche, dans une clairière, le pressoir à olives avec sa lourde roue de pierre, et à côté de celui-ci, un entassement indistinct de barils. Il n'y avait personne dans le jardin – le travail s'était arrêté au coucher du soleil –, et des chœurs de rossignols s'égosillaient au-dessus de la tête de Judas.

Le but de Judas était proche. Il savait qu'à sa droite, dans les ténèbres, il n'allait pas tarder à entendre le murmure de l'eau qui s'égouttait sur les parois de la grotte. Il en fut bien ainsi. L'air devint plus frais. Judas ralentit le pas et appela doucement :

— Niza !

Mais, au lieu de Niza, il vit se détacher du tronc épais d'un olivier la silhouette trapue d'un homme dans les mains de qui quelque chose brilla et s'éteignit aussitôt. Avec un faible cri Judas se rejeta en arrière, mais un deuxième homme lui barra la route.

Le premier demanda à Judas :

— Combien as-tu touché ? Dis-le, si tu tiens à la vie !

L'espoir s'empara du cœur de Judas, et il cria d'un ton affolé :

— Trente tétradrachmes ! Trente tétradrachmes ! J'ai tout l'argent sur moi ! Tenez ! Prenez-le, mais laissez-moi la vie !

Le premier des deux hommes arracha aussitôt la bourse des mains de Judas. Au même instant, dans son dos, un couteau fendit l'air et se planta sous l'omoplate de l'amoureux. Judas fut précipité en avant, jeta en l'air ses mains aux doigts crispés. L'autre homme cueillit Judas à la pointe de son couteau et le lui enfonça dans le cœur jusqu'à la garde.

— Ni… za… prononça Judas, non plus de sa voix haute et claire de jeune homme, mais d'une voix basse et chargée de reproche, et il n'émit pas d'autre son. Son corps s'abattit avec une telle force sur le sol que celui-ci résonna.

Alors une troisième silhouette apparut sur le chemin. C'était un homme, enveloppé dans un manteau à capuchon.

— Faites vite, ordonna-t-il.

Les meurtriers empaquetèrent rapidement la bourse, avec une courte lettre que leur donna le troisième, dans un parchemin qu'ils ficelèrent. Le deuxième homme glissa le paquet sous sa chemise, puis les deux assassins quittèrent la route et leurs ombres se perdirent entre les oliviers. Le troisième s'accroupit près du mort et contempla son visage. Dans l'ombre, il apparaissait blanc comme de la craie et d'une beauté extra-terrestre.

Quelques secondes plus tard, il n'y avait plus âme qui vive sur le chemin. Le corps inerte gisait, bras écartés. Son pied gauche se trouvait dans une tache de lune, de sorte qu'on voyait distinctement chaque bride de la sandale. Et pendant ce temps, tout le jardin de Gethsémani retentissait du chant des rossignols.

Personne ne sait où allèrent ensuite les deux assassins de Judas, mais le chemin que suivit le troisième homme est connu. Quittant la route, il s'enfonça au plus épais du bois d'oliviers, se dirigeant rapidement vers le sud. Il franchit l'enceinte du jardin loin de l'entrée principale, à l'angle sud, par une brèche dans le mur de pierre. Il atteignit bientôt le Cédron. Il entra dans l'eau et marcha quelque temps dans le courant, jusqu'à ce qu'il aperçût au loin les silhouettes de deux chevaux et d'un homme. Les chevaux étaient aussi dans le ruisseau, et l'eau mouillait leurs sabots. Leur gardien se mit en selle sur une bête, l'homme au capuchon enfourcha l'autre, et tous deux suivirent au pas le cours du ruisseau. On entendait les cailloux rouler sous les sabots des montures. Au bout d'un moment, les cavaliers sortirent de l'eau et montèrent sur la rive de Jérusalem, pour continuer leur marche sous les murailles de la ville. Puis le gardien poussa son cheval, s'éloigna au galop et disparut. Resté seul sur la route, l'homme au capuchon s'arrêta, mit pied à terre, retourna son manteau, tira de ses vêtements un casque plat sans panache et le mit sur sa tête. L'homme qui remonta à cheval, avec sa chlamyde et sa courte épée au côté, avait toute l'allure d'un militaire. Il toucha sa bête, et celle-ci, fougueuse et bien dressée, partit au grand trot, en secouant légèrement son cavalier. Le voyage ne fut pas long, et bientôt, le cavalier se présentait à la porte sud de Jérusalem.

Sous la voûte tremblaient et oscillaient les flammes inquiètes des torches. Les soldats de garde, qui appartenaient à la deuxième centurie de la Légion *Foudre*, étaient assis sur des bancs de pierre et jouaient aux dés. En voyant arriver ce cavalier, ils se mirent précipitamment debout ; celui-ci les salua de la main en passant et entra dans la ville.

La cité en fête était inondée de lumières. Des flambeaux brûlaient à toutes les fenêtres et de toutes parts, se mêlant en un chœur confus et discordant, retentissaient les prières rituelles. Jetant de temps à autre un coup d'œil par une fenêtre ouverte sur la rue, le cavalier pouvait voir des gens assis autour d'une table où était servie de la viande de chevreau, entourée de coupes de vin et de plats d'herbes amères. Sifflotant un air de chanson, il suivait au petit trot les rues désertées de la Ville Basse, dans la direction de la tour Antonia, et parfois, il levait les yeux vers ces flambeaux à cinq branches, d'une dimension telle qu'on n'en avait jamais vus de pareils, qui brûlaient au-dessus du Temple, ou vers la lune qui, encore au-dessus, brillait dans le ciel.

Le palais d'Hérode le Grand ne prenait aucune part à la célébration de la nuit pascale. Dans les logements annexes, orientés au sud, où s'étaient installés les officiers de la cohorte romaine et le légat de la Légion, des lumières brillaient, et on sentait qu'il y avait là une certaine animation. Mais le corps de bâtiment principal, dont le seul habitant était, bien malgré lui, le procurateur, avec ses colonnes et ses statues d'or, paraissait aveugle et muet sous la vive clarté de la lune. Là, au cœur du palais, régnaient les ténèbres et le silence.

Le procurateur, comme il l'avait dit à Afranius, n'avait du reste pas voulu y rentrer. Il ordonna qu'on lui fasse un lit sous le péristyle, à l'endroit même où il avait dîné et où, ce matin, il avait conduit l'interrogatoire. Le procurateur s'y étendit, mais le sommeil le fuyait. La lune dénudée semblait suspendue, très haut dans le ciel pur, et durant plusieurs heures, le procurateur ne la quitta pas des yeux.

Enfin, vers minuit, le sommeil eut pitié de l'hegemon. Bâillant à se décrocher la mâchoire, il détacha et laissa glisser son manteau, ôta le ceinturon qui sanglait sa tunique et où était accroché, dans sa gaine, un large coutelas d'acier, le posa sur le fauteuil près du lit, défit ses sandales et s'allongea. Aussitôt, Banga sauta sur le lit et se coucha près de son maître, tête contre tête, et le procurateur, la main posée sur le cou du chien, ferma les yeux. Alors seulement, le chien s'endormit aussi.

Le lit était dans l'ombre d'une colonne, mais depuis le haut des marches jusqu'au lit s'étendait une étroite bande de lumière. Et, dès que le procurateur eut perdu toute attache avec les choses qui l'entouraient, il se mit en marche le long de cette route lumineuse, vers le haut, droit en direction de la lune. En songe, il riait même de bonheur en voyant avec quelle merveilleuse aisance tout s'arrangeait sur ce chemin bleu pâle et transparent. Il marchait accompagné de Banga, et près d'eux marchait le philosophe vagabond. Tous deux disputaient de questions graves et compliquées, et aucun d'eux ne pouvait avoir raison de l'autre. Ils ne s'accordaient sur aucun point, ce qui rendait leur discussion particulièrement intéressante, et inépuisable. Il allait de soi que le supplice d'aujourd'hui n'avait été qu'un pur malentendu : d'ailleurs le philosophe – qui avait émis, entre autres, l'idée si incroyablement absurde que tout le monde était bon –, le philosophe marchait à côté de lui, donc il était vivant.

[Naturellement, l'idée même qu'on ait pu supplicier un homme comme lui était horrible. Non, il n'y avait pas eu de supplice ! Non ! Voilà pourquoi cette promenade sur le chemin de la lune était si belle.]

On disposait d'autant de temps qu'on le désirait, l'orage ne menacerait d'éclater que dans la soirée, et la lâcheté, incontestablement, était l'un des pires défauts. Ainsi parlait Yeshoua Ha-Nozri. Non, philosophe, je ne suis pas d'accord : la lâcheté est le pire de tous les défauts !

Ainsi, par exemple, ce n'était pas l'actuel procurateur de Judée qui tremblait, mais l'ancien tribun de Légion, lorsque, dans la Plaine des Vierges, les Germains furieux avaient failli mettre en pièces le géant Mort-aux-Rats. Mais de grâce, philosophe ! Pouvez-vous vraiment, avec votre esprit, accepter l'idée qu'à cause d'un homme coupable d'un crime contre César, le procurateur de Judée ruine sa propre carrière ?

— Oui, oui… gémit Pilate avec un sanglot.

[Bien entendu, il la ruinerait. Ce matin, il aurait rejeté cette idée, mais maintenant, à la nuit, tout bien considéré, il était d'accord pour ruiner sa carrière. Il était prêt à tout pour sauver du supplice ce médecin, ce rêveur insensé qui n'était aucunement coupable !]

— Désormais, nous serons toujours ensemble, lui disait le loqueteux philosophe, qui se trouvait on ne sait comment sur la route du chevalier Lance-d'Or. Quand on verra l'un, on verra l'autre ! Dès qu'on parlera de moi, on parlera de toi aussi ! Moi, l'enfant trouvé, fils de parents inconnus, et toi, fils d'un roi astrologue et d'une fille de meunier, la belle Pila.

— Oui, surtout n'oublie pas de parler de moi, fils d'astrologue, demanda Pilate dans son rêve. Ayant obtenu l'assentiment du mendiant d'En-Sarid qui marchait à côté de lui, le cruel procurateur de Judée se mit à rire et à pleurer de joie.

Tout cela était fort bien, mais le réveil de l'hegemon n'en fut que plus pénible. Banga gronda, et le chemin de lune bleu et glissant comme une traînée d'huile s'effaça devant le procurateur. Il ouvrit les yeux, et [la première chose qui lui revint à la mémoire, c'est que le supplice avait eu lieu. La première chose que fit le procurateur fut,] d'un geste habituel, de retenir Banga par le collier. Puis, d'un regard douloureux, il chercha la lune et s'aperçut qu'elle s'était légèrement déplacée de côté, et qu'elle avait pris une teinte plus argentée. Sa lumière était ternie par une lueur inquiète et déplaisante, qui jouait sous les colonnes, juste devant ses yeux. C'était la flamme fuligineuse d'une torche, que tenait à la main le centurion Mort-aux-Rats. Quant à celui-ci, il surveillait du coin de l'œil, d'un air effrayé et haineux, l'animal prêt à bondir.

— Du calme, Banga, dit le procurateur d'une voix souffrante, et il toussa. Se protégeant de la main contre la flamme de la torche, il reprit : Même la nuit, au clair de lune, je ne trouve pas la paix !... Ô dieux... Vous aussi, vous avez une triste tâche, Marcus. Mutiler des soldats...

Marcus regarda le procurateur avec un profond étonnement, mais celui-ci se ressaisit. Pour corriger l'impression injurieuse produite par ses paroles, il dit :

— Ne soyez pas offensé, centurion. Ma situation, je vous le répète, est encore pire. Que voulez-vous ?

— Le chef de la garde secrète demande à vous voir, annonça calmement Marcus.

— Appelez-le, appelez-le, ordonna le procurateur en s'éclaircissant la gorge et en cherchant ses sandales de ses pieds nus.

La flamme vacilla entre les colonnes, tandis que les *caliga* du centurion claquaient sur la mosaïque. Mort-aux-Rats sortit dans le jardin.

— Même au clair de lune, je ne trouve pas la paix, se répéta le procurateur en grimaçant des dents.

À la place du centurion parut l'homme au capuchon.

— Banga, du calme, dit doucement le procurateur, et il força le chien à baisser la tête.

Avant de commencer à parler, Afranius, selon son habitude, inspecta les alentours et alla fouiller l'ombre du regard. Une fois assuré que, sauf Banga, personne d'indésirable ne se trouvait là, il dit d'une voix assourdie :

— Je vous prie de me faire passer en jugement, procurateur. Vous aviez raison. Je n'ai pas su assurer la protection de Judas de Carioth, et on l'a tué. Destituez-moi et faites-moi juger.

Afranius eut la sensation que quatre yeux – deux de chien et deux de loup – le regardaient.

Il tira de sa chlamyde une bourse maculée de croûtes de sang et scellée de deux cachets.

— Voici le sac d'argent que les assassins ont porté dans la maison du grand-prêtre. Le sang qui s'y trouve est le sang de Judas de Carioth.

— Combien y a-t-il là-dedans, je suis curieux de le savoir ? dit Pilate en se penchant sur la bourse.

— Trente tétradrachmes.

Le procurateur sourit et dit :

— C'est peu.

Afranius ne répondit rien.

— Où est le cadavre ?

— Ça, je l'ignore, répondit avec une tranquille dignité l'homme à l'éternel capuchon. Ce matin, nous commencerons les recherches.

Le procurateur sursauta et lâcha les brides de ses sandales qu'il ne parvenait pas à rattacher.

— Et cependant, vous êtes certain qu'il a été tué ?

La réponse fut sèche :

— Procurateur, il y a quinze ans que je travaille en Judée. J'ai commencé à servir sous Valerius Gratius. Il n'est pas indispensable que je voie le cadavre pour savoir qu'un homme est mort, et je vous annonce que celui qu'on appelait Judas de Carioth a été assassiné il y a quelques heures.

— Pardonnez-moi, Afranius, dit Pilate. Je ne suis pas encore bien réveillé, c'est pourquoi je vous ai dit cela. Je dors mal (le procurateur sourit), et je vois tout le temps, en rêve, un rayon de lune. C'est même drôle, figurez-vous, j'ai rêvé que je me promenais le long de ce rayon... Bon. Ce que je voudrais connaître, ce sont vos hypothèses, dans cette affaire. Où pensez-vous chercher le corps ? Asseyez-vous, chef du service secret.

Afranius s'inclina, tira le fauteuil plus près du lit et s'assit, heurtant le sol de son épée.

— Je pense le chercher aux alentours du pressoir à olives, dans le jardin de Gethsémani.

— Ah bien. Et pourquoi justement là ?

— D'après mes raisonnements, hegemon, Judas n'a été tué ni à Jérusalem même ni loin de la ville. Il a été tué dans les environs immédiats de Jérusalem.

— Je vous considère comme un des plus éminents spécialistes dans votre partie. Je ne sais pas, du reste, ce qu'il en est à Rome, mais dans les colonies, personne ne vous égale. Alors, expliquez-moi pourquoi.

[— Je ne puis en aucun cas, dit Afranius d'une voix égale, admettre l'idée que Judas serait tombé aux mains d'individus suspects dans l'enceinte de la ville. On n'assassine pas secrètement dans les rues. Donc, il aurait fallu l'attirer dans une cave quelconque. Mais mes hommes l'ont déjà cherché dans la Ville Basse, et s'il y était, ils l'auraient forcément trouvé. Il n'est pas dans la ville, je peux vous le garantir. Et s'il avait été tué loin de la ville, le paquet avec l'argent n'aurait pu être déposé si vite. Il a été tué près de la ville, et on a donc trouvé le moyen de l'attirer hors des murs.

— Je ne vois pas du tout comment on a pu s'y prendre !

— C'est bien là, procurateur, le problème le plus difficile de cette affaire, et je ne sais même pas si je parviendrai à le résoudre.

— Effectivement, c'est un mystère ! Un soir de fête, sans que personne sache pourquoi, voilà un croyant qui abandonne le repas pascal, sort de la ville, et meurt. Qui a pu l'attirer, et comment ? Ne s'agirait-il pas d'une femme ? demanda le procurateur avec une soudaine inspiration.

Afranius répondit d'un air calme et sérieux :

— En aucun cas, procurateur. Cette possibilité est absolument exclue. Il faut raisonner logiquement. Qui avait intérêt à la mort de Judas ? Quelques vagabonds exaltés, un petit cercle d'individus où, avant tout, il n'y a pas de femmes. Pour se marier, procurateur, il faut de l'argent. Pour mettre un homme au monde, il en faut aussi. Mais pour assassiner un homme avec l'aide d'une femme, il en faut énormément, et aucun de ces vagabonds n'en a. Il n'y a pas eu de femme dans cette affaire, procurateur. Je dirai même plus : une telle explication du meurtre ne peut que m'embrouiller, me mettre sur une fausse piste et gêner l'enquête.

— Je vois que vous avez entièrement raison, Afranius, dit Pilate. Je me suis simplement permis d'émettre une hypothèse.

— Hélas, elle est erronée, procurateur.

— Mais alors ? Alors ? s'écria le procurateur en dévisageant Afranius avec une curiosité avide.

— Je pense qu'il s'agit tout de même d'une question d'argent.

— Remarquable idée ! Mais qui, et sous quel prétexte, a pu lui proposer de lui remettre de l'argent, la nuit, hors de la ville ?

— Oh non, procurateur, ce n'est pas cela. Je ne vois qu'une hypothèse ; si elle est fausse, je serai probablement incapable de trouver d'autres explications. (Afranius se pencha plus près de Pilate, et chuchota :) Judas voulait dissimuler son propre argent dans une cachette connue de lui seul.

— Explication pleine de finesse. C'est évidemment ainsi que les choses se sont passées. Maintenant, je vous comprends : ce ne sont pas des gens qui l'ont attiré hors de la ville, mais son propre dessein. Oui, oui, c'est cela.

— C'est cela. Judas était méfiant, et il a caché son argent.

— Oui, mais vous avez dit : à Gethsémani… pourquoi est-ce là, précisément, que vous avez l'intention de le chercher ? J'avoue que je ne saisis pas très bien.

— Oh, procurateur, c'est extrêmement simple. Personne ne cacherait de l'argent au bord des routes, dans des endroits découverts et déserts. Judas n'était ni sur la route d'Hébron ni sur la route de Béthanie. Il devait donc se trouver dans un endroit abrité, caché, avec des arbres. C'est très simple : à part Gethsémani, il n'y a pas d'autres endroits de ce genre près de Jérusalem. Et comme il n'a pas pu aller loin…

— Vous m'avez entièrement convaincu. Alors, que faire maintenant ?

— Je vais immédiatement commencer les recherches pour trouver les meurtriers qui ont traqué Judas hors de la ville. Et moi, pendant ce temps, comme je vous l'ai annoncé, je vais passer en jugement.

— Pourquoi ?

— Mes hommes l'ont perdu de vue dans la soirée, au bazar, après qu'il eut quitté le palais du Caïphe. Je ne comprends pas comment cela a pu se produire. C'est la première fois de ma vie que cela arrive. Il avait été pris en filature immédiatement après notre conversation. Mais dans le quartier du bazar, il s'est faufilé on ne sait où, et il a si bien brouillé sa piste qu'il a disparu sans laisser de traces.

— Bon. Je vous déclare que je ne juge pas nécessaire de vous faire passer en jugement. Vous avez fait tout ce que vous pouviez et personne au monde (le procurateur sourit) n'aurait pu faire plus que vous ! Punissez ceux qui étaient chargés de filer Judas et qui l'ont laissé échapper. Mais je vous préviens, je ne veux aucune sévérité particulière dans cette punition. En fin de compte, nous avons fait tout ce qu'il fallait pour protéger cette canaille ! Ah oui, j'oubliais de vous demander] (le procurateur se passa la main sur le front :) Comment se sont-ils débrouillés pour déposer l'argent chez Caïphe ?

— Voyez-vous, procurateur… Ce n'était pas très compliqué. Les vengeurs de Ha-Nozri sont passés derrière le palais de Caïphe, là où il y a une arrière-cour en contrebas de la rue. Ils n'ont eu qu'à jeter le paquet par-dessus le mur.

— Avec un billet ?

— Oui, exactement comme vous l'aviez supposé, procurateur. [Et d'ailleurs… Afranius brisa les cachets qui fermaient le paquet et en montra le contenu à Pilate.

— Hé, que faites-vous là, Afranius ? Ce sont les sceaux du Temple !

— Que le procurateur ne s'inquiète pas pour cela, dit Afranius en refermant le paquet.

— Seriez-vous donc en possession de tous les sceaux nécessaires ? demanda Pilate en riant.

— Il ne peut en être autrement, procurateur, répondit Afranius sans rire, et même d'un ton sévère.]

— J'imagine l'effet que cela a dû faire chez Caïphe !

— Certes, procurateur, cela a provoqué une vive émotion. On m'a fait venir immédiatement.

Dans l'ombre, on voyait scintiller les yeux de Pilate.

— C'est intéressant, très intéressant…

— J'ose émettre un avis contraire, procurateur. Ce n'était pas intéressant. Cela a été une affaire excessivement ennuyeuse et fatigante. Quand j'ai demandé, au palais de Caïphe, si cet argent n'avait pas servi à payer quelqu'un, on m'a affirmé catégoriquement qu'il ne s'était rien produit de semblable.

— Ah bon ? Eh bien soit, ils n'ont payé personne, donc. Mais il sera d'autant plus difficile de trouver les assassins.

— C'est absolument certain, procurateur.

[— Mais dites-moi, Afranius. Il me vient soudain une idée : n'aurait-il pas lui-même mis fin à ses jours ?

— Oh non, procurateur ! (D'étonnement, Afranius se rejeta même en arrière dans le fauteuil.) Pardonnez-moi, mais c'est tout à fait invraisemblable !

— Ah, tout est vraisemblable, dans cette ville ! Je suis prêt à parier que d'ici très peu de temps, le bruit de ce suicide courra dans tout Jérusalem.

De nouveau, Afranius lança au procurateur son regard singulier, puis il réfléchit et dit :

— Cela, c'est possible, procurateur.

Bien que, de la sorte, tout fût clair, le procurateur ne pouvait sans doute détacher son esprit de cette histoire de meurtre de l'homme de Carioth, car il dit – et son ton, même, était un peu rêveur :

— J'aurais bien voulu voir comment ils l'ont tué…

— Ils l'ont tué avec l'art le plus consommé, procurateur, répondit Afranius en regardant Pilate avec quelque ironie.

— Tiens ? Et d'où tenez-vous cela ?

— Ayez l'obligeance, procurateur, de porter votre attention sur cette bourse, dit Afranius. Je vous garantis que le sang de Judas a jailli à flots. Dans ma vie, j'ai vu bien des meurtres.

— De sorte qu'évidemment, il ne se relèvera pas ?

— Si, procurateur, il se relèvera, répondit Afranius en souriant philosophiquement. Quand la trompette du Messie que les gens d'ici attendent résonnera pour lui. Mais jusque-là, il ne se relèvera pas.]

— Bon, il suffit, Afranius. Cette question est claire. Passons à l'enterrement.

— Les condamnés ont été enterrés, procurateur.

— Ô Afranius, vous faire passer en jugement serait un crime. Vous méritez les plus hautes récompenses. Comment cela s'est-il passé ?

Au moment, raconta Afranius, où lui-même s'occupait de l'affaire de Judas, un détachement de la garde secrète, conduit par l'un de ses lieutenants, arrivait à la colline du supplice, à la tombée de la nuit. Mais là-haut, il manquait un corps.

Pilate tressaillit et dit d'une voix rauque :

— Ah ! Pourquoi n'ai-je pas prévu ça ?

— N'ayez aucune inquiétude, procurateur, dit Afranius, qui poursuivit : Mes hommes ramassèrent les corps de Hestas et Dismas, dont les yeux avaient déjà été becquetés par les charognards, puis se mirent tout de suite à la recherche du troisième corps. Ils ne tardèrent pas à le découvrir. Un individu…

— Matthieu Lévi, dit Pilate, d'un ton plus affirmatif qu'interrogateur.

— Oui, procurateur… Matthieu Lévi, qui s'était caché dans une grotte de la pente nord pour attendre la nuit. Le corps nu de Yeshoua Ha-Nozri était près de lui. Quand des hommes de la garde entrèrent dans la grotte avec une torche, Lévi eut une crise de rage et de désespoir. Il criait qu'il n'avait commis aucun crime, et que légalement, tout homme avait le droit d'enterrer un criminel supplicié, s'il le désirait. Et Matthieu Lévi disait qu'il n'abandonnerait pas ce corps. Il était surexcité, vociférait des mots sans suite, tantôt suppliait, tantôt menaçait ou maudissait.

— Et il a fallu l'empoigner ? demanda sombrement Pilate.

— Non, procurateur, non, répondit Afranius d'un ton tout à fait rassurant. On a réussi à calmer ce fou insolent, en lui expliquant qu'on allait enterrer le corps. Quand il a compris ce qu'on lui disait, il s'est tenu tranquille, mais il a déclaré qu'il ne s'en irait pas, et qu'il voulait participer à l'enterrement. Il a dit qu'il ne partirait pas même si on essayait de le tuer, et il a même offert pour cela un couteau à pain qu'il avait sur lui.

— On l'a chassé ? demanda Pilate d'une voix étranglée.

— Non, procurateur, non. Mon lieutenant l'a autorisé à participer à l'enterrement.

— Quel est celui de vos lieutenants qui s'est occupé de cela ? demanda Pilate.

— Tholmaï, répondit Afranius, et il ajouta avec inquiétude : A-t-il commis une faute ?

— Continuez, dit Pilate. Il n'y a pas eu de faute. Je commence même à ne plus savoir que dire, Afranius, car j'ai manifestement affaire à un homme qui ne commet jamais de fautes. Et cet homme, c'est vous.

— On a fait monter Matthieu Lévi dans le fourgon avec les corps des condamnés, et deux heures plus tard, on s'arrêtait à un ravin désert, au nord de Jérusalem. Là le détachement, en travaillant par équipes, a mis à peine une heure pour creuser une grande fosse où ont été enterrés les trois corps.

— Nus ?

— Non, procurateur. Les hommes avaient apporté exprès des tuniques. Et on a mis des anneaux au doigt des condamnés. Des anneaux cochés. Une coche pour Yeshoua, deux pour Dismas et trois pour Hestas. Puis la fosse a été refermée et recouverte de pierres. Les signes distinctifs sont connus de Tholmaï.

— Ah, si j'avais pu prévoir !... dit Pilate le visage crispé. J'aurais grand besoin, pourtant, de voir ce Matthieu Lévi...

— Il est ici, procurateur.

Pilate, les yeux arrondis, considéra Afranius quelque temps, puis répondit :

— Je vous remercie pour tout ce qui a été fait dans cette affaire. Je vous prie, demain, de m'envoyer Tholmaï, mais vous lui direz d'avance que je suis content de lui. Et vous, Afranius (le procurateur tira d'une poche de son ceinturon, posé sur la table, une bague qu'il donna au chef du service secret), je vous prie d'accepter ceci en souvenir de moi.

Afranius s'inclina et dit :

— C'est un grand honneur, procurateur.

— Vous récompenserez de ma part le détachement qui s'est occupé de l'enterrement. Et vous donnerez un blâme à ceux qui étaient chargés de filer Judas. Que Matthieu Lévi vienne tout de suite. Il me faut des détails, maintenant, sur l'affaire de Yeshoua.

— À vos ordres, procurateur, répondit Afranius, et il se retira avec un profond salut.

Le procurateur frappa dans ses mains et cria :

— Holà ! Quelqu'un ! Et de la lumière !

Afranius était déjà dans le jardin que des serviteurs, derrière Pilate, apportaient de la lumière. Trois chandeliers furent posés sur la table, devant le procurateur, et la nuit lunaire se retira aussitôt dans le jardin, comme si Afranius l'avait emportée avec lui. À sa place parut un inconnu de petite taille et d'une grande maigreur, accompagné par le gigantesque centurion. Celui-ci, sur un regard du procurateur, s'éloigna aussitôt et disparut dans le jardin.

[Le procurateur observa l'arrivant d'un regard à la fois avide et quelque peu effrayé. C'est ainsi que l'on regarde quelqu'un dont on a beaucoup entendu parler, à qui on a beaucoup pensé, et qu'on voit paraître enfin.]

Le nouveau venu, qui pouvait avoir quarante ans, était noiraud, déguenillé, couvert de boue séchée, et dardait par en dessous des regards sauvages. En un mot, il avait un aspect repoussant et ressemblait plutôt à un de ces innombrables mendiants qui s'agglutinent aux terrasses du Temple ou autour des bazars de la crasseuse et bruyante Ville Basse.

Le silence se prolongeait, et il ne fut interrompu que par l'étrange conduite de l'homme appelé par Pilate. Son visage se décomposa soudain, il tituba, et, s'il ne s'était pas rattrapé de sa main sale au bord de la table, il serait tombé.

— Qu'est-ce que tu as ? demanda Pilate.

— Rien, répondit Matthieu Lévi avec une sorte de mouvement de déglutition qui dilata un instant son cou nu, gris et décharné.

— Qu'est-ce que tu as ? répéta Pilate. Réponds !

— Je suis fatigué, répondit Lévi en regardant sombrement le sol de mosaïque.

— Assieds-toi, ordonna Pilate, et il lui montra le fauteuil.

Lévi regarda le procurateur avec méfiance, s'approcha du fauteuil, loucha avec effroi sur les appuie-bras dorés, puis s'assit, non pas dans le fauteuil, mais à côté, par terre.

— Peux-tu m'expliquer pourquoi tu ne t'es pas assis dans le fauteuil ? demanda Pilate.

— Je ne suis pas propre, je le salirais, dit Lévi, les yeux au sol.

— On va tout de suite t'apporter à manger.

— Je ne veux pas manger.

— À quoi bon mentir ? demanda doucement Pilate. Cela fait un jour entier que tu n'as rien mangé, peut-être plus. Bon, très bien, si tu ne veux pas manger, ne mange pas. Je t'ai fait appeler pour que tu me montres le couteau que tu as sur toi.

— Les soldats me l'ont pris en m'amenant ici, dit Lévi, et il ajouta d'un air maussade : Il faut que vous me le redonniez, je dois le rendre à la personne à qui je l'ai volé.

— Pourquoi l'as-tu volé ?

— Pour couper les cordes, dit Lévi.

— Marcus ! appela le procurateur.

Le centurion parut sous les colonnes.

— Donnez-moi son couteau.

De l'un des deux étuis de son ceinturon, Mort-aux-Rats tira un couteau à pain sale, le tendit au procurateur, et sortit.

— À qui as-tu pris ce couteau ?

— À un boulanger, près de la porte d'Hébron, tout de suite à gauche en entrant dans la ville.

Pilate examina la large lame, dont il essaya, sans savoir pourquoi, le tranchant du bout du doigt, et dit :

— Pour le couteau, ne t'inquiète pas, il sera reporté à la boulangerie. Maintenant, il me faut autre chose : montre-moi le papyrus que tu as sur toi, et où tu as inscrit les paroles de Yeshoua.

Lévi lança un regard haineux à Pilate, et eut un sourire si mauvais que son visage en fut complètement déformé.

— Vous voulez donc tout me prendre ? La dernière chose que je possède ? demanda-t-il.

— Je ne t'ai pas dit : donne, répliqua Pilate. Je t'ai dit : montre.

Lévi fouilla dans sa chemise et en sortit un rouleau de parchemin. Pilate le prit, le déroula, l'étala entre les chandeliers et se mit, en plissant les yeux, à étudier les signes presque indéchiffrables qui y étaient tracés à l'encre. Il était difficile de suivre les lignes chaotiques et Pilate, les sourcils froncés, se pencha tout près du parchemin et essaya de les suivre du doigt. Il réussit néanmoins à constater que ce texte n'était qu'une suite décousue et incohérente de maximes, de dates, de notes domestiques et de fragments poétiques. « … La mort n'existe pas… hier nous avons mangé de délicieux melons de printemps… », lut Pilate.

Le visage tendu, Pilate lut encore, en grimaçant : « … Nous verrons le pur fleuve de la vie…, l'humanité regardera le soleil à travers un cristal transparent… »

[Pilate sursauta. Les derniers mots qu'il déchiffra au bas du parchemin étaient : « … plus grand défaut… lâcheté… »]

Pilate roula le parchemin et le rendit d'un geste brusque à Lévi.

— Prends, dit-il. Puis, après un silence, il ajouta : À ce que je vois, tu es un homme de bibliothèque, et tu n'as aucune raison d'errer seul, vêtu comme un mendiant, et sans logis. À Césarée, j'ai une grande bibliothèque. Je suis très riche, et je veux te prendre à mon service. Tu classeras et tu conserveras mes papyrus, et tu seras nourri et habillé.

Lévi se leva et répondit :

— Non. Je ne veux pas.

— Pourquoi ? demanda le procurateur, le visage assombri. Je te déplais… tu as peur de moi ?

Le même sourire mauvais déforma la figure de Lévi, et il dit :

— Non, c'est toi qui auras peur de moi. Cela ne te sera pas facile de me regarder en face, maintenant que tu l'as tué.

— Tais-toi, dit Pilate. Tiens, prends cet argent.

Lévi secoua négativement la tête, et le procurateur reprit :

— Je sais, tu te considères comme un disciple de Yeshoua. Mais je vais te dire une chose : tu n'as absolument rien compris à ce qu'il t'a enseigné. Sinon, tu aurais forcément accepté quelque chose de moi. Souviens-toi qu'avant de mourir, il a dit qu'il ne faisait de reproches à personne. (Pilate leva le doigt d'un air grave, et son visage trembla.) Lui-même aurait certainement accepté. Tu es violent, – pas lui. Où vas-tu ?

Lévi s'était levé tout à coup et approché de la table. Il s'y appuya des deux mains et, fixant le procurateur d'un regard brûlant, il murmura :

— Sache, hegemon, qu'à Jérusalem, il y a un homme que je vais tuer. Je voulais te le dire, afin que tu saches qu'il y aura encore du sang.

— Je le sais aussi bien que toi, qu'il y aura encore du sang, répondit Pilate, et tes paroles ne m'étonnent pas. Naturellement, c'est moi que tu veux tuer ?

— Te tuer, je n'y réussirais pas, répondit Lévi dont un rictus découvrit les dents. Je ne suis pas assez bête pour avoir cette intention. Mais je tuerai Judas de Carioth, et s'il le faut, j'y consacrerai le reste de ma vie.

Une véritable jouissance alluma les yeux du procurateur. Du doigt, il fit signe à Matthieu Lévi de s'approcher et dit :

— Là non plus, tu ne réussiras pas, inutile de t'agiter. Judas a été assassiné cette nuit.

Lévi fit un bond en arrière, roula des yeux hagards, et cria :

— Qui a fait cela ?

[— Ne sois pas jaloux, dit Pilate en ricanant et en se frottant les mains. Je crains qu'il n'ait eu d'autres partisans que toi.

— Qui a fait cela ? répéta Lévi d'une voix sourde.]

Pilate répondit :

— Moi.

Bouche bée, Lévi regarda fixement le procurateur. Celui-ci ajouta d'une voix douce :

— C'est peu de chose, évidemment, mais c'est tout de même moi qui l'ai fait. Alors – tu ne veux pas accepter quelque chose, maintenant ?

Lévi réfléchit, son visage se fit moins dur, et il dit enfin :

— Dis qu'on m'apporte un morceau de parchemin propre.

Une heure plus tard, Lévi n'était plus dans le palais. Le silence de l'aurore n'était plus troublé maintenant que par les pas étouffés des sentinelles dans le jardin. La lune se décolorait rapidement, et à l'autre extrémité du ciel, on apercevait la petite tache blanche de l'étoile du matin. Les lumières de la ville étaient éteintes depuis longtemps. Le procurateur était étendu sur son lit. La main sous la joue, il dormait, et sa respiration était silencieuse.

Près de lui dormait Banga.

C'est ainsi que Ponce Pilate, cinquième procurateur de Judée, accueillit l'aube du quinzième jour du mois de Nisan.

27. La fin de l'appartement 50

Quand Marguerite arriva aux derniers mots du chapitre qu'elle lisait – « … C'est ainsi que Ponce Pilate, cinquième procurateur de Judée, accueillit l'aube du quinzième jour du mois de Nisan. » – le jour se levait.

Dans la petite cour on entendait, parmi les branches du saule et du tilleul, les moineaux mener leur conversation joyeuse et animée du matin.

Marguerite se leva de son fauteuil, s'étira, et sentit alors seulement que son corps était rompu, et qu'elle n'avait plus qu'une envie : dormir. Il est intéressant de noter que Marguerite avait l'âme parfaitement tranquille. Aucun désordre dans ses pensées, aucun bouleversement à l'idée qu'elle venait de passer une nuit surnaturelle. Rien ne la troublait, – ni le souvenir du bal chez Satan, ni le retour, en quelque sorte miraculeux, du Maître, ni le fait d'avoir vu le roman renaître de ses cendres, ni le rétablissement de toutes choses à leur place dans le sous-sol, dont ce vilain mouchard d'Aloysius Mogarytch avait été chassé. Bref, la rencontre de Woland ne l'avait nullement endommagée, du point de vue psychique. Tout était, sans doute, comme cela devait être. Elle passa dans la chambre voisine, s'assura que le Maître dormait d'un sommeil profond et paisible, éteignit la lampe de table inutile, et s'étendit elle-même, contre le mur opposé, sur un étroit divan couvert d'un vieux drap déchiré. Une minute plus tard elle dormait, et ce matin-là, elle n'eut aucun rêve. Le silence s'établit dans les deux pièces du sous-sol, – le silence régna dans la petite maison de l'entrepreneur, et aucun bruit ne troubla la ruelle écartée.

Mais pendant ce temps, c'est-à-dire à l'aube du samedi, tout un étage d'un établissement moscovite était en éveil, [et ses fenêtres, qui donnaient sur une large place asphaltée que des machines spéciales balayaient lentement en vrombissant, brillaient de toutes leurs lumières, faisant pâlir la lueur du jour qui se levait.]

Cet étage était entièrement livré à une enquête sur l'affaire Woland, et les lampes avaient brûlé toute la nuit dans des dizaines de bureaux.

À proprement parler, l'affaire était claire déjà depuis la veille – le vendredi soir –, quand il avait fallu fermer le théâtre des Variétés, par suite de la disparition complète de son administration, et des horreurs de toutes sortes qui avaient marqué la fameuse séance de magie noire. Mais le fait est qu'à cet étage sans sommeil, de nouvelles pièces venaient continuellement s'ajouter au dossier de l'affaire.

Il appartenait maintenant aux enquêteurs chargés de démêler cette étrange affaire, qui sentait nettement la diablerie, non sans quelques relents d'hypnotisme et de crime, de réunir en une seule pelote les événements extrêmement divers et confus qui s'étaient produits dans tous les coins de Moscou.

Le premier qui dut se rendre à l'étage inondé de lumière électrique fut Arcadi Apollonovitch Simpleïarov, président de la Commission d'Acoustique.

[Le vendredi, alors qu'il venait de déjeuner dans son appartement, situé dans un immeuble qui donnait sur le pont Kamienny, le téléphone sonna, et une voix d'homme demanda Arcadi Apollonovitch. L'épouse d'Arcadi Apollonovitch, qui avait décroché, répondit d'un air maussade qu'Arcadi Apollonovitch était malade, qu'il s'était allongé pour se reposer, et qu'il ne pouvait venir au téléphone. Cependant, Arcadi Apollonovitch fut tout de même contraint de venir au téléphone. Quand son épouse eut demandé qui était à l'appareil, la voix répondit, et cette réponse fut très brève.

— Tout de suite… à l'instant… dans une seconde…, balbutia l'épouse, habituellement fort hautaine, du président de la Commission d'Acoustique.

Et elle fila comme une flèche dans la chambre, pour faire lever Arcadi Apollonovitch du lit où celui-ci était étendu et souffrait les tourments de l'enfer au souvenir de la séance de la veille, et du scandale nocturne qui avait accompagné l'expulsion de la jeune nièce de Saratov.

Il fallut plus d'une seconde, mais moins d'une minute – à la vérité, un quart de minute – à Arcadi Apollonovitch pour venir au téléphone, en linge de corps et une pantoufle au pied gauche, et y bégayer :

— Oui, c'est moi… allô, à vos ordres…

Son épouse, oubliant sur l'instant les crimes abominables de lèse-fidélité dont le malheureux Arcadi Apollonovitch avait été convaincu, montra une tête effarée à la porte du couloir, désigna du doigt une pantoufle qu'elle tenait en l'air et cria en chuchotant :

— Ta pantoufle, mets ta pantoufle… tu vas attraper froid au pied…

À quoi Arcadi Apollonovitch répondit en faisant mine de chasser sa femme de son pied nu et en lui lançant des regards féroces, tout en balbutiant dans l'appareil :

— Oui, oui, oui… bien sûr… je comprends… j'y vais tout de suite…

Et Arcadi Apollonovitch passa toute la soirée à l'étage où se déroulait l'enquête.] Conversation pénible, contrariante conversation ! car il fallut bien parler – avec la sincérité la plus entière – non seulement de cette ignoble séance et de la bagarre dans la loge, mais aussi – accessoirement certes, mais inévitablement – de cette Militsa Andréievna Pokobatko de la rue Elokhov, et de cette nièce de Saratov, et de bien d'autres choses encore, dont le récit fut pour Arcadi Apollonovitch une source d'inexprimables tourments.

Il va de soi que les indications d'Arcadi Apollonovitch, homme instruit et cultivé, qui fut le témoin – témoin qualifié et intelligent – de l'épouvantable séance, qui donna une description remarquable du mystérieux magicien lui-même, avec son masque, et de ses deux gredins d'assistants, qui sut se rappeler avec précision que le nom du magicien était bien Woland – il va de soi que ces indications firent grandement avancer l'enquête. Lorsque l'on confronta les indications d'Arcadi Apollonovitch à celles d'autres témoins, – notamment de certaines dames qui avaient souffert des suites de la séance (celle en lingerie violette dont la vue avait violemment choqué Rimsky, et hélas, beaucoup d'autres), et du garçon de courses Karpov qu'on avait envoyé rue Sadovaïa, à l'appartement 50 –, on put établir du même coup l'endroit exact où il fallait chercher l'odieux responsable de toutes ces aventures.

On se rendit à l'appartement 50, et plus d'une fois, et non seulement on l'explora avec un soin extrême, mais on alla même jusqu'à sonder tous les murs, examiner les conduits de cheminée, chercher de mystérieuses cachettes. Cependant, toutes ces entreprises demeurèrent sans résultat, et à chaque fois que l'on se rendit à l'appartement, il fut impossible d'y découvrir qui que ce fût, bien que de toute évidence, il dût y avoir quelqu'un, – ceci malgré le fait que toutes les personnes auprès de qui on se renseigna, d'une manière ou d'une autre, sur les artistes étrangers récemment arrivés à Moscou, répondirent résolument et catégoriquement qu'il n'y avait et ne pouvait y avoir à Moscou aucun magicien noir nommé Woland.

Son arrivée n'était enregistrée absolument nulle part, il n'avait présenté absolument à personne ni passeport ni autres papiers, contrats ou conventions, et personne n'avait jamais entendu parler de lui ! Kitaïtsev, président de la Section des Programmes de la Commission des Spectacles, jura par Dieu et par tout ce qu'on voulut que l'introuvable Stépan Likhodiéïev ne lui avait jamais envoyé de programme pour aucun Woland, et qu'il n'avait – lui, Kitaïtsev – jamais reçu aucun coup de téléphone à propos de ce Woland. De sorte que lui, Kitaïtsev, ignorait totalement et ne comprenait pas du tout comment et par quels moyens Stépan avait pu admettre pareille séance aux Variétés. Quand on lui apprit qu'Arcadi Apollonovitch avait vu, de ses propres yeux, ce magicien sur la scène, Kitaïtsev se contenta d'écarter les bras et de lever les yeux au ciel. Et rien qu'à l'expression des yeux de Kitaïtsev, on pouvait voir et affirmer sans crainte qu'il était innocent et pur comme le cristal.

Quant à Prokhor Pétrovitch, président de la Commission générale…

À propos, il rentra dans son costume immédiatement après l'arrivée de la milice dans son cabinet, ce qui plongea Anna Richardovna dans une joie extasiée, et la milice inutilement dérangée dans la plus grande perplexité.

À propos encore, une fois revenu à sa place, dans son costume rayé gris, Prokhor Pétrovitch approuva totalement les décisions prises par son costume pendant le temps de sa courte absence.

… Quant à Prokhor Pétrovitch, donc, il ne savait rien, rigoureusement rien, d'un nommé Woland.

[Enfin – excusez-moi – c'était une histoire à dormir debout : des milliers de spectateurs, tout le personnel des Variétés, et Arcadi Apollonovitch Simpleïarov lui-même, homme d'une très considérable instruction, avaient vu ce magicien, ainsi que ses trois fois maudits assistants, et pourtant, il était absolument impossible d'en trouver la plus petite trace. Enfin quoi, permettez-moi de vous le demander, avait-il disparu sous terre immédiatement après son exécrable séance, ou bien – comme certains l'affirmaient – n'était-il, en fin de compte, jamais venu à Moscou ? Si l'on admettait la première hypothèse, il était indubitable que le magicien, en disparaissant, avait emporté toute la tête de l'administration des Variétés ; mais si la deuxième était vraie, n'en découlait-il pas que l'administration du funeste théâtre elle-même, après s'être livrée à on ne sait quelles vilenies (qu'on songe seulement aux vitres brisées dans le cabinet de Rimsky et au comportement de Tambour), avait fui Moscou sans laisser de traces ?]

Il faut rendre justice à celui qui dirigeait l'enquête. L'introuvable Rimsky fut retrouvé avec une étonnante rapidité. Il suffit de rapprocher le comportement de Tambour à la station de taxis voisine du cinéma de certaines dates et de certaines heures – quand s'était terminée la séance, par exemple, et à quel moment précis Rimsky avait pu disparaître – pour être en mesure de télégraphier immédiatement à Léningrad. Une heure plus tard (c'était le vendredi soir), la réponse arrivait : Rimsky se trouvait au quatrième étage de l'hôtel *Astoria*, chambre 412, à côté de la chambre où était descendu le chef du répertoire d'un théâtre moscovite en tournée à Léningrad, dans cette chambre où, comme on le sait, le mobilier est gris-bleu avec des dorures, et qui est munie d'une magnifique salle de bains.

Trouvé caché dans une grande armoire de la chambre 412 de l'hôtel *Astoria*, Rimsky fut [immédiatement arrêté et] interrogé sur place, à Léningrad. Après quoi parvint à Moscou un télégramme qui annonçait que le directeur financier se trouvait dans un état irresponsable, qu'il ne donnait pas, ou ne voulait pas donner, aux questions qu'on lui posait, des réponses sensées, et qu'il ne réclamait qu'une chose : qu'on le cache dans une chambre blindée, gardée par des sentinelles en armes. [Ordre fut donné de Moscou, par télégramme, de ramener Rimsky à Moscou sous bonne garde, et le vendredi soir, c'est sous bonne garde que Rimsky descendit du train à Moscou.]

Ce même vendredi soir, on trouva également la trace de Likhodiéïev. Dans toutes les villes, on avait envoyé des télégrammes pour s'informer de Likhodiéïev, et c'est de Yalta que vint la réponse : Likhodiéïev était à Yalta, mais il venait de partir en aéroplane pour Moscou.

Le seul dont on ne put retrouver la piste fut Varié-noukha. L'illustre administrateur de théâtre, que tout Moscou connaissait, avait disparu comme au fond d'un puits.

Entre-temps, il fallut se débattre avec les incidents survenus çà et là dans Moscou, en dehors du théâtre des Variétés. Il fallut, entre autres, tenter d'élucider le cas des employés chantants (disons à ce propos que le professeur Stravinsky sut y mettre bon ordre en deux heures à peine – au moyen d'injections hypodermiques), ainsi que le cas des personnes qui avaient présenté à d'autres personnes ou à des établissements officiels, sous le nom d'argent, le diable sait quoi, et celui des personnes qui avaient été victimes de ces étranges paiements.

On comprendra aisément que le plus désagréable, le plus scandaleux et le plus insoluble de tous ces mystères fut celui de la tête du défunt littérateur Berlioz, volée dans son cercueil dans la grande salle de Griboiédov, en plein jour.

Douze hommes dispersés dans toute la ville essayaient de rassembler, comme sur des aiguilles à tricoter, les maudits fils de cette ténébreuse affaire.

L'un des enquêteurs se rendit à la clinique du professeur Stravinsky, et en premier lieu, demanda à voir la liste des personnes admises à la clinique au cours des trois derniers jours. C'est ainsi que furent découverts Nicanor Ivanovitch Bossoï et le malheureux présentateur à qui on avait arraché la tête. On ne s'occupa guère d'eux, d'ailleurs. Il était facile de constater que ces deux-là aussi étaient victimes de la bande dirigée par ce mystérieux magicien. Par contre, Ivan Nikolaiévitch Biezdomny intéressa vivement l'enquêteur.

[Le vendredi, à la tombée du soir, la porte de la chambre 117 – la chambre d'Ivan – s'ouvrit et livra passage à un jeune homme au visage rond, aux manières calmes et douces, qui ne ressemblait nullement à un enquêteur bien qu'il fût l'un des meilleurs enquêteurs de Moscou. Il vit, allongé sur son lit, un jeune homme pâle, aux traits tirés, dont les yeux trahissaient une totale absence d'intérêt pour ce qui se passait autour de lui, dont les yeux regardaient tantôt au loin, par-dessus la tête des personnes présentes, tantôt à l'intérieur du jeune homme lui-même.]

Ah, quel eût été le triomphe d'Ivan si cet enquêteur était venu le voir plus tôt, ne fût-ce, disons, que dans la nuit du mercredi au jeudi, lorsque Ivan, avec fureur et passion, essayait de faire entendre son récit des événements qui s'étaient déroulés à l'Étang du Patriarche ! Son rêve – contribuer à l'arrestation du consultant – s'était donc réalisé, il n'avait plus besoin de courir après quiconque, et c'est lui qu'on venait voir, au contraire, pour écouter son récit de ce qui s'était passé le mercredi soir.

Mais hélas, Ivan avait changé du tout au tout pendant le temps qui s'était écoulé depuis la mort de Berlioz. Certes, il était prêt à répondre volontiers et avec courtoisie à toutes les questions de l'enquêteur, mais son regard comme ses intonations exprimaient l'indifférence. Le sort de Berlioz ne touchait plus le poète.

Avant l'arrivée de l'enquêteur, Ivan somnolait sur son lit, et des visions flottaient devant ses yeux. Ainsi, il vit une cité étrange, inexplicable et irréelle, avec des blocs de marbre épars, des colonnades délabrées, des toits qui étincelaient au soleil, – avec sa noire, lugubre et impitoyable tour Antonia, son palais sur la Colline de l'Ouest, enfoncé jusqu'au toit dans la verdure quasi tropicale d'un jardin, avec des statues de bronze qui flamboyaient dans le soleil couchant au-dessus de cette verdure –, et il vit marcher sous les murailles de la ville antique des centuries de soldats romains cuirassés.

Dans son demi-sommeil, Ivan vit apparaître, immobile dans un fauteuil, un homme au visage glabre, jaune et agité de tics nerveux, enveloppé dans un manteau blanc à doublure pourpre, qui regardait avec haine la luxuriance de ce jardin étranger. Ivan vit encore une colline jaune et dénudée, où étaient plantés trois poteaux à barre transversale, nus.

Et ce qui s'était passé à l'Étang du Patriarche n'intéressait plus le poète Ivan Biezdomny.

— Dites-moi, Ivan Nikolaiévitch, vous étiez vous-même assez loin du tourniquet, quand Berlioz est tombé sous le tramway ? À quelle distance, à peu près ?

Un sourire d'indifférence à peine perceptible erra sur les lèvres d'Ivan, qui répondit :

— J'étais loin.

— Et ce type en pantalon à carreaux, il était tout près du tourniquet ?

— Non, il était assis sur un banc, pas très loin de là.

— Et il ne s'est pas approché du tourniquet au moment où Berlioz est tombé ? Vous vous en souvenez bien ?

— Je m'en souviens. Il ne s'est pas approché. Il se prélassait sur son banc.

Telles furent les dernières questions de l'enquêteur. Après quoi il se leva, tendit la main à Ivan, lui souhaita un prompt rétablissement et exprima l'espoir de lire bientôt de nouveaux vers de lui.

— Non, répondit doucement Ivan. Je n'écrirai plus de vers.

L'enquêteur sourit courtoisement, et se permit d'exprimer la conviction que, si le poète était actuellement dans un état, pour ainsi dire, de dépression, cela s'arrangerait, et très bientôt.

— Non, répondit Ivan, en regardant non pas l'enquêteur, mais au loin, l'horizon qui s'éteignait lentement. Cela ne s'arrangera jamais pour moi. Les vers que j'ai écrits sont de mauvais vers, c'est maintenant que je l'ai compris.

L'enquêteur s'en alla, nanti de renseignements de la plus haute importance. En remontant le fil des événements jusqu'au début, on pouvait enfin atteindre leur source. L'enquêteur ne doutait pas un instant que ces événements eussent commencé par un meurtre à l'Étang du Patriarche. Bien entendu, ni le petit Ivan ni ce type à carreaux n'avaient poussé le malheureux président du MASSOLIT sous le tramway, et personne n'avait prêté un concours physique, pour ainsi dire, à sa chute. Mais l'enquêteur était convaincu que Berlioz s'était jeté sous le tramway (ou y était tombé) sous l'effet de l'hypnotisme.

Oui, les renseignements étaient nombreux, et on savait désormais qui attraper au collet, et où. Le *hic*, cependant, c'est qu'il n'y avait pas moyen de mettre la main sur l'individu. À l'appartement 50 – trois fois maudit ! – il y avait quelqu'un : aucun doute là-dessus, il faut bien le dire. L'appartement répondait de temps à autre aux coups de téléphone, tantôt par un bavardage criard, tantôt d'une voix nasillarde, parfois une fenêtre s'ouvrait, et de plus, on entendait derrière la porte les sons d'un phonographe. Et pourtant, à chaque fois qu'on y pénétrait, on n'y trouvait absolument personne. [On y était allé plusieurs fois, et à différentes heures de la journée. On avait passé l'appartement au peigne fin, exploré tous les coins. Depuis longtemps, l'appartement était suspect. On surveillait non seulement l'entrée principale, sous le porche, mais aussi l'entrée de service. De plus, une souricière était tendue sur le toit, près des cheminées.] Oui, l'appartement 50 était habité par des farceurs, et il n'y avait rien à faire là contre.

Les choses traînèrent ainsi jusqu'au milieu de la nuit du vendredi au samedi, heure à laquelle le baron Meigel fut reçu solennellement à l'appartement 50 en qualité d'invité. On entendit la porte s'ouvrir et se refermer sur le baron. Exactement dix minutes plus tard, sans sonner ni se faire annoncer d'aucune manière, des hommes visitèrent l'appartement, mais ils ne purent y découvrir non seulement aucun habitant, mais encore – ce qui parut, cette fois, tout à fait insolite – aucune trace du baron Meigel.

Et c'est ainsi, comme on l'a dit, que les choses traînèrent jusqu'à l'aube du samedi matin. À ce moment-là, aux renseignements déjà obtenus s'ajoutèrent de nouvelles données, particulièrement intéressantes. Sur l'aérodrome de Moscou atterrit un avion de six places venu de Crimée. Parmi les voyageurs qui en descendirent figurait un étrange passager. C'était un citoyen assez jeune, mais son visage était mangé d'une barbe drue et piquante, il ne s'était visiblement pas lavé depuis trois jours, ses yeux étaient enflammés et remplis de frayeur, il ne portait aucun bagage, et il était vêtu de manière quelque peu fantasque. Il était coiffé d'un bonnet en peau de mouton, portait un manteau de feutre caucasien par-dessus une chemise de nuit, et ses pieds étaient chaussés de babouches d'intérieur en cuir bleu, toutes neuves. Dès qu'il eut quitté la passerelle par laquelle on descendait de l'avion, on se précipita vers lui. Ce citoyen était attendu, et quelques instants plus tard, l'inoubliable directeur des Variétés, Stépan Bogdanovitch Likhodiéïev, comparaissait devant les enquêteurs. C'est lui qui fournit les nouvelles données. Il devint clair, notamment, que Woland s'était introduit aux Variétés sous le déguisement d'un artiste, avait hypnotisé Stépan Likhodiéïev, puis avait trouvé le moyen d'envoyer ce même Stépan loin de Moscou, à Dieu sait quel nombre de kilomètres. Les données, donc, s'étaient accrues, mais les choses n'en furent pas facilitées pour autant ; elles en furent même, sans doute, rendues encore plus difficiles, car il était désormais évident que s'emparer d'un individu capable de jouer des tours du genre de celui dont Stépan avait été victime ne serait pas une chose simple. En attendant, Likhodiéïev, sur sa propre demande, fut enfermé en lieu sûr – c'est-à-dire dans une cellule –, et devant les enquêteurs comparut à son tour Variénoukha, que l'on venait d'arrêter dans son propre appartement, où il était rentré après une absence dûment constatée de près de deux jours entiers.

Malgré la promesse faite à Azazello de ne plus mentir, l'administrateur commença précisément par un mensonge. Du reste, il ne faut pas le juger trop sévèrement pour cela. Azazello lui avait bien interdit de débiter des goujateries et des mensonges au téléphone, mais dans le cas présent, l'administrateur parlait sans le concours de cet appareil. Le regard incertain, Ivan Savéliévitch Variénoukha déclara que le jeudi après-midi, dans son cabinet des Variétés, il s'était soûlé tout seul, puis qu'il était allé quelque part – mais où ? il ne s'en souvenait plus –, puis qu'il avait encore bu de la vodka quelque part – mais où ? il ne s'en souvenait pas non plus – puis qu'il était tombé derrière une palissade quelque part – mais où ? il ne s'en souvenait pas, une fois de plus. Ce fut seulement lorsqu'on eut expliqué à l'administrateur que, par son comportement déraisonnable et imbécile, il entravait une enquête très importante et que, bien entendu, il aurait à en répondre, que Variénoukha éclata en sanglots et murmura d'une voix tremblante, en regardant autour de lui, que s'il mentait, c'était uniquement par peur, parce qu'il craignait la vengeance de la bande à Woland, entre les mains de qui il était déjà tombé ; et il demandait, priait, suppliait qu'on veuille bien l'enfermer dans une cellule blindée.

— Pfff, merde alors ! Ça leur ferait pas de mal, une cellule blindée ! grogna l'un de ceux qui dirigeaient l'enquête.

— Ces gredins leur ont fichu une sacrée trouille, dit l'enquêteur qui était allé voir Ivan.

On calma Variénoukha comme on le put, on lui dit qu'il serait protégé sans le secours d'une cellule blindée ni d'aucune cellule, et du coup, on apprit qu'il n'avait jamais bu de vodka derrière une palissade, mais qu'il avait été battu par deux types, un roux avec des canines jaunes et un gros…

— Ah oui, qui ressemble à un chat ?

— Oui, oui, oui, chuchota l'administrateur, mourant de peur et regardant sans cesse autour de lui.

Puis il ajouta quelques détails complémentaires, racontant qu'il avait vécu près de deux jours dans l'appartement 50 en qualité de vampire et d'indicateur, et qu'il avait failli être cause de la mort du directeur financier Rimsky…

À ce moment, on fit entrer Rimsky, ramené à Moscou par le train de Léningrad. Mais ce vieillard à cheveux blancs, grelottant de peur et en plein désarroi psychique, en qui il était fort difficile de reconnaître le directeur financier de naguère, n'accepta pour rien au monde de dire la vérité et fit montre, à cet égard, d'une extrême obstination. Rimsky affirma qu'il n'avait jamais vu aucune Hella à la fenêtre de son cabinet la nuit, qu'il n'avait pas vu non plus Variénoukha, mais que simplement, il s'était senti mal et était parti pour Léningrad dans un état d'inconscience. Inutile de dire que le directeur financier conclut son témoignage en demandant à être enfermé dans une cellule blindée.

Annouchka fut arrêtée au moment où elle tentait de remettre à une caissière d'un grand magasin de l'Arbat un billet de dix dollars. Le récit d'Annouchka, à propos de gens qui s'étaient envolés par une fenêtre dans la rue Sadovaïa, et d'un fer à cheval qu'Annouchka, selon ses propres termes, avait ramassé pour le montrer à la milice, fut écouté avec attention.

— Et le fer à cheval était vraiment en or avec des brillants ? demanda-t-on à Annouchka.

— Moi, je sais pas de quels brillants vous parlez, répondit Annouchka.

— Mais l'autre vous a bien donné des billets de dix, comme vous dites ?

— Moi, je sais pas de quels billets vous parlez, répondit Annouchka.

— Bon, et quand se sont-ils transformés en dollars ?

— Je sais rien ! Quels dollars ? Moi, j'ai jamais vu de dollars ! répondit Annouchka d'une voix glapissante. On connaît ses droits ! Ils m'ont donné une récompense, je vais pour acheter de l'indienne avec… (Suivit un tas de sottises, comme quoi elle n'était pas responsable si le gérant de la maison avait amené au cinquième étage des esprits mauvais qui vous rendaient la vie impossible, etc.)

Sur ce, l'enquêteur menaça Annouchka de son porte-plume, parce qu'elle commençait vraiment à fatiguer tout le monde, puis lui délivra un billet de sortie sur papier vert, et, à la satisfaction générale, Annouchka vida les lieux.

Ensuite défila une kyrielle de gens, parmi lesquels Nikolaï Ivanovitch, que l'on venait d'arrêter uniquement à cause de la jalousie et de la bêtise de son épouse, qui avait fait savoir à la milice, dès le matin, que son mari n'était pas rentré. Nikolaï Ivanovitch n'étonna pas outre mesure les enquêteurs lorsqu'il déposa sur la table le burlesque certificat indiquant qu'il avait passé la nuit à un bal chez Satan. En racontant comment il avait transporté par la voie des airs la domestique nue de Marguerite Nikolaïevna le diable sait où, pour aller se baigner dans une rivière, ainsi que, précédant ce voyage, l'apparition de Marguerite Nikolaievna elle-même, nue également, à sa fenêtre, Nikolaï Ivanovitch s'écarta un peu de la vérité. Ainsi, par exemple, il ne jugea pas utile de mentionner le fait qu'il était monté à la chambre avec une combinaison bleu ciel à la main et qu'il avait appelé Natacha « Vénus ». Il ressortit principalement de son discours que Natacha s'était assise à cheval sur son dos, et par la fenêtre l'avait entraîné hors de Moscou…

— Cédant à la violence, j'ai dû obéir, dit Nikolaï Ivanovitch, qui termina ce conte en demandant que pas un mot de tout cela ne fût communiqué à sa femme. Ce qui lui fut promis.

Les indications fournies par Nikolaï Ivanovitch permirent d'établir que Marguerite Nikolaievna, comme d'ailleurs sa domestique Natacha, avait disparu sans laisser de trace. Des mesures furent prises pour les retrouver toutes les deux.

La matinée du samedi fut donc marquée par la poursuite de cette enquête, qui ne se relâchait pas une seconde. Pendant ce temps, en ville, naissaient et se répandaient toutes sortes de bruits parfaitement impossibles, dans lesquels une infime parcelle de vérité était ornée d'une fastueuse abondance de mensonges. On disait qu'il y avait eu une séance aux Variétés, après laquelle les deux mille spectateurs s'étaient retrouvés dans la rue dans la tenue qu'ils avaient en venant au monde, qu'on avait mis la main sur une imprimerie de faux billets d'une espèce magique, qu'une bande avait kidnappé cinq grosses légumes du monde du spectacle, mais que la milice venait de les retrouver, et bien d'autres choses encore que l'on n'a même pas envie de répéter.

Cependant, l'heure du déjeuner approchait. C'est alors que, dans l'immeuble où se déroulaient les interrogatoires, le téléphone sonna. La rue Sadovaïa informait que le maudit appartement donnait de nouveau des signes de vie. Une fenêtre, disait-on, avait été ouverte de l'intérieur, on y entendait les sons d'un piano et quelqu'un qui chantait, et sur l'appui de la fenêtre, on voyait un chat noir qui se chauffait au soleil.

Vers les quatre heures de cette chaude après-midi, une forte compagnie d'hommes en civil descendit de trois voitures arrêtées à quelque distance de l'entrée du 302 bis rue Sadovaïa. Là, le groupe se divisa en deux groupes plus petits dont l'un gagna directement par l'entrée principale l'escalier six, tandis que l'autre ouvrait la petite porte, habituellement condamnée, de l'entrée de service. Par les deux escaliers, les deux troupes commencèrent à monter ensemble vers l'appartement 50.

Pendant ce temps, Koroviev et Azazello – Koroviev n'était plus en frac, mais avait repris sa tenue habituelle – finissaient de déjeuner dans la salle à manger. Woland, selon son habitude, était dans la chambre à coucher. Quant au chat, nul ne savait où il était passé. Mais, à en juger par le tintamarre de casseroles qui venait de la cuisine, on pouvait admettre que Béhémoth s'y trouvait, et y faisait l'imbécile, selon son habitude.

— Qu'est-ce que c'est que ces pas dans l'escalier ? demanda Koroviev en tournant distraitement une petite cuiller dans sa tasse de café noir.

— On vient pour nous arrêter, répondit Azazello en avalant un petit verre de cognac.

— Ah, ah… eh bien, eh bien…, dit Koroviev.

Les hommes qui montaient par l'escalier principal atteignaient à ce moment le palier du troisième étage, où deux plombiers s'affairaient bruyamment autour d'un radiateur de chauffage central. Les hommes en civil échangèrent avec les plombiers des coups d'œil expressifs.

— Ils sont tous là, murmura l'un des plombiers en donnant un coup de marteau sur le radiateur.

L'homme qui marchait en tête sortit ouvertement de son manteau un Mauser noir, tandis qu'un autre, près de lui, tirait de sa poche un trousseau de passe-partout. En général, du reste, la troupe qui montait vers l'appartement 50 était fort convenablement équipée. Deux hommes avaient dans leur poche des filets de soie à mailles serrées, qui pouvaient se déployer en un clin d'œil. Un autre avait un lasso, un autre encore des masques de gaze et des ampoules de chloroforme.

En une seconde, la porte de l'appartement 50 fut ouverte et toute la troupe se trouva dans le vestibule. Au même moment, le claquement d'une porte dans la cuisine indiqua que le deuxième groupe avait atteint en temps voulu l'entrée de service.

Si le succès de cette manœuvre ne fut que partiel, il n'en fut pas moins certain. Les hommes se répandirent immédiatement dans toutes les pièces, et n'y trouvèrent personne. En revanche, ils découvrirent sur la table de la salle à manger les restes d'un déjeuner qu'on venait visiblement d'abandonner. Et dans le salon, sur la tablette de la cheminée, à côté d'une carafe de cristal, était assis un énorme chat noir. Il tenait entre ses pattes un réchaud à pétrole.

Dans un silence total, les envahisseurs contemplèrent ce chat pendant un assez long temps.

— Mm… ouais… en effet, il est gros…, murmura l'un des hommes.

— Je ne fais pas le guignol, je ne touche à personne, je répare mon réchaud, dit le chat en fronçant les sourcils d'un air hostile. Et je juge de mon devoir de vous avertir que la race des chats est antique et intouchable.

— Pas de doute, c'est du travail soigné, dit l'un des envahisseurs à voix basse.

Un autre prononça à voix haute et distinctement :

— Bon, eh bien, venez un peu ici, chat intouchable et ventriloque !

Un filet se déploya aussitôt, mais celui qui l'avait lancé, à l'étonnement de tous, manqua son coup et ne réussit qu'à attraper la carafe, qui tomba et se brisa avec fracas.

— À l'amende ! vociféra le chat. Hourra !

Posant à côté de lui son réchaud à pétrole, il prit derrière son dos un browning. En un clin d'œil, il le braqua sur l'homme le plus proche. Mais une flamme jaillit de la main de celui-ci avant que le chat n'ait eu le temps de tirer, et tandis que retentissait le coup de feu du Mauser, le chat dégringolait de la cheminée la tête en bas, lâchant son browning et entraînant le réchaud à pétrole dans sa chute.

— Tout est fini, dit le chat d'une voix faible et il s'étendit d'un air navré dans une mare de sang. Éloignez-vous de moi une seconde, pour me laisser dire adieu à la terre. Ô mon ami Azazello, gémit-il en perdant abondamment son sang, où es-tu ? (Le chat tourna ses yeux au regard déjà terni vers la porte de la salle à manger :) Tu n'es pas venu à mon secours dans ce combat inégal, tu as abandonné le pauvre Béhémoth, en échange d'un verre – excellent, il est vrai – de cognac ! Mais quoi, que ma mort pèse sur ta conscience… je te lègue mon browning…

— Le filet, le filet, le filet…, chuchotait-on nerveusement autour du chat.

Mais le filet en question, le diable sait pourquoi, s'était accroché dans la poche de quelqu'un et refusait de sortir.

— La seule chose qui puisse sauver un chat blessé à mort, dit le chat, c'est une gorgée de pétrole.

Profitant de la confusion qui régnait autour de lui, il colla sa bouche à l'ouverture ronde du réchaud et but une gorgée. Aussitôt le sang cessa de couler sous sa patte antérieure gauche. Le chat se remit sur pied d'un air vif et alerte, fourra le réchaud sous son bras, remonta d'un bond sur la cheminée, et de là, déchirant les doubles rideaux, il grimpa le long du mur et en deux secondes se trouva juché sur la tringle métallique, très haut au-dessus de la troupe.

Aussitôt, des mains empoignèrent la tenture et l'arrachèrent avec sa tringle, de sorte que le soleil entra à flots dans la pièce. Mais ni le chat, guéri par on ne sait quelle supercherie, ni le réchaud à pétrole ne tombèrent. Sans lâcher son réchaud, le chat réussit à se maintenir en l'air et à sauter jusqu'au lustre accroché au centre du plafond.

— Une échelle ! cria-t-on en bas.

— Je vous provoque en duel ! clama le chat en passant au-dessus des têtes, accroché au lustre qui volait comme un balancier.

Dans ses pattes, le browning reparut. Le chat cala le réchaud entre les branches du lustre, et toujours en se balançant au-dessus des têtes des visiteurs, il visa soigneusement et ouvrit le feu sur eux. Le tonnerre des coups de pistolet fit trembler l'appartement. Des éclats de cristal du lustre se répandirent sur le plancher, la glace de la cheminée s'étoila, des petits nuages de plâtre volèrent çà et là, des douilles rebondirent sur le parquet, les carreaux des fenêtres volèrent en éclats, et le pétrole jaillit du réchaud transpercé. [Il n'était plus question de prendre le chat vivant, et les visiteurs, avec rage mais en visant soigneusement, déchargeaient leurs Mauser dans la tête, le ventre, la poitrine et le dos du chat. Dans la cour, la fusillade provoqua la panique.]

Mais cette fusillade dura très peu de temps et s'éteignit d'elle-même. Elle n'avait en effet causé aucun mal, ni au chat, ni aux envahisseurs. Non seulement personne n'était mort, mais il n'y avait même pas de blessés. Tout le monde, le chat y compris, était sain et sauf. L'un des visiteurs, pour bien s'en convaincre, envoya cinq balles dans la tête du damné animal, et le chat répondit promptement en vidant sur lui son chargeur. Mais le résultat fut le même : aucun des tireurs n'en ressentit le moindre effet. Le chat continuait de se balancer au lustre, dont les dimensions étaient considérablement réduites, tout en soufflant, on ne sait trop pourquoi, dans le canon de son browning et en se crachant dans la patte.

Ceux d'en bas se turent, et sur leur visage se dessina l'expression d'une profonde perplexité. C'était le seul, ou tout au moins l'un des rares cas où une fusillade s'était avérée complètement inefficace. On pouvait admettre, bien sûr, que le browning du chat n'était qu'une espèce de jouet, mais on ne pouvait certes pas en dire autant des Mauser des visiteurs. Quant à la première blessure du chat – ça, c'était clair et ça ne faisait aucun doute – ce n'était qu'une feinte et un tour de cochon, exactement comme la gorgée de pétrole.

On fit encore une tentative pour attraper le chat. Le lasso fut lancé, mais il s'accrocha à une branche du lustre, et celui-ci, arraché, s'écrasa au sol. Le choc, semble-t-il, ébranla toute la maison, mais on n'en eut aucun écho. Les éclats s'éparpillèrent sur tout le monde, tandis que le chat s'envolait de nouveau pour aller se percher tout en haut du cadre doré de la glace posée sur la cheminée. Il ne manifestait aucune intention de s'enfuir. Au contraire, se sentant relativement en sécurité là où il était, il entama un nouveau discours :

— Je ne comprends absolument pas, dit-il, les causes de cette attitude brutale à mon égard…

Mais ce discours fut interrompu dès le début par une profonde voix de basse sortie on ne sait d'où :

— Que se passe-t-il dans cet appartement ? Cela m'empêche de travailler…

Une autre voix, nasillarde et déplaisante, répondit :

— Naturellement, c'est Béhémoth, le diable l'emporte !

Une troisième voix, chevrotante, ajouta :

— Messire ! on est samedi. Le soleil ne va pas tarder à se coucher. Il est temps.

— Excusez-moi, mais je ne puis poursuivre cette conversation, dit le chat du haut de la glace. Il est temps.

Il jeta son browning par la fenêtre, brisant deux vitres encore intactes. Puis il renversa le pétrole de son réchaud, et ce pétrole prit feu tout seul, en lançant des flammes jusqu'au plafond.

L'incendie se propagea avec une force et une rapidité inhabituelles, même pour du pétrole. En un instant, les rideaux s'envolèrent en fumée, la tringle arrachée prit feu, et le châssis de la fenêtre se consuma. Le chat bondit comme un ressort, miaula, traversa l'espace de la glace à l'appui de la fenêtre, derrière lequel il disparut avec son réchaud. Des coups de feu éclatèrent au-dehors. L'homme posté sur l'échelle d'incendie à la hauteur des fenêtres de la bijoutière tira à plusieurs reprises sur le chat tandis que celui-ci sautait d'une fenêtre à l'autre, en se dirigeant vers le tuyau de descente de la gouttière, au coin de l'immeuble. Le chat escalada ce tuyau et passa sur le toit. Là, malheureusement encore sans résultat, un garde qui surveillait les cheminées tira sur lui, et le chat s'éclipsa dans le soleil déclinant qui inondait la ville.

Pendant ce temps, dans l'appartement, le parquet prenait feu sous les pieds des visiteurs, et dans les flammes, à l'endroit précis où le chat, avec sa blessure simulée, était tombé, on voyait se matérialiser, de plus en plus dense, le cadavre du défunt baron Meigel, son menton dressé vers le plafond et ses yeux vitreux grands ouverts. Mais il n'était déjà plus possible de le tirer de là.

Sautillant sur les lames du parquet en feu, se donnant des claques sur leurs épaules et leurs poitrines qui fumaient, les envahisseurs du salon refluèrent dans le cabinet de travail puis dans le vestibule. Ceux qui étaient dans la salle à manger et dans la chambre s'échappèrent par le corridor. Ceux qui étaient dans la cuisine accoururent aussi et tout le monde se retrouva dans l'entrée. Le salon était déjà rempli de flammes et de fumée. Tout en se sauvant, quelqu'un réussit à former le numéro de téléphone des pompiers et à crier brièvement dans l'appareil :

— Sadovaïa 302 bis !…

Impossible de rester plus longtemps : les flammes jaillissaient dans le vestibule, et on pouvait à peine respirer.

Dès que sortirent, par les fenêtres brisées de l'appartement ensorcelé, les premiers nuages de fumée, des cris de désespoir éclatèrent dans la cour :

— Au feu ! Au feu ! Nous brûlons !

Dans divers appartements de l'immeuble, des gens criaient au téléphone :

— Sadovaïa ! Sadovaïa 302 bis !

Tandis que dans la rue Sadovaïa, on entendait déjà tinter les sinistres coups de cloche sur les longs véhicules rouges qui arrivaient rapidement de tous les coins de la ville, les gens qui s'agitaient dans la cour virent s'envoler avec la fumée, par les fenêtres du cinquième étage, trois silhouettes noires qui paraissaient être des silhouettes d'hommes, et la silhouette d'une femme nue.

28. Les dernières aventures de Koroviev et Béhémoth

Les silhouettes furent-elles réellement aperçues, ou ne furent-elles qu'une hallucination des habitants terrifiés de la funeste maison de la rue Sadovaïa, – c'est une chose, évidemment, qu'on ne saurait affirmer avec exactitude. Et si elles étaient réelles, où se dirigèrent-elles dans les instants qui suivirent, on ne le sait pas non plus. Où se séparèrent-elles, nous ne sommes pas non plus en mesure de le dire, mais ce que nous savons, c'est qu'environ un quart d'heure après le début de l'incendie rue Sadovaïa, un long citoyen en costume à carreaux, accompagné d'un gros chat noir, se présentait devant les portes vitrées du Magasin Étranger, au marché de la place de Smolensk.

Le citoyen se faufila habilement parmi les passants et ouvrit la porte extérieure du magasin. Mais à ce moment, un petit portier osseux et extrêmement malveillant lui barra le passage et lui dit d'un ton irrité :

— C'est interdit aux chats !

— Je m'excuse, chevrota le long citoyen en portant sa main noueuse à son oreille, comme s'il était sourd. Aux chats, dites-vous ? Mais où voyez-vous des chats ?

Le portier écarquilla les yeux. Il y avait de quoi : nul chat n'était plus aux pieds du citoyen, derrière le dos duquel, en revanche, parut un individu bedonnant qui essayait de passer pour entrer dans le magasin. Ce gros type était coiffé d'une casquette déchirée, sa figure ressemblait vaguement à un museau de chat, et il portait sous son bras un réchaud à pétrole.

Sans raison apparente, ce couple fut tout de suite antipathique au portier misanthrope.

— On ne paie qu'en devises, ici, grogna-t-il en leur jetant un regard coléreux par-dessous la broussaille grise, et comme mangée aux mites, de ses sourcils.

— Mon cher ami, chevrota le long citoyen dont l'œil étincela derrière son lorgnon brisé, qu'est-ce qui vous fait croire que je n'en ai pas ? Vous jugez d'après le costume ? Ne faites jamais cela, ô perle des gardiens ! Vous pourriez commettre une erreur, et des plus grosses. Relisez encore ne serait-ce que l'histoire du fameux calife Haroun-Al-Rachid. Mais pour le moment, laissant provisoirement cette histoire de côté, je tiens à vous dire que je vais me plaindre de vous à votre chef et lui raconter certaines choses à votre sujet, à la suite de quoi vous serez obligé de quitter votre poste entre ces deux portes aux vitres étincelantes.

— Mon réchaud est peut-être plein de devises ! intervint le gros à tête de chat avec emportement, en essayant d'entrer de force dans le magasin.

Le public qui se pressait derrière eux s'impatientait. Le portier regarda avec méfiance et dégoût ce couple insolite, mais s'écarta, et nos deux vieilles connaissances, Koroviev et Béhémoth, entrèrent dans le magasin. Leur premier soin fut d'observer les lieux, après quoi Koroviev déclara, d'une voix sonore qui fut entendue d'un bout à l'autre du magasin :

— Splendide magasin ! Très, très beau magasin !

Les clients qui se pressaient aux comptoirs se retournèrent et, on ne sait pourquoi, regardèrent avec stupéfaction celui qui venait de parler, bien que ses louanges fussent parfaitement fondées.

Par centaines, les pièces d'indienne aux plus riches coloris, les calicots, les mousselines, les coupons de drap s'entassaient sur les rayons. On pouvait voir en perspective d'innombrables piles de boîtes à chaussures, près desquelles des citoyennes étaient assises sur de petites chaises étroites, le pied droit chaussé d'un vieux soulier usagé, et le pied gauche d'un cothurne neuf et reluisant, qu'elles tapotaient d'un air soucieux sur la moquette. Dans le fond du magasin ; des phonographes déversaient musique et chansons.

Négligeant toutes ces merveilles, Koroviev et Béhémoth allèrent droit à la jonction des rayons d'alimentation et de confiserie. Là, on était à l'aise : les citoyennes en fichus ou bérets ne se pressaient pas contre les comptoirs, comme elles le faisaient au rayon des tissus.

Devant le comptoir, un homme bas sur pattes, en forme de carré parfait, rasé à avoir les joues bleues et pourvu de lunettes d'écailles, d'un chapeau tout neuf, sans bosselures et à ruban uni, d'un pardessus mauve et de gants de peau glacée de couleur rousse, poussait d'un ton impératif des sortes de mugissements inarticulés. Un vendeur en bonnet bleu et blouse d'une éclatante blancheur servait ce client mauve. À l'aide d'un couteau bien affilé, tout à fait semblable au couteau volé par Matthieu Lévi, il ôtait de la chair grasse et suintante d'un saumon rose sa peau à reflets argentés, pareille à celle d'un serpent.

— Ce rayon-là aussi est superbe, avoua Koroviev d'un ton solennel. Et cet étranger est sympathique, ajouta-t-il en montrant du doigt, avec bienveillance, le dos mauve.

— Non, Fahoth, non, répondit pensivement Béhémoth. Tu te trompes, mon petit ami : à mon sens, il manque quelque chose à la figure de ce gentleman mauve.

Le dos lilas tressaillit, mais ce ne fut sans doute qu'une coïncidence, puisque cet étranger ne pouvait comprendre ce que disaient en russe Koroviev et son compagnon.

— Z'est pon ? demanda sévèrement le client mauve.

— Sensationnel ! répondit le vendeur en découpant la peau avec des gestes lents et précieux.

— Le pon ch'aime, le maufais non, dit rudement l'étranger.

— Ben voyons ! répondit le vendeur d'une voix triomphante.

Nos deux amis s'éloignèrent alors de l'étranger et de son saumon, et gagnèrent l'extrémité du rayon de la confiserie.

— Il fait chaud aujourd'hui, dit Koroviev à une jeune vendeuse aux joues rouges, dont il ne reçut aucune réponse. Combien, les mandarines ? lui demanda-t-il alors.

— Trente kopeks le kilo, répondit la vendeuse.

— Tout est hors de prix, remarqua Koroviev en soupirant. Ah… là, là… (Il réfléchit un instant, puis dit à son compagnon :) Mange, Béhémoth.

Le gros cala son réchaud sous son bras, s'empara de la mandarine placée au sommet de la pyramide, l'avala telle qu'elle, avec la peau, et en prit une deuxième.

La vendeuse fut saisie d'horreur.

— Mais vous êtes fou ! cria-t-elle, les joues décolorées. Votre ticket ! Où est votre ticket ?

Et elle lâcha sa pince à bonbons.

— Ma chérie, ma mignonne, ma toute belle, susurra Koroviev en se penchant par-dessus le comptoir et en adressant un clin d'œil à la vendeuse. Côté devises, nous ne sommes pas en fonds aujourd'hui. Qu'y faire ? Mais je vous jure que la prochaine fois, et pas plus tard que lundi prochain, nous paierons tout, rubis sur l'ongle ! Nous habitons tout près, rue Sadovaïa, là où il y a le feu…

Béhémoth, après avoir avalé une troisième mandarine, fourra sa patte dans un ingénieux édifice de tablettes de chocolat, en tira une de la base, à la suite de quoi, naturellement, tout le reste s'écroula, et la mangea avec son enveloppe de papier doré.

Au rayon de la poissonnerie, les vendeurs étaient comme pétrifiés, leur couteau à la main. L'étranger mauve se tourna vers les voleurs, ce qui permit de constater que Béhémoth s'était trompé : rien ne manquait à sa figure, qui avait même, au contraire, quelque chose de trop – des bajoues pendantes et des yeux hagards.

Tout à fait jaune maintenant, la vendeuse cria lugubrement à travers tout le magasin :

— Palossitch ! Palossitch ![1]

À ce cri, la foule du rayon des tissus accourut. Béhémoth renonça alors aux tentations de la confiserie et alla enfoncer sa patte dans un tonneau qui portait cette inscription : « Harengs de Kertch, premier choix ». Il y pêcha une paire de harengs, les engloutit, et cracha les queues.

Un nouveau cri de désespoir : « Palossitch ! » partit de la confiserie. À la poissonnerie, un vendeur à barbiche vocifera :

— Mais qu'est-ce qui te prend, salopard ?

Cependant, Pavel Iossifovitch arrivait en hâte sur le lieu de l'action. C'était un homme d'une belle prestance. Sa blouse blanche était d'une propreté parfaite, comme celle d'un chirurgien, et de sa poche de poitrine dépassait un crayon. Pavel Iossifovitch, visiblement, était un homme d'expérience. Ayant vu dans la bouche de Béhémoth la

1. Contraction familière de Pavel Iossifovitch. *(N.d.T.)*

queue d'un troisième hareng, il jugea d'un seul coup d'œil la situation, comprit tout, et, sans entrer dans des disputes inutiles avec ces effrontés, il fit un geste et ordonna :

— Siffle !

Le portier franchit précipitamment les portes vitrées et aussitôt, au coin de la place de Smolensk, retentit un coup de sifflet de sinistre augure. Le public fit le cercle autour des deux chenapans. C'est alors que Koroviev intervint.

— Citoyens ! s'écria-t-il d'une voix grêle, mais vibrante. Qu'est-ce que c'est que ça ? Hein ? Permettez-moi de vous le demander ! Voici un pauvre homme (Koroviev mit un tremblement dans sa voix en montrant Béhémoth, qui se composa aussitôt un visage éploré) voici un pauvre homme qui passa ses journées à réparer des réchauds à pétrole. Il a faim… mais où voulez-vous qu'il aille chercher des devises ?

Pavel Iossifovitch, homme habituellement calme et réservé, jeta brutalement :

— Ah ça suffit ! et fit un nouveau geste impatient.

Le sifflet du portier, comme égayé, lança un trille.

Mais Koroviev, nullement troublé par l'intervention de Pavel Iossifovitch, continua :

— Hein, où donc ? Je vous pose la question ! Il est épuisé par la faim et la soif, il a chaud ! Eh quoi, ce malheureux a pris, juste pour y goûter, une mandarine. Une mandarine qui coûte, en tout et pour tout, trois kopeks. Et les voilà qui se mettent à siffler, comme des rossignols dans la forêt, au printemps, voilà qu'ils alertent la milice, qu'ils la dérangent de son travail ! Et lui, là, il a le droit ? (Koroviev, ce disant, montra du doigt le gros client mauve, dont le visage exprima aussitôt la plus vive inquiétude.) Et qui est-ce ? Hein ? D'où vient-il ? Et pourquoi ? Est-ce qu'on s'ennuyait, sans lui, dites ? Est-ce qu'on l'a invité, dites ?

Oh naturellement, beugla à pleine voix l'ancien chantre avec un rictus sarcastique, il a, voyez-vous, un bel habit mauve, il est tout bouffi à force de manger du saumon, il a les poches bourrées d'argent étranger ! Mais lui, lui un compatriote, hein ?... Ah, ça me fait de la peine ! Beaucoup, beaucoup de peine ! gémit Koroviev, comme le garçon d'honneur dans les noces à l'ancienne mode.

Tout ce discours extrêmement bête, inconvenant, et sans doute politiquement nuisible, fit trembler de colère Pavel Iossifovitch. Mais curieusement, à en juger par les regards de la foule attroupée, il était visible que beaucoup de gens l'avaient écouté avec sympathie. Et quand Béhémoth, portant à ses yeux sa manche sale et déchirée, s'écria d'une voix tragique :

— Merci, ami fidèle, d'avoir pris la défense de la victime ! un miracle se produisit. Un petit vieux paisible et tout à fait correct, un petit vieux pauvre mais propre qui venait d'acheter trois gâteaux aux amandes à la confiserie, se transforma d'un seul coup. Il devint tout rouge, une flamme guerrière s'alluma dans ses yeux, il jeta à terre le petit sac de papier qui contenait ses gâteaux et cria d'une voix grêle, enfantine :

— C'est vrai !

Sur ce, il s'empara d'un plateau, en balaya les restes de la tour Eiffel de chocolat démolie par Béhémoth, le brandit en l'air, fit voler de la main gauche le chapeau de l'étranger et abattit le plateau sur la tête chauve de celui-ci. Le bruit en résonna comme l'eût fait une tôle jetée à terre du haut d'un camion. Blême, l'étranger grassouillet partit à la renverse et alla s'asseoir dans le cuveau de harengs de Kertch, dont il fit jaillir un geyser de saumure. Survint alors un deuxième miracle. En s'affalant dans le tonneau, le client mauve s'écria en un russe parfaitement pur, sans la moindre trace d'accent :

— Au meurtre ! La milice ! Des bandits m'assassinent !

C'est à cause du choc éprouvé, sans doute, qu'il avait pu apprendre ainsi tout d'un coup une langue qu'il ignorait jusqu'alors.

À ce moment, les coups de sifflet du portier cessèrent, et on vit luire, dans la foule des clients en émoi, deux casques de miliciens qui s'approchaient rapidement. Mais le perfide Béhémoth prit son réchaud et, comme un garçon de bains arrosant avec son baquet les bancs de l'étuve, il arrosa de pétrole le comptoir de la confiserie, qui prit feu immédiatement. De hautes flammes jaillirent et coururent le long du comptoir, embrasant les jolis rubans de papier qui ornaient les corbeilles de fruits. Les vendeuses s'enfuirent en hurlant. À peine avaient-elles quitté le comptoir que les rideaux de tulle des fenêtres s'enflammaient, tandis que le pétrole en feu se répandait à terre.

Avec des cris d'épouvante, le public entassé devant la confiserie reflua en désordre, piétinant au passage le désormais inutile Pavel Iossifovitch. À la poissonnerie les vendeurs, armés de leurs couteaux affilés, galopèrent à la queue leu leu jusqu'à la porte de service, où ils disparurent.

Le citoyen mauve s'arracha de son tonneau, et, tout trempé de jus de harengs, franchit le comptoir par-dessus le saumon et suivit les vendeurs. Sous la pression de la foule qui se sauvait, les vitres des portes tombèrent bruyamment en morceaux. Quant à nos deux vauriens – Koroviev et ce glouton de Béhémoth –, ils filèrent aussi, mais on ne sut ni où ni comment. Par la suite, des témoins oculaires de l'incendie du Magasin Étranger racontèrent que les deux voyous s'étaient envolés jusqu'au plafond, et que là, ils avaient éclaté comme ces ballons de baudruche qu'on donne aux enfants. On peut douter, naturellement, que les choses se soient réellement passées ainsi, mais quand on ne sait pas, on ne sait pas.

Ce qu'on sait, par contre, c'est qu'une minute exactement après les événements de la place de Smolensk,] Béhémoth et Koroviev se trouvaient sur le trottoir du boulevard, juste devant la maison de la tante de Griboiedov. Koroviev s'arrêta près du grillage et dit :

— Bah ! Mais c'est la Maison des Écrivains ! Sais-tu, Béhémoth que j'ai entendu dire beaucoup de choses excellentes et fort flatteuses sur cette maison. Observe, mon ami, cette maison attentivement. C'est un plaisir de penser que sous ce toit se cache et mûrit tout une masse de talents.

— Comme des ananas dans une serre, dit Béhémoth qui, pour mieux admirer la maison de couleur crème et ses colonnes, monta sur le petit mur de béton qui supportait le grillage.

— C'est parfaitement exact, dit Koroviev d'accord avec son inséparable compagnon, et une frayeur délicieuse me serre le cœur quand je pense qu'ici est en train de mûrir l'auteur d'un futur *Don Quichotte*, ou d'un futur *Faust*, ou, le diable m'emporte, de futures *Âmes mortes* ! Hein ?

— Effrayante pensée, confirma Béhémoth.

— Oui, continua Koroviev, on peut s'attendre à voir pousser des plantes étonnantes dans les châssis de cette serre, laquelle réunit sous son toit quelques milliers d'ascètes qui ont décidé de consacrer leur vie au service de Melpomène, Polymnie et Thalie. Imagines-tu le bruit que cela soulèvera quand l'un d'eux offrira au public, pour commencer, un *Revizor*, ou au pis aller, un *Eugène Onéguine* !

[— Rien de plus facile à imaginer, dit Béhémoth, toujours d'accord.

— Oui, dit Koroviev en levant le doigt d'un air préoccupé, mais !... Mais, dis-je, et je répète ce « mais » !... À condition toutefois que ces délicates plantes de serre ne soient pas attaquées par quelque micro-organisme, qu'elles ne soient pas rongées à la racine, qu'elles ne pourrissent pas ! Cela arrive aussi aux ananas ! Oh là là, que oui, cela arrive !]

— À propos, dit Béhémoth en passant sa tête ronde par un trou du grillage, que font-ils sous cette pergola ?

— Ils dînent, expliqua Koroviev. J'ajouterai d'ailleurs, mon cher, qu'il y a ici un restaurant tout à fait passable et pas cher du tout. Au fait, comme n'importe quel touriste avant un long voyage, j'éprouve le désir de manger un morceau et de boire une grande chope de bière glacée.

— Moi aussi, répondit Béhémoth, et les deux chenapans s'engagèrent sur l'allée asphaltée ombragée de tilleuls qui menait droit à la pergola du restaurant, lequel n'avait aucun pressentiment du malheur qui s'approchait.

Une citoyenne pâle, en socquettes blanches et petit bonnet blanc à queue, qui avait l'air de fort s'ennuyer, était assise sur une chaise de rotin, près de l'entrée de la pergola, ménagée dans la verdure qui grimpait le long du treillage. Devant elle, sur une simple table de cuisine, était ouvert un gros livre, semblable à un livre de compte, sur lequel la citoyenne, on ne sait pour quelles raisons, inscrivait les noms de ceux qui entraient au restaurant. C'est par cette citoyenne que Koroviev et Béhémoth furent arrêtés.

— Vos certificats ? demanda-t-elle en considérant avec étonnement le lorgnon de Koroviev et le réchaud de Béhémoth, ainsi que le coude déchiré de celui-ci.

— Je vous présente mille excuses, mais de quels certificats parlez-vous ? demanda Koroviev, l'air étonné.

— Vous êtes des écrivains ? questionna à son tour la citoyenne.

— Évidemment, répondit Koroviev avec dignité.

— Vos certificats ? répéta la citoyenne.

— Ma beauté… commença Koroviev d'un ton câlin.

— Je ne suis pas une beauté, coupa la citoyenne.

— Oh, quel dommage ! dit Koroviev désappointé, puis il poursuivit : Enfin, si cela ne vous plaît pas d'être une beauté – ce qui serait pourtant fort agréable –, soit, ce sera comme vous voudrez. Mais dites-moi : pour vous convaincre que Dostoievski est un écrivain, faudrait-il que vous lui demandiez un certificat ? Prenez seulement cinq pages de n'importe lequel de ses romans, et sans aucune espèce de certificat, vous serez tout de suite convaincue que vous avez affaire à un écrivain. D'ailleurs, je suppose que lui-même n'a jamais possédé le moindre certificat ! Qu'en penses-tu ? demanda Koroviev à Béhémoth.

— Je tiens le pari qu'il n'en a jamais eu, répondit celui-ci en posant son réchaud à pétrole à côté du livre et en essuyant son front noirci par la fumée.

— Vous n'êtes pas Dostoievski, dit la citoyenne déroutée par les raisonnements de Koroviev.

— Hé, hé ! Qui sait, qui sait ? fit celui-ci.

— Dostoievski est mort, dit la citoyenne, d'un ton qui, déjà, manquait un peu de conviction.

— Je proteste ! s'écria Béhémoth avec chaleur. Dostoievski est immortel !

— Vos certificats, citoyens, dit la citoyenne.

— De grâce, voilà qui est ridicule, à la fin ! dit Koroviev qui ne désarmait pas. Un écrivain ne se définit pas du tout par un certificat, mais par ce qu'il écrit. Que savez-vous des projets qui se pressent en foule dans ma tête ? Ou dans cette tête-là ?

Il montra la tête de Béhémoth, et celui-ci ôta aussitôt sa casquette, afin que la citoyenne, sans doute, puisse mieux l'examiner.

— Laissez le passage, citoyens, dit celle-ci, qui devenait nerveuse.

Koroviev et Béhémoth s'écartèrent pour laisser passer un écrivain vêtu d'un costume gris et d'une chemisette blanche, sans cravate, dont le col était largement rabattu sur le revers de son veston, et qui portait un journal sous le bras. L'écrivain salua aimablement la citoyenne, traça sur le livre, en passant, un vague paraphe et entra sous la pergola.

— Hélas, dit tristement Koroviev, à lui mais pas à nous, pas à nous, cette chope de bière glacée dont toi et moi, pauvres pèlerins, avions rêvé ! Notre situation est triste et embarrassante, et je ne sais que faire.

Pour toute réponse, Béhémoth écarta amèrement les bras, puis remit sa casquette sur sa tête ronde plantée d'une chevelure courte et serrée, fort semblable au pelage d'un chat.

À ce moment, une voix contenue mais impérieuse prononça au-dessus de la tête de la citoyenne :

— Laissez-les entrer, Sophia Pavlovna.

La citoyenne se retourna, stupéfaite. Dans la verdure du treillage venait d'apparaître un plastron blanc d'habit de soirée et une barbe pointue de flibustier. Celui-ci accueillit les deux vagabonds suspects d'un regard affable, et alla même jusqu'à les inviter d'un geste à entrer. Dans le restaurant qu'il dirigeait, l'autorité d'Archibald Archibaldovitch était une chose avec laquelle on ne badinait pas. Aussi, Sophia Pavlovna demanda-t-elle d'un air soumis à Koroviev :

— Quel est votre nom ?

— Panaïev, répondit courtoisement celui-ci.

La citoyenne inscrivit ce nom et leva les yeux interrogateurs sur Béhémoth.

— Scabitchevski, miaula ce dernier, en montrant, on ne sait pourquoi, son réchaud à pétrole.

Sophia Pavlovna inscrivit également ce nom, puis présenta le livre à la signature des visiteurs. En face de « Panaïev », Koroviev signa « Scabitchevski », et en face de « Scabitchevski », Béhémoth signa « Panaïev ».

Achevant d'ébahir Sophia Pavlovna, Archibald Archibaldovitch, avec un sourire charmeur, conduisit ses hôtes à la meilleure table, dans le coin le plus reculé et le mieux ombragé de la pergola, près duquel le soleil jouait gaiement à travers les interstices du treillage. Sophia Pavlovna, clignant des yeux d'étonnement, s'absorba alors dans l'examen des étranges signatures laissées par ces visiteurs imprévus.

Archibald Archibaldovitch surprit les garçons tout autant que Sophia Pavlovna. Il écarta de ses propres mains une chaise de la table, invitant Koroviev à s'y asseoir, fit un clin d'œil à l'un, murmura quelque chose à l'autre, et deux serveurs s'empressèrent autour de ces nouveaux hôtes, dont l'un posa à terre, près de son pied chaussé d'une bottine roussie par le feu, un réchaud à pétrole.

Immédiatement, la vieille nappe tachée de jaune disparut de la table, une nouvelle nappe plus blanche qu'un burnous de bédouin et crissante d'empesage se déploya comme une aile, et Archibald Archibaldovitch, penché sur l'oreille de Koroviev, chuchota d'un ton expressif :

— Quel régal puis-je vous offrir ? J'ai un filet d'esturgeon tout à fait spécial… réservé pour le banquet du congrès des architectes, mais je peux vous en mettre un de côté…

— Vous… euh… donnez-nous toujours des hors-d'œuvre… heu… marmonna Koroviev avec bienveillance, en se renversant sur le dossier de sa chaise.

— Je comprends, dit Archibald Archibaldovitch en fermant les yeux d'un air entendu.

En voyant le patron agir ainsi avec ces visiteurs plus que douteux, les garçons laissèrent leurs soupçons de côté et se mirent à l'œuvre sérieusement. Déjà, l'un d'eux présentait une allumette à Béhémoth qui avait tiré de sa poche un mégot et se l'était planté dans la bouche, un autre accourait dans un tintement de cristal vert et plaçait devant chaque assiette un petit verre à alcool, un verre à bordeaux et un de ces grands verres ballons à paroi fine où il ferait si bon boire de l'eau minérale sous la tente de toile… non, avançons plus vite et disons : où déjà, les deux visiteurs buvaient de l'eau minérale sous la tente de toile de l'inoubliable pergola de Griboïédov.

— Que diriez-vous, ensuite, de bons petits filets de gélinottes ? ronronna Archibald Archibaldovitch d'une voix musicale.

L'hôte au lorgnon cassé approuva pleinement la suggestion du commandant du brick corsaire et le regarda avec bonté à travers son inutile pince-nez.

Le romancier Pétrakov-Soukhovieï, qui dînait à la table voisine avec son épouse, laquelle finissait de manger une grillade de porc, avait remarqué, avec cette faculté d'observation propre à tous les écrivains, l'empressement d'Archibald Archibaldovitch, et il en était très, très étonné. Quant à son épouse, dame fort respectable, elle était simplement jalouse de l'attention du pirate pour Koroviev, et elle donna même quelques coups de sa petite cuiller sur son verre – Eh bien quoi, on nous oublie ?… Cette glace, elle vient ? Qu'est-ce que c'est que ça ?…

Mais Archibald Archibaldovitch, après avoir adressé à la Pétrakova un sourire enjôleur, se contenta de lui envoyer un garçon, lui-même demeurant près de ses chers hôtes. Ah, c'était un habile homme qu'Archibald Archibaldovitch ! Et très observateur, – pas moins, peut-être, que les écrivains eux-mêmes ! Archibald Archibaldovitch était au courant de la séance des Variétés et des nombreux événements survenus ces derniers jours, il avait entendu parler de « chat » et de « pantalon à carreaux », mais chez lui, contrairement à beaucoup d'autres, cela n'était pas tombé dans l'oreille d'un sourd. Archibald Archibaldovitch avait tout de suite deviné qui étaient ces visiteurs. Et, l'ayant deviné, il ne se risqua pas, naturellement, à leur chercher querelle. Elle allait bien, Sophia Pavlovna ! Belle idée, vraiment, que d'interdire l'entrée de la pergola à ces deux-là ! D'ailleurs, que pouvait-on attendre d'elle !...

Plantant d'un air hautain sa petite cuiller dans sa crème glacée, la Pétrakova jeta des regards mécontents à la table de ces deux espèces de pitres aux vêtements grotesques, qui se couvrait de victuailles comme par magie. Déjà, des feuilles de salade lavées à briller émergeaient d'un ravier de caviar frais... et hop ! sur une desserte spécialement apportée surgissait un seau d'argent embué...

C'est seulement lorsqu'il fut certain que tout était parfait, et lorsqu'il vit accourir, entre les mains d'un garçon, une sauteuse couverte où quelque chose bouillottait, qu'Archibald Archibaldovitch se permit de quitter les deux visiteurs mystérieux, non sans leur avoir murmuré au préalable :

— Excusez-moi ! Une minute seulement ! Je tiens à surveiller personnellement vos filets de gélinottes !

Il s'en fut, et disparut à l'intérieur du restaurant. Si quelque observateur avait pu épier les actes ultérieurs d'Archibald Archibaldovitch, ceux-ci lui eussent paru, sans aucun doute, quelque peu énigmatiques.

Le patron ne se rendit nullement à la cuisine pour surveiller les filets de gélinottes, mais à la réserve du restaurant. Il l'ouvrit avec sa clef, s'y enferma, sortit d'une glacière, avec précaution afin de ne pas tacher sa manchette, deux lourds esturgeons, les enveloppa dans un journal et ficela soigneusement le paquet qu'il mit de côté. Puis il passa dans la pièce voisine, vérifia que son léger manteau doublé de soie et son chapeau étaient à leur place, et seulement alors, se rendit à la cuisine, où le chef découpait avec soin les filets de gélinottes promis par le pirate à ses hôtes.

Il faut dire que dans les actes d'Archibald Archibaldovitch, il n'y avait rien d'étrange ou d'incompréhensible, et que seul un observateur superficiel aurait pu les considérer comme tels. La conduite d'Archibald Archibaldovitch découlait avec une parfaite logique de tout ce qui précédait. La connaissance des événements récents et surtout le flair phénoménal d'Archibald Archibaldovitch suggéraient au patron du restaurant de Griboïédov que le dîner des deux visiteurs, encore qu'abondant et luxueux, serait de très courte durée. Or, son flair n'avait jamais trompé l'ancien flibustier ; il en fut de même cette fois encore.

Koroviev et Béhémoth trinquaient pour la seconde fois avec un petit verre d'excellente vodka « Moskovskaïa », deux fois purifiée et bien glacée, [quand parut sous la pergola, tout en sueur et en émoi, l'échotier Boba Kandaloupski, célèbre dans Moscou pour son étonnante omniscience. Il vint directement s'asseoir à la table des Pétrakov. Il posa sa serviette bourrée de papiers sur la table, et tout aussitôt, fourra ses lèvres dans l'oreille de Pétrakov et se mit à lui chuchoter des histoires apparemment fort excitantes. N'en pouvant plus de curiosité, madame Pétrakova, à son tour, colla son oreille aux grosses lèvres molles de Boba. Celui-ci, tout en jetant par moments des regards furtifs autour de lui, chuchotait sans interruption, et l'on pouvait saisir, çà et là, quelques mots :

— Parole d'honneur !... Rue Sadovaïa, rue Sadovaïa !... (Boba baissa encore la voix :) Les balles ne leur font rien !... balles... balles... pétrole... incendie... balles...

— Les menteurs qui répandent des bruits aussi dégoûtants, corna le contralto de madame Pétrakova qui, indignée, avait parlé un peu plus fort que ne l'eût souhaité Boba, on devrait les dénoncer ! Mais ça ne fait rien, on mettra tous ces gens-là au pas ! Ces bobards nous font tant de mal !

— Des bobards, Antonida Porphyrievna ? s'écria Boba, fâché de l'incrédulité de madame Pétrakova, puis de nouveau, il susurra : Je vous le dis, les balles ne leur font rien !... Et maintenant l'incendie... et eux... en l'air... en l'air ! (Et Boba chuchotait, sans se douter que les protagonistes de son récit étaient à quelques pas de lui et se réjouissaient de l'entendre.

Au reste, cette joie fut de courte durée. Trois hommes bottés] de cuir, ceinturon serré à la taille et revolver au poing, firent irruption sous la pergola, venant du restaurant. Le premier cria d'une voix de tonnerre :

— Que personne ne bouge !

Et aussitôt, tous trois ouvrirent le feu, visant les têtes de Koroviev et Béhémoth. Criblés de balles, ceux-ci se dissipèrent immédiatement dans les airs. Du réchaud à pétrole jaillit une colonne de feu, droit vers la toile de tente. Un trou béant aux bords noirs s'y ouvrit et s'élargit rapidement en crépitant. Les flammes s'engouffrèrent dans ce trou et montèrent jusqu'au toit de la maison de Griboïédov. Des chemises bourrées de papier posées sur l'appui de la fenêtre d'une salle de rédaction, au deuxième étage, s'embrasèrent d'un coup. Les flammes attaquèrent le rideau, et le feu, ronflant comme si quelqu'un soufflait dessus, s'enfonça en tourbillonnant dans la maison de la tante de Griboiédov.

Quelques secondes plus tard, par les allées asphaltées qui menaient à la grille du boulevard – cette même grille qui, le mercredi soir, avait vu arriver le premier messager du malheur que personne n'avait su écouter, Ivan Biezdomny –, couraient des écrivains qui n'avaient pas fini de dîner, ainsi que Sophia Pavlovna, Boba, Pétrakova et Pétrakov.

Quant à Archibald Archibaldovitch, qui avait gagné à temps une porte latérale, il franchit cette porte sans courir, d'un pas mesuré et calme, comme un capitaine obligé de quitter le dernier son brick en flammes. Il avait son manteau doublé de soie, et sous son bras, les deux esturgeons raides comme des bâtons.

29. Où le sort du Maître et de Marguerite est décidé

Au coucher du soleil, deux personnages se tenaient sur la terrasse, qui dominait toute la ville, d'un des plus beaux édifices de Moscou, dont la construction remontait à près de cent cinquante ans. C'étaient Woland et Azazello. D'en bas on ne pouvait les voir, car ils étaient cachés aux regards indiscrets par une balustrade garnie de potiches de plâtre. Mais eux voyaient la ville presque jusqu'à ses confins.

Woland était assis sur un pliant, et vêtu de son habituelle soutane noire. Sa longue et large épée était plantée verticalement entre deux dalles disjointes de la terrasse, figurant ainsi un cadran solaire. L'ombre de l'épée s'allongeait lentement, mais inexorablement, et rampait vers les souliers noirs de Satan. Tassé sur son pliant, son menton aigu posé sur son poing et une jambe ramenée sous lui, Woland contemplait sans bouger l'immense agglomération de palais, d'immeubles géants, et de masures condamnées à la démolition.

Azazello, qui avait abandonné son accoutrement moderne, c'est-à-dire son veston, son chapeau melon et ses souliers vernis, était tout de noir vêtu, comme Woland. Et, non loin de son seigneur et comme lui, il regardait fixement la ville.

[— Quelle ville intéressante, n'est-ce pas ? dit Woland.

Azazello bougea et répondit respectueusement :

— Je préfère Rome, messire.

— Question de goûts, dit Woland.

Après un moment de silence, sa voix retentit de nouveau :

— D'où vient cette fumée, sur le boulevard ?

— C'est Griboiédov qui brûle, répondit Azazello.

— Il faut croire que les deux inséparables, Koroviev et Béhémoth, sont passés par là ?

— Cela ne fait aucun doute, messire.

Le silence retomba sur la terrasse, et les deux hommes contemplèrent les mille reflets aveuglants du soleil aux fenêtres des étages supérieurs des énormes immeubles. Et l'œil de Woland flamboyait comme ces fenêtres, bien qu'il tournât le dos au couchant.]

Mais à ce moment, quelque chose obligea Woland à tourner son attention vers la tour ronde qui émergeait du toit derrière lui. De la muraille de cette tour, en effet, venait de sortir un homme en tunique chaussé de sandales de fortune, déguenillé et barbouillé de glaise. Il portait une barbe noire, et son regard était sombre.

— Bah ! s'écria Woland en dévisageant le nouveau venu d'un air goguenard. Tu es le dernier que je m'attendais à voir ! Et que viens-tu faire ici, indésirable personnage ?

— Je viens te voir, esprit du mal et seigneur des ombres, dit l'homme en jetant un regard hostile à Woland.

— Si tu viens me voir, pourquoi ne me souhaites-tu pas le bonjour, ex-percepteur d'impôts ? dit Woland d'un ton sévère.

— Parce que je ne veux rien te souhaiter de bon ! répliqua l'autre avec audace.

— Mais il y a une chose dont il faut que tu prennes ton parti, répondit Woland dont la bouche dessina un sourire ironique. À peine es-tu apparu sur ce toit que tu as déjà commis une bourde, et je vais te dire en quoi : elle est dans tes intonations. Tu as prononcé tes paroles comme si tu refusais les ombres, ainsi que le mal. Aie donc la bonté de réfléchir à cette question : à quoi servirait ton bien, si le mal n'existait pas, et à quoi ressemblerait la terre, si on en effaçait les ombres ? Les ombres ne sont-elles pas produites par les objets, et par les hommes ? Voici l'ombre de mon épée. Mais il y a aussi les ombres des arbres et des êtres vivants. Veux-tu donc dépouiller tout le Globe terrestre, balayer de sa surface tous les arbres et tout ce qui vit, à cause de cette lubie que tu as de vouloir te délecter de pure lumière ? Tu es bête.

— Je ne discuterai pas avec toi, vieux sophiste, répondit Matthieu Lévi.

— Et tu ne peux pas discuter avec moi, pour la raison que je viens de t'indiquer : tu es bête, répondit Woland, puis il reprit : Bon, sois bref, car tu m'ennuies. Pourquoi es-tu venu ?

— C'est lui qui m'a envoyé.

— Et que t'a-t-il ordonné de me dire, esclave ?

— Je ne suis pas un esclave, répondit Matthieu Lévi dont la colère croissait. Je suis son disciple.

— Nous parlons, toi et moi, des langues différentes, comme toujours, dit Woland. Mais les choses dont nous parlons n'en sont pas changées pour autant. Alors ?...

— Il a lu l'œuvre du Maître, dit Matthieu Lévi, et il demande que tu prennes le Maître avec toi et que tu lui accordes le repos. Peux-tu le faire, ou est-ce trop difficile pour toi, esprit du mal ?

— Rien n'est trop difficile pour moi, répondit Woland, et tu le sais très bien. (Il se tut un moment, puis ajouta :) Mais pourquoi ne le prenez-vous pas avec vous, dans la lumière ?

— Il n'a pas mérité la lumière, il n'a mérité que le repos, dit Lévi d'un ton affligé.

— Retourne dire que ce sera fait, répondit Woland, puis il ajouta, l'œil étincelant : Et disparais de ma vue immédiatement.

— Il demande encore que vous preniez aussi celle qui l'a aimé et qui a souffert pour lui, dit Lévi d'une voix où perçait, pour la première fois, une prière.

— Sans toi, nous n'y aurions jamais pensé ! File.

Matthieu Lévi disparut. Woland fit signe à Azazello d'approcher et lui ordonna :

— Vole là-bas et fais le nécessaire.

Azazello quitta la terrasse, et Woland resta seul.

Mais sa solitude ne dura pas longtemps. Des pas retentirent sur les dalles, accompagnés de voix animées, et devant Woland se présentèrent Koroviev et Béhémoth. Celui-ci n'avait plus son réchaud à pétrole, mais il était chargé de divers autres objets. Il serrait sous son bras dodu un petit paysage dans un cadre doré, sur son avant-bras était jetée une blouse de cuisinier à demi brûlée, et dans sa main libre, il tenait un saumon fumé tout entier, avec sa peau et sa queue. Koroviev et Béhémoth sentaient fortement le brûlé. Le mufle de Béhémoth était noir de suie, et sa casquette était à moitié carbonisée.

— Salut, messire ! s'écrièrent ensemble les deux trublions, et Béhémoth agita son saumon.

— Eh bien, vous voilà jolis ! dit Woland.

[— Pensez donc, messire ! s'écria Béhémoth, excité et joyeux. On m'a pris pour un maraudeur !

— À en juger par les objets que tu rapportes, répondit Woland en regardant le petit tableau, tu es effectivement un maraudeur.

— Croyez-moi, messire..., commença Béhémoth d'un ton sincère.

— Non, je ne te crois pas, répondit abruptement Woland.

— Messire, je vous jure que j'ai tenté héroïquement de sauver tout ce qui pouvait l'être, mais je n'ai pu sauver que ça.

— Et si tu me disais plutôt pourquoi Griboiédov a brûlé ? demanda Woland.

Avec ensemble, Koroviev et Béhémoth écartèrent les bras et levèrent les yeux au ciel. Béhémoth s'écria :

— Je n'y comprends rien ! Nous étions là, tranquillement assis, en train de manger paisiblement...

— Et tout d'un coup, pan ! pan ! des coups de feu ! poursuivit Koroviev. Affolés par la peur, Béhémoth et moi, nous nous sommes précipités sur le boulevard, poursuivis par nos ennemis, nous avons couru jusqu'à la rue Timiriazev...

— Quand le sens du devoir, reprit Béhémoth, l'a emporté sur notre honteuse frayeur, et nous sommes retournés là-bas.

— Ah vous y êtes retournés ? dit Woland. Mais naturellement, la maison était déjà réduite en cendres.

— En cendres ! confirma Koroviev d'une voix désolée. Littéralement en cendres, messire, selon la juste expression que vous avez daigné employer. Rien qu'un tas de tisons !

— Je me suis précipité, raconta Béhémoth, dans la Salle des réunions, celle qui a des colonnes, messire, avec l'intention de sauver quelques objets précieux. Ah, messire, ma femme – si toutefois j'en avais une – a bien risqué vingt fois de rester veuve ! Mais heureusement, messire, je ne suis pas marié, et je vous dirai carrément que je suis heureux de ne pas être marié. Ah, messire, est-il possible d'échanger la liberté du célibataire contre cet insupportable fardeau !...

— Te voilà reparti dans on ne sait quel galimatias, remarqua Woland.

— Vous avez raison, dit le chat. Je continue. Oui, voyez ce paysage ! Impossible d'emporter autre chose de la salle, je recevais les flammes en pleine figure. J'ai couru à la réserve, où j'ai pu récupérer ce saumon. J'ai couru à la cuisine, où j'ai sauvé cette blouse. Je considère, messire, que j'ai fait tout mon possible, et c'est pourquoi je ne comprends pas ce que signifie cette expression sceptique que je vois sur votre visage.

— Et que faisait Koroviev, pendant que tu maraudais ? demanda Woland.

— J'aidais les pompiers, messire, répondit Koroviev en montrant son pantalon déchiré.

— Hélas, dans ces conditions, il faudra évidemment construire une nouvelle maison.

— Elle sera reconstruite, messire, dit Koroviev, j'ose vous l'affirmer.

— Eh bien, reste à souhaiter que la nouvelle soit plus belle que l'ancienne, dit Woland.

— Il en sera bien ainsi, messire, dit Koroviev.

— Et vous devez me croire, ajouta le chat, car je suis un authentique prophète.]

— En tout cas, nous sommes là, messire, et nous attendons vos ordres, dit Koroviev d'un ton officiel.

Woland se leva de son pliant, s'approcha de la balustrade, le dos tourné à ses gens, et longuement, seul et silencieux, il regarda au loin. Puis il revint s'asseoir et dit :

— Je n'ai pas d'ordres à vous donner. Vous avez fait tout ce que vous avez pu, et pour l'instant, je n'ai plus besoin de vos services. Vous pouvez vous reposer. L'orage ne va pas tarder, et nous nous mettrons en route.

— Très bien, messire, répondirent les deux bouffons, et ils allèrent se cacher on ne sait où, derrière la tour ronde dressée au milieu de la terrasse.

L'orage dont parlait Woland s'amoncelait déjà à l'horizon. Une nuée noire se levait à l'ouest, qui cachait déjà la moitié du soleil. Bientôt, elle le couvrit entièrement. Sur la terrasse, l'air fraîchit. Quelques instants plus tard, il fit tout à fait sombre.

[Les ténèbres venues de l'ouest couvrirent l'énorme ville. Les ponts, les palais furent engloutis. Tout disparut, comme si rien de tout cela n'avait existé sur la terre. Un trait de feu traversa le ciel de part en part. Un coup de tonnerre ébranla la ville. Il se répéta, et ce fut le début de l'orage. Dans l'obscurité, on ne vit plus Woland.]

30. Il est temps ! il est temps !

— Tu sais, dit Marguerite, juste au moment où tu t'es endormi, la nuit dernière, j'étais en train de lire la description des ténèbres venues de la mer Méditerranée... et ces idoles, ah ces idoles d'or ! Je ne sais pas pourquoi, mais elles ne me laissent pas une minute de repos. J'ai l'impression qu'il va pleuvoir. Tu sens, comme il fait plus frais, tout d'un coup ?

— Tout cela est très bien, très gentil, répondit le Maître qui fumait et agitait la main pour dissiper la fumée, et ces idoles, Dieu les garde... mais je ne comprends pas du tout ce qui pourra en résulter.

Cette conversation se déroulait au coucher du soleil, au moment où Matthieu Lévi apparaissait devant Woland, sur la terrasse. La lucarne du sous-sol était ouverte, et si quelqu'un y avait jeté un regard, il eût été fort étonné de l'étrange aspect des interlocuteurs. Marguerite ne portait, sur son corps nu, qu'un manteau noir, et le Maître était toujours dans sa tenue d'hôpital. La raison en était que Marguerite n'avait rigoureusement rien à se mettre, puisque toutes ses affaires étaient restées à la propriété, et bien que celle-ci fût fort peu éloignée, il n'était même pas question que Marguerite s'y rendît pour prendre des vêtements. Quant au Maître, qui retrouva tous ses costumes dans son armoire comme s'il n'était jamais allé nulle part, il n'avait simplement pas eu le désir de s'habiller, en représentant à

Marguerite que de toute manière, il allait se produire quelque chose, qui nécessairement, serait parfaitement absurde. Il est vrai que pour la première fois depuis cette nuit d'automne, il s'était rasé (à la clinique, on lui avait coupé la barbe à l'aide d'une tondeuse).

La chambre, elle aussi, avait un aspect bizarre, et il eût été fort difficile de s'y retrouver dans le chaos qui y régnait. Des manuscrits jonchaient le tapis, et il y en avait également sur le divan. Un petit livre traînait sur un fauteuil. Sur la table ronde, un dîner était servi, et plusieurs bouteilles étaient posées entre les hors-d'œuvre. D'où venaient tous ces mets et ces boissons, le Maître et Marguerite l'ignoraient totalement. Ils avaient trouvé tout cela sur la table en s'éveillant.

Le Maître et son amie, qui avaient dormi jusqu'au soir de ce samedi, sentaient que toutes leurs forces étaient revenues, et la seule trace qui restât de leurs tribulations de la veille était, chez tous deux, une légère douleur à la tempe gauche. Par contre, du côté psychique, les changements, chez tous deux, étaient considérables, comme aurait pu s'en convaincre quiconque eût écouté leur conversation dans le sous-sol. Mais nul ne le pouvait. Cette petite maison avait ceci de bon, que les alentours étaient constamment déserts. Les tilleuls et les saules verdissants exhalaient un parfum printanier chaque jour plus intense, que la brise naissante apportait dans le sous-sol.

— Ah et puis zut ! s'écria le Maître inopinément. Enfin, si on réfléchit un peu… (il écrasa son mégot dans un cendrier et se prit la tête dans les mains) écoute, tu es quelqu'un d'intelligent, et tu n'as jamais été folle… sérieusement, tu es certaine qu'hier, nous étions chez Satan ?

— Absolument certaine, répondit Marguerite.

— Mais voyons, bien sûr, dit ironiquement le Maître. Maintenant, en somme, au lieu d'un fou, il y en a deux : le mari et la femme ! (Il leva le doigt vers le ciel et cria :) Non, c'est… le diable sait ce que c'est ! Le diable, le diable…

[Pour toute réponse, Marguerite se renversa sur le divan et éclata de rire, en agitant en l'air ses jambes nues. Puis elle s'écria :

— Oh je n'en peux plus… je n'en peux plus !… Non, mais si tu te voyais !…

Quand le Maître eut remonté pudiquement son caleçon long d'hôpital, elle cessa de rire et redevint sérieuse.

— Sans le vouloir, tu viens de dire la vérité, dit-elle. Le diable sait ce que c'est, et le diable, crois-moi, arrangera tout ! (Les yeux soudain brillants, elle sauta sur ses pieds et se mit à danser sur place en chantant à pleine voix :) Comme je suis heureuse, heureuse, heureuse d'avoir fait un pacte avec lui ! Ô Satan, Satan !… Mais tu vas être obligé, mon chéri, de vivre avec une sorcière ! reprit-elle en se jetant dans les bras du Maître, qu'elle prit par le cou et se mit à embrasser sur les lèvres, le nez, les joues.

Les boucles folles de ses cheveux noirs aveuglaient le Maître, dont le front et les joues étaient enflammés par les baisers.

— C'est vrai, tu ressembles tout à fait à une sorcière.

— Je ne le nie pas, répondit Marguerite. Je suis une sorcière, et j'en suis bien contente.

— Très bien, dit le Maître, va pour la sorcière, c'est parfait, c'est magnifique ! Ils ont réussi, disons, à me tirer de la clinique… ça aussi, c'est très gentil ! Ils m'ont fait revenir ici, admettons-le. Supposons même qu'on ne nous fera pas rechercher… Mais, par tout ce que tu as de plus sacré, dis-moi comment, et de quoi nous allons vivre ? Si je dis ça, c'est par souci pour toi, crois-moi !

À ce moment parurent à la fenêtre des souliers à bouts carrés et le bas des jambes d'un pantalon de fil-à-fil. Puis ces deux jambes se joignirent aux genoux et la lumière du jour fut masquée par un gros derrière.

— Aloysius, tu es là ? demanda une voix, quelque part au-dessus du pantalon.

— Ça commence, dit le Maître.

— Aloysius ? dit Marguerite en se rapprochant du soupirail. Il a été arrêté hier ! Mais qui le demande ? Qui êtes-vous ?

Instantanément, les genoux et le derrière disparurent et on entendit claquer le portillon, après quoi tout rentra dans l'ordre. Marguerite retomba sur le divan, et se mit à rire au point que des larmes roulèrent sur ses joues. Mais elle se calma bientôt, et son visage changea alors du tout au tout. Elle parla d'un ton grave, et tout en parlant, elle se glissa sur les genoux du Maître, le regarda dans les yeux et se mit à lui caresser la tête.

— Comme tu as souffert, mon pauvre ami, comme tu as souffert ! Moi seule, je le sais. Regarde, tu as des fils blancs dans les cheveux, et autour des lèvres, un pli qui ne s'effacera jamais ! Mon unique, mon chéri, ne pense plus à rien ! Tu as dû trop penser, maintenant, c'est moi qui penserai pour toi. Et je te le jure, je te le jure, tout ira bien, magnifiquement bien !

— Je ne crains rien, Margot, répondit soudain le Maître, qui leva la tête et apparut tel qu'il était à l'époque où il écrivait, racontant quelque chose qu'il n'avait jamais vu, mais dont il savait, sans doute, que cela avait été. Je ne crains plus rien, parce que j'ai déjà tout enduré. On m'a trop fait peur : plus rien, maintenant, ne peut m'effrayer. Mais j'ai pitié de toi, Margot, voilà la question, et voilà pourquoi je répète toujours la même chose. Ressaisis-toi ! À quoi bon gâcher ta vie avec un miséreux et un malade ? Retourne chez toi ! J'ai pitié de toi, c'est pourquoi je te dis cela !

— Ah toi, toi..., murmura Marguerite en secouant sa tête ébouriffée. Comme tu es malheureux, et comme tu manques de confiance !... C'est pour toi, hier, que j'ai passé la nuit toute nue, à trembler de fièvre, c'est pour toi que j'ai changé de nature, que j'ai passé plusieurs mois dans une petite pièce sombre, à penser uniquement à l'orage sur Jérusalem, c'est pour toi que j'ai usé mes yeux à pleurer, et maintenant que le bonheur nous tombe dessus, tu me chasses ! C'est bien, je partirai, je partirai, mais sache que tu es un homme cruel ! Ils ont détruit ton âme !

Une amère tendresse emplit le cœur du Maître. Sans raison, il se mit à pleurer et enfouit son visage dans les cheveux de Marguerite. Celle-ci pleura également, et tandis que ses doigts caressaient légèrement les tempes du Maître, elle murmura :

— Oui, des fils, des fils blancs... Sous mes yeux, ta tête se couvre de neige... ah chère, chère tête qui a tant souffert ! Et tes yeux, regarde tes yeux, ils sont vides... tes épaules, ces poids sur tes épaules... ils t'ont estropié, estropié...

Et les paroles de Marguerite, secouée par les sanglots, devinrent incohérentes.

Alors le Maître s'essuya les yeux, fit lever Marguerite de ses genoux, se leva lui-même et dit d'une voix ferme :

— Assez. Tu m'as fait honte. Plus jamais je ne manquerai de courage, et je ne reviendrai plus sur cette question, sois tranquille. Je sais que nous sommes tous deux victimes de ma maladie mentale, que je t'ai sans doute transmise... Eh bien, nous la supporterons ensemble.]

Marguerite approcha ses lèvres de l'oreille du Maître et murmura :

— Je le jure sur ta vie, je le jure sur le fils de l'astrologue trouvé par toi, tout ira bien !

[— Bon, tant mieux, tant mieux, répondit le Maître, et en riant, il ajouta : Bien sûr, quand des gens, comme toi et moi, sont dépouillés de tout, quand on leur a tout pris, ils cherchent leur salut auprès des forces de l'au-delà ! Eh bien soit, cherchons de ce côté.

— Ah voilà, voilà, tu es comme avant, tu ris ! dit Marguerite. Mais va au diable avec tes grands mots. De l'au-delà ou pas de l'au-delà, qu'est-ce que ça peut faire ? J'ai faim ! (Et elle attira le Maître vers la table.)

— Je me demande si toute cette nourriture ne va pas tout d'un coup disparaître sous terre ou s'envoler par la fenêtre, dit celui-ci, tout à fait calmé.

— Elle ne s'envolera pas.]

Au même instant, à la lucarne, une voix nasillarde prononça :

— La paix soit avec vous.

Le Maître sursauta, mais Marguerite, déjà habituée à l'inhabituel, s'exclama :

— Mais c'est Azazello ! Ah comme c'est gentil, comme c'est bien ! (Elle murmura au Maître :) Tu vois, ils ne nous abandonnent pas ! (Et elle courut ouvrir.)

— Ferme au moins ton manteau ! lui cria le Maître.

— Je me fiche de tout ça, maintenant, répondit Marguerite qui était déjà dans le corridor.

Azazello, dont l'œil unique étincelait, s'inclina et souhaita le bonsoir au Maître, et Marguerite s'écria :

— Ah comme je suis contente ! Jamais de ma vie je n'ai été aussi contente ! [Mais pardonnez-moi, Azazello, de me montrer toute nue !

Azazello lui dit de ne pas s'en inquiéter, et affirma qu'il avait déjà vu non seulement des femmes nues, mais même des femmes avec la peau complètement arrachée. Sur ce, il prit volontiers place à table, après avoir déposé dans un coin un paquet enveloppé de brocart sombre.]

Marguerite servit à Azazello un verre de cognac, qu'il but avec plaisir. Le Maître, qui ne le quittait pas des yeux, se pinçait de temps à autre le dos de la main gauche, sous la table. Mais cela ne servit à rien. Azazello ne s'évanouit pas comme une vision, et à vrai dire, il n'y avait aucune nécessité à ce qu'il disparût. Ce petit homme roux n'avait rien de redoutable, n'eût été cette taie sur un œil – mais cela arrive bien en dehors de toute sorcellerie –, et aussi ce costume un peu extraordinaire – une sorte de robe, ou de soutane –, mais si on y réfléchit bien, cela se voit aussi, parfois. De plus, il savait boire le cognac, comme font les braves gens, – cul sec et en mangeant un morceau. Grâce à ce même cognac, le Maître commença à avoir un peu de bruit dans la tête, et il pensa :

« Non, c'est Marguerite qui a raison… Bien sûr, celui qui est là, assis devant moi, est un envoyé du diable. Moi-même, d'ailleurs, et pas plus tard que la nuit d'avant-hier, j'ai démontré à Ivan que celui qu'il avait rencontré à l'Étang du Patriarche n'était autre que Satan, et voilà que cette idée me fait peur, et que je me mets à radoter à propos d'hypnotiseurs et d'hallucinations… Au diable les hypnotiseurs !… »

Il examina Azazello plus attentivement, et il découvrit dans le regard de celui-ci quelque chose de contraint, comme une pensée qu'il se retiendrait d'exposer, pour l'instant. « Il n'est pas venu en simple visite, il est chargé d'une mission », pensa le Maître.

[Son sens de l'observation ne l'avait pas trompé. Après avoir bu un troisième verre de cognac – qui ne produisait sur lui aucun effet – Azazello prit la parole en ces termes :

— Voilà un confortable sous-sol, le diable m'emporte ! La seule question qui se pose est celle-ci : que faire, dans ce charmant sous-sol ?

— C'est exactement ce que je dis, répondit le Maître en riant.]

— Pourquoi me tourmentez-vous, Azazello ? demanda Marguerite. N'importe quoi !

— Comment, comment ! s'écria Azazello. Je ne songeais pas un instant à vous tourmenter. C'est ce que je dis aussi : n'importe quoi ! Ah oui ! Un peu plus, j'oubliais... Messire m'a chargé de vous transmettre ses salutations, et il m'a aussi ordonné de vous dire qu'il vous invitait à faire avec lui une petite promenade, – si vous le désirez, bien entendu. Eh bien, qu'en dites-vous ?

Sous la table, Marguerite toucha du pied la jambe du Maître.

— Avec grand plaisir, dit aussitôt le Maître, en étudiant le visage d'Azazello.

Celui-ci continua :

— Nous espérons, alors, que Marguerite Nikolaievna ne refusera pas ?

— Je ne refuserai certainement pas, dit Marguerite, dont la jambe toucha de nouveau celle du Maître.

— Merveilleux ! s'écria Azazello. Voilà comme j'aime faire les choses ! Une, deux, et hop, c'est fait ! Ce n'est pas comme l'autre fois, dans le jardin Alexandrovski !

— Ah, ne m'en parlez plus, Azazello, j'étais bête, à ce moment-là. D'ailleurs, il ne faut pas me juger trop sévèrement : ce n'est pas tous les jours qu'on rencontre un esprit malin !

— Je vous crois ! confirma Azazello. Et si c'était tous les jours, ce serait bien agréable !

— Moi aussi, j'aime la vitesse, dit Marguerite excitée, j'aime la vitesse et j'aime être nue… Comme avec le Mauser – pan ! Ah, comme il tire bien ! s'écria-t-elle en se tournant vers le Maître. Un sept de pique sous un oreiller, il le touche où on veut !…

Marguerite commençait à être ivre, et ses yeux brillaient.

— Voilà que j'oubliais encore ! s'écria Azazello en se claquant le front. Décidément, je suis fourbu, et je perds la tête ! Oui, messire vous envoie un cadeau (il s'adressa au Maître), une bouteille de vin. Et je vous prie de remarquer que c'est le même vin que buvait le procurateur de Judée. Du falerne.

Pareille rareté ne pouvait, naturellement, que susciter un vif intérêt chez le Maître et chez Marguerite. Azazello tira de son enveloppe de sombre brocart funéraire un flacon entièrement couvert de moisissure. On huma le vin, on le versa dans les verres, on le regarda au jour de la fenêtre que l'orage imminent assombrissait. [Et tout prit la couleur du sang.]

— À la santé de Woland ! s'écria Marguerite en levant son verre.

Tous trois portèrent les verres à leurs lèvres et burent une longue gorgée. Aussitôt, la pâle lumière qui annonçait l'orage s'éteignit devant les yeux du Maître et, la respiration coupée, il sentit que c'était la fin. Il vit encore la pâleur mortelle qui se répandait sur le visage de Marguerite. D'un geste impuissant, il essaya de tendre les bras vers elle, mais il vit sa tête rouler sur la table, et elle glissa à terre.

— Empoisonneur…, put encore crier le Maître.

Il voulut saisir un couteau sur la table pour en frapper Azazello, mais sa main glissa sans force le long de la nappe. Tout ce qui l'entourait se teinta de noir, puis disparut. Il tomba à la renverse, et en tombant, il s'ouvrit la tempe sur le coin du bureau.

Quand les deux empoisonnés ne bougèrent plus, Azazello entra en action. En premier lieu, il s'élança par la fenêtre, et un instant plus tard, il était à la propriété qu'habitait Marguerite Nikolaievna. Toujours précis et ponctuel, Azazello voulait vérifier si tout avait été exécuté convenablement. Il put constater que tout était en ordre. Il vit une femme à l'air morose, qui visiblement, attendait le retour de son mari, sortir de sa chambre à coucher, puis soudain, pâlir mortellement, porter la main à son cœur et crier faiblement : « Natacha… quelqu'un… à moi… », puis s'effondrer sur le parquet du salon, sans avoir pu atteindre le cabinet de travail.

— Tout va bien, dit Azazello.

En un instant, il fut auprès des amoureux étendus sur le sol. Marguerite gisait le visage contre le tapis. De sa main de fer, Azazello la retourna comme une poupée, et il scruta le visage tourné vers lui. Sous son regard, ce visage se modifia. Même dans l'obscurité de l'orage qui s'épaississait peu à peu, on pouvait voir s'effacer cet air de sorcière qu'elle avait depuis quelque temps : yeux qui louchaient légèrement, figure exubérante et un peu cruelle. Les traits de la morte s'éclairèrent, s'adoucirent enfin, et son rictus carnassier fit place à une expression figée de souffrance féminine. Azazello desserra les dents blanches et versa dans la bouche quelques gouttes du vin qui lui avait servi de poison. Marguerite poussa un soupir, puis se redressa sans l'aide d'Azazello, s'assit et demanda faiblement :

— Pourquoi, Azazello, pourquoi ? Qu'est-ce que vous m'avez fait ?

Elle vit le Maître étendu, frissonna et murmura :

— Je n'aurais jamais cru… vous, un assassin ?

— Mais non, voyons, mais non, répondit Azazello. Il va se réveiller tout de suite. Pourquoi donc êtes-vous si nerveuse ?

Marguerite le crut sans hésiter, tant la voix du démon roux était convaincante. Elle se remit sur pied, vive et pleine d'énergie, et aida Azazello à donner du vin au Maître. Celui-ci ouvrit les yeux, mais son regard était sombre et il répéta avec haine son dernier mot :

— Empoisonneur…

— Ah, voilà la récompense habituelle d'un bon travail : l'injure ! dit Azazello. Seriez-vous donc aveugle ? Hâtez-vous, alors, de recouvrer la vue !

Le Maître se leva, promena autour de lui un regard maintenant vif et clair, et demanda :

— Que signifie cette nouveauté ?

— Elle signifie, répondit Azazello, qu'il est temps. L'orage gronde déjà, entendez-vous ? Il fait de plus en plus sombre. Les chevaux raclent la terre de leur sabot, le petit jardin frissonne. Allons, faites vos adieux à tout cela, hâtez-vous.

— Ah, je comprends…, dit le Maître, regardant à nouveau autour de lui. Vous nous avez tués, nous sommes morts. Quelle habileté ! Quel à-propos ! Maintenant, je comprends tout.

— Hé, de grâce ! dit Azazello. Est-ce vous qui parlez ainsi ? Votre amie vous appelle Maître, vous êtes capable de penser, comment donc pourriez-vous être mort ? [Avez-vous besoin, pour vous considérer comme vivant, d'être assis dans ce sous-sol, en chemise et caleçon d'hôpital ?] C'est ridicule !

— J'ai tout compris, toutes vos paroles ! s'écria le Maître. N'en dites pas plus ! Vous avez mille fois raison !

— Ô grand Woland ! Grand Woland ! répéta Marguerite en écho. Comme son imagination est supérieure à la mienne ! Mais ton roman, ton roman, cria-t-elle au Maître, emporte ton roman, quel que soit le lieu où nous nous envolerons !

— Inutile, répondit le Maître, je le sais par cœur.

— Et tu n'en oublieras pas un mot… pas un seul ? demanda Marguerite, qui se serra contre son amant et essuya le sang de sa tempe blessée.

— Ne t'inquiète pas. Désormais, je n'oublierai plus jamais rien.

— Alors le feu ! s'écria Azazello. Le feu, par quoi tout a commencé, et par quoi nous achevons toutes choses !

— Le feu ! cria Marguerite d'une voix éclatante.

La lucarne s'ouvrit brutalement, et le vent fit voler le rideau. Un bref coup de tonnerre roula gaiement dans le ciel. Azazello fourra sa main griffue dans le poêle, en sortit une braise fumante et mit le feu à la nappe. Il alluma également un paquet de vieux journaux sur le divan, puis un manuscrit, et le rideau de la fenêtre.

[Le Maître, déjà grisé par la future chevauchée, balaya d'une étagère un livre qui tomba sur la table, en froissa les pages sur la nappe en feu, et le livre s'enflamma joyeusement.

— Brûle, brûle, vie passée !

— Brûlez, vieilles souffrances ! cria Marguerite.]

La chambre ondulait déjà dans les tourbillons pourpres. Les trois personnages franchirent la porte dans un nuage de fumée, grimpèrent l'escalier et sortirent dans la petite cour.

La première chose qu'ils y aperçurent fut, assise par terre, la cuisinière de l'entrepreneur. Autour d'elle étaient répandues des pommes de terre et quelques bottes d'oignons. L'état dans lequel se trouvait la cuisinière était compréhensible. Près de la remise, en effet, trois chevaux noirs s'ébrouaient, bronchaient, et leurs sabots impatients projetaient des jets de terre. Marguerite fut la première à sauter en selle, suivie d'Azazello, puis du Maître. Avec un gémissement déchirant, la cuisinière leva la main pour faire un signe de croix, mais Azazello lui cria d'un ton menaçant :

— Je vais te couper la main !

Puis il siffla, et les chevaux, brisant les branchages des tilleuls, bondirent et s'enfoncèrent dans les nuages bas et noirs.

À ce moment, une épaisse fumée sortit de la fenêtre du sous-sol, et de la cour monta le cri faible et pitoyable de la cuisinière :

— Au feu...

Déjà, les chevaux passaient au-dessus des toits de Moscou.

— Je voudrais faire mes adieux à la ville..., cria le Maître à Azazello qui chevauchait devant lui.

Le reste de sa phrase se perdit dans le fracas du tonnerre. Azazello acquiesça d'un signe de tête, et lança son cheval au galop. Les lourds nuages volaient à la rencontre des cavaliers, mais ils ne se résolvaient pas encore en pluie.

Les voyageurs survolèrent un boulevard, où ils virent de petites silhouettes courir pour se mettre à l'abri. Les premières gouttes tombaient. Puis ils survolèrent une fumée, – tout ce qui restait de la maison de Griboïédov. Ils survolèrent la ville, que noyait déjà l'obscurité. Au-dessus d'eux jaillissaient des éclairs. Aux toits succéda un océan de verdure. Alors la pluie se déversa sans retenue, transformant les cavaliers en trois grosses bulles flottant dans l'eau.

Cette sensation de vol était déjà familière à Marguerite, mais pas au Maître, qui s'étonna de la rapidité avec laquelle ils arrivèrent au but, vers celui à qui il voulait dire adieu, parce qu'il n'avait personne d'autre à qui le dire. Dans la grisaille de la pluie, il reconnut tout de suite la clinique de Stravinsky, avec la rivière et le bois sur l'autre rive qu'il avait eu tout loisir d'étudier. Tous trois atterrirent dans une clairière, près d'un bosquet, non loin de la clinique.

— Je vous attends ici ! cria Azazello en mettant ses mains en porte-voix, tantôt illuminé par un éclair, tantôt se fondant dans la grisaille. Faites vos adieux, mais dépêchez-vous !

Le Maître et Marguerite sautèrent à bas de leur selle et traversèrent le jardin comme des fantômes aquatiques. Un instant plus tard, d'un geste familier, le Maître ouvrait le grillage du balcon de la chambre 117. Marguerite le suivait, et ils entrèrent chez Ivanouchka. Dans le fracas et les mugissements de l'orage, personne ne les avait vus ni entendus. Le Maître s'arrêta près du lit.

Ivanouchka était allongé, immobile, comme la première fois qu'il avait observé l'orage, dans cette maison où il avait trouvé le repos. Mais il ne pleurait plus, comme alors. Quand il eut reconnu la silhouette obscure descendue vers lui du balcon, il se redressa, tendit les bras et dit joyeusement :

— Ah, c'est vous ! Moi qui vous ai tant attendu ! Vous voilà enfin, mon voisin !

Le Maître répondit :

— Me voilà, mais malheureusement, je ne pourrai plus être votre voisin. Je m'envole pour toujours, et je ne suis venu que pour vous dire adieu.

— Je le savais, je l'avais deviné, répondit doucement Ivan, puis il demanda : L'avez-vous rencontré ?

— Oui, répondit le Maître. Et je suis venu vous dire adieu, parce que vous êtes la seule personne à qui j'ai parlé, ces derniers temps.

Le visage d'Ivan s'éclaira, et il dit :

— C'est bien d'être passé par ici. Et moi, je tiendrai parole, je n'écrirai plus de mauvaise poésie. C'est autre chose qui m'intéresse, maintenant, (Ivanouchka sourit, et son regard dépourvu de raison se porta au-delà du Maître), j'écrirai autre chose. En restant couché ici, vous savez, j'ai compris bien des choses.

Ému par ces paroles, le Maître s'assit au bord du lit et répondit :

— Ah, c'est bien, c'est bien. Vous écrirez la suite de son histoire.

— Mais vous, vous ne le ferez pas ? (Il baissa la tête, puis ajouta, pensif :) C'est vrai... qu'est-ce que je vais demander là...

Et Ivanouchka regarda le plancher d'un air effrayé.

— Non, dit le Maître, dont la voix parut à Ivan assourdie, comme étrangère. Je n'écrirai plus rien sur lui. J'aurai d'autres occupations.

Un coup de sifflet perça le grondement de l'orage.

— Vous entendez ? demanda le Maître.

— C'est le bruit de l'orage...

— Non, c'est moi qu'on appelle, il est temps, dit le Maître en se levant.

— Attendez ! Un mot encore, demanda Ivan. Et elle, vous l'avez retrouvée ? Elle vous était restée fidèle ?

— La voici, répondit le Maître en montrant le mur.

De la paroi blanche se détacha la silhouette sombre de Marguerite, qui s'approcha du lit. Elle regarda l'adolescent qui y était couché, et une profonde tristesse emplit ses yeux.

— Pauvre, pauvre…, dit-elle à voix basse, et elle se pencha sur le lit.

[— Comme elle est belle, dit Ivan d'un ton dépourvu d'envie, mais avec tristesse et une sorte de tendresse paisible. Vous voyez comme les choses se sont bien arrangées pour vous. Pour moi, ce ne sera pas si bien… (Il réfléchit un instant et ajouta, songeur :) Et peut-être que si, après tout…

— Oui, oui, chuchota Marguerite en se penchant tout près de lui. Je vais vous donner un baiser, et pour vous, tout s'arrangera comme il faut… Vous pouvez me croire, j'ai vu, je sais…]

L'adolescent mit ses bras autour de son cou, et elle lui donna un baiser.

— Adieu, mon élève, dit le Maître d'une voix à peine distincte, et il commença à s'effacer dans l'air. Puis il disparut, et Marguerite disparut avec lui. La grille du balcon se referma.

Ivanouchka tomba dans un grand désordre d'esprit. Il s'assit sur son lit, jeta des regards inquiets autour de lui, gémit, parla tout seul, se leva. L'orage, qui redoublait de fureur, sema visiblement l'angoisse dans son âme. Ce qui le troublait aussi, c'est que derrière sa porte, son oreille accoutumée au perpétuel silence de ces lieux percevait distinctement des pas furtifs et inquiets, et un son de voix étouffées. Pris d'un tremblement nerveux, il appela :

— Prascovia Fiodorovna !

Mais Prascovia Fiodorovna entrait déjà et le regardait, étonnée et alarmée :

— Quoi ? Qu'y a-t-il ? demanda-t-elle. C'est l'orage qui vous tourmente ? Allons, ce n'est rien, ce n'est rien… On va s'occuper de vous tout de suite… j'appelle le docteur…

— Non, Prascovia Fiodorovna, inutile d'appeler le docteur, dit Ivan en regardant avec agitation non pas Prascovia Fiodorovna, mais le mur. Je n'ai rien de spécial, et je me débrouille bien tout seul, n'ayez pas peur. Mais dites-moi plutôt, demanda-t-il d'un ton cordial, que s'est-il passé à côté, dans la chambre 118 ?

— Au 118 ? répéta Prascovia Fiodorovna, le regard fuyant. Mais rien, rien du tout.

Mais sa voix sonnait faux, et Ivan s'en aperçut immédiatement.

— Hé, Prascovia Fiodorovna ! Vous qui dites toujours la vérité… vous avez peur que je devienne furieux ? Non, Prascovia Fiodorovna, aucun danger. Vous feriez mieux de parler franchement, parce que derrière le mur, j'entends tout.

— Votre voisin vient de mourir, murmura Prascovia Fiodorovna, incapable de contenir plus longtemps sa franchise et sa bonté.

Enveloppée par la lueur d'un éclair, elle regarda Ivan avec frayeur. Mais rien de terrible n'arriva. Simplement, Ivanouchka leva le doigt d'un air important et dit :

— Je le savais ! Et je peux vous affirmer, Prascovia Fiodorovna, qu'une autre personne vient de mourir dans la ville. Je sais même qui c'est. (Ivan eut un sourire mystérieux.) C'est une femme !

31. Sur le mont des Moineaux

L'orage fut emporté au loin et un arc-en-ciel multicolore enjamba toute la ville, buvant l'eau de la Moskova. Trois silhouettes sombres se tenaient immobiles en haut d'une colline, entre deux bosquets. C'étaient Woland, Koroviev et Béhémoth, en selle sur des chevaux noirs, contemplant la ville étalée au-delà de la rivière, où le soleil couchant, brisé en milliers d'éclats, étincelait aux fenêtres tournées vers l'ouest, et les tours couleur de pain d'épice du monastère Diévitchi.

Il y eut un bruissement dans l'air, et Azazello, entraînant dans le sillage de son manteau noir le Maître et Marguerite, vint se poser avec eux près du groupe immobile.

— Il a fallu vous causer quelques désagréments, Marguerite Nikolaievna, et à vous, Maître, dit Woland après un moment de silence. Mais vous ne m'en tiendrez pas rigueur, et je pense que vous n'aurez pas à le regretter. Eh bien, ajouta-t-il en se tournant vers le Maître, faites vos adieux à la ville, il est temps.

Et le gant noir à poignet évasé de Woland indiqua les innombrables soleils qui flamboyaient sur les vitres en fusion, et le brouillard de vapeurs qui montait de la ville chauffée toute la journée.

Le Maître mit pied à terre et, s'éloignant des autres, gagna d'un pas rapide le bord escarpé de la colline. Sa cape noire traînait sur le sol derrière lui. Il s'arrêta, et regarda la ville. Dans les premiers instants, une tristesse poignante s'insinua dans son cœur. Mais très vite, elle fit place à une anxiété douceâtre, – une nostalgie de tsigane errant.

— Pour toujours !... Il faut se pénétrer de cette idée..., murmura le Maître en passant sa langue sur ses lèvres sèches et gercées. Prêtant l'oreille aux mouvements de son âme, il fut à même de les analyser avec précision. Son émotion se changea, lui sembla-t-il, en un sentiment de profonde et cruelle offense. Mais ce ne fut qu'une impression fugitive, qui disparut pour être remplacée, bizarrement, par une orgueilleuse indifférence, et enfin, par le pressentiment d'un perpétuel repos.

Le groupe des cavaliers attendait le Maître en silence. Le groupe des cavaliers regardait la longue silhouette noire qui, au bord du précipice, gesticulait, tantôt levant la tête comme pour essayer de faire porter son regard, par-dessus la ville, jusqu'aux confins de celle-ci, tantôt la laissait retomber sur sa poitrine comme pour examiner l'herbe foulée et maigre à ses pieds.

[Le silence fut rompu par Béhémoth, qui s'ennuyait.

— Permettez-moi, Maître, dit-il, de siffler avant notre départ, en guise d'adieu.

— Tu vas faire peur à la dame, dit Woland. De plus, n'oublie pas que les scandales que tu as provoqués aujourd'hui sont terminés.

— Oh non, non, messire, dit Marguerite, assise en amazone sur sa selle, les mains aux hanches et sa longue traîne pendant jusqu'à terre. Permettez-lui de siffler. La pensée de ce long voyage me rend triste. N'est-il pas vrai, messire, que cette tristesse est naturelle, quand le voyageur sait qu'au bout de sa route, il trouvera le bonheur ? Qu'il nous fasse rire, sinon je crains que cela ne se termine par des larmes, et notre voyage en serait gâché !

Woland se tourna vers Béhémoth et acquiesça d'un signe de tête. Tout joyeux, Béhémoth sauta à terre, enfonça ses doigts dans sa bouche, gonfla ses joues, et siffla. Les oreilles de Marguerite tintèrent douloureusement, et son cheval se cabra. Dans le bois voisin, des branches mortes tombèrent des arbres, et toute une bande de corneilles et de moineaux s'envola. Des colonnes de poussière descendirent en tourbillonnant jusqu'à la rivière, et dans un tramway qui longeait le quai, on vit les casquettes de quelques passagers s'envoler et tomber à l'eau.

Le coup de sifflet fit sursauter le Maître, mais il ne se retourna pas. Ses gesticulations redoublèrent, et il leva le poing vers le ciel, comme pour menacer toute la ville. Béhémoth regarda autour de lui d'un air faraud.

— C'est un coup de sifflet, je ne discute pas, remarqua dédaigneusement Koroviev. C'est effectivement un coup de sifflet, mais si on veut dire les choses sans parti pris, c'est un coup de sifflet très moyen !

— Hé, je ne suis pas chantre d'église, moi, répliqua Béhémoth avec dignité en gonflant ses joues, et en adressant un clin d'œil inattendu à Marguerite.

— Tiens, laisse-moi faire, je vais essayer à l'ancienne mode, dit Koroviev en se frottant les mains et en soufflant sur ses doigts.

— Mais fais bien attention de n'estropier personne ! dit la voix sévère de Woland.

— Faites-moi confiance, messire, répondit Koroviev, la main sur le cœur. C'est pour rire, simplement pour rire…

Alors il parut s'allonger, comme s'il était en caoutchouc. Avec les doigts de sa main droite il dessina une figure compliquée, puis s'entortilla comme une vis, et soudain, se déroulant d'un seul coup, il siffla.

Marguerite n'entendit pas le coup de sifflet, mais elle le vit, en même temps qu'elle était rejetée, elle et son ardent coursier, à soixante-dix pieds de là. À côté d'elle, un chêne fut déraciné, et toute la colline se crevassa, jusqu'à la rivière. Un énorme morceau du rivage, quai et restaurant compris, glissa dans l'eau. La rivière bouillonna, se souleva, mais sur l'autre rive, un tramway vert et rampant s'étira, emportant ses passagers intacts. Aux pieds du cheval de Marguerite, qui s'ébrouait, vint s'abattre, tué par le sifflement de Fahoth, un choucas.

Ce coup de sifflet effraya fort le Maître. Il se prit la tête] dans les mains, et revint en courant vers le groupe de ses compagnons de voyage.

— Eh bien, lui demanda Woland du haut de son cheval, tous les comptes sont réglés ? Les adieux sont faits ?

— Les adieux sont faits, répondit le Maître et, apaisé, il leva sur Woland un regard franc et hardi.

Alors, sur la colline, roula comme un son de trompe la voix terrible de Woland :

— Il est temps !, accompagnée d'un brusque coup de sifflet et d'un ricanement, dus à Béhémoth.

D'un coup de reins, les chevaux enlevèrent leur cavalier dans les airs et prirent le galop. Marguerite sentait son fougueux coursier ronger son frein et tirer sur les rênes. Le manteau de Woland, gonflé par le vent, se déploya au-dessus de la cavalcade, masquant une partie du firmament qu'envahissait l'ombre du soir. Quand ce voile noir s'écarta un instant, Marguerite regarda derrière elle et vit que non seulement les tours bigarrées avaient depuis longtemps disparu, mais aussi toute la ville, engloutie par la terre et ne laissant derrière elle que brouillard et fumée.

32. Grâce et repos éternel

Ô dieux, dieux ! Comme la terre est triste, le soir ! Que de mystères, dans les brouillards qui flottent sur les marais ! Celui qui a erré dans ces brouillards, celui qui a beaucoup souffert avant de mourir, celui qui a volé au-dessus de cette terre en portant un fardeau trop lourd, celui-là sait ! Celui-là sait, qui est fatigué. Et c'est sans regret, alors, qu'il quitte les brumes de cette terre, ses rivières et ses étangs, qu'il s'abandonne d'un cœur léger entre les mains de la mort, sachant qu'elle – et elle seule – lui apportera la paix.

Fatigués eux aussi, les chevaux enchantés avaient considérablement ralenti leur allure, et la nuit inéluctable les rattrapait. La sentant derrière son dos, même le turbulent Béhémoth se tint coi. Les griffes accrochées au pommeau de sa selle, il volait, silencieux et grave, la queue étalée.

La nuit commença à couvrir d'un noir linceul les bois et les prés, et tout en bas, au loin, elle alluma de petites lumières tristes, – de petites lumières étrangères, désormais inutiles et sans intérêt pour Marguerite et pour le Maître. La nuit rattrapa la cavalcade, descendit sur elle et l'enveloppa, tout en semant çà et là, dans le ciel mélancolique, de petites taches de lumière pâle – les étoiles.

La nuit se fit plus dense, ses ténèbres roulèrent côte à côte avec les cavaliers, happèrent les manteaux, les arrachèrent des épaules, et révélèrent les déguisements. Et quand Marguerite, rafraîchie par le vent, ouvrit les yeux, elle put voir quels changements étaient survenus dans l'aspect de ceux qui volaient autour d'elle, chacun vers son but. Quand, par-delà la crête lointaine d'une forêt, le disque pourpre de la lune monta à leur rencontre, tous les faux-semblants avaient disparu, éparpillés dans les marais, les oripeaux fugaces de la sorcellerie s'étaient noyés dans le brouillard.

On aurait eu peine, maintenant, à reconnaître Koroviev-Fahoth, soi-disant interprète auprès d'un mystérieux spécialiste qui n'avait nul besoin d'interprète, dans celui qui chevauchait en ce moment à côté de Woland, à droite de Marguerite. Celui qui, dans un costume de cirque déchiré, avait quitté le Mont des Moineaux sous le nom de Koroviev-Fahoth, était devenu un chevalier sévèrement vêtu de violet, dont le visage lugubre ignorait le sourire, qui chevauchait en faisant tinter doucement les chaînettes d'or de ses rênes. Le menton appuyé contre sa poitrine, il ne regardait pas la lune, il ne s'intéressait pas à la terre. À côté de Woland, il songeait, sans doute, à quelque préoccupation personnelle.

[— Pourquoi a-t-il changé ainsi ? demanda Marguerite à Woland dans le sifflement du vent.

— Ce chevalier, répondit Woland en tournant vers Marguerite son visage où l'œil flamboyait doucement, s'est permis un jour une plaisanterie malheureuse. Le calembour qu'il avait composé à propos de la lumière et des ténèbres n'était pas très bon. À la suite de cela, le chevalier a été obligé de plaisanter un peu plus, et un peu plus longtemps qu'il n'en avait l'intention. Mais cette nuit est une nuit de règlements de comptes. Le chevalier a payé, et son compte est clos.]

La nuit arracha également la queue touffue de Béhémoth, le dépouilla de son pelage, dont elle dispersa les touffes dans les marais. Celui qui avait été un chat, chargé de divertir le prince des ténèbres, était maintenant un maigre adolescent, un démon-page, le meilleur bouffon qui eût jamais existé au monde. Maintenant il se tenait coi, et volait sans bruit, offrant son jeune visage à la lumière qui ruisselait de la lune.

À l'écart des autres, étincelant dans son armure d'acier, chevauchait Azazello. La lune avait également changé son visage. Ses absurdes et horribles chicots jaunes avaient complètement disparu, et son œil borgne s'était révélé faux. Les deux yeux d'Azazello étaient identiques – vides et noirs –, et son visage était blanc et glacé. Azazello avait maintenant son aspect authentique, son aspect de démon des déserts arides, de démon-tueur.

Marguerite ne pouvait se voir, mais elle voyait parfaitement combien le Maître lui-même avait changé. Ses cheveux avaient blanchi sous la lune et s'étaient rassemblés, derrière sa tête, en une queue qui volait au vent. Et quand le vent eut emporté le manteau qui couvrait les jambes du Maître, Marguerite vit luire et s'éteindre alternativement, aux talons de ses grosses bottes, les roulettes de ses éperons. Comme le démon-page, le Maître ne quittait pas la lune des yeux, mais il lui souriait comme à un être connu et aimé, et il grommelait on ne sait quoi pour lui-même, selon une habitude acquise dans la chambre 118.

Woland, enfin, avait repris lui aussi son aspect véritable. Marguerite n'aurait su dire de quoi étaient faites ses rênes – peut-être des rayons de lune tressés en chaînes –, ni même son cheval – une masse de ténèbres ayant pour crinière un nuage, – ni ses éperons – peut-être de pâles étoiles.

Cette chevauchée silencieuse dura longtemps encore, jusqu'au moment où le paysage, en bas, se modifia à son tour. Les forêts mélancoliques avaient sombré dans l'obscurité de la terre, engloutissant avec elles les lames blafardes des fleuves. Des roches erratiques apparurent, jetant des reflets de plus en plus vifs, tandis qu'entre elles se creusaient des ravins ténébreux, où ne pénétrait pas la lumière de la lune.

Woland arrêta son cheval sur un haut plateau morne et rocailleux. Les cavaliers avancèrent alors au pas, écoutant les sabots ferrés de leurs chevaux écraser les pierres. La lune inondait la plate-forme d'une lumière verte éclatante, et Marguerite discerna bientôt, au cœur de cette contrée déserte, la forme blanche d'un homme assis dans un fauteuil. Cet homme était peut-être sourd, ou bien profondément absorbé dans ses pensées. Toujours est-il qu'il n'entendit pas le sol pierreux trembler sous le poids des chevaux, et les cavaliers s'approchèrent de lui sans le déranger de son immobilité.

La lune, dont la lumière était plus intense que celle du meilleur lampadaire électrique, permit à Marguerite de constater aisément que l'homme assis, dont les yeux paraissaient aveugles, se frottait continuellement les mains d'un geste bref, tandis que ses yeux fixaient sans le voir le disque de la lune. Marguerite aperçut également, couché près du lourd fauteuil de pierre qui jetait de fugitives étincelles à la lueur lunaire, un énorme chien de couleur sombre, aux oreilles pointues, qui, comme son maître, fixait la lune d'un regard chargé d'angoisse. Aux pieds de l'homme assis gisaient les morceaux d'une cruche brisée, entre lesquels s'étalait une inaltérable flaque d'un rouge noirâtre.

Les cavaliers s'arrêtèrent.

— Ils ont lu votre roman, dit Woland en se tournant vers le Maître. Ils ont seulement dit que, malheureusement, il n'était pas terminé. Aussi ai-je voulu vous montrer votre héros. Voilà près de deux mille ans qu'il est assis sur ce plateau, et qu'il dort ; mais quand arrive la pleine lune, comme vous le voyez, il est tourmenté par l'insomnie. Et il n'est pas seul à en souffrir : elle torture également son fidèle gardien, ce chien. S'il est exact que la lâcheté est le plus grave des défauts, on ne saurait, sans doute, en accuser cet animal. La seule chose que craignait ce matin intrépide, c'était l'orage. Mais quoi, celui qui aime doit partager le sort de l'être aimé.

— Que dit-il ? demanda Marguerite, tandis qu'une ombre de pitié passait sur son visage parfaitement calme.

— Il dit toujours la même chose, répondit Woland. Il dit que même au clair de lune, il ne peut trouver la paix, et que sa tâche est détestable. Voilà ce qu'il dit toujours quand il ne dort pas, et quand il dort, il voit toujours la même chose : un chemin de lune, – et il veut aller le long de ce chemin en conversant avec le détenu Ha-Nozri, parce que, ainsi qu'il l'affirme, il n'avait pas pu tout lui dire jadis, il y a très longtemps, le quatorzième jour du mois de Nisan. Mais hélas, on ne sait trop pourquoi, il ne parvient pas à aller sur ce chemin, et personne ne vient à lui. Que faire alors ? – il ne lui reste qu'à converser avec lui-même. Et comme il faut bien un peu de variété, il lui arrive assez souvent d'ajouter à son discours sur la lune que ce qu'il hait le plus au monde, c'est son immortalité et sa célébrité inouïe. Et il ajoute qu'il échangerait volontiers son sort contre celui de ce vagabond déguenillé de Matthieu Lévi.

— Douze mille lunes pour une seule lune jadis, n'est-ce pas vraiment trop ? demanda Marguerite.

— Quoi, vous voulez faire comme pour Frieda ? dit Woland. Mais Marguerite, il n'y a rien ici qui puisse vous troubler. Tout est juste, et le monde est bâti là-dessus.

— Délivrez-le ! cria brusquement Marguerite de la voix perçante qu'elle avait quand elle était sorcière.

À ce cri, un rocher se détacha de la montagne et dégringola dans un ravin sans fond, tandis que le fracas retentissant de sa chute se répercutait sur les parois. Marguerite n'aurait pu dire, d'ailleurs, si ce fracas était dû à la chute du rocher, ou au rire de Satan. Quoi qu'il en soit, Woland riait en regardant Marguerite.

— Inutile de crier dans la montagne, dit-il. De toute manière, il est habitué aux éboulements, et il y a longtemps que cela ne le fait même plus sursauter. Vous ne pouvez pas intercéder pour lui, Marguerite, pour la bonne raison que celui avec qui il désire tant parler l'a déjà fait, inutilement.

Woland se tourna de nouveau vers le Maître et dit :

— Eh bien, maintenant, vous pouvez terminer votre roman en une phrase !

On eût dit que le Maître attendait ce moment, tandis que, debout et immobile, il regardait le procurateur. Il joignit les mains en porte-voix, et cria de telle sorte que l'écho roula par les montagnes sans arbres et sans vie :

— Il est libre ! Libre ! Il t'attend !

Les monts transformèrent la voix du Maître en un tonnerre, et ce tonnerre provoqua leur ruine. Les infernales parois rocheuses s'effondrèrent. Seule la plate-forme au fauteuil de pierre demeura debout. Dans le gouffre noir où les murailles s'étaient écroulées s'alluma une ville immense que dominaient des idoles étincelantes, dressées au-dessus d'un jardin qui, au cours de milliers de lunes, avait poussé avec une luxuriance fantastique. Jusqu'au pied de ce jardin s'allongeait le chemin de lune tant attendu du procurateur. Le chien aux oreilles pointues fut le premier à s'y élancer. L'homme au manteau blanc doublé de pourpre se leva de son fauteuil et émit des espèces de cris rauques, d'une voix cassée. On ne pouvait discerner s'il pleurait ou s'il riait, ni le sens de ses cris. On put seulement constater qu'à la suite de son fidèle gardien, il s'élança à son tour, frénétiquement, sur le chemin de lune.

— Et moi, dois-je le suivre ? demanda anxieusement le Maître, en touchant ses rênes.

— Non, répondit Woland. À quoi bon se précipiter sur les traces de ce qui n'est déjà plus ?

— Alors, je dois aller là-bas ? dit le Maître en se retournant et en indiquant, derrière eux, la ville qu'ils avaient quittée récemment, avec ses tours de monastères couleur de pain d'épice, et les éclats de soleil qui étincelaient aux vitres.

— Non plus, répondit Woland, dont la voix épaissie coula sur les rochers. Maître romantique ! Celui qu'aspire tant à voir le héros imaginé par vous et que vous venez de délivrer, celui-là a lu votre roman. (Woland se tourna vers Marguerite :) Marguerite Nikolaievna ! On est forcé d'admettre que vous avez essayé d'imaginer, pour le Maître, le meilleur avenir ; mais en vérité, ce que je vous propose, et ce que Yeshoua a demandé pour vous, est encore meilleur ! (Woland se pencha sur sa selle pour se rapprocher du Maître :) Laissez-les seuls tous les deux, dit-il, nous ne les dérangerons pas. Peut-être arriveront-ils enfin à se mettre d'accord sur quelque chose... (Woland fit un geste de la main, et Jérusalem s'éteignit.)

— Et là-bas, c'est la même chose, dit Woland en se retournant. Que feriez-vous dans le sous-sol ? (Les éclats de soleil s'éteignirent à leur tour.) À quoi bon ? continua Woland d'une voix douce et convaincante. Ô Maître trois fois romantique ! N'avez-vous pas envie, l'après-midi, de vous promener avec votre amie sous les cerisiers, qui commencent à fleurir, et le soir, d'écouter de la musique de Schubert ? N'auriez-vous aucun plaisir à écrire, à la lueur des chandelles, avec une plume d'oie ? Ne voudriez-vous pas, comme Faust, vous pencher sur une cornue avec l'espoir de réussir à modeler un nouvel homuncule ? Alors là-bas, là-bas ! Là-bas, il y a déjà une maison qui vous attend, et un vieux serviteur, et les bougies sont déjà allumées, et elles seront bientôt éteintes, parce que l'aube se lèvera aussitôt. Prenez ce chemin, Maître, prenez ce chemin ! Et adieu, car pour moi, il est temps !

— Adieu ! lancèrent d'une seule voix le Maître et Marguerite.

Alors, le noir Woland, sans prendre aucun chemin, se jeta dans un précipice, et sa suite se précipita bruyamment derrière lui. Alentour, il n'y eut plus ni rochers, ni plateau, ni chemin de lune, ni Jérusalem. Les chevaux noirs avaient disparu aussi. Et le Maître et Marguerite virent se lever l'aube promise. Elle succéda immédiatement à la pleine lune de minuit. Le Maître marchait avec son amie, dans l'éblouissement des premiers rayons du matin, sur un petit pont de pierres moussues. Ils le franchirent. Le ruisseau resta en arrière des amants fidèles, et ils s'engagèrent dans une allée sablée.

— Écoute ce silence, dit Marguerite, tandis que le sable bruissait légèrement sous ses pieds nus, écoute, et jouis de ce que tu n'as jamais eu de ta vie – le calme. Regarde, devant toi, voilà la maison éternelle que tu as reçue en récompense. Je vois déjà une fenêtre à l'italienne, et les vrilles d'une vigne vierge, qui grimpe jusqu'au toit. Voilà ta maison, ta maison pour l'éternité. [Je sais que ce soir, ceux que tu aimes viendront te voir, – ceux qui t'intéressent et qui ne te causeront aucune inquiétude. Ils joueront de la musique, ils chanteront pour toi, et tu verras : quelle lumière dans la chambre, quand brûleront les chandelles !] Tu t'endormiras, avec ton éternel vieux bonnet de nuit tout taché, tu t'endormiras avec le sourire aux lèvres. Ton sommeil te donnera des forces, et tu te mettras à raisonner sagement. Et tu n'auras plus jamais l'idée de me chasser. Quelqu'un veillera sur ton sommeil, et ce sera moi.

Ainsi parla Marguerite, en se dirigeant avec le Maître vers leur maison éternelle, et le Maître eut le sentiment que les paroles de Marguerite coulaient comme un filet d'eau, comme coulait en murmurant le ruisseau qu'ils avaient laissé derrière eux.

[Et la mémoire du Maître, cette mémoire inquiète, percée de mille aiguilles, commença à s'éteindre. Quelqu'un rendait la liberté au Maître, comme lui-même venait de rendre la liberté au héros créé par lui : ce héros parti dans l'infini, parti sans retour, ce fils d'un roi astrologue qui, en cette nuit de dimanche, avait reçu sa grâce, – le cruel cinquième procurateur de Judée, le chevalier Ponce Pilate.]

Épilogue

Mais tout de même : que se passa-t-il à Moscou, après ce samedi soir, au coucher du soleil, quand Woland eut quitté la capitale, en s'envolant avec sa suite du Mont des Moineaux ?

Quant au fait que pendant longtemps, toute la capitale fut parcourue par le pénible bourdonnement des bruits les plus invraisemblables, qui de plus se répandirent rapidement, – il ne convient pas d'en parler. Répéter ces bruits serait dans les coins les plus éloignés et les plus perdus de la province dégoûtant.

L'auteur de ces lignes véridiques, un jour qu'il se rendait à Théodosia, a entendu personnellement, dans le train, raconter qu'à Moscou, deux mille personnes étaient sorties d'un théâtre à poil – au sens littéral du terme – et que dans cette tenue, elles étaient rentrées chez elles en taxis.

Les mots « esprits malins » se chuchotaient dans les queues pour le lait, dans les tramways, dans les magasins, dans les appartements, dans les cuisines, dans les trains, ceux de banlieue et ceux de grandes lignes, dans les grandes gares et dans les petites gares, dans les villas et sur les plages.

Il va de soi que les gens les plus évolués et les plus cultivés ne prenaient aucune part à ces histoires d'esprits malins qui auraient visité la capitale, et que même, ils en riaient et s'efforçaient de faire entendre raison à ceux qui les racontaient. Mais un fait, comme on dit, est un fait, et lui tourner le dos sans explications est chose impossible : quelqu'un était venu dans la capitale. Les débris charbonneux qui restaient de Griboïédov, sans compter bien d'autres choses, n'en témoignaient que trop éloquemment.

Les gens cultivés avaient adopté le point de vue des enquêteurs officiels : c'était là le travail d'une bande d'hypnotiseurs et de ventriloques, qui possédaient leur art à la perfection.

Tant à Moscou qu'au-dehors, toutes les mesures nécessaires à leur capture furent évidemment prises, avec célérité et énergie, mais fort malheureusement, sans résultat. Celui qui se donnait le nom de Woland avait disparu avec tous ses complices, et il ne reparut ni ne se manifesta ni à Moscou ni nulle part. Aussi l'hypothèse naquit-elle tout naturellement qu'il avait fui à l'étranger, mais là non plus sa présence ne fut jamais signalée.

[L'enquête dura fort longtemps. Il faut dire aussi qu'en vérité, l'affaire était monstrueuse ! Sans même parler des quatre maisons incendiées et des centaines de personnes conduites à la folie, il y avait eu des morts. En tout cas, on pouvait en dénombrer deux avec certitude : Berlioz d'abord, puis ce malheureux guide des curiosités de la capitale au Bureau des étrangers – le ci-devant baron Meigel. Ces deux-là avaient bel et bien été assassinés. Les ossements calcinés du second furent découverts rue Sadovaïa, à l'appartement 50, lorsqu'on eut maîtrisé l'incendie. Oui, il y avait des morts, et ces morts exigeaient une enquête.]

Mais il y eut encore d'autres victimes, même après le départ de Woland, et ces victimes – cela est triste à dire – furent des chats noirs.

Une centaine environ de ces animaux paisibles, utiles et amis de l'homme furent exécutés à coups de feu ou exterminés par d'autres procédés, en différentes localités du pays. Une quinzaine de chats, parfois dans un état fortement endommagé, furent apportés dans les postes de milice de différentes villes. À Almavir par exemple, une de ces bêtes parfaitement innocentes fut amenée à la milice par un quelconque citoyen, les pattes de devant attachées.

Le citoyen en question surprit ce chat au moment où l'animal, d'un air fourbe (Hé, que peut-on y faire, si les chats ont cet air-là ? Il ne leur vient pas de ce qu'ils sont vicieux, mais de ce qu'ils craignent toujours qu'un être plus puissant qu'eux – chien ou homme – ne leur cause quelque dommage ou ne leur fasse quelque injure. L'un comme l'autre est très facile, mais il n'y a aucun honneur à cela, je l'affirme, aucun, aucun !), d'un air fourbe, donc, allait se glisser derrière une touffe de bardane.

Le citoyen se jeta sur le chat et arracha sa cravate de son cou pour l'attacher, tout en grognant d'un ton veminieux et lourd de menaces :

— Ah, ah ! À ce que je vois, on vient nous faire une petite visite à Almavir, monsieur l'hypnotiseur ? Mais ici, on n'a pas peur de vous ! Et ne faites pas semblant d'être muet ! On sait bien à quel oiseau on a affaire !

Et le citoyen mena le chat à la milice, traînant la pauvre bête par ses pattes de devant garrottées avec une cravate verte, et la contraignant, à l'aide de légers coups de pied, à marcher sur ses pattes de derrière.

— Avez-vous fini, criait le citoyen accompagné par les sifflets d'une bande de galopins, avez-vous fini de faire l'imbécile ? Ça ne vous servira à rien ! Marchez donc comme tout le monde, s'il vous plaît !

Le chat noir ne pouvait que rouler des yeux de martyr. Privé par la nature du don de la parole, il n'avait aucun moyen de se disculper. Le pauvre animal dut son salut, en premier lieu, à la milice, et en second lieu, à sa maîtresse, une vieille veuve tout à fait respectable. Dès que le chat fut au poste, on s'aperçut que le citoyen exhalait une forte odeur d'alcool, en conséquence de quoi ses déclarations furent accueillies avec le plus grand scepticisme. Entre-temps, comme la vieille avait appris par ses voisins qu'on avait fait main basse sur son chat, elle courut à la milice, et fort heureusement, arriva à temps. Elle fournit sur son chat les références les plus flatteuses, expliqua qu'elle le connaissait depuis cinq ans, époque à laquelle il n'était qu'un petit chaton, déclara qu'elle répondait de lui comme d'elle-même, et témoigna qu'il n'avait jamais fait aucun mal et n'était jamais allé à Moscou. C'est à Almavir qu'il était né, c'est à Almavir qu'il avait grandi, et appris à attraper les souris.

Le chat fut détaché et rendu à sa maîtresse, après avoir bu, il est vrai, cette coupe amère : apprendre par expérience ce que sont l'erreur et la calomnie.

Outre les chats, un certain nombre de gens eurent à souffrir des désagréments, mais de médiocre importance. [Il y eut un certain nombre d'arrestations.] Entre autres, furent maintenus quelque temps en détention : à Léningrad, les citoyens Wolman et Wolper ; à Saratov, Kiev et Kharkov, trois Volodine ; à Kazan, un Volokh ; et à Penza – mais là, on ne voit pas du tout pourquoi – le docteur ès sciences chimiques Vietchinkiévitch. Il est vrai que c'était un brun, de taille gigantesque, au teint fortement basané.

On s'empara également, en divers endroits, de neuf Korovine, quatre Korovkine et deux Karavaïev.

On obligea un quidam à descendre du train de Sébastopol, à la gare de Bielgorod, menottes aux poignets. Ce citoyen avait imaginé de divertir ses compagnons de voyage en leur montrant des tours de cartes.

À Yaroslavl, en pleine heure du déjeuner, un citoyen entra dans un restaurant en portant sous son bras un réchaud à pétrole, qu'il venait de reprendre chez le réparateur. Dès qu'ils le virent, les deux portiers abandonnèrent leur poste au vestiaire et s'enfuirent. Derrière eux s'enfuirent tous les clients, ainsi que le personnel de service. Par la même occasion – mais on n'a jamais su comment, – toute la recette disparut de la caisse.

Il y eut encore beaucoup d'incidents de ce genre, oubliés maintenant. [Et en général, une grande effervescence des esprits.]

Encore et encore, rendons justice aux enquêteurs officiels ! Tout fut fait, non seulement pour arrêter les malfaiteurs, mais aussi pour tirer au clair toutes leurs machinations. Et tout fut tiré au clair, et force est de reconnaître que ces éclaircissements furent éminemment sensés et irréfutables.

Les représentants des autorités, aidés de psychiatres expérimentés, établirent que les membres de cette bande criminelle – ou peut-être l'un d'eux seulement, et les soupçons tombèrent alors de préférence sur Koroviev – étaient des hypnotiseurs d'une force peu commune, capables de se faire voir en des endroits où ils ne se trouvaient pas en réalité, et dans des positions illusoires, excentriques. De plus, ils pouvaient suggérer à volonté à ceux qui leur tombaient sous la main que telles choses ou gens se trouvaient là où elles n'étaient pas, et inversement, effacer de leur champ de vision telles choses ou gens qui, en réalité, se trouvaient dans ce champ de vision.

À la lumière de ces explications, tout devenait d'une clarté évidente, même un fait qui avait vivement ému les citoyens et qui, apparemment, était inexplicable : l'invulnérabilité du chat, criblé de balles dans l'appartement 50 lorsqu'on avait tenté de s'emparer de sa personne.

Mais naturellement, il n'y avait jamais eu de chat sur le lustre, personne n'avait riposté à coups de browning, et on avait tiré sur une place vide, cependant que Koroviev, après avoir suggéré aux personnes présentes que le chat faisait du scandale sur le lustre, avait très bien pu se trouver derrière le dos des tireurs, ricanant et se délectant de son pouvoir de suggestion, considérable certes, mais malheureusement utilisé à des fins criminelles. Et c'est lui, bien sûr, qui avait mis le feu à l'appartement, en y répandant du pétrole.

Quant à Stépan Likhodiéïev, évidemment, il ne s'était jamais envolé pour Yalta (un tour de ce genre était au-dessus des capacités même d'un Koroviev), et il n'avait jamais envoyé de télégramme de là-bas. Lorsque, épouvanté par un tour de Koroviev qui lui avait montré le chat piquant un champignon mariné du bout de sa fourchette, il était tombé en syncope dans l'appartement de la bijoutière, il y était demeuré dans cet état, jusqu'au moment où Koroviev, pour se moquer de lui, l'avait affublé d'un bonnet de feutre et envoyé à l'aérodrome de Moscou, non sans avoir suggéré préalablement aux représentants de la police criminelle qui accueillirent Stépan que celui-ci descendait de l'avion de Sébastopol.

La police criminelle de Yalta confirma, il est vrai, qu'elle avait reçu Stépan pieds nus et qu'elle avait envoyé à Moscou des télégrammes à son sujet. Mais on ne put retrouver dans les dossiers aucune copie de ces télégrammes, ce qui conduisit à la conclusion, affligeante mais inéluctable, que cette bande d'hypnotiseurs possédait le pouvoir d'hypnotiser à grande distance, et qui plus est non seulement des personnes isolées, mais des groupes entiers.

Dans ces conditions, les criminels pouvaient mener à la folie des gens doués de la plus solide constitution psychique. À quoi bon parler, ici, de broutilles telles que jeux de cartes dans la poche d'autrui au parterre, robes de dames disparues, bérets qui font « miaou », et ainsi de suite ! Des facéties de ce genre sont à la portée de tout hypnotiseur professionnel de force moyenne sur n'importe quelle scène, de même que le tour pas très malin de la tête arrachée au présentateur. Le chat qui parle ? Billevesée encore ! Pour montrer aux gens un chat de cette espèce, il suffit de posséder les premiers rudiments de la ventriloquie, et personne, certainement, ne saurait mettre en doute le fait que l'art de Koroviev allait beaucoup plus loin que ces rudiments.

Non, il ne s'agit nullement, ici, des jeux de cartes, ni des fausses lettres dans la serviette de Nicanor Ivanovitch. Futilités que tout cela ! – Mais c'est lui, Koroviev, qui a poussé Berlioz sous le tramway, l'exposant ainsi à une mort certaine. C'est lui qui a rendu fou le pauvre poète Ivan Biezdomny, en le forçant à rêver les yeux ouverts, et à voir, dans d'affreux cauchemars, la ville antique de Jérusalem, avec la colline aride et brûlée par le soleil du Mont Chauve et les trois hommes cloués sur des piloris. C'est lui et sa bande qui ont obligé Marguerite Nikolaievna et sa bonne Natacha à quitter Moscou sans laisser de traces. Disons à ce propos que l'enquête s'occupait de cette affaire avec une particulière attention. La question qu'il fallait éclaircir était celle-ci : les deux femmes avaient-elles été enlevées par la bande d'assassins et d'incendiaires, ou bien s'étaient-elles enfuies de leur plein gré avec ce groupe criminel ? En se fondant sur le témoignage absurde et excessivement embrouillé de Nikolaï Ivanovitch, en prenant en considération l'étrange lettre que Marguerite Nikolaievna avait laissée à son mari – lettre insensée où elle écrivait qu'elle s'en allait en qualité de sorcière ! –, et en tenant compte du fait que Natacha était partie en abandonnant sur place la totalité de ses vêtements et de son linge, les enquêteurs finirent par conclure que maîtresse et servante avaient été hypnotisées, comme beaucoup d'autres, et enlevées par la bande dans cet état. On émit également l'idée, probablement tout à fait justifiée, que les criminels avaient été attirés par la beauté des deux femmes.

Une chose, cependant, demeurait complètement obscure pour les enquêteurs : c'était le motif qui avait pu pousser la bande à enlever d'une clinique psychiatrique un malade mental qui se donnait à lui-même le titre de Maître. On ne réussit jamais à établir ce motif, pas plus qu'on ne réussit à découvrir le nom du malade enlevé. Celui-ci disparut donc pour toujours avec le sobriquet impersonnel de « numéro cent dix-huit du bâtiment un ».

Ainsi donc, presque tout fut expliqué, et l'enquête prit fin, comme prennent fin toutes choses.

Les années passèrent, et les citoyens oublièrent peu à peu Woland, Koroviev et compagnie. De nombreux changements survinrent dans l'existence de ceux qui avaient été victimes de Woland et de ses complices. Si médiocres et insignifiants que soient ces changements, il faut néanmoins en faire état.

Georges Bengalski, par exemple, passa trois mois à la clinique, où il se rétablit. Mais à sa sortie, il ne put reprendre son travail de présentateur aux Variétés, et cela, précisément à l'époque de la plus grande affluence de public : le souvenir de la magie noire et de ses secrets révélés était trop cuisant. Bengalski abandonna les Variétés car il se rendait compte que se produire chaque soir devant deux mille personnes, être à chaque fois immanquablement reconnu, et bien entendu, être soumis à des questions goguenardes du genre : « Alors, on est mieux sans tête, ou avec ? » – tout cela serait par trop pénible.

En outre, le présentateur avait perdu une grande part de sa jovialité, chose si importante dans sa profession. Il lui resta la désagréable et pénible habitude, à chaque retour de la pleine lune de printemps, de tomber dans un état anxieux, d'attraper soudain son cou à deux mains en regardant autour de lui avec épouvante, puis de se mettre à pleurer. Ces accès ne duraient pas, mais tant qu'ils duraient il n'était évidemment pas question pour Georges d'exercer son métier. Il se mit donc en congé et vécut de ses économies, lesquelles lui suffisaient, selon ses modestes estimations, pour vivre quinze ans.

Il s'en alla donc et ne rencontra plus jamais Variénoukha, qui de son côté, acquit une immense popularité et l'affection de tous pour sa bonté et sa courtoisie incroyables, même dans le milieu des administrateurs de théâtre. Les chasseurs de billets de faveur, par exemple, ne l'appelaient plus autrement que « notre papa-gâteau ». À toute heure, quiconque téléphonait aux Variétés entendait dans l'appareil une voix douce, quoique profondément mélancolique, qui disait : « Je vous écoute », et si l'on demandait alors Variénoukha au téléphone, la même voix répondait avec empressement : « Lui-même, à votre service ». Mais que cette courtoisie faisait souffrir Ivan Savéliévitch Variénoukha !

Stépan Likhodiéïev n'eut plus à répondre aux téléphones du théâtre des Variétés. Dès sa sortie de clinique, où il passa huit jours, il fut muté à Rostov, où il fut nommé directeur d'un grand magasin d'alimentation. Le bruit court qu'il a complètement cessé de boire du porto, et qu'il ne boit plus que de la vodka aux bourgeons de cassis, qui lui fait grand bien. On dit aussi qu'il est devenu taciturne, et qu'il évite les femmes.

Le départ de Stépan Bogdanovitch des Variétés n'a pas apporté à Rimsky la joie dont il avait rêvé si avidement pendant nombre d'années. Après la clinique et un séjour aux eaux de Kislovodsk, le directeur financier des Variétés, vieux petit vieillard branlant du chef, demanda sa mise à la retraite. Il est intéressant de noter que c'est l'épouse de Rimski, et non lui, qui porta cette demande aux Variétés. Grigori Danilovitch n'eut pas le courage, même en plein jour, d'aller dans cette maison où il avait vu, par la vitre fêlée de la fenêtre inondée de lune, un long bras serpenter jusqu'à l'espagnolette inférieure.

Libéré de son service aux Variétés, le directeur financier trouva une place dans un guignol pour enfants de la banlieue de Moscou. Dans ce théâtre, il n'eut plus à se préoccuper de questions d'acoutisque avec le très honorable Arcadi Apollonovitch Simpleïarov. Quant à celui-ci, il fut séance tenante muté à Briansk, en qualité de directeur d'une petite conserverie de champignons. Encore aujourd'hui, des Moscovites consomment ses lactaires salés ou ses cèpes marinés sur lesquels ils ne tarissent pas d'éloges, de sorte qu'ils se réjouissent extrêmement de cette mutation. Certes, c'est maintenant une affaire enterrée, mais il faut dire que les rapports d'Arcadi Apollonovitch avec l'acoustique clochaient un peu, et que, quelque effort qu'il ait fait pour l'améliorer dans nos théâtres, telle elle était, telle elle est restée.

[Au nombre de ceux qui, comme Arcadi Apollonovitch, rompirent avec le théâtre, il convient d'ajouter Nicanor Ivanovitch Bossoï, bien que celui-ci n'eût aucun rapport avec l'activité théâtrale, si l'on excepte toutefois son goût très vif pour les billets gratuits. Désormais, non seulement Nicanor Ivanovitch ne va plus jamais au théâtre, ni en payant ni gratuitement, mais il change même de figure quand on parle de théâtre devant lui. Outre le théâtre, il déteste tout autant, et même plus encore, le poète Pouchkine et l'artiste de talent Savva Potapovich Kouroliessov. Et celui-ci à un tel point que l'an dernier, lorsqu'il lut dans son journal un entrefilet encadré de noir annonçant que Savva Potapovitch, à l'aube de sa carrière, venait d'être terrassé par une attaque, Nicanor Ivanovitch devint écarlate – il s'en fallut de peu qu'il ne suivît l'exemple de Savva Potapovitch – et rugit : « Bien fait pour lui ! ». Et le soir même Nicanor Ivanovitch, que la mort du populaire acteur avait plongé dans un océan de pénibles souvenirs, s'isola, et avec, pour toute compagnie, la lune qui éclairait la rue Sadovaïa, prit une cuite carabinée. Et chaque petit verre allongeait la ribambelle maudite des figures détestées, parmi lesquelles on reconnaissait Serguéi Gerardovitch Dunchil, la belle Ida Herculanovna, le rouquin propriétaire d'un troupeau d'oies, et le sincère Nikolaï Kanavkine.

Au fait : que leur arriva-t-il, à tous ceux-là ? Allons donc ! Il ne leur arriva rien, voyons, et il ne pouvait rien leur arriver, puisqu'ils n'avaient jamais existé, pas plus que le sympathique animateur, ni le théâtre, ni cette vieille avare de tante qui laissait pourrir des devises dans sa cave, ni, bien entendu, les trompettes d'or et les insolents cuisiniers. Tout cela n'avait été qu'un rêve de Nicanor Ivanovitch, provoqué par l'influence de ce saligaud de Koroviev. Le seul être vivant à s'immiscer dans ce rêve fut précisément Savva Potapovitch, pour la seule raison que, grâce à ses fréquentes interventions à la radio, il resurgit à ce moment-là dans la mémoire de Nicanor Ivanovitch. Lui existait, les autres – non.

Mais peut-être Aloysius Mogarytch n'existait-il pas non plus ? – Oh, que si ! Non seulement celui-ci existait, mais il existe toujours, et il occupe précisément le poste] abandonné par Rimsky, c'est-à-dire le poste de directeur financier des Variétés.

Reprenant ses esprits vingt-quatre heures environ après sa visite à Woland, dans un train, quelque part en direction de Viatka, Aloysius s'aperçut qu'en quittant Moscou, dans le sombre désordre de ses idées, il avait oublié de mettre son pantalon, mais que par contre – absolument sans savoir pourquoi – il avait volé le registre des locataires de l'entrepreneur, dont il n'avait aucun besoin. Après avoir acheté au chef de train, pour une somme colossale, un vieux pantalon taché de graisse, Aloysius descendit à Viatka et reprit le train pour Moscou. Mais hélas, il ne retrouva pas la maison de l'entrepreneur. La vieille bâtisse et tout le saint-frusquin avaient été complètement nettoyés par le feu. Mais Aloysius était un homme doué d'un prodigieux esprit d'initiative. Quinze jours plus tard, il habitait déjà dans une belle chambre, rue Brioussov, et quelques mois après, il prenait place dans le cabinet de Rimsky. Et, de même que jadis la présence de Stépan était une torture pour Rimsky, de même aujourd'hui, la présence d'Aloysius est une torture pour Variénoukha. Ivan Savéliévitch ne rêve que d'une chose : que cet Aloysius soit chassé des Variétés et envoyé où on voudra, pourvu qu'on ne le voie plus. Car, ainsi que le chuchote parfois Variénoukha en très petit comité, « une ordure pareille à cet Aloysius, il n'en a jamais rencontré de sa vie, et de la part de cet Aloysius, il s'attend à tout ce qu'on peut imaginer ».

Il est possible, d'ailleurs, que l'administrateur fasse preuve, ici, d'une certaine partialité. Aloysius ne se distingue par aucune activité louche, ni en général par aucune activité d'aucune sorte, si l'on excepte, évidemment, le fait d'avoir nommé quelqu'un d'autre à la place du buffetier Andréi Fokitch Sokov. Lequel Andréi Fokitch est mort d'un cancer du foie à la clinique de l'arrondissement de l'Université, dix mois après l'arrivée de Woland à Moscou…

Oui, plusieurs années passèrent, et les événements véridiquement décrits dans ce livre s'estompèrent, puis s'effacèrent des mémoires. Mais pas chez tous, pas chez tous.

Chaque année, dès qu'arrive la fête de la pleine lune de printemps, on voit apparaître vers le soir, sous les tilleuls qui ombragent l'Étang du Patriarche, un homme d'une trentaine d'années, ou de trente et quelques années. Un homme aux cheveux roussâtres, aux yeux verts, modestement vêtu. C'est le professeur Ivan Nikolaiévitch Ponyriev, chargé de recherche à l'Institut d'histoire et de philosophie.

En arrivant sous les tilleuls, il s'assied toujours sur ce banc où il s'était assis jadis, quand un certain Berlioz, depuis longtemps oublié de tous, était venu voir pour la dernière fois de sa vie la lune se briser en mille morceaux dans les branches. Elle est là, toute ronde, d'abord blanche quand tombe le soir, puis dorée avec une tache sombre en forme de dragon, et elle vogue au-dessus de l'ex-poète Ivan Nikolaiévitch, tout en restant suspendue à sa place, là-haut.

Ivan Nikolaiévitch est au courant de tout, il sait tout, il a tout compris. Il sait que dans sa jeunesse, il a été victime d'hypnotiseurs criminels, qu'après cela il a été soigné, puis guéri. Mais il sait aussi qu'il y a quelque chose qu'il ne parvient pas à dominer. Il ne parvient pas à dominer cette pleine lune de printemps. Dès qu'elle commence à se rapprocher, dès que commence à grandir et à se teinter d'or l'astre qui jadis était monté plus haut encore que deux gigantesques flambeaux à cinq branches, Ivan Nikolaiévitch devient nerveux, inquiet, il perd l'appétit et le sommeil, il attend que la lune s'épanouisse. Et dès que commence la pleine lune, personne ne peut retenir Ivan Nikolaiévitch à la maison. Il sort à la tombée du soir et se dirige vers l'Étang du Patriarche.

Assis sur son banc, Ivan Nikolaiévitch se parle à lui-même, avec sincérité, il fume, et il observe en clignant des yeux tantôt la lune, tantôt le tourniquet d'impérissable mémoire.

Ivan Nikolaiévitch passe ainsi une heure ou deux. Puis il se lève et, toujours suivant le même itinéraire, par la rue Spiridonov, les yeux vides et le regard absent, il gagne les petites rues du quartier de l'Arbat.

Il passe devant les échoppes des marchands de pétrole, tourne là où pend un vieux bec de gaz accroché de travers, et se glisse jusqu'à une grille derrière laquelle il voit un jardin touffu mais encore dénudé, et au milieu de celui-ci, éclairée par la lune du côté où avance une tourelle en encorbellement munie d'une fenêtre à trois battants, le reste étant noyé dans l'ombre, – une vaste propriété de style gothique.

Le professeur ne sait pas ce qui l'attire vers cette grille, ni qui habite cette propriété, mais il sait qu'à la pleine lune, il est incapable de lutter contre lui-même. De plus, il sait que dans le jardin, derrière la grille, il assistera inévitablement au même spectacle.

Il voit d'abord, assis sur un banc, un homme corpulent et d'un certain âge, portant barbiche et lorgnon, dont les traits rappellent un peu – oh, très peu ! – la physionomie d'un pourceau. Ivan Nikolaiévitch trouve toujours cet habitant de la propriété dans la même pose rêveuse, le regard tourné vers la lune. Ivan sait que l'homme assis, après avoir admiré la lune, dirigera immanquablement son regard vers la fenêtre de la tour, qu'il fixera intensément, comme s'il attendait qu'elle s'ouvre soudain et qu'apparaisse dans l'encadrement quelque chose d'inhabituel.

Ce qui se passe ensuite, Ivan Nikolaiévitch le connaît par cœur. Il doit à ce moment se dissimuler avec plus de soin derrière la grille, car l'homme commence à tourner la tête de tous côtés d'un air très agité, ses yeux hagards essaient de voir quelque chose en l'air, puis il sourit avec extase, et tout à coup, il joint les mains dans une attitude de voluptueuse tristesse ; après quoi, d'une voix assez forte, il se met simplement à grommeler :

— Vénus ! Vénus !... Quel idiot !

— Dieux, dieux ! murmure alors Ivan Nikolaiévitch en se cachant derrière la grille, mais sans quitter de ses yeux brûlants le mystérieux inconnu. Encore une victime de la lune... Oui, encore une victime, comme moi...

Mais l'homme assis poursuit son discours :

— Quel idiot je fais ! Pourquoi, pourquoi ne me suis-je pas envolé avec elle ? Que craignais-tu donc, vieil âne ? Au lieu de ça, je me fais délivrer un certificat !... Hé, patiente donc, maintenant, vieux crétin !...

Et cela continue ainsi jusqu'au moment où, du côté obscur de la propriété, on entend battre une fenêtre. On y voit paraître une vague forme blanche, tandis qu'éclate une aigre voix de femme :

— Nicolaï Ivanovitch, où êtes-vous ? En voilà des fantaisies ! Vous voulez attraper la malaria ? Rentrez boire votre thé !

Sur quoi, naturellement, l'homme assis revient à la réalité et répond d'une voix fausse :

— C'est l'air, je voulais simplement respirer un peu d'air, ma bonne amie ! L'air est très bon !...

Puis il se lève, d'un geste furtif montre le poing à la fenêtre qui s'est refermée au rez-de-chaussée, puis rentre à pas traînants dans la maison.

— Il ment, il ment ! Ô dieux, quel menteur ! marmonne alors Ivan Nikolaiévitch en s'éloignant de la grille. Ce n'est pas du tout le bon air qui l'attire dans le jardin, il voit quelque chose dans cette lune de printemps, et aussi en l'air, au-dessus du jardin ! Ah, je donnerais cher pour pénétrer son secret, pour savoir quelle est cette Vénus qu'il a perdue, pourquoi il tâte inutilement l'air de ses mains, – pour l'attraper ?…

Et le professeur rentre chez lui, tout à fait malade. Sa femme fait semblant de ne pas remarquer son état, et le presse simplement d'aller se coucher. Mais elle-même ne se couche pas ; elle s'assied sous la lampe avec un livre, et contemple le dormeur avec des yeux chargés d'amertume. Elle sait qu'à l'aube Ivan Nikolaiévitch s'éveillera soudain avec un cri de douleur, se mettra à pleurer et à s'agiter. C'est pourquoi elle a devant elle, sur le napperon de la lampe, une aiguille qui trempe dans l'alcool et une ampoule remplie d'un liquide couleur de thé foncé.

Ensuite, la pauvre épouse de ce grand malade sera libre et pourra s'endormir sans crainte. Après la piqûre, Ivan Nikolaiévitch se rendort jusqu'au matin avec un visage heureux qui trahit des rêves, inconnus d'elle, de bonheur suprême.

Ce qui, la nuit de la pleine lune, éveille ainsi le savant et lui arrache un cri déchirant, est un rêve, toujours le même. Il voit un bourreau sans nez, surnaturel, qui enfonce, avec un saut et une sorte d'exclamation étouffée, sa lance dans le cœur de Hestas, attaché au pilori et privé de raison. Mais ce bourreau est moins épouvantable encore que la lumière surnaturelle qui paraît descendre d'une sorte de nuée épaisse, qui bouillonne et se répand sur la terre, comme cela ne peut arriver qu'en un temps de catastrophe universelle.

Après la piqûre, tout change au regard du dormeur. Du lit à la fenêtre s'étend un large chemin de lune, sur lequel marche un homme en manteau blanc doublé de pourpre, montant vers la lune. À côté de lui marche un jeune homme en tunique déchirée, dont le visage est mutilé. Tous deux parlent avec chaleur, discutent, cherchent à se mettre d'accord sur quelque chose.

— Dieux, dieux ! dit l'homme au manteau blanc en tournant un visage orgueilleux vers son compagnon. Quel supplice vulgaire ! Mais dis-moi, s'il te plaît – et là, le visage hautain devient suppliant –, il n'a pas eu lieu, hein ? Dis, je t'en prie, il n'a pas eu lieu ?

— Bien sûr que non, il n'a pas eu lieu, répond l'autre d'une voix rauque. C'est un rêve que tu as fait.

— Et tu peux le jurer ? demande obséquieusement l'homme au manteau.

— Je le jure ! répond son compagnon, dont les yeux, on ne sait pourquoi, sourient.

— C'est tout ce que je voulais ! s'écrie l'homme au manteau d'une voix brisée, et il continue de monter, toujours plus haut, vers la lune, entraînant son compagnon. Derrière eux marche, calme et majestueux, dressant ses oreilles pointues, un gigantesque chien.

Alors le chemin de lune se met à bouillonner, une rivière de lune en jaillit et commence à se répandre de toutes parts. La lune règne et s'amuse, la lune danse et folâtre. Alors dans le courant de la rivière prend forme une femme d'une exorbitante beauté, qui amène vers Ivan, en le tenant par la main, un homme au visage barbu et au regard effrayé. Ivan le reconnaît aussitôt. C'est le numéro cent dix-huit, c'est son visiteur nocturne. Dans son rêve, Ivan Nikolaiévitch tend les bras vers lui et demande avidement :

— C'est donc ainsi que cela s'est terminé ?

— C'est ainsi que cela s'est terminé, mon cher élève, répond le numéro cent dix-huit.

Et la femme s'approche d'Ivan et lui dit :

— Bien sûr, c'est ainsi. Tout est fini, tout a une fin… Et moi, je vais vous baiser au front, et pour vous, tout ira comme il faut…

Elle se penche sur Ivan et le baise au front. Ivan plonge son regard dans ses yeux et tend les bras vers elle, mais elle s'éloigne, s'éloigne, et s'en va avec son compagnon vers la lune.

Alors la lune se déchaîne, frénétique. Elle déverse un torrent de lumière sur Ivan, elle projette des gouttes de lumière dans toutes les directions, la chambre commence à être noyée de lune, des vagues agitent la lumière, celle-ci monte, submerge le lit… C'est alors qu'Ivan Nikolaiévitch dort avec un visage heureux.

Au matin, il s'éveille, taciturne, mais parfaitement calme, et guéri. Sa mémoire harcelée s'apaise, et jusqu'à la prochaine pleine lune, plus personne ne viendra troubler le professeur : ni le meurtrier sans nez de Hestas, ni le cruel cinquième procurateur de Judée – le chevalier Ponce Pilate.

Table

Deuxième partie

Pavillons Poche

Titres parus

Peter Ackroyd
Un puritain au paradis

Woody Allen
Destins tordus

Niccolò Ammaniti
Et je t'emmène

Sherwood Anderson
Le Triomphe de l'œuf

Margaret Atwood
Faire surface
La Femme comestible
Mort en lisière
Œil de chat
La Servante écarlate
La Vie avant l'homme

Dorothy Baker
Cassandra au mariage

Nicholson Baker
À servir chambré
La Mezzanine

Ulrich Becher
La Chasse à la marmotte

Saul Bellow
La Bellarosa connection
Le Cœur à bout de souffle
Un larcin

Robert Benchley
Le Supplice des week-ends

Adolfo Bioy Casares
Journal de la guerre au cochon

Le Héros des femmes
Un champion fragile

William Peter Blatty
L'Exorciste

Jorge Luis Borges, Adolfo Bioy Casares
Chroniques de Bustos Domecq
Nouveaux Contes de Bustos Domecq
Six problèmes pour Don Isidro Parodi

Mikhaïl Boulgakov
Le Maître et Marguerite
Le Roman théâtral
La Garde blanche

Vitaliano Brancati
Le Bel Antonio

Anthony Burgess
L'Orange mécanique
Le Testament de l'orange
Les Puissances des ténèbres

Dino Buzzati
Bestiaire magique
Le régiment part à l'aube
Nous sommes au regret de…
Un amour
En ce moment précis
Bàrnabo des montagnes
Panique à la Scala

Michael Chabon
Les Mystères de Pittsburgh
Les Loups-garous dans leur jeunesse
La Solution finale

Upamanyu Chatterjee
Les Après-midi d'un fonctionnaire très déjanté

John Collier
Le Mari de la guenon

William Corlett
Deux garçons bien sous tous rapports

Avery Corman
Kramer contre Kramer

Helen DeWitt
Le Dernier Samouraï

Joan Didion
Maria avec et sans rien
Un livre de raison
Démocratie

E. L. Doctorow
Ragtime

Roddy Doyle
La Femme qui se cognait dans les portes
The Commitments
The Snapper
The Van

Andre Dubus III
La Maison des sables et des brumes

Lawrence Durrell
Affaires urgentes

F. Scott Fitzgerald
Un diamant gros comme le Ritz

Zelda Fitzgerald
Accordez-moi cette valse

E. M. Forster
Avec vue sur l'Arno

Carlo Fruttero
Des femmes bien informées

Carlo Fruttero et Franco Lucentini
L'Amant sans domicile fixe

Graham Greene
Les Comédiens

La Saison des pluies
Le Capitaine et l'Ennemi
Rocher de Brighton
Dr Fischer de Genève
Tueur à gages
Monsignor Quichotte
Mr Lever court sa chance, nouvelles complètes 1
L'Homme qui vola la tour Eiffel, nouvelles complètes 2
Un Américain bien tranquille

Kent Haruf
Colorado Blues
Le Chant des plaines
Les Gens de Holt County

Jerry Hopkins et Daniel Sugerman
Personne ne sortira d'ici vivant

Bohumil Hrabal
Une trop bruyante solitude
Moi qui ai servi le roi d'Angleterre
Rencontres et visites

Henry James
Voyage en France

Thomas Keneally
La Liste de Schindler

Janusz Korczak
Journal du ghetto

Jaan Kross
Le Fou du Tzar

D. H. Lawrence
Le Serpent à plumes

John Lennon
En flagrant délire

Siegfried Lenz
La Leçon d'allemand
Le Dernier Bateau

Ira Levin
Le Fils de Rosemary
Rosemary's Baby

Norman Mailer
Le Chant du bourreau
Bivouac sur la Lune
Les vrais durs ne dansent pas
Mémoires imaginaires de Marilyn
Morceaux de bravoure
Prisonnier du sexe

Dacia Maraini
La Vie silencieuse de Marianna Ucrìa

Guillermo Martínez
Mathématique du crime
La Mort lente de Luciana B
La Vérité sur Gustavo Roderer

Tomás Eloy Martínez
Santa Evita
Le Roman de Péron

Richard Mason
17 Kingsley Gardens

Somerset Maugham
Les Trois Grosses Dames d'Antibes
Madame la Colonelle
Mr Ashenden, agent secret
Les Quatre Hollandais

James A. Michener
La Source

Arthur Miller
Ils étaient tous mes fils
Les Sorcières de Salem
Mort d'un commis voyageur
Les Misfits
Focus

Enchanté de vous connaître
Une fille quelconque

Daniel Moyano
Le Livre des navires et bourrasques

Vítězslav Nezval
Valérie ou la Semaine des merveilles

Geoff Nicholson
Comment j'ai raté mes vacances

Joseph O'Connor
À l'irlandaise

Pa Kin
Le Jardin du repos

Katherine Anne Porter
L'Arbre de Judée

Mario Puzo
Le Parrain

Mario Rigoni Stern
Les Saisons de Giacomo

Saki
Le Cheval impossible
L'Insupportable Bassington

J. D. Salinger
Dressez haut la poutre maîtresse, charpentiers,
suivi de Seymour, une introduction
Franny et Zooey

Roberto Saviano
Le Contraire de la mort (bilingue)

Sam Shepard
Balades au paradis

Johannes Mario Simmel
On n'a pas toujours du caviar

Alexandre Soljenitsyne
Le Premier Cercle
Zacharie l'Escarcelle
La Maison de Matriona
Une journée d'Ivan Denissovitch
Le Pavillon des cancéreux

Quentin Tarantino
Inglourious Basterds

Edith Templeton
Gordon

James Thurber
La Vie secrète de Walter Mitty

John Kennedy Toole
La Bible de néon

John Updike
Jour de fête à l'hospice

Alice Walker
La Couleur pourpre

Evelyn Waugh
Retour à Brideshead
Grandeur et décadence
Le Cher Disparu
Scoop
Une poignée de cendres
Ces corps vils
Hommes en armes
Officiers et gentlemen
La Capitulation

Tennessee Williams
Le Boxeur manchot
Sucre d'orge
Le Poulet tueur et la folle honteuse

Tom Wolfe
Embuscade à Fort Bragg

Virginia Woolf
Lectures intimes

Richard Yates
La Fenêtre panoramique
Onze histoires de solitude
Easter Parade
Un été à Cold Spring
Menteurs amoureux

Titres à paraître

Arthur Miller
Vu du pont *suivi de* Je me souviens de deux lundis

Composition et mise en pages
Nord Compo à Villeneuve-d'Ascq

Imprimé en Espagne par
Liberdúplex
à Sant Llorenç d'Hortons (Barcelone)
en janvier 2016

Dépôt légal : juin 2015
N° d'édition : 55355/02 – N° d'impression : 50387